10|18
12, avenue d'Italie — Paris XIIIe

LE GRAND ELYSIUM HOTEL

PAR

TIMOTHY FINDLEY

Traduit de l'anglais
par Bernard GÉNIÈS

10|18

« Domaine étranger »
dirigé par Jean-Claude Zylberstein

ROBERT LAFFONT

Titre original :
Famous Last Words

© Timothy Findley, 1981.
© Éditions Robert Laffont, S.A., 1986,
pour la traduction française.
ISBN 2-264-01642-6

*Pour Phyllis Webb
et William Whitehead,
Alec McCowen
et Margaret Laurence
et en souvenir
de Thornton Wilder*

« ... on ne sait pas ce que l'on sait, ou même ce qu'on désire savoir, jusqu'à ce que l'on soit défié et contraint à jouer le jeu. »
                THORNTON WILDER, *Les Ides de mars*.

1910

Mauberley avait douze ans lorsqu'un jour son père le fit venir sur le toit en terrasse de l'hôtel Arlington à Boston et lui dit :
— J'ai toujours aimé la vue que l'on a d'ici. Cambridge de l'autre côté du fleuve. Les briques rouges de Harvard... Les Swan Boats[1] dans le jardin public. Le dôme doré de Beacon Hill et tous ces gens qui marchent sur les pelouses.

Et ce fut ainsi. Son père avait passé beaucoup de temps, seul, sur la terrasse de cet hôtel où Mauberley était né. Mauberley en était venu, lui aussi, à apprécier toutes ces choses.

— J'aime la cime des arbres, ajouta son père. Et l'odeur et le bruit des chevaux qui passent... Le jour de ta naissance, il neigeait. Je suis venu ici cette nuit-là et j'ai balancé une boule de neige de l'autre côté de l'avenue : j'ai touché George Washington en pleine tête. Ce n'était pas par irrespect. Je voulais seulement qu'il sache. Il était tard, tu sais, et je n'avais personne d'autre à qui le dire...

Son père sourit. Il y eut un silence durant lequel ils

---

1. Swan Boats : Il s'agit de pédalos ainsi appelés à cause de leur forme *(N.d.T.)*.

observèrent le spectacle qu'ils dominaient, puis son père ajouta :

— Le monde est trop pour nous[1]. C'est une citation que tu trouveras peut-être un jour.

Il y eut encore un silence et puis :

— Je t'aime, Hugh. Tu ne pourras pas trouver cela n'importe où. Mais je te demande néanmoins de t'en souvenir. J'ai bien peur d'avoir été incapable d'aimer ta mère comme je l'aurais dû depuis qu'elle est tombée malade. Tu comprendras cela plus tard, lorsqu'une part de ce que tu aimes sera changée en pierre. Tu seras aussi amené à quitter ta mère. Comme tous les enfants doivent le faire un jour. Mais tous les maris ne quittent pas leur femme et je veux être certain que tu comprennes que je ne reproche rien à ta mère et je te demande de ne rien lui reprocher pour ce qui est de l'échec de notre mariage. Ta mère est ce qu'elle est, c'est tout. Et je suis ce que je suis. Tu comprends ? Sinon il faudrait en vouloir à tous ceux qui ont survécu à leur naissance, en vouloir au cœur qui les maintient en vie ou leur en vouloir encore d'être ce qu'ils sont...

Le père de Mauberley se redressa entièrement et soupira.

— Il n'en reste pas moins que ta mère est la femme la plus malheureuse du monde. Ça a été un peu de ma faute et même, hélas, de la tienne.

Il sourit à son fils.

— C'est parce que nous existons... et parce que nous avons fait intrusion dans sa vie. Et parce que...

Le sourire s'atténua légèrement et son père détourna la tête.

— ... toute l'attention que nous pourrions lui accor-

---

1. Citation d'un poème sans titre de William Wordsworth, publié en 1807 *(N.d.T.)*.

der ne lui remonterait guère le moral pas plus qu'elle ne modifierait cette amertume qui découle de son incapacité à se sentir normale. Et je souhaite...

Il s'interrompit.

— J'ai passé toute ma vie à souhaiter une chose ou une autre. Ne souhaite jamais rien. Exige tout ce que tu veux, Hugh, mais ne souhaite jamais rien.

Son père regardait maintenant de l'autre côté du Charles, vers Cambridge, en se protégeant les yeux du soleil.

— Demain, poursuivit-il, tu liras dans les journaux que j'ai été renvoyé de Harvard. Voilà encore une chose que tu comprendras plus tard. L'explication est toute simple : j'avais trop à dire qu'ils ne voulaient pas entendre. Mes étudiants ont été très gentils et il est question d'élever une protestation. Mais je n'y retournerai pas. Je ne peux pas. Il ne me reste rien à enseigner qui vienne de moi, qui soit unique. Et voilà.

Il sourit.

— C'est fini. Et une nouvelle vie nous attend.

Le père de Mauberley posa la main sur son épaule et en le guidant il lui expliqua tout ce que l'on pouvait voir alentour. Il fumait une cigarette et il lui rappela la fois où ils avaient aperçu des domestiques fumer en cachette dans la cour latérale de l'immeuble Sear.

— Ils croyaient que personne ne le saurait, et nous les avons vus !

Ils rirent de bon cœur en y repensant; et puis il y avait eu la fois où, dans la même cour, le poissonnier avait embrassé la cuisinière qui l'avait alors giflé. Et puis il y avait eu ce jour où le président Taft[1] s'était écroulé devant le Ritz : il avait fallu huit hommes pour

1. William Howard Taft fut le vingt-septième président des États-Unis entre 1909 et 1913. Il mourut en 1930 *(N.d.T.)*.

l'aider à se relever. Le père de Mauberley enleva son veston qu'il posa, soigneusement plié, sur le parapet.

— Tu te souviens de toutes ces années, Hugh, hein? dit-il, à regarder le monde en bas. Observe maintenant ces gens qui regardent en haut.

Il enjamba alors le parapet et, saluant le ciel, il sauta les quinze étages qui le séparaient de sa mort.

Dans la poche du veston de son père, qui resta accroché durant plusieurs semaines derrière la porte de Mauberley comme une couronne mortuaire, il y avait un portefeuille plat en cuir mou avec un fermoir. A l'intérieur, un stylo en argent et un mot adressé à *Hugh Selwyn Mauberley, mon fils.*

Le texte disait : « *Celui qui va au-devant de sa mort a une raison. Celui qui saute vers elle a un but. Souviens-toi toujours : j'ai fait le saut.* »

1

MARS 1945

*Cet âge exigeait l'image
De ses grimaces, exagérées...*

EZRA POUND

Dix semaines environ avant la fin de la guerre, Mauberley quitta l'Italie pour aller se cacher à Unterbalkonberg. Cela se passait en mars 1945.

Il partit de Rapallo.

Il n'emporta avec lui que ses carnets de notes : il en avait rangé une partie dans son attaché-case, les autres étaient entassés dans une valise en carton bouilli dont les angles et les poignées étaient renforcés par des rivets de cuivre. Le temps et l'affolement avaient déjà eu raison de ses biens et presque tout ce qu'il avait sur lui avait été volé : un pardessus trop grand, une paire de bottes de l'armée, une casquette de paysan et un costume blanc confectionné à Vérone. Son maillot de corps était souillé aux aisselles et, à la fin du voyage, la peau de ses pieds resterait collée à ses chaussettes. Sa chemise était le seul vêtement à peu près décent qu'il portait : c'était le cadeau d'adieu d'Ezra Pound, un vague écossais raccommodé de partout.

Mauberley ne portait pas de cravate; il en avait

pourtant demandé une à Ezra qui avait refusé de la lui donner car il envisageait déjà de la mettre le jour où on viendrait l'arrêter.

— Mais vous n'avez jamais porté de cravate, lui avait fait remarquer Mauberley.
— C'est vrai, avait dit Pound. Lorsque j'en porterai une, cela voudra donc dire que je me rends.

Mauberley s'était toujours habillé de façon très recherchée et il était connu pour ses costumes couleur blanc vénitien et ses cravates à pois. L'idée d'avoir un col ouvert le rendait presque fou et il n'arrêtait pas de porter la main à son cou, comme s'il devait presser sur un point hémorragique qui avait lâché. Il avait fini par accepter le lacet de chaussures offert par Dorothy, la femme d'Ezra, et il l'avait solidement noué autour de son cou. Il se sentit mieux. Mais il ressemblait ainsi à l'épouvantail de Dorothy.

— Ça vous va bien, à vous qui avez de la paille dans la tête, dit Pound.
— Allez vous faire foutre, lui rétorqua Mauberley.

Ils se disputèrent jusqu'à la fin.

Dorothy observait et écoutait en se tenant à distance ; elle tripotait son collier qu'elle portait en sautoir à la taille. Elle se sentait partir à la dérive, perdue sur une minuscule embarcation où il n'y avait pour tout rameur que deux malades. Et elle était fatiguée. Le souvenir du rivage était son unique consolation. Par ailleurs, elle avait peur pour Ezra ; elle éprouvait de la tristesse pour Mauberley et de l'appréhension pour elle-même.

Ainsi s'achevait l'exil qu'ils avaient choisi.

Vingt-six ans avant, en 1919, après la fin de l'autre guerre, Mauberley était passé d'Amérique en Europe, exactement comme Ezra l'avait fait avant lui. Il était arrivé, une liasse de poèmes à la main. Et Ezra était devenu son mentor (« Ezra! Ezra! Il est le mentor de tout le monde! » avait dit Dorothy. « Le monde fourmille de protégés d'Ezra. ») Cela se passait en Angleterre. Par la suite, leur exil s'était progressivement déplacé de Londres à Paris puis à Rapallo en Italie, l'ultime choix de tous les exilés, où ils s'étaient installés près de la mer. Et Ezra avait prédit que Hugh Selwyn Mauberley deviendrait le plus grand écrivain de son temps.

Il se trompait.

(Dorothy mit un quart de fromage, un morceau de pain, une gamelle de soupe et une tresse d'oignons dans un vieux sac en toile qu'elle tendit à Mauberley.)

Qu'Ezra se soit trompé n'avait plus aucune importance maintenant. Des choses bien plus importantes en étaient venues à régir leur vie en Italie. Ezra avait dit :

— J'abandonne la poésie pour la politique...

La poésie peut-être, mais jamais l'écriture. Dorothy pouvait faire le décompte des événements qui s'en étaient suivis en égrenant son collier : *Clic :* Mussolini. *Clic :* les fascistes. *Clic :* Ezra, puis Mauberley avaient rejoint leurs rangs. *Clic :* leurs écrits avaient suivi.

(Dorothy prit une bouteille de vin dont elle enfonça le bouchon avec la paume de la main avant de la glisser dans le sac à côté du morceau de pain.)

Tout de même, rétrospectivement c'était triste pour l'écriture ; triste quand elle pensait à tous les protégés, aux espoirs, aux succès. Aux échecs. Au cours des années 20 et 30, de nombreuses guerres avaient éclaté les unes après les autres — les « guerres gigognes » de

Mauberley — et avec elles sombrèrent toutes les vieilles nécessités de la littérature, tous les vieux concepts concernant l'usage du mot écrit; toutes les vieilles règles de la syntaxe et de l'articulation s'estompèrent sous les clameurs de l'emphase et de la rhétorique. Et Ezra, qui dans le fond s'en délectait, avait déclaré :
— Vous voyez ? Il n'y a plus de place pour un homme qui écrit comme Mauberley. La seule et unique ambition de Mauberley consiste à décrire le beau. Et qui a le temps de faire *ça* maintenant ? Personne. Dorénavant, la beauté devra se décrire toute seule. Les mots ont un travail plus important à accomplir...

Et Ezra se mit à l'œuvre, investissant une douzaine de langues, entouré d'une pile de recueils de locutions et de dictionnaires. Rivé à son bureau.
— Quelque part ici, avait-il déclaré, se trouve ce que nous savons déjà et que nous avons oublié, ignoré. Et j'ai bien l'intention de le retrouver.

Creusant le site, tel un archéologue.

A coups de dynamite parfois.

Mauberley ne voulait pas prendre part à ce démantèlement du passé. Il vivait, ou du moins il souhaitait vivre, dans le passé. Il portait ses pantalons blancs et écrivait ses livres minutieux; il dépensait la fortune de sa mère et descendait dans les meilleurs hôtels d'Europe : le Savoy à Londres, le Meurice à Paris, le Grande-Bretagne à Venise, le Bristol à Vienne. Il commença à apprécier les gens que Pound ne pouvait souffrir. Il revenait de temps à autre et Pound continuait à le recevoir. Leur affection empêchait une rupture complète. L'affection ou l'admiration. Ou quelque chose d'autre. Dorothy appelait cela de l'amour; et Ezra crachait par terre.

(Dorothy trouva en fouillant une vieille paire de gants en coton qu'elle mit dans le sac.)

Maintenant qu'ils avaient été dénoncés comme traîtres à leur patrie et qu'ils risquaient d'être pris, ils se cachaient à Sant'Ambrogio, dans une maison située sur une colline surplombant Rapallo : ils étaient les invités de la maîtresse d'Ezra (*clic*), Olga Rudge. Cette dernière n'assistait pas à cette scène, elle se trouvait dans son oliveraie où, équipée de jumelles, elle essayait de repérer les avions. Les Alliés bombardaient de l'autre côté du golfe de Gênes et il aurait fallu être fou pour ne pas prévoir ce qui devait arriver. Mais Ezra était décidé à affronter le dénouement.

— Je cherche peut-être à éviter leurs bombes, dit-il, mais quand leurs soldats viendront je ne me cacherai pas. Non, monsieur ! Je leur souhaiterai la bienvenue ! Bienvenue, compatriotes américains ! Et peut-être que je le crierai, hein ? BIENVENUE, PUTAINS DE COMPATRIOTES AMÉRICAINS ! éructa-t-il. Ça devrait leur en boucher un coin.

(Dorothy ferma le sac et alla s'asseoir dans un coin près du chat, endormi et impassible, de Miss Rudge.)

— Ils sauront comme ça qui j'suis, dit Ezra.

Mais Mauberley ne songeait qu'à fuir.

N'importe quelle zone neutre lui conviendrait et il avait d'abord envisagé de traverser la France d'une seule traite pour aller en Espagne. Des amis avaient réussi à passer en décembre. Mais Mauberley avait trop tardé, et lorsqu'il fut prêt à partir, la route pour l'Espagne avait été fermée et les voies ferrées menant à Lugano et à la Suisse avaient été détruites par les avions ou bien elles étaient exposées au feu des résistants. Dorénavant, pour éviter les Américains et les

Anglais il fallait essayer de traverser la plaine de Lombardie puis franchir le col du Brenner direction Unterbalkonberg en Autriche.

— Le problème pour vous, dit Ezra Pound, c'est que vous avez davantage d'ennemis que moi et que vous devez craindre autant les nazis que les autres...

Mauberley avait même pris à partie les Allemands dans ses écrits.

— Vous auriez dû choisir un camp et lui rester fidèle, ajouta Ezra.

— C'est ce que j'ai fait, répliqua Mauberley.

Dorothy sursauta. « Prenez vos provisions et allez-y », voulut-elle dire. « Partez. Il est tard. » Mais elle resta silencieuse et elle enroula le collier fétiche autour de son poing.

— C'est ce que vous avez fait ? lança Ezra d'un ton sec. Non, vous ne l'avez pas fait, connard. Vous n'avez fait que vous coller au milieu, au beau milieu de tout le monde et maintenant ils vont tous vous tomber sur le paletot comme les Putains de Gengis Khan. Ghengela Cohen (Ezra ne put y résister), le chef des Tribus Perdues d'Israël et, après Moïse, le premier colonialiste juif. Oui... oui ? Les Ricains, les Huns et les Angliches vont tous tomber sur le dos de ce pauvre vieux Hugh Selwyn Mauberley, cet enculé de traître au monde entier ! Il éclata de rire.

Mauberley n'apprécia guère ce rire ; il était mort de peur. Bien sûr, Pound le savait, mais il refusait de jouer sur la peur vis-à-vis de qui que ce soit. C'était l'un de ses tabous.

— Maintenant, dit-il, puisque vous êtes venu ici et que vous vous êtes mis tout le monde à dos, vous devez partir et prier pour que personne ne reconnaisse votre tronche. Ce qui serait une chance inouïe. Vous n'avez peut-être pas un beau visage mais au moins il est expressif : on dirait qu'il va exploser. Dès qu'un de vos ennemis le verra... *Pan!*

Oui.

« Pan ! » Pound imita le bruit d'une détonation avec ses doigts, dardant le visage de Mauberley, ses yeux tourmentés, ses lèvres pincées et crispées, célèbre expression de sa crainte mâtinée de mépris.

— Portez donc un grand drapeau blanc, mon vieux, pendant que vous y êtes. Autant le crier sur les toits !

Dorothy pensa à toutes ces photos de Mauberley que l'on avait vues dans les journaux et les magazines pendant des années. On l'avait vu avec tel ou tel personnage, finalement avec tout le monde. Il avait voulu cela. Et il l'avait eu. Maintenant, il devait payer.

— Nous ne pourrions pas nous dire au revoir avec moins d'agressivité, s'il vous plaît, hein ? demanda Mauberley.

— S'il vous plaît, hein ? dit Ezra.

Ils se dévisagèrent.

— S'il vous plaît... J'aime ça. *S'il vous plaît*, a-t-il dit.

Dorothy retint son souffle.

Ezra se renfrogna, serra les mâchoires et se détourna. Lumière du soleil, silence. Une minute entière. Ezra, vieux, barbu, arpentait la pièce. Il y avait de la poussière sur les feuilles des géraniums. Les carreaux avaient besoin d'être nettoyés.

Finalement, Ezra se dirigea vers Mauberley. Celui-ci était assis, raide comme la justice. Dorothy serra fortement ses doigts sur ses genoux et attendit.

— Avec une génération de plus vous auriez pu réussir, dit Ezra à Mauberley. Dommage que vous n'ayez jamais eu d'enfants.

Dorothy les observait, honteuse. Le venin d'Ezra était semblable à celui d'un serpent. S'il se mordait lui-même, il mourrait.

Mais Mauberley y était habitué.

— Oui, répondit-il. Je regrette de ne pas en avoir eu.

Et il sourit.

Le chat d'Olga se leva et se gratta le cou.

Ezra dit :

— Je n'ai jamais embrassé un homme. Et ceci n'est que ce qu'ils appellent l'adieu au soldat. L'adieu de celui qui reste... (il fit une pause)... à celui qui part.

Et il s'inclina, effleurant le sommet du crâne de Mauberley avec ses lèvres. Puis il disparut. Mauberley resta assis.

Au revoir.

— Vous avez eu des enfants, dit enfin Dorothy.

Le chat ronronnait et, avec sa patte, il essayait de jouer avec le collier.

— Ils sont parmi les meilleurs que j'aie jamais lus.

— Merci.

Assis. Puis se levant, debout.

Ils savaient qu'ils ne se reverraient jamais. Mais les gens ne se disent jamais de telles choses.

Ils se serrèrent simplement la main; et Dorothy le laissa partir.

Sur la colline surplombant Rapallo, Mauberley sentait, à des kilomètres de Gênes, l'odeur de la cordite mêlée à celle, nauséabonde, des chiens et des immondices pris dans les fils barbelés le long des plages en contrebas. Tandis qu'il progressait, il traversait un monde transformé par la violence et la peur; il parvint en un lieu où tous les repères qu'il connaissait avaient disparu et où derrière chaque visage pouvait se dissimuler un ennemi.

Par la suite, après avoir franchi le Pô, il était arrivé à Crémone où il espérait trouver un train; en fait, il découvrit une ville sens dessus dessous dont les maisons et les usines de confiseries avaient sauté. Une poussière d'argile rouge voilait le soleil. La fumée voilait les ruines de la guerre. Il ne restait rien du central téléphonique et des autres bâtiments publics. Nul n'aurait pu dire ce qui l'attendait plus loin sur la route. Aujourd'hui, les soldats de la *Wehrmacht* vous tiraient dessus, demain ce pouvait être les Alliés.

Mussolini avait battu en retraite à Salo, près du lac de Garde. Bien sûr, on ne parlait pas de « retraite » mais du nouveau siège du gouvernement, celui de la *Republica Fascisti* soutenue par l'Allemagne et dont Mussolini était la figure de proue. Deux mois avant, Ezra était allé lui rendre visite et Mauberley l'avait accompagné dans l'espoir qu'Ezra puisse persuader *Il Duce* de leur fournir les moyens de s'évader pour la Suisse. Ou du moins qu'il leur remette un document les lavant de l'accusation de complot contre leur propre race et leur patrie. Tout le monde recherchait de tels documents. Mussolini lui-même rédigeait au brouillon des textes destinés à le disculper : « Je ne me proposais pas de... Je ne voulais pas... Je n'avais pas l'intention de... Tel n'était pas mon but final... » Exactement comme à Nuremberg plus tard, tant d'autres diraient : « Je ne savais pas.. »

Mauberley devait maintenant décider quelle route il allait prendre dans les montagnes. S'il passait par la rive occidentale du lac de Garde, il réduisait son trajet d'un quart ou peut-être même d'un tiers. Mais il ne pouvait se permettre de s'exposer à la formidable concentration de troupes allemandes qui entouraient la retraite de Mussolini.

C'est ainsi que Mauberley contourna le lac par l'est pour se diriger vers Mantoue en pensant que la voie ferrée conduisant à Vérone puis vers le nord serait ouverte à coup sûr.

Il arriva à Mantoue le 8 mars. La veille, le pont franchissant le Rhin à Remagen était tombé aux mains des Alliés. Cet événement suscita la panique dans les rangs de la *Wehrmacht* jusqu'en Italie. L'idée d'être tué dans un pays qu'ils en étaient venus à détester souleva des vagues de rébellion frénétique parmi les soldats de l'armée d'occupation. La percée des défenses du Rhin était un signal atavique indiquant que l'Allemagne était fichue. Les femmes et les enfants étaient en danger. La tentative visant à maintenir la *Republica Fascisti* était vouée à l'échec dès le départ et le « combat jusqu'à la mort » invoqué par leur chef avait bien moins de sens si loin de l'Allemagne. Le pays natal était le seul endroit qui convenait à une telle mort. Et ils retournaient au pays, par milliers.

Rien, semblait-il, ne pourrait les arrêter. C'était une déroute sans précédent. Les simples soldats, mais aussi les officiers, en étaient : pourtant, aucun soldat ennemi ne les poursuivait. Seuls les résistants tendaient des embuscades. L'essentiel des troupes participant à cette retraite consistait en trois bataillons auxquels étaient venus s'adjoindre des civils allemands et autrichiens ; ils réquisitionnaient tous les véhicules pouvant les transporter vers le nord. Le col du Brenner, éloigné d'environ deux cents kilomètres, était leur but immédiat car il s'ouvrait sur les montagnes autrichiennes. Lorsque Mauberley arriva à Mantoue, il constata que tout le monde avait eu la même idée que lui.

Il commit une première erreur en prenant le train ; il en commit une deuxième lorsque, mû par le désir d'échapper au froid, il se fraya un chemin moyennant finance jusqu'à un compartiment au lieu de grimper sur le toit du wagon. Là-haut, l'anonymat était garanti puisque tout le monde devait fermer les yeux à cause du vent et que tous les visages étaient masqués par les cols que l'on relevait et les écharpes. Bien sûr, il aurait pu tomber du toit comme cela arriva à certains ou bien il aurait pu être gelé comme plusieurs le furent ; mais au moins on ne l'aurait pas vu.

Dans le compartiment, qui était plein à craquer, Mauberley put ôter ses gants de coton et il se frotta les mains pour les réchauffer. Il portait la valise et l'attaché-case sur ses genoux, les poignées tournées vers lui de telle façon que personne ne puisse s'en emparer et s'enfuir avec. Le vieux sac de toile de Dorothy était roulé dans sa poche au cas où, par chance, il pourrait acheter ou voler suffisamment pour se constituer un garde-manger portatif. Il n'avait rien mangé depuis le dernier croûton de pain, le dernier oignon, la dernière gorgée de vin qu'il avait absorbés le matin même en prévision du froid. Il achèterait d'autres provisions quand ils arriveraient à Vérone. Dans la doublure de ses vêtements, il y avait une fortune en lires et en reichsmarks ; les billets étaient soigneusement enveloppés dans du coton afin qu'ils ne puissent « trahir leur présence » à chacun de ses mouvements. Il avait dans sa poche une petite quantité d'autres devises dont il pourrait se servir s'il avait besoin de se frayer un chemin moyennant finance comme il l'avait déjà fait en montant dans le train ou comme il pourrait le faire si l'opportunité lui était offerte de dormir sous un toit. Pour le moment, il était heureux de se retrouver assis et de se réchauffer au contact des gens qui le pressaient de chaque côté ; enfin, l'idée de savoir que quelqu'un d'autre avait la charge de sa destination pour un temps le réconfortait.

Ils restèrent ainsi, sous la verrière brisée de ce qui avait été la gare, pendant trois heures, tandis que les sirènes des alertes aériennes hurlaient et gémissaient et que les B-24 qui les survolaient se dirigeaient vers le nord et le nord-ouest pour lancer leurs bombes sur Brescia et Milan. Enfin, après une série d'à-coups, le train s'ébranla lentement en direction de l'est et des premières ombres bleues des montagnes. Tout le monde soupira d'aise. Il y eut même des rires. Ils étaient libres. Ils rentraient au pays.

Mauberley s'aperçut qu'il était suivi au moment où le train allait s'arrêter pour la première fois. Il avait fait un petit somme, bien au chaud, doucement ballotté de-ci, de-là. Soudain, quelqu'un cria : « *Schau mal!* » (Regardez!) Et il montra du doigt, par-delà les gens qui se tenaient dans le couloir, la vitre du wagon. Mauberley, qui reprenait lentement ses esprits, essaya de comprendre le pourquoi de cette agitation : des gens se levaient pour essayer de voir par-dessus la tête des autres et ils prenaient appui sur les épaules de leurs voisins. Il était difficile de dire s'il y avait vraiment quelque chose à voir ; puis il y eut une secousse et des gens tombèrent sur le côté.

Alors, on put voir le spectacle : c'était ce qui restait de l'armée, avec toutes ses bicyclettes, ses chevaux, ses traînards, qui étaient partis dans la nuit ou la veille dans l'après-midi et qui marchaient à pied. La route longeait la voie sur plusieurs kilomètres. Elle était noire de soldats et de véhicules surchargés ; ces derniers avançaient à pas d'escargot ; ils s'arrêtaient, repartaient, s'arrêtaient, repartaient... le train ralentit lui aussi. Il semblait évident qu'ils allaient arriver à une sorte de nœud ferroviaire ou peut-être à une ville. « *Wo? Wo?* — Villafranca. »

Mauberley était en train d'essayer de saisir au maximum les images de cette scène qu'il pouvait apercevoir entre les corps entassés lorsqu'il devint conscient qu'on l'observait. Dans le couloir, une femme sévère qui ne souriait guère et qui portait un manteau de moleskine lustrée était appuyée contre la vitre et elle le fixait à travers la fente de ses yeux mi-clos. Elle avait des cheveux coupés court. Ses mains, qui sortaient des manches de son manteau, étaient fortes et elle avait les ongles rongés. Mais ce qu'il y avait de plus inquiétant chez cette femme, c'était son expression.

De toute évidence, elle connaissait Mauberley ; et de toute évidence elle le haïssait. Tout entière sous le coup de sa haine, elle ne put même pas se résoudre à détourner son regard lorsqu'elle réalisa qu'il l'avait vue.

Mauberley resserra sa prise sur la valise et l'attaché-case. Il avait le souffle coupé.

La femme leva le menton, mordit l'un de ses doigts et cracha un morceau d'ongle contre la cloison. Elle aurait pu tout aussi bien lui adresser le baiser de la mort.

Puis elle disparut.

Un soldat prit sa place ; une pelle dépassait de son

paquetage qui crissait contre la vitre et faisait des marques semblables au tracé d'un électrocardiogramme.

Mauberley resta assis, paralysé. Finalement, quand il baissa les yeux, il dut dire à chacun de ses doigts : « *Détendez-vous.* »

Après, le train alla au dépôt de la gare de Villafranca où il prit de l'eau, du charbon et quelques soldats de plus sur le toit de ses wagons; puis, en cet après-midi d'hiver, il s'enfonça lentement dans une région boisée en direction de Vérone.

Mauberley n'osait songer à se rendormir. Pas plus qu'il n'osait regarder les autres qui dormaient ou somnolaient autour de lui. Il resta donc assis, très droit, le regard posé sur le passager qui lui faisait face : un homme maigre, mal rasé, aux lèvres gercées et dont on aurait dit qu'il était sur le point de mordre du verre. En dehors de lui, c'était la seule personne complètement éveillée. Lorsque l'homme le regarda de nouveau, Mauberley réalisa combien il avait été grossier et il sourit. C'est à ce moment, lorsque son sourire lui fut retourné, qu'il s'aperçut que c'était son image qu'il avait observée : il avait été trompé par un miroir trop incliné qui était accroché entre des publicités vantant l'*Aqua di Silva* et le courage allemand : *Der Führer erwartet dein Opfer!* Eau de Cologne et sacrifice; et un train de déserteurs. Un exemple à suivre.

Quelqu'un commença à chanter. Une chanson de soldat. Tout le wagon la reprit en chœur et on fit de même sans doute dans les autres voitures. Il y eut des applaudissements à la fin de la chanson et l'on cria : « *Bitte! bitte!* » (Encore. Encore.) On chanta une autre chanson, puis une seconde, puis une troisième. Puis ce fut le silence. Une femme brisa ce silence et se mit à chanter, seule. Elle avait une belle voix de contralto et elle calquait le rythme de son chant sur celui du train. « *Wien, Wien, nur du allein sollst stets die Stadt meiner Träume sein.* »

Tout le monde écoutait et chacun était plongé dans ses propres rêves du pays : Vienne, Munich, Berlin... Au moins y en avait-il quelques-uns qui avaient une ville où ils pouvaient s'en retourner. Pour Mauberley, les villes du passé et leurs habitants auraient pu aussi bien correspondre aux cités et aux citoyens des étoiles.

Soudain, les freins et les roues firent un vacarme épouvantable tandis qu'un bruit sourd montait des wagons et que les gens étaient précipités sur leurs vis-à-vis ; tout cela se fit en un mouvement lent, alors que résonnait le bruit de l'explosion la plus fracassante que Mauberley ait jamais entendue.

Quelque chose ou quelqu'un poussa rudement sa nuque vers le sol et il tomba par terre sur son attaché-case et sa valise.

Il y eut ensuite un silence de mort. Et une pause, comme entre deux respirations.

Il entendit ensuite le chuintement de la vapeur, une sonnerie de cloche au loin et des voix, plus loin encore. Puis, une fusillade.

Lentement, bien trop lentement, les gens qui étaient sur lui commencèrent à se lever. Quelqu'un lui marcha sur la main.

— Ne criez pas... chuchotèrent-ils en allemand. Ne criez pas...

Mauberley s'évertua à faire ce qu'on lui disait et il resta silencieux ; mais la douleur était terrible.

Tout le monde se redressa.

Ils commencèrent par se mettre à genoux.
La fusillade continuait plus loin, du côté de la tête du train.
— Que se passe-t-il? demanda une femme dont la hanche était appuyée contre le sol et le dos contre le siège. Est-ce que nous avons heurté un autre train?
Un homme assez jeune, sans doute un petit fonctionnaire de l'un des consulats, baissa la vitre, ce qui fit entrer un courant d'air froid.
— Oui, dit-il. Il y a un autre train. Mais il y a aussi une sorte de barrage.
Une fusillade.
Il commençait à faire nuit.
Mauberley vérifia les serrures de sa valise et de son attaché-case puis il enfila ses gants.
— Pourquoi est-ce qu'ils tirent? Ils ne savent pas que nous sommes allemands?
— Ce sont peut-être des résistants.
— Non, dit l'homme à la fenêtre. Des soldats ont franchi le barrage. Il y a des camions tout le long de la route. Des camions de l'armée. Les nôtres.
Soudain, on alluma un projecteur qui balaya le train de la tête jusqu'à la queue et tous les gens se couvrirent le visage comme s'ils craignaient d'être reconnus.
— Pourquoi est-ce qu'ils font ça? demanda la femme. Et s'il y avait un bombardement? On nous verrait et nous serions tous tués. Êtes-vous *sûr* que ce sont des Allemands?
— Absolument, *meine Frau*, je vous l'assure. Je vois les casques. J'entends les soldats parler.
— Alors sur qui est-ce qu'ils tirent?
— Sur nous.
— Pourquoi? interrogea la femme d'un air outré. Les Allemands tirent sur les Allemands. *Pourquoi?*

— Ne soyez pas stupide, dit un autre homme qui s'était tu jusqu'à présent. Nous avons tous déserté nos postes. Nous sommes des traîtres.

— Mais nous ne faisons que rentrer chez nous, dit la femme.

— Oui. *Malgré les ordres.*

— Je crains, dit l'homme à la fenêtre, qu'il n'ait raison. Ils viennent maintenant, le long de la route, il y a beaucoup de soldats. Je les vois très distinctement. Des unités de S.S.

— Mon Dieu. On les a envoyés pour nous arrêter. Pour nous couper la route.

— Moi, ils ne me couperont pas la route, dit la femme en colère. Je suis une citoyenne allemande. Je me trouve dans un train allemand et j'ai une destination en Allemagne.

Elle se remit sur pied et se tint dans l'éclat de la lumière. Elle brossa ses vêtements et chercha dans l'amoncellement de bagages sa valise et son sac à main.

— Si je dois mourir, je mourrai à Munich auprès de mon mari et de mes enfants.

Elle était excitée mais ne semblait pas hystérique.

— Je vais sortir pour parler à leur commandant. Et quand je serai rentrée j'écrirai des lettres pour me plaindre.

Sitôt le mot « plaindre » prononcé, elle écarta de son chemin l'homme qui se tenait à la fenêtre, elle ouvrit brutalement la porte du wagon et descendit sur le ballast.

On ne sait si elle fit un pas. Elle leva le bras et cria :

— S'il vous plaît, ayez la bonté de prévenir vos officiers que...

Mauberley pensa que c'était l'expression la plus

« anglaise » qu'il ait jamais entendue prononcer par un Allemand. Mais elle ne put terminer sa phrase. Elle fut coupée en deux par une rafale d'arme automatique tirée à un peu plus de trois mètres. Elle tomba sans un bruit, exception faite d'un effrayant soupir qui sembla sortir de ses blessures.

Le jeune homme avança précautionneusement la main pour refermer la porte du train.

Ils attendirent.

On ordonna à tous les soldats qui se trouvaient sur les toits de descendre pour venir se ranger en file indienne le long des wagons et des wagons-lits. On dit aux civils de se mettre à plat ventre, les mains sur la tête.

Il faisait nuit noire maintenant et les projecteurs — il y en avait maintenant deux ou trois — étaient braqués le long de la voie. Les chuintements de vapeur provenant des freins à air comprimé se mêlaient aux bruits des pieds qui traînaient sur le ballast et aux voix étouffées des soldats qui descendaient.

Mauberley et les autres occupants du compartiment s'entassèrent aussi loin qu'ils le purent des portes et des fenêtres; mais ils ne pouvaient sortir dans le couloir puisqu'il était bloqué par un tas de passagers accroupis sous les portes de séparation vitrées.

Ils voyaient tout à fait distinctement le haut de la tête des soldats, de l'autre côté des vitres : certains enlevaient leurs bonnets de laine, d'autres déroulaient leurs écharpes et jetaient leurs casques; aucun ne cherchait à fuir la lumière. Il était évident que tous s'attendaient à être passés par les armes.

— Pourquoi devons-nous rester assis ici à attendre que ça se fasse ? demanda quelqu'un.

Personne ne répondit.

— *Pourquoi devons-nous rester assis ici...?*

A peine la voix s'était-elle élevée qu'elle fut cisaillée par une rafale de mitraillette.

Toutes les têtes blondes et nues vinrent cogner contre la vitre avant de disparaître à la vue.

Les traces qu'elles laissèrent gelèrent aussitôt.

L'homme acariâtre qui avait dit qu'ils étaient tous des traîtres affirma sur le même ton acariâtre :

— Ils vont tous nous tuer.

Comme s'il s'agissait simplement d'un acte d'insolence.

— Tout le monde dehors ! Tout le monde dehors ! commença à crier une voix surgie de l'obscurité. Descendez ! Descendez ! Tous les gens sur les toits descendent ! Tout le monde sort des wagons ! Dehors !

Chacun des passagers de ce train avait entendu pendant des années ces aboiements et ces mots terribles. Mais ils ne les avaient entendus que dans leurs rêves sur les juifs ou dans leurs cauchemars sur l'avenir. Les S.S. venaient toujours la nuit pour les autres. Ils avaient maintenant fendu la nuit et traversé les rêves jusqu'à parvenir aux rêveurs. Descendez. Dehors. Descendez. Dehors. C'était horrible.

Personne n'aurait pu dire combien de mitraillettes attendaient dans la nuit, derrière les projecteurs. Personne n'aurait pu dire combien il y avait de S.S. ou si, comme la rumeur l'avait toujours prétendu, un fou les commandait. Personne n'aurait pu dire si les enfants, ou les femmes, ou les hommes en civil, ou simplement les soldats seraient tués. Une vieille femme était déjà étendue, à l'extérieur du wagon, sous les cadavres du premier groupe de fusillés.

Dans le couloir, l'homme dont la pelle avait fait tant de marques sur la vitre prit la parole et dit :

— Je suis armé. Il doit y en avoir d'autres qui le sont. Pourquoi n'ouvririons-nous pas le feu...?

— Non, ne le faites pas, dit une femme. Si vous le faites... (sa voix se perdit au loin) s'il vous plaît.

« TOUT LE MONDE DEHORS. » (Boum, boum, boum sur les portes.) « TOUT LE MONDE DEHORS ET TOUT LE MONDE À TERRE ! »

Les gens n'osaient pas se regarder. Certains détournaient les yeux. D'autres les fermaient. D'autres encore faisaient des choses incroyables. Une femme se leva, défroissa sa jupe et l'épousseta à hauteur des genoux. Un homme sortit sa montre et la porta à son oreille. Un autre se moucha et dit :

— Excusez-moi.

Mauberley entendit aussi très clairement :

— Bon, tu as tout ?

Et quand il se retourna, il vit deux femmes ranger leurs bagages.

Quelqu'un ouvrit la porte.

Les corps des soldats blonds étaient étalés sur leur chemin, telles des marches de pierre, mais un homme descendit pour aider les femmes à passer à côté ou par-dessus les cadavres ; tout le monde était perdu et devait se protéger les yeux des faisceaux de lumière. Même les enfants restaient silencieux.

Mauberley se recula.

Il avait vaguement l'impression de se trouver dans le passage. Comme il ne lâchait ni l'attaché-case ni la valise, cela gênait les autres, ce qui fait qu'au lieu d'avancer vers la porte il fut repoussé dans un coin ; il posa ses bagages sur la banquette et laissa passer les gens comme un homme qui, dans un ascenseur, attend d'arriver à son étage.

Pendant ce temps, des centaines de personnes

venaient s'aligner sous le flot des lumières. Des gens galopaient sur le toit des wagons et à l'extérieur on entendait toujours ces cris : « DEHORS! DEHORS! DEHORS! À TERRE! À TERRE! » Les S.S. avaient commencé à nager dans les eaux de la nuit, tels des bancs de requins bleus.

Les wagons furent vidés en moins de dix minutes.

Mauberley contourna la vitre de séparation et alla dans le couloir.

Il n'était pas seul. Dix ou quinze personnes se tenaient tapies, à l'abri de la lumière. Mauberley s'accroupit à leur côté.

Nul ne disait mot.

Mauberley plaça la valise et l'attaché-case entre ses genoux.

On entendit des coups de feu à proximité du train. Quelqu'un avait essayé de s'échapper.

Puis ce fut le silence.

Mauberley regarda le long du couloir, à gauche puis à droite. D'autres faisaient de même, sans dire un mot. La seule petite chance de parvenir à la liberté se trouvait à l'autre bout du wagon où les portes donnaient sur la plate-forme du serre-freins ; et de là, une personne pouvait très bien s'enfoncer dans l'obscurité sur le côté nord du train.

Chacune des dix ou quinze personnes tapies dans le couloir avait dû penser, exactement comme Mauberley en ce moment : *laissons quelqu'un d'autre y aller en premier, on verra ensuite si la route est sûre* ; car personne ne bougeait. Les cuisses et les genoux de Mauberley, qu'il devait tenir très écartés afin de protéger ses bagages, le faisaient atrocement souffrir.

— Señor Mauberley...

Il tourna la tête à l'appel de son nom.

Le projecteur éclaboussa le wagon et lança de vifs éclats à travers la vitre qui vinrent éclairer à la fois Mauberley et la femme. Celle-ci se tenait dangereusement près de lui. A portée de la main. Plus près encore.

Il distinguait les cheveux très noirs, le manteau de moleskine, le teint glauque, les yeux. Puis la lumière s'éloigna et il ne resta rien qu'une ombre, accroupie à ses côtés. *Señor Mauberley*... Une Espagnole... Et alors il sut précisément qui elle était et pourquoi elle était venue le chercher.

Mauberley se leva et se mit à courir. Du moins essaya-t-il. La valise et l'attaché-case l'en empêchèrent presque immédiatement en heurtant de façon répugnante le visage du soldat à la pelle.

Puis il se produisit de nouveaux désordres : il reçut un jet de lumière vive en plein dans les yeux, un fusil tira à travers la vitre, on entendit des portes claquer et des tirs d'armes. Deux corps tombèrent à ses pieds. Un grand soldat gris armé d'une mitraillette leva les bras au-dessus de la tête et cria. Un objet — un couteau ? — frappa Mauberley au niveau du cou et il sentit des mains agripper ses chevilles pour essayer de l'attirer au sol parmi les bras, les jambes et les visages qui s'agitaient en tous sens.

Tout ce que Mauberley savait c'est qu'il courait au milieu de tout cela tandis que ses poignets ne cessaient de heurter les parois vitrées à cause du poids de son attaché-case et de sa valise. Et l'adrénaline jaillissait si vivement en lui qu'il eut une sensation de brûlure et que cela le rendit malade. Mais il se retrouva enfin à l'air libre et il s'enfonça dans l'obscurité en courant jusqu'à ce qu'il n'entende plus que le bruit de sa respiration. Le train était à trois cents mètres, puis à six cents mètres derrière, luisant sous les projecteurs comme un jouet.

Il se retrouva dans un endroit planté d'arbres.
Il vomit.
Le goût de l'oignon emplit sa bouche.
Il se lava le visage et la bouche avec de la neige. Bien qu'il ne se souvienne pas être tombé, il s'aperçut que ses genoux et la paume de ses mains étaient grêlés d'escarbilles ; il sentit un froid glacial sur la blessure de son cou. Cette blessure, deux lèvres ouvertes desquelles le sang s'était retiré sous le choc, avait sans doute été faite par un rasoir. Mauberley posa de la glace dessus pour calmer la douleur.

La scène qu'il avait fuie lui semblait étrangement lointaine, tel un diorama miniature où les visages étaient à peine visibles. Comme le jeune civil l'avait dit, il y avait un deuxième train. Il était composé de quatre wagons et la grosse locomotive blindée se trouvait derrière un amas de traverses et de rails sur lesquels flottaient deux grands drapeaux, au milieu des jets de vapeur et de lumière. On ne pouvait distinguer ni les emblèmes ni les couleurs, seulement le pâle éclat du tissu se détachant sur l'obscurité. Les dix wagons du train qu'il avait pris à Mantoue pour s'échapper étaient si vivement éclairés qu'ils semblaient d'argent.

Il vit le long de la route, qui était située à environ cent mètres de la voie, une colonne de camions impeccablement rangés et sur lesquels étaient installés les projecteurs ; un cordon gris pâle de gens entourait chacun des camions. Ce déploiement de force semblait minutieusement réglé.

Son « endroit planté d'arbres » était en fait un bois

assez grand. Bien qu'il fût dans l'obscurité, il sentait qu'il n'y avait guère d'habitations à proximité. Rien qui ne laissât présager d'un accueil ou de chaleur encore que le couvert des arbres fût assez accueillant.

Il commença à neiger.

Mauberley souffrait de partout. Il souffrait et il avait faim.

Peut-être neigerait-il assez pour que cela efface ses traces. En tout cas, il devait s'arrêter et se reposer. Il avança en trébuchant vers le bouquet de pins le plus proche et quelques minutes plus tard il arracha des branches qu'il disposa dans un creux sur le sol pour se faire une couche.

Il se réveilla une fois dans la nuit, son corps était raide comme un bout de bois, et il entendit des bruits de combats à proximité des trains; environ une heure plus tard, alors qu'il n'avait toujours pas retrouvé le sommeil, il vit le ciel s'embraser tandis que les locomotives explosaient. Enfin, il entendit un camion solitaire qui grimpait la route en passant près des arbres puis le profond silence ouaté de la neige s'abattit. La neige tombait comme dans un rêve : des flocons gros comme des œufs de pigeon tombaient des nuages qui étaient si bas qu'ils s'enchevêtraient dans les pins.

Au matin, il ne restait que des voiles de brume suspendus aux branches. Mauberley était parvenu jusqu'aux contreforts de la montagne et maintenant il était sûrement en sécurité. A moins que les arbres ne soient des ennemis.

Ezra Pound, dans l'une de ses émissions régulières sur les fascistes, avait particulièrement pris à partie le président Roosevelt en ce qu'il était l'un de ceux « qui pensent que vous pouvez traverser l'enfer ventre à terre ». Durant tout son voyage, tandis qu'il marchait, qu'il se couchait à plat ventre sur le toit des trains, qu'il montait et descendait de camions par l'arrière, qu'il pataugeait un jour dans l'eau, le lendemain dans la neige, il songeait à ces paroles et il en était sinistrement amusé. Dans son souvenir, l'image d'Ezra était très nette qui, le dos voûté, fixait son micro et feuilletait les pages comme celles d'un menu — *à la carte* ou *table d'hôte* : *qu'est-ce que je vais vous proposer aujourd'hui, à vous tous qui êtes affamés de ma sagesse ?* Parfois il la servait avec des cuillers en argent, d'autres fois il l'enfilait grossièrement sur des fourchettes ; parfois, comme un animal qui nourrit son petit de force, il la mastiquait et la crachait sur les ondes : tous ses avertissements, ses panacées, ses coups de colère, ses déclarations...

Bon.

Si Mauberley pouvait s'adresser maintenant à Ezra, il lui dirait sur un ton catégorique : *Il est tout à fait impossible de traverser l'enfer*.

Tout au long de son chemin, des bois de Vérone jusqu'à la forêt de Merano, il sentit que la femme au manteau de moleskine le suivait.

Il savait naturellement ce qu'elle voulait. C'était ce qu'il avait de plus précieux, à savoir le contenu de sa valise et de son attaché-case : ses carnets de notes, des années et des années de notes.

Quoi qu'il pût être d'autre, Mauberley était un incorrigible témoin. Durant toute sa vie, il n'avait jamais pu s'empêcher de noircir du papier, de raconter, minute par minute, la vie de son entourage : tous les mots et toutes les attitudes étaient instantanément figés selon son code personnel. Tous ceux qui connaissaient l'existence des carnets de notes de Mauberley les redoutaient, comme s'il s'agissait d'une morgue où l'on conserve les morts dans la glace; des morts qui portent encore la trace de leurs blessures accusatrices. Cela n'aurait guère eu d'importance si les morts qui gisaient là avaient été des inconnus. Mais les amis de Mauberley n'étaient vraiment pas des inconnus. Son témoignage découlait des relations privilégiées qu'il avait entretenues avec des gens pendant des années et dont les vies pouvaient être maintenant gâchées, ou détruites, par les informations contenues dans ces carnets.

La femme au manteau de moleskine ne voulait pas seulement le tuer; elle voulait aussi détruire ses mots.

Mais au nom de qui agissait-elle? A qui était-elle vendue? A von Ribbentrop? A Schellenberg?... Ou pire...

Lorsque Mauberley avait quitté Rapallo, il pensait qu'il devait passer le col du Brenner. Mais maintenant, alors qu'il n'était pas loin du col, il réalisa que c'était le dernier chemin à prendre. D'abord, la route risquait d'être encombrée par l'armée en déroute. Ensuite, on s'attendrait à ce qu'il prenne cette route, la plus sûre pour lui.

Pour emprunter un itinéraire plus sûr, mais plus inattendu, il devait quitter la route et s'élancer à travers les vallons avant d'affronter la montagne.

L'hôtel Grand Elysium surplombe Unterbalkonberg dans le Tyrol et domine les eaux couleur émeraude du Ötztalsee situé vingt-cinq mètres plus bas. A trois mille mètres en contrebas, sur l'autre versant, se trouve la vallée de l'Adige qui serpente en direction du golfe de Venise. A l'est, le col du Brenner; à l'ouest, les montagnes menant à la Suisse. De Balkonberg on dit qu'elle est l'*esplanade* méridionale de l'Autriche car elle s'élève à plus de trois mille mètres au-dessus du niveau de la mer. Du vieil hôtel, on peut apercevoir un spectaculaire panorama et, avant la guerre, ses tourelles rhénanes, ses tours gothiques, ses terrasses et ses balcons furent l'objet de milliers de photographies destinées aux couvertures de magazines, aux brochures de voyages et l'on en fit même des timbres. Isadora Duncan, Greta Garbo, Somerset Maugham et Richard Strauss avaient gravi le célèbre escalier de marbre, traversant le hall pour aller signer le registre et retirer leurs clefs. Édouard VIII et Mme Simpson avaient dansé incognito dans le Jardin d'Hiver. C'est à cette époque que Mauberley était venu à l'hôtel pour la première fois. Il y était revenu vingt fois, ou plus, il ne s'en souvenait plus. Par contre, il se rappelait très bien de l'endroit : l'odeur des arbres, le bruit des cascades, les parois de verre brillant au soleil, les terrasses avec les chaises et les tables, la grande allée sinueuse par laquelle on arrivait et où le gérant, Herr Kachelmayer, mettait un point d'honneur à venir accueillir ses hôtes. Et vous n'étiez pas à mi-chemin de l'escalier, sous le portique, que Herr Kachelmayer vous avait dit lesquels de vos amis et de vos ennemis résidaient à l'hôtel.

Maintenant qu'il se trouvait aux portes de l'Autriche, Mauberley ne voyait que la grande paroi rocheuse du Balkonberg noyée dans le brouillard et les nuages, mais dont la dureté était atténuée par des arbres situés au premier plan. Voilà ce qu'il allait devoir escalader.

Il neigeait. Et sous la neige, il y avait de la boue. La peau de Mauberley n'avait pas été sèche un seul instant depuis des jours. Et derrière lui il y avait la femme qui attendait de le tuer, avec son rasoir dans la poche. Il ne pouvait même pas envisager de faire de l'escalade. En effet, sa valise en carton avait déjà commencé à se désintégrer et à se transformer en bouillie tandis que les angles métalliques de son attaché-case étaient devenus sa hantise. De toute façon, même s'il pouvait grimper, même s'il y parvenait, il n'y avait qu'un vieil hôtel qui l'attendrait. Un astre vide, glacé, avec une suite particulière et une salle de bains.

Si je détruisais les carnets maintenant, pensa-t-il, je mettrais fin à cette poursuite. Je pourrais quitter l'Italie, libre. Il ne me resterait plus que mes souvenirs. Et ça, personne ne peut s'en emparer. Elle ne peut ni les prendre ni les emporter dans son sac. Elle ne peut ni les faire parler ni dévoiler leur contenu. Surtout si c'est moi qui le dévoile en premier, avant de le brûler.

Il attendit ainsi dans la neige, sous les arbres, et il avait l'impression d'être un animal malade que le troupeau a abandonné aux loups.

Mais il ne vint aucun loup et, bien après que la nuit fut tombée, il se dirigea vers la route la plus proche où il vola de l'essence sur un camion de l'armée allemande dont les essieux s'étaient enfoncés dans la boue d'hier. Son conducteur se trouvait derrière les roues, gelé, sous la lumière de la lune : il était mort d'une crise cardiaque provoquée par la colère. Mauberley utilisa le casque de cet homme pour apporter de l'essence dans sa cachette au milieu des arbres.

Il déposa rapidement les carnets au fond d'un trou qu'il avait creusé dans la neige. Il voyait surtout la tranche des carnets, mais aussi quelques pages et se remémorait le gribouillage sténographique, le code des signes et des symboles qu'il avait inventé ainsi que sa façon personnelle d'écrire les dates. Il ferma les yeux, s'agenouilla et versa l'essence sur les carnets.

Un geste rapide suffirait.

Des allumettes.

Il frotta nerveusement la première et la regarda grésiller dans la neige.

Il enleva les gants de coton que Dorothy lui avait donnés et il les roula en boule soigneusement, lentement, avant de les mettre dans sa poche.

Puis il pria. Et frotta la seconde allumette.

Quand elle s'enflamma, il la regarda brûler un instant avant de la lancer au milieu des pages.

Rien.

Puis il y eut un « vlouf » et une grande flamme verte jaillit contre la paume de sa main et ses cheveux se mirent à brûler.

Mauberley bascula sur les talons et s'affaissa sur le côté. Ses souvenirs brûlaient : vingt-cinq années — un quart de siècle — de pensées intimes. Soudain, il se jeta, comme un sac de sable, sur les flammes.

Il resta inconscient pendant une heure et demie ; lorsqu'il se réveilla, il faisait nuit noire et il n'y avait aucune trace de feu. Après qu'il eut creusé le sol avec ses mains, il sentit au bout de ses doigts les pages et la masse des volumes qui semblaient plus ou moins complets. Il se redressa, s'assit les pieds dans la cendre et il réalisa alors que lui et ses carnets — du moins, une certaine partie — avaient survécu.

Il resta assis ainsi toute la nuit.

Le lendemain, et le surlendemain, il fit de l'escalade pour passer en Autriche, dormit une nuit dans la montagne et réussit à atteindre la cour de l'hôtel Grand Elysium où il trouva le gérant, Kachelmayer, assis au soleil, enroulé dans une couverture.

— Vous êtes Herr Kachelmayer? demanda Mauberley en posant ses bagages sur la glace sans pouvoir cependant décrisper ses doigts.

— Oui, bien sûr, c'est moi, répondit Herr Kachelmayer qui se leva en prenant la couverture. De même qu'il me semble que vous êtes Herr Mauberley.

C'était bien cela.

Mauberley nota une certaine nervosité chez Kachelmayer. Il nota aussi qu'on entendait un certain nombre de « galopades » un peu plus loin derrière, mais il n'aurait pas vraiment su dire si elles étaient le fait de gens ou de chiens.

— Vous êtes venu par la *montagne*, dit Kachelmayer. Vous êtes venu sans voiture... Vous êtes venu sans chauffeur, sans amis...

Kachelmayer avait vraiment le chic pour repérer l'évidence même.

— Ça va?

Mauberley répondit :

— On peut entrer? J'ai été exposé au froid très longtemps.

Herr Kachelmayer hésita.

— L'hôtel Elysium est fermé pour la saison, dit-il.

— Allons donc, Herr Kachelmayer. (Mauberley était déjà penché, prêt à prendre ses bagages.) Je veux une suite, comme d'habitude, au deuxième étage.

Il commença à traverser la cour, se dirigeant vers l'escalier dont il se souvenait bien ainsi que les grandes portes vitrées en espérant que Herr Kachelmayer le suivrait.

Ce qu'il fit.

— Mais monsieur Mauberley... Herr Mauberley... sir...

Bavardage bavardage bavardage.

Ils finirent par conclure le marché que Mauberley avait eu l'intention de passer dès le départ. Il pourrait séjourner pratiquement seul dans le grand hôtel et Kachelmayer aurait les cinq cents reichsmarks que Mauberley avait mis de côté dans ce but.

Il y avait aussi des compensations. Il semblait que Kachelmayer avait gardé en stock les meilleurs de ses vins, de ses cognacs, de ses schnaps ainsi qu'une montagne d'aliments tels que des œufs, du lait, de la saucisse et même des légumes dans l'espoir et avec le fervent désir qu'un gradé — un colonel ou un général — se présenterait à sa porte afin de trouver un endroit où se reposer ou même, à Dieu ne plaise, pour se cacher. De nombreuses troupes s'étaient déjà repliées en passant par les vallées, mais l'hôtel Elysium était à l'écart du chemin pris par l'armée en déroute et seul un personnage de haut rang pouvait connaître l'existence de cet hôtel... un personnage riche.

Alors qu'il observait la prestation de Kachelmayer au milieu du grand hall, Mauberley pensait à une sorte de gros Uriah Heep[1]. Ses mains ne s'arrêtaient même pas pour changer de sens une fois qu'elles avaient commencé leur mouvement circulaire : elles tournaient, encore et encore. Il aurait aussi bien fait de dépenser son énergie à pétrir du pain, à essorer des draps que de la gaspiller sur le dos de Mauberley. La seule chose qu'il ne demanda pas, et c'était bien sûr la seule chose qu'il aurait dû demander, concernait la raison de la présence de Mauberley en Autriche...

---

1. Uriah Heep : personnage des *Grandes Espérances* de Charles Dickens *(N.d.T.)*.

l'écrivain américain... le célèbre Américain exilé... le célèbre Américain... avant l'arrivée des *Américains*. Mais peut-être ne voulait-il pas le demander. La réponse pourrait compromettre l'avance de cinq cents reichsmarks.

Mauberley entendit de nouveau ce bruit vraiment déconcertant qui faisait penser à un chien; ou à une meute de chiens.

— Nous sommes seuls, Herr Kachelmayer?
— Mais bien sûr...

Les bruits se répétèrent; quelque chose courait précipitamment hors de la vue; quelque chose tomba et on entendit une effroyable série de coups semblables à ceux d'un sac de pommes de terre dont on viderait le contenu dans un escalier.

Herr Kachelmayer haussa les épaules et sourit.

— *Die Ratten...*
— Des rats plutôt bruyants, non?
— *Ja.*

Un petit visage blanc fit son apparition au ras du plancher, près du bureau de la réception.

— Et plutôt grands, ajouta Mauberley.

Kachelmayer fit un geste du bras.

— *Chut, chut*, fit-il.

Un enfant de quatre ou cinq ans, une fille peut-être, s'élança sur le marbre vers les cuisines.

— Combien sont-ils? demanda Mauberley. Ne me dites pas un autre mensonge, je vous prie. Je n'en ai ni la patience ni le temps.

— Il y en a quatre, Herr Mauberley.
— Quatre?... A qui sont-ils?
— Ce sont mes enfants.
— A part cela, est-ce que nous sommes seuls?
— Il y a aussi ma femme, dit Herr Kachelmayer en s'excusant.

Kachelmayer se retourna, se dirigea vers le bureau — bien trop rapidement, pensa Mauberley — et chercha les clefs en farfouillant.

— Vous pouvez avoir la suite que vous avez toujours occupée. Troisième porte à gauche. Il faudra un peu de temps pour mettre en service les canalisations et remettre l'eau au deuxième étage. Ça sera peut-être possible pour ce soir... Et pour la lumière, vous devez tirer les rideaux au cas où... et...

— A manger.

— Oui, tout de suite.

— Et à boire. Je prendrai du cognac et du vin...

Mauberley commença à se diriger vers l'ascenseur, comme par habitude. Mais lorsqu'il vit les portes en fer forgé et les barreaux fermant la cage, il décida de monter à pied. Il devait se méfier des cages.

Il commença à monter les escaliers.

— Herr Mauberley?...

— Oui?

Herr Kachelmayer se tenait debout, enroulé dans sa couverture, au milieu du hall désert, levant les yeux vers lui. Il souriait.

— Je suis heureux que vous soyez de retour, dit-il.

— Merci, Herr Kachelmayer. Merci. Je suis heureux d'être ici.

Après avoir tourné la clef dans la serrure et ouvert la porte, Mauberley se protégea le visage du bras et ferma les yeux, plus effrayé à l'idée de voir son assassin que d'être tué.

Mais il n'y avait personne. Naturellement, il n'y avait personne. La peur était devenue une habitude.

Le salon était vide. Les fenêtres n'avaient pas été ouvertes depuis des semaines. L'air était aussi sec que dans une boîte de biscuits. Les tapis sentaient la poussière civilisée; les chaises et les sofas, bien que recouverts de housses, avaient tous été disposés pour la conversation, et non pour la confrontation. Dans la salle de bains, l'un des énormes robinets était déjà en train de faire du bruit; de la véritable eau tombait goutte à goutte et Mauberley y trempa le doigt, puis le lécha comme quelqu'un trouvant du miel au fond d'une tasse. Dans la chambre il y avait un lit, sous lequel il pourrait se cacher quand les murs commenceraient à s'écrouler.

C'était le paradis.

Environ une heure plus tard, Kachelmayer fit son apparition, suivi d'un petit garçon blond qui portait un plateau.

Il posa le plateau sur la table et on enleva les housses des fauteuils et des sofas.

Kachelmayer tendit au garçon des essuie-mains et une savonnette (elle avait déjà été utilisée, mais enfin c'était une savonnette). Il fit signe au garçon d'aller vers la salle de bains et il le regarda faire : c'était un garçon âgé de douze ou treize ans sans doute, très bien bâti encore qu'un peu maigre. Il était tellement blond que ses cheveux étaient presque blancs.

Après le départ du garçon, Herr Kachelmayer resta un moment dans l'encadrement de la fenêtre à contempler le merveilleux panorama comme si c'était lui qui l'avait créé. Puis il se retourna vers Mauberley et sourit.

— Quinze marks par jour, pour le garçon.

Mauberley en fut plus amusé que vexé.

— Vous êtes en train de me vendre votre fils, Herr Kachelmayer ?

Kachelmayer chercha une réponse convenable et pendant tout ce temps Mauberley l'observa, fasciné.

Kachelmayer finit par faire son choix.

— Il est vrai que ce n'est pas mon fils.

— Je vois.

— Très propre ce garçon ; un domestique tout à fait compétent ; il vous apportera vos repas, fera vos courses et...

— Et sur ces quinze marks par jour, il en verra la couleur de combien, ce fils qui n'est pas le vôtre ?

Herr Kachelmayer haussa les épaules.

— De cinq peut-être.

Mauberley fixa le gérant pour qu'il se sente honteux. Mais c'était impossible.

— Il faut qu'il mange, dit Kachelmayer. Et je dois le nourrir. En plus, s'il doit vous servir, il réclamera une part supplémentaire. Quinze marks. Oui... ou non.

Le garçon se tenait maintenant à la porte de la salle de bains ; il observait et écoutait. Son visage était totalement dénué d'expression.

Mauberley pensa aux autres dans la cave : *die Ratten*. Ce garçon était tellement pâle et tellement blond qu'on aurait dit un albinos. Alors il le baptisa *die weisse Ratte*. Il allait apprendre par la suite que son véritable nom était Hugo.

Mauberley fit un signe affirmatif en direction du garçon et dit qu'il devait se mettre d'accord avec Herr Kachelmayer.

— Je vous sonnerai lorsque j'aurai besoin de vous, ajouta-t-il. Est-ce que les sonneries fonctionnent, Herr Kachelmayer ?

Kachelmayer haussa les épaules.

— Est-ce qu'elles fonctionneront avec cinq marks de plus par jour ?

— Mais certainement.

Kachelmayer poussa le garçon hors de la pièce.

Il n'avait plus rien de l'homme mielleux qu'il avait été encore une seconde avant lorsqu'il demanda à Mauberley :

— Maintenant dites-moi quels sont vos ennuis?

Mauberley ne pensa pas à ses ennuis mais à ce qu'il allait dire. Alors il déclara :

— J'ai les ennuis que vous pouvez imaginer. Mais d'un autre côté (il regarda Herr Kachelmayer droit dans les yeux) vous pouvez avoir les mêmes ennuis que moi maintenant que je suis un pensionnaire de votre hôtel.

Kachelmayer déglutit avec difficulté.

— Avez-vous été suivi?

— Ne le sommes-nous pas tous?

Kachelmayer s'emmitoufla dans sa couverture.

— Vous comptez rester combien de temps ici?

— Jusqu'à la fin.

Kachelmayer approuva de la tête.

— De la guerre?

Mauberley détourna les yeux.

— Non. Pas la fin de la guerre, Herr Kachelmayer.

Kachelmayer regarda l'attaché-case et la valise en carton avec un nouvel intérêt. Un arsenal peut-être...

Il n'ajouta pas un mot et s'enfuit, effrayé.

Mauberley regarda le plateau de nourriture qui se trouvait de l'autre côté de la pièce. Un œuf. Trois carottes. Du fromage. Un morceau de pain et un bol de soupe aux choux. Dans des assiettes. Avec une serviette. Des couverts en argent et une bouteille de montrachet.

Il éclata en sanglots.

Après, il alla dans la salle de bains, tourna les robinets, prit la savonnette qu'il porta à son nez. Elle sentait le sombre et le chaud, comme de la mousse. Mauberley ferma les yeux et respira l'odeur le plus profondément qu'il put ; il n'arrivait pas à croire qu'il se trouvait, en sécurité, dans une salle de bains avec une savonnette à la main. Quand il ouvrit les yeux, la première chose qu'il vit ce furent toutes ces serviettes aux couleurs vives accrochées le long du mur ; trois d'entre elles étaient suspendues à une tringle en argent. Éblouissant. Par terre, le carrelage avait été posé à la main suivant un motif compliqué et il se demanda quand des gens avaient eu le temps de travailler sur quelque chose d'aussi ordinaire que cela — un sol avec des octogones bleu et blanc dessinant des vagues pour qu'une quelconque Aphrodite de passage y trace sa route.

Après les premiers jours d'une réclusion placée sous le signe de la paranoïa au cours desquels il dormit avec l'attaché-case et la valise recouverts de taies d'oreiller et placés près de lui dans le lit, Mauberley s'aventura dans les couloirs d'étage sans être tout à fait certain qu'il était le seul fantôme à les hanter. Chaque son et chaque odeur suscitait en lui à la fois la peur et la tristesse. Autrefois, chacune des portes de ce couloir s'était ouverte à lui, révélant des amis et des rires, des cocktails et des robes de soirée, du jus d'orange et des pantalons de tennis, du vin chaud et des chandails islandais. Il pouvait voir de sa chambre la terrasse avec son muret de pierre située en contrebas. Il n'avait plus maintenant que des souvenirs d'été sur le versant alpin de sa mémoire. Isabella avec ses cheveux roux clair rejetés en arrière, sa fourrure remontée contre sa joue et sa main faisant de l'ombre pour se protéger du soleil; tous les deux souriant, regardant de l'autre côté de la vallée la ville où ils s'étaient rencontrés, la seule ville du monde dont le nom à lui seul suffisait à raviver les sens de Mauberley. Venise. Dans son esprit, la distance était impossible à évaluer; tous les horizons étaient dissimulés dans les voiles d'une brume aquatique et de pluies scintillantes qui ne tombaient jamais.

Il avait toujours eu la même suite : troisième porte à gauche au deuxième étage; de l'autre côté du couloir il pouvait y avoir quelquefois les Allenby ou les Hemingway et les Shirer, ou Willy Maugham avec son ivrogne de Gerald. Les Hemingway et les Shirer venaient surtout l'hiver; les Allenby et les Maugham étaient exclusivement *Sonnen und Sommerkind* qui prenaient le soleil sur leurs balcons, se nourrissaient de salade et marchaient avec des bottes trop grandes pour des pieds anglais, cela afin d'escalader des sentiers de chèvres creusés à flanc de montagne. Cette époque avait toujours été celle des rires et la conversation se résumait à des commérages; on ne parlait jamais de travail et encore moins de politique : celle-ci était déjà suffisamment perceptible sur les visages des touristes allemands et italiens ainsi que sur les uniformes qui, au fil des ans, devenaient de plus en plus nombreux. Mais on riait le plus souvent de façon un peu frivole : c'était l'euphorie des hauts sommets due au manque d'oxygène et à la présence des gens les plus excitants et les plus célèbres du monde. Ainsi, Marielle de Pencier, la femme la plus riche de la terre, aimait beaucoup la vue que l'on avait au nord et elle louait toute l'aile « autrichienne » pour deux semaines au mois de juin; elle installait les gens les plus scandaleux dans ses chambres et ses suites : des artistes de cirque qui se suspendaient aux terrasses surplombant le Ötztalsee, des nains et des gnomes qui se laissaient glisser sur les rampes ; une fois, un célèbre détective organisa un jeu de « meurtre » avec la participation de tous les clients ; une autre année, un couple de danseurs nus recouverts d'or de la tête aux pieds s'évanouirent à la fin du numéro parce que leur peau ne pouvait pas respirer et l'un d'entre eux faillit mourir. En plus, Marielle de Pencier amenait son amante, son amant et l'« ami » de son amant, si bien que toute la nuit on entendait des bruits de course dans les couloirs, et les petites galopades des nains, des gnomes et de singes enchaînés. Un jour, Greta Garbo vint s'installer près de chez Mauberley qui, sans aucune pudeur, se mit à écouter au mur : durant des heures il n'entendit qu'une toux puis un téléphone qui sonna encore, et encore jusqu'à ce que Garbo vienne répondre : elle dit simplement « non » et raccrocha.

Il ne restait maintenant que le vent qui geignait derrière les portes et se faufilait sous les tapis, créant ainsi une mer de vagues tandis qu'en haut les chandeliers appelaient de leurs voix sourdes comme les échos des nains et des gnomes morts depuis longtemps. Mauberley voulait prendre les bougeoirs fournis par Herr Kachelmayer pour aller errer parmi les ombres ; mais il n'était pas tout à fait assez courageux pour frapper aux portes et vraiment pas assez courageux pour les ouvrir. Une nuit, enhardi par le vin et le cognac, il se risqua jusqu'à l'escalier menant aux couloirs, mais il sentit comme une présence, *eine Ratte* peut-être, alors il fit demi-tour et s'enferma dans sa chambre. Mais il finit par ne plus pouvoir supporter l'absence de ses amis et il alla les chercher dans leurs chambres. Armé d'un candélabre à cinq branches, il passa un ongle sur la surface de la porte d'Isabella, tourna la poignée et ouvrit la porte.

La pièce dans laquelle il entra, un salon, était meublée de chaises, d'un bureau en désordre, de quelques tables et d'un lit Récamier. Les tapis avaient été roulés contre les murs les plus éloignés et l'on avait enlevé toutes les tentures des fenêtres. Il régnait une odeur de poussière légèrement parfumée et le givre sur les vitres ressemblait à une dentelle vénitienne qui avait été froissée et déchirée à certains endroits par la respiration des oiseaux pris au piège de la pièce et qui reposaient le long des tablettes des fenêtres telles des pierres. Il y avait aussi un gramophone.

Mauberley traversa la pièce sur la pointe des pieds, redoutant que le gramophone ne disparaisse avant qu'il ne l'atteigne. Sur la table, tout près de l'appareil, se trouvait une pile de disques dont certains étaient cassés et d'autres non : il y avait Schubert, Mahler, Brahms et Strauss (un concerto viennois). Il n'osait pas vraiment les jouer, mais il resta à les regarder et il toucha les étiquettes de ses doigts, faisant courir sa mémoire le long des sillons jusqu'à ce que la musique s'élevât comme une main qui le poussa dans un fauteuil. Mais ce fauteuil ne le retenait pas prisonnier et il le quitta à plusieurs reprises pour se plonger dans un passé où il flânait avec son père sur le toit de l'hôtel Arlington à Boston, pataugeait avec Ezra dans l'étang de Rapallo, dansait avec sa mère dans les couloirs de l'hôpital psychiatrique de Bellevue.

Il était tellement ivre, cette nuit-là, qu'il s'endormit sur le lit Récamier et il faillit mettre le feu à l'hôtel car il avait oublié de souffler les bougies. Quand il se réveilla au matin, il avait une longue coulée de cire rouge sur le dos de la main.

Il n'était pas seul. *Die weisse Ratte* s'était endormi à l'autre bout de la pièce sur les rouleaux de tapis, allongé sous les tentures de brocart. Après que Mauberley l'eut réveillé en renversant sa bouteille vide, le garçon dit :

— Vous avez fait des bruits en dormant.

— Ah? fit Mauberley, prudent. Quelle sorte de bruits?

— De la musique, rétorque *die weisse Ratte*. Des valses.

Il sourit.

— J'ai trouvé ces disques, lança Mauberley. Je me demande à qui ils peuvent appartenir.

— A personne, dit le garçon. Je ne sais pas.

C'était un mensonge. Un mensonge que Mauberley pouvait voir distinctement écrit dans les pâles yeux bleus bordés d'un liséré rose malsain.

Die weisse Ratte, qui avait l'air gelé, s'assit sur le tas de tapis, tirant sur sa tête et ses épaules les tentures de brocart.

— Ma mère, commença Mauberley pensant qu'ainsi il pourrait lui soutirer une confidence, était musicienne et elle aimait énormément la musique de ce genre-là. Elle était pianiste, tu sais. Durant toute mon enfance, je l'ai écoutée jouer.

Die weisse Ratte déplaça ses pieds et se glissa le long du tapis pour essayer de trouver un endroit plus confortable où s'asseoir. Mais il resta silencieux.

Mauberley farfouilla dans ses vêtements dépenaillés, tripota ses épaisseurs boutonnées et finit par sortir de l'argent d'un morceau de chiffon plié et le leva en l'air pour que le garçon le voie.

Die weisse Ratte regarda fixement l'argent comme un enfant affamé qui se retrouve devant des tranches de pain beurré disposées sur une assiette.

Mauberley savait ce qu'il devait dire, mais il n'avait jamais prononcé de tels mots.

— J'ai besoin d'un ami, dit-il. Je veux dire quelqu'un qui puisse m'aider.

Maintenant, *die weisse Ratte* souriait. *Ami*, voilà le mot qu'il attendait. Ce mot lui rapporterait à coup sûr l'argent venant des mains de Mauberley. *Ami*, dans la seule et unique conception qu'avait *Die weisse Ratte* du monde, était un mot synonyme d'intérêt et d'argent. Il n'était pas vraiment naïf car, durant toute sa vie, il n'avait jamais eu un ami qui lui ait donné de l'argent afin d'obtenir ses faveurs. Herr Mauberley était en train de déplier ses mitaines et il lui montra plus d'argent que Hugo n'en avait jamais vu.

Ami.

Le visage de la *weisse Ratte* s'éclaira. Même le rose de ses yeux devint plus soutenu.

Mauberley connaissait trop bien ce regard pour s'y laisser prendre. Il sourit.

— Un ami, par les temps qui courent, et si j'en trouve un, doit être à moi tout seul. Il ne peut pas avoir d'autres amis, pas même Herr Kachelmayer. Tu comprends ?

Hugo commença à approuver de la tête, ce qui donna une certaine couleur à ses joues, blanc sur blanc.

Mauberley avait besoin de savoir jusqu'où irait son nouvel ami dans ce jeu. Il retira deux billets de sa main.

— Je veux un revolver, dit-il. Tu peux m'en avoir un ?

Rien.

Trois billets.

Le garçon se leva. La tenture glissa sur le côté. Il

traversa la pièce et vint se mettre si près de Mauberley que celui-ci put sentir son odeur. Aigre, comme de la soupe. Alors, d'un geste que seul un enfant pouvait faire sans que l'on songe à le lui reprocher, le garçon chipa l'argent dans la main de Mauberley et le regarda à la lumière. Des vrais, pas des faux. Il les garda.

Mauberley observait *die weisse Ratte*, à la fois amusé et sur ses gardes. Le garçon était bien hardi de se tenir si près, d'admettre une telle proximité comme allant de soi. Hardi et dangereux — tendant la main pour prendre les billets. Ils étaient tellement rapprochés qu'une partie de leurs vêtements se touchait. Puis le garçon déboutonna sa chemise, dévoilant un instant un pâle mamelon et exhibant si fièrement sa peau nue que Mauberley se demanda ce qui allait se passer après et comment ce geste allait s'achever. Mais lorsque le garçon retira sa main, il tenait un petit revolver nickelé et brillant comme les femmes en ont dans leur sac à main : le canon était court et froid malgré l'endroit dont il venait. Tout ce charme opérait en silence : ils n'échangèrent pas un mot. *Die weisse Ratte* dit alors :

— Il est chargé.

Et il tendit le revolver à Mauberley.

Mauberley fut obligé de reculer d'un pas. Il fut presque surpris de constater que le revolver le suivait. Il n'avait jamais tenu un objet aussi terriblement froid.

Le garçon était en train de plier ses billets.

— Merci, dit Mauberley qui avait été tellement frappé par la soudaine apparition du revolver qu'il oublia le reste de ce qu'il avait voulu dire.

Die weisse Ratte commença à se replier vers la porte.

— On doit avoir besoin de moi au sous-sol, dit-il.

On doit avoir besoin de moi pour porter votre déjeuner. Herr Kachelmayer doit m'attendre...

— Il veut savoir comment j'ai passé la nuit?

Mauberley ressentit soudain une méfiance totale pour Kachelmayer.

— C'est lui qui t'a envoyé ici, n'est-ce pas?

— Non, répondit le garçon. Je suis venu de moi-même.

Leurs regards se croisèrent, glissèrent, se séparèrent.

— Vous étiez en train de chanter, ajouta le garçon.

Mauberley sourit.

— Et tu voulais écouter de la musique?

Die weisse Ratte haussa les épaules.

— Plus personne ne chante maintenant.

— Je vois.

— Je vais vous apporter votre petit déjeuner.

Mauberley fit un signe affirmatif de la tête et *die weisse Ratte* avant de s'en aller déverrouilla la porte, ce que Mauberley nota avec une certaine inquiétude. Mais il ne dit rien. Ils étaient donc restés enfermés toute la nuit dans le salon et c'est Hugo qui avait eu les clefs.

Mauberley resta là, suant vin et cognac, et il écouta son nouvel « ami » se diriger vers les escaliers, sous les housses des lustres dont le cliquetis faisait entendre, comme dans sa tête, des mises en garde censurées et indéchiffrables.

Une génération d'enfants, pensa-t-il, qui portent des revolvers... Il n'avait jamais vu de revolver à l'âge de Hugo, sauf sur les écrans du Bijou ou du Nickelodeon. Des revolvers de cinéma pour des tueurs de cinéma. Pan. Avec des petits nuages pâles de fumée blanche qui semblait tellement inoffensive et innocente. La mort au bout d'un nuage blanc silencieux. Et il y avait écrit : *Pan!* Avec un point d'exclamation. Voilà pourquoi au cours de ses jeux solitaires il n'avait jamais imité le bruit des revolvers. Il avait toujours dit : « *Pan!* ». Tous ces dimanches d'été où il rentrait à pied à la maison. Église le matin, cinéma l'après-midi. Choristes et cow-boys. Chants et fusillades. Fini tout cela.

Il est vrai qu'il avait fait un très long chemin depuis l'époque du Bijou. Mauberley sourit. Et quelle histoire à raconter! Si seulement je pouvais la raconter, pensa-t-il. Si seulement j'en avais le temps et si je pouvais tout dire. Tant pis. Les journaux, les carnets de notes auraient suffi. A cela près qu'ils étaient comme les sous-titres d'un film muet; sans le film lui-même.

Mauberley remarqua les petits nuages blancs qui sortaient de sa bouche quand il respirait.

« Pan, pan », fit-il. Mais sans points d'exclamation. L'air était bien trop froid pour qu'il puisse respirer aussi profondément.

Il se dirigea, sa couverture sur le dos, vers les fenêtres et il regarda par terre un oiseau gelé dont les yeux étaient pitoyablement clos et dont les griffes rétractées traduisaient la résignation. Il était mort de faim ou alors il s'était brisé le cou contre la vitre.

Si seulement je pouvais tout dire. Si seulement j'en avais le temps.

Il regarda par le petit trou qu'avait fait son souffle sur le givre et il vit que c'était une journée froide et ensoleillée, presque belle.

Il mit le revolver dans sa poche mais le ressortit

soudainement. Il y avait quelque chose qui n'allait pas. Lorsqu'il regarda dans les chambres du barillet, il fut atterré. Il le fut tellement qu'il en eut le souffle coupé. Les chambres étaient vides. Toutes.

2

MAI 1945

> *Elysée, bien qu'il ait été
> dans le vestibule de l'enfer...*
>
> Ezra Pound

Mauberley fut trouvé par des étrangers.

— En voilà un autre, dit un type nommé Annie Oakley. Mort depuis des semaines sans doute... Annie était un simple soldat de la 7ᵉ armée américaine. Il se tenait dans l'encadrement de la porte et il scrutait attentivement la nuque de Mauberley, croyant que les contusions et la maigreur étaient des signes de décomposition. Annie était très jeune et les seuls morts qu'il avait vus jusqu'alors étaient ses propres victimes. C'était un tireur d'élite ; sa spécialité était de déloger les Allemands des arbres et des fenêtres.

— L'approchez pas, dit le sergent qui, pour entrer dans la pièce, dut se frayer un chemin en poussant du coude le paquetage d'Annie. Il peut être dangereux.

Mauberley se trouvait dans un coin, penché en avant, presque comme un homme en train de prier. L'un de ses bras, cassé, était replié sous lui ; l'autre était tordu vers l'arrière et la main, paume tournée vers le haut, serrait le stylo d'argent.

— On dirait qu'il est gelé, dit Annie Oakley. Malgré tous ses vêtements.

Mauberley portait des écharpes, d'autres bouts de lainages ainsi qu'une couverture épinglée au niveau de la gorge lui couvrant les épaules par-dessus son manteau. En dessous, il avait un costume dont toutes les poches avaient été arrachées et dont les doublures pendaient en lambeaux. Mais on ne découvrit cela que plus tard. Pour le moment, la seule évidence qui s'imposait effectivement, c'est qu'il était « gelé ». Les feux étaient tous éteints et il y avait de la neige non seulement sur le tapis mais jusqu'à ses pieds. Lors de la dernière tempête, le vent avait ouvert certaines fenêtres. Du givre s'était formé sur les glaces. Même les cendres dans la baignoire avaient une sorte de dureté qui ne rappelait en rien le feu et du tuyau de la descente d'eau jaillissait une chandelle de glace de la grosseur d'un bras.

— Je reste ici, dit le sergent, allez chercher le lieutenant Quinn.

Annie Oakley s'en alla, mécontent, prit le couloir puis l'escalier menant au vestibule et dont les marches de marbre étaient encombrées de piles d'équipements. Il voulait le stylo d'argent. A tous les coups, il irait enrichir la collection du sergent, et pas la sienne. Le pillage était devenu de plus en plus difficile dans la dernière partie de la campagne. La plupart des civils qu'ils rencontraient maintenant étaient affamés et sans le sou. On avait l'impression que toutes les montres, les bagues, les broches avaient été échangées contre des boîtes de viande de cheval jaune que vendaient les soldats de la Wehrmacht en déroute.

La guerre avait continué plus longtemps ici qu'ailleurs en Europe. Innsbruck, située à cinquante kilomètres au nord de l'hôtel Grand Elysium, avait été la dernière ville autrichienne à tomber. Quatre jours après, la guerre était finie. Maintenant, l'armée ne trouvait plus sur son chemin que des hordes de réfugiés affamés et sans abri fuyant les Russes qui étaient entrés dans Vienne ou l'interminable défilé des prisonniers aux pieds nus venant d'Italie ; à la boue des vallées succédaient la glace des collines et les tempêtes de neige des montagnes. Et l'on avait peur qu'une nouvelle horreur semblable au choc ressenti par ceux qui avaient franchi les portes de Dachau ne sorte de sous la neige pour vous surprendre.

Annie Oakley n'éprouvait aucune crainte. Il n'avait pas franchi les portes de Dachau. Son travail avait consisté à supprimer des chiens dressés pour tuer et il avait fait ça, seul, dans les bois. Il avait ensuite allumé un feu pour brûler les cadavres. Pendant ce temps, un de ses amis avait abattu un officier allemand qui fuyait avec une valise remplie de diamants et de montres. Ce n'est pas que son ami avait pu les garder, cependant si Annie Oakley avait été là...

Ainsi, la peur qu'éprouvait Annie était différente de celle de ses camarades. Il craignait de devoir passer le reste de sa vie de soldat à aller tuer les chiens, à aller chercher le lieutenant Quinn et à rater les stylos d'argent et les bagues de diamant.

Quand il se retrouva seul, le sergent Rudecki ne laissa rien au hasard.

— Ne jamais se fier à un cadavre, dit-il à voix haute tandis qu'il pointait son Browning sur la nuque de Mauberley et regardait la main avec le stylo d'argent. Rudecki savait par expérience que certains morts étaient vivants alors que d'autres étaient piégés. Le beau stylo d'argent était l'exemple type du piège capable de vous arracher les couilles, de vous péter à la gueule ou de déclencher un fil qui ferait s'écrouler le plafond.

— Ne touchez à rien avant que Quinn soit là, dit-il, comme si Mauberley pouvait l'entendre et lui obéir. Ne touchez à rien, nom de Dieu.

Le lieutenant Quinn était leur expert en démolitions. Il était efficace et ambitieux. Il était toujours bien coiffé, son haleine sentait toujours la menthe et les lunules de ses ongles étaient toujours visibles. Même quand il avait la dysenterie, son linge de corps était impeccable. Il avait une trousse spéciale, qu'il ne mélangeait pas à ses autres affaires et qui contenait un flacon d'antiseptique et un savon de Castille[1]. Même question travail, il savait s'y prendre. Ce n'était pas juste. Il ressemblait à Tyrone Power. Mais il n'était que lieutenant. Personne ne s'était soucié de connaître son prénom.

Alors qu'il grimpait l'escalier de marbre avec Annie Oakley en remorque, Quinn fit glisser le bout de ses doigts sur la rampe et dit :

— C'est un des plus grands hôtels d'Europe. Vous saviez cela, soldat ?

— Non, lieutenant.

— Le pauvre Scott Fitzgerald avait l'habitude de se soûler au bar en bas.

— Tant mieux pour lui, lieutenant. Qui c'était Le pauvre Scott Fitzgerald ?

Quinn, qui ouvrait la marche, hésita un peu et soupira doucement.

— Il écrivait, dit-il, des livres.

— Je m'en souviendrai, dit Annie Oakley qui se retourna pour regarder à l'autre bout des vestibules deux portes en verre qui s'ouvraient sur l'obscurité ; c'était probablement le bar où Le pauvre Scott Fitzgerald venait se soûler. Oakley pensa combien il aurait

1. Savon à l'huile d'olive *(N.d.T.)*.

été agréable d'aller prendre une Pilsner en sa compagnie. Il demanda s'il y avait quelque chance que Le pauvre Scott Fitzgerald revienne ici, maintenant que la guerre était finie.

— Non, dit Quinn. Il ne reviendra pas. Il est mort. Un franc-tireur allemand avait dû l'avoir, sans doute.

Lorsqu'ils arrivèrent à la mezzanine, le lieutenant Quinn sentit le courant d'air et il enfonça plus profondément les pans de son écharpe kaki contre sa poitrine.

— Vous dites qu'il y a un autre cadavre?
— Oui, lieutenant. Là-haut.
— Avec ceux que nous avons déjà trouvés, ça fait six ou sept...
— Huit.
— Et dire qu'on ne s'est même pas battu ici. Je ne comprends vraiment pas...

Le lieutenant Quinn fut encore plus troublé par ce qu'il vit au deuxième étage. Devant eux, une longue et fine coulée de neige courait le long du couloir. Au-dessus de leurs têtes les lustres recouverts de leurs housses rendaient les formes et les mouvements d'une chambre de torture. Cadavres de cristal : os cliquetants et ombres vacillantes. Une ou deux portes étaient grandes ouvertes par où se déversait l'écho des pièces vides situées au-delà; tout était éclairé d'une pâle lumière tamisée qui sentait la cendre.

— Troisième porte sur la gauche, dit Annie Oakley.

Quinn ressentit la vieille crispation familière de l'appréhension. *Troisième étage à gauche*, peut-être était-il déchiqueté.

— Sergent Rudecki?
— Oui, lieutenant.
— Qu'est-ce qu'il y a ici?
— Un cadavre, lieutenant. Piégé peut-être.

— Je vois.

Quinn s'avança et enfila ses gants. Annie resta dans l'encadrement de la porte. Rudecki, qui n'avait aucune envie de traverser la pièce au cas où ça lui sauterait aux couilles, se recula d'un pas, son Browning automatique prêt à tirer.

— Faites attention au stylo, lieutenant, dit Rudecki.

— Merci, sergent. N'oubliez pas que j'ai fait ce genre de choses. C'est pour ça que je suis ici, lui rétorqua Quinn.

— Oui, lieutenant. Je veux que vous restiez avec nous, c'est tout...

— Quelle touchante attention...

Annie Oakley sourit. L'attention de ce lèche-cul de Rudecki était tellement touchante ! Ah, peut-être que le stylo d'argent péterait dans les mains de ce con. Alors personne n'aurait le stylo. Tant mieux. Et Quinn aurait été mutilé à vie dans l'un des plus grands hôtels d'Europe.

Quinn s'agenouilla près du corps.

La tête de Mauberley était tournée vers un coin.

— Il est mort de faim, déclara Quinn, ou bien d'une crise cardiaque. Je ne saurais le dire.

Il renifla.

— Marrant. On ne sent que l'odeur du feu et de la fumée.

— C'est peut-être le diable alors, dit Annie Oakley en souriant.

— Ce que je veux dire, c'est qu'on ne sent pas l'odeur de la mort, rétorqua Quinn, vexé.

Puis il s'accroupit.

— Je vous l'ai dit. Il a été gelé. Tout ce qui est gelé n'a pas d'odeur.

La logique, pensa Quinn, va toujours se nicher dans les endroits où on ne l'attend pas.

— Soldat Oakley, fermez-la s'il vous plaît, dit-il. Je dois écouter maintenant.

Quinn se pencha au-dessus du corps, tournant la tête d'un côté puis de l'autre tel un médecin écoutant l'évolution d'une maladie à travers les vêtements du patient. Rudecki baissa sa main libre et se protégea les testicules avec ses doigts. Oakley, ignorant cela, sifflotait l'air de *Don't Fence Me In*.

Mauberley était plié de telle façon que son oreille droite touchait le plancher. On voyait sa nuque tordue. En dehors de cela, il n'était plus qu'un paquet de vêtements. Quinn se livra à une minutieuse inspection des yeux et des oreilles avant de poser la main sur quoi que ce soit. Pas de tic-tac, pas de ronflement, pas de fils suspects.

— Il n'est pas piégé...

Quinn prit doucement le menton de Mauberley dans sa main droite gantée. Il craignait, bien qu'il restât calme et silencieux, que l'oreille ou le nez, ou même la tête de Mauberley, ne se détachent parce qu'ils étaient gelés. Il avait déjà vu cela une fois, sur une victime vivante. Un garçon dont les oreilles étaient venues avec le casque. Ici, c'était différent. Il y avait un mort. Il voulait d'abord voir le visage puis rouler ensuite le corps sur le dos. Avant de le couvrir.

— Oakley?

— Oui, lieutenant.

— Prenez-lui les pieds. Tout va bien... nous allons d'abord le tourner sur le côté et le mettre ensuite sur le dos.

Annie posa son fusil contre le chambranle de la porte. Rudecki s'avança un peu plus dans la pièce puisqu'elle paraissait sûre maintenant.

— On ferait mieux de le prendre par les jambes

jusqu'à ce qu'on puisse le mettre sur le côté, dit Quinn dont la main soutenait toujours le menton de Mauberley.

Il posa son autre main sur l'épaule du bras tordu qui tenait le stylo d'argent. Oakley se trouvait maintenant à ses côtés.

— On y va?
— On y va...

Ils poussèrent très doucement et Mauberley bascula sous la poussée qui allait en s'accentuant sur son bras gauche cassé; son dos était maintenant solidement appuyé contre le mur, ses genoux étant repliés et ses orteils recroquevillés : on aurait dit un enfant endormi.

Rudecki se détourna et vomit.

Oakley se releva; Quinn en fut incapable.

Au bout d'un moment, Rudecki sortit dans le couloir et vomit à nouveau.

Quinn dit :

— Allez chercher le capitaine Freyberg, s'il vous plaît.

Annie répondit :

— Oui, lieutenant.

Mais il ne bougea pas.

— Dites-lui qu'il y a quelqu'un d'important ici. Dites-lui de venir le plus vite possible.

— Oui, lieutenant.
— N'en dites pas un mot à qui que ce soit.
— Non, lieutenant.
— Vite, soldat. Vite, nom de Dieu.
— Oui, lieutenant.

Dans le couloir, Rudecki recouvrait de neige ses vomissures; il se retourna au moment où Annie passait à côté de lui. Il avait honte et était furieux de sa faiblesse.

— Feriez mieux de rentrer, sergot. Pour nettoyer le

reste de vos cochonneries, dit Annie en partant. Je vais chercher Freyberg, et vous savez ce que ça veut dire...

Annie s'en alla en sautillant, presque comme un enfant. Pourquoi avait-il eu cette décharge d'adrénaline ? Était-ce à cause de la découverte des cadavres ? Peut-être Rudecki vieillissait-il. L'idée de voir débarquer le capitaine Freyberg ne lui plaisait guère. Cela signifiait donc que le cadavre était dangereux. Cela signifiait que la guerre n'était pas finie et qu'on lui avait donné une chance supplémentaire de se faire tuer.

Parvenu dans les vestibules, Annie Oakley mit son fusil sur l'épaule et traversa les dalles de marbre en direction de la cour. Il savait que Freyberg s'y trouvait en train de placer des étiquettes sur les orteils des autres morts et d'établir l'une de ses fameuses listes. Annie releva son col, mit ses gants et redressa son casque. Devant lui, de grandes portes nues s'ouvraient sur le Kristall Salon. Annie resta à regarder, comme s'il était en adoration, tout le verre qui jonchait le sol ; il songea à la chaleur, à la musique, à la pâle lumière dorée et à la clientèle célèbre qui était venue ici. Il y avait peut-être Dooley Wilson au piano, Ingrid Bergman, son chapeau enfoncé sur un côté du visage, se tenait dans le coin et fumait une cigarette, Humphrey Bogart était dans la pénombre et il y avait une belle musique triste. Annie ajusta ses gants, regardant, écoutant son propre film.

— C'est par ici que ça se passe, fiston, dit-il.

Et la musique enfla...

En se retournant, il eut une dernière vision. Le fantôme du pauvre Scott Fitzgerald glissa le long du bar et se dirigea vers le Cadavre d'une Personnalité Importante pour venir pourrir à côté de lui, le Borgne Riley, l'œil crevé par un stylet, son cerveau dégoulinant sur ses joues.

Pâ-ra-pa-pâ-pâ-ra pa, pa, rère
Un vieux borgne qu'on appelait Riley

Le lieutenant Quinn, toujours agenouillé, se demandait ce qu'il devait faire. Les convenances et la décence exigeaient que le visage de Mauberley fût recouvert et que cet objet fût enlevé de son œil. Mais le commandant de la compagnie, le capitaine Freyberg, grognerait à tous les coups. « Ne touchez à rien », dirait-il. « Je veux qu'on ne touche à aucun indice. Il y a des nazis partout et tout ce que nous trouvons, qu'il s'agisse d'objets ou d'hommes, peut nous conduire à quelque chose ou à quelqu'un de plus important. » Depuis qu'ils avaient franchi le Rhin, Freyberg n'avait cessé de rechercher ce quelque chose ou ce quelqu'un de « plus important ». Oui, c'était son boulot, pensa Quinn. Puisqu'il était un officier des Services de renseignements Freyberg devait traquer les indices, à supposer qu'il en trouve. Il devenait carrément hystérique lorsqu'il était question des nazis. Dachau l'avait stupéfié et il ne pouvait plus penser à autre chose. Il avait même abandonné toute prétention de rationalité. Il marchait seul. Il s'asseyait seul. Il mangeait seul. Il ne voulait pas entendre parler de « rentrer à la maison ». Il était traumatisé. « La guerre n'est pas finie », disait-il. « La guerre n'est pas terminée ici. » Freyberg n'allait pas la laisser se terminer.

S'il sentait qu'un salopard lui échappait, il était capable de mobiliser d'autres branches des Services de renseignements et de les attirer dans sa propre sphère sous l'impudent prétexte qu'il était une sorte d'expert. Il passait tout son temps à compulser des dossiers et à élaborer un système de classement secret, ce qui fait qu'il avait à sa disposition une équipe d'employés et un camion pour transporter les documents. La plupart des commandants de compagnie n'avaient que cinq ou six officiers à tyranniser. Freyberg s'était débrouillé pour en avoir deux de plus. Malgré cela, on l'aimait et le respectait. Il n'élevait presque jamais la voix. En fait, on l'entendait à peine. Il rageait en silence et il s'accrochait à son obsession comme un collectionneur de papillons. Le seul problème était qu'il avait vraiment beaucoup de filets. Chaque indice était analysé et il demandait à examiner en premier tout ce que l'on trouvait. Dans cette pièce se trouvait maintenant le prétexte à une autre enquête, un autre dossier. Il faudrait prendre des photographies, établir de nouvelles listes et l'on ne déplacerait ni ne toucherait rien tant qu'une expertise approfondie n'aurait pas été faite.

Et pourquoi pas? Quinn soupira. C'était certainement un fou qui était passé par ici. Les moyens utilisés pour cette mise à mort étaient épouvantables. Même une balle tirée dans l'œil aurait paru plus sensée que cela... Pas étonnant que Rudecki ait été malade.

Quinn dit une prière pour Mauberley, se signa et se releva. Étant donné les circonstances, il décida qu'il pouvait se permettre une cigarette. Il enleva ses gants pour ne pas avoir à manipuler maladroitement le paquet et l'allumette quand il la frotterait. Ses mains ne devaient pas trembler, jamais. Il fallait surtout ne rien faire tomber, ne rien renverser. Ne rien faire chuter. C'était la règle.

Il prit une Philip Morris et humidifia ses lèvres pour que le papier n'y adhère pas. Il frotta l'allumette qui s'enflamma, fit un geste circulaire et éteignit la flamme avec sa première bouffée. Parfait. Si seulement quelqu'un l'avait vu!

Il lui restait l'allumette. Où met-on une allumette dans une pièce vide?

— Lieutenant?

Quinn mit l'allumette dans sa poche arrière.

Le sergent Rudecki fit irruption sur le seuil de la porte.

— Désolé, j'ai été malade, dit-il, je nettoierai.

Quinn tourna la tête. Il ne détestait pas Rudecki, mais il y avait des moments où son ton prévenant, ses égards incongrus lui tapaient sur les nerfs. C'était comme si un hippopotame s'excusait de marcher sur votre pied.

— Pas de nouvelles du soldat Oakley ou du capitaine Freyberg?

— Non, lieutenant.

Rudecki se mit au travail; une tâche rendue plus facile par le fait que tout était gelé. Il tournait le dos à Mauberley.

— Qu'est-ce que vous croyez qu'il s'est passé ici, lieutenant? Qui était ce type? Vous avez dit que c'était un personnage important.

— Oui. Et il l'est toujours. (Quinn jeta un regard en coin.) Il s'appelait Hugh Selwyn Mauberley et on prétend que c'est un traître.

— Qui a-t-il trahi?

— Nous.

— Mais vous croyez que ce n'est pas vrai?

— Non.

Rudecki alla à la fenêtre et jeta dehors une partie des saletés qui pendaient au bout de sa baïonnette comme une sorte de matefaim.

— Pourquoi est-ce qu'on dit alors que c'est un traître?

— C'est à cause de ses fréquentations.

— Du genre?

— Du genre Ribbentrop et Mussolini.

— Quoi, ce vagabond?

— Quel vagabond?
— Regardez la façon dont il est habillé, nom d'une pipe.
— Il n'a pas toujours été habillé comme ça.
— Vous parlez comme si vous l'aviez connu.
— Non. Mais j'ai lu tout ce qu'il a écrit. Et on voyait toujours sa photo dans les journaux.

Quinn se sentit triste lorsqu'il se souvint des clichés où l'on voyait Mauberley sourire avec ses amis sur des terrasses, flâner sur des pelouses estivales, se reposer nonchalamment allongé dans une chaise longue sur la plage du Lido ou faire des signes de la main depuis l'entrée du Meurice.

— Qu'est-ce qu'il a écrit? Je n'ai jamais entendu parler de lui.
— *Les Chiens de pierre. Invisible Foule...*
— Ah ouais! Ils ont fait un film avec *Les Chiens de pierre*. Bette Davis.
— Eh bien vous voyez. La gloire.
— Oh la la. Un écrivain célèbre.

Du coup, Rudecki faillit se retourner, maintenant qu'il savait que le cadavre était celui d'un personnage vraiment célèbre.

— C'est quoi son nom déjà?
— Mauberley, dit le capitaine Freyberg.

Il se tenait sur le seuil de la porte; un mètre quatre-vingts ou plus, le dos voûté. Depuis combien de temps était-il là?

Rudecki et Quinn se mirent au garde-à-vous, la baïonnette de Rudecki raclant le sol.

— Repos, dit Freyberg.

Quinn alla à la fenêtre et jeta sa cigarette d'une chiquenaude.

— Bon, dit Freyberg en jetant un rapide coup d'œil dans le coin. Alors c'est ici que ce salaud se cachait.

Vingt minutes après, Quinn était appuyé contre le mur le plus éloigné qu'il ait pu trouver.

Freyberg passait au crible la salle de bains et Quinn pouvait voir son ombre mince aller et venir sur le carrelage.

Rudecki avait été renvoyé. Oakley n'était pas encore revenu.

La lumière baissait. L'après-midi tirait à sa fin. Quinn ne pensait qu'à ce qui allait se passer maintenant alors que Freyberg commençait à farfouiller, à fouiller, à fouiner.

Mauberley était dans un coin, mort, assassiné, vêtu de haillons. Quoi qu'il ait fait, c'était vraiment triste, injuste si l'on voulait bien considérer qui il était. Le capitaine Freyberg n'aurait certainement pas été d'accord. Freyberg ne parlait jamais de justice. La *justice* appartenait au monde civilisé, aussi comment pouvait-on parler de justice dans le contexte de Dachau? Pour Freyberg, seule importait la vengeance. Après, peut-être — mais seulement peut-être — pourrait-on réinstaurer la justice. Freyberg pouvait débattre de ce sujet pendant des heures, sans jamais élever la voix, et il développait des arguments évidents et persuasifs. Cependant, il n'était pas très éloquent. « Comment diable peut-on mêler l'éloquence à cela? » demandait-il. Mais il était clair, décidé et inébranlable. Quinn n'avait rien à redire contre lui. Seulement, il craignait Freyberg en ce qu'il n'y avait aucun moyen de percer ses défenses. Tous les chemins menant à la raison et à la modération de Freyberg étaient minés, et au-delà des mines se trouvait la barricade de Dachau. Freyberg s'y tenait muré et il ne sortirait pour personne afin de parlementer ou d'écouter. Il était sourd.

Quinn aussi avait souffert, comme tous les soldats, du

traumatisme résultant de la confrontation aux horreurs commises par les nazis en Europe. Tous ceux qui les avaient vues ne pouvaient les oublier. Mais la sensation de choc qu'avait éprouvé Quinn ne l'avait pas quitté. Quand il regardait autour de lui, Quinn se demandait comment de tels actes avaient pu être commis par des membres d'une race dont il faisait partie. Depuis qu'il s'était engagé dans l'armée, après l'épisode de Pearl Harbor, Quinn avait toujours fait preuve d'une grande méfiance vis-à-vis de la machine de propagande dans laquelle il avait été précipité avec tous ses camarades soldats. Des mots comme « nous » et « eux » le rendaient paranoïaque. Aussi, lorsque Quinn pensait à Hugh Selwyn Mauberley, il estimait qu'il ne suffisait pas de dire qu'il « était l'un d'entre eux ». Cela n'aidait pas Quinn à comprendre comment Mauberley, dont le plus grand talent avait résidé dans sa croyance profonde aux vertus de l'imaginaire, avait pu se tromper au point de s'allier avec des gens dont l'unique ambition visait à rendre la race humaine incapable de penser...

Trompé. Tel fut le mot que Quinn choisit d'utiliser pour Mauberley. Et non pas celui de traître. Seul un tribunal pouvait définir ce qu'était des « traîtres ». Ici, l'unique tribunal était l'arène de Freyberg ceinte de cordes dans laquelle il était bien décidé à parquer du premier jusqu'au dernier des nazis.

Quinn regarda en direction du coin de la pièce et Mauberley, borgne et grotesque, lui retourna son regard. L'assaillant, semblait-il, avait été la rage même.

Dans la salle de bains, Freyberg éternua, se moucha puis toussa. Il vint se placer dans l'encadrement de la porte, le mouchoir à la main, et s'essuya le nez.

— Je veux que l'on condamne l'accès de cette pièce avec une corde, dit-il. Personne non plus ne doit aller dans la salle de bains.

Oui. L'arène.
— Vous m'entendez, Quinn ?
— Oui, capitaine.
— Je voudrais un planton. En haut de l'escalier ça ira. Et je veux que personne ne vienne ici sans un ordre. Compris ?
— Oui, capitaine.
Freyberg se retourna et regarda le cadavre.
— H.S. Mauberley. Bien, bien, bien...
— Oui, capitaine.
Freyberg se moucha de nouveau puis rangea son mouchoir dans sa poche au milieu des listes, des étiquettes de papier et de la ficelle, des emballages de barres de chocolat et d'une paire de gants supplémentaire. Quinn n'avait jamais vu un officier dans un uniforme aussi épouvantable.

Quinn soupira involontairement.

Freyberg s'en aperçut et sourit, par mégarde sans doute.

— Notre découverte de Mauberley est un véritable *coup*, dit-il. On craignait qu'il n'ait pu s'échapper.
— Il n'a certainement rien fait qui puisse justifier de telles craintes.
— Ah bon ?

La voix de Freyberg était aussi froide que la pièce dans laquelle ils se trouvaient.

— Non, capitaine, dit Quinn. Et je pense qu'il est juste de vous dire, capitaine Freyberg, que je ne suis pas d'accord avec vous à propos de cet homme. Ce n'était ni un salopard ni un traître.

Quinn fut quelque peu inquiet de découvrir qu'il tremblait.

— Vous êtes en train de me dire que vous admirez ses écrits ? demanda Freyberg.

— Oui, capitaine. En partie.
— Et quoi d'autre ?
— Eh bien... regardez ce qu'ils lui ont fait. Mon Dieu ! Regardez ce que quelqu'un a *fait*.
— Oui. Je vois ce qu'ils ont fait.
— Eh bien... ?
— Eh bien quoi ?

Quinn regarda furtivement Mauberley.

— Il me semble, dit-il, que si nous devons être *concernés*, nous devons nous inquiéter de trouver celui qui l'a tué. Ce n'est pas l'œuvre de quelqu'un de normal.

L'expression de Freyberg ne se modifia même pas.

— Et vous estimez que vous êtes le seul qualifié, vous, Quinn, pour montrer à ceux d'entre nous qui ne le savent pas ce qui est normal et ce qui ne l'est pas. En matière de meurtriers, par exemple.

— Je n'ai pas dit ça, capitaine.

— Ou alors vous voulez dire que vous vous sentez qualifié pour nous dire qui est normal et qui ne l'est pas ? Est-ce que j'ai bien compris ?

Quinn toussa.

— S'il m'est possible de m'exprimer, capitaine...
— Naturellement.

Quinn dit :

— Je pense que les implications de votre question sont extrêmement dangereuses. (Il jeta un coup d'œil latéral furtif au capitaine.) Ce n'est pas que je me sente personnellement offensé, ajouta-t-il. C'est que... Vous dites que d'une certaine façon l'assassinat de Mauberley est compréhensible et que la méthode est excusable. Moi je pense que vous avez tort.

Freyberg détourna la tête.

— Bon. Je suis désolé que vous pensiez cela, dit-il. J'en suis vraiment très désolé.

Il chercha ses gants et les enfila; une paire en laine sur la paire en cuir qu'il portait déjà.

— En fait, vous pensez, poursuivit-il sans se retourner et sans le regarder, que la folie est l'apanage exclusif des fous. (Il se retourna.) Eh bien non.

Et il sourit.

Ce fut alors que le sergent Rudecki entra en trombe.

Son visage était rouge. Il était très excité et était presque incapable de parler.

— Capitaine, dit-il à Freyberg, je pense qu'il faut que vous veniez.

— Qu'est-ce qui se passe? demanda le capitaine.

— J'ai découvert quelque chose. C'est vrai. Il faut que vous veniez maintenant.

Les yeux de Rudecki ressemblaient à ceux d'un homme qui vient de trouver de l'or. Il avait vu une chose étonnante.

— Qu'est-ce que c'est?

— Cap'taine, j'peux pas expliquer. Faut que vous veniez voir. (Il se tourna vers Quinn.) *S'il vous plaît*.

— Où est-ce que ça se passe? demanda Freyberg, toujours impassible et pas du tout excité apparemment.

— De l'autre côté du hall. Y en a deux pièces entières...

Rudecki ouvrait déjà le chemin, et lorsqu'ils arrivèrent au couloir, Oakley les avait rejoints qui sifflotait l'air de *Chatanooga Shoeshine Boy*.

Freyberg fut bref. Il lança son pouce en avant et dit :

— Annie, si quelqu'un d'autre que vous approche le cadavre avant notre retour, je vous colle six mois de tôle.

Annie savait que le capitaine ne mentait pas, aussi fit-il demi-tour, sans cesser de siffler, pour retourner près de Mauberley.

Le stylo d'argent.

Il était là.
Pour lui.

Dans la pièce située de l'autre côté du hall où ils furent conduits par Rudecki, la première chose que Quinn et Freyberg remarquèrent fut l'odeur de la poussière de plâtre.

Il faisait plus sombre ici que du côté ouest, mais pas assez cependant pour cacher tout à fait ce qui avait tellement excité le sergent.

C'étaient les murs.

Il n'était pas un centimètre de leur surface qui ne fût couvert d'écriture : tout cela avait été fait avec un stylo. Gravé. Ce qui expliquait cette odeur de poussière de plâtre.

Nul ne parla.

Freyberg, Quinn, Rudecki n'avaient jamais vu chose pareille.

Finalement, Freyberg demanda :

— Et il y a une autre pièce comme ça?

— Oui, capitaine, répondit Rudecki. Par là...

Et il montra du doigt une porte à l'intérieur de la pièce.

Avançant comme des pèlerins qui auraient flâné pour contempler les murs, Freyberg et Quinn se laissèrent conduire de l'autre côté d'un tapis poussiéreux vers une porte déjà ouverte.

Freyberg entra le premier, suivi de Quinn qui passa la porte à reculons, fixant avec des yeux d'enfant les mots qu'ils quittaient.

Dans la seconde pièce, il y avait quelques meubles : une table, une chaise, un bureau et un gramophone. Le bureau, la chaise et le gramophone se trouvaient au centre de la pièce. Sur le bureau il y avait une pile de disques recouverts d'une fine couche de poussière, certains étaient ébréchés, d'autres cassés. La table avait été disposée contre le mur le plus éloigné et l'on avait placé dessus un candélabre d'argent à cinq branches dont toutes les bougies étaient complètement consumées, comme si le vent avait dispersé les coulées de cire. Sur le plancher il y avait aussi deux bouteilles soigneusement vidées; ne subsistait dans l'une que la vague couleur du vin et dans l'autre celle du cognac. Sur le sol près de la chaise, on pouvait voir une grande coupe bleue où les mégots de cigarettes étaient rangés à la façon de ces chocolats à la menthe que l'on prend après le dîner : il y en avait environ un kilo.

Les murs, ici aussi, étaient couverts d'une multitude de mots.

— C'est incroyable! dit Freyberg d'une voix étouffée.

Quinn se retourna et vit la pièce.

Même le plafond était décoré. Il y avait là des animaux. Des oiseaux. Des étoiles. Une empreinte de main dessinée à la fumée de bougie.

— Je ne comprends pas comment c'est possible, dit Freyberg qui sortit son mouchoir. Un homme...

Rudecki lança, rayonnant :

— J'vous l'avais pas dit? J'vous l'avais pas *dit*?

— Si, répondit Freyberg. Si, vous l'avez dit, c'est vrai. Félicitations.

Quinn fut le premier à voir l'épigraphe.

Il traversa le tapis presque en courant pour se diriger vers le candélabre posé sur la table, comme un homme qui a aperçu un ami perdu de vue depuis plusieurs années.

— Qu'est-ce que c'est? demanda Freyberg, inquiet. Qu'est-ce que c'est, nom de Dieu?

Quinn était incapable de répondre. Il pouvait seulement fermer les yeux et attendre que cesse le bruit des mots dans sa tête.

Freyberg remarqua la façon bizarre dont le lieutenant Quinn haussait les épaules. Il savait qu'on ne lui répondrait pas, aussi traversa-t-il la pièce sans aller cependant aussi loin que Quinn et il lut à voix haute car il ne put empêcher le son de ces mots-là d'arriver à ses lèvres :

« À CE MOMENT-LÀ LES DOIGTS D'UNE MAIN D'HOMME SORTIRENT ET ÉCRIVIRENT EN FACE DU CHANDELIER SUR LE PLÂTRE DU MUR DU PALAIS DU ROI... »

Trente secondes s'écoulèrent avant que Quinn n'ajoutât :

— Et le roi vit le dos de la main qui écrivait.

Il se retourna tout sourire vers Freyberg et dit :

— Avec un stylo d'argent ?

Freyberg opina du chef.

— Eh bien, dit-il, au moins savons-nous maintenant ce qu'il faisait ici.

— Et, peut-être, pourquoi il a été assassiné, ajouta Quinn.

— Et, peut-être, pourquoi il devait être assassiné, poursuivit Freyberg.

Quinn explosa.

— Seigneur! Ça c'est fort! s'exclama-t-il. Je veux dire, pourquoi diable...? Mais... regardez donc ce que nous avons découvert ici! Regardez-le! Deux pièces entières de *témoignage*. Que personne n'a classé. Que personne même n'a lu. Et vous qui êtes tellement convaincu de sa culpabilité, vous auriez pu tout aussi bien lui enfoncer vous-même ce stylet dans l'œil! Qu'est-ce qui vous effraie tant que ça? Il pourrait être innocent, non? Il ne pourrait pas être autre chose que ce que vous voulez qu'il soit?

— C'est fini? demanda Freyberg.

Rudecki les regardait l'un après l'autre, étonné. Quinn n'était jamais sorti de ses gonds comme ça avant. Freyberg ne l'avait jamais laissé, lui pas plus qu'un autre, faire preuve d'une telle insubordination.

Freyberg commença à plier son mouchoir le plus petitement possible, comme s'il allait le cacher dans une boîte d'allumettes; peut-être un spécimen pour sa collection.

— Réfléchissez un peu, dit-il. Il y a tous ces écrits sur les murs, tous bien propres, bien rangés, bien alignés, tous bien... soignés.

— C'était un artiste, répliqua Quinn.

— D'accord. Un artiste.

Freyberg regarda les murs alentour.

— Une sorte d'anti-artiste aussi, d'après ce que nous savons. *Plus le mensonge est grand, plus nous sommes tenus d'y croire...* ce n'est pas l'un d'entre eux qui a dit ça? Ou quelque chose d'approchant? *Et les mensonges énoncés deux fois deviennent vérité...* Nous en avons soupé des années de ça. L'anti-jeu nazi...

— Mauberley n'était pas un nazi.

Freyberg qui dépliait puis repliait son mouchoir souriait, ne cessant de le tourner et de le retourner entre ses mains.

— Il haïssait les nazis, ajouta Quinn.

— Hum, hum...

— Parfaitement.

— Oui. Oui. Je suis persuadé qu'il les haïssait.

Le sourire de Freyberg était pincé et méprisant.

— D'ailleurs, d'après ce que j'ai entendu dire, ils haïssaient *tous* les nazis, n'est-ce pas? J'entends dire ça tous les jours. Si j'étais assez fou pour croire ce qu'on me dit à chaque fois, j'en viendrais à croire qu'ils n'étaient pas suffisamment de nazis pour atteindre le quorum nécessaire. Est-ce qu'ils étaient assez nombreux, Quinn ? Et il n'y a jamais eu de guerre. Et Hitler n'était qu'un acteur portant une moustache postiche pour ressembler à Charlie Chaplin. Alors, quand Charlie a dit que nous devions nous prosterner, nous sommes tous tombés... sur le cul. Oui ? Et pas de guerre. Merveilleux. Suffit d'aller dans le couloir et de laisser tout ça derrière nous sur un écran de cinéma géant. Avec la musique qui jouerait et tous les gens qui applaudiraient... J'aimerais ça. Vraiment.

Freyberg pressa fortement le mouchoir captif entre ses paumes et se dirigea vers les fenêtres, ses traits s'atténuant jusqu'à ce que l'on ne vît plus qu'une silhouette ; une tête et un squelette de garçon, un manteau fripé de un mètre quatre-vingts pour le faire ressembler à un homme.

— Mais j'aimerais aussi que ce film comporte des scènes tournées à Dachau, Quinn ; comme ça vous pourriez refranchir les portes pour me dire qu'il ne s'y est rien passé. Vous pourriez me dire que tous ces gens n'étaient que des *figurants* payés pour se laisser mourir de faim... payés pour s'allonger et faire le mort. Oui ? Hansel et Gretel couchés dans les fours... et quelque part peut-être une maison de pain d'épice. La récréation. L'heure du cinéma. Faire semblant. (Freyberg tourna son regard vers Quinn.) Vous pensez que vous pourriez m'arranger tout ça ?

Quin ne put que regarder ses pieds.

— Je suppose que vous allez me répondre non, lieutenant ?

Quinn mit ses mains derrière son dos et attendit, le

regard toujours fixé sur ses chaussures. Il savait que Freyberg avait commencé à rôder du côté des murs et qu'il serait bientôt sur ses talons. Près de la porte, Rudecki écoutait en faisant le mort et osait à peine respirer.

— Vous me décevez vraiment, Quinn. Après tout l'entraînement que vous avez suivi... Vous faisiez preuve d'un tel talent à l'égard des mots et des idées. « Un esprit tellement raffiné ! » comme le dit le colonel Holland. Quelle pitié de le gâcher pour en faire un expert en démolitions...

Freyberg s'approcha de lui. Quinn leva les yeux. Freyberg sourit en regardant le mouchoir qu'il avait dans les mains.

— Le colonel Holland pense tellement de bien de vous, Quinn. Moi aussi. Nous parlons tout le temps de vous. Et nous craignons qu'un mur piégé ne vous explose à la figure car nous perdrions alors cet esprit raffiné, raffiné, *baoum*! (Il haussa les épaules d'une façon pas naturelle et nettement exagérée.) Et peut-être que ça arrivera un jour. Un mur quelconque. *Baoum*.

L'haleine de Freyberg sentait les cacahuètes, le chocolat et même le papier de bonbon, rance et desséché, légèrement sucré.

— Mais je vais vous dire quelque chose. Regardez ces murs... (Il étendit sa main à plat dans l'espace.) Et peut-être que M. Hugh Selwyn Mauberley, traître et propagandiste, vous enseignera une chose ou deux sur la façon de raconter des histoires. Oui ?

— Capitaine, commença Quinn.

Freyberg rougit.

— Non, dit-il. Non, Quinn. *Non*. (Il fit un geste en désignant les murs.) Quelle que soit l'histoire racontée ici, ça se terminera sur une excuse. Je vous le garantis absolument. Il nous dira, peut-être, la vérité, toute la vérité, rien que la vérité, mais à la fin il s'excusera. Et parce qu'il l'aura fait, vous et douze millions d'autres tomberez à genoux devant ces murs et vous lui pardonnerez. (Il leva la main pour empêcher Quinn de reprendre la parole.) Vous lui pardonnerez, Quinn. Et quand vous l'aurez fait, vous pardonnerez aussi à tous les autres. Voilà ce que je veux dire quand je parle de propagande, monsieur le mystifié.

— Allons, capitaine, dit Quinn, vous ne savez même pas ce qui est écrit.

— Ah non ?

— Non, capitaine, vous ne le savez pas.

— D'accord. Très bien, dit enfin Freyberg, comme s'il concédait sa défaite. Mais il grimaça et ajouta : Je parie que vous ne savez pas ce que j'ai trouvé de l'autre côté du vestibule dans la salle de bains.

— Qu'est-ce que c'est ?

— La baignoire est remplie de cendres.

— Et alors, dit Quinn, il crevait de froid. Il n'y avait pas de chauffage. Il a allumé un feu.

— Non, rétorqua Freyberg. Ce n'est pas aussi simple que vous le souhaiteriez. En fait, lieutenant, je suis persuadé que vous aimeriez que tout ce que vous n'appréciez pas ici disparaisse et vous fiche la paix. Nous pourrions alors nous livrer à un digne éloge... l'enterrement et le martyre. Oui ? Ça ne se passera pas comme ça. Du moins tant que je serai ici.

Quinn commença à paniquer. Après tout, le capitaine avait mis en œuvre ses propres procédures fondées sur des priorités et des préjugés personnels. Depuis Dachau, Freyberg consacrait la totalité de son existence à la recherche d'indices. Il avait vu tant de cendres. Les avait tamisées. Les avait éparpillées du dos de la main. Les avait empaquetées. Il connaissait leur origine.

— Il a brûlé là-dedans des carnets manuscrits, dit-il. Beaucoup de carnets manuscrits.

Il se rapprocha des murs et jeta un coup d'œil aux mots.

— Vous savez, je me demande vraiment pourquoi un homme brûlerait tant de carnets si leur contenu était vraiment le même que ce qu'il a pris tant de peine à inscrire, si soigneusement, sur ces murs.

Quinn lui chercha des excuses.

— C'étaient des *notes*, dit-il. Et ce qu'il a écrit là est plus étoffé. Plus développé.

— Peut-être, dit Freyberg. Peut-être. Mais alors, pourquoi les avoir brûlés?

— Je vous l'ai dit. Il crevait de froid. Il a voulu faire du feu.

— Il a voulu faire du feu... et il n'a pas brûlé cette chaise? Ni cette table? Ni ce bureau?

Quinn rétorqua:

— Eh bien, il avait besoin de la chaise pour continuer. Regardez comme il a écrit haut.

Freyberg rigola franchement.

— Vous ne savez pas ce qui est écrit ici mais vous lui levez déjà le bras pour l'aider à écrire. Doux Jésus, je parie que si je vous présentais à Hitler, Quinn, vous l'appelleriez *sir*. Je parierais même que vous vous inclineriez.

— Capitaine, dit Quinn, la guerre est *finie*.

Rudecki fut heureux de l'entendre dire.

Freyberg regarda la petite chose blanche qu'il avait faite avec ses mains; il la chiffonna soigneusement et la laissa tomber, ouverte.

Ensuite, il se retourna et commença à quitter la pièce.

Arrivé à la porte, il s'arrêta.

— Je vais vous donner du travail, dit-il à Quinn. Je

veux que vous lisiez tous ces mots. Et je veux que vous m'informiez de ce que vous serez en train de lire, de telle façon que je puisse confronter ces éléments à une petite recherche que je mènerai seul. Mais faites très attention : si vous entendez un vrombissement ou un tic-tac, reculez le plus possible et avertissez-nous tous. Je ne veux pas être enterré sous des décombres de ce genre-là, et vous non plus je pense. Tous ceux que l'on retrouve sous des tas d'ordures sont suspects, je l'ai toujours pensé. Pas vous ?

Le Salon Cristal de Annie Oakley commençait à se remplir.

Les cadavres — cinq venaient de la cour, un de derrière le bureau du vestibule, un autre des escaliers — avaient été étiquetés, mis dans des sacs, alignés sur le sol contre le mur, à l'endroit où Ingrid Bergman était assise quand il avait regardé la première fois à travers les portes. Il y avait une bougie sur la table. C'est Annie qui l'avait placée là.

Freyberg lui avait confié la responsabilité des cadavres. Peut-être parce qu'il était un bon fusil et que les cadavres avaient besoin de protection. Annie avait mis le stylo d'argent dans sa poche où il y avait déjà la Croix de Fer d'un colonel qu'il avait tué dans une casemate à Innsbruck et la seule et unique pièce de joaillerie « précieuse » qu'il avait réussi à se procurer jusqu'alors : une bague avec un rubis (ou simplement du verre rouge) et une monture très ancienne prise à une femme qui était morte sur la route de Umhausen. C'était tout. Mais le stylo c'était encore mieux, parce qu'il était célèbre.

Et à chaque minute qui passait, le stylo devenait de plus en plus célèbre. Chaque fois que Quinn, ou Freyberg, ou Rudecki descendaient, il y avait de nouveaux développements, surprenants et déroutants. De plus en plus d'écrits apparaissaient sur les murs. Leur contenu semblait de plus en plus « inquiétant » (pour Quinn), « accablant » (pour Freyberg), « bougrement fantastique » (pour Rudecki). Freyberg avait ordonné à tous les gens de l'hôtel Elysium, le personnel qualifié excepté, de quitter la zone interdite ; il décida que Quinn et lui-même emménageraient dans les chambres du second étage.

Annie, lui, était le gardien de la morgue.

Sa seule crainte était que Freyberg lui dise de sortir les cadavres et de les brûler, comme il avait fait pour les chiens à Dachau. Il est vrai qu'on ne pouvait enterrer personne. La couche de neige était trop épaisse et le sol était gelé. Mais avec un peu de chance (ça le changerait) quelqu'un viendrait prendre les cadavres pour les descendre dans la vallée où on les enterrerait de manière à peu près décente. Les cloches d'église et tout le saint-frusquin avec quelqu'un qui dirait des prières. On n'avait pas tellement fait ce genre de choses pour tous les morts qu'il avait vus. La plupart du temps, on leur accrochait une plaque militaire au bras. Il les mettait ensuite dans une boîte en carton et les remettait à l'aumônier, par paquets de vingt, de trente ou de quarante ; un camion enlevait les sacs contenant les corps : ils étaient tellement bosselés et avaient une forme tellement étrange qu'on aurait dit qu'ils ne contenaient pas d'êtres humains.

Annie regarda par-dessus la bougie posée sur la table d'Ingrid Bergman et il commença à chantonner *As Time Goes By*.

Freyberg avait entamé des négociations pour obtenir

un générateur. On le lui promettait pour le lendemain ou le surlendemain. Ce qui, dans le vocabulaire courant, voulait dire : « Il faut ce qu'il faut », autrement dit : « D'accord, marchandons. » La route était maintenant ouverte pour que des communications s'établissent entre le quartier général de Freyberg et le quartier général en bas, dans la ville. Le Q.G. de Freyberg lança les opérations à raison d'une caisse de scotch contre deux caisses de Liebfraumilch, de vingt Panatella contre cinq cents Camel, de six pots de vaseline (on ne posa pas de questions) contre dix-huit gallons d'essence. Et finalement, on en vint à : « Votre Betty Grable contre ma Rita Hayworth. » Le résultat ne se fit pas attendre :

— C'est sûr, capitaine. Nous aurons un générateur demain.

Ce qui voulait dire le surlendemain.

Entre-temps : les bougies.

Immédiatement après le départ de Freyberg, Quinn et Rudecki avaient découvert deux autres pièces ; toutes les pièces où il y avait des écrits étaient réparties du côté opposé au couloir menant à la suite où le cadavre de Mauberley avait été découvert.

Quinn avait installé son lit de camp dans la pièce où il y avait le gramophone et le candélabre ; il emménagea avec un sentiment de soulagement et de gaieté. Il était absolument convaincu qu'il disculperait Hugh Selwyn Mauberley. Freyberg ne comprenait vraiment rien. Tout cela était une question d'interprétation et c'était là le point fort de Quinn.

La nuit tombait.

En bas, dans les vallées, Quinn pouvait voir l'herbe verte dont la couleur était rehaussée par le vif émeraude de la couche d'eau sur la glace du Ötztalsee. Mais ici, sur les hauteurs, le vent et le froid prédominaient. Il y avait du givre sur les vitres et il scintillait maintenant sous la lumière des bougies que Quinn allumait pour compléter l'unique lampe à pétrole qu'on lui avait attribuée.

Il prit son dernier bougeoir, traversa la pièce et ouvrit la porte qui séparait sa chambre de celle d'à côté. Il n'arrivait toujours pas à croire ce que Mauberley avait fait; ce qu'il avait accompli. Quatre pièces entières; seize murs méticuleusement gravés où chaque mot était à sa place, profondément inscrit et parfaitement déchiffrable. Cependant, une partie de ces textes avaient dû être écrits à la hâte. Sous le poids d'une menace quelconque puisque Mauberley avait été assassiné et qu'il devait savoir que sa mort interviendrait ainsi, soudainement, rapidement, et avec elle la fin des mots, pour toujours. Pourtant, malgré la terreur, c'était d'une clarté absolue. Après tant d'années de silence, Mauberley était enfin devenu un écrivain. Et là était son livre. Son testament. Entièrement rédigé sur les murs.

3

1936

> *Ô lumineux Apollon*
> *Quel dieu, homme ou héros*
> *Couronnerons-nous de tôle?*
>
> EZRA POUND

Quinn avait pensé commencer la lecture des murs à l'endroit où Mauberley avait eu de toute évidence l'intention qu'elle commençât, en haut à droite de l'épigraphe du Livre de Daniel. Mais son regard fut attiré par un second épigraphe inscrit au plafond; une phrase griffonnée hors du parfait alignement des autres et placée là comme un piège à ours destiné à attraper le lecteur inconscient.

« *Tout ce que j'ai écrit ici*, lut Quinn, *est vrai, les mensonges exceptés.* »

Quinn sourit.

Il desserra son écharpe, enleva son képi et alluma une cigarette. (Si Mauberley avait fumé un kilo de cigarettes, alors il en ferait autant : une nouvelle sorte de culte du héros.) Il commença à lire à la lumière des bougies, agenouillé sur son lit de camp sous les mots. « *les mensonges exceptés* ».

Il se retrouva immédiatement dans une autre époque,

face à une autre langue. Et la voix qu'il entendit était rauque du fait de la distance qu'elle avait parcourue pour être entendue.

Dubrovnik, 17 août 1936

Il faisait une chaleur impitoyable. Toute la ville de Dubrovnik était tournée comme la paume d'une main vers le soleil, regardant furtivement le ciel entre ses doigts. La lumière de l'Adriatique était blanche, l'air translucide et la mer semblait une plaque de verre teintée de vert. Si Icare était tombé là, il aurait rebondi.

Le télégramme que j'avais dans ma poche disait :

MONSIEUR H.S. MAUBERLEY, HÔTEL GRANDE-BRETAGNE, VENISE : NAHLIN ARRIVE DUBROVNIK AUJOURD'HUI DIX-SEPT À MIDI. DÉGUISEMENT IMPÉRATIF. VENONS INCOGNITO. ESPÉRONS VOTRE COMPAGNIE. AMITIÉS. W.

Il n'y avait bien sûr aucun moyen de refuser cette invitation. Il est vrai que cela aurait été pure folie que de se plaindre d'être contraint à se joindre à une croisière du roi d'Angleterre dans les îles grecques, et cela en compagnie d'une douzaine d'invités triés sur le volet. Le télégramme disait : « Venons incognito » — lui en tant que duc de Lancastre et elle en tant que Bessie Jones de Baltimore — aussi avais-je l'intention d'attendre le plus discrètement possible. J'avais en conséquence renvoyé à Venise ma Daimler de location et son chauffeur, et j'avais loué les services d'un garçon sur la place pour transporter mes bagages sur une carriole.

A trois heures de l'après-midi, je n'avais toujours

perçu aucun signe, aucun signal. Rien à l'horizon. Je m'étais installé à la terrasse d'un café situé à mi-chemin de la ville et d'où je pouvais apercevoir en contrebas le port et la baie. Malgré la pluie qui était tombée la veille au soir, l'air était étouffant et il n'y avait pas un souffle de vent. La terrasse où j'étais assis et les maisons alentour étaient d'un gris délavé qui aveuglait et faisait mal aux yeux. On entendait des insectes ou des oiseaux, une sorte de bourdonnement sourd dont je n'arrivais pas à localiser l'origine. Cela ressemblait au chant d'une bouilloire qui chauffe sans eau. Cependant, tout n'était pas flétri ou mort comme on aurait pu le croire. Sur les rebords des fenêtres se trouvaient des jardinières débordant de géraniums écarlates et la quasi-totalité des plans verticaux étaient envahis de giroflées des murailles magenta. Quelques pierres étaient même fendues par de jeunes tiges de genêt ou par des dards piquants d'aloès couleur pêche. Et les parfums de toutes les fleurs se mêlaient à la poussière, créant ainsi une sorte de drogue aromatique qui se fixait sur tout. L'ensemble de la population, les chiens, les chats, les gens, somnolait. Dans les rues, chacun se déplaçait comme s'il craignait de se réveiller. Même mon boy s'était endormi sur les pierres d'un mur tout proche ; ma malle gisait dans la carriole près du trottoir et il devait rêver à ce qu'elle contenait : mes costumes blancs neufs, mes chemises de couleur et mes sous-vêtements cousus main en France.

Dubrovnik est un endroit très étrange où tous les gens s'habillent de noir ; aussi, avec mon pantalon vénitien et mon panama, j'étais certain de paraître tel que je me ressentais moi-même : un touriste acariâtre et pas à sa place.

Mon voyage mouvementé m'avait beaucoup fatigué ; je craignais beaucoup d'être repéré et reconnu, aussi étais-je très excité à la pensée de ce rendez-vous imminent. J'étais tellement tendu que lorsque je m'assis je commençai par renverser sur la nappe ce qui restait du verre de vin du client précédent; après quoi, grâce à mon habituel excès de nonchalance nerveuse, je faillis me brûler en allumant une cigarette.

Un homme vêtu d'un fez m'observait d'une autre table. C'était plutôt désagréable. J'étais pratiquement sûr que cet homme laid appartenait à la police, mais je n'aurais pas su dire à laquelle. Ce pouvait même être un Anglais, pensai-je. Les Anglais aimaient les fez en ce qu'ils impliquaient de raffinement érotique. Je les suspectais d'en porter au lit. Sans rien d'autre. Mais cet homme portait mal le sien. Il ne devrait pas lui couvrir les oreilles.

Je me demandais s'il me connaissait. Ou bien si je n'étais pour lui qu'un *turista* contemplant le paysage. Naturellement, l'intensité de mon regard le rendit nerveux : j'observais si attentivement le port que je devais sembler enregistrer le détail des défenses de la ville (néant) ainsi que les entrées et sorties de navires (vingt-deux depuis l'aube). Il pensait peut-être que si j'étais anglais j'étais venu pour tuer le roi. Un assassin bolchevique. Un prince au goût du jour, qui avait tué cet autre prince étranger et sa femme d'origine roturière à quelques kilomètres d'ici. Et naturellement le roi de *ce* pays, Alexandre Karadjordjević, avait été assassiné deux ans auparavant à Marseille. Les ports d'escale étaient dangereux pour les rois.

J'aimais pourtant cette côte, son histoire légendaire. Cette région fut jadis l'*Illyrie*, madame. *Mythique*. Un endroit idéal pour un futur roi puisque c'est ici que Pan avait été déifié. Idéal aussi pour ma tranquillité, puisque quelque part au sud de Dubrovnik se trouvait la grotte où Cadmos avait été transformé en serpent (en dragon?) pour devenir le gardien du mythe et de la littérature... Le folklore prétend que Cadmos était le Phénix, ou une sorte de Lazare-lézard sorti des flammes d'une rébellion humaine oubliée; une certitude que, malgré le feu, le monde serait préservé. C'est ainsi que je décidai de mon déguisement pour ce rendez-vous incognito. Je jouerais le rôle du serpent.

Alors que l'heure du souper approchait, je réalisai qu'une sympathique mais palpitante animation régnait dans les rues avoisinant mon café. Des gens se penchaient aux fenêtres, montrant du doigt la baie, tandis qu'aux tables voisines tout le monde, y compris l'homme au fez, se levait pour avoir une meilleure vue.

— Qu'est-ce qui se passe? demandai-je au fez; tant pis si je risquais ma peau en essayant de me mettre debout sur ma chaise.

— Des bateaux, dit-il en pointant le menton vers le port.

Ils étaient là! Deux magnifiques destroyers anglais, tous pavillons hissés, qui glissaient sur l'eau tandis que, derrière eux, le soleil commençait à se coucher. Un long et beau bateau blanc, le plus grand que j'aie jamais vu, naviguait entre les deux, légèrement en retrait. Le *Nahlin*.

Toutes les cloches de la ville se mirent à sonner et tous les signaux sonores que connaissent les marins du monde entier éclatèrent sur les flots. De puissants hululements semblables à ceux d'oiseaux chanteurs, des sifflets comme ceux des trains de campagne : je n'avais jamais entendu un tel fracas.

Incognito? vraiment?

Le *Nahlin* entra seul dans le port, les autres navires

restant au-delà de la jetée, et toute la ville se leva pour lui faire une ovation.

Les garçons, les filles, les hommes, les femmes, les petits enfants, les chiens et les chats se mirent à courir. On hissa les bébés sur les épaules de leur mère : il ne leur était pas permis de manquer ce spectacle parce que le roi auréolé d'or était venu du paradis en compagnie de son amante et que ces icônes incarnées avaient choisi le peuple de Dubrovnik pour venir profiter du soleil. Voilà la nouvelle mythologie, pensai-je. Homère aurait pu l'écrire.

Et tandis que la nuit commençait à tomber, les rues s'emplirent de lumières et de cris, les jeunes hommes portant des torches et les jeunes femmes criant : SMIRT MRAKU! À BAS L'OBSCURANTISME! DZIVELA LJUBAV! VIVE L'AMOUR!

La cohue était telle que je craignais de ne pouvoir atteindre le quai à temps pour monter à bord de la vedette. J'avais espéré que l'événement se déroulerait dans un murmure. Et je me retrouvais dans ce pandémonium. Mon boy, qui était réveillé depuis longtemps, se tenait debout sur le mur et dansait, excité.

« *Avanti!* » lui lançai-je, employant ensuite toutes les langues que je connaissais : « *Trasmiti! Vorwärts! Go!* » hurlai-je ; je devais hurler pour être entendu au milieu du fracas des cloches et de tous les cris. Je dus le faire descendre du mur et l'obliger à se placer derrière la carriole. Pendant tout le trajet, il n'arrêta pas de crier continuellement : « *Eduardo! Eduardo!* » comme si c'était une incantation.

C'est ainsi que je me retrouvai avec mon attaché-case dans une main et mon parapluie dans l'autre, inexplicablement dressé face à la lune, poussant et bousculant, poussé et bousculé, parmi des milliers de personnes dans

les rues sinueuses de cette Camelot[1] de Dalmatie tandis que derrière moi le garçon poussait à toute vitesse ma malle grondante. Tout cela pour accueillir et être accueilli par le légendaire prince de Galles, l'idole de toute une génération, le jeune roi d'Angleterre Édouard VIII accompagné de sa maîtresse Wallis Warfield Simpson, une femme dont j'avais été amoureux à la façon dont les chiens aiment les pieds auxquels ils se couchent. Et lorsque Wallis me dit en m'accueillant :
— C'est si gentil à vous d'être venu.
Je répondis :
— Non. C'est gentil à vous d'être venus.

Après quoi, nous nous accoudâmes tous à la rambarde pour regarder le versant sombre de la colline s'embraser sous les feux de joie.

Et l'homme au fez ? Il se trouvait aussi à bord, déjà endormi dans une cabine sous nos pieds. Il repartirait le lendemain car il était venu accomplir dans le plus grand secret une mission relativement facile. C'était donc un Anglais, un agent très spécial du roi, dont le travail consistait à évaluer Wallis Simpson pour la Couronne.

*
**

Quinn s'assit.

Il tremblait.

La bougie coulait et menaçait de s'éteindre ; elle se ranima seulement lorsqu'il la posa sur le plancher près du lit de camp.

Bien sûr, comme tout le monde il avait eu connaissance de cette amitié entre l'écrivain et la duchesse qui faisait les beaux jours des photographes et des échotiers mondains.

1. Camelot : Dans la légende du roi Arthur, Camelot est la ville où se trouve le palais du roi *(N.d.T.)*.

Mais le choc venait de ce qu'elle passait d'une dimension impersonnelle à un texte imprimé qui la traduisait en termes de « moi » et de « Wallis ».

Il y avait aussi ce sentiment — une sorte d'appel d'air — que l'on venait d'ouvrir une lointaine porte au fond d'un couloir. Et la crainte de découvrir l'endroit où il menait.

Non. Pas la crainte. La certitude.

Mauberley était allongé sur le sol, de l'autre côté de l'entrée, avec ce stylet dans l'œil et déjà le commencement et la fin s'étaient rejoints.

Quinn se leva et traversa la pièce en direction du candélabre, tendant la main pour toucher la stalactite de cire. Il ne put s'empêcher de penser que les doigts de Mauberley avaient dû faire le même geste. Cela faisait partie de ces automatismes qui font que les gens sentent un papier à fleurs ou se reculent devant un tableau. Tout le temps qu'il resta là, Quinn pensa : *Mauberley s'est trouvé ici; il s'est tenu exactement au même endroit que moi en ce moment; il a senti cette cire; il a contemplé le même paysage; il a soulevé la même poussière en parcourant l'étage*. Il était douloureux de songer que toutes ces choses, ces simples choses, avaient eu le privilège de côtoyer Mauberley pendant ses derniers jours et qu'elles ne pourraient jamais parler de lui.

Mais Mauberley lui-même pourrait parler, tant que Quinn poursuivrait sa lecture. Et il commença par le commencement.

En levant les yeux au-dessus de l'endroit où il se tenait, il lut : « 1924 ». Les chiffres étaient beaux et bien dessinés. Le neuf avait un grand jambage rococo qui allait courir sous le un et le quatre une grande et haute barre orientée vers le deux. « 1924 » : c'était écrit en face du chandelier sur le plâtre du mur...

C'est là que le texte commençait. Quinn ressentit la même impression que lors de son premier saut en parachute, soudainement confronté à l'immensité de l'espace et à la mort qui pourrait l'attendre au sol. Il ferma les yeux et retint son souffle. Puis il les ouvrit ; et il lut.

Chine, août 1924

> *Dis à celle qui répand*
> *Dans l'air un tel trésor,*
> *Désirant seulement que sa grâce donne*
> *Vie à l'instant,*
> *Que j'aimerais qu'elle vive*
> *Comme la rose, dans l'ambre magique repose,*
> *Rouge ouvré dans l'orange, ne formant*
> *Qu'une seule substance, qu'une seule couleur*
> *Défiant le temps.*

Dans mon souvenir Wallis est assise comme lorsque je l'ai vue la première fois dans le hall du vieil hôtel Imperial à Shanghai.

Elle était alors en pleine jeunesse.

Elle s'était déjà mariée une fois et était venue en Chine à la poursuite de son mari. Il l'avait quittée ; non pour une autre femme, mais pour la bouteille. C'était un personnage important de la marine des États-Unis. Il avait quelque chose à voir avec les avions ; un dénommé Spencer. D'après moi, il était homosexuel. Cela n'a guère d'importance. Moi aussi je le suis ; de temps en temps. Mais enfin, il l'avait quittée.

Et elle était perdue.

Le hall du vieil hôtel Imperial était rempli bien au-delà de sa capacité. Un flot de gens fluait et refluait entre les piliers et les palmiers, la moitié essayant de sortir, l'autre d'entrer, mais en vain.

Il y avait vraiment trop de corps dans la ville. Shanghai était alors une plaque tournante : on l'appelait le Charnier de l'Orient parce que l'on y avait mis à sécher les ossements de quantité de cultures destinés à être vendus dans les rues de la ville. On l'appelait aussi la Putain dorée de l'Orient.

Des bateaux et des trains déversaient quotidiennement des hordes d'étrangers : Sud-Américains, Russes, Européens, Mexicains, Américains de Boston et de Baltimore ; nous étions tous en fuite. Beaucoup fuyaient des guerres et des révolutions ; quelques-uns fuyaient simplement leur passé ; quelques-uns se fuyaient les uns les autres.

Moi aussi j'étais « perdu », comme l'avait dit Gertrude Stein, avec le reste de ma génération ; « perdu » ne signifiant pas, comme tant de gens semblent le penser, *égarés* mais *anéantis*. *Perdus*. Et si nous errions, c'était au cœur de l'onde de choc d'une grande catastrophe. Un tremblement de terre qui avait bouleversé tout ce qu'avait connu la génération précédent la nôtre. Mon père avait senti dès 1910 les premières secousses de ce tremblement et je l'avais toujours compté au nombre de ses premières victimes. L'Amérique industrialisée rejetait la civilisation avec fracas et obstination ; et c'est ce contre quoi protestait mon père avant son grand saut vers la mort. Et lorsqu'il parla contre elle, cet « ennemi du progrès » sombra. Je vois toujours dans mes rêves l'image de Henry Ford, assis sur le cercueil de mon père et brandissant ses ciseaux magiques ; découpant des kilomètres et des kilomètres de voitures en papier et créant tout seul les *United Fabricates of America*.

Au début des années 20, Ezra Pound devint mon tuteur. Ce fut grâce à ses encouragements que je me rendis en Chine un peu à la façon de ces enfants qui creusent le jardin de leurs parents pour savoir si les gens marchent la tête en bas. A ce moment-là, j'avais commencé à voler de mes propres ailes hors du champ de la poésie et je me prétendais « écrivain sérieux ». Shanghai m'attira comme une mine de rêves et je pensais avoir trouvé la vérité fondamentale, celle de toute fiction connue de l'homme. C'est là, au milieu de cette foule dense et visible, que j'écrivis mon *Invisible Foule*, mon premier succès.

C'était l'époque du traité de Versailles, celle où la moitié des pays européens disparurent en une nuit dans les gosiers de l'autre moitié qui se réveilla en souffrant d'indigestion.

Je rencontrai à Shanghai tellement d'Allemands, d'Autrichiens, de Bohémiens et de Russes blancs exilés que je pus apprendre leurs langues (les Russes blancs parlaient tous français). Je gagnai aussi ma vie pendant un temps en enseignant l'anglais à leurs enfants.

Ce fut une époque terrible ; le passé se désagrégeait et l'on craignait l'avenir. Il n'y avait plus aucune route à suivre, plus aucun objectif à atteindre. Presque chaque jour, il y avait des meurtres et des suicides. Parfois, des parents assassinaient leurs enfants. D'autres distribuaient leurs enfants et se tuaient ensuite. D'autres fois, des familles étaient massacrées par les agents d'une révolution qui se déroulait dans un lointain pays. Il semblait grotesque que quelqu'un fasse la moitié du tour du monde pour venir égorger une femme et noyer ses bébés dans une baignoire. Cela ne se passait pas dans quelque taudis au-delà des faubourgs, mais toujours dans une ambassade ou un somptueux hôtel. Même si cette période était épouvantable rien n'aurait pu m'obliger à partir de là car je savais que dans cet enfer microcosmique l'époque que je vivais était délimitée et que si je voulais écrire, je devais alors me forcer à témoigner de ces vies, de ces événements et de ce lieu. Quand je repense au passé, je me dis que Shanghai n'était qu'un rêve. C'est pourquoi son image revient la nuit hanter mon sommeil de façon si intense.

Wallis était assise dans le hall et attendait, tout comme moi, quelqu'un qui était en retard. Au milieu de la cohue, j'apercevais sa silhouette juchée, complètement immobile, sur le bord d'un fauteuil placé contre le mur. Il y avait une glace derrière elle. Je me voyais dedans par intermittence, apparaissant brusquement puis disparaissant comme l'éclair blanc d'un flash tandis que des étrangers passaient entre nous. Dehors, derrière les portes à tambour, le soleil brillait et il devait être quatre ou cinq heures de l'après-midi, l'heure du thé. Wallis était tellement calme au milieu de toute cette agitation que je ne pouvais m'empêcher de la regarder. Elle ressemblait à une enfant qui s'était enfuie et avait été surprise dans le monde des adultes au moment où le couvre-feu retentissait. *Si je m'assieds ainsi et que je porte des gants blancs et que je croise les mains, on me donnera au moins quinze ans...*

Elle n'avait pas encore commencé à affectionner les vêtements chinois, ce qui fut le cas par la suite, et elle portait un ensemble de coton très « américain ». Sa coiffure, ses cheveux tirés en arrière vers le haut, était austère mais élégante, semblable aux ailes d'un ange. Une voilette bleu pâle lui descendait jusqu'au menton. Sa bouche était très rouge ; ses yeux bleus s'étaient assombris face à toute cette lumière et, même à travers la voilette et à environ quinze mètres de distance, son visage semblait un masque. Il était complètement inexpressif, mais on y lisait : *Je suis ici et si vous me brisez vous devrez payer.*

J'attendais aussi : l'un de mes élèves, Dmitri Karaskavin.

Ses parents m'avaient engagé pour lui apprendre l'anglais. Ils voulaient absolument s'exiler en Amérique. Je tentai de les en dissuader, mais rien n'y fit. Tout dépendait maintenant de leurs passeports qui devaient être validés par les autorités concernées. Ils devaient aussi attendre l'arrivée de deux autres enfants perdus lors de leur traversée de la Mandchourie. Tout cela était très compliqué. D'importantes sommes d'argent étaient nécessaires. Il fallait soudoyer quiconque tenait un stylo ou détenait un tampon.

Sun Yat-sen se mourait d'un cancer. La Chine était sur le point de s'embraser. Dans tout le pays il y avait des intrigues et des troubles politiques dont la plupart étaient soutenus par les communistes soviétiques. Il ne faisait donc pas bon être Russe blanc à Shanghai. Tant de couteaux étaient sortis. Tant de mains. On craignait que les sœurs de Dmitri ne soient détenues et que l'on exige une rançon pour les libérer. Ses parents étaient bien sûr dans tous leurs états. Cependant, alors qu'ils attendaient que leur passé les rattrape au risque de se faire assassiner, ils n'en demeuraient pas moins pragmatiques puisqu'ils continuaient à rêver d'un avenir américain dans lequel Dmitri Karaskavin serait leur interprète. Je devais lui apprendre la langue.

Nous nous rencontrions dans divers endroits : dans les halls et les jardins d'autres hôtels, et même dans les antichambres des bordels. Parfois, je donnais mes leçons tandis que nous marchions dans la ville ou que nous escaladions les collines environnantes pour contempler le fleuve Yang-tsé et nous nous demandions où allaient les bateaux, d'où ils venaient. Dmitri Karaskavin loua aussi plusieurs fois une voiture et nous allâmes nous promener à la campagne.

Je me trouvais à Shanghai depuis plus de trois mois au moment où cette scène se déroulait dans le hall du vieil hôtel Imperial. Cela m'avait suffi pour écrire le brouillon d'*Invisible Foule*; suffi pour être tombé amoureux de Dmitri Karaskavin; suffi pour savoir qui j'étais, détaché de mon père et d'Ezra. J'avais même commencé à porter des costumes blancs.

J'étais debout. Wallis était assise.

Le monde entier passa entre nous, en traînant les pieds et en se bousculant sur les célèbres dalles (je crains qu'elles n'aient été détruites depuis longtemps) couvertes de dragons crachant du feu, de messagers ailés et de singes. Le fauteuil laqué sur lequel elle avait pris place était incrusté de chrysanthèmes de nacre. Le temps, comme dans les rêves, s'écoulait hors les aiguilles des horloges. Des heures, des jours, des années. J'étais inquiet. Dmitri Karaskavin était un garçon extravagant, prédisposé aux accidents et capable de grosses erreurs de jugement. Il aurait pu tout aussi bien s'arrêter quelque part dans une rue pour écouter quelque histoire de malfrat, passionné qu'il était par les gens. Je craignais toujours au fond de moi que l'un d'entre eux ne lui fasse mal, ne lui tende un piège et le fasse disparaître de ma vie. Il y avait tant d'intrigues politiques qui menaçaient de l'engloutir. Il n'avait que dix-huit ans et il avait vécu toute sa jeunesse dans un monde aux privilèges inviolés et puis, tout d'un coup, il avait dû fuir des hommes dont il ne comprenait pas la haine meurtrière. Il voulait être de ce monde, de tout ce monde; mais il n'avait jamais compris que plus de la moitié de celui-ci était son ennemi.

J'allais renoncer à l'attendre lorsque je le vis qui se frayait un chemin à l'autre bout du hall. Il était vraiment impossible de ne pas voir ses cheveux blonds ébouriffés comme ceux d'un enfant et trop longs pour être ceux d'un adolescent puisqu'ils lui descendaient même dans la nuque. Je commençai à m'avancer, en pensant à la façon dont j'allais le réprimander pour son important retard ; mais j'étais aussi pressé de lui exprimer ma reconnaissance qu'il fût sain et sauf. Je ne lui avais pas dit ce que je ressentais, et je ne le ferais jamais, mais je brûlais d'être avec lui. Il savait qu'en ce monde il n'avait pas de meilleur ami que moi. Il était tout le temps heureux de me voir. Quelquefois, débordant d'un enthousiasme typiquement russe, il me prenait les mains ou m'embrassait, posant même ses lèvres sur ma joue. Un de ses plus grands plaisirs était d'aller s'asseoir au milieu des putains de Mme Liu, auxquelles il me présenta, et de les faire rire aux éclats en imitant Charlie Chaplin.

Tandis que je me dirigeais vers lui en poussant les gens, je commençai à lever mon bras en signe de bienvenue. Mais dans ce rêve, puisque je sais ce qui va arriver, mes bras restent paralysés et je ne peux les bouger. Tous mes mouvements sont bloqués. Je suis cloué au sol. La tumultueuse tempête de la foule s'intensifie.

Dmitri Karaskavin ne m'a même pas vu. Il a lui aussi levé la main pour faire un salut qui ne s'adresse pas à moi. Il marche à grands pas, léger comme l'air, se frayant un chemin au milieu des grappes de gens en partance pour l'Amérique : ils agitent des drapeaux étoilés et entonnent des chants qui ressemblent à des ritournelles obscènes. Dmitri, sans faire attention où il marche, enjambe les visages des singes et des messagers ailés; il oublie tout, sauf sa destination.

Wallis est assise sur son fauteuil laqué. Dans ce rêve règne le silence, à peine interrompu par la plainte d'une longue vague noire d'eau tourbillonnante qui submerge les marches et l'instant de leurs retrouvailles.

Wallis tend les deux mains vers Dmitri. Il les embrasse. L'une, avec son gant blanc lumineux, se pose un instant sur sa joue et y laisse à jamais une marque indélébile. Elle avait alors vingt-huit ans. Il en avait dix-huit. Je ne peux pas dire ce qui se passa vraiment, n'ayant pas accès aux rêves cachés derrière les portes qu'ils refermèrent. Ma jalousie y avait peut-être accès, mais pas mon regard. Je sais seulement que sa capacité à faire de lui un homme s'exprima dans la façon dont elle l'accueillit cet après-midi-là : assise, voilée, ses mains blanches tendues, ses pieds plantés dans la gueule d'un dragon, ses yeux fixant ses gestes, mais pas son corps. Vigilante. Circonspecte. Refusant de se lever avant qu'il n'ait fait acte d'allégeance et ne lui ait baisé les mains.

J'ai oublié ce que j'ai fait au cours de cet après-midi-là. Ce ne fut que quelque temps plus tard — quelques semaines — que Dmitri nous présenta : « Mon professeur, ma dame. » Je ne l'aimais pas du tout (comment l'aurais-je pu?). Je devais supposer qu'elle était courtisane : sinon, comment pouvait-il se faire qu'une personne aussi « vieille » puisse séduire quelqu'un d'aussi jeune et le garder aussi longtemps? J'avais également noté que depuis le début de leurs relations son apparence, c'est-à-dire sa garde-robe, s'était améliorée. La famille de Dmitri avait beaucoup d'argent. Beaucoup. Alors, je supposais que cela permettait d'habiller cette femme.

Nous nous retrouvâmes tous les trois peut-être six ou

sept fois. Un jour, alors que nous étions en voiture, nous allâmes si loin dans les collines que nous dûmes passer la nuit à l'hôtel de la belle étoile. Nous nous étions perdus dans cette Chine pastorale que l'on voit sur les assiettes où les roseaux sont penchés et les ponts disparaissent dans la brume.

Parfois, nous riions. Il était impossible de vivre avec Dmitri sans jamais rire, sans jamais sourire. Il imitait Charlie Chaplin pour Wallis, Mary Pickford pour moi. Il jouait la totalité des scènes avec des fleurs et des tasses à thé. Il lui arrivait à l'occasion d'amener un Victrola[1] et nous dansions dans la poussière des cours. D'autres fois, nous chantions. Je n'arrivais toujours pas à appeler cette femme par son nom. Je l'appelais, c'est curieux maintenant que j'y pense, « ma'ame ».

Et puis arriva un jour ce qui devait arriver.

Nous attendions. Il n'arrivait pas.

Notre thé refroidissait. Le vent soufflait. Aucune nouvelle. Rien.

Je finis par téléphoner. Ça ne répondait pas.

Alors, nous nous rendîmes là où il habitait. Même les domestiques étaient partis. Il y avait du sang sur le pas de la porte.

Nous parcourûmes deux fois les routes sinueuses à sa recherche. Loin dans les collines. Loin vers le fleuve. Aucune trace.

Enfin, nous allâmes nous placer dans le hall du vieil hôtel Imperial. Wallis s'assit dans son fauteuil. Je rôdai dans le miroir.

Dmitri ne revint jamais.

Il était mort. Tué ou suicidé. Il s'était noyé et avait été emporté. Nous décidâmes qu'il était dans le fleuve sans doute parce que celui-ci se jetait dans la mer. Cela

1. C'est-à-dire un gramophone *(N.d.T)*.

rendait sa mort moins pénible; acceptable. Non, pas acceptable. Plausible. Il était possible qu'il soit dans le fleuve. Il était impossible qu'il soit dans la terre.

— Vous l'aimiez, me dit Wallis.
— Oui.
— Je l'aimais, moi aussi, ajouta-t-elle.

Je détournai les yeux. Il me semble, dans mon souvenir, que ce fut pour regarder des tasses à thé. Des bleues. Et des blanches. Je me taisais. Elle posa sa main sur la mienne.

— Je l'aimais, monsieur Mauberley, dit-elle. Mais je n'étais pas sa maîtresse.

Comment pouvais-je la croire? Je me retournai et regardai sa bouche. Je ne pouvais pas supporter de voir ses yeux. Je refusai de parler. Elle retira sa main et la plaça sous son menton, la paume tournée vers le bas, comme pour en signifier le vide.

— Il voulait que je l'épouse.
— *L'épouser?* Mais c'était un enfant...!

Wallis examinait ses doigts.

— Vous le désiriez.
— Oui. Mais *lui* ne voulait pas de *moi*. Au moins n'étions-nous pas grotesques.

Elle détourna son regard.

Je n'aurais pas dû dire *grotesques*.

Il y eut un long, long silence, qui semblait tenir dans ses mains et lorsqu'elle les ouvrit ce fut pour confesser son mariage avec Spencer, ce que j'ignorais.

Puis, plongeant son regard dans la foule qui nous entourait, elle confessa aussi sa virginité. Je restai immobile, inquiet. Les femmes, en tout cas celles que je connaissais, ne « confessaient » pas leur virginité. Elles la proclamaient.

— Ce n'est pas juste, monsieur Mauberley, dit-elle.

Durant toute ma vie j'ai toujours connu de si beaux débuts. Et des fins tellement exécrables. Tout ce que j'aime est emporté par le courant. Qu'est-ce qu'il faut faire ?

Elle fit glisser sa main vers la surface délimitée par les tasses à thé, les frôlant au passage comme pour marquer leurs emplacements.

Elle ne reprit la parole que lorsqu'elle se fut tout à fait maîtrisée. Elle dit alors :

— Il me semble, monsieur Mauberley, que ce monde n'exprime que la revanche de quelqu'un. On nous conduit vers la lumière et on nous révèle d'indescriptibles merveilles...

Je l'observai qui fixait des yeux un spectacle dont je ne partageais pas le secret.

— Et puis... ils éteignent toutes les lumières et vous assènent un coup de batte de base-ball.

Elle retira sa main pour chercher un mouchoir.

— Eh bien, dit-elle en se mouchant et en commençant à essuyer ses traînées de larmes, nous devons nous battre. Vous n'êtes pas d'accord ? Nous en avons l'*obligation*.

Elle sourit.

— Même si cela signifie que nous devons tenir nous-même la batte de base-ball.

Je remarquai que ses doigts, aussi fort tremblaient-ils, restaient vifs tandis qu'ils réparaient les dégâts. Ce n'est que maintenant, vingt ans après, que je vois son visage comme laqué ; seulement maintenant que je réalise qu'elle n'a jamais vécu sans le couvert d'un masque. Elle a par exemple un grain de beauté que vous ne verrez jamais dans le coin inférieur de sa bouche : je l'ai vu ce jour-là pour la première et la dernière fois. Tandis qu'elle s'affairait — elle était douée : sa bouche, ses yeux, ses cheveux étaient des chefs-d'œuvre d'illusion — elle parlait entre les dents; sa voix était aussi sifflante que si elle venait de derrière un écran.

— Ce garçon que nous aimions est mort, dit-elle. Vous le désiriez; je le désirais. Maintenant...

Elle dessina un mince trait rouge sur sa lèvre supérieure.

— ... nous restons seuls tous les deux.

Elle fit claquer son poudrier en le refermant et un petit nuage de poudre rose pâle s'éleva; puis elle dit :

— Je vous aime bien, monsieur Mauberley. Je vais être franche. Vous n'êtes pas Dmitri. Vous n'êtes pas mon « *beau* » *idéal*. Mais pour vous, je ne suis pas Dmitri non plus.

Je souris.

— Très bien. Nous pouvons être amis.

Je fis un signe affirmatif de la tête.

Elle laissa tomber son poudrier dans son sac à main. Voilà qui était fait.

— Cependant, dit-elle, il y a des détails pratiques, monsieur Mauberley. Et je dois avoir ma vie, je dois trouver les moyens d'y subvenir. C'est la même chose pour vous je suppose.

J'acquiesçai. Je n'avais que mes appointements de précepteur et c'était plutôt maigre.

— Dmitri me permettait d'entrer dans ce monde où l'argent circule plus librement qu'ici. Je ne veux pas dire que cela était à la base de notre... relation. Ce n'en était qu'un des aspects secondaires. Mais qui me manquera cruellement...

Elle jouait avec ses gants.

— Et l'on pourrait dire la même chose pour vous, n'est-ce pas?

C'était exact; encore que cela fût moins important pour moi que pour elle qui était une femme seule.

— Nous devons conclure un marché, dit-elle, sûre que j'approuverai, qui nous permette d'atteindre les buts auxquels nous pensons. Vous aurez une femme, « *mystérieuse* » dirons-nous, à votre bras. (Un sourire.) M. Hugh Selwyn Mauberley et Mme Winfield Spencer étaient *encore* ensemble la nuit dernière ! Et nous savons combien les potins de cette sorte sont efficaces dans ce milieu. C'est pourquoi à tous les coups ils se *précipiteront* vers vous pour savoir ce que je fais. Les femmes le feront, c'est sûr. Les hommes viendront vers moi d'un *pas tranquille* en murmurant dans leurs barbes combien il était étonnant qu'ils n'aient jamais posé leurs yeux sur moi avant et *où* donc m'étais-je cachée ? (Elle rit.) Et ça marchera, je vous l'assure. J'ai vu ça des milliers de fois. C'est là qu'il faut parler d'argent, vous voyez...

Je retins mon souffle.

Qu'est-ce qu'elle avait *vraiment* en tête ?

— Pour ce qui est de vous, dit-elle en lissant l'un de ses gants pour lui redonner une forme parfaite, toutes ces dames ont des fils et des filles. Du moins, la plupart. Et quand elles auront appris que vous vous y connaissez en langues, eh bien, faites votre choix et dites votre prix !

Ce n'était pas bête.

— Quant à moi... (et elle lissa son second gant qu'elle retourna sur l'autre) cela peut paraître surprenant, monsieur Mauberley, mais il se trouve qu'entre autres talents je sais très bien jouer aux cartes. Et, en fait, je ne crois pas me vanter quand je prétends être aussi forte que les hommes au poker. Et j'insiste sur le mot *hommes*. Car c'est avec eux que je veux jouer. C'est eux qui ont l'argent. Et c'est d'argent que j'ai besoin. C'est...

Elle fit une pause.

Puis elle sourit du sourire le plus triste que j'aie jamais vu et elle dit :

— Je ne veux qu'une chose. Je veux absolument vivre ma vie.

Elle est connue, à juste titre, pour son sourire.

A cette époque-là, il était modelé dans de l'étain. Maintenant, c'est dans de l'or. Mais il est toujours modelé artificiellement.

Quand vous lirez ceci, souvenez-vous d'une chose : le marteau cogne. Les battes de base-ball battent.

Tout cela commence à s'estomper maintenant.

Je ne sais plus à quel moment je devins son amant en pensée ; tout comme j'avais été l'amant de Dmitri en pensée ; et l'amant de bien d'autres depuis. En pensée. Je sais que c'est son audace qui me séduisit. Son implacable placidité quand elle était assise à son poste dans le hall du vieil hôtel Imperial, avec ses pieds dans la gueule du dragon tandis qu'elle attendait d'être remarquée ; elle était déjà consciente qu'elle prenait place dans l'époque. Et oui... elle était joyeuse : la première à rire, la dernière à pleurer, une excellente compagnie. Et courageuse en plus. Ce n'était pas, et ça n'a pas été une chose bien terrible que d'assister à son ascension.

— *Je veux vivre ma vie*, avait-elle dit.

Depuis la mort de mon père, j'avais attendu que quelqu'un — n'importe qui — prononce ces mots à voix haute.

*
**

A ce moment, Quinn descendit de la chaise sur laquelle il se tenait debout puis il s'assit la bougie à la main et ferma les yeux.

Son cou était endolori. Il ne savait pas exactement combien de temps il était resté sur la chaise, à deux doigts de tomber en arrière, faisant passer la bougie d'une main à l'autre, louchant sur les écrits tandis que sa vue se brouillait.

Enfin, il se leva, plaça la bougie au milieu du bureau et alluma une autre cigarette. Toute la pièce sentait la fumée et la bougie ; cela devait sentir à peu près la même chose, imagina-t-il, lorsque Mauberley travaillait sur ses « fresques ».

L'espace d'un instant, il eut la vision, et peut-être était-ce sa propre ombre, de l'écrivain écrivant : enroulé dans sa couverture, ses cheveux couverts de poussière de plâtre, ses doigts sortant des mitaines et le stylo, qui ne s'arrêtait jamais, gravait les mots. Désorienté, Quinn leva les yeux ; il ne vit pas les mots mais les dessins sur le plafond : des animaux — des cerfs et des bisons —, la lune, des étoiles et l'empreinte de la main de Mauberley. Peut-être avait-il ressenti le besoin de créer une autre représentation du monde, innocente et brillante, à l'image de celle qu'avait suggérée la duchesse de Windsor quand elle avait dit : « *On nous conduit vers la lumière et on nous révèle d'indescriptibles merveilles... Et alors...* »

Quinn se retourna. Il regarda les mots que Mauberley avait écrits sur les murs.

Et il pensa : « *Nous devons nous battre.* » Puis il poursuivit sa lecture.

Ezra a un œil fou : le gauche. Il y avait des moments où je pensais qu'il voyait le monde avec un seul œil, comme si l'autre était aveugle. Mais au moment où j'écris, je pense au monde qui se trouve de l'autre côté de ces fenêtres et je le perçois tel qu'Ezra l'a toujours perçu : c'est le monde du chaos, du feu, de la fureur ; je ne l'ai jamais entendu faire une remarque sur la beauté du monde, celle-là même qui constitue la matière des rêves des autres poètes ; je ne l'ai jamais entendu parler de *splendeur dans l'herbe*, mais seulement du monde des hommes dont la beauté était enfuie ou passée.

Je sais qu'Ezra sera condamné pour ce qu'il a dit et fait : ses émissions de radio et ses écrits. Mais il sera uniquement condamné parce que le monde ne peut pas reconnaître que le fou a des visions de la vérité. Ezra sera éliminé pour l'excellente raison que personne ne veut être vu par un fou — à moins que le fou ne l'appelle « frère ». Ce sera le travail de quelqu'un que de le démolir et de dire qu'il a été à l'origine de la folie ; ainsi, ils ne se déferont pas de leur folie et ils la rejetteront entièrement sur lui. « Nous n'aurions jamais fait toutes ces choses, diront-ils, si des hommes comme Pound, Mussolini, le Docteur Goebbels et Hitler ne nous y avaient pas conduits. Autrement, nous serions restés tranquillement chez nous, aurions fait sauter nos enfants sur nos genoux et aurions vécu une paisible et utile vie... » Oubliant en cela que ce à quoi ils avaient répondu était les murmures du chaos, du feu et de la colère qui se trouvaient en eux. Toutes choses qu'Ezra avait pu voir dès le début avec son œil fou.

Rapallo, 7 mars 1936

Ezra donne à manger au chat. Il lui jette des petits bouts de viande de chèvre à l'endroit où il est assis sur le toit. La plupart des morceaux de viande glissent le long des tuiles et atterrissent sur l'herbe, mais le chat ne descendra pas les attraper. Il reste assis là, hébété par la chaleur et les mouches. Ezra trouve que tout cela est vraiment très amusant — rouler des petites boulettes compactes et les jeter au chat. Moi, je trouve cela plutôt irritant car je n'arrive pas à me concentrer sur la pile de journaux qui se trouve à côté de mon transatlantique et je dois tenir mon carnet de notes en équilibre sur mes genoux, et toutes les mines de mon crayon n'arrêtent pas de se casser aujourd'hui quel que soit le nombre de fois où je les remplace. Peut-être qu'il ne veut pas écrire. Peut-être a-t-il le même sentiment que moi, *cum sybilla*, d'un destin funeste et imminent.

Ils l'ont fait. Les Allemands. Hitler, plutôt. Il a envoyé la *Reischwehr* occuper la Rhénanie. Hier. Malgré toutes ses promesses, il l'a envahie ; sans problème ; rien. Pas un mot de la France ni de l'Angleterre. Muettes. L'assassinat de Dollfuss ; l'invasion de l'Abyssinie. Et ça maintenant. Jeux de hasard. Et cela m'inquiète beaucoup. Je le dis à Ezra.

Celui-ci répond :

— *Le monde est trop pour nous* (et il jette une autre boulette de viande.) Amen. Mon père disait ça aussi.

— Et s'il y avait une guerre ?

— Ça serait bien.

— Bien ?

— C'est ce que les Boches font le mieux, non ? (*Dialectes*. Tout est plaisanterie.) Faut mieux une kerre, non ? Sinon, nous allons afoir une réfolution... hein ?

J'en reste bouche bée. Qu'il aille se faire pendre. Pour lui, cela n'a aucune importance s'ils fichent tout par terre. Toute cette fragile structure.

— Ils nous ont donné des assurances, lui rappelai-je. Ont fait des promesses. *Plus jamais de guerres*. Hitler et Mussolini...

Les yeux d'Ezra deviennent vitreux. Sa bouche s'anime. Silence.

— Écoutez, lui dis-je, vous ne trouvez pas que cette phrase est belle ?

Je me penche vers lui, tenant mon carnet à la main, me piquant le poignet avec mon crayon.

— Tout ce que nous voulons, c'est un rempart contre les bolchevistes ! Et non pas 1914 !

— Les *chivistes* de merde, s'il vous plaît.

Je refuse de rire.

— Ils sont en train de changer les données, Ezra, lui dis-je. Hitler et Mussolini sont en train de changer les données. De bafouer leurs promesses. C'est...

— Cé la faute aux chuifs ! Cétait eux les polcheviks ! Nicht les russ. Rien qué les chuifs ! Hitler aurait fé ein promess aux chuifs ? Fous êtes fou ! Fésons donk la kerre ! La ponne fieille kerre. Pour les métre kaput ! Komme ça, plus de réfolution.

Tout ce que je pouvais faire, c'était de me caler dans mon fauteuil pour l'observer : les genoux serrés, frottant mon poignet à l'endroit où il y avait le point violet. Ezra ne semble vraiment pas comprendre. La façon dont il hausse les épaules me met hors de moi : il n'est nullement impressionné, ni par les titres de journaux qui s'étalent sur quinze centimètres de haut, ni par la radio de Dorothy qui, depuis la maison, annonce les nouvelles à tue-tête. Ezra ne réagit pas. Il lance juste une autre boulette sur les tuiles.

Le chat finit par en attraper une et il la mastique en penchant la tête sur le côté.

— Mais pensez aux risques qu'il prend, dis-je.

— Qui ça ?

— Hitler. Que se passera-t-il si les Français et les Anglais répliquent à ses agissements ?

Ezra lance une autre salve de boulettes, me fait un clin d'œil et dit :

— Craignez moins le mouvement que l'immobilité.
Et il met ses doigts (des doigts de paysan) contre sa tempe en tapotant les veines.
— *Toutes les choses passent*, dit-il. C'est Héraclite qui l'a dit.

Héraclite, pour qui tout commença par le feu. Peut-être était-il resté trop longtemps au soleil, comme Ezra et le chat. Rêvant avec leurs yeux aux lourdes paupières. Déconnectés. Planant, bon sang, alors que le monde est réel et vulnérable.

— Qu'ils fassent leur guerre et qu'on en finisse, dit Ezra. Nous pourrons enfin aborder le seul sujet intéressant : l'*argent*.

Dans le salon, la radio de Dorothy crachote des parasites. Hitler parle : au loin, comme toujours.

Ezra est devenu silencieux. Son visage ressemble à une betterave barbue. Ses mâchoires ne cessent de bouger. Mots tus. Bizarre. Il m'effraie. Quand il parle, il ne dit que la moitié des phrases. Il veut alors que vous compreniez ce dont il parle. Et si ce n'est pas le cas, et que vous le dites, il se renfrogne comme si vous n'aviez qu'une moitié de cerveau.

— Vous ne faites jamais attention, dit-il.

Faire attention ! Quand il détient la moitié de mon esprit. J'ai une douzaine de carnets remplis de ses conseils. Ce qui doit être le cas de presque tous les écrivains contemporains de langue anglaise : « *Arrêtez-vous au milieu de votre travail ; jetez la moitié de ce que vous avez fait ; écrivez comme vous parlez, comme un être humain du XXe siècle...* »

Et maintenant regardez-le. Est-ce qu'un poète peut en arriver là ?

Il a volé toutes ses idées dans les chasses gardées des autres. Un braconnier intellectuel, voilà ce qu'il est. Qui chasse dans l'âge des Ténèbres. Et rapporte chez lui des trophées tellement exotiques qu'ils deviennent caducs dès qu'ils passent par la porte. Visiter la pensée d'Ezra c'est comme visiter cette pièce chez les Hemingway où le gibier d'Ernest est accroché au mur; avec toutes ces têtes, ces cornes, ces sabots naturalisés, *détachés des corps*... Et les râteliers d'armes. L'arsenal des fureurs.

Chacune des paroles d'Ezra est une balle crachée du bec d'une colombe.

— Je vais faire creuser une petite mare ici, dit-il en montrant du doigt la cour. La mare de Pound. Ça vous plaît ?

Je ne peux même pas sourire. Mes pensées vont à la Rhénanie et je me demande ce qui se passera lorsque les vivats cesseront.

— D'où ferez-vous venir l'eau ? demandai-je. La pelouse manque déjà d'eau et c'est pourtant la saison des pluies.

— De la terre. Où voulez-vous que je la prenne ? Vous croyez que la terre est un juif et qu'elle n'est pas faite pour donner ?

Je n'ai vraiment aucune envie de parler de ça. Pourquoi aurais-je voulu discuter du creusement d'une mare alors que le monde que nous avons fait vacille au bord du gouffre ?

— Une mare pas trop profonde, bien sûr, ajoute-t-il. Pas plus profonde que ça (et du tranchant de la main, il découpe dans l'espace un segment d'environ un mètre, un mètre vingt). Juste assez pour y faire flotter la lune. (Il rit.) Vous connaissez cette histoire ?

Je secoue la tête.

Ezra lance une autre boulette au chat.

— Le vieux Li Po, poète chinois, tomba une nuit de sa véranda, ivre mort, et il se noya dans sa mare.

Il se met à rouler encore un peu de viande entre ses paumes. L'odeur est écœurante. Ezra ne semble pas du tout y faire attention.

— Il voulait étreindre la lune, vous comprenez? Il croyait qu'elle l'attendait dans l'eau. Rond comme une queue de pelle. Tombé amoureux de la lune. C'est ce que dit la légende. En fait, il a dû penser que c'était l'arrière-train d'une jeune fille. (Il rit.) Il s'est mis à bander dur et s'est dit : je vais descendre et me glisser derrière elle... pour la toucher, cette dame aux fesses rondes et blanches. Et il s'est noyé.

Il atteignit le chat.

— Touché!

Le chat ne fait pas un bruit mais ferme à demi les yeux.

J'attends qu'Ezra m'explique l'histoire. Mais ça ne vient pas. Je finis par dire :

— Alors maintenant, vous voulez une mare à vous pour vous noyer dedans. C'est ça?

— P'têt. De tout temps, des tas de poètes se sont noyés... Il avance sa lèvre inférieure, comme s'il pensait à cela.

— Shelley sur la côte. Viareggio.

— Oui.

— Tous rejetés sur le rivage, dit Ezra en gloussant. Puis il se tait, mais il fait tellement bouger ses mâchoires que je puis entendre ses dents grincer.

— Ezra?

Je remue les journaux. Je suis inquiet. Je suis supposé écrire une série d'articles pour le *Daily Mail* de Londres sur les succès du régime de Mussolini. Je suis capable d'écrire sur les succès du fascisme mais pas sur un régime qui veut à tout prix la guerre.

— Ezra?

— Non, dit-il, les yeux mi-clos. Vous voulez parler du monde, et je ne veux pas en entendre parler. J'ai parlé du monde durant toute ma vie. Je me suis cassé les dents sur l'oreille du monde. Maintenant, baisez-les. Niquez-les, mon pote. Laissez-les se mettre en marche et en finir... (Il se lève.) Moi? J'attendrai mon heure. J'ai toutes les réponses enfermées ici. Et un jour, souvenez-vous de mes paroles, on m'appellera. Benito Mussolini reviendra d'Addis-Abeba, il s'époussettera, posera ses armes et dira à quelqu'un : « *Allez me chercher Pound.* » Vous verrez! Ça viendra. On frappera à la porte; et il sera là.

— Assis sous votre véranda; ou allongé dans votre mare?

Il n'apprécie pas; il me regarde droit dans les yeux et dit :

— Moi au moins je ne suis pas une gravure de mode. Et je ne porte pas de gants quand j'ouvre ma braguette. Et je ne suis pas pédé.

J'ai le souffle coupé.

Finalement, il dit :

— Ce satané chat est fou de rester rôtir au soleil. Je vais lui octroyer une faveur et le faire descendre.

Il se dirigea vers l'appentis où il range les outils de jardinage. Il m'est toujours impossible de parler, de respirer ou de bouger. Dorothy regarde par la fenêtre. Elle a éteint sa radio et elle peut entendre son mari déplacer les râteaux, les binettes et les pelles; elle m'aperçoit, assis dans mon transatlantique jaune, je suis aussi pâle que mon costume.

— Que se passe-t-il? demande-t-elle.

— Cette saleté de chat du voisin est sur le toit, dit la voix assourdie d'Ezra venant de l'appentis.

Dorothy me regarde. Je fais du mieux que je peux pour hausser les épaules.

— Il est resté là toute la journée, dis-je.
— Il est là-haut *tous* les jours, fait remarquer Dorothy en se penchant à la fenêtre.

Puis elle crie à l'attention d'Ezra :
— Tu ne peux pas le laisser tranquille ?

Ezra refait surface, une canne de bambou à la main.
— Vous n'avez jamais tué un chat ? me lance-t-il sans s'occuper de sa femme.

Je lui dis que je n'ai jamais rien tué.
— Pédé, pédé, dit Ezra. Vous vous débrouillez pourtant pas mal avec vos mots. Il me semble avoir vu quelques cadavres flotter de temps à autre dans votre sillage.

Dorothy dit :
— Encore en train de vous disputer tous les deux ?

Ezra répond :
— Nous nous séparons. (Il grimpe sur une table située sous la fenêtre.) Mauberley ne supporte pas le monde des hommes en armes, poursuivit-il, et je ne supporte pas le monde des hommes en costume blanc.

Il commence à donner des coups en direction du chat. Dorothy se précipite par la porte.
— Laisse-le tranquille ! crie-t-elle.

Ezra pousse la canne vers le chat, mais celui-ci se tient à un mètre environ des dernières tuiles qu'il peut atteindre.
— Laisse-le *tranquille* ! répète Dorothy. Chéri... Ezra... S'il te plaît !

Le chat regarde Ezra et la canne. Je me sens obligé de me lever. Tous mes papiers tombent par terre.

Dorothy tire sur le chandail d'Ezra. Ce dernier continue à agiter la canne et il la cogne bruyamment contre les tuiles.
— Saleté de chat ! dit-il. Saleté de chat ! Descends ! Pan ! Pan ! Pan !

Soudain, alors que personne ne s'y attendait, le chat bondit sur le visage d'Ezra.

Dorothy pousse un cri. Ezra tombe à la renverse. Je me précipite.

Nous nous retrouvons tous entassés sur l'herbe; le chat file à travers les pelouses, grimpe à l'arbre le plus proche et franchit le mur.

Dorothy se remet sur pied et court chercher un linge et du jus de citron pour appliquer sur les blessures d'Ezra. Il saigne abondamment. Il n'a que des blessures et des égratignures superficielles. Sauf une, qui est sérieuse : elle s'étend sur toute la longueur du crâne à travers les cheveux. Je mets mon chapeau. Ça me rend nerveux d'avoir la tête nue. Ensuite, après avoir brossé mon pantalon, je coupe les citrons que je tends à Dorothy. Je la regarde nettoyer le visage et la barbe d'Ezra.

— J'ai cru que j'allais me noyer dans mon sang, dit-il de sa plus belle voix de colombe, tout sourire.

Il est assis comme un enfant, les jambes bien allongées et écartées; Dorothy est agenouillée à ses côtés.

— Encore un foutu poète qui saigne et qui se noie, hein, Hugh?

Je ne peux même pas approuver de la tête. J'ai l'impression que je ne pourrais plus jamais lui parler. Je le hais vraiment. Je l'ai déjà haï et je l'ai aimé ensuite, et je l'aimerai, j'en suis sûr, un autre jour. En attendant, je me tais.

— Putain de chat du voisin, dit Ezra en souriant. Putain de chat.

Il prend la main de Dorothy et l'embrasse.

— Demain, poursuit-il, demain je le tuerai.

Je me détournai. C'est vrai, pensai-je. *Vous commencez par le nourrir et ensuite vous le tuez. Comme votre esprit.*

Et le mien. Si je vous laisse faire.

***

— Quel couillon, s'exclama Freyberg en lisant la fin de l'histoire du chat au moment où Quinn y arrivait lui-même. Quel couillon!

Quinn se retourna, surpris de ne pas être seul.

— Qui ça? demanda-t-il.

Il était encore un peu perdu dans cet après-midi de printemps dont il avait lu le récit sur le mur.

— Faites votre choix, dit Freyberg, exception faite, naturellement, du chat. C'est lui qui a eu la meilleure idée et, pardonnez-moi l'expression, j'aurais préféré qu'il saute sur la langue de ce salopard au lieu de lui sauter sur le visage.

Quinn se dirigea vers la table et fit semblant de regarder les disques. Il espérait que Freyberg s'en irait et le laisserait poursuivre sa lecture, au lieu de s'imposer et de parler à tort et à travers comme il le faisait. Si Freyberg n'avait pas envie de connaître l'histoire et s'il haïssait tellement les gens pourquoi n'allait-il pas chercher une massette ou un bâton de dynamite pour tout détruire? Bien sûr, Quinn ne croyait pas une seconde que le capitaine le ferait. En cela, il ressemblait assez à Pound : il avait besoin du mur pour épancher sa bile, exactement comme Ezra avait eu besoin du chat.

Freyberg dit :

— Il y a cependant une chose que j'aime bien dans ce que dit Pound.

— Ah? Qu'est-ce que c'est? demanda Quinn.

Freyberg se pencha tout contre le mur pour pouvoir lire les mots.

— C'est quand Ezra Pound vient de traiter Mauberley de pédale et qu'il dit après : Il me semble avoir vu quelques cadavres flotter de temps à autre dans votre sillage.

Freyberg se retourna et sourit à Quinn.

— Une appréciation intéressante, hein ?

— Vous feriez peut-être mieux de dire à quels cadavres il pense, fit remarquer Quinn.

— Vous le découvrirez certainement vous-même avant d'avoir fini votre lecture.

Le sourire de Freyberg était exaspérant ; il l'était d'autant plus que Quinn n'avait rien à lui répondre.

Freyberg lança un papier de bonbon au milieu de la pièce et il se dirigea vers la sortie.

— Bonne lecture, dit-il.

Après son départ, Quinn regarda le papier. Son instinct lui disait d'aller le ramasser pour l'ôter du chemin. Mais il laissa là ce parfait souvenir de l'esprit contre lequel il se révoltait.

Venise, 5 mai 1936

J'étais certain d'avoir traversé l'Europe sans que l'on me reconnaisse mais, alors que je me trouvais dans le hall de l'hôtel Grande-Bretagne à Venise, j'entendis que l'on appelait de loin, et très fort, mon nom. C'étaient Edward et Diana Allenby : ils étaient venus dans le Sud à cause du père de Diana, le « vieux et redoutable » Wyndham qui se mourait dans le *palazzo* de sa maîtresse, Via d'Aquila. Lord Wyndham m'avait une fois accordé le privilège de lire le manuscrit original du *Coningsby* de Disraeli.

— Vous avez été très méchant, dit Diana en passant son bras autour du mien. J'ai lu ces terribles articles pro-fascistes que vous avez écrits pour le *Daily Mail* et j'ai bien failli brûler tous vos livres. Néanmoins, vous avez du talent. Mais moi, je me sentirais incapable de faire quelque chose que Hitler puisse approuver.

Ned avait l'air un peu agacé. Il boitait plus que d'habitude et avait besoin d'une canne. Il avait du mal à marcher.

— Bonjour, Ned.
— Hugh.

Oui, il régnait une certaine froideur ; mais je devais la supporter. J'offris de les emmener au bar pour leur payer une bouteille de vin.

Allenby aurait peut-être refusé si nous nous étions trouvés à Londres. Mais à l'étranger, un Anglais ne refuse jamais rien à quelqu'un qu'il connaît. Il ne dit pas oui. Il se tourna tout simplement vers le bar.

— Neddy déteste Venise, dit Diana pour briser la glace. L'humidité est mauvaise pour ses jambes.

Nous nous assîmes à l'une des tables qui donnait sur le Canal et je commandai une bouteille de Pernod. Nos restâmes assis en silence, fumant des Abdullah (y compris Diana), regardant à travers les fenêtres tendues de store, essayant de ne pas nous regarder les uns les autres. Lorsqu'on apporta le Pernod, je renvoyai le garçon et fit couler l'alcool dans les verres. Alors que je versais l'eau, Allenby rompit le silence et dit :

— Après toutes ces années passées en Europe, vous ne savez même pas faire ça.

Je m'enfonçai dans mon fauteuil et pensai : « *Oh la la ! Il va critiquer tout ce que je fais.* »

— D'accord, dis-je. Qu'est-ce que j'ai fait d'incorrect ?

— Sifflez ça et je vais vous montrer.

— Merci beaucoup, dit Diana, mais sans façon. Je prendrai le mien tel quel.

Et elle leva son verre dans ma direction. Elle, au moins, paraissait disposée à oublier ce que j'avais fait. Pas Ned. Était-ce à cause des photos de Mme Simpson et de moi publiées dans la presse? Ou était-ce à cause des articles que j'avais écrits sous le titre : « Mussolini et Cie? »

Je tendis la bouteille à Allenby.

Diana dit :

— J'espère que vous n'allez pas le boire pur. Ça détruit le cerveau, comme l'absinthe. C'est mortel.

— Je connais des tas de façons de mourir qui sont bien plus terribles. Allez Neddy, montrez-moi comment il faut faire.

Allenby versa avec le pichet trois doigts d'eau dans chaque verre puis il dit :

— Bon, maintenant il faut faire ça très soigneusement.

Il leva la bouteille de Pernod et, lentement, fit tomber l'alcool d'une hauteur d'environ vingt centimètres. On entendit à peine un bruit : on aurait dit qu'il versait de l'huile.

— Regardez, dit-il, regardez.

Nous observâmes la marbrure des liquides : vert, jaune, blanc; puis, très doucement, se formèrent de pâles nuages laiteux.

— Comme c'est joli, fit Diana. Joli. Mais cela a sûrement le même goût que le mien.

Allenby leva son verre et but.

— J'en doute, dit-il.

— Et pourquoi, chéri? Pourquoi? C'est le même mélange.

— L'idée qu'on s'en fait le rend différent, rétorqua Allenby. Et puis il y a la façon de le préparer correctement. L'un est une boisson que l'on a envie de recracher, l'autre est une œuvre d'art. (Il me regarda.) C'est le même genre de différence qu'il y a entre vos articles et vos livres.

C'était donc ça. Mes sympathies politiques.

— Oh chéri, dit Diana, vous n'allez pas vous disputer ? Pas aujourd'hui. S'il te plaît.

Allenby éteignit sa cigarette et en alluma une autre aussitôt. Il regarda la pièce alentour. La clientèle était presque entièrement anglaise et il y avait quelques Américains.

— Depuis la guerre je me sens toujours mal à l'aise quand je viens ici, fit-il remarquer. A cette époque-là, les Italiens étaient nos alliés. Cela avait alors un sens de venir ici : de donner notre argent et notre protection... de se baigner sur le Lido... d'apprendre leur langue... de contempler leur art. Après tout, ils nous ont donné la Renaissance. Même *lui* n'a pas pu complètement effacer cela.

— Même *lui* ? demanda Diana. Qui ça ? De qui parles-tu ?

— Du Gros. Du Grand. Zio Benito.

— Tu es soûl ?

— Non, mais je vais l'être. Bientôt, j'espère.

Allenby remit de l'eau dans son verre, y ajouta du Pernod en tenant la bouteille encore plus haut que tout à l'heure, à environ trente centimètres au-dessus du verre.

— Je crains que ma présence ne vous affecte, Ned, dis-je. Peut-être ferais-je mieux de partir.

— Si vous faites ça, je vous ferai tomber avec ma canne, rétorqua Allenby sans manifester le moindre humour.

— J'ai l'impression qu'à vos yeux je suis déjà tombé face contre terre.

Diana rit. Pas Allenby.

Il se versa un autre doigt de Pernod et fit rouler la cendre de sa cigarette sur le bord d'une soucoupe émaillée placée au milieu de la table.

— Il me semble, Diana, que toi et moi sommes venus ici pour assister à plus d'une mort, dit-il.

Diana tressaillit mais ne dit mot. Elle s'était plus ou moins faite à l'idée de la mort de son père puisque celui-ci était très âgé (il était dans sa quatre-vingt-douzième année) et qu'il avait vécu à l'étranger depuis très longtemps. Ils n'étaient pas fâchés, mais depuis vingt ans ils avaient mené des existences complètement différentes. Elle était davantage affectée, pensai-je, par ce qui se passait entre Ned et moi. Nous étions des amis de longue date. Mais Ned, quand il était de cette humeur, était capable de dire des choses impardonnables.

Un groupe de Chemises noires entra dans le bar. Ils étaient quatre et deux femmes très élégantes les accompagnaient. Le maître d'hôtel et plusieurs garçons firent des tas de simagrées lorsque ces personnages officiels eurent pris place. Diana les observa. Moi aussi. Allenby les ignora délibérément.

— Comme je le disais, poursuivit-il en élevant la voix et en regardant sa cigarette, il semble que nous allons assister à plus d'une mort. Celle d'un vieil homme... d'une vieille culture... d'un vieux continent et... d'une vieille amitié.

— Non, dit Diana qui toucha même ma main. Ce n'est pas juste.

— Hugh comprend, lança Allenby. Pas vrai, Hugh?

Allenby plissa les yeux et parla à travers la fumée.

— Je suis votre aîné de quinze ans, dit-il. Je vous connais depuis votre arrivée en Angleterre, Hugh. Je ne fais entrer en ligne de compte que le privilège des années. Le droit d'aînesse. Je ne vous connais pas entièrement à fond, mais je vous connais plus que vous ne le croyez. J'ai l'impression que vous vous plaisez à penser que *personne* ne vous connaît. Moi, si. Vous êtes une sorte de pèlerin à la recherche d'une religion.

Il eut une sorte de rot qu'il contint soigneusement derrière un poing.

— Il n'y a qu'une chose que je ne comprends pas chez vous, et que je *hais* positivement, cher vieil ami, c'est que vous avez commencé à la chercher sous les difficultés... là-bas par exemple, à la table où ces quatre jeunes gens bombent le torse.

— Arrête chéri, ils vont t'entendre, dit Diana.

— Diana, chère Diana, rétorqua Allenby qui prit la main de sa femme en souriant et en élevant encore le ton de sa voix. Je suis sûr que tu dirais la même chose si Hitler était assis à l'autre bout de la salle.

— Je déteste avoir des ennuis, répondit Diana, c'est tout.

— Oui, tu détestes avoir des ennuis. Tu détestes ça. Et quand ils te pousseront pour que tu franchisses les portes du camp de concentration, tu t'excuseras d'être tombée.

— De quel camp de concentration parles-tu?

— De celui où nous finirons tous si les choses continuent de la façon dont elles ont commencé.

Sa voix devenait de plus en plus forte et certains de ses mots étaient des cris, qui claquaient comme des coups de fusil.

— J'ai l'impression que tu as trop bu. Nous devrions y aller, dit Diana.

— Je ne partirai pas avant d'avoir dit une autre chose à Hugh, parce que...

Mais il fut interrompu.

Dehors dans les rues, sur le canal, dans le hall de l'hôtel — partout semblait-il — s'éleva une clameur : une gigantesque explosion d'exultation, comme si le bouquet final d'un feu d'artifice venait d'éclater et que tous les spectateurs hurlaient leur approbation.

— Mais qu'est-ce qui se passe, nom d'une pipe? demanda Allenby.

Diana devint blanche comme une feuille de papier. Elle chercha à atteindre la main d'Allenby, mais elle n'était plus là. Allenby tenta de trouver sa canne en tâtonnant et il renversa des objets en essayant de se lever. Autour de nous, tous les gens se retournaient, se levaient, couraient vers les terrasses et faisaient des signes de la main. C'était incroyable.

Quelque part, un tambour résonna; quelque part un bugle sonna; quelque part, des gens chantèrent. De l'autre côté du Canal, un gigantesque drapeau italien, le plus grand que j'aie jamais vu, était accroché à la flèche de l'immeuble et semblait descendre du ciel.

— *Che cosa? Che cosa?* répétai-je.

Comment cela se faisait-il que tout le monde était au courant, sauf nous.

Nous entendîmes alors la signification de tout cela et la joie qui en découlait résumées en un seul nom : Addis-Abeba.

La ville était tombée. La guerre en Éthiopie était terminée. Mussolini avait son empire.

Neddy avait apparemment renoncé à retrouver sa canne. Il était raide sur sa chaise, sa cravate sur le côté, ses cheveux tombant sur son front révélaient une légère calvitie et la moiteur de son cuir chevelu. On aurait dit un homme fiévreux et ses yeux étaient très légèrement plissés.

Diana regarda ses genoux, puis leva les yeux vers moi.

Je me penchai sous la table en espérant trouver la canne, mais Ned dit sans même élever la voix :

— Si vous touchez cette canne, je vous en fiche un coup sur la tête.

Nous restâmes ainsi plus de vingt minutes tandis qu'autour de nous le chahut se calmait peu à peu pour laisser place à de simples réjouissances puis les tambours et les bugles s'éloignèrent vers Saint-Marc et les chants dans une autre partie de l'hôtel.

Allenby se versa une généreuse rasade de Pernod complètement pur. Diana épousseta des poussières imaginaires sur ses revers.

Un garçon s'approcha qui, Dieu merci, ramassa la canne ; mais Ned nia que ce fût la sienne. On me la tendit.

— *Grazie.*

Diana fit un mouvement avec ses épaules signifiant qu'il était temps pour le pauvre Ned d'y aller.

— J'aurais encore une chose à dire à Hugh, dit-il, exactement comme s'il ne s'était pas écoulé une demi-heure ; et la phrase même qu'il avait eue au bout de la langue juste avant la chute d'Addis-Abeba sortit des décombres tel un survivant très légèrement commotionné.

Je pris une profonde respiration et dit :

— D'accord. Allez-y.

Allenby me regarda puis fit glisser son regard ailleurs. Mais il tendit la main pour prendre celle de Diana, ce qui me rassura.

— Vous savez que vous pouvez venir nous rendre visite à *Nauly* quand vous voulez, dit-il en détachant les mots comme si chacun d'eux était une phrase.

— Nous avons été amis tellement longtemps... et je n'aime pas perdre des amis. De plus... Il prit l'autre main de Diana... Je pense que ma femme est amoureuse de vous. Un peu... (il essayait désespérément de trouver les mots justes)... ce que je veux vraiment, c'est savoir comment tout ça va se terminer, vous comprenez. Je parle de votre histoire. De *celle-ci*.

Et il regarda l'ensemble de la salle et les gens qui s'y trouvaient.

— Nous devons dépasser ce terrible moment, Hugh. Dépasser ce terrible moment. Et nous n'y parviendrons pas si des gens comme vous se soumettent. Vous savez que vous vous êtes soumis. Parfaitement. S'il n'y avait pas eu de gens comme vous, ce terrible moment ne se serait jamais produit. Vous comprenez?

Il était tellement tendu qu'on aurait dit qu'il était sur le point de briser en deux la main de Diana, et cela m'inquiéta. Il se leva en s'appuyant très fort sur la main de Diana et sur la table car il ne pouvait s'aider de sa canne; je pensai qu'il allait tomber à la renverse.

Je me levai.

Diana et moi le soutînmes de chaque côté et nous le sentîmes s'affaisser un peu; il prit un peu plus appui sur elle. Diana me fit signe de lui passer la canne, ce que je fis. Ned ne le vit même pas. Il tremblait tellement que ses yeux étaient presque fermés.

Diana tendit la main, toucha ma joue, me sourit d'un air désespéré, et dit :

— Vous savez, il avait raison quand il a affirmé que j'étais un peu amoureuse de vous.

Elle m'attira vers elle, m'embrassa quelque part sur l'oreille et me chuchota :

— S'il vous plaît, soyez patient. Comprenez-le. Vous êtes loin d'être la seule cause de sa tristesse.

Puis elle fit un pas en arrière, se plaça à côté de son mari et lui décocha ce fameux sourire que l'on voit sur toutes les photos de Beaton et lui lança :

— Allez mon cœur. Tu es prêt ? On y va !
Et ils partirent sans se retourner.

Je dois dire maintenant ce qui s'est passé après.
Je restai trois quarts d'heure à la grande table, sirotant ce qui restait de Pernod. A l'autre bout de la salle, les Chemises noires se donnaient en spectacle, riant avec force éclats, vantant leur victoire africaine, exhibant de façon ostentatoire leurs puissantes dents blanches ; il émanait d'eux un effluve de masculinité qui créait un déséquilibre dans cette atmosphère, comme si quelque chose de presque invisible mais d'immense envahissait progressivement l'espace entre les tables.

A ce moment, l'un d'eux, qui était très grand, se leva : il n'avait pas plus de vingt-deux ans, portait des bottes et une large ceinture brune. Je l'entendis s'excuser et je savais que ce jeune homme exubérant devrait passer devant ma table. Je commençai à transpirer. J'avais très envie de le suivre mais je ne pouvais que penser à ce qu'Allenby m'avait dit :

— Vous êtes une sorte de pèlerin qui recherche la foi... sous les difficultés.

Je pivotai sur ma chaise et regardai ce jeune homme qui s'éloignait. Je l'accompagnai, en pensée. Et je rendis hommage à sa force. A sa victoire.

Lorsque je me fus échappé du bar, j'attendis dans ma suite, pendant près de vingt heures. Durant tout ce temps, les groupes continuèrent à défiler dans les rues, les chansons résonnèrent dans les étages et les fusées s'envolèrent vers le ciel, maculant les véritables étoiles d'éclats verts, jaunes, blancs et rouges. Mais je ne voulais pas sortir ; je ne pouvais pas. Je ne pouvais admettre que j'avais un lien avec ces groupes, ces chants et que ces fusées montant dans le ciel célébraient ma victoire... et ma défaite.

Je ne pouvais pas manger. Je ne voulais pas penser. Je voulais simplement être ivre, comme Ned. J'étais malade.

Je pris un bain. Je restai sur le lit, allongé sous un voile de tulle. Je pris un autre bain. Je m'inondai de la tête aux pieds de *Knize Ten*. Je pris un autre bain. Je pensai : je me baignerai jusqu'à la mort si je n'arrive pas à me débarrasser de l'odeur. Mais l'odeur, naturellement, n'existait que dans mon esprit. Enfin, le lendemain, alors qu'il faisait nuit, je reçus un appel purement formel de Ned :

— Vous pourriez avoir envie de venir dire au revoir au vieil homme. Le Palazzo d'Aquila...

J'étais encore faible, mais je savais que je devais dire oui. Dans l'intérêt de Diana, si ce n'est dans le mien.

Nous sortîmes donc ensemble, traversâmes la lagune en canot à moteur, descendîmes doucement le canal vers la Via d'Aquila où des valets de pied vinrent à notre rencontre sur les marches et nous conduisirent à l'intérieur où nous défilâmes devant des rangées de croque-morts, d'officiers, d'ambassadeurs et de princes de l'Église.

La chambre de Lord Wyndham sentait l'encens et les roses. Le lit était placé sur une estrade et il y avait un dais taillé dans un épais brocart ainsi qu'un voile de tulle replié. Sur un mur, une fresque fissurée et décolorée montrait une procession de fidèles et des aigles. Deux infirmières, dont l'une était une religieuse, se tenaient assises sur des chaises près des fenêtres, buvant des petites gorgées d'eau et de jus de citron, disant leur chapelet. Un cardinal déambulait près du lit.

Une grande femme blonde, âgée sans doute de quarante-huit ou cinquante ans, traversa la pièce pour venir embrasser Diana. Elle devait être la maîtresse du vieillard. Lady Wyndham était morte depuis longtemps.

Allenby embrassa la femme sur les deux joues d'une façon plutôt formelle et il vint me la présenter tandis que Diana allait s'agenouiller près du lit, baisait l'anneau du cardinal et prenait la main de son père.

La femme blonde était la baronessa Isabella Loverso. Elle parlait un anglais impeccable. Elle me dit qu'elle avait lu mes livres et qu'elle avait rencontré Ezra il y a longtemps, quand il vivait à Venise.

Tandis qu'elle me parlait, elle fixait mon visage comme si elle essayait de me dire autre chose, un sous-entendu. Comme si elle voulait se graver dans ma mémoire. Mais elle se détourna bientôt et traversa la pièce en compagnie d'Allenby pour le présenter au cardinal.

Diana parlait à l'oreille de son père.

Je pouvais difficilement supporter ce spectacle (ce qui ne m'empêchait pas de le regarder). Je le vis bouger ses mains pour atteindre Diana et je l'observai qui touchait le visage de sa fille ; puis il tendit les mains pour trouver l'autre femme.

— *Presto! Presto!* chuchota quelqu'un.

La pièce se remplit d'un bruissement de vêtements semblable à celui qu'auraient fait des ailes, tandis que tout le monde se mettait à genoux. Je fis la même chose et je réalisai que je m'agenouillais plus par respect de l'histoire que par respect de la mort. Le vieil homme agonisant dans son lit s'était agenouillé lui-même, tel un enfant, pour baiser la main de Wellington. Nous étions tous là, au cœur du XXe siècle, sa fille et sa maîtresse embrassaient ses mains et le temps remonta jusqu'à

Waterloo et Napoléon. Une cloche sonnait quelque part. Les règnes de Victoria, d'Edward et de George défilèrent en l'espace de quelques secondes.

Puis il y eut un soupir. Et la mort.

Nous veillâmes toute la nuit. Au matin, la baronessa Loverso, qui se tenait avec moi sur les marches près de l'eau, me dit :

— J'ai lu ce que vous avez écrit dans le *Daily Mail* de Londres. Vous avez raison quand vous dites que nous avons besoin d'une nouvelle sorte de chef qui n'a rien à voir avec ceux que nous avons. J'ai des amis avec qui je pense que vous devriez parler. Verriez-vous un inconvénient à ce qu'un jour, quand ce deuil aura pris fin, je vous écrive pour arranger une rencontre ?

Non. Je n'y voyais aucune objection. Je trouvais cette femme charmante. Isabella Loverso se tenait sur les rivages d'un autre âge, qui conservait sa dignité et sa sérénité malgré tous les tourments du monde moderne. J'étais impressionné.

— Je pense que vous êtes l'un des nôtres, dit-elle en souriant. Bien sûr, vous ne savez pas ce que j'entends par là. Mais je suis très heureuse que nous nous soyons rencontrés.

Je baisai sa main et nous nous séparâmes.

Lorsque je fus dans la vedette, je dis à Allenby :

— Qu'est-ce que vous savez d'elle ?

Allenby pinça ses lèvres.

— Elle vient d'une famille très importante. Encore qu'elle ne soit pas noble. Elle est la nièce de l'amiral Ciano.

— C'est de là qu'elle tient sa beauté, alors ? dis-je.

— Oui. Et ses épouvantables idées politiques aussi.

J'allais demander de plus amples détails mais Allenby me lança un regard qui signifiait que la conversation était terminée. J'aurais dû me rappeler que Ned et moi ne pourrions plus jamais parler de politique.

Environ une semaine plus tard, Allenby et Diana repartirent pour l'Angleterre, emportant avec eux ce que Diana avait voulu *in memoriam* : l'oreiller sur lequel son père avait posé sa tête avant de mourir.

Je téléphonai au Palazzo d'Aquila mais on me répondit que la baronessa Loverso était à Paris. Elle était soudainement partie « pour affaires », sans laisser d'adresse.

« *Je pense que vous êtes des nôtres*, avait-elle dit. *Bien sûr, vous ne savez pas ce que j'entends par là.* »

Mais je pensais que je pourrais deviner. Cela devait avoir un rapport avec l'endroit d'où elle tenait sa beauté. Et ses idées politiques.

*
**

Quinn avait progressé autour des murs depuis l'épisode de la Chine en 1924 et il en était arrivé au moment où Mauberley se préparait à rejoindre le roi et Mme Simpson à bord du *Nahlin*, au cours de l'été 1936.

Il s'assit sur son lit de camp et il souhaita qu'il fasse aussi chaud dans cette pièce qu'à Dubrovnik, comme il était écrit au-dessus de sa tête. Il releva son col et s'étonna de ce que l'on n'ait pas sonné l'heure de la bouffe. Freyberg, sans doute. Le mess était le cadet de ses soucis dans la mesure où lui, Freyberg, se nourrissait de Coca-Cola et de sucre candi, et où il n'accordait jamais vraiment beaucoup d'attention à la nourriture proprement dite.

Quinn pouvait entendre au loin, près du hall, deux personnes discuter. Ce devait être Rudecki qui bavardait avec le piquet installé en haut des escaliers. Deux voix ordinaires, à peine audibles. Deux hommes ordinaires, au loin, près du hall, astiquant la crosse de leur Browning et répartissant le poids de leurs grenades qu'ils n'auraient jamais eues à la ceinture s'il n'y avait eu ces écrits sur les murs.

Le Nahlin, août 1936

C'était énervant d'avoir le roi si près de soi. Je ne savais jamais où poser les yeux et je le regardais toujours fixement. Il se méfiait de cela et l'évitait à tout prix, si bien que je commençai à croire que j'avais enfreint le protocole. Je finis par réaliser que lors d'une conversation on fixait rarement les gens « les yeux dans les yeux », à moins que ce ne fût pour intimider l'interlocuteur ou pendant que l'on faisait l'amour. Dans la vie courante, le regard des gens se croise rarement, et quand cela arrive, ce doit être très inquiétant ; le roi a dû finir par penser que j'étais quelqu'un de très bizarre. Wallis me dit un jour que l'on m'appelait « *l'homme qui fixe* », ce qui nous fit bien rire. J'expliquai que c'était une sorte de déformation professionnelle de l'écrivain que de dévisager ainsi les gens et ils acceptèrent mon explication.

Le roi avait un charmant sourire et sous le soleil, dont il adorait profiter, son teint était superbe et lumineux ; cependant, ses lèvres avaient tendance à pâlir s'il restait trop longtemps à la chaleur. Il était très bronzé et portait les shorts kaki les plus courts que j'aie jamais vus portés par un adulte ; sa chemise ouverte révélait des chaînes d'argent auxquelles étaient accrochées deux croix. Il brillait littéralement de la tête aux pieds, si bien qu'on pouvait le repérer dans n'importe quelle foule à plus d'un kilomètre de distance; cette *brillance* était tellement évidente et unique que je finis par croire à l'existence de ce « rayonnement intérieur » magique que possèdent, dit-on, les êtres supérieurs.

Malgré cette brillance, malgré le sourire, malgré les temps glorieux que nous vivions et les merveilleuses réceptions que l'on donnait pour le roi et Wallis partout où nous allions, les derniers jours de la croisière sur le *Nahlin* furent tendus et placés sous le signe de l'ambiguïté. Le roi fuyait ses hôtes et prenait même un air renfrogné quand on passait à côté de lui sur le pont. Il n'était pas de mauvaise humeur, mais simplement mélancolique. Nous prîmes nos derniers repas en silence bien que Wallis passât beaucoup de musique sur son gramophone. Rien n'y faisait cependant, pas même *Dardanella* qui avait été notre hymne durant ce voyage. Un soir, Wallis commit l'erreur fatale, mais involontaire, de passer un enregistrement de Fred Astaire et Ginger Rogers interprétant *A Fine Romance*.

> *A fine romance, my friend this is;*
> *A fine romance, with no kisses...*

A ce moment précis, le roi se leva et quitta la table.

La cause de sa mélancolie était évidente. Dès qu'il débarquerait du *Nahlin*, il serait séparé de Wallis pour de nombreuses semaines. Et il ne rentrait pas chez lui pour y trouver une situation des plus confortables. Il y allait pour affronter son premier conflit réel en tant que roi; c'était une épreuve de force entre lui et sa famille dont l'issue déterminerait la suite de son règne. Il devrait dire à sa mère, ses frères, sa sœur, qu'il était décidé à épouser une femme qu'eux tous rejetaient.

Tout ce que le roi voulait, c'était rendre Wallis heureuse ; et un mariage, en temps voulu, n'était pas complètement hors de question. Mais le roi et Wallis voulaient davantage. Leur intention était dorénavant tout à fait claire : elle serait princesse consort. Durant les trois dernières semaines de la croisière, ils en parlèrent ouvertement. Les gens commençaient à reconnaître le rang de Wallis, au point qu'ils inclinaient rapidement la tête lorsqu'elle passait. Du coup, elle en vint à prendre un air hautain dont on aurait pu sourire, n'était qu'elle adoptait avec les gens de rang inférieur une allure d'une inquiétante grandeur. Il devint bientôt gênant de se rendre dans les endroits publics car Wallis tendait sa main pour qu'on la baise et maintenait les gens à distance, comme si elle s'attendait à ce qu'on lui fît la révérence. Elle fit même le coup à la maîtresse du roi de Grèce ; une femme qui, soit dit en passant, s'appelait de son vrai nom Jones.

Ensuite, il y eut aussi une forte vague de chaleur et la guerre d'Espagne qui plongea dans un léger malaise toute l'Europe méridionale. C'était comme un vent chaud chargé de sable ; un sirocco plein de minuscules éclats de verre. Des navires de guerre allemands couleur sable croisaient au large de Barcelone ; ils avaient l'air assez inoffensifs, mais ils n'étaient pas à leur place. On entendait des avions toute la journée. Il était temps pour nous de remonter vers le nord et pour le roi d'aller s'occuper de ses affaires.

Cependant, il nous en coûtait beaucoup de faire simplement nos valises pour nous embarquer pour la pluie de Londres. Nos corps, qui avaient été longtemps exposés au soleil, souhaitaient une transition avant que d'aller vers l'ombre, un peu à la manière de ces alcooliques qui diminuent leur consommation à raison d'un verre par jour. Alors qu'ils marchaient sur le quai, le roi demanda donc à Wallis de l'accompagner à Venise ; naturellement, elle accepta, à condition d'être accompagnée de ses chiens : deux canidés et moi.

Nous descendîmes à l'hôtel Bristol, un de mes anciens repaires qui se révéla en être également un du roi. Il connaissait le nom du portier ainsi que celui du sommelier, ce qui me déconcerta. Ce n'est pas qu'il n'aurait pas dû connaître de telles choses. Mais il se comportait tellement en familier du lieu que j'en vins à me demander combien de temps avait duré leur *incognito*. Je n'étais pas encore habitué aux mœurs royales et j'avais toujours pensé, comme tout le monde, que les princes vivaient dans un univers à part, sans frontière commune avec le mien. Cependant, je pouvais entrer dans leur monde sur invitation, alors qu'eux n'entraient jamais dans le mien puisqu'ils n'en avaient pas besoin. A moins qu'ils n'y aient été poussés, comme Dmitri.

La musique que l'on entendait à Vienne plaisait au roi, aussi Wallis mit-elle de côté son gramophone. Il y avait des bals à midi, le soir, et des cocktails tous les après-midi ; cela durait de longues heures et les repas étaient savoureux. Nous faisions, semblait-il, un interminable repas à base de crème et de gâteaux. Presque tout ce que nous mangions arrivait servi dans une *torte* ou une autre sorte de pâtisserie. Le roi, je pense, se donnait son courage.

D'autres signes indiquaient qu'il testait quelque chose, qu'il poussait dans une nouvelle direction et nourrissait d'autres appétits que le sien. Il voulait voir ce qu'il adviendrait de son image et de celle de Wallis s'il en jouait jusqu'à un point limite. Il ne fit plus du tout attention aux journalistes. On encouragea même les photographes à cesser de se cacher dans les entrées et les fauteuils à oreillettes, et à se montrer à l'air libre pour que les photos puissent offrir une vision moins furtive du roi et de Wallis. Wallis commença à sourire moins timidement, et l'on vit briller sur elle de plus en plus de bijoux. Il est vrai qu'elle en avait aussi davantage à porter.

Il y avait quelque chose sur ces photos qui méritait d'être remarqué ; une sorte de signal que l'on ne verra et n'identifiera que plus tard. Je le vis d'abord sur moi, plus vibrant que chez les autres. Je n'avais jamais semblé aussi bien, aussi heureux, en aussi bonne santé. A l'époque, sans chercher plus loin, j'ai dû penser que c'était l'âge, la période, l'excitation du moment. Après tout, j'étais alors plus jeune, assez célèbre, j'avais de grands espoirs, mon avenir était assuré, je savais qui j'étais et me portais bien. Après avoir été au soleil, nous dansions maintenant sous les feux de la rampe. Sur toutes ces photos, les gens souriaient ; chacun rayonnait, chacun était sûr de soi. C'était un mensonge, naturellement. En fait, nous nous trouvions là pour soutenir le roi et son impudence délibérée ; nous étions utilisés comme les symboles de l'approbation publique dont il avait tellement besoin pour aborder le problème de sa relation avec Wallis devant la famille. Étant donné l'époque et la façon dont l'événement était couvert par les photographes, il pouvait finalement citer des noms et montrer des visages plus impressionnants et plus en vue que le mien pour dire : « Mais regardez ! Le peuple approuve. » Comme si les Duff-Cooper et le couple princier de Hugelstein étaient le peuple... C'est donc pourquoi nous souriions. Nous voulions vraiment tous être là ; nous pensions que notre image était aussi la dernière d'une époque. Et peut-être était-ce le cas.

Le roi nous laissa à Vienne ; nous partîmes quand bon

nous sembla, et c'est une grande et joyeuse troupe qui monta à bord de l'Orient-Express en direction de Paris. Lorsque nous eûmes passé Venise, Wallis me prit à part pour me dire :
— Quand nous arriverons, je veux que vous restiez quelque temps avec moi au Meurice. J'ai une chose déplaisante à faire, et il est impossible que je la mène à bien toute seule.

Le roi avait aussi des choses déplaisantes à faire car il devait maintenant présenter son cas devant sa famille. Par « famille », il fallait avant tout entendre la reine Mary ; il la trouva qui prenait le thé dans l'un des salons de Malborough House.

Le fait qu'elle prenait le thé et qu'elle portait un tablier n'était pas un signe d'excentricité : la reine Mary était en train de procéder au déménagement de tous ses biens et de la totalité de son personnel — soit plus de soixante personnes — de Buckingham Palace, situé en bas du Mail, vers la résidence traditionnelle des héritiers présomptifs où elle avait si joyeusement vécu vingt-cinq ans auparavant quand elle était alors princesse de Galles. N'importe quelle autre résidence aurait pu convenir, mais maintenant que son fils, toujours célibataire, était devenu roi, son second fils, héritier de la couronne, avait établi sa résidence familiale ailleurs et ne voulait pas en partir. C'est ainsi que Malborough House avait fini par échoir à la reine.

L'héritier de la couronne — « Bertie », duc de York — était un homme simple qui souhaitait seulement qu'on le laisse tranquille avec sa femme et ses enfants ; il se tenait toujours à la périphérie des choses, jamais au centre. « David » était au centre, et il l'avait toujours été, et maintenant qu'il était passé à la postérité par le biais de la royauté, il continuerait certainement à être le centre maintenant et à jamais ; *amen*. Le duc de York était un modèle de prince des plus rares : il n'avait pas une once d'ambition et il fuyait la couronne comme d'autres repousseraient un panier de serpents. L'idée même d'y penser le dégoûtait. La royauté le tuerait ; son esprit angoissé et sa timidité ne la supporteraient pas. En plus, il bégayait et n'arrivait pas à dire « roi ».

La reine, qui portait un tablier de coton et un chapeau mauve pâle, était assise devant une table de fortune et mangeait un sandwich ; il y en avait une douzaine empilés sur une assiette.

— Prenez-en un, dit-elle. Ils sont vraiment très bons.

Bien qu'elle soit née en Angleterre, la reine avait gardé une pointe d'un ancestral accent allemand qui avait cependant été atténué au fil de nombreuses générations.

— Non merci, maman. Je n'ai vraiment pas faim.

— Mais David, vous devez manger. Je ne vais pas rester assise ici à manger toute seule.

Le roi posa son manteau et ses gants sur le couvercle d'une caisse d'emballage remplie d'épées, puis il s'assit et soupira. Il prit un sandwich, regarda furtivement à l'intérieur et estima qu'il n'était pas à son goût. Des tranches de langue.

— Mme Moore, dit la reine en parlant de sa gouvernante, les a spécialement faits pour vous quand je lui ai dit que vous alliez venir. Alors mangez.

Le roi tourna le sandwich plusieurs fois entre ses doigts et finit par le poser sur l'assiette sans que la reine s'en aperçoive. Celle-ci s'était retournée et observait, tout en mâchonnant, les alcôves vertes de la pièce dans laquelle ils étaient assis.

Les caisses n'étaient pas toutes fermées et certaines

déversaient sur le sol leur contenu de marbre, ce qui donnait à l'endroit une allure de mausolée; de plus, comme il n'y avait aux fenêtres ni rideaux ni tentures, cela ajoutait une froide lumière crue à la scène. La reine commença à ramasser les miettes qui étaient éparpillées sur son tablier, puis elle les mangea une par une tandis qu'une lueur de respect brillait dans son regard distant.

— Vous devez certainement vous souvenir de cette maison où vous avez été enfant, dit-elle.

— Bien sûr que oui, maman.

— Nous sommes restés ici sept ans. Vous aviez déjà seize ans et étiez prince de Galles lorsque nous sommes partis.

— C'est vrai.

Le roi avait l'air sinistre et il serrait les mâchoires. La seule mauvaise habitude de sa mère, qui était irritante et parfois même exaspérante, était sa tendance à se répandre en litanies. Il suffisait que l'on mentionne le nom d'un cousin pour qu'elle égrène tout un chapelet de généalogies. Si l'on citait une date, chaque semaine, chaque mois, chaque année la précédant était coché d'un petit trait, transcrit en mots et embelli de détails. Elle pouvait nommer tous les enfants de tous les enfants de la reine Victoria, ce dont cette dernière aurait bien été incapable.

— Mangez. S'il vous plaît, dit-elle.

Le roi prit un autre de ces horribles sandwiches dans la main mais, profitant de ce que sa mère regardait ailleurs, il le glissa dans sa poche avec son mouchoir.

— Votre grand-père a vécu ici il y a un siècle, avant qu'il ne devienne roi. Votre chère grand-mère aussi, avant et après qu'elle a été reine, et avant eux deux il y avait eu la reine Adelaïde-la-Grincheuse... (La Reine Mary sourit.) Elle avait très mauvais caractère, vous

savez. Elle aurait été votre arrière-arrière-grand-tante. Je ne l'ai jamais connue mais ma mère a certainement dû la connaître et elle disait...
— Maman?
— Oui, David?
— Pas d'histoire aujourd'hui, s'il vous plaît.

La reine tria les sandwiches et elle en porta un à ses lèvres, prête à le mordre.

— Je ne fais que penser, dit-elle, à l'endroit où nous nous trouvons et à ce que nous faisons. Un siècle presque s'est écoulé depuis que la reine Victoria a accédé au trône et depuis ce temps cette résidence a toujours été celle d'une princesse de Galles ou d'une reine douairière. Avant et après notre règne, nous devons tous passer ici, pour attendre...

Elle tremblait malgré elle et elle essaya sans succès de manger le sandwich. Sa lèvre inférieure se rétracta et elle la mordit cruellement, comme elle le faisait toujours pour prévenir l'assaut des larmes. Mais la reine Mary ne pleurait jamais. C'était une règle.

Elle finit par mettre tout son sandwich dans sa bouche et elle le dévora comme si sa vie en dépendait.

— Mangez, dit-elle à son fils. Vous devez manger.

Elle lui tendit l'assiette : il la regarda fixement, puis la posa sur ses genoux car il aurait été malséant de la lui repasser. Quand il leva les yeux, il s'aperçut qu'elle le dévisageait d'une manière étrange, comme si elle l'observait depuis une autre époque. Peut-être était-ce la lumière de cet après-midi-là et la douce et silencieuse bruine derrière les carreaux qui créaient cette impression. Un voile de poussière s'éleva entre eux, soulevé par les domestiques défilant en cortège derrière une rangée d'énormes cadres d'emballage, traversant le grand salon pour se diriger vers la double volée d'esca-

lier ; sa mère mâchait son sandwich, observait et attendit un très long moment avant de lui adresser à nouveau la parole et quand elle le fit, son regard était embué. Le roi était vraiment inquiet... jusqu'à ce qu'elle parle.
— J'aurai bu la coupe jusqu'à la lie, aujourd'hui, dit-elle en s'essuyant les yeux avec une serviette damassée sur laquelle était brodée la lettre G. J'ai eu des nouvelles de ton voyage à l'étranger...

Et elle mordit à pleines dents dans un morceau de gâteau au gingembre, le bleu de ses yeux claquant comme deux drapeaux dans un vent naissant.

Le roi était submergé par le chagrin et la colère. De colère à cause du gâteau au gingembre de Mme Moore et de ses inutiles et satanés sandwiches à la langue ; de chagrin à cause des mots qu'avait prononcés sa mère. Il ouvrit la bouche pour parler, prit une respiration comme s'il allait s'exprimer avec violence, mais sa mère leva la main et dit :
— N'expliquez rien, s'il vous plaît. Je ne veux entendre le nom de cette femme. Non. Ne me parlez pas de ça.

Et le roi qui avait fait un si long chemin pour venir exposer à sa mère les projets concernant l'avenir de sa lignée fut obligé de détourner son regard sur ses genoux, la bouche toujours ouverte... regardant les méchants sandwiches sur les assiettes de porcelaine de Ludwigsburg. Il essaya de toutes ses forces de dire ce qu'il pensait, mais la présence de sa mère était trop imposante et il ne put même pas relever la tête. Il y avait tout d'un coup quelque chose qui ne fonctionnait pas au niveau de sa nuque.

La reine dit enfin :
— Venez, je vais vous montrer quelque chose.

Ils se levèrent tous deux et se dirigèrent vers la sortie de la pièce. Le roi jeta un coup d'œil en arrière sur son chapeau et ses gants : on aurait dit des objets sculptés et oubliés sur le couvercle de la caisse contenant les épées. L'assiette des sandwiches tant contestés se trouvait à côté : eux aussi semblaient sculptés ; le vrai sandwich à la grimace. Le roi n'osa pas revenir sur ses pas car la reine le distançait déjà et il craignait d'être transformé en statue grimaçante s'il restait là trop longtemps. Alors il se retourna et accéléra le pas derrière elle tandis qu'ils défilaient entre deux rangées de portraits royaux que la reine Mary s'était attachée à rassembler ; ils étaient tous voilés, appuyés contre les murs, pas encore accrochés et quelques-uns révélaient un œil unique qui les observait tandis qu'ils passaient, la reine et son fils, le roi et sa mère, leurs talons claquant sur le sol tandis qu'ils traversaient l'immense salon sans tapis avec ces scènes de batailles peintes qui faisaient rage au plafond, toutes les grandes et glorieuses victoires du duc de Malborough pour lequel sir Christopher Wren avait érigé cette résidence en 1710 ; et tous les serviteurs du roi et de la reine baissaient la tête et faisaient de brèves révérences du mieux qu'ils le pouvaient sous le poids des gigantesques boîtes, des malles, des paniers d'osier dont le flot se déversait par les portes, montait les escaliers, et le roi et la reine prirent place dans le défilé, grimpèrent d'un pas égal puis marchèrent le long de la galerie comme s'ils se trouvaient à la tête de troupes jusqu'à ce qu'ils arrivent à une porte ouverte par laquelle la reine poussa le roi, avant de la refermer derrière eux. Clic.

Ce fut aussitôt le silence.

— Je ne me souviens pas de cette pièce, dit le roi alors que ses yeux s'accommodaient à l'obscurité.

— Vous n'étiez pas autorisé à y venir, dit la reine.

Elle était toujours fermée à clef quand il y avait des enfants dans la maison.

Au beau milieu d'une étroite pièce mal éclairée se tenait un mannequin de couturière vêtu d'une longue pièce de tissu blanc. On l'avait placé sur une estrade haute d'environ soixante centimètres et une marche en faisait le tour. En dehors du tissu et de l'estrade, il y avait une autre caractéristique frappante : contrairement aux autres mannequins, celui-ci possédait une tête taillée dans un cuir de chevreau blanc et qui de surcroît était couronnée d'une chevelure humaine.

— Est-ce vous ? demanda le roi.
— C'est la Reine, répondit sa mère.

Cet objet avait, il est vrai, la même silhouette qu'elle et sa coiffure ressemblait approximativement à celle de sa mère ; mais ce mannequin de cuir sans visage troublait le roi bien plus qu'il n'aurait pu le dire. Il l'effrayait un peu : il était tellement immobile et faisait tellement corps avec l'endroit où il se trouvait. Sa base métallique était solidement clouée à l'estrade, si bien que rien n'aurait pu le faire tomber. Le roi constata qu'il n'avait manifestement ni bras ni jambes, ce qui accentuait, d'une façon un peu triste, la rigidité de son allure, comme si les bras et les jambes n'étaient que de simples accessoires encombrants. Rien ne pourrait effrayer ce mannequin, même s'il semblait totalement sans défense. Après tout, ce n'était qu'un objet et ces considérations sur le « silence », l'« immobilité », l'« allure » et le fait qu'il soit « sans défense » n'avaient aucun sens.

La reine avait observé son fils pour voir sa réaction, puis elle se retourna et fit face à son *alter ego* comme si c'était sa jumelle. Elle tendit la main et toucha la chemise de coton, ajustant ici et là un pli peu seyant jusqu'à ce qu'il tombe bien. Les nœuds et les rubans pâles avaient besoin d'être refaits et arrangés, mais elle reviendrait une autre fois pour ça. Pour le moment, il lui était simplement agréable de revoir une vieille amie qu'elle respectait.

Tout autour des murs de la pièce, les parures et les robes de la reine étaient suspendues à des cintres : il y en avait plus d'une centaine, et sur la manche de chacune un numéro était discrètement épinglé. Sur un lutrin près de la porte, se trouvait un très vieux et grand registre relié en cuir, éclairé par une ampoule électrique rose. Toutes les occasions pour lesquelles ces vêtements avaient été portés y étaient recensées ; les chapeaux et les chaussures assortis y étaient également décrits et numérotés.

La reine Mary embrassa du regard la pièce et sourit avec un plaisir profond et sincère.

— Vous devez savoir, dit-elle, que je suis montée ici le jour de la mort de votre grand-père et que j'ai fait la révérence à ma sœur de sciure.

Le roi observait maintenant le visage de sa mère et il vit à quel point elle était émue quand elle songeait à ce lointain jour historique où le vieux monde disparut. Lorsque cet événement eut lieu, la lumière devait être la même qu'en cette fin de soirée : elle venait des fenêtres exposées à l'ouest et filtrait maintenant entre les rangées de robes.

— Alors que j'attendais ici que l'on vienne m'appeler pour prendre ma place, poursuivit la reine, savez-vous que votre chère grand-mère a laissé entrer Alice Keppel pour qu'elle dise adieu à votre grand-père ?

Mme Keppel avait été la plus longue et la dernière liaison d'Édouard VII ; et la reine Alexandra avait eu la bonté et le tact de la laisser venir faire ses adieux. Elle avait même laissé le roi et sa maîtresse seuls pour une ultime conversation.

— Il n'est rien que nous ne puissions faire ou supporter, dit la reine Mary à son fils, le roi Édouard VIII. Si nous sommes les maîtres du royaume, nous devons agir ainsi.

Le roi détourna son regard.

— Mme Keppel vit toujours, dit la reine Mary. Son bonheur et ses souvenirs sont intacts. Et la chère grand-mère m'a légué la reine... Vous voyez? Regardez.

Et elle fit glisser la paume de sa main sur les épaules de cuir du mannequin.

— La reine a eu une des vies les plus extraordinaires qui soient. Et elle sera encore là quand je serai morte depuis longtemps.

Le roi resta muet, privé de tous les mots qu'il aurait pu employer pour raconter son histoire. Et si le nom de Wallis Simpson n'avait même pas franchi ses lèvres, il ne franchirait certainement jamais celles de sa mère.

Il y eut soudain un rayon de soleil, et le roi et la reine se tournèrent vers les fenêtres.

— Regardez, dit-elle, on voit la cime de tous les arbres de Saint-James.

Elle passa entre les robes, ouvrit les portes et sortit sur le balcon.

— Il ne pleut plus, fit-elle remarquer. Le ciel est clair comme un cristal. Venez voir.

Elle tendit la main à son fils qui vint la rejoindre. Le balcon, qui donnait sur les jardins, était très petit et pouvait tout juste accueillir trois ou quatre personnes.

En bas, dans la cour, là où l'herbe était bordée de sable et de gravier, une immense troupe d'oiseaux était rassemblée. Des pigeons, des corneilles, des moineaux venant du parc. Il y avait aussi Mme Moore portant l'assiette de Ludwigsburg contenant les restes des sandwiches qu'elle brisait en petits morceaux pour les mélanger à des croûtes qu'avait coupées auparavant le cuisinier et aussi, peut-être, à une ou deux miettes de gâteau au gingembre ; elle jetait tout cela d'un geste large et généreux afin que tous les oiseaux puissent manger. Quand elle vit ce spectacle, la reine regarda son fils et dit :

— Vous n'auriez rien dans la poche que vous puissiez jeter ?

Elle souriait. Zut ! Elle savait qu'il avait mis son sandwich dans sa poche avec son mouchoir et il avait honte de devoir l'en sortir.

— Vous devriez l'émietter, comme l'a fait Mme Moore, pour que le plus grand nombre puisse en profiter. Allez !

Le roi jeta son sandwich, morceau par morceau, sur l'herbe et les pigeons, les corneilles et les moineaux firent un joyeux tintamarre en grattant tout autour ; sa mère dit alors :

— Voilà. C'est tout ce qu'ils demandent. Écoutez-les chanter !

Puis elle se retourna pour rentrer, laissant le roi seul sur le balcon. Il rentra à l'intérieur quelques instants plus tard, ferma les portes derrière lui et resta ostensiblement seul dans la garde-robe. Sa mère était partie, mais le lutrin était toujours là avec ses pages et ses pages de légendes joliment inscrites et toutes les parures énumérées bruirent quand il passa à côté ; la reine se tenait toujours à la même place, clouée au sol à tout jamais. Alors qu'il franchissait la porte et qu'il la laissait là, dans l'obscurité, il sentit le poids de son regard aveugle peser sur son dos. C'était plus qu'il ne pouvait supporter : il se retourna, rouvrit la porte ; la lumière de la galerie tomba sur l'ourlet de son long vêtement pâle et il aperçut l'ovale de son visage en chevreau blanc. Il était assez simple, pensa-t-il tandis qu'il l'observait, de comprendre le pouvoir du mystère qui avait poussé sa mère à se mettre à genoux devant cette image il y a tant d'années. S'il n'avait été roi, il se serait agenouillé lui aussi. Mais il était son roi, et il ne devait pas faire ce geste.

Paris, septembre 1936

Au moment où Wallis et moi arrivâmes à Paris, il y eut des photographes, des journalistes américains, des invitations de la part de Français, d'Espagnols et de quarante-huit prétendants russes. Nous devînmes un « objet » de curiosité, un appât à scandale démuni d'hameçon.

La chose valait seulement pour le soir. Le jour, il se produisait de véritables scandales, mais en privé. Cela commença le jour même de notre arrivée.

La chose déplaisante que Wallis ne pouvait pas faire seule était une rencontre secrète avec son mari. Celle-ci eut lieu en bas, dans sa suite où, fasciné, je me tenais à l'arrière-plan avec les autres chiens ; je vis Ernest Simpson traverser le tapis pour être accueilli par les bras tendus de sa femme et dont les mains, de toute évidence, ne portaient aucune bague.

Simpson, impeccablement vêtu d'un costume bleu à rayures, était venu pour obtenir, si cela était possible, « une réconciliation par consentement mutuel » (et ce, sur les conseils éclairés de son avocat).

— Pourquoi ? demanda Wallis. Pour quelle raison ?

Ernest Simpson marmonna quelque chose du genre « bonheur passé ». C'est tout ce que je pus entendre.

Il y avait quelque chose de vaguement oriental dans la façon dont la scène se déroulait : Ernest Simpson se tenait au milieu du tapis, presque au garde-à-vous, et s'agitait de temps à autre ; Wallis était assise sur un divan recouvert de soie, ses pieds se touchant précisément à hauteur des chevilles et son dos raide comme une baguette ; je me tenais (moi, l'ambassadeur de Shanghai) à l'arrière-plan, un chiot minuscule au creux de chaque bras et je devais observer la scène les yeux presque mi-clos car la lumière entrait à flots par les fenêtres, séparant dans la pièce le plaignant de sa femme.

Le plaignant plaida pour lui. Il plaida pour sa femme. Il plaida même pour le roi, « pour l'honneur du roi et tout ce qu'il représente ». Cependant, elle ne se laisserait pas émouvoir.

Cela continua encore et encore, jusqu'à ce qu'ils se séparent à l'heure du déjeuner, comme deux acteurs interrompant la répétition d'une scène qu'ils n'arrivent pas à jouer.

Je me retirai dans ma suite. On était en train de me gâcher lentement mon séjour parisien. Je lus les dernières réflexions d'Aldous Huxley dans son roman récemment publié, *La paix des profondeurs* ; elles me déplurent à partir du moment où je lus que « la chasteté est la plus dénaturée des perversions sexuelles ». Nom d'une pipe ! Il n'y avait donc rien de sacré. *Conneries.* Venant d'un parvenu !

Tout le reste de l'après-midi, Ernest et Wallis firent de leur mieux pour se sortir sains et saufs de cette histoire. La tension grandit tellement dans les pièces que l'un des chiens vomit et que l'autre leva la patte contre une table Louis XIV (une copie, heureusement).

Ernest Simpson finit par dire à son épouse qu'elle n'était pas la seule femme infidèle se trouvant à l'étranger cet été-là et il insinua qu'il était tombé amoureux de sa meilleure amie, une dénommée Raffray (on aurait dit le nom d'un bookmaker irlandais).

Wallis fit une grimace et enleva l'une de ses chaussures. J'étais persuadé qu'elle allait rire. Mais elle se contrôla.

— Est-ce que tu as couché avec elle ? demanda-t-elle.
Simpson répondit :
— Bien sûr que non.
Preuve manifeste qu'il l'avait fait.
— Bien, alors qu'allons-nous faire ? dit Wallis qui me permit de lui allumer sa cigarette.

Ernest répondit :
— Je te supplie de reprendre la vie commune.
Wallis s'abandonna et éclata de rire.
— La vie commune ? Tu parles comme un notaire !
Ernest Simpson devint alors très rouge et il cria à sa femme :
— Nom de Dieu, je te poursuivrais en justice si je le pouvais !
— Et pourquoi ne le fais-tu pas alors ? (Elle savait très bien qu'il n'en avait pas le courage.)
— Pour la simple raison que la loi ne permet pas de citer le roi à comparaître comme complice d'adultère.

Je crois que Wallis pâlit. En tout cas, sa nuque devint livide.

— Oh ! (Le premier *petit* mot qui lui ait échappé. Le premier aveu ; et l'histoire en connaîtrait bien d'autres.)

Alors que je pensais qu'il pourrait gagner s'il maintenait son attaque, Ernest Simpson flancha. Il abandonna.
— Très bien, Wallis. Dis-moi ce que tu veux.

Je m'attendais à ce qu'elle lui réponde : « La couronne », mais elle dit seulement : « Le divorce. »
— Quand ? demanda Simpson.
— Le plus tôt possible.

Simpson hésita une seconde et alors, pour la première et unique fois de leur rencontre, il sourit.

— Et tu veux que ça se passe *avec* ou sans publicité? l'interrogea-t-il.

Il me séduisit tout à fait.

Mais je dois admettre que la réponse de Wallis fut aussi très séduisante.

— Sans couteaux, lança-t-elle.

Ainsi donc... eux aussi se séparèrent.

Nauly, septembre 1936

C'était un superbe après-midi anglais, avec des fleurs et des insectes, des gâteaux à l'anis et des sandwiches au concombre. Après le thé, Charles Lindbergh demanda à l'honorable Edward Allenby de venir faire quelques pas sur les pelouses de *Nauly*, dans le Kent.

— Je veux vous dire quelque chose, dit Lindbergh. Seul à seul.

C'était comme s'ils se promenaient dans une strophe de poésie victorienne illustrée par Tenniel. Embelli par sept générations de Massie, ce manoir de l'époque jacobite, ainsi que ses dépendances, avait échu à Edward Allenby uniquement parce que son frère aîné, l'actuel comte de Massie, préférait vivre à la ville et, en dehors de la saison, dans le Sud de la France.

Il y avait des tonnelles couvertes de roses, une allée d'ifs, un jardin dessiné rempli d'herbes de toutes sortes et un bassin circulaire qui se trouvait en bas de la pente, à l'ombre des saules. Lady Diana, Mme Lindbergh, et une douzaine de personnes étaient assises plus haut, sur la terrasse, où ils continuaient à prendre le thé tandis que les enfants jouaient avec un chien sur l'herbe et qu'un jardinier poussait une brouette de têtes de roses fanées en direction d'un tas de compost. Des buddleias, tous bleus, fleurissaient près des allées et un massif de lavande s'affaissait dans un lit de pierre surélevé.

Allenby avait un peu plus de cinquante ans et c'était toujours un très bel homme même s'il s'était empâté. Il était actuellement sous-secrétaire d'État aux Affaires étrangères et député de Justin-Beeches.

Lindbergh, qui revenait des Jeux olympiques allemands où il avait été l'invité d'honneur du Reichmarshal Göring, était à trente-quatre ans aussi sec d'esprit que de corps : mince comme une feuille de papier à cigarettes, le teint cadavérique. Allenby, lui, était ficelé comme un colis anglais : il était élégant, tiré à quatre épingles, tous les angles saillants étant coquettement arrondis et repliés par en dessous. Lindbergh marchait toujours en avant et on avait l'impression qu'il lui était impossible de rester immobile. Il avait toujours une partie de son corps en mouvement, qu'il s'agisse des poignets, des mains ou des coudes. Allenby boitait encore nettement, mais il pouvait se passer de sa canne (il ne faisait pas aussi humide en Angleterre qu'à Venise). L'origine de sa claudication se résumait au seul nom de *la Somme*.

Lindbergh et Allenby se connaissaient depuis plusieurs années ; cependant, ils n'étaient pas aussi intimes qu'Allenby et moi. Le timide Lindbergh ne se laissait pas approcher. Mais ils étaient de bons amis, plus que de simples connaissances.

Ils s'étaient rencontrés en de pénibles circonstances : Allenby, alors membre d'une mission diplomatique, s'était rendu en Amérique en 1931, l'année où l'enfant de Lindbergh avait été enlevé et assassiné. Lindbergh ne s'en était jamais remis. En un sens, ça l'avait rendu à moitié « fou ». Il devint comme Oreste, poursuivi par les Furies. Certains prétendent que les Furies sont des mouches, ou des essaims d'abeilles, et qu'elles tourmentent leurs victimes à la fois avec leur bourdonnement et leurs piqûres continuelles. Pour Lindbergh, ces Furies étaient ses compatriotes et notamment les journalistes qu'il détestait tellement que l'on a parlé à ce propos de « démence » pour qualifier sa rage.

Pour Allenby, cette *dementia* était une grande et triste tragédie en ce que « quelqu'un de tellement vénéré par ses compatriotes, qui leur avait apporté une telle réputation et tant d'honneurs, se retournait contre eux avec une telle véhémence ».

Le terme de « véhémence » était cependant quelque peu en dessous de la vérité. Lindbergh avait dit un jour que l'Amérique avait le gouvernement le plus pourri de la planète en ce qu'il admettait et encourageait le désir de violence chez les gens en tolérant la liberté de la presse. Il avait appelé cette forme de gouvernement une « démocratie dégénérée ».

Mais pour le moment, lui et Allenby se trouvaient sur une pelouse anglaise inondée de soleil. Ils n'étaient plus sur cette pelouse américaine, dans cette obscurité terrifiante avec l'échelle appuyée contre la fenêtre, qui semblait vouloir crier : *Je suis parti pour toujours : mort.* Cependant, cela ne semblait pas avoir d'importance. Lorsque Allenby regardait Lindbergh du coin de l'œil, il apercevait cet homme à moitié sarcastique qu'il avait toujours connu, avec ses cheveux effilés, sa bouche de plus en plus mince et un sens de la tolérance qui se réduisait à l'extrême. Il était parfaitement possible que l'exécution de Bruno Hauptmann au printemps 1936 eût fait remonter à la surface une horreur que Lindbergh serait le seul à connaître. Seulement, en supprimant l'assassin de son fils, on ne supprimait pas le meurtre. On le prolongeait.

Lindbergh, sa femme et son fils Jon étaient venus s'installer en Angleterre dans la vieille ferme de Harold Nicholson. Ils étaient presque les voisins des Allenby puisqu'ils n'habitaient qu'à douze kilomètres. Lindbergh avait l'habitude de se « balader » en voiture et même, parfois, à pied. Malgré un mariage heureux, il semblait toujours seul. Il paraissait toujours sur le point de demander quelque chose, ce qu'il ne faisait jamais.

Ils atteignirent le bassin circulaire; Allenby s'assit, pour soulager ses jambes, sur un petit banc de pierre et alluma une cigarette turque.

— Alors, Gus! Nous ne pourrons jamais être plus seuls qu'ici, dit-il. (La terrasse où se trouvaient les gens était à environ cinq cents mètres.) Que puis-je pour vous?

Lindbergh avait déjà plus ou moins annoncé ce qu'il allait dire à Allenby : alors qu'ils traversaient la pelouse, il avait prononcé une sorte d'« éloge » de l'Allemagne d'Hitler assez banal et donc pas trop choquant pour Allenby. Ce dernier avait déjà entendu dire cela des douzaines de fois par des douzaines de « convertis » : ce n'était pas tellement différent d'un texte récité par cœur par un acteur, à cela près qu'ils étaient totalement incapables de donner leur sens aux mots. La version de Lindbergh n'aurait même pas mérité la moyenne. Quelle que soit la sincérité de sa passion, elle n'en reposait pas moins sur un discours vide.

Maintenant qu'ils se trouvaient près du bassin, Lindbergh entra dans le vif du sujet : que faire de l'avenir une fois qu'il aurait été capturé. Kidnappé.

Il parla d'un monde divisé en deux.

— Nous savons tous que la plus grande menace est le bolchevisme, dit-il. Et pour neutraliser son emprise, notre moitié du monde doit agir de concert contre lui.

— Sous la houlette de l'Allemagne, bien entendu, lança Allenby en rejetant sa fumée.

Il était vraiment décevant de constater que Lindbergh était en train de devenir l'un de ces ennuyeux apôtres du nazisme.

— Non, rétorqua Lindbergh, pas sous la houlette de l'Allemagne. Sous la nôtre.

Allenby lui lança un regard pénétrant.

— La nôtre ?

Lindbergh ne broncha même pas.

— Parfaitement.

Allenby aurait pu ne pas comprendre ce qu'il était en train d'entendre. Il regarda à l'autre bout de la pelouse parce qu'il voulait voir sa femme et ses enfants, juste pour s'assurer de leur existence.

— La nôtre ? se demanda-t-il. Qu'est-ce que vous entendez par là ?

— Vous et moi. (La voix de Lindbergh ressemblait à celle d'un enfant décrivant ce qu'il allait y avoir à dîner.) Vous et moi. Nos amis...

Allenby plissa les yeux.

— Nos amis ? Lesquels ?

— Allons, Ned. Nous avons tous les deux des amis en Allemagne... ici... en Amérique.

Il y eut un court silence et Allenby se sentit obligé de dire :

— Nous sommes amis, Gus. Mais pas sur le plan politique. Vous le savez d'ailleurs très bien.

— Qu'est-ce que vous êtes alors ? Une sorte de communiste ?

— Ne soyez pas puéril.

— Eh bien, qu'est-ce que vous êtes alors ? Dites-le-moi. Donnez-moi un nom.

— Nous ne pourrions vraiment pas avoir une *tout*

autre conversation ? Une conversation agréable et adulte.

— Non. Je veux que vous me répondiez. J'y tiens.

— D'accord, dit Allenby. Je suis centriste, et vous le savez très bien. Et j'ajouterais : je me situe à une place où tous les gens sains d'esprit devraient se trouver dans votre monde désespérément juvénile. Allons Gus, ne me faites pas mettre en colère. Je déteste ça.

Il se frotta la jambe. Lindbergh ne suscita pas la colère d'Allenby. Il balaya une mouche du revers de la main et dit alors :

— Le centre n'existe pas.

Allenby se mit à rire.

— Le centre *n'existe pas*, répéta Lindbergh en s'emportant tandis que son visage s'empourprait. Il n'existe que deux moitiés : la droite et la gauche. Si le monde était un citron et que quelqu'un le coupât à l'aide d'un couteau, il ne resterait que ceci — il se servit de ses mains — à savoir *deux moitiés*. Eux et nous. Rien entre.

Allenby se sentit déprécié. Diminué ; insulté quant à ses opinions politiques qu'il tenait pour complexes. De simples étudiants n'auraient pas osé parler d'un monde coupé en *deux*, entre noir et blanc.

— Gus, lui dit-il comme s'il s'adressait à un enfant, il existe des partis du centre depuis des temps immémoriaux. Pourquoi ? Parce que c'est le seul salut civilisateur et salvateur qui nous permette d'écarter ces deux moitiés dont vous continuez à parler : la *barbarie* et l'*élitisme intégral*.

— Autrefois peut-être, dit Lindbergh. Autrefois peut-être y a-t-il eu un centre. Mais ce n'est plus le cas. Maintenant il ne reste que...

— Si vous dites encore « deux moitiés », je vous frappe.

Allenby essaya de rire.

Lindbergh avait senti ce rire qui n'éclata pas tout à fait et son visage devint un masque laid et paranoïaque, non seulement déplaisant, mais aussi affreux. Dans le même temps, le ton de sa voix devint fâcheux et brutal.

— J'ai commencé à vous dire quelque chose, dit-il, et j'ai l'intention de finir... Ce qui signifie que j'insiste pour que vous m'écoutiez jusqu'au bout; si vous ne le faites pas, vous pourriez le regretter.

— C'est une menace?

— Peut-être. Disons que je préférerais appeler cela un conseil.

Allenby soupira. Il alluma une autre Abdullah. Cette élégante cigarette ovale évoquait en lui une époque plus heureuse : les premiers jours de son mariage... Les tilleuls de la Wilhelmstrasse quand il n'était qu'un débutant qui se faisait un nom au Foreign Office... *Était-ce cela?* Tout ce temps qu'il avait passé à Berlin? Le contact allemand? Quelqu'un en avait-il tiré une terrible conclusion; complètement fausse et désastreuse? Quelqu'un avait-il pensé qu'il pouvait être réellement gagné à l'actuelle cause allemande et avait en conséquence envoyé Gus pour faire le sale travail? *Était*-ce cela?

Il vit alors à travers la fumée les yeux de Lindbergh où brillait une lueur menaçante qui forçait à l'attention. Oui. Quoi que ce fût, c'était dangereux.

Il détourna les yeux. Au loin, à l'autre bout de la pelouse, sa femme, Mme Lindbergh et tous les invités étaient assis à leur place — acteurs d'une scène dont ils ignoraient le déroulement. Il fit un signe de la main, simplement pour établir un contact. Mais personne ne lui répondit. On ne l'avait certainement pas vu. Il en retira néanmoins un sentiment de profonde solitude.

— Très bien, je vous donne cinq minutes, dit-il. Et qu'on en finisse.

Lindbergh devint alors très calme. Il croisa ses doigts. Il resta silencieux pendant quelques instants, comme s'il s'agissait d'une condition nécessaire à ce qu'il allait dire.

— On vous a choisi, commença-t-il, parmi quelques autres pour vous donner une chance de sauver votre pays.

(*Choisi*, pensa Allenby. *Choisi?* Mon Dieu, il parle comme un buchmanite[1] ou comme l'un de ces nigauds de Aimée Semple. Il risque maintenant à tout instant d'avoir de la bave à la bouche et de tomber par terre.)

Lindbergh continua.

— Quand je me trouvais à Berlin, j'ai eu le privilège d'assister aux manœuvres des forces aériennes allemandes. J'ai vu leur importance. J'ai vu leur puissance. J'ai vu leur potentiel. (Il s'arrêta.) Ned, l'Angleterre ne doit pas attirer cette puissance-là sur elle. Jamais. Elle peut vous rayer de la carte.

Allenby passa mentalement en revue tout ce qu'il connaissait des Lindbergh et des Allemands. Hermann Göring était leur ami. Ainsi que Hess, qui était le bras droit du Führer. Et von Ribbentrop, quand il se trouvait à Londres, les recevait souvent. Qui d'autre? Robert Ley? Goebbels?

Il regarda ses enfants jouer avec le chien. Il entendit Diana rire. Mon Dieu, pensa-t-il. Cet homme était mon ami et maintenant il essaie de me faire chanter : il essaie de me faire peur pour que je dise ce qu'il veut à la Chambre...

— S'il devait y avoir une guerre à l'instant, dit Lind-

1. Buchmanite : membre du *Réarmement moral*, association fondée par l'évangéliste américain Frank Buchman (1878-1961) *(N.d.T.)*.

bergh, l'Angleterre la perdrait aussi sûrement que vous et moi sommes assis ici au soleil. Ils peuvent vous couper du reste de l'Empire britannique. Plus rien n'arriverait jusqu'ici. Plus rien. Tous les navires escortés seraient coulés et vous mourriez de faim.

Il regarda Allenby qui était affalé sur le banc, l'air de plus en plus déprimé.

— J'espère que vous me croyez, Ned. Je pèse mes mots. Et bien sûr je dis tout cela pour une raison précise.

Allenby n'osa s'exprimer. Mais il fit un signe de la tête.

— Quelqu'un doit empêcher que l'Angleterre soit impliquée dans une guerre, dit Lindbergh. Et ce quelqu'un, ce doit être nous.

Allenby leva alors les yeux.

— Alors c'est ça que vous entendez par « nous » ? Une sorte de mouvement de la paix ?

— Non. Pas tout à fait.

Allenby détourna le regard.

— Cela a une affreuse allure de conspiration, Gus. J'aime de moins en moins ça et je vous aime de moins en moins quand je vous entends m'en parler.

Lindbergh baissa la tête. Il semblait terriblement conscient de la présence des autres sur la terrasse malgré l'importante distance qui les séparait. Du coup, il prononça ses paroles suivantes presque dans un murmure.

— L'enjeu dépasse l'Angleterre, dit-il. Il dépasse l'Allemagne. (Pour la première fois, il regarda Allenby droit dans les yeux.) Et il dépasse même l'Amérique.

Allenby pâlit. Il sentit son sang quitter son visage. Quoi... ? Qu'est-ce que c'était ? De quoi était-il question ?

— Dites-moi exactement ce que vous entendez par là, demanda-t-il en s'obligeant à chuchoter. *Dites*-le.

Lindbergh soupira et croisa les bras — ses ailes — et se détourna d'Allenby : comportement d'enfant. Puis, lui faisant face à nouveau, les bras le long du corps, il dit :

— L'enjeu dépasse celui des nations, des gouvernements, des partis, des régimes, des systèmes.

Allenby demanda ce qu'il restait quand on enlevait tout ça.

— Nous, répondit Lindbergh.

— Nom de Dieu ! Dites-moi ce que vous voulez dire par « nous » ?

Lindbergh posa son menton sur ses mains croisées.

— Vous, Ned ; et moi, et d'autres comme nous, pouvons contrôler ce qui se passe, même quand les gouvernements valsent, même quand les nations s'effondrent.

— Doux Jésus...

— Et moi je vous dis que nous devons contrôler ça.

Une abeille bourdonna qui était en train de se noyer dans le bassin.

— Il en existe d'autres, ajouta Lindbergh, qui veulent détruire tout ça : cette maison, cette pelouse, ce bassin, vous et moi, cette terrasse et ces gens... vos enfants... mon fils Jon... même ce chien.

Allenby courba la tête.

— Vous savez de qui il s'agit, Ned. Moi aussi. Ils nous rongent de l'intérieur. Ils nous rongent ici, en Allemagne, dans toute l'Europe et en Amérique. Alors pourquoi cela vous surprendrait-il que quelqu'un veuille l'emporter sur eux ?

— Mais pourquoi avons-nous des partis politiques ? demanda Allenby. Ils l'emportent *vraiment* sur eux.

— Non, dit Lindbergh, vous savez très bien qu'ils n'y arrivent pas.

Bzzzz Bzzzz.

Allenby se leva.

— Et c'est pour ça qu'on m'a choisi? demanda-t-il.

— Oui. Il existe déjà un très petit groupe...

— Ils veulent de moi, eux aussi?

— Oui.

— Pourquoi?

Allenby, outré, avait hurlé.

Lindbergh, peut-être sans le faire exprès, regarda vers la terrasse. Allenby suivit son regard. Tout le monde les observait : ils avaient entendu le hurlement de Ned.

— Vous voulez mes amis, ajouta Allenby d'une voix rauque.

Il se sentait mal. Lindbergh était calme.

— Ils seraient utiles, oui. De même que votre voix à la Chambre.

Allenby se rassit. Il regarda la mare et essaya de fixer son attention sur l'abeille. Il enleva ses chaussures. Il se mit à retrousser son pantalon. Pendant un moment, il fut incapable de parler. Il retira ses chaussettes et dit très prudemment :

— Ce petit groupe dont vous parlez... (Il se redressa.) Qui sont-ils?

Il s'avança vers le bassin.

Lindbergh déclara :

— Je ne suis pas disposé à vous le dire.

— Ah?

Le bassin était frais. L'eau sécurisante. Allenby sortit son mouchoir.

— Vous voulez que j'adhère à votre groupe sans me dire qui le compose. (Il fit flotter son mouchoir sous l'abeille qui se noyait.) Mais je suppose que c'est parce que je suis sous-secrétaire d'État et qu'à cause de mes amis là-haut sur la terrasse, vous voulez que je fasse

jouer mon influence pour empêcher une guerre entre la Grande-Bretagne et l'Allemagne. (L'abeille s'accrocha au tissu.) Je suppose en conséquence que votre petit groupe tient ses réunions à Berlin. Ai-je raison?
— Non, pas du tout.
Allenby sentit comme une boule de feu sur son estomac. Panique. Il essaya de toutes ses forces de rester calme, ou au moins de le paraître.
— Ah?
Il posa l'abeille sur l'herbe et la poussa vers les roses; il l'observa, se protégeant les yeux avec la main, jouant parfaitement la nonchalance.
— Pas à Berlin? Et où alors?
Lindbergh réfléchit et décida qu'il ne pouvait dire que ceci : « *Il existe partout des groupes communs dont les intérêts doivent être protégés coûte que coûte.* » (Allenby était persuadé que ces mots avaient été appris par cœur, ce qui voulait dire qu'il devait exister quelque chose d'écrit. Un manifeste peut-être.)
Allenby s'assit, enfila une chaussette, puis une chaussure. On pouvait voir quelques-unes de ses cicatrices sur la jambe gauche.
— Bon. Cela n'est pas une chose purement allemande?
— Non. Pas seulement allemande. (Lindbergh observait ce qu'il pouvait voir des blessures.) Elle va au-delà du simple nazisme, Ned, dit-il.
Allenby tenait sa chaussette, la laissant pendre au-dessus de ses orteils. Il ouvrit la bouche. Mais il était sans voix. *Au-delà du simple nazisme...*
Il retrouva sa voix et leva alors la main.
— Gus, dit-il, pas un mot de plus.
— Mais...
— Non, Gus! Pas un mot! *Amen.* (Allenby tremblait.) Salaud, lança-t-il, saleté de fils de pute!

165

Et ce fut tout. Allenby se leva, n'ayant au pied qu'une chaussette et une chaussure, et il partit en boitant, portant les deux autres à la main, sa jambe de pantalon toujours retroussée.

Parvenu au milieu de la pelouse, il se retourna et cria :

— Gus, je prie Dieu afin qu'un jour vous veniez me voir pour me dire ce qui peut vraiment aller au-delà du simple nazisme. Je serais très intéressé de le savoir. Est-ce que c'est quelque chose qui a à voir avec les êtres humains ?

Lindbergh ne bougea pas.

— Un jour, Gus. Je prie le ciel !

Et Allenby partit.

Lindbergh finit par s'asseoir. Mais pas sur le banc. Il s'assit sur l'herbe et observa le bassin. Une heure durant. Jusqu'à la tombée de la nuit, au moment où les abeilles se turent tandis que les mouches rampaient sous les feuilles et les phalènes sortaient, attirées par la pâleur de son visage et de ses mains. Et par les lumières dans ses yeux.

Edward Allenby ne laissa plus jamais Lindbergh revenir à *Nauly*.

Autrefois, dix ans avant, il s'était fait une haute opinion du courage du jeune homme et il avait osé appeler son propre fils Charles Augustus. Il avait vraiment été peiné pour les époux Lindbergh lorsque leur bébé était mort. La naissance du second fils de Gus avait été fêtée à *Nauly* comme à *Engelwood*, lieu de naissance du jeune Jon Lindbergh. (Allenby était le seul ami anglais de Lindbergh à l'appeler « Gus ». Une façon pour lui d'essayer de vaincre la timidité de Lindbergh.)

Allenby resta éveillé dans son lit durant de nombreuses heures cette nuit-là, profondément troublé par ce qu'il avait entendu au cours de l'après-midi. Beaucoup de choses le gênaient, mais davantage encore l'effrayaient. Il devinait plus ou moins que le groupe auquel on lui demandait de se joindre était une sorte d'organisation secrète dont le pouvoir était supérieur à celui des gouvernants. Il s'en voulait d'avoir cédé à la colère, ce qui l'avait empêché d'en entendre et d'en comprendre davantage. Il n'avait rien dit à sa femme, mais celle-ci avait deviné qu'il s'était passé quelque chose de grave. Il était resté silencieux pendant tout le dîner et il n'avait pas ri quand elle lui avait raconté les plaisanteries de l'après-midi. A minuit, il vint s'asseoir avec elle sur son lit, mais il ne parla toujours pas.

Le clair de lune ruisselait par les fenêtres et Diana pensa que le profil de son mari changeait ostensiblement avec le temps. C'était un homme tellement compatissant. Sentimental. Gentil. La laideur d'esprit chez les autres gens le désorientait. Il avait eu ses faiblesses, mais elle était persuadée que son intégrité résisterait à ce qui le préoccupait. Son père, le « Vieux redoutable », avait été le même genre d'homme. En temps de crise politique, nul n'était plus digne de confiance que lui. Mais si son toast était brûlé ou si l'un des enfants s'égratignait le genou, il perdait son sang-froid.

— Nom de Dieu...! criait-il d'une façon très victorienne en prenant le ciel à témoin. Pourquoi est-ce que mon toast est toujours brûlé, hein? Dites-moi *pourquoi*, si vous le pouvez!

Neddy se conduisait de même. Il crierait à tue-tête quand elle lui dirait qu'on l'attendait en ville le lendemain, mais il survivrait à la crise Lindbergh — quelle que soit cette crise.

— Est-ce que tu veux parler? demanda-t-elle en s'asseyant sur ses oreillers.

Il serra plus fort sa main.

— Pas vraiment, dit-il. Je te demande seulement de ne pas t'endormir.

— D'accord.

Ils restèrent ainsi pendant un quart d'heure, regardant tous les deux par la fenêtre le clair de lune sur le bassin ; puis il lui dit :

— Est-ce que tu te souviens de ce que faisait Gus quand il est venu en Angleterre pour la première fois ?

— Je crois qu'il essayait d'oublier ses ennuis.

— Non, non. Je veux parler de son travail. Tu ne te souviens pas ?

— Si, si. Oh ça ! (Diana rit.) Il travaillait avec Alexis Carrel. Ils essayaient de mettre au point un cœur artificiel.

— C'est ça, dit Ned.

— Et alors ?

— Je pense qu'il a réussi.

Tout cela s'était passé le 8 septembre. Le 9, Diana monta en ville et déjeuna avec Juliet d'Orsey, comme convenu plusieurs jours avant. Lorsqu'elle rentra à la maison le soir même, elle fut quelque peu surprise de constater que Ned était parti : il avait cependant laissé un mot dans lequel il lui disait qu'on l'avait appelé à Paris « pour cause d'affaires avec Maximus » (son frère, comte de Massie). C'était complètement faux. Il était parti à Clerkenwell discuter avec Eden et au cours des deux mois suivants il retourna le voir à quatre reprises. Aucune de ces rencontres ne fut consignée sur son carnet parlementaire. Elles n'étaient pas officielles. Il n'en parla pas davantage à Diana. Il demanda cependant à Maximus de jouer le jeu du mensonge à propos du rendez-vous de Paris, ce que ce dernier fit de bonne grâce, étant habitué à être utilisé de cette manière chaque fois que son frère avait besoin d'une « couverture » pour conduire des missions délicates au nom du ministère.

Le 14 septembre, six jours après la visite de Lindbergh à *Nauly*, un message codé en provenance de Londres parvint à Berlin. Il était adressé au vice-Führer Rudolph Hess et était signé par l'ambassadeur d'Allemagne au Royaume-Uni, Joachim von Ribbentrop. Il disait ceci : SOYEZ INFORMÉS ALLENBY REFUSE.

Aucune réponse ne fut enregistrée. Naturellement, il est possible que l'on ne donnât aucune réponse. Il est même possible que l'on n'en ait demandé aucune. Une chose est certaine. Edward Allenby n'entendit plus jamais parler de « nous ».

Lui et son fils Charles Augustus périrent lorsque les freins de la voiture à bord de laquelle ils se trouvaient lâchèrent dans un virage de la route sinueuse menant à *Nauly*. L'enterrement eut lieu le vendredi 11 décembre 1936 ; mais l'annonce de la cérémonie fut éclipsée par le fait qu'Édouard VIII avait abdiqué le trône d'Angleterre et qu'il s'exilait en Autriche.

A *Nauly*, ils ne furent pas aussi nombreux qu'ils auraient dû l'être, mais les meilleurs vinrent cependant. J'eus l'impression que Ned était privé des honneurs qui lui étaient dus à cause de l'abdication, un événement qui ne lui aurait certainement pas plu. Il est vrai que par la suite, Baldwin fit un numéro théâtral à la Chambre, numéro qui rappelait la voix de Neddy, ce qui laisse supposer que le Premier ministre avait sans doute eu des discussions avec Ned à ce sujet. Je trouvais également l'abdication intolérable, mais pour une tout autre raison. Pauvre Wallis. Elle ne serait pas reine.

Nous restâmes dans la pénombre cette nuit-là, Diana, Maximus, Harold, Vita, moi et quelques autres, à écouter le roi à la radio — nous étions tous en pensée avec Ned et son fils, dans leurs tombes — et je vis qu'au milieu du discours, ou à la fin, je ne sais plus, lorsque le roi dit : « J'abandonne maintenant les affaires publiques et dépose mon fardeau... », Diana tendit la main vers la table et prit un cadre d'argent où se trouvait une photo de Neddy ; elle la tint non pas comme si elle le regardait mais comme si elle le laissait la regarder. Et le roi dit alors : « Il s'écoulera peut-être un certain temps avant que je ne revienne dans mon pays natal, mais je servirai toujours les intérêts de la race et de l'Empire britanniques. » A ces mots, Diana posa le cadre, la photographie tournée contre la table.

Nous essayâmes vaillamment de nous enivrer, mais en vain.

L'enterrement fut sinistre. On peut parfois avoir le sentiment de ne pas appartenir au groupe des gens frappés par le deuil. Mais ce ne fut pas le cas ce jour-là. La pauvre Diana venait juste d'enterrer son père ; maintenant, c'était son mari et son fils. Naturellement, il pleuvait, naturellement on entendait l'inévitable rumeur de l'abdication et naturellement la moitié des gens qui auraient dû être présents ne l'étaient pas.

Cependant, il en vint d'autres que l'on n'attendait pas. Je fus le premier à remarquer sa présence dans le cimetière, après que nous nous fûmes rassemblés pour jeter de la terre sur les cercueils. Je me tenais tout à fait en face des principales personnes frappées par ce deuil — Diana, Freda Massie, Maximus et les autres — lorsque je réalisai que quelqu'un se déplaçait derrière eux.

Je pensai d'abord qu'il s'agissait d'un retardataire mais son comportement indiquait que c'était un observateur d'une tout autre espèce. Un policier? Scotland Yard? En tout cas, certainement pas un « ami de la famille ». Il était en mission de reconnaissance; il ne restait jamais tranquille un instant, contournait le cercle des gens en deuil en passant par-derrière, fixait des yeux les uns et les autres (moi compris), gardant ses mains dans les poches tout le temps. Hormis le fait que je m'étais aperçu que quelqu'un bougeait tandis que nous restions tous immobiles, je ne pense pas que je l'aurais remarqué, n'eût été son allure extraordinaire.

Je n'avais jamais vu un visage exprimant une telle menace. J'ignorais complètement qui il était de même que les raisons de sa présence, mais à chaque fois que je repense à cet enterrement je vois cette silhouette vêtue d'un manteau de cuir, ne portant ni chapeau ni parapluie, ses cheveux frisés dégoulinant de pluie sur un crâne semblable à celui d'une statue de marbre romaine et une peau à la carnation italienne... Je dirais qu'il ne mesurait pas plus d'un mètre quatre-vingts. Malgré la pluie et la boue, il portait des chaussures sans caoutchoucs. La plus affreuse paire de chaussures que j'aie jamais vues. Brillantes, luisantes, sensuelles si je puis dire, mais tout à fait appropriées, je suppose, pour marcher dans la boue. Des chaussures en crocodile. A ce moment, alors que je levais les yeux après m'être forcé à détourner mon regard de lui pour me concentrer sur Freda Massie et Maximus qui encadraient Diana, chacun soutenant l'autre, je notai qu'il m'observait et cela me fit frissonner, comme si la pluie coulait soudainement dans mon dos. Il n'avait pas seulement cette paire de chaussures en crocodile mais aussi, malgré sa beauté, des yeux de crocodile.

Paris, décembre 1936

J'étais sur le point d'embarquer sur le vapeur pour Dieppe — il était impossible d'aller à Boulogne car toutes les places avaient été réservées pour les douze mois à venir : le défunt roi avait emprunté ce trajet et les gens voulaient voir l'eau que l'étrave de son navire avait fendue — lorsque je me retrouvai face à Julia Franklin me demandant de l'aider à trouver un porteur pour faire monter ses bagages à bord. Je suppose qu'elle devait suffisamment bien me connaître pour savoir que, malgré ce qu'elle avait dit et écrit, je me sentirais contraint de jouer au gentleman. J'aurais dû être plus malin. Julia Franklin, malgré sa légendaire maigreur, est presque aussi désemparée qu'un requin au milieu d'un banc de maquereaux — Julia avec ses bras décharnés et ses jambes longilignes qu'elle cachait sous des pantalons, comme un homme.

A l'époque, chacun des mots écrits par Julia Franklin était parole d'évangile pour la gauche et ses articles sur la guerre d'Espagne avaient été portés au pinacle. Elle s'était également livrée par écrit à une sévère attaque contre Ezra qui avait fait sensation. Personne d'autre n'avait encore pensé qu'Ezra, l'homme, pouvait aussi bien constituer une cible d'attaque qu'Ezra, le lion littéraire. Avant l'arrivée de Julia Franklin sur la scène du journalisme, on considérait par tradition que la vie privée et les idées personnelles des personnages littéraires étaient des choses sacro-saintes jusqu'à ce qu'ils meurent. Par exemple, personne n'aurait osé imprimer du vivant de Virginia Woolf une phrase du genre : « Mme Woolf a de sérieuses crises de dépression » ou bien : « Mme Woolf devient folle à temps en temps. » Julia Franklin aurait pu écrire de telles phrases ; d'ailleurs, elle l'avait fait, non pas à propos de Virginia Woolf mais d'Ezra Pound.

Cependant, si je dois parler de cette femme comme j'en ai l'intention dans la mesure où elle a eu sur moi et sur les événements qui suivirent un impact réel, il faut dire que Julia Franklin n'écrivait jamais de telles choses simplement pour blesser, détruire ou pour se faire mousser et se donner plus d'importance. Elle écrivait avec une franchise louable, ne faisant jamais « patte de velours » ni ne passant de la pommade dans le dos de ses sujets ou de ses lecteurs. Son esprit calculateur s'appliquait à la méthode, jamais à la matière.

Cela ne veut pas dire que Julia était un modèle, qu'elle était infaillible ou qu'elle ne pouvait pas avoir tort. C'est seulement pour dire qu'elle ne mentait jamais sciemment. C'est la raison qui faisait que pour certaines gens, moi y compris, elle pouvait être extrêmement dangereuse. Toutes ses vérités étaient énoncées à partir d'une position unique : c'était une rouge, elle ne s'en cachait pas et tout ce qu'elle publiait était impatiemment attendu.

Ezra avait été sa dernière victime. J'allais être la suivante. C'était terrible, et ce n'était pas tellement différent que d'être pisté et piégé par une sorte de tueur adulé ; car, quelle que soient les convictions politiques de ses lecteurs, tout le monde applaudissait lorsque Julia Franklin faisait couler le sang. Je pense que cela avait autant à voir avec l'époque qu'autre chose. Après tout, nous vivions à la décennie des journaux format tabloïd et la presse avait alors le pouvoir de rendre fou et de chasser un homme comme Lindbergh de son propre pays ; et même de le dresser contre lui.

A quoi pensais-je lorsque je dis à Julia Franklin que j'allais lui trouver un porteur à Newhaven ? Peut-être était-ce simplement parce que quelque chose en moi savait qu'à long terme, je ne pourrais l'éviter. Et que je ferais donc aussi bien de m'en débarrasser. Je pensais peut-être aussi que si elle me rencontrait au moment où tout le monde ne pensait qu'à l'abdication, j'en souffrirais moins. Que j'eusse dû être plus malin n'était pas une excuse. J'étais libre de mes mouvements. C'est alors qu'elle ferma la porte et porta ses coups : et, une semaine après notre traversée très agitée vers la France, j'ignorais encore quel effet pénible s'ensuivrait.

Il pleuvait beaucoup à Paris ; je n'avais jamais vu un temps aussi exécrable. Paris n'est pas la ville idéale pour passer l'hiver, mais j'avais fait ce choix parce que je voulais écrire et que j'avais besoin d'un refuge, pour ainsi dire. Il ne me fallait pas trop de distractions. Au début, l'écriture fonctionna bien — mais lentement. Paris me convenait. En novembre et en décembre, Paris devient insupportablement gris. Sur son sol, les feuilles se transforment en gadoue ; ses pigeons paraissent plus lugubres que jamais dans les chéneaux. C'est aussi triste et déprimant qu'un chapitre de *La Dame aux camélias*, l'histoire désespérée de cette femme qui se meurt à Paris de l'hiver et de la solitude, retranchée derrière ses rideaux, isolée dans un monde hermétiquement clos et confiné. Déserté même par le rire. Et le charme. Il est étonnant de constater à quel point le Paris du milieu des années 30 porte en lui tant d'échos du siècle précédent. Dumas aurait pu écrire sur la pièce où je me tenais, sans parler de ma disposition d'esprit et de mon exil. En regardant dehors, je voyais le même Paris que lui. La pluie. La pluie. La pluie. Et les gens. Vagues silhouettes. Maussades. Toujours prêts à discutailler. Dépenaillés. Agressifs. Se menaçant du poing, même à distance. Que de tristesse dans tout cela.

L'hiver est en France la saison des pluies et des grossièretés. De la neige fondue — qu'ils appellent ici neige *demi-fondue* — et d'une sorte d'agitation sociale fanfaronnante, le signe pour moi d'une intelligence *demi-fondue*. J'imagine qu'en hiver les Français sont les gens les plus mal lunés du monde. Dans la rue, mal élevés; dans les cafés et les restaurants; ivres; dans les salons, des brutes intellectuelles; à la Chambre des députés, des lions avec de fausses dents. Quant à la politique française, elle est entièrement fondée sur l'émotion, sur des *faits et gestes* démagogiques, sur la corruption régnante, qu'il s'agisse d'argent, de biens immobiliers, d'influences étrangères ou de femmes.

Je n'avais pas reçu une seule invitation depuis mon arrivée, mais la raison en était assez simple. Cela résultait de mes relations avec Wallis et mon habituelle horde d'hôtes attendait de voir quelle cote, entre celle du roi et de M. Baldwin, monterait le plus haut. Ayant fait une apparition triomphale aux côtés de Wallis en septembre dernier, je me trouvais actuellement dans un *no man's land*. Je n'étais pas tout à fait un paria (il était toujours possible que ma horde d'hôtes se précipite à mes côtés pour m'embrasser), mais je n'étais toujours pas un invité acceptable à une table dans la mesure où ma présence d'un soir pourrait se révéler gênante le lendemain. Et dire qu'en septembre je refusais trois à quatre invitations par jour. Les bourgeois français sont les plus snobs du monde et ce n'est pas un hasard si le mot *clique* est un mot universellement employé sans être traduit.

Tard dans la soirée, le téléphone sonna. C'était Isabella Loverso dont je n'avais pas eu de nouvelles depuis la mort du père de Diana. Elle refusa de me dire où elle se trouvait.

— Mais comment avez-vous su que j'étais ici? demandai-je.

— Vous n'avez pas lu le *New York Times* ?
— Non. (Mon cœur se serra.) Non. Je ne l'ai pas lu.
— Vous allez avoir besoin d'une bonne dose d'humour quand vous le lirez, me dit Isabella.
Mais il n'y avait aucune pointe d'humour dans sa voix quand elle ajouta :
— Vous avez été trompé par une femme qui est en train d'essayer de se faire un nom...
Julia Franklin.
— Vraiment ? (J'essayai de faire sonner ma voix comme si j'avais su que ça allait arriver.) Elle a été aussi cruelle avec moi qu'avec Ezra ?
— Oui, je le crains. Vous êtes — qu'est-ce qu'ils disent en anglais ? — la dernière victime de Jack l'éventreur. N'ayez pas peur, cependant. Vous n'êtes pas seul et elle vous promet une belle compagnie.
— Que voulez-vous dire par là, Baronessa ?
— Elle doit faire une série complète de ce qu'elle appelle des portraits d'expatriés ; elle entend par là des expatriés de l'idéologie américaine. Ezra Pound, comme nous le savons. Vous, Mme Simpson, lady Astor, William Joyce... (qui à l'époque n'était rien de plus qu'un agitateur, mais qui par la suite allait devenir lord Haw-Haw)... et cet ami que je veux que vous rencontriez, M. Charles Bedaux.
Il était difficile de ne pas demander ce que Julia Franklin avait écrit sur mon compte, mais je ne voulais pas paraître trop angoissé. Je me laissai donc faire par Isabella. Je n'avais jamais entendu parler de Charles Bedaux et je dus le lui avouer.
— N'ayez crainte, monsieur Mauberley. Charles Bedaux n'appartient pas à votre milieu, c'est un industriel. Il est peu probable que vous ayez pu entendre parler de lui. Cependant, si je vous appelle c'est pour

vous informer de son désir de vous rencontrer et pour déposer à vos pieds une invitation de sa part.

Je trouvai que c'était une agréable et charmante façon de lancer une invitation et je lui dis que je serais enchanté d'accepter. Rendez-vous fut pris pour le déjeuner du vendredi chez Tattinger. Je demandai à Isabella Loverso si elle serait présente.

— Mais bien sûr, dit-elle, puisque je dois faire les présentations.

— Je serais heureux de vous voir, dis-je.

Ce qui était vrai. J'étais intrigué par le mystère qui entourait ses activités — son départ soudain de Venise après la mort de Wyndham ; son absence à l'enterrement de Neddy.

Elle me rappela ensuite (comme si elle le devait) :

— Munissez-vous maintenant de votre meilleur sens de l'humour, descendez les escaliers et procurez-vous un exemplaire de l'édition parisienne du *New York Times*.

Je me trouvais à mi-chemin des escaliers lorsque je vis que le hall était rempli de journalistes. Pensant qu'ils devaient être là pour enregistrer ma réaction à la diatribe de Julia Franklin — j'en étais vraiment persuadé —, je me détournai et m'apprêtais à remonter lorsque j'entendis appeler un nom familier à l'étage inférieur.

— Señor Hemingway ! Un instant s'il vous plaît !

Ernest ? Ici, au Meurice ? Je descendis quelques marches et jetai un coup d'œil dans le hall. La masse des journalistes était répartie en deux groupes distincts, l'un contemplant Ernest Hemingway, l'autre observant une grande et magnifique femme qui fendit leurs rangs pour s'approcher d'Ernest lui-même.

— Señor Hemingway ! lança-t-elle encore tandis qu'elle traversait la pièce dallée de marbre.

177

Elle semblait avoir environ soixante ans. Des fourrures rousses tombaient de ses épaules comme des guirlandes et ses cheveux évoquaient une version moderne de la Pompadour qui étaient tirés en arrière d'un large front pâle et laissaient voir un visage trop poudré. Tous les regards se tournèrent vers elle. Elle enleva le gant de sa main droite et, tout en marchant, le fit passer dans sa main gauche où il resta, telle la badine d'un commandant.

Ernest s'était alors retourné. Parce qu'on osait l'interpeller publiquement, je vis briller dans ses yeux des lueurs incendiaires qui s'adoucirent puis s'éteignirent lorsqu'il s'aperçut que c'était une femme d'une importance évidente qui devait l'importuner pour une raison certainement valable. Je ne l'avais pas vu depuis un an et je fus étonné par son apparence : il avait vieilli et grossi, ce qui lui allait bien. Mais son regard semblait usé et très las. Je fus surpris de le voir à Paris. La dernière fois que j'avais entendu parler de lui, il parcourait les champs de bataille espagnols pour le tournage d'un film en faveur de la cause loyaliste.

— Savez-vous qui je suis ? demanda-t-elle en arrivant près de lui.

— Non, répondit Hemingway. J'crains que non, m'dame.

Il alla même jusqu'à lui sourire d'abord, puis aux journalistes ensuite.

— Alors permettez-moi de me présenter, dit-elle. Je suis la fille du duc de Bilbao, la sœur de don Alfredo de Roja, la cousine du marquis de Teruel, l'épouse du marquis de Sol y Santander. Tous sont morts. Tous, Señor Hemingway. Et je suis ici pour les honorer publiquement par un geste qui traduit mon mépris à l'égard des gens comme vous qui ont encouragé leurs meurtriers.

Elle gifla alors Ernest à toute volée, mais elle fit cela proprement, sans utiliser ses ongles. Puis elle cracha à ses pieds et dit en le regardant dans les yeux :
— Por España.
Elle fit ensuite demi-tour aussi promptement qu'un soldat et se dirigea vers la sortie.

Ernest, et c'est tout à son honneur, ne leva pas le petit doigt durant l'agression : il se tint rivé au sol et supporta tout cela comme s'il était dans un rêve. Son expression traduisait la surprise d'avoir été frappé dans un lieu public par quelqu'un qui n'était ni sa mère ni son épouse, mais qui cependant portait des vêtements féminins.

J'entendis l'un des journalistes demander à Hemingway en anglais :
— Peut-on savoir ce qui s'est passé ?
Ernest, complètement revenu sur terre et enfin en colère, le visage rouge zébré par l'empreinte livide qu'avaient laissée les doigts, répondit :
— Ce n'est qu'une fasciste en perruque rousse qui se prend pour la reine d'Espagne...
Et il se retourna, poussant devant lui les journalistes vers la lugubre pénombre du bar. Tandis qu'il marchait, je l'entendis crier :
— Mes chaussures ! Vous avez vu ça les gars ? Elle a craché dessus !

Le lendemain matin, prenant prétexte des averses, j'ouvris mon parapluie en traversant le hall et je le tins comme un bouclier devant mon visage pour passer à toute vitesse par les portes sans être repéré par les quelques journalistes qui rôdaient comme toujours.
Nulle part. Je ne pus trouver nulle part le *Times* d'hier. Je tentai ma chance dans six kiosques et trois

boutiques, mais j'abandonnai en me disant que je finirais bien par en trouver un exemplaire d'une manière ou d'une autre, dussé-je payer une douzaine de femmes de chambre pour fouiller toutes les corbeilles à papier de l'hôtel.

Lorsque j'arrivai dans le hall avec une brassée de journaux, je passai à la réception retirer mon courrier. Après avoir vérifié dans mon casier, l'employé me dit que je n'avais pas reçu de lettres mais seulement un exemplaire du *New York Times*. Celui d'hier. Surpris, je laissai l'employé me le remettre en main et en baissant les yeux, je vis qu'on y avait adjoint un petit mot qui disait :

« J'ai vu que vous étiez à l'hôtel et j'ai pensé que vous pourriez apprécier le journal ci-joint. Amitiés. Ernest. »

Le salaud.

J'arrivai à ma suite plutôt essoufflé, mes autres journaux toujours serrés sous mon bras, tenant précautionneusement le *Times* entre deux doigts, un peu à la façon dont on tient certains animaux par la queue pour qu'ils ne puissent pas mordre en se retournant.

Je me versai une très généreuse rasade de scotch et y ajoutai suffisamment d'eau pour adoucir la couleur de cet auburn mortel en un ambre éthéré. Je disposai ensuite huit cigarettes, huit cartouches blanches alignées, en dessous de la lampe sur la table et plaçai mon briquet à côté. Lorsque je m'assis, je remis même mes vêtements en ordre, tel un futur suicidé qui veut que son cadavre le flatte. J'allumai une cigarette. J'avalai une petite gorgée d'alcool ; ensuite une grande rasade ; puis une autre gorgée et je posai le verre. J'ouvris le journal, en parcourant les pages, jouant au lecteur désinvolte bien que, dans la glace, je fus mon seul public.

Pages un à cinq : Rien. Rien. Rien. Rien. Rien.

Page six. C'était là. Hugh Selmyn Mauberley : Portrait d'un homme anachronique, par Julia Franklin.

Je suffoquai et m'étranglai avec la fumée de ma cigarette. Mes yeux larmoyèrent. Pendant un instant, il me fut impossible de voir. J'essuyai mes larmes avec un mouchoir, mais je découvris alors que l'eau de Cologne dont il était imbibé me faisait pleurer encore davantage. J'attendis. Un homme anachronique. La meilleure façon d'enterrer à coup sûr un artiste... démodé... passé... sans importance... anachronique.

Je pus enfin voir de nouveau. Je redressai la page et continuai à lire. Je n'en rapporterai ici qu'un bref passage qui concerne précisément l'histoire écrite sur ces murs.

« Ce qu'il y a de plus étonnant chez cet homme de lettres, c'est que, même s'il vit actuellement exilé en Europe, où de nouveaux feux flamboient tous les jours, M. Mauberley semble complètement indifférent à la marche des événements. En fait, il évite toute confrontation avec ses talents déclinants et passe la plupart de son temps avec l'aristocratie dissolue de la vieille Angleterre et avec cette armada moralement en déroute qui manœuvre une élite qui n'est plus que le bateau de sauvetage en perdition d'une Europe dominée par le fascisme...

« Il est triste de constater qu'un homme qui a autrefois été considéré comme l'un des géants de la littérature américaine du XXe siècle avait déjà donné le meilleur de lui-même à trente ans. Maintenant qu'il a quarante ans et qu'il a cessé d'écrire, il est peut-être encore plus triste d'avoir à dire que son départ de la scène littéraire ne constitue pas une perte pour la culture. Son œuvre n'était plus depuis longtemps que poudre aux yeux. Elle avait été déjà supplantée par les diamants, bruts il est vrai, d'écrivains comme Hemingway, Farrell et Stratton... »

Je le relus une fois. Puis deux. Je le relus jusqu'à ce que je me sente complètement diminué. C'était terrible, cruel, précis ; et il y avait, hélas, beaucoup de vrai dans ce qu'elle disait. Tout ne l'était pas, naturellement. Tout ne l'était pas. Sauf — oh ! — ma propre image saisie par l'œil de quelqu'un qui ne mentait pas.

Le lendemain, j'épluchai tous les journaux parisiens, certain d'y trouver le récit de la scène qui s'était déroulée dans le hall entre Ernest et son agresseur titré. Pas un mot. Je les parcourus tous une deuxième fois. Il me semblait quelque peu injuste de devoir payer pour mes fautes alors qu'Ernest s'en tirait à bon compte. Et alors je me rappelai. Bien sûr ! Il avait invité tous ces journalistes au bar et les avait fait boire toute la nuit.

Le vendredi à midi, je longeai les quais en direction de la terrasse des Tuileries. J'avais oublié mon parapluie et, comme il brouillassait, j'arrivai complètement trempé chez Tattinger.

Isabella Loverso m'accueillit dans la galerie extérieure — seule, car elle voulait m'expliquer le but de notre déjeuner. Mon cœur fit un bond lorsque je la vis. Je me souvenais d'elle uniquement sur un plan sentimental : j'avais oublié à quel point elle était éclatante et belle. Elle marchait dans cette galerie avec l'énergie d'une Danilova ou d'une Karsavina : l'énergie de quelqu'un qui avait dansé toute sa vie. Son grand et large sourire traduisait un véritable plaisir que l'on pouvait lire sur ses lèvres, dans ses yeux et jusque dans la façon dont elle me prit les mains pour m'accueillir. Mais tout cela s'effaça très vite. Elle voulait en venir directement au fait.

Elle m'assura qu'en d'autres circonstances elle ne m'aurait pas pris ainsi au dépourvu. Cependant, du fait de récents événements (l'abdication, la création de l'axe Rome-Berlin, certains conflits en Allemagne), elle avait dû saisir au vol ce qu'elle appelait mon arrivée « opportune » à Paris pour organiser en toute hâte cette rencontre avec Charles Bedaux. François Coty, le parfumeur, assisterait également au déjeuner.

Je me défendis d'avoir un penchant pour les intrigues et je lui dis que je serais heureux d'entendre ce que chacun de ces hommes avait à déclarer, mais que je ne pouvais promettre d'être un brillant interlocuteur. Cela sembla la satisfaire.

Tandis que nous traversions la salle à manger, elle me prit le bras et me dit :

— Nous n'avons pas trop confiance en François Coty, bien qu'il puisse nous être utile. Sachez qu'il est assez dangereux — et indiscret.

Je marmonnai une formule du genre « très bien », ignorant toujours pourquoi elle parlait de « nous » et qui pouvait bien être ce « nous ». Puis elle ajouta :

— Charles Bedaux est quelqu'un d'extrêmement important pour nous. C'est uniquement à cause de lui que je vous ai fait venir ici, monsieur Mauberley, et j'espère que vous ne serez pas trop surpris, ou que vous ne trouverez pas cela trop grossier de ma part, si je ne participe guère à la conversation. Je suis seulement venue pour être tout à fait certaine que vous rencontreriez cet ami.

Alors qu'elle prononçait ces derniers mots, nous arrivâmes à la table où Bedaux et Coty avaient déjà pris place.

— M. Bedaux est d'origine française, dit Isabella Loverso tandis que Coty l'invitait à s'asseoir près de lui. Mais il est américain comme vous, monsieur Mauberley.

— Je vois.

Je me contentai de continuer à sourire. Ça ressemblait à une scène de film et j'avais la réelle impression que Greta Garbo pouvait se pointer à n'importe quel moment. Greta Garbo — ou un pistolet.

Bedaux, étant devenu citoyen américain, avait conservé ses horaires de travail à l'américaine; pas question pour lui de ces déjeuners qui commençaient à deux heures. Il fallait manger à midi pour être de retour au bureau à une heure trente sonnante. Si l'on mangeait seul, il fallait être de retour à une heure. L'heure c'est l'heure. C'était un adepte du « travail rationalisé »; un expert efficace qui contrôlait une importante chaîne mondiale de sociétés d'ingénieurs-conseils. Je fus fasciné de remarquer à quel point l'influence d'un seul homme pouvait être importante : il avait notamment comme clients (parmi de nombreux autres) Campbell Soup, General Electric, Eastman Kodak, Goodrich Rubber, Swift... et en Europe E.I. du Pont de Nemours, Fiat, la Société Metallurgica Italiana, les Eisenwerke Aktiengesellschaft Rothau-Neudek (des aciéries en Tchécoslovaquie)... et en Grande-Bretagne, Cross & Blackwell, Imperial Chemical Industries of London... sans parler de l'Anglo-Iranian Oil Company.

Quant à François Coty, il avait été dans le passé l'âme directrice et inspiratrice d'un groupe de droite qui s'appelait Solidarité française et était essentiellement composé de voyous homosexuels qui s'adonnaient au port du cuir et des bottes. Cela avait d'ailleurs donné naissance à l'un des meilleurs calembours bilingues que j'aie jamais entendus lorsqu'en 1934 on annonça que

Coty allait lancer une nouvelle eau de Cologne qu'il appellerait « Eau de Cuir[1] ! »

Fidèle à sa parole, Isabella Loverso n'offrit rien de plus à la conversation que son attention. Durant tout le repas, elle nous observa, Bedaux et moi, de ses yeux d'aigle. Coty semblait ne présenter aucun intérêt pour elle et je me demandai quel lien nous unissait dans son esprit.

Ce qui me troubla davantage c'est que, d'après ce que m'avait dit Isabella, je m'attendais à prendre connaissance d'un terrible plan capable d'ébranler la planète : or, il n'en fut pas question. Nous parlâmes de l'Italie, d'Ezra, de mes impressions de Venise, de mon dernier séjour en Allemagne. Finalement, ce fut un déjeuner bien ordinaire. J'avais choisi de délicieux œufs à la Florentine et un excellent vin ; nous évoquâmes quelques connaissances communes. Coty, l'air morose, ne cessait d'observer un jeune homme qui se trouvait à l'autre bout de la salle ; Isabella Loverso mangea un double sorbet au citron vert. Lorsque le repas fut terminé, j'en vins à m'interroger sur les raisons de ma présence. Le « nous » ne semblait pas exister.

Bien sûr, ce n'était pas le cas. Lorsque l'addition fut réglée, on m'invita à raccompagner Bedaux à ses bureaux.

La pluie avait diminué et, malgré le vent, on sentait une odeur de fumée qui n'était pas désagréable. Les bureaux ne se trouvaient pas trop loin. Bedaux était minuscule : il mesurait environ un mètre soixante et était plutôt rond. Il avait une tête énorme qui paraissait disproportionnée par rapport au reste du corps. Néan-

---

1. L'expression « Eau de cuir » en français correspond à l'expression argotique anglaise « Oh the queer ! » qui signifie : « Oh la pédale ! » *(N.d.T.)*.

moins, cette silhouette de gnome se déplaçait toujours comme si elle participait à une course. Durant tout le trajet, il ne cessa de monologuer, sans se soucier un seul instant des voitures qui faillirent nous tuer. En l'espace de dix minutes, j'appris quantité de choses sur cet homme extraordinaire.

Il était né « juste ici, vous savez. A la sortie de Paris. A Charenton. Un endroit déprimant. Tant pis. Je n'y retourne jamais. Souvenirs trop douloureux. Une sœur, deux frères. Ennuyeux, très ordinaire. Mon père était ingénieur... mathématicien. Travaillait pour les chemins de fer. Le meilleur exemple que j'aie eu de ce que l'existence ne devait pas être; grise du début jusqu'à la fin. A vingt ans... j'en ai cinquante maintenant... je suis parti pour l'Amérique. *Go west, young man!* C'est ce que j'ai fait. Arrivé à New York — 1906. Suis allé partout, ai tout fait. Vendu des chevaux dans les Ozarks... creusé des tunnels sous l'Hudson... fini par atterrir à Grand Rapids, dans le Michigan où j'ai pris la nationalité. Oui, monsieur Mauberley : Charles Bedaux a pris la nationalité américaine de son propre gré en 1917. Il y a aussi longtemps que ça. Vous voyez, Charles Bedaux savait ce qu'il voulait. Et il savait que ça poussait en Amérique. L'argent... »

A ce moment, nous dûmes nous frayer un passage entre deux véhicules, un camion Renault tout esquinté et un fiacre. Bedaux leva les mains et s'élança comme un matador. J'étais terrorisé.

— J'étais millionnaire à trente-neuf ans. Oui. Vous pouvez le croire. Charles E. Bedaux était millionnaire à trente-neuf ans. Quel âge avez-vous?

— Trente-huit ans. Presque trente-neuf. Mon anniversaire tombe le Jour de l'An.

— Trente-neuf, hein? J'avais cet âge-là.

— C'est bien.
— Vous êtes millionnaire?
— Non. Pas encore.
— Hum hum. Bon. Vous pouvez l'être. Vous en avez l'allure.

J'en doutais. Et je me demandais ce qu'il entendait par « allure ».

— Je vais maintenant vous dévoiler le secret de ma réussite. Le secret des millions de Charles E. Bedaux. En fait, dit-il en pénétrant dans la cour qui donnait sur ses bureaux, ce que personne n'avait jamais organisé avant que Charles E. Bedaux n'arrive, c'est le concept de la distribution de l'énergie. (Il était maintenant en train d'ouvrir les portes.) L'énergie humaine, vous comprenez? (Nous prîmes l'ascenseur.) Tout le monde dispose d'une heure. Vous voyez ce que je veux dire? Vous disposez d'une heure. Je dispose d'une heure. Et ce connard de Coty dispose d'une heure. D'accord?

Il ne me laissa pas le temps de lui répondre oui.

— Trois hommes — une heure. Trois unités potentielles d'énergie. Durant cette heure, nous avons tous déjeuné. Nous avons tous déjeuné, nous nous sommes tous levés et nous sommes partis. Mais écoutez-moi, Mauberley... J'ai dit quelque chose et *vous* avez dit quelque chose... vous et moi *devions* nous connaître. Pigé? Alors que ce connard de Coty est resté là assis, la bouche ouverte. Muet. Vous voyez ce que je veux dire? Il n'a même pas vraiment mangé. Trois hommes — une heure; mais seulement deux d'entre nous l'ont utilisée à son maximum, y ont investi un maximum d'énergie et ont récolté un maximum d'énergie en retour. Nous sommes repartis repus, réconfortés et régénérés. Voilà le secret des millions de Charles E. Bedaux. Parce que j'ai appris comment m'y prendre avec des pédés comme Coty pour en faire des Charles Atlas Bedaux!

Il rit si fort que les portes de l'ascenseur tremblèrent.

— Naturellement, vociféra-t-il, je ne parle pas au sens propre. Je ne voudrais pas qu'une tante quelconque porte le nom de Bedaux.

Ses bureaux étaient au cinquième étage. Dans l'entrée, il y avait une secrétaire, Mlle Liage, assise derrière un grand bureau circulaire, très moderne. Le blanc, le verre et les chromes dominaient; sur les murs les « peintures » étaient en fait des affiches vantant les clients de Bedaux. Ces affiches, encadrées, étaient très grandes et j'avais l'impression que nombre d'entre elles étaient les originaux des artistes. L'une en particulier retint mon attention qui montrait un gigantesque train bleu fonçant à toute vapeur vers le spectateur tandis qu'une petite voiture jaune commençait juste à le dépasser, décidée à gagner la course et à être la première à passer par la vitre. En dessous, il n'y avait que deux mots : FIAT-VINCITORE ! Et je ne doutais pas de leur véracité, étant donné que « l'ordre[1] » venait de Charles E. Bedaux.

Bedaux ne sembla pas plus faire cas de la présence de sa secrétaire qu'il ne l'avait fait de celle d'Isabella Loverso lors du déjeuner, et nous passâmes rapidement dans son sanctuaire. J'en conclus que les femmes n'entraient guère dans sa conception du monde.

La porte de Bedaux s'ouvrit sur une grande pièce lumineuse. Deux groupes de fenêtres dominaient la *Place*; sur les murs et au plafond étaient accrochés des miroirs dorés et fumés. Tous les meubles, y compris le dessus du bureau, étaient recouverts d'un cuir vénitien au ton passé, couleur de feuille, frais comme une forêt.

---

1. L'auteur fait un jeu de mots sur *Fiat* (le constructeur automobile italien) et *fiat*, mot anglais qui signifie dans ce contexte : ordre *(N.d.T.)*.

Dans un coin, une lampe en laiton avec un abat-jour d'un vert cuivré était allumée.

Bedaux passa derrière son bureau ; il ne s'assit pas mais il me fit signe de prendre place dans l'un des fauteuils en cuir. Un instant, il y eut un silence tandis qu'il manipulait le courrier ouvert sur son sous-main. Puis il parla, comme s'il s'adressait, non pas à moi, mais à quelqu'un qui aurait été caché dans la pièce.

— Faites attention. Je n'ai le temps de vous dire cela qu'une seule fois, monsieur Mauberley. Une fois — et une fois seulement.

J'étais tellement dérouté par le ton de sa voix et par le fait qu'il refusait de me regarder dans les yeux que je me retournai et regardai par-dessus mon épaule pour m'assurer que nous étions vraiment seuls. Nous l'étions bien. Une expression comme « faites attention » m'avait également désarçonné dans la mesure où Ezra l'employait souvent.

— Pour des raisons que je ne puis expliquer, dit Bedaux, je suis sur le point de me rendre en Amérique. J'y resterai quelque temps ; quelques mois. La situation internationale est en train d'évoluer à l'heure qu'il est. Rien qu'au cours de ces dernières semaines, le général Franco a officiellement été reconnu par l'Italie et l'Allemagne. Il est en ce moment aux portes de Madrid. Il est tout à fait possible qu'Hitler et Mussolini, maintenant qu'ils l'ont officiellement reconnu, entrent dans la lutte à ses côtés. Si cela arrivait, Baldwin et Roosevelt pourraient se sentir obligés de prendre les armes. En d'autres termes... la guerre.

Il m'offrit distraitement un cigare et en alluma un. Cela se passait exactement comme si, ayant parlé de la guerre, Bedaux en exigeait une manifestation immédiate et qu'il avait choisi dans ce but le feu et la fumée.

— La guerre, monsieur Mauberley, est mauvaise pour les affaires.

Je clignai des yeux, convaincu que j'étais depuis longtemps que le contraire était vrai. Il vit que je n'étais pas d'accord.

— La guerre interrompt les communications... ferme les frontières... disperse la force de travail... expédie de l'argent dans quantité de mauvaises directions... et par-dessus tout, elle viole des alliances qui ont été contractées après des années de négociations. J'espère que vous comprenez mon point de vue : la guerre est mauvaise pour les affaires.

J'opinai du chef. Fasciné.

— Oui. Bon. Maintenant, je crois comprendre que vous n'êtes pas, ou du moins que vous ne vous considérez pas comme un personnage « politique ». C'est exact ?

— Plus ou moins, oui.

— Mais vous votez ?

— Non, je ne vote pas.

— Ah ? Et pourquoi ?

— Eh bien... Je suis citoyen américain. Né en Amérique. Mais il se trouve que je n'y réside jamais.

— Monsieur Mauberley, dit-il en s'éclaircissant la voix, pour l'intérêt de notre conversation, disons que vous votez. Et que vous votez en Amérique.

— Très bien.

— Et disons — toujours pour l'intérêt de notre discussion — que vous votez pour le parti démocrate...

— Vous allez trop loin !

Il rit.

— Ça ne fait rien, disons-le quand même.

Je haussai les épaules en signe de soumission.

— Très bien. Le parti démocrate a un chef : M. Roosevelt. Et vous n'aimez pas M. Roosevelt...

— C'est exact.
— Mais rappelez-vous ce que nous affirmons ici. Vous *aimez* le parti démocrate. Ce que vous *n'aimez pas*, c'est la façon dont il est dirigé : vous *n'aimez pas* son chef; vous *n'aimez pas* son appareil politique; vous *n'aimez pas* les hommes, du moins disons que vous n'aimez pas les hommes qui l'entourent. D'accord jusque-là ?
— Oui.
— D'accord...

La silhouette de Bedaux se faufila le long des miroirs et je remarquai qu'il faisait glisser son doigt sur le verre tandis qu'il avançait.

— Vous avez donc ce parti pour lequel vous voulez voter, mais vous ne le pouvez pas à cause de son chef; et vous ne pouvez pas non plus vous débarrasser de ce chef car les hommes qui l'entourent exercent une trop grande influence et parce qu'il est impossible de briser sa machine politique.

Arrivé à la moitié du mur, il s'arrêta, son doigt effleurant toujours la glace. J'observais toute la scène réfléchie dans les miroirs, tandis que lui me regardait par derrière.

— Que faites-vous alors, monsieur Mauberley, lorsque vous parvenez à une telle impasse ?

J'eus envie de dire : « Vous tuez M. Roosevelt », mais j'eus l'impression que ce n'était pas la réponse qu'il attendait. Je répondis donc :

— Je ferais probablement ce que j'ai fait : je quitterais le pays et laisserais tomber les histoires de vote.

— Ah, mais ce n'est pas suffisant, monsieur Mauberley, n'est-ce pas ? Surtout pas si, d'après ce que nous avons dit, il est essentiel que le parti démocrate reste au pouvoir. Non. Ce n'est pas suffisant. Il nous faut une autre réponse.

Oubliant mon projet d'assassinat, je confessai n'avoir pas d'autre réponse.

— Mais si, monsieur Mauberley. Vous en avez une. (Je vis qu'il s'était alors arrêté de marcher.) Vous avez écrit tout cela le printemps dernier. Vous l'avez écrit et publié le printemps dernier dans le *Daily Mail*.

Je compris soudain. Et le parti démocrate devint le parti nazi, Roosevelt devint Hitler et l'« appareil » de Roosevelt devint le soutien maintenant Hitler et Mussolini en place.

— Maintenant, poursuivit Charles Bedaux, vous pouvez commencer à comprendre pourquoi je vous ai demandé de venir ici... et ce que voulait dire Isabella Loverso quand elle m'avait déclaré : « Vous êtes l'un des nôtres. »

Je restai assis, très calme.

— Hélas, ceux d'entre nous qui croient en... ce « parti » (il n'en donnait toujours pas le nom ; peut-être ne se fiait-il pas à moi)... ont perdu confiance en ses chefs.

— Je comprends, monsieur Bedaux. Je comprends bien ce que vous dites. Mais cessez s'il vous plaît de parler par énigmes.

Cela lui était difficile, mais il essaya.

— Que font des gens comme nous qui n'ont plus cette confiance ? Comment peut-on être certain que le parti n'est pas détruit et de surcroît, quand on est un homme d'affaires comme moi, comment peut-on être certain qu'il continue à nous être utile ? Eh bien, laissez-moi vous dire une chose, monsieur Mauberley. (Il finit enfin par venir devant moi.) Dans ce cas, vous recherchez dans le parti quelqu'un qui pense comme vous. Et si vous êtes débrouillard, vous mettez sur pied un réseau qui vous permette de continuer à agir et de préserver l'intégrité des idéaux sur lesquels le parti a été fondé, cela pour qu'il ne soit pas détruit. Vous intégrez les meilleurs éléments dans ce réseau, et, lorsque vous l'avez fait, vous commencez à façonner votre propre monde.

Il était transporté, et moi avec lui. Car il pensait ce qu'il disait. Il voulait dire que ce qui n'avait été qu'une simple idée était en train de devenir une réalité. *Vous façonnez votre propre monde.*

— C'est ce que nous sommes en train de faire, monsieur Mauberley, et c'est pourquoi vous vous trouvez ici : parce que nous voulons que vous rejoigniez nos rangs, monsieur Mauberley. Nous avons besoin de vous.

Je parlai enfin.

— Vous dites « nous » ?
— Oui.
— Puis-je savoir de qui il s'agit ?

Il ne réfléchit même pas avant de me répondre :

— Non. Pas encore. Disons simplement... nous. Une... cabale.

Je sentis mon expression se modifier. Je n'appréciais pas cette méfiance à mon égard, après tout ce qu'on m'avait dit. Ou j'étais digne d'appartenir à ce réseau ou à cette cabale, ou bien je ne l'étais pas. Si je ne l'étais pas, il était inutile de me parler de son existence. Je le dis à Bedaux.

— Je crains dans ce cas, dit Bedaux, de devoir retourner à mes énigmes afin de vous satisfaire. Vous savez, aucun d'entre nous... et j'insiste sur ce point... ne cite jamais simultanément la cabale et le nom de ses membres.

— Je vois.
— Cependant, vu l'actuelle délicate situation internationale avec la destitution des rois, les guerres civiles,

les mouvements des armées et la rupture de certains traités, la chance est de notre côté pour des raisons que je vais vous citer, aucune d'entre elles bien sûr n'étant encore connues du public. *Primo* : le 1ᵉʳ janvier 1937, Son Excellence Joachim von Ribbentrop remplacera Joseph Goebbels et deviendra numéro trois dans la hiérarchie nazie.

Je retins mon souffle.

— *Secundo* : le même jour, Son Excellence le comte Galeazo Ciano deviendra ministre des Affaires étrangères du gouvernement de Mussolini à Rome et sera donc le maître d'œuvre de l'axe Rome-Berlin.

Bedaux s'assit.

— *Tertio* : J'ai ici en main le brouillon d'un télégramme que j'ai l'intention d'envoyer depuis New York, lorsque j'y serai la semaine prochaine.

Il enfila une grosse paire de lunette en écaille, sortit en le dépliant un morceau de papier de sa poche intérieure et lut : « A Monsieur et Mme Herman Livingston Rogers, Villa Lou Viei, Cannes. »

Mon Dieu. Il avait atteint le cœur même de mon univers — car je savais maintenant ce qui allait arriver et pourquoi on m'avait précisément appelé dans le cercle. Je me levai.

Bedaux poursuivit sa lecture : « Vous êtes assiégés. Les journalistes vous traquent comme une bande de chacals. Ne serait-ce pas mieux si vous et votre invitée alliez chercher refuge ailleurs ? Puis-je humblement vous suggérer le château de Candé, ma résidence dans la vallée de la Loire ? Il vous suffit de me la demander. Toute ma sympathie à votre invitée d'honneur. Toute mon affection à vous-même. Charles E. Bedaux. »

Il enleva ses lunettes et les replia ainsi que le télégramme qu'il glissa dans sa poche intérieure. Je commençai alors, et seulement alors, à respirer de nouveau. En effet, l'invitée d'honneur à la villa des Rogers était Wallis Simpson : au regard de la loi, elle devait être séparée du roi, faute de quoi le divorce pourrait ne pas être prononcé.

Le silence se prolongea quelques minutes durant lesquelles je réfléchis à ce que Bedaux venait de me dire ; pendant ce temps, il se leva et se dirigea vers un petit meuble pour nous verser deux verres de cognac.

Von Ribbentrop devait occuper une place très importante dans la cabale. Ciano aussi. Cela avait un sens dans la mesure où ils avaient diplomatiquement leurs entrées partout en Europe. Mais Wallis ? C'était stupéfiant. Un roi venait de renoncer à son trône pour cette femme. Est-ce que cela voulait dire aussi qu'il y avait renoncé pour la cabale ?

— Je crois que je n'ai pas besoin d'en dire davantage, fit remarquer Bedaux en me tendant le cognac.

— Excepté à propos de l'« invitée d'honneur », dis-je. Je n'arrive pas à y croire.

Bedaux s'assit sur le bord de son bureau.

— Pourquoi pas ? demanda-t-il.

— Parce que les implications sont... consternantes, pour le moins.

Je humai un grand coup de mon cognac. C'était à mon tour de ne pas regarder mon interlocuteur.

— Êtes-vous en train de dire qu'elle fait partie de ces gens ? De la cabale ?

Je l'observai rapidement pour mesurer sa réaction à chaud.

Il sourit.

— Si l'on veut, dit-il. Nous y travaillons. Et c'est là que vous entrez en jeu. (Moi. Enfin.) C'est bien beau que j'envoie ce télégramme de New York, poursuivit-il.

Seulement, je ne connais pas cette dame et elle ne me connaît pas non plus. Par contre, si j'ai bien compris, vous la connaissez depuis de nombreuses années...

Il pencha son verre en avant et fit tourner le cognac encore et encore. Je fis un signe affirmatif de la tête.

— Un mot de vous lui assurerait, n'est-ce pas, que mon offre en vaut vraiment la peine et, naturellement, si elle apprenait que vous me faites confiance, alors... Bon.

Il but. Ainsi, j'allais être son émissaire.

— Devrais-je parler de la cabale? demandai-je.

— Non, non. Pas encore. Tout cela viendra plus tard. Nous n'avons en ce moment besoin que d'un agent de *liaison*. L'un de *nous* — dans sa poche, pour ainsi dire. Vous pouvez la rassurer, naturellement. Maintenant que le roi a abdiqué, elle doit se sentir, d'après ce qu'on m'a dit, plutôt frustrée. Un peu perdue. Mais vous pouvez incarner un espoir. Soyez certain d'incarner un espoir, monsieur Mauberley. Et reliez cet espoir à moi. A moi et à nos amis inconnus. Vous ne devez mentionner d'autres noms que le mien. Ce qu'il faut, c'est créer la plus forte impression possible, tout en gardant présent à l'esprit bien sûr, qu'il existe des échelons intermédiaires dont je ne puis donner le nom. Des échelons intermédiaires au-dessus et au-delà, dirons-nous, de ces noms que j'ai déjà dévoilés. Vous pouvez lui dire qu'elle saura, en temps voulu, combien ses alliés sont puissants.

Ses yeux étincelaient. Il voyait l'avenir; un avenir glorieux puisqu'il réservait tellement de choses à Charles E. Bedaux.

— Vous pouvez le dire de cette façon, ajouta-t-il. Vous pouvez lui dire qu'il existe de plus grands royaumes que celui qu'elle vient de perdre. Cela devrait attirer son attention.

Nous avions abandonné sur le cuir recouvrant le bureau les verres que nous venions de vider. Derrière les vitres, le crépuscule tombait et sur tous les ponts les lumières avaient été allumées. La Chambre des députés était également illuminée comme si ces derniers avaient l'intention de siéger toute la nuit. Il neigeait.

Tandis que j'enfilais mon pardessus, je demandai si Isabella Loverso avait choisi de s'installer à Paris de façon permanente. Avait-elle quitté le Palazzo d'Aquila pour toujours? Et si c'était le cas, cela avait-il un lien avec le fantôme de Wyndham ou bien avec le caractère urgent de ce qui était en train de se préparer?

Bedaux baissa les yeux, réfléchit un instant avant de répondre et dit alors :

— Monsieur Mauberley, vous ne pouvez sûrement pas imaginer qu'en vous joignant à nous vous entrez dans un monde où nul n'est à l'abri du danger.

Pendant un moment, je ne trouvai rien à lui répondre. Je sortis mes gants de mes poches et tirai mon écharpe en soie à motifs cachemire de ma manche. Je finis par dire :

— La baronessa Loverso n'est certainement pas en danger *physique*.

Bedaux sourit.

— Il existe des dangers d'autre sorte?

— Peut-être pas dans votre monde, monsieur Bedaux. Mais dans le mien, les mots peuvent incarner un terrible danger... Julia Franklin.

— C'est vrai, dit Bedaux.

Il regarda sa montre, une façon de me signifier que je devais partir. Je boutonnai mon pardessus. Après avoir ramassé mon feutre et enfilé mon gant gauche, je commençai à me diriger vers la sortie.

— Avant notre déjeuner aujourd'hui, dis-je, la Baronessa m'a fait part de quelques réserves quant à la crédibilité de François Coty... (Je regardai Bedaux.) Si cela est vrai, peut-être pourriez-vous alors me dire ce qu'il faisait à notre table ?

— C'est une question parfaitement légitime à laquelle je suis heureux de répondre car la réponse risque de vous être utile un jour.

J'enfilai mon autre gant.

Bedaux me demanda :

— Avez-vous entendu parler de l'organisation de M. Coty, Solidarité française ?

— Oui. Des voyous.

— Exactement.

— Et... ?

— Et, monsieur Mauberley ? *Et ?* Vous voulez dire que vous devez *demander* ?

— Oui, c'est vraiment ce que je veux dire.

Bedaux soupira.

— Bon, dit-il. De temps à autre. M. Coty et ses amis nous sont utiles. C'est aussi simple que cela.

Je mordis ma langue.

— Oh, je vois, fis-je remarquer.

Il ouvrit la porte qui donnait sur le bureau extérieur. Derrière une baie vitrée, un téléscripteur crépitait.

— Bonne chance pour votre voyage, dit Bedaux.

— Je vous remercie. Je ferai de mon mieux.

Dans les glaces, Bedaux était maintenant réellement perdu ; il n'était plus qu'une voix soumise à de nombreuses réflexions.

— Je n'ai guère besoin de vous dire la reconnaissance... commença-t-il.

— Non. Ne le dites pas, je vous prie, lançai-je. Je suis simplement heureux d'être utile.

Alors que je me tournais en direction de Mlle Liage et

de son grand bureau circulaire, je faillis presque heurter un jeune homme qui était sur le point d'entrer dans le bureau de Bedaux.

Les yeux de crocodile.

Je restai cloué au sol.

— Vous voilà, Harry, dit Bedaux. (Le ton de sa voix n'était plus le même. Il était devenu circonspect et plat.) On m'a dit que vous m'attendiez.

Le jeune homme passa devant moi pour entrer dans le bureau de Bedaux. La porte se ferma. Vlan. Et le téléscripteur envoya une autre rafale.

Je restai planté là, presque sans pouvoir bouger. C'était le même personnage qui s'était tenu derrière Diana et nous avait tous aussi insolemment dévisagés tandis que l'on enterrait Ned. Je fus incapable de trouver une raison quant aux motifs de sa présence chez Bedaux. Je me retournai vers Mlle Liage et vit qu'elle aussi était paralysée. Par la peur.

— Vous pourriez me dire son nom, s'il vous plaît? bredouillai-je, calquant ma réplique sur celle du téléscripteur.

Elle me répondit sans ciller :

— C'est Mr. Reinhardt.

Harry Reinhardt.

L'un des nôtres?

La Méditerranée était un train de nuit qui reliait Paris à Nice. L'un des avantages essentiels de ce train, c'est que l'on pouvait dormir pendant le voyage et donc arriver frais comme une rose. Mais je ne pus trouver le sommeil.

Vêtu d'un pyjama et d'une robe de chambre, tenant mon attaché-case sur les genoux, je restai à regarder par les vitres embuées la nuit qui tombait avec ses villes qui scintillaient doucement, ses cités noyées à la lisière des ténèbres, leurs feux ruisselant sans s'éteindre. D'autres trains nous croisèrent, qui se dirigeaient vers le nord, traînant par les cheveux leurs wagons hurlants; je sursautais et fermais les yeux. Mais je ne pouvais demeurer ainsi. Car, à chaque fois que je baissais les paupières, les yeux de crocodile de Reinhardt m'observaient dans les ténèbres de mon âme.

La Méditerranée est bleue — comme le train sur l'affiche dans le bureau de Bedaux. Au cours de ce voyage, j'eus parfois l'impression de vivre un rêve qui me permettait de m'observer au point que je distinguais ma propre silhouette, impeccablement vêtu que j'étais d'une robe de chambre en soie bleu pâle, d'un pantalon chic en coton blanc, assis près de la fenêtre éclairée, la raie de mes cheveux parfaitement tracée, le col de mon pyjama légèrement échancré et dont les pointes étaient bien à plat : Hugh Selwyn Mauberley — une publicité pour l'insomnie.

Et la chasteté. A l'image d'un prêtre qui en a fait le vœu mais qui vit toute son existence avec un Priape en son sein. Je ne voulais pas, je ne pouvais pas, céder à mon désir pour les femmes ou les autres hommes. Je suppose qu'il est bien trop simple de prétendre que cela a un rapport avec le saut de mon père et la folie de ma mère. Par contre, une partie de ma crainte du contact physique et d'un engagement était liée à ces événements. C'était quelque chose qui avait un rapport avec la peur de la déchéance et la peur de rester impuissant en face du désir. Tel celui que j'avais senti monter en moi lorsque j'avais vu les yeux inhumains de Harry Reinhardt. Inhumains et, par conséquent, sans l'obstacle du choix moral. Il n'y avait rien — rien dont on ne puisse imaginer qu'il fût capable.

Mais cela était dangereux. Très dangereux.

Je finis par m'endormir après Grenoble : je m'affaissai très légèrement et m'appuyai contre la vitre. Dans mon rêve, le seul rêve de cette nuit, la petite Fiat jaune de l'affiche s'écrasait contre un mur. Je ne savais pas qui étaient les victimes. Mais le conducteur sortait sain et sauf : c'était Harry Reinhardt.

A Nice, je louai une Daimler avec chauffeur et je me fis conduire par la route d'Antibes à la belle villa Lou Viei. Elle était assiégée par une meute de journalistes et de photographes dont les doigts semblaient particulièrement longs, aussi estimai-je prudent de dissimuler mon visage derrière un journal. D'où la célèbre photographie d'une Daimler franchissant les portes de la villa Lou Viei avec, semblait-il, feu le roi Édouard VIII assis à l'arrière. En fait, ce n'était rien de plus que son image, agrandie afin de couvrir toute la première page du *Monde*. Amusant.

Wallis, qui attendait dans les jardins, ressemblait à un fantôme. Elle était maigre, avait les traits tirés et même une apparence terne. On aurait dit qu'elle avait pleuré pendant des semaines.

— Eh bien, dit-elle, il semblerait que nous soyons de retour en Chine et qu'un autre homme nous ait abandonnés ici les mains vides.

— Oui.

— Ou assassinés — ou suicidés.

Je pense qu'elle essayait de sourire.

— Oui. Mais nous ne saurons jamais. Et il ne sert à rien de se répandre en hypothèses, maintenant que c'est fait.

— Ah bon? Plus de sourires ni de tentatives maintenant. Une certaine colère perçait dans sa voix. Une certaine rage. Retenue cependant.

— Oui. Et vous le savez.

— Moi?

— Oui.

Je savais que je devais être très prudent dorénavant. Le tranchant de sa voix était dangereux. Elle pouvait être perdue, non seulement pour moi, mais pour nous, si je manquais de lui dire ce qu'elle avait précisément besoin d'entendre. Ou si je l'empêchais de dire précisément ce qu'elle avait besoin de dire.

— J'espère toujours l'épouser...

— Oui.

Elle se détourna, ses deux mains crispées.

— C'est abject, dit-elle. Injuste et abject ce qu'ils l'ont obligé à faire. Elle regarda ses mains et les leva de telle manière qu'elles dessinent une courbe dans l'espace, porteuses d'une inexprimable exaspération.

— Toutes les promesses, dit-elle. Toutes les promesses, mon Dieu. (Elle regarda au loin.) J'allais être reine. Vous le saviez?

— Oui.

— Qu'est-ce que c'était que tout ça alors? Un mensonge? Une mystification? Ou...

Elle regardait maintenant ses chaussures.

— Je le déteste, dit-elle. Oui, je le déteste.

Je ne pouvais qu'attendre.

Elle finit par lever les yeux, contempla la mer au-delà le mur et cria : « *Déteste.* »

Je la fis se retourner très rapidement, elle lança ses mains en l'air pour me frapper — moi ou quelqu'un d'autre —, je pressai très fort sa main contre ses lèvres pour la faire taire afin de lui donner l'impression qu'elle s'était tue et calmée toute seule.

Maintenant mon emprise sur elle, je lui dis pourquoi elle devait épouser le roi. Je lui parlai du centre du monde, cet endroit qui était toujours une zone libre ; quiconque avait le pouvoir pouvait occuper la scène.

— *Il faut qu'on vous voie,* dis-je. *Il faut que vous soyez inévitable,* dis-je. *Il faut que vous soyez présente,* dis-je.

Et j'ajoutai :

— Dorénavant, un banquier vous soutiendra.

Je la sentis se détendre lentement. Et je sentis qu'elle retrouvait la maîtrise de ses moyens. Et je la laissai aller.

Je lui révélai alors qui étaient les banquiers et ajoutai :

— Rien n'est impossible maintenant. Du moins, tant que vous épouserez le roi.

Elle y pensa un instant, un instant seulement, et éclata de rire.

— Naturellement, vous savez, dit-elle, que cela signifie que je devrai porter pour le reste de mes jours des escarpins à talons plats.

Six mois plus tard, le jeudi 3 juin 1937, le nouveau duc de Windsor épousa Wallis Warfield de Baltimore lors d'une cérémonie qui se déroula au château de Candé, à environ deux cents kilomètres au sud de Paris, dans la vallée de la Loire.

La duchesse était accompagnée de sa meilleure amie, Mme Herman Livingston Rogers de Cannes. La robe de la mariée était en crêpe de soie avec une veste, le tout créé par un couturier américain, Mainbocher. La robe, conçue comme un ensemble deux-pièces, était la simplicité même : une jupe longue, fine, et un décolleté peu échancré. La veste, cintrée, avait neuf petits boutons du même bleu que la robe. Cette teinte particulière, spécialement créée pour l'occasion, avait déjà été baptisée « Wallis Blue ». Sa tonalité était à peine plus sombre que celle d'un « pastel ».

Le garçon d'honneur du duc était le commandant Édouard D. (« Pédale ») Metcalfe. Tous les deux portaient la traditionnelle jaquette avec une fleur à la boutonnière. Aucun membre de la famille royale n'était présent.

Il y avait moins d'une vingtaine d'invités : parmi eux se trouvaient Mr. Hugh Selwyn Mauberley ainsi que M. et Mme Charles E. Bedaux, dont la résidence avait servi de décor au mariage.

Je n'aime pas beaucoup les mariages. L'image dominante a toujours été celle de mes parents se tenant côte à côte, assombris par l'ombre de leur avenir. Et lorsque l'on dit « je vous déclare unis... », tout ce que je puis voir, c'est la main de ma mère qui se retirait : sa précieuse main que l'on ne devait pas serrer trop fort de crainte que ses doigts ne soient écrasés et que la musique en eux ne soit détruite. En fait, mon père avait seulement voulu l'avoir et ce, pour le restant de ses jours. Et après l'échec de l'union, il y avait eu le saut dans le vide et le dépérissement de l'esprit... Voilà ce que je pouvais voir tandis que j'observais le roi et Wallis échanger leurs consentements.

Après la cérémonie, on fit des photos dans le parc — quelques officielles, beaucoup d'instantanés. « Mettez-vous là ! Souriez ! » Wallis partit se changer, on entendit les chiens aboyer, le bruit des coupes de champagne se brisant contre le mur. En attendant le retour de Wallis — maintenant duchesse de Windsor — nous rejoignîmes tous nos chambres personnelles, personne ne souhaitant se livrer à des confrontations ou des commentaires — tout le monde se sentant vidé d'une manière ou d'une autre. Alors que j'empruntais un couloir, je notai que Bedaux se réfugia dans une chambre à mon approche, dédaigneux qu'il était sans doute d'avoir à me remercier pour ce moment de gloire que j'avais rendu possible. J'aperçus un autre homme, plus loin : ce devait sans doute être un domestique. Une silhouette paisible, lente, pas très certaine de ce que l'on pouvait attendre d'elle.

Il rôdait tout au bout du couloir et la lumière était derrière lui, dans le jardin. Il y avait près de lui un socle en marbre avec un vase en porcelaine rempli de pivoines et de pieds-d'alouette bleu pâle. La main du domestique se dirigea vers les fleurs. Ce geste était tellement retenu qu'il ressemblait à celui d'un enfant à qui l'on a défendu de toucher. Il finit par le faire. Et il soupira. Je continuai à m'avancer vers lui bien qu'il ne remarquât pas ma présence. Puisque j'allais en direction du jardin, je m'arrêtai pour lui dire combien « ses fleurs étaient belles ».

Mais ce n'était pas ses fleurs. Le « domestique » était le duc de Windsor et son aura avait tellement pâli que je ne pus voir son visage qu'en arrivant à sa hauteur. Il ne fit même pas attention à moi. Il était trop occupé à attendre et à s'abstraire de ces lieux.

Je sortis, bouleversé.

Je n'avais même pas eu le réflexe de m'incliner en passant devant lui. Et je pensai : il a déjà fait le pas.

Ou le saut.

Le voyage des Windsor en Allemagne, organisé et arrangé par Charles Eugène Bedaux, se déroula au cours de la mi-octobre 1937. Ce fut un étonnant succès.

Ils furent accompagnés dans tous leurs déplacements par le Dr Robert Ley, chef du Front national du travail nazi (un homme tellement fruste et grossier que Wallis n'en avait jamais rencontré de la sorte. Elle n'appréciait pas du tout sa compagnie).

On leur montra d'importants projets industriels et quantité d'usines, des aciéries jusqu'aux usines de porcelaine de Meissen. Dans toutes les villes qu'ils visitaient, on les faisait sillonner les rues des quartiers ouvriers; ils se montraient aux gens — et à la presse internationale — dans une Mercedes décapotable. Des milliers de personnes les virent en chair et en os et le duc répondait aux clameurs des foules par le salut fasciste. Tous les maires venaient leur souhaiter la bienvenue. Les petits enfants faisaient la révérence devant « Leurs Altesses Royales », leur donnaient des fleurs et s'émerveillaient de leur beauté. Après tous ces triomphes, ils furent finalement présentés à Göring, Hess et Hitler, dans cet ordre.

Hess resta très en vue durant cette dernière rencontre bien qu'Hitler et le duc demeurassent seuls une heure durant. Hess et la duchesse attendirent pendant ce temps dans une antichambre et elle déclara par la suite qu'elle l'avait trouvé « beau... charmant... un gentleman des plus convaincants et raffinés... ».

Le duc résuma très bien l'impression que lui avait inspirée ce voyage lors d'un discours qu'il prononça au cours d'une assemblée du Front national du travail nazi à Leipzig.

— J'ai parcouru le monde, leur dit-il en allemand, et mon éducation m'a familiarisé avec les plus grandes réalisations de l'homme. Mais les choses que j'ai vues en Allemagne, je les avais crues impossibles à réaliser jusqu'alors. C'est incompréhensible et c'est un miracle. On peut cependant commencer à le comprendre si l'on réalise que derrière tout cela il y a un homme et une volonté.

Il voulait naturellement parler d'Hitler; le duc ignorait en effet complètement l'existence des autres forces qui œuvraient autour de lui.

Assise à ses côtés sur l'estrade, Wallis souriait en regardant ses mains.

*
*

Quinn quitta la pièce et ferma la porte derrière lui.

Quelqu'un avait installé des lumières dans le couloir et les escaliers. Il vit le planton qui somnolait sur une chaise cassée. Rudecki était invisible.

Quinn n'avait guère envie de trouver le capitaine Freyberg, mais il savait qu'il le fallait pourtant. La lecture du voyage en Allemagne et ce qu'il impliquait l'avait inquiété. Cela ne concernait pas la nouvelle de l'événement qui s'était produit. Mais en 1937, les implications n'étaient liées qu'à Hitler et à la grave erreur commise par le duc qui s'était laissé manipuler. Aujourd'hui il était évident qu'une force plus puissante que celle des nazis de l'époque s'était servie de lui; cependant, s'il était clair que Bedaux et von Ribbentrop avaient tiré tous les deux les ficelles de cette puissante force telle qu'elle avait été — et telle qu'elle était —, il se trouvait que quelqu'un tirait aussi *leurs* ficelles. L'étendue de la cabale devenait vraiment inquiétante, dans la mesure où l'on ne pouvait déceler ses limites.

Il y avait néanmoins un fait positif qui rassurait le lieutenant Quinn. Mauberley n'avait été qu'un messager. Et Quinn lui en était reconnaissant.

Quant à Freyberg, si on pouvait lui ôter de l'esprit toutes ses fichues spéculations et lui faire lire les murs tels qu'ils se présentaient, tout pourrait encore bien se passer.

Ou se passerait bien?

Là. Vous voyez? pensa Quinn. Pour chaque espoir que je lève un autre s'écroule. Et pourtant! Son travail consistait à mesurer l'importance de ce qui se trouvait là pour le transmettre ensuite à Freyberg. Rien dans le règlement ne stipulait qu'il ne pouvait pas imposer les termes de sa propre évaluation.

Il repoussa du pied les amoncellements de neige recouvrant le tapis. Une lumière brillait dans la pièce où le cadavre de Mauberley reposait toujours dans son coin et Freyberg était assis sur le rebord de la fenêtre.

Quinn ne dépassa pas le seuil de la porte.

— Vous feriez peut-être bien de venir pour jeter un œil sur ce que j'ai lu jusqu'à présent, dit-il.

— Ah? dit Freyberg. D'autres chats sur les toits?

— Non, mon capitaine.

— Vous me paraissez déprimé, dit Freyberg en souriant. Votre héros ne serait-il pas le saint immaculé que vous espériez?

Quinn essaya de ne pas regarder le cadavre et donc de ne pas entrer dans la pièce. Mais il se demanda ce que Freyberg faisait là tout seul, à moins qu'il ne fût simplement en train de se réjouir de tout cela.

— Je n'ai jamais dit que Hugh Selwyn Mauberley était un saint, capitaine Freyberg, et lui-même n'a jamais prétendu en être un. *Personne* n'a jamais dit ça, à part vous. Je pense, capitaine, que vous ne saisissez pas entièrement l'intérêt de tout cela.

— Vous pourriez préciser?

— Eh bien, capitaine, d'après ce que j'ai lu, il n'a pas menti.

— Ah bon?

— J'ai l'impression que vous avez estimé dès le départ que je ne trouverais qu'un tas de mensonges. Mais quand vous lirez ça, capitaine, je pense que vous changerez d'avis.

— Le but de cet exercice, Quinn, c'est de vous faire

changer d'avis — et non de me faire changer d'avis. Je lirai bien entendu ce que vous avez lu jusqu'à présent. Mais je ne me laisserai pas abuser. En tout cas, pas de la façon dont il semble que vous l'avez été.

Quinn se recula pour laisser passer Freyberg vers le couloir ; Freyberg dit alors :

— Non. Je veux que vous veniez ici avant que je ne parte.

— Je préférerais vraiment éviter ça, capitaine.

— Allons, Quinn ; c'est un ordre.

Quinn entra. Freyberg, qui se tenait derrière lui, le fit se retourner en le tenant par le bras de telle façon qu'il ne puisse détourner son regard du cadavre de Mauberley.

— Écoutez-moi maintenant, dit Freyberg. Regardez-le et écoutez-moi.

Quinn baissa les yeux sur le bras tordu et essaya de ne pas regarder le visage. Freyberg dit alors :

— Il a marché avec Mussolini. Il s'est assis aux côtés de von Ribbentrop. Il a établi des liens d'amitié avec une bande d'assassins. Il a écrit des textes ordP et fascistes : antisémites, proaryens ; des saletés contre le genre humain et favorables au surhomme. Il a même eu des prix pour ça. Des prix, Quinn. Des prix de la *Paix*...

Quinn était en train de regarder la main de Mauberley.

Freyberg dit :

— Vous savez, c'est à vous que je pense. A vous et aux millions de gens qui, comme vous, Quinn, ne peuvent pas attendre pour pardonner. Et oublier.

Freyberg lâcha le bras de Quinn et s'éloigna de lui.

Quinn finit par regarder autour de lui avant de retourner vers la porte. Il se sentait malade. Freyberg l'observait.

— Vous ne trouvez pas qu'il commence à sentir? demanda le capitaine.

Quinn regarda par terre.

— Bon, dit Freyberg, il y a une chose que vous pouvez faire pendant que je serai occupé à lire. Je veux que des hommes montent ici pour le recouvrir de neige. Exactement comme il est, sans que l'on bouge un seul muscle.

— De neige, capitaine?

— Oui. (Freyberg montra les fenêtres du doigt.) Il y a beaucoup de neige dehors — au cas où votre lecture vous aurait fait oublier qu'il y avait des montagnes. Ils peuvent l'apporter dans des seaux ou des sacs. Veillez à ce qu'il soit complètement recouvert.

Quinn dit :

— Mais c'est grotesque.

Freyberg lui répondit :

— Oui. C'est grotesque, n'est-ce pas?

Et il entra dans le vestibule.

— Néanmoins, c'est ce que je veux qu'on fasse. Tout de suite.

— Oui, capitaine.

Freyberg sortit, longea le couloir, passant sous les lustres, seul. Quinn avait cru qu'il devrait l'accompagner.

— Capitaine? appela-t-il.

— Oui.

— Rappelez-vous ce qu'il a écrit à propos de la mythologie à Dubrovnik.

— Oui?

— C'est simplement que... La mythologie peut avoir deux significations, c'est tout. Je veux dire... Je veux dire... *L'Iliade*, *L'Odyssée*... Je veux dire... Il y a *eu* une guerre à Troie. La guerre de Troie a vraiment eu lieu.

Freyberg ouvrit la porte.

— Je le sais, Quinn. Ce n'est pas à la guerre de Troie que je ne crois pas... C'est à la connerie des Troyens.

Quinn regarda dans la pièce.
Il y avait une odeur. C'était vrai.
Il descendit pour s'occuper de la neige.

Quinn avait chargé le sergent Rudecki de recouvrir le cadavre de Mauberley de neige et, une fois le travail terminé, le sergent alla au bar d'Annie Oakley se soûler.

— Eh, sergent, dites-moi toute la vérité. Vous aviez entendu parler de lui, *avant*...? demanda Annie Oakley.

— Vous plaisantez? s'exclama Rudecki. Et vous prétendez être un fan de cinéma? Vous n'avez jamais vu Bette Davis dans les *Chiens de pierre*?

— Vous voulez parler de celui où elle joue du piano dans un asile de dingues?

— Oui. Son fils l'avait fait boucler dans cet asile à la noix où tout ce qu'elle voulait faire c'était jouer le *Deuxième Concerto pour piano* de Rachmaninov...

— Et Claude Rains joue le rôle du mari et elle le pousse du pont de Brooklyn...

— Non, du pont George Washington...

— Ah oui, c'est vrai.

— Et il le méritait bien. Le salopard. Tout le monde était toujours méchant avec elle.

Rudecki sortit son mouchoir et se moucha.

« *Qu'est-ce que j'ai fait, pour que tu me traites comme ça?* » se mit soudain à chanter Annie.

— Pauvre Bette Davis. Oh...

Le sergent Rudecki dut s'essuyer les yeux.

— Mais qu'est-ce que le type qui a le stylet dans l'œil vient faire dans tout ça? demanda Annie.

— C'est lui qui l'a écrit, connard. Vous ne faites donc jamais attention ? Il a écrit ce putain de truc.
— Le film ?
— Le roman. Le roman. Bon Dieu — et cette pauvre femme. Tout ce qu'elle voulait, c'était jouer le *Deuxième Concerto pour piano* de Rachmaninov...

C'était ainsi. Et Annie chanta : « ... *qu'est-ce que j'ai fait pour être si triste...* »

Lorsque Quinn remonta enfin, il avait mangé. L'hôtel Elysium n'était toujours pas chauffé, mais il faisait plus chaud qu'avant du fait de la bourdonnante activité qui régnait autour de Quinn. Les hommes du groupe de Freyberg déchargeaient des dossiers, des tables, et même un coffre-fort. Il y avait vraiment tout ce que l'on pouvait imaginer, pensa Quinn ; excepté une pancarte pour le bureau de Freyberg où l'on pourrait lire : PRÉSIDENT.

Le détachement d'hommes travaillant sous les ordres de Rudecki avait apporté quarante caisses pour les déverser sur le cadavre de Mauberley dont on ne voyait plus que le coude. L'odeur était moins forte.

Alors qu'il marchait dans le couloir, Quinn entendit le faible écho d'une musique. Freyberg devait écouter le gramophone. Zut ! Ça aura été bien d'aller se coucher et de ne pas avoir à affronter encore le capitaine avant le lendemain matin.

Arrivé devant la porte, Quinn, rajustant le col de son pardessus et son écharpe, réalisa que ses mains tremblaient. Il n'avait jamais vu quelqu'un aller aussi loin dans la vengeance que Freyberg. On avait l'impression qu'il voulait que Mauberley paie pour tout ce que les nazis avaient fait et Quinn frissonnait lorsqu'il se rappelait l'expression qu'il avait lue dans les yeux de Freyberg quand ce dernier avait déclaré qu'il voulait que le cadavre de Mauberley fût recouvert de neige. Ça devait sûrement être insensé.

Il ouvrit la porte.

Le capitaine Freyberg regardait par la fenêtre et le gramophone jouait du Schubert. Freyberg n'avait apparemment pas entendu entrer le lieutenant et ce dernier put donc l'observer pendant un instant. Il n'avait jamais vu le capitaine aussi détendu et l'espace d'un court moment, il pensa qu'il devait s'agir de quelqu'un d'autre.

— Capitaine?

Mais Freyberg ne l'entendit pas.

Quinn alla finalement enlever l'aiguille du disque.

Freyberg se retourna, aussi blanc qu'un homme sur lequel on vient de tirer.

— Pourquoi l'avez-vous arrêté? demanda-t-il.

— Je ne pouvais pas me faire entendre, dit Quinn. Et je craignais de... Il ne savait comment finir sa phrase.

— De me faire sursauter? dit Freyberg.

— Oui, capitaine.

Freyberg s'éloigna des fenêtres et s'assit sur le lit de camp. Quinn n'appréciait pas ça. Il voulait vraiment être seul. Il décida de ranger le disque dans sa pochette bleue : peut-être le capitaine comprendrait-il.

— Je ne sais même pas ce que c'était comme musique, fit remarquer Freyberg.

— Schubert.

— Schubert, oui; mais quel morceau?

— Une *Sonate pour piano*, capitaine, dit Quinn en posant délicatement le disque sur le bureau. En *si bemol* majeur. Opus posthume.

— Vous ne trouvez pas que ça serait bien d'avoir une mémoire comme la vôtre? demanda Freyberg. Pour pouvoir se souvenir de ce genre de choses. Alors quand vous voulez cette musique, vous savez où la trouver.

— Oui capitaine.

— Je suppose que vous connaissez beaucoup de choses en ce domaine ?

— Pas vraiment, capitaine. Cette sonate est plutôt connue. A l'instant même où il prononçait ces mots, Quinn les regretta, sachant à quel point cela devait paraître pédant.

— Plutôt connue, hein ?

— Oui, capitaine.

— Est-ce qu'un ignare peut savoir pourquoi ?

Quinn n'hésita pas :

— Oui, capitaine dit-il en rougissant aussitôt. Bon sang.

— Alors, poursuivit Freyberg, dites-le donc. Pourquoi est-elle plutôt connue.

— Parce que c'est le dernier morceau qu'à écrit Schubert, capitaine.

— Oh, vraiment ? C'est fascinant. La dernière chose qu'il a écrite avant quoi ?

— Avant de mourir, capitaine.

Freyberg se leva du lit de camp pour se diriger vers le bureau où étaient posés le gramophone et les disques. Il souleva légèrement ces derniers, sans enlever ses gants. Il tournait maintenant le dos à Quinn.

— J'ai fini de lire les murs jusqu'au moment où ça dit qu'ils se sont mariés.

— Oui, capitaine.

— Et j'ai remarqué qu'on ne sait pas s'ils ont vécu heureux après.

— Non capitaine.

— Vous ne trouvez pas ça assez bizarre pour un conte de fées ? De ne pas dire qu'ils vécurent heureux et eurent beaucoup d'enfants ?

— Peut-être, capitaine. Mais ce n'est pas un conte de fées.

— Ah oui, j'oubliais. C'est de la mythologie.

Freyberg prit la pochette de la sonate de Schubert et regarda l'étiquette.

— Pauvre Wallis Simpson. (La voix de Freyberg était mielleuse.) Il a vraiment mis le paquet sur celle-là. C'était vraiment une dame...

— Je le crois aussi, dit Quinn.

— C'est une putain, lança Freyberg.

— Et vous êtes un salaud, capitaine, si je puis m'exprimer ainsi.

Freyberg fut véritablement déconcerté. Quinn se mit automatiquement au garde-à-vous, s'attendant à être réprimandé. Mais on n'en vint pas là. Freyberg toussota et sourit.

— Vous savez, dit-il, la façon dont vous vous exposez pour ces gens est fascinante. J'aurais pu vous coller au trou pour ce que vous venez de dire. Mais ne vous tracassez pas. Je ne le ferai pas. Je remarque simplement... Je trouve fascinante la façon dont vous vous compromettez.

— Je n'ai jamais dit que je pensais qu'il y avait une belle histoire sur le mur, capitaine. J'ai seulement dit que je pense comprendre ce qu'il est en train d'essayer de faire.

— De maquiller la vérité?

— De *dire* la vérité. Sur lui. Sur ses erreurs. Et...

— Et?

Quinn dit :

— Vous savez, il y a d'autres gens plus coupables que ceux dont il est question sur le mur. Et...

— Et?

— Et vous voulez absolument faire croire que ces gens sont les seuls coupables de la planète.

Freyberg sourit.

— Ah oui, dit-il. Je crois qu'il y avait aussi Hitler.

Quinn lui rétorqua :

— Ce que je veux dire, c'est qu'ils n'étaient pas les seuls. Nom d'une pipe! Vous rendriez Mauberley responsable de la guerre si vous le pouviez.

Freyberg ne sourit qu'après avoir entendu ces mots et il dit ensuite :

— Lieutenant Quinn, j'aimerais vous poser une question.

— Oui, capitaine.

— Pouvez-vous me dire comment il se fait que vous éprouviez de la pitié pour ces gens-là?

Freyberg fit une sorte de pirouette de danseur autour de la pièce.

— J'ai vraiment besoin d'une réponse, lieutenant. Vraiment. Parce que, vous voyez, je ne ressens de la pitié pour aucun d'eux. Et je veux savoir pourquoi. Je le veux car j'ai l'inacceptable impression de ne rien éprouver.

Quinn espérait que cette déclaration serait suivie par l'un des sourires de Freyberg. Il n'en fut rien. Au lieu de ça, le capitaine dit :

— Vous pensez qu'il se pourrait que je puisse éprouver ce sentiment à leur égard parce qu'ils ne ressentent rien pour moi?

Quinn répondit très prudemment :

— Oui, capitaine. Ça se pourrait.

— Vous avez l'air perplexe, lieutenant.

— Nous n'avons pas fini de lire, capitaine. Et il ne me semble pas juste de condamner des gens dont on ne connaît que la moitié de l'histoire.

Freyberg regarda les murs.

— Est-ce que vous avez pitié de moi comme de tous ces autres gens, lieutenant?

— Ce n'est pas juste, capitaine. Et vous le savez. Je n'ai jamais dit que j'éprouvais de la pitié pour qui que ce fût. C'est vous qui l'avez dit.

Freyberg regarda Quinn et il sourit enfin.

— Je n'ai jamais dit que j'éprouvais de la pitié pour qui que ce fût, répéta-t-il. Fermez les guillemets.

— Oui, capitaine.

— Je suis heureux d'entendre ça, Quinn. Croyez-moi.

— Oui, capitaine. Je vous crois.

— Bon. (Freyberg regarda le disque qu'il tenait toujours dans ses mains.) Vous savez, tout en lisant, je me disais : nous risquons de rencontrer maintenant à tout instant l'un de ces salauds de fascistes que Mauberley n'aime pas. Et cela n'est pas encore arrivé. Vous pensez que ça arrivera ?

Quinn ne répondit pas.

Freyberg poursuivit :

— Oh, ça arrivera sûrement. Avant que nous ayons fini de lire. Comme vous l'avez dit, on ne connaît que la moitié de l'histoire. (Il leva les yeux sur Quinn.) Au fait, je suppose que vous voulez dire que nous n'en avons *lu* que la moitié ; et non qu'il ne nous en raconte que la moitié. Il sourit. Et il brisa net le disque en deux, tendant l'un des morceaux à Quinn.

— La moitié ce n'est pas assez, si ?

— Non, capitaine.

Freyberg glissa l'autre moitié du disque sous son bras, dans la pochette bleue.

— Bonne nuit, dit-il.

Et il sortit. Quinn regarda l'objet brisé dans ses mains et se sentit peiné. Il se demanda pourquoi des hommes comme Freyberg étaient obligés de se conduire ainsi.

Avant d'éteindre la lampe, Quinn regarda les animaux sur le plafond au-dessus de sa tête — la lune, les étoiles, la main — et il se souvint d'une chose qu'il avait oubliée depuis longtemps. La mère de Mauberley avait perdu la tête parce qu'elle était obsédée par une perfection qu'elle ne pourrait jamais atteindre en tant que pianiste. Que personne ne pourrait atteindre. Mauberley était obsédé par un autre genre de perfection inaccessible. Autrement, il n'y aurait rien eu d'écrit sur les murs. Et Freyberg aurait aimé ça. Il aurait apprécié tout ce blanc. Quinn arrangea ensuite son oreiller de façon à ne pas avoir les cheveux ébouriffés ; et il éteignit la lumière.

4

1937-1940

> *Dans le cauchemar des ténèbres*
> *Tous les chiens d'Europe aboient,*
> *Les nations vivantes attendent,*
> *Chacune enfermée dans sa haine;*
>
> *Une disgrâce de l'esprit*
> *Se lit sur chaque face humaine*
> *Et des océans de pitié*
> *Sont enclos, glacés, dans chaque œil.*

W.H. AUDEN

Espagne, 1937

Le mémorable raid aérien sur la ville de Guernica avait eu lieu en avril 1937. Durant tout le printemps et l'été de cette année-là, les avions allemands intensifièrent leurs bombardements sur les côtes de la Biscaye pour soutenir Franco. Peu après la chute de Bilbao, je me rendis en Navarre et dans les Asturies avec Isabella Loverso. Nous voyagions en voiture.

Isabella Loverso était chargée d'une « mission »

dont j'ignorais l'objet mais je supposais qu'elle devait avoir un rapport avec la cabale. Lorsque j'étais revenu en juin à Paris — dérouté au lendemain du mariage de Wallis avec le duc —, Isabella m'avait fait savoir qu'elle serait heureuse de m'avoir à ses côtés pour ce voyage. « Il ne vaut mieux pas voyager seul dans des régions exposées à la guerre, avait-elle dit. On risque trop facilement de disparaître. »

Je dois avouer que ce n'est pas pour la seule Isabella que j'avais accepté de faire ce voyage. Je pensais aussi qu'il pourrait me fournir la matière, ou du moins l'énergie, pour écrire quelque chose de nouveau. Mon éditeur m'avait adressé quantité de télégrammes et de notes — très concises — me rappelant que je n'avais rien publié depuis 1934. Je me souviens que dans l'une de ses lettres il me disait ceci : « En ces temps de mécontentement politique, la voix sereine et raisonnable de Mauberley serait vraiment la bienvenue. » J'en doutais un peu — surtout face au poids d'Ernest et à l'étoile naissante de Steinbeck : ils semblaient avoir accaparé le marché, pas forcément d'ailleurs avec des « voix sereines et raisonnables », mais avec des voix toujours considérées comme raisonnables.

Néanmoins, pour des raisons personnelles, j'estimais qu'il me fallait à tout prix essayer d'écrire un autre livre. D'un côté, j'avais besoin de chasser la douleur consécutive aux assertions de Julia Franklin ; de l'autre, je devais vaincre cette paralysie qui m'empêchait littéralement de prendre la plume. Que ce soit au Meurice, au Grande-Bretagne ou au Bristol, j'avais rempli deux à trois corbeilles à papier par jour.

Lorsque, venant de France, vous arrivez au nord de l'Espagne, il n'y a guère de chance pour que vous ne rencontriez pas quelque chose qui vous rappelle le passé. Le vôtre ou celui de tout le monde. Les noms de Biarritz, Saint-Jean-de-Luz et de Navarre évoquent les rois anglais, les croisades et la chevalerie. Les grottes d'Altamira évoquent un passé plus lointain dont les parois peintes résonnent des cris des animaux et des hommes de l'ère glaciaire, morts il y a deux mille ans ou plus. Au sud se trouvent l'Aragon et la Castille, au nord le soleil, la mer et la lumière éblouissante du golfe du Gascogne. C'est une région où la terre est brune et la pierre des maisons blanchie à la chaux; on y entend le bourdonnement des insectes, même la nuit, celui des orages qui ne s'approchent jamais et des chansons inoubliables. C'est vers cette contrée que nous roulions, au cœur de l'été 1937. Il y a de cela sept ans et demie.

Au cours de ce voyage, je découvris ce qui mettait Isabella en danger, lui imposait des limites et nourrissait cette crainte qu'elle avait exprimée lorsqu'elle avait dit qu'elle avait peur de disparaître. Cela était lié à son passé et à son mariage dont elle ne m'avait jamais parlé jusqu'alors.

Dès le début, elle et son mari, le baron Masimo Loverso, avaient été membres du groupe entourant Mussolini. Ils avaient énormément travaillé pour lui dans les premiers temps, lui accordant non seulement leur temps et leur argent mais aussi le prestige de leur nom alors que Mussolini n'était encore que le rédacteur en chef pas très connu de *Il Populo*. Durant la Première Guerre mondiale, ils se dirent socialistes. Mais en 1919, ils participèrent à la fondation des Faisceaux italiens de combat, les *fascii*, qui, placés sous la houlette de Mussolini, allaient œuvrer pour un changement de l'ordre social. Ils devinrent rapide-

221

ment une importante force politique, gagnant une renommée et des appuis du fait de leur position face à la menace grandissante du communisme. Ils sabotèrent des réunions et des manifestations communistes, écrivirent et publièrent des éditoriaux contre l'idéal communiste et, durant les émeutes de 1921, érigèrent des barricades. Au cours de l'automne 1922, le roi fit appeler Mussolini au poste de Premier ministre pour sauver le pays de la menace communiste.

Isabella souriait en racontant ces événements.

— Ils ont parlé de « la marche sur Rome », dit-elle. En vérité, nous avons fait le voyage depuis Milan en wagon privé et nous avons été accueillis aux portes de la ville par un détachement militaire. Tout bien compté, nous n'avons pas « marché » plus d'un kilomètre et demi — et *il Duce* était assis à l'arrière d'une voiture ! Tout ça n'est qu'une légende, vous comprenez ? Une histoire inventée — bien que les gens qui y ont participé et ont *vu* Mussolini dans la voiture vous *diront* qu'il marchait...

Peut-être est-ce le spectacle de Mussolini dans la voiture qui est à l'origine de la révolte d'Isabella contre lui. Durant les quatre semaines qui suivirent, elle et son mari ne le virent que de dos ; en novembre 1922, Mussolini établit un pouvoir dictatorial. Désormais, l'idéal partagé ne s'incarnait plus qu'en un seul homme : un dieu.

Les deux premières années, la « critique constructive » fut encore autorisée. Mais cette possibilité fut supprimée en juin 1924 lorsque le meilleur ami du baron Loverso, Giacomo Matteotti, fut assassiné. Matteotti était depuis longtemps un ennemi déclaré de la violence fasciste et, en 1924, il commit l'erreur de publier ses opinions dans un livre intitulé *Les fascistes démasqués*. Son meurtre, bien sûr, les démasqua au su de tous. La conséquence cependant fut le silence — un silence général de peur. La presse fut censurée. Réduite au silence. Les membres non fascistes du Parlement protestèrent et firent sécession[1]; ils furent donc réduits au silence. Le peuple — lui aussi réduit au silence — perdit le droit d'exercer librement son droit de vote lorsque le Grand conseil fasciste créé en 1929 établit une liste unique de candidats parmi lesquels le peuple devait choisir ses représentants.

Quant au mari d'Isabella, le baron Loverso, il mourut d'un coup de pistolet qu'il aurait, prétendit-on, tiré lui-même. Ça se passait le 11 juin 1924. Son ami Matteotti avait été tué la veille par une bande de voyous. Le *Duce* expliqua que le mari d'Isabella avait dû jouer un rôle dans la mort de Matteotti, chose qu'il aurait regrettée par la suite. Ses meurtriers assistèrent à son enterrement; et Isabella, baronessa Loverso, se retira au Palazzo d'Aquila à Venise.

Au cours des deux semaines qui suivirent, elle passa tous ses moments de veille à détruire tout ce que son mari avait écrit. Des essais, des articles, des poèmes et mêmes les lettres écrites avant leur mariage. Puis elle ferma toutes les persiennes et les portes.

Réduite au silence.

C'est du moins ce qu'il semblait.

— Qu'est-ce qui vous a sauvée, demandai-je, quand votre mari est mort?

Isabella, assise à l'arrière de la voiture, le regard fixe, me répondit :

— Harry Wyndham.

1. Le 13 juin 1924, les députés de l'opposition se retirèrent en effet du Parlement *(N.d.T.)*.

Je m'étais toujours demandé comment le père de Diana était entré dans la vie d'Isabella.

— Lorsque Harry Wyndham m'a rencontrée, j'étais en deuil, dit-elle. Et j'avais aussi très peur.

Nous roulâmes un kilomètre ou plus sur cette route poussiéreuse sans qu'elle me fît d'autre réponse.

Le silence devint cependant si oppressant que je lui demandai si elle avait des enfants.

Isabella ne répondit pas. Elle arrangea ses fourrures — de légères fourrures d'été destinées à se préserver de la fraîcheur du soir. La poussière de la route venait se coller sur les vitres. Le chauffeur roulait presque au pas car nous avions commencé à rencontrer des réfugiés en route vers les villes frontières d'Irun et d'Hendaye, vers la liberté symbolisée par les villes de Saint-Jean-de-Luz et Biarritz — encore fallait-il qu'ils puissent y parvenir.

— Regardez! Nous arrivons à Saint-Sébastien, dit Isabella.

— Oui. Mais vos enfants...

Elle ferma les yeux.

— On les a enterrés en même temps que mon mari, répondit-elle, en serrant les fourrures autour de ses oreilles, comme si elle craignait d'entendre les mots.

Il s'écoula plusieurs minutes avant qu'elle ne recommence à parler.

— Harry Wyndham s'est conduit comme un père patient et affectueux, dit-elle.

— Oui.

— C'était merveilleux. Merveilleux d'être à nouveau une enfant alors que les miens venaient de mourir. Harry Wyndham a été très gentil pour moi. Très bon pour moi. J'ai repris confiance. J'ai repris goût à la vie. J'étais un peu comme une petite fille

dont on a cassé toutes les poupées. Elle pleure un moment, puis elle traverse le couloir, met le maquillage de sa mère, les chaussures à talons hauts de sa mère, la robe de sa mère, elle se fait un chignon et de la nurserie passe au milieu du salon ; et tous les adultes lui disent : « *Tu es devenue une femme maintenant.* » Oui ? Je suis alors devenue la maîtresse de Harry Wyndham. Je n'ai cependant jamais perdu de vue que j'étais quelque chose de plus.
— C'est-à-dire ?
— Un butin de guerre.
Andromaque.

A Saint-Sébastien, nous descendîmes pour la nuit dans un hôtel qui s'appelait le Bilbao. A Bilbao, notre hôtel s'appelait le Saint-Sébastien.
— Et si nous étions descendus au Paradis, nous nous serions retrouvés à l'hôtel de l'Enfer, dis-je. Cela fit enfin rire Isabella.
Le lieu de notre séjour importait finalement peu, cela aurait pu tout aussi bien être l'hôtel de l'Enfer. Il n'y avait plus de carreaux aux fenêtres, pas d'eau aux robinets ; les lits étaient toujours pleins de punaises, le téléphone et l'électricité étaient toujours coupés. Mais le pire, ce fut à Santander, une ville où avaient encore lieu des combats : on ne pouvait lire le nom de l'hôtel car l'enseigne avait été détruite par une bombe la veille dans l'après-midi et la moitié du bâtiment n'existait plus ; le hall d'entrée était à ciel ouvert et les cages d'escaliers montaient vers le ciel.
Nous réussîmes cependant à nous procurer une suite et je dormis sur un canapé Régence dans le salon. Isabella me donna ses fourrures pour me tenir au chaud et durant toute la nuit un défilé de mules,

d'hommes et de camions traversa les décombres de la rue en bas. Les républicains battaient interminablement en retraite à une allure soutenue. Je me demandais si notre chauffeur devrait défendre notre Daimler de sa vie et s'il avait un revolver. Je me demandais aussi s'il était républicain. Il y avait tellement de gens de sa classe qui étaient bolcheviques. Qu'adviendrait-il si nous devions rester là, sans défense, face aux insurgés : notre chauffeur nous dénoncerait-il ? Après tout, Isabella était italienne. Et les Italiens étaient universellement détestés par les républicains. Où pourrions-nous trouver refuge ?

Je songeais à tout cela lorsque j'entendis un bruit dans la chambre. Isabella était allée se coucher très tôt — presque dès notre arrivée — et m'avait dit :

— La nuit, je déteste le monde. Il me fait peur. Plus je dors tôt et mieux ça vaut.

Et maintenant il y avait ce bruit. Un murmure impétueux.

Inquiet, je me levai et, serrant les fourrures autour de mon cou, je m'approchai de sa porte.

— Isabella ?

Silence, soudain. Les chuchotements cessèrent.

— Isabella ?

Rien.

Dehors, dans les rues, la grande retraite se poursuivait ; pour la première fois depuis notre arrivée en Espagne, j'entendis tonner au loin d'imposants canons qui devaient se trouver quelque part en mer. Ces bruits ne firent qu'accroître ma peur. Tous ces mouvements, toutes ces violentes lumières au loin contrastaient avec l'obscurité ambiante. Toutes les ombres représentaient une menace.

J'entrai dans la chambre d'Isabella et grattai plu-

sieurs allumettes : elles s'éteignirent à cause des courants d'air provoqués par les vitres cassées. Abandonnant tout espoir de la voir, je l'appelai par son nom.
— Taisez-vous, dit-elle.
Sa voix était tranchante comme un couteau et je me reculai instinctivement.
— Qu'y a-t-il? demandai-je. Vous rêvez?
Les canons tonnaient au large. Des obus commencèrent à tomber sur le front de mer, à une dizaine de pâtés de maisons. Des incendies avaient commencé à se déclarer dans certaines maisons et les flammes montaient si haut que leur lueur vacillait sur les murs de la chambre. Je vis Isabella assise sur son lit, les poings serrés contre ses joues.
Elle se balançait d'avant en arrière, mais elle demeurait silencieuse. Je vis des larmes couler sur les articulations de ses mains. Je m'assis doucement sur le lit à côté d'elle.
— Allons, allons parlez-moi. Comment puis-je vous aider si vous ne dites rien? demandai-je.
Elle secoua seulement la tête et continua à se balancer comme si, à l'image d'une mère, elle pouvait calmer sa peur en la faisant taire et en la berçant.
Je pris sa main. Ou tentai de la prendre.
— Non, dit-elle. Je vous en prie.
Alors nous restâmes assis. Et nous attendîmes. Tandis qu'elle demeurait dans l'obscurité, le regard fixe, la ville gémissait sous les bruits d'une armée qui partait et ses portes s'ouvraient pour recevoir la suivante. Nous restâmes ainsi pendant des heures, jusqu'à ce que je m'endorme. Quand je me réveillai, je constatai qu'elle n'avait pas bougé, pétrifiée qu'elle était par la peur.
Il semblait que la menace qui l'avait hantée depuis

la mort de son mari n'avait aucunement l'intention de la quitter. Je me demandai ce que j'ignorais d'elle et de son passé. Et de ses activités ; de sa maison ici en Espagne.

`Nous nous échappâmes au cours de la matinée.
— Où allons-nous ? demandai-je au chauffeur.
— San Vincente de la Barquera.

Mais nous n'y arrivâmes jamais. A neuf heures, la route fut attaquée par des avions et nous nous retrouvâmes plongés dans une sorte de guerre que je n'avais jamais connue. Il s'agissait d'une guerre dont les victimes étaient exclusivement des civils et où l'on ne voyait jamais l'ennemi. On ne pouvait apercevoir que ses armes.

Nous courûmes, moi, Isabella, le chauffeur et des centaines d'autres gens à travers champ. D'autres champs, d'autres oliveraies abritaient aussi des centaines de personnes.

Devant nous, derrière nous, le *tac-tac-tac* des balles de mitrailleuses labourait le sol. La route sur laquelle se trouvait la Daimler au milieu d'un tas de charrettes cassées et de chevaux paniqués avait été tellement bombardée qu'on aurait dit une rivière remplie d'îlots de fumée. Cette rivière nous surplombait et un flot de gens s'en écoulait vers les champs.

Ce dont je me souviens le mieux à propos de ce bombardement aérien, c'est que j'ai eu l'impression d'être tombé de la terre. Rien ne paraissait réel ou humain. Tout était sens dessus dessous et il semblait que nous nous trouvions tous dans le ciel et que la terre se trouvait au-dessus de nous.

Nous finîmes par tous retomber par terre, sur des pierres et des gravats, la bouche remplie de terre, nos doigts s'agrippant au sol comme si celui-ci pouvait nous sauver, tel un radeau en pleine mer.

Nous restâmes ainsi dix ou quinze minutes peut-être — muets tandis qu'une tempête de balles sifflait autour de nous —, les bras croisés sur la nuque, les yeux fermés à la façon de ces enfants qui croient bêtement que l'aveugle ne peut être vu. Les rafales de mitrailleuses finirent par s'espacer et nous fûmes bientôt couverts de nuages de poussière. De poussière, de sable et même de pierres. Les avions étaient partis.

Je me rappelle que, pendant un instant, il n'y eut ni un bruit ni un mouvement. Soudain, les champs se levèrent tous. Du moins, c'est ce qu'il sembla. On laissa les morts sur place, la face contre terre, immobiles comme des rochers ; les survivants retournèrent sur la route pour continuer leur marche. Voilà tout ce dont je me souviens. Nous reprîmes notre progression : nous ne voyions que nos pieds qui semblaient être des instruments miraculeux. Personne ne regardait le ciel. Celui-ci était dorénavant un traître, membre d'une conspiration dirigée contre nous. Il pouvait semer la mort sans prévenir et nous avions honte de ne pas savoir comment sauver notre peau et où nous cacher. Je n'avais jamais ressenti une telle humiliation dans la mesure où j'avais été terrorisé par quelque chose à quoi j'avais fait confiance toute ma vie.

Nous passâmes la journée du lendemain dans un village inconnu où le chauffeur avait engagé un forgeron pour l'aider à faire les pièces nécessaires à la réparation de la Daimler.

Cet après-midi-là, je restai avec Isabella dans la cour du forgeron, assis sur un banc placé sous une vigne. Les murs de la cour et ceux des bâtiments qui nous entouraient étaient blancs tandis que les jeunes pousses de vigne étaient d'un vert délavé. L'air était empli de la senteur du bois d'olivier, de la fumée et des pierres chauffées par le soleil. Une femme vint nous apporter du vin, du pain et des poires. C'étaient de petites poires peu juteuses mais très sucrées.

Isabella se tenait assise, les jambes allongées et croisées à hauteur des chevilles : sur ses tibias il y avait des bleus que je n'avais pas remarqués jusqu'à présent. Elle se les était sans doute faits lors du bombardement sur la route mais, comme de surcroît elle avait un regard fantomatique, on aurait dit une victime de tortures incongrûment assise au soleil.

Isabella dit :

— Ils l'ont sorti de son bureau pour le faire venir dans une cour comme celle-ci, avec de la vigne et des arbres.

C'était un *non sequitur* intégral.

— Quoi? demandai-je.

Mais Isabella semblait à peine remarquer ma présence. Elle devait être ailleurs; dans le passé.

— Mon mari n'avait que trente-huit ans, poursuivit-elle, et il n'avait fait que donner son opinion. Il a seulement couché des mots sur le papier. Mais ils l'ont tué — avec un revolver — en le collant au mur de la cour, et ils lui ont mis l'arme dans les mains, et ils ont mis mes enfants, qui étaient tous morts, autour de lui. Comme s'il les avait tués.

Elle scrutait le mur de chaleur, comme pour voir la scène qu'elle décrivait. J'attendis.

Elle recommença à parler bientôt.

— Avant de faire mourir notre ami Matteotti, on l'a d'abord frappé. Avec des pierres. Vous saviez ça?

— Non.

Je lui dis que je savais seulement qu'on l'avait abattu. Je la regardai attentivement. Elle transpirait; devait couver une fièvre; malade — et les mots sortaient des rêves.

— ... et quand j'ai habillé le cadavre de mon mari, j'ai vu que son dos était couvert de contusions. Mais les doigts dans lesquels ils avaient mis le revolver étaient toujours aussi soigneusement manucurés qu'ils l'avaient été durant toute sa vie. Pas une trace. Pas une trace. Pas une trace visible. (Elle ouvrit les yeux.) Ces hommes, Matteotti et mon mari, n'étaient que des écrivains. Seulement des écrivains. Seulement des hommes de paroles....

Et elle me regarda, me signifiant quelque chose que je ne savais pas concernant peut-être les dangers de l'écriture.

C'était vrai. Je ne le savais pas.

— Mon mari n'était qu'un poète. Un poète... (Elle regarda le mur.) Mais les gens de Mussolini l'ont fait venir dans une cour. Sous les arbres.... (Elle parlait comme si les arbres avaient été déshonorés.) Et ils l'ont tué. Vous comprenez? Nos amis, mon ami. *Nos amis*. Ils l'ont tué. (Elle ramena sa jupe sur les bleus de sa jambe.) Et maintenant que je me trouve en Espagne, je ne cesse de penser à mon mari et à sa mort. A la façon dont ils l'ont tué. Avec leurs bottes. Et je songe aussi continuellement à Matteotti : à la façon dont ils l'ont tué. Avec une pierre. Et je pense à mes enfants... Je pense au mur et aux arbres. Je pense aux êtres humains. Je me demande comment il peut se faire que des êtres humains soient à ce point effrayés par le mot écrit qu'ils puissent tuer pour s'en débarrasser. Dans une cour semblable à celle-ci. Un jour semblable à celui-ci, avec la vigne, les arbres et les pierres pour témoins. Comment cela peut-il se faire ? Dites-le-moi. Dites-le-moi. Comment cela peut-il se faire ?

Je ne le savais pas.

— Et maintenant, continua-t-elle, nous voilà en Espagne. Douze années se sont écoulées et nous voilà en Espagne et les pierres et les bottes qui ont tué mon mari et Matteotti, les balles qui ont tué mes enfants sont devenues les bombes sur la route et les obus tirés par les navires au large. Rien ne va dans le bon sens. Rien n'indique qu'il y aura une amélioration. Tous nos rêves se sont enfuis et toutes nos craintes sont en train de se réaliser. Avez-vous peur, mon ami ? N'avez-vous jamais eu peur de ce que nous faisons ? Du sens de notre action et de ce que nous sommes.

Nous séjournâmes en Espagne six semaines de plus cet été-là et nous revînmes en automne pour deux semaines et demie. La mission d'Isabella nous mena cette fois sur la côte méditerranéenne et je me souviens que durant notre séjour à Valence, le gouvernement républicain se replia à Barcelone.

J'ignorais toujours complètement les raisons précises de notre présence. On ne me disait rien et on ne mentionnait jamais la cabale. Je découvris tout à fait par hasard le pot aux roses.

Cela se passait à Valence, peu après l'entrée des troupes de Franco dans la ville. Isabella et moi étions restés car nous voulions reprendre des forces après le violent bombardement qu'avait subi la ville. L'état de santé d'Isabella allait en se dégradant. Elle resta trois jours entiers dans sa chambre de l'hôtel Alcador : elle me demanda de ne pas m'occuper d'elle et me pria de cesser de venir la voir chaque fois que j'avais réussi à trouver par miracle un œuf, ou des figues, ou mieux encore 125 g de café. « Il me suffit de me reposer, disait-elle. Tout ce que je veux, c'est être seule. »

Mais elle n'était pas seule.

Un jour, en début de soirée, j'étais allé errer dans les ruines d'un séminaire et j'avais discuté avec un prêtre qui avait eu le courage de revenir pour sauver les reliques de son ordre et enterrer les victimes assassinées. Son histoire avait déclenché en moi l'irrésistible impulsion d'écrire à nouveau et je me souviens que ce fait fut déterminant. J'étais dans un état d'excitation extraordinaire et je tremblais vraiment alors que j'allais entrer dans les salons de l'Alcador.

Tous les hôtels qui avaient résisté aux bombes — et cela fut vrai dans toutes les villes d'Espagne pendant la guerre — devenaient automatiquement un lieu de rencontre pour l'intelligentsia locale, la police locale et le contingent local de correspondants étrangers. C'était le cas de l'Alcador de Valence. J'étais donc habitué à voir ses salons remplis de gens ainsi qu'à la présence d'hommes en uniforme.

Mais ce soir-là, les salons de l'Alcador étaient pratiquement bondés et les clients, la police, les correspondants étrangers s'étaient répandus dans la rue.

— Qu'est-ce qui se passe ? Qu'est-ce qui se passe ? demandai-je tout en essayant de me frayer un chemin vers l'intérieur. Dites-moi ce qu'il se passe s'il vous plaît.

Il y avait quelque chose dans la façon dont ils se tenaient et se comportaient qui laissait poindre un écrasant et lugubre sentiment d'appréhension.

— Il y a eu un suicide, répondit-on. Quelqu'un s'est tué dans le salon. Devant tout le monde ; il s'est tué.

— Était-ce une femme ? demandai-je. Était-ce une femme ?

Les images de la maladie d'Isabella, de son épuisement, de son histoire renforcèrent mes craintes que ce fût elle.

Mais personne ne pouvait me le dire.

— Il y a un cadavre.

Voilà tout ce qu'ils disaient. J'étais en colère.

Les rues de Valence étaient pleines de cadavres. Des gens avaient péri de mort violente à chaque seuil de porte. J'avais moi-même vu les cadavres mutilés d'une douzaine de prêtres. Pourquoi devait-il y avoir une telle foule, une telle cohue à l'hôtel Alcador alors qu'il était d'une importance capitale que je puisse entrer à l'intérieur pour savoir si Isabella était vivante ou morte ? Ne pouvaient-ils pas sortir et aller regarder les cadavres dans le square ?

— Mais, me dit-on, c'était un *suicidio*.

Quelqu'un s'est fait cette chose terrible. Et, me dit-on, c'était différent que de faire « quelque chose de terrible sur les personnes des autres » — que ce soit avec des revolvers ou des bombes. Ainsi, le *suicidio* devenait soudainement unique dans un monde où les assassinats et les massacres étaient choses courantes ; j'ignore cependant pourquoi au pays des corridas je devais en être surpris ou ému.

Il me fallut un quart d'heure pour atteindre l'autre bout du salon. Le cadavre du suicidé était allongé sur le bureau de la réception transformé en catafalque provisoire. Je pus seulement voir qu'il s'agissait d'un homme : la cervelle brûlée, ses bras pendant dans le vide.

Lorsque j'arrivai à notre suite, toutes les portes étaient fermées et je dus jurer à Isabella que j'étais seul pour qu'elle me laisse entrer. Elle était en train de faire sa malle et je vis qu'on avait fait du feu dans la corbeille à papier en métal.

Isabella avait l'air pâle, affaiblie, mais décidée.

— Nous devons partir, dit-elle. Nous devons faire nos valises tout de suite pour partir dès qu'il fera nuit. Si quelqu'un frappe à la porte, nous ne sommes pas là.

— Quelqu'un s'est suicidé dans le salon, dis-je, comme un enfant qui ne veut pas se voir refuser le privilège d'annoncer une terrible nouvelle.

— Je sais tout ça, me rétorqua-t-elle. Je le sais.

J'attendis en pensant qu'elle allait poursuivre et m'expliquer en quoi notre départ était lié à la découverte du cadavre. Mais elle joua un jeu différent.

— Vous avez su qui c'était? demanda-t-elle.

Sa voix sonnait comme celle d'une actrice à qui l'on avait dit d'énoncer sa réplique avec une indifférence feinte.

Je lui répondis que j'avais seulement entendu dire qu'il s'agissait de quelqu'un à qui on avait retiré son passeport.

— Ah oui, dit-elle. Le coup des passeports périmés. Déjà.

Je lui demandai ce qu'elle entendait par là.

— En Italie, peu après l'avènement de la dictature, on a retiré un grand nombre de passeports. Mais ça a pris plus de temps qu'ici. Après tout, les troupes du général Franco viennent juste d'arriver. Il n'y a même pas encore un véritable gouvernement.

Je pensai à Dmitri Karashavin, à la longue, longue attente des passeports, à ses sœurs qui n'étaient jamais arrivées. Elles avaient été assassinées. Mais ici, dans le salon de l'Alcador, il s'agissait d'un *suicidio*.

Isabella fit alors quelque chose que je ne l'avais

jamais vue faire auparavant. Elle sortit une bouteille de l'un des compartiments de sa malle et se versa un demi-verre de calvados. Elle s'adossa ensuite contre le rebord du bureau et, ramassant une ou deux feuilles de papier, elle les alluma soigneusement avec une allumette et les laissa tomber sur le tas de cendres dans la corbeille à papier.

— Je peux vous demander ce que vous êtes en train de faire ? lui dis-je.

— Vous le pouvez, me rétorqua-t-elle, mais je ne répondrai pas.

— Ah.

Elle me regarda.

— Vous avez confiance en moi ? demanda-t-elle.

Je fis un signe affirmatif de la tête.

— Alors ne me demandez pas ce que je suis en train de faire.

Le silence qui suivit fut l'un des plus pénibles de ma vie.

Elle en eut bientôt fini avec son feu.

— Nous devons porter ça dans la salle d'eau pour le jeter dans la cuvette des toilettes. Même si les cendres sont très fines, un spécialiste pourra toujours les lire.

Je lui dis qu'à mon avis cela me semblait très difficile.

— Venez ici, me dit-elle ; puis elle prit au hasard un morceau de papier brûlé d'environ une dizaine de centimètres carrés. Lorsqu'elle s'en saisit, une partie s'effrita. Mais une phrase ou plus aurait pu tenir sur ce qu'il restait. Isabella plaça ce résidu sous la lampe et elle l'inclina de plusieurs façons jusqu'à ce qu'elle trouve un certain angle d'exposition par rapport à la lumière.

— Voyez, dit-elle. Lisez.

Je regardai et lus.

L'encre bleue qui était maintenant devenue brune brillait sur le fragment noirci. Les mots cependant étaient tout aussi lisibles que s'ils venaient d'être écrits : *sangre del honor*. Et alors Isabella les froissa et les jeta dans la corbeille.

Lorsque je tirai la chasse d'eau pour évacuer les cendres, je constatai avec inquiétude qu'elles étaient si légères que toutes ne passeraient pas.

— Qu'allons-nous faire ?
— Mettez quelque chose de lourd par-dessus. Tenez... dit Isabella. (Et elle me tendit un fin mouchoir de dentelle.) Mouillez-le d'abord et posez-le sur les cendres.

Je suivis son conseil et tirai la chasse une dernière fois. Toutes les cendres qui restaient disparurent dans les égouts de Valence. Par la suite, lorsque j'analysai pour moi cet incident, je pensai qu'Isabella m'avait donné un véritable conseil de professionnel. Combien de cendres avait-elle fait passer dans les toilettes, me demandai-je. Et pour quelles raisons ?

Nous nous « évadâmes » de l'hôtel Alcador à la nuit tombée. On avait imposé le black-out car on craignait des raids de représailles de la part des républicains — raids qui ne se produisaient jamais. Cela ne voulait pas dire pour autant qu'ils ne pouvaient pas créer désordre et confusion malgré la faiblesse de leurs forces aériennes. La guerre d'Espagne cette année-là et la suivante (et, en fait, jusqu'en 1939) semblait une amibe : se divisant et se subdivisant, se répandant d'un endroit à l'autre, jamais statique, toujours informe, mais mortelle et vivante, se soutenant elle-même jusqu'à la fin où, telle une créature vivante qui a vécu trop longtemps sur ses propres réserves, elle se convulsa une dernière fois et se recroquevilla. Puis elle disparut. Cependant, au cours des derniers mois de 1937, elle était toujours en mouvement et les changements pouvaient intervenir si rapidement que vous pouviez vous endormir et vous réveiller dans un hôtel républicain qui au milieu de la nuit avait servi de Q.G. aux franquistes.

Après avoir quitté Valence cette nuit-là, nous dûmes pourtant y revenir une semaine plus tard : nous voulions nous rendre à Palma et il nous fallait donc quitter l'Espagne à bord d'un navire et forcer le blocus.

C'est à Majorque que j'appris dans les journaux la mort du jeune poète espagnol Luis Quintana qui s'était suicidé dans un salon de l'hôtel Alcador à Valence. Pour moi, l'aspect le plus déroutant de ce suicide me fut révélé dans les dernier paragraphes de sa nécrologie. On y citait en petits caractères le dernier message de Quintana au monde, message qui avait été « sorti clandestinement d'Espagne par un ami anonyme ». La citation qui attira mon attention était brève, pertinente et disait ceci : « *El amor por la verdad es la sangre del honor.* » L'amour de la vérité est le sang de l'honneur. Lorsque je vis les mots *sangre del honor*, mon cœur se serra.

« L'ami anonyme » de Quintana était Isabella.

Quintana lui-même était un antifasciste.

Concernant l'Espagne, il me reste une chose à dire que j'ai gardée pour la fin car elle a plus d'importance que toute cette époque.

J'ai déjà parlé des grottes d'Altamira. Nous les avions visitées avec Isabella au cours des premières semaines de notre séjour en Espagne. Les franquistes bombardaient la côte depuis le large et chaque jour apportait son lot de terreur : ça commençait à deux heures et se poursuivait jusqu'à quatre heures de l'après-midi. On aurait pu régler toutes les pendules en se fiant à la précision avec laquelle l'événement se déclenchait.

Il se trouva donc qu'Isabella et moi descendîmes, avec d'autres gens, dans ces grottes au cours d'un bombardement. Dans mon souvenir ces autres gens ne sont maintenant que d'autres gens. Je ne puis leur donner un visage. Je sais seulement qu'ils se trouvaient là et que nous n'étions pas seuls.

Certains paysans du coin y avaient élu résidence. D'autres venaient s'y abriter quotidiennement pendant les bombardements. Ces derniers avaient en conséquence apporté des bougies tandis que les premiers avaient réquisitionnés des lampes provenant des bâtiments publics locaux et les avaient alignées sur le sol. Il régnait une atmosphère douce et feutrée ; on ne parlait qu'en chuchotant, mais les conversations s'interrompaient lorsque les bombardements atteignaient leur maximum d'intensité. L'air étais frais et au loin, bien au loin, on pouvait entendre le bruit de l'eau. L'existence de ce son était quelque part réconfortante. Tout le monde faisait preuve de patience et nous nous assîmes en rang, certains en profitant même pour dormir.

Au-dessus de nos têtes, juxtaposés les uns sur les autres, se trouvaient les dessins de tous ces animaux, dessins dont le sens était perdu au-delà des barrières du temps et dont les formes depuis longtemps altérées avaient disparu au regard des hommes. Je savais qu'on les appelait des « bisons », mais je n'en avais jamais vu d'aussi petits ; et les « cerfs » étaient parfaitement reconnaissables, encore qu'ils eussent des pattes plus longues et des sabots plus fins que celui que j'avais vu traverser les pelouses de *Nauly*; et il y avait des « hommes » aussi rudimentairement dessinés que ceux que font les enfants de la race humaine avec des bâtonnets depuis l'aube des temps et depuis qu'existent les crayons. Et des brins d'herbe ondoyant — ou s'agissait-il d'arbres ? — et un peu partout des constellations d'étoiles faites d'empreintes digitales : des points noirs.

Entre le flux et le reflux de la lumière vacillante, j'aperçus du coin de l'œil quelque chose d'irrésistible au-dessus de ma tête : l'empreinte d'une main humaine.

Dieu seul sait quand elle avait été apposée là. Elle datait peut-être de dix ou vingt mille ans. *Voilà mon témoignage*, disait-elle. *Le témoignage de ma présence en ces lieux. Tout ce que je puis vous dire de moi, de mon époque, du monde dans lequel j'ai vécu se trouve exprimé dans cette signature : l'empreinte de ma main; la mienne.*

J'ai vu ces animaux. J'ai vu cette herbe. J'ai vu ces étoiles. Nous avons fait ces guerres. Et alors est venue la glace.

Les étoiles ont maintenant disparu. L'herbe est morte; les animaux nous appellent dehors — au-delà de l'entrée glacée de cette grotte...

Nous serons morts dans des jours ou des heures. Nous ne pouvons plus respirer. La lumière vacille. Il n'y a plus d'air. Je vous laisse ceci : ma main en guise de signature à côté de ces images de mon univers. Regardez comme mes doigts se déploient pour dire mon nom.

Il en est qui ne disparaissent jamais. Et je savais que

je me trouvais dans le berceau de la race humaine — une race dont la volonté est de dire : *Je suis*.

En janvier 1939, Isabella Loverso et moi descendîmes à l'hôtel Grand Elysium. Nos voyages étaient terminés pour un temps et nous avions besoin de repos. Isabella occupa cette pièce-ci.

Un jour, nous étions appuyés au parapet en train de regarder la vallée de l'Adige en contrebas. Isabella portait ses vêtements de deuil et j'étais quant à moi vêtu d'un *Harris tweed*, d'écharpes en laine achetées chez Ottingers sur la Ringstrasse, d'une paire de bottes fourrées exclusivement vendues dans une petite boutique de Linz. L'Anschluss avait été réalisé. Les Allemands étaient partout, et parmi eux de nombreux soldats. Des autocars en provenance de Munich et d'Italie étaient remplis de gens qui venaient en vacances. L'hôtel de Herr Kachelmayer était plein à craquer. C'était l'âge d'or des gouvernements fascistes. Toute l'Europe était sous la botte d'Hitler et Mussolini ; il régnait une atmosphère d'excitation et d'attente.

Ce jour-là, alors que je pressais mon coude contre celui d'Isabella, je réalisai peu à peu que l'on m'observait.

Je vis, en me retournant, un jeune homme maigre qui était, tout comme nous, appuyé sur le parapet.

— Lorenzo ! Lorenzo ! appela Isabella.

Elle fit un signe de la main et le jeune homme maigre s'avança à travers la neige.

— Lorenzo de Broca. (Isabella lui sourit.) Comment cela est-ce possible ? Tout le monde prétend que vous étiez parti en Amérique.

— Non.

Pendant un instant, il resta immobile, regarda Isabella, moi, puis le sol.

— Ne soyez pas timide, Lorenzo. (Isabella toucha son bras et rit.) Ne soyez pas timide avec *nous*. Dites bonjour.

Elle s'adressait vraiment à lui comme une mère qui gronde son enfant préféré. Un fils prodigue.

— Voici le signor Mauberley dont vous connaissez, j'en suis certaine, les écrits.

De Broca leva les yeux et opina du chef. C'est tout. Puis il détourna immédiatement son regard.

— Cher Hugh, dit Isabella en me prenant le bras, voici le plus jeune génie d'Italie : Lorenzo de Broca.

— Oui. (Je tendis la main.) J'ai lu vos œuvres. C'est très beau.

De Broca avait des yeux bleus. Il était très maigre et phtisique sans doute. Il y avait quelque chose qui clochait dans la façon dont il se tenait et dont il respirait. Il semblait faire un effort épouvantable pour se tenir là, vivant.

Il regarda ma main et finit par sortir la sienne de sa poche. Cependant, au lieu de serrer la mienne, il se tourna vers Isabella, porta la main de celle-ci à ses lèvres et s'inclina.

— Baronessa.

— Le signor Mauberley et moi sommes ici depuis Noël. Et vous ?

— Je ne fais que passer, répondit le jeune homme. Je ne devrais même pas me trouver ici en ce moment.

— C'est donc vrai ? Vous étiez parti vous installer en Amérique ?

— Non, baronessa. J'étais parti vivre à Paris.

— Ah...

Il mentait et ça se voyait. Il n'était pas très habile pour dissimuler ce qui lui passait par la tête.

Après un long et embarrassant silence, il s'excusa et se dirigea vers le portique de l'hôtel. Mais tout d'un coup, il revint très lentement sur ses pas jusqu'à ce qu'il puisse — s'il l'avait voulu — nous toucher.

— Je suis désolé, dit-il. Je ne puis partir sans vous dire quelque chose qui me tient particulièrement à cœur.

Il s'exprimait en anglais alors que précédemment nous avions tous parlé en italien. Il se tourna vers moi et me parla droit dans les yeux. Je crus un instant qu'il allait me frapper. Mais il n'en fit rien. Il n'en avait pas besoin. Ses mots frappaient pour lui.

— J'étudie toujours vos livres, poursuivit-il. Je suis toujours un admirateur... de vos livres. Mais vous, je ne vous admire pas en ce moment, signor Mauberley. Pas du tout. Vous avez été un grand et généreux personnage. C'est ainsi que je vous ai perçu du temps où j'étais étudiant. Un génie. Vous avez maintenant laissé tomber la générosité et le génie que j'avais vus en vous ; tout à l'heure, quand je vous observais, j'étais en train de penser que vous jetiez vos paroles généreuses pour les briser en contrebas dans la vallée. Et je vous demande : pourquoi nous avez-vous quittés ? Pourquoi avez-vous renié votre personnalité ?

J'attendis, soufflé. Les doigts d'Isabella s'étaient resserrés sur mon bras. Je pensais à la marquise crachant sur les chaussures d'Hemingway : je savais que la colère de Broca était semblable à la sienne. Et je savais — chose qui m'ébranlait — qu'il me disait la vérité. Mais j'étais incapable de parler.

— Les ténèbres se sont abattues sur le monde entier maintenant, poursuivit de Broca. Et qu'êtes-vous devenu, vous dont chaque mot était une lumière ?

Il me regardait très durement. Tellement durement que je voulais désespérément regarder ailleurs. Mais je refusai de le faire. J'admirais ce jeune homme. J'avais lu sa poésie et j'en pensais le plus grand bien. Peu importait ce qu'il disait, je ne pouvais détourner mon regard. Ernest ne l'avait pas fait devant la marquise. Et ce, pour une raison. Si nous avions le courage de coucher des mots sur le papier, alors nous devions avoir assez de courage pour les voir se retourner contre nous.

— Votre compagnie en ces lieux ne m'enchante guère. (De Broca se détourna, incluant ainsi dans sa rancœur Isabella. Puis il me regarda de nouveau et ajouta :) Je suis désolé d'être votre ennemi. Mais je le suis.

Et il se retira.

La guerre, qui vit en ce moment ses dernières heures, commença dans le silence à l'aube du 1er septembre 1939.

Des soldats allongés dans un bois allemand regardaient en direction d'un champ polonais et tendaient l'oreille pour entendre le chant du coq. Et lorsqu'il chanta, les soldats se tournèrent les uns vers les autres et dirent : *On y va ?*

Quatre semaines plus tard, la Pologne était tombée.

« La Guerre » — comme toutes les autres — aura un début et une fin et dans les livres d'histoire ses dates seront inscrites entre parenthèses. La guerre n'est qu'un fracas — la puanteur de la mort, le spectacle, si répandu ou bref soit-il, de décombres — et une source de chagrin.

Après le chagrin : les éloges. Sur les décombres : les tombes. Après la puanteur de la mort : le parfum des fleurs. Après le fracas : un écho faiblissant. Toutes les boutiques ouvriront ensuite leurs portes et les premières pièces d'or tomberont. « *Une douzaine de cartes postales des monuments aux morts, s'il vous plaît. Celles en couleurs si possible.* » Avec tous les personnages taillés dans la pierre.

La guerre n'est que le lieu d'exil de nos plus beaux rêves.

Madrid, juin 1940

J'étais au Ritz sur la Gran Via.

Madrid, malgré ses cicatrices, était plus belle que jamais ; les Madrilènes cependant n'étaient pas aussi gais que dans mon souvenir. Sur tous les visages on pouvait lire, telle une rumeur qui courait les rues, une expression lasse et grave. Je suspectais qu'ils n'avaient pas encore décidé de la façon dont ils raconteraient leur histoire : de la façon dont ils relateraient ce qui leur était arrivé. Certains avaient choisi un bord ; la plupart avaient choisi l'autre. Ils devaient maintenant se réconcilier et apprendre à vivre ensemble dans un état de mutuelle victoire et défaite. Même si je ne les enviais pas, je ne pouvais m'empêcher de leur envier la fin de leurs combats. Le général Franco était victorieux. La vie pouvait reprendre son cours.

L'autre nouvelle concernait la défaite de la France. Madrid était envahie de réfugiés venant d'Antibes, de Nice et de Marseille. Un visage sur deux appartenait à un étranger.

Ils avaient en Espagne une habitude vraiment terrible qui consistait à annoncer les nouvelles dans les rues au moyen de haut-parleurs. Il était impossible d'y échapper. Les Anglais étaient à Dunkerque, les Allemands étaient sur le point d'envahir le Sud de l'Angleterre, le gouvernement français avait détalé et s'était embarqué à Bordeaux sur une flotte de navires menaçant de couler. Reynaud avait été déporté et remplacé par Pétain — une sorte de coup de folie assurément — ou une plaisanterie. Pétain avait quatre-vingt-trois ans. Bien sûr, Charles Eugène Bedaux serait dans son élément puisqu'il avait à la fois dans sa poche Pétain et son complice Laval.

Mais j'étais à Madrid avec Isabella. Wallis s'y trouvait aussi, en compagnie du duc.

Le cercle se referma autour de nous, bien qu'il ait toujours l'apparence d'un bracelet serti de diamants. Nous nous rencontrâmes trois ou quatre fois et nous eûmes l'occasion de raconter nos évasions et nos escapades. Nous buvions quantité de délicieux vins rouges et nous nous asseyions sur des balcons. Le duc avait les dents jaunes. On appelait alors Wallis Son Altesse Royale. Isabella installait un parasol pour nous protéger du soleil. Je portais mon premier costume blanc de l'année. Une nuit, Wallis nous raconta sa vie sans parler de la Chine. J'en fus très offensé. Le duc raconta ensuite la sienne sans évoquer l'abdication. Wallis en fut très contente. Ces récits néanmoins collaient à l'air du temps et à la devise que nous avions adoptée : *la vérité est désormais entre nos mains*.

Nous nous rencontrâmes ainsi à trois ou quatre reprises. Nous finîmes par connaître nos mensonges réciproques. Cet épisode prit fin soudainement. Le duc et Wallis furent obligés de s'absenter. Peut-être serait-il plus réaliste cependant de dire qu'ils furent rappelés. Ils devaient initialement se rendre à Lisbonne mais, du fait de nombreuses rumeurs évoquant d'autres destinations, il devenait impossible de dire où ils réapparaîtraient.

La veille de leur départ, on donna une réception; il devait y avoir au moins cent cinquante invités. C'était le beau-frère de Franco qui recevait. Il y avait un orchestre. Et trente valets de pied. Le duc d'Albe, cousin du duc de Windsor et aussi « britannique » que possible, assistait à la soirée. De même l'infant Alfonso, vêtu comme un cadet de l'armée de l'air, et qui se trouvait être également un cousin arborant les cheveux cuivrés d'un prince allemand. Les conséquences de l'inceste royal sont vraiment inquiétantes. Comment se fait-il que les Maisons Royales d'Europe n'ont pas été saignées à mort?

Mais en dehors de ces invités que j'ai cités, le plus prestigieux était von Ribbentrop. Nous ne nous étions jamais rencontrés et je fus surpris de constater à quel point sa présence me rendait nerveux.

Il y avait tellement de salutations, de poignées de main, de révérences et de « heil » que je me demandais où nous nous trouvions. Il était quasi impossible d'entendre un seul mot d'anglais bien que tout cela fût théoriquement organisé en l'honneur d'un roi anglais. Le « roi » lui-même parla allemand durant toute la soirée. Diplomatie oblige.

La réception empestait l'intrigue et le vin, et je savais au parfum même des vêtements et à la senteur âcre des bougies qui coulaient — il y en avait des milliers — ce que c'était que de se trouver en présence de César Borgia; je me demandais qui tomberait le premier sur un plat empoisonné.

Quelqu'un s'était affairé quelque part; Isabella et

moi devions partager la table de von Ribbentrop. Isabella semblait plus grande que jamais, sans doute parce qu'elle avait beaucoup maigri et parce qu'elle avait coiffé ses cheveux à la dernière mode, les ramenant vers le haut, ce qui avait pour effet de dégager sa nuque. Elle était vêtue de blanc, comme nombre de femmes, avec des bijoux sur la poitrine dont chacune des facettes captait toutes les lueurs vacillantes des bougies. Elle avait aussi un éventail dont elle se servait. C'était l'été le plus chaud qu'avait connu Madrid depuis les trente dernières années et la nuit de cette réception fut la plus chaude du mois.

Von Ribbentrop portait le plus blanc de ses uniformes avec, cousu à la manche, un globe d'argent surmonté d'ailes d'aigles. Je ne pouvais m'empêcher de penser au Palazzo d'Aquila d'Isabella où l'on voyait, sur les murs écaillés, des aigles adorés par une foule médiévale de princes.

On entendit un bruissement. Et un murmure.

Tout le monde se retourna. Même les bougies brûlèrent dans une nouvelle direction. Tous les regards étaient pointés. Tout le monde se tut.

Le duc de Windsor se tenait, seul, dans l'encadrement de la porte. Il souriait comme un jeune garçon. Nous nous inclinâmes et fîmes la révérence. Tous cependant se posaient la même question : où était-*elle* ?

Le duc était pâle. Il avait toujours la même chevelure entièrement tissée d'or et ses yeux, bien que leur éclat fût terni par une fatigue tout à fait normale, avaient toujours cette nuance magique de bleu pour laquelle on aurait pu penser qu'il avait déposé un brevet.

Nous nous levâmes, toujours en lui faisant face.

Ensuite, à l'image de quelqu'un qui coupe un ruban ou dévoile une peinture sur un mur, le duc de Windsor fit un geste de magicien avec sa main, la paume ouverte vers le plafond, comme si Wallis pouvait apparaître par magie, suivant sa ligne de cœur ou sa ligne de vie. Tout le monde regarda vers le haut.

Elle était là : resplendissante. Wallis descendit dans une cage de verre et d'or.

Elle avait un chignon très recherché — je n'en avais jamais vu de semblable — que maintenaient en place de meurtrières épingles ; son corps était gainé d'une soie bleu ciel sur laquelle elle portait une tunique de mandarin où était brodé un vol d'oiseau. Sa cage était en fait un ascenseur ciselé d'or dont les parois et le fond étaient de verre ; il descendit sans un bruit, comme un flocon de neige. Tandis qu'elle descendait, son regard était triomphant. Quelque chose en elle m'effraya.

Isabella était assise entre von Ribbentrop et moi. Le cuisinier s'était surpassé : notre repas était composé de saumon ; de gelinotte et de faisan ; d'un cochon de lait rôti ; d'oignons et d'oranges marinés ; d'un aspic de truffes garni de branches de cresson et de feuilles de coriandre ; de café et d'une crème renversée au caramel que les Anglais appellent une crème espagnole ; d'une eau glacée au citron vert — pour le plus grand plaisir d'Isabella — et pour finir une multitude de noix et d'oranges disposées dans une myriade de coupes en argent. Puis, sans tenir compte de l'effroyable étiquette qui veut que les hommes soient séparés des femmes, on sortit la poudre à priser des tabatières, les cigares et le madère du duc circula sur les tables tandis que les invités avaient tout loisir de se lever, de se mélanger et de s'asseoir suivant de nouvelles combinaisons. Le marquis de Estella avait fait signe à Isabella de venir le voir et Wallis vint s'asseoir à sa place, entre von Ribbentrop et moi.

Je surpris cette nuit-là une conversation entre eux deux qui faillit me faire décoller de ma chaise.

En 1936, j'avais écrit dans le *Daily Mail* : « *Ce dont nous avons besoin maintenant, c'est d'un nouveau type de chef — quelqu'un qui serait comme un étendard et dont la présence même nous ferait lever. Pas un Mussolini, qui nous fait peur. Pas un Hitler qui nous met à genoux. Mais un emblème dont le magnétisme nous attire vers le haut.* » J'allais maintenant apprendre combien mes mots exprimaient bien les intentions de la cabale. Nous étions dans la pièce même où se trouvait le chef qui avait été choisi. Ainsi que sa femme.

Voilà l'histoire telle qu'elle n'est jamais écrite, pensai-je. Un jour lointain, un respectable érudit, beaucoup trop circonspect dans ses recherches, considérera le passé à travers les lunettes déformantes d'une douzaine d'autres « historiens » et couchera par écrit cet instant sur le papier. Et il se trompera. Car il ignorera que l'histoire se fait dans l'euphorie du moment et que sa formation est toute fortuite. Au cœur de tout ce qui agite le monde, il suffit qu'une simple parole soit saisie au vol et traduite en actes. Dans l'histoire, la part des impulsions est plus importante que nous n'osons le reconnaître. Oui, ils se tromperont. Ils écriront que Wallis a créé son univers dans les six jours prévus — seule, comme le Dieu Tout-Puissant. Et que, au septième jour, elle se reposa, toujours seule. Ce n'est pas ainsi que ça se passa.

Si ce que je veux dire n'est pas encore clair, alors

pensez que Dieu Lui-même a été créé par un autre être qui un jour lui a chuchoté à l'oreille : « Commence. »

Von Ribbentrop transpirait. Ses yeux étaient gris et trompeusement calmes. Ses lèvres étaient très sensuelles. Humides. Ses mains n'arrêtaient pas de bouger. Ses cheveux blonds éclaircis. La fente de son menton très profonde. Ses manières hautaines ; sexuellement intimidant, attentif, souriant. Il laissait poindre la promesse d'un vice secret.

J'entendis parler de ce que « Son Altesse Royale avait tragiquement perdu. »

Wallis regardait la table. Oui.

Von Ribbentrop rapprocha un peu sa main de la nappe en la déplaçant latéralement, comme un crabe. Je n'avais jamais vu de doigts aussi gros. J'étais ensorcelé et me demandais s'il oserait la toucher.

— Les choses vont vraiment bien pour nous en ce moment, dit-il en parlant des Allemands et de la guerre. Beaucoup, beaucoup de royaumes tombent dans notre giron. Ainsi que des couronnes.

Wallis leva alors les yeux vers lui. Et elle sourit.

— Excepté la couronne d'Angleterre, Excellence, fit-elle remarquer. Je crois qu'elle est tombée dans un autre giron que le vôtre. Un giron plutôt cagneux, pour autant que je m'en souvienne.

Von Ribbentrop sourit et haussa les épaules.

— Il existe d'autres couronnes en dehors de celle que porte votre belle-sœur. Cela ne signifie pas que cette couronne anglaise est perdue à tout jamais. Cependant... Votre Altesse Royale ne comprend peut-être pas qu'il est d'autres couronnes qui n'ont pas encore été portées.

Von Ribbentrop détourna les yeux. Toute la salle étincelait sous les lumières. Il était en train d'attirer son attention vers le cercle dont elle était le centre.

— Vous avez eu beaucoup de succès ces dernières années, dit-il. Tous ces gens vous admirent, alors qu'autrefois nombre d'entre eux vous méprisaient.

Wallis se calma. C'était vrai. Toutes les personnes présentes dans cette salle lui avaient baisé la main. Sauf l'Infant d'Espagne, qui n'en avait pas besoin — pas encore du moins.

— Combien de temps pensez-vous que nous devrons attendre? demanda-t-elle.

— Est-ce important? demanda von Ribbentrop. Nous ne devons pas être trop inquiets. Après tout, nous sommes maintenant les maîtres du temps. C'est la suite des événements qui importe. Soyez patiente, madame. N'anticipez jamais l'événement. Soyez patiente. Nous avons le temps. *Attendez*.

Wallis leva ses doigts. Ne sachant où poser son regard, elle observa ses mains et fit tourner ses bagues. Je pouvais la sentir frémir tandis qu'elle caressait son poignet, ses veines, son pouls. Ses yeux croisèrent alors les miens par hasard; elle déglutit d'une façon peu discrète et détourna son regard vers son mari.

Von Ribbentrop regardait déjà le duc qui devait avoir repéré notre groupe car il se retourna et fit un signe dans notre direction. Wallis lui adressa un sourire éclatant.

C'est ainsi que, par hasard, je donnai un nom à notre entreprise. Lors de cette discussion où l'on avait parlé d'« attente » et de « patience », je suppose que quelque chose s'était mis en place, aussi lorsque Wallis sourit au duc, il se produisit un déclic. C'était la

Couronne qu'elle avait épousée — nous le savions tous — mais elle lui avait filé sous le nez. Et pendant très longtemps, elle avait complètement disparu. Wallis pouvait cependant l'apercevoir à nouveau — certes, elle était loin mais elle était en vue.

— Vous êtes vraiment comme Pénélope, dis-je en plaisantant. Vous avez eu quantité de prétendants — y compris moi — et vous les avez tous repoussés. En fait, vous attendez toujours que le grand amour de votre vie revienne. Ce n'est pas Ulysse, naturellement...

Wallis se mit à rire et tendit le bras pour tapoter gentiment ma main.

— Il a raison, vous savez, dit-elle à von Ribbentrop. J'attends toujours.

Von Ribbentrop ne semblait pas avoir entendu précisément ce que nous avions dit.

— Ça me plaît beaucoup, fit-elle observer. Nous le prendrons comme *nom de guerre. Pénélope.* D'accord?

D'accord.

Nous étions donc assis là : von Ribbentrop, moi et Wallis. Trois chats efflanqués et un bol de crème. La Couronne.

— Notre devise, ajouta von Ribbentrop, sera : « *Nous attendons.* »

Madrid ressemblait à une pièce vide. Von Ribbentrop était parti; le duc et Wallis également. On avait rangé les pâles robes longues, les rangs de perles, les médailles et les décorations dans des coffres-forts, des tiroirs ou des placards. Le corps diplomatique était retourné à ses bureaux et à ses intrigues; la police secrète vaquait à ses affaires, filtrant et interrogeant les réfugiés venus de France. Il faisait une chaleur étouffante. Dans les rues, les feuilles des arbres qui avaient survécu aux années de siège de Madrid viraient au brun et tombaient dans les caniveaux. Il y avait même des nuages — mais jamais de pluie. On aurait dit un faux automne. Seulement, nous étions en juillet.

Isabella et moi restâmes environ trois semaines au Ritz. Elle disait avoir des « affaires » à conclure. Mais j'étais exclu de tout cela — ce qui me laissait le temps de me faire du souci pour Wallis et le duc. Un jour, je demandai de but en blanc à Isabella ce qu'étaient ses affaires. Naturellement, cela ne me regardait pas mais ses absences plus ou moins répétées avaient commencé à me taper sur les nerfs. Par exemple, qui allait-elle avoir quand elle quittait l'hôtel?

— Cela ne vous intéresserait pas de le savoir, répondit-elle.

— Mais si, Isabella, ça m'intéresse vraiment. C'est pour cette raison que je vous le demande.

— Vous ne connaissez même pas cet homme.

— Nom d'un chien, vu la façon dont vous vous magnez le train pour partir d'ici tous les matins... Qui est-ce? Un amant latin?

— Me magner le train? dit-elle.

— Ce n'est qu'une expression, n'essayez pas de changer de sujet de conversation.

— Si vous me dites ce que ça signifie, je vous dirai où je vais.

— Se magner le train veut dire se dépêcher, rétorquai-je vivement. En d'autres termes, vous ne pouvez pas attendre.

Elle haussa les épaules.

— Si, je le pourrais, dit-elle, mais lui ne peut pas.
— Qui ça?
— Le marquis de Estella.
Elle détourna les yeux et regarda par la fenêtre.
— Mais c'est un personnage répugnant, dis-je. Il n'est pas possible que vous ayez une intrigue avec un tel personnage. Je... (J'allais dire : « Je ne le permettrais pas », mais je me rattrapai à temps.) Bon, au moins je sais maintenant à qui appartient cette Mercedes dans laquelle vous montez tous les matins. Mon Dieu, mon Dieu. Le marquis de Estella. De tous les hommes de Madrid...

Isabella observait sur la Gran Via les arbres morts, les soldats assis dans les *cantinas* en train de boire du vin, les files de voitures françaises couvertes de poussière qui déversaient devant l'hôtel un flot de réfugiés hâlés en provenance de Biarritz.

— De tous les hommes de Madrid, enchaîna-t-elle sans se retourner, c'est celui qui peut le plus m'aider.
— Merci, dis-je. Quelle nouvelle. Charmant.
— Oh... dit-elle. (Et elle se retourna, un sourire aux lèvres.) N'allez pas croire qu'il s'agit d'une histoire d'amour. C'est ridicule. Il faut cependant reconnaître que vous êtes allé un peu trop loin en disant que c'était un individu répugnant.

J'attendis.

— C'est politique alors? demandai-je. La cabale?

Isabelle traversa la pièce et ramassa une paire de longs gants blancs. Elle allait le retrouver.

— Je ne serai pas longue, dit-elle. Et si cela peut vous rassurer, sachez que je pense ne plus le revoir après ça.

Elle se dirigea vers la porte.

— Vous n'avez pas répondu à ma question, fis-je

remarquer. N'y a-t-il pas quelque chose que je devrais savoir ? Je veux dire, est-ce que cela a un rapport avec la cabale ?

Isabella tira la voilette de son chapeau sur son visage.

— Je vous jure que le marquis de Estella n'est pas l'un des *nôtres*.

— Alors, pourquoi ?

— Parce qu'il peut m'aider, répondit-elle. Vous devrez vous contenter de cette réponse. Maintenant, si vous le permettez, je dois me magner le train pour aller à la voiture.

Et elle partit. Le chapitre sur le marquis de Estella était clos. Elle n'en parla plus jamais. Lorsqu'elle revint cet après-midi-là, elle évoqua presque exclusivement le repos prolongé que nous pourrions prendre dans quelques jours au Palazzo d'Aquila. Venise nous appelait. Nous y séjournerions durant tout le mois d'août.

Une fois les Windsor partis au Portugal, je ne cessai de me demander quels étaient les plans de von Ribbentrop à leur égard. Je ne pouvais oublier la vive impression qu'il avait produite sur Isabella et moi. Mais von Ribbentrop, outre cette impression, avait engendré autre chose chez Isabella et elle m'en parla un soir devant des plateaux de clams et de calmars que l'on faisait spécialement venir de la côte pour les pensionnaires du Ritz. Elle me déclara qu'elle avait pu voir von Ribbentrop tête à tête pendant un certain temps la veille de son départ pour Berlin, ce que je n'avais pas su. J'ignore pourquoi, mais cela me troubla. Cela avait aussi troublé Isabella.

— Est-ce que Son Excellence a parlé du proche

avenir? demandai-je en pensant à Wallis et au duc. Est-ce qu'il a dit ce qu'il allait se passer prochainement?

Isabella sembla sur le point de répondre « oui » à ma question. Mais elle dit : « Non. » Elle m'invita d'un signe de la main à lui servir un autre verre de vin.

— Nous avons surtout parlé de votre amie la duchesse et de son ambition. « Sans ambition personnelle, a dit von Ribbentrop, on ne saurait faire preuve d'audace. Et en ce moment, nous avons besoin de toute l'audace possible et imaginable. »

Isabella ajouta :

— Pour ce qui est de l'audace, je peux comprendre. Mais vous ne croyez pas que l'ambition est une maladie?

Si je songeais à ma mère, dont l'ambition avait provoqué la chute, je savais que la réponse à cette question était affirmative. Mais je ne pouvais pas le dire à Isabella. Je voulais que pour une fois elle sente que le monde dans lequel nous évoluions était sûr et qu'il ne fallait pas qu'elle soit constamment effrayée. Je dis donc :

— C'est parfois la seule ambition qui nous maintient en vie.

Isabella s'attendait à une réponse de ce genre et elle dit :

— L'unique espèce d'ambition qui nous maintient en vie appartient à une espèce qui tue. (Elle sourit alors et ajouta :) Vous qui venez d'Amérique vous ne savez pas ça?

Je ris — soulagé autant par le fait qu'elle ait souri que par ce qu'elle avait dit.

Nous parlâmes ensuite du mois que nous allions passer à Venise.

Mais les choses ne se passèrent pas ainsi.

Le lendemain matin, lorsque je traversai le couloir pour aller la chercher, elle était partie. Il ne restait aucune trace de son passage. Le personnel de l'hôtel était vraiment gêné. Personne ne savait ni où ni quand elle était partie — cela avait dû sans doute se passer après minuit, au moment où nous nous étions quittés.

Je ne la revis jamais.

Mais je trouvai quelque chose. Sur son bureau, il y avait un fin mouchoir de dentelle, soigneusement plié et placé sous une bouteille vide de calvados. Et dans la corbeille à papier, des traces de feu.

Cela se passait le 20 juillet. Ce n'est pas avant le mois d'octobre suivant que j'allais pouvoir comprendre le sens de sa disparition.

Berlin, juillet 1940

Le mercredi 10 juillet, le commandant Walter Schellenberg quitta les bureaux du *Reichssicherheitshauptamt* (plus connu sous le nom de R.S.H.A.) sur la Prinz Albrechtstrasse à Berlin pour se faire conduire à un aérodrome militaire situé à la périphérie de la ville. Il était vraiment habillé comme quelqu'un qui part en vacances. Il portait des bagages très chic — une valise et un sac Gladstone — et il avait très soigneusement choisi ses vêtements : un costume de coton mal taillé et un panama qui aurait eu besoin d'un nettoyage. Il partait pour Madrid. Alors qu'il faisait un signe de la tête en guise d'au revoir au sergent S.S. qui l'avait conduit là, il fit un beau sourire enjôleur et dit :

— Il faudra que vous soyez prêt à aller faire un petit tour chez les tailleurs quand je reviendrai, Keppel. Ce commandant que vous voyez partir reviendra à coup sûr avec les galons de colonel.

Keppel salua et il monta dans le Junkers-88 qui devait le mener à Madrid.

Tandis que l'avion piquait à l'ouest vers la France puis au sud en direction des Pyrénées et de l'Espagne, le commandant se laissa bercer par le ronronnement des moteurs. Il partait exécuter des ordres transmis par le Führer lui-même — il ne faisait aucun doute que si Schellenberg réussissait, il réaliserait le *coup* de la décennie.

Schellenberg pensa aux conséquences — vraiment excellentes pour sa carrière. Himmler, qui faisait indubitablement grand cas de lui, devait trembler en voyant la vitesse à laquelle Schellenberg montait en grade. Il était le *Wunderkind* du coin et chacun de ses exploits lui avait valu du grade et des décorations. De plus, il s'arrangeait pour être craint.

Il songea ensuite à ce que l'exploit qu'il allait réaliser ferait pour la réputation de l'Albrechtstrasse et combien von Ribbentrop et tout son gang de la Wilhelmstrasse seraient furieux. La « guerre » entre le Bureau central de sécurité placé sous l'autorité de Himmler et le ministère des Affaires étrangères avec à sa tête von Ribbentrop mettait un jeu des intérêts suprêmes. Le service qui marquerait le plus grand nombre de points dans cette guerre n'en tirerait que davantage de mérites aux yeux d'Hitler. Et le chef « victorieux » irait siéger à la droite d'Hitler. Schellenberg voulait que Himmler occupe ce poste, surtout dans la mesure où un jour il deviendrait S.S. Führer à la place de Himmler.

En dernier lieu, la mise en scène de la mission lui procurerait probablement le plus grand des plaisirs.

Schellenberg n'avait pas seulement du talent pour exécuter ce type de travail — il vivait pour ça.

Il sortit ses listes de contrôle et entérina les ultimes détails. Il resterait trois jours en Espagne, s'assurerait de tous ses contacts et notamment du marquis, puis il s'envolerait pour Lisbonne où il mettrait en branle le mécanisme nécessaire.

Schellenberg commença à manger le papier pelure sur lequel avaient été écrites les instructions. Von Ribbentrop et la Wilhelmstrasse ressentiraient un sacré choc quand ils verraient que l'Albrechtstrasse les avait encore roulés. Et ce, grâce au commandant Walter — non au *colonel* Walter — Schellenberg dont le travail allait consister à enlever le duc et la duchesse de Windsor pour les ramener en Espagne.

Portugal, juillet 1940

Les fleurs du commandant Schellenberg arrivèrent en fin de soirée. Le soleil n'était pas couché ; les étoiles ne s'étaient pas levées ; mais au-delà de l'Estoril la mer était sombre et les fenêtres de la ville exposées à l'ouest semblaient en feu. En haut de la colline, la musique d'un gramophone flottait sur une terrasse :

> *... Though my world may go awry*
> *In my heart will ever lie*
> *Just the echo of a sigh,*
> *Goodbye...*

C'était l'heure de l'apéritif et le bruit des glaçons dans les verres indiquait qu'il y avait au moins un Américain à la villa Cascais.

Plusieurs voitures étaient garées dans la cour dont une Mercedes blindée, une Buick qui avait beaucoup roulé et une Renault à châssis surbaissé. Malgré l'heure avancée, un chauffeur espagnol en bras de chemise astiquait la Mercedes. Le revolver qu'il portait à la ceinture n'était en rien surprenant. Tout le monde venait à la villa Cascais armé. C'était une précaution visant à se prémunir aussi bien contre les trahisons de l'époque que contre les intrigues de la maison. Cela se passait le 27 juillet — un samedi — et la villa Cascais, bien que située dans le Portugal neutre, avait été transformée en forteresse du fait de la présence du duc de Windsor et de sa duchesse de Baltimore.

Quant aux fleurs, le bouquet placé dans une boîte fut apporté sur la colline par une enfant qui s'appelait Maria da Gama. Elle avait été soigneusement choisie. Elle avait dix ans, était paysanne et ne savait ni lire ni écrire. Contrairement à d'autres gens, elle n'eut aucun problème pour franchir le portail où veillait un garde. Il se trouvait en effet que sa sœur était la *novia*, la fiancée, du gardien de service et que Maria leur servait souvent de messagère.

La fille ignorait ce qu'elle était en train de faire. Elle devait porter une boîte de fleurs sur la colline et la remettre à l'entrée. Tout irait bien. Quant à Maria, elle pourrait peut-être entr'apercevoir l'ex-roi d'Angleterre. Elle pourrait peut-être même voir aussi la fameuse prostituée américaine dont tout le monde disait qu'elle avait mis le grappin sur le roi parce qu'elle savait faire l'amour d'une façon que les gens ordinaires de la ville ignoraient. Lady Simpson n'avait-elle pas séjourné de nombreuses années en Orient ? N'était-elle pas revenue avec une potion qui, lorsqu'on l'appliquait sur les cuisses, transformait les hommes en centaures ? Et n'était-il pas vrai que le roi portait une jupe appelée kilt destinée à masquer la transformation de la partie inférieure de son corps... ?

Le gardien et Maria échangèrent les plaisanteries habituelles et on l'autorisa à franchir le portail pour pénétrer dans la cour.

Lorsqu'elle passa près du chauffeur, Maria ne fut étonnée ni par le revolver ni par le fait qu'on astiquait la voiture. Elle chercha des empreintes de sabots dans les massifs de fleurs et essaya d'entendre des cris de centaure. Elle ne vit que des dahlias. Elle n'entendit que Noël Coward. « *Just the echo of a sigh...* »

Elle traversa le gravier et parvint à la porte. Elle regarda de tous les côtés pour essayer de voir à travers les fenêtres. Elle ne vit rien, à l'exception d'une main humaine qui appuyait ses doigts contre la vitre. Pas le moindre signe d'un fringant centaure. Elle finit par tirer la chaîne de la sonnette. Elle entendit au loin des pas qui s'approchaient — bien trop rapides et humains : on aurait dit que c'était la *policia* qui venait répondre.

La porte s'ouvrit. Maria vit un grand hall inondé de lumière où étaient accrochées des peintures et avec un grand escalier. Le hall était tellement vaste que toute la maison de son père aurait pu y entrer.

— *Sim?* demanda une voix masculine.

Le moment était venu pour elle de dire son laïus. Maria avala sa salive et dit :

— *Flores. Para a duquesa, faz favor.*

Elle s'exprima exactement comme on le lui avait recommandé. Ensuite, toujours en respectant les instructions, elle tendit la boîte de fleurs au personnage inconnu et s'enfuit. On ne devait pas l'interroger une fois la boîte remise. C'était la dernière recommandation. Personne ne devait savoir qui la lui avait donnée. Le déroulement de l'opération avait été garanti par un bon paquet d'escudos. On lui en avait déjà donné une partie ; le reste attendait son retour au pied de la colline. Aussi, bien qu'elle fût très déçue de n'avoir vu ni le roi en kilt, ni ses cuisses de centaure, ni la lady Simpson avec sa potion orientale, Maria traversa les graviers et franchit le portail à toute vitesse.

La villa Cascais était la résidence d'été du Dr Ricardo de Espirito Santo e Silva, l'un des plus riches et des plus influents banquiers du Portugal. Prenant en compte des « considérations » qu'il refusait de dévoiler, le Dr Ricardo avait accepté de jouer le rôle de l'hôte pour le duc et la duchesse de Windsor.

Ce n'étaient pas des invités très agréables à recevoir. Pour commencer, comme ils ne pouvaient aller en quelque endroit que ce soit sans être reconnus, ils devaient rester dans les limites de la propriété.

La villa, en stuc rose crénelé, incarnait l'esprit même de la décadence ibérique. Elle était entourée de jardins en terrasse et d'épais murs de pierre. La duchesse n'avait jamais aimé la réclusion et elle détestait la villa Cascais. Dans son enceinte, toute gentillesse — y compris la généreuse hospitalité du Dr Ricardo — devait être contrebalancée par une éventuelle tromperie. Le plus élémentaire des gestes pouvait porter en lui les graines de la perfidie. On ne savait plus où s'arrêtait et où commençait la trahison. Partout les loyautés s'effritaient et s'estompaient.

La France était vaincue ; et la Hollande, la Norvège, la Belgique, le Danemark, le Luxembourg. La bataille de Dunkerque avait décimé, désarmé et affaibli l'armée anglaise. L'Italie avait « poignardé son voisin dans le dos » et était maintenant en guerre contre la France et l'Angleterre. Les Anglais s'étaient retournés contre les Français lorsqu'ils avaient essayé de détruire leur flotte à Oran en Afrique du Nord et les Français s'étaient retournés contre eux-mêmes en installant le gouvernement de Pétain à Vichy. Winston Churchill, nommé Premier ministre d'Angleterre, s'était retourné contre les Windsor. Il avait jadis été leur ami, leur allié, et il était dorénavant du même bord que leur ennemie la reine, refusant de reconnaître à la duchesse ses titres légitimes et menaçant de lui imposer un exil permanent.

A la villa Cascais, la « Lady Simpson » ignorait ce que son mari mijotait. Le soir, il n'allait pas toujours se coucher en même temps qu'elle et il restait traîner dans le salon, qu'il fût seul ou non. Parfois, elle l'entendait crier — sa voix prenait alors un singulier ton de fausset — au téléphone contre un invisible adversaire : probablement l'ambassadeur d'Angleterre. Peut-être Churchil lui-même. Ou le roi — Dieu seul savait. Elle le voyait de sa fenêtre, penché vers la terrasse, perdu dans ses pensées. Son cœur se serrait quand elle observait son ombre ténue. La forme de son crâne et sa carrure laissaient penser qu'il n'était qu'un enfant, jusqu'au moment où l'on voyait ses yeux. La lumière de ses yeux ne brillait plus. Comme si on l'avait éteinte. La duchesse savait qu'elle occupait le centre de sa vie. Sa sagesse, ses conseils, sa présence étaient autant d'aliments dont il se nourrissait : dont il *festoyait* chaque fois que l'opinion publique s'en prenait à eux. En ce moment, il lui tournait le dos et elle ne voyait que ses vêtements — avec personne à l'intérieur. Une coquille vide. Maintenant on savait aussi qu'il y avait, pour une certaine raison, des secrets. Le duc disait qu'il s'agissait de choses n'ayant que « peu ou pas d'importance ». Elle en savait plus long que ça. Elle avait tant de secrets à elle.

Elle était de plus en plus effrayée. Le mois de juillet avait été un enfer. Il avait fait très chaud. Il n'était pas tombé une goutte d'eau pendant trois semaines, mais lorsque vint la pluie elle tomba à pleins seaux. Le temps fut humide après cela. Des coulées rouges dégoulinaient du stuc qui firent mourir les roses. La consommation de gin, de cognac et de madère alla croissant. Le mascara du duc coulait à flots. Tous les matins, on retrouvait les coiffeuses couvertes de moustiques englués de cold-cream, leurs cadavres blanchis par le talc. Des mouches enivrées rampaient sur les bords des verres de martini et tombaient par terre sur le dos, euphoriques et extatiques. Heureuses mouches, pensa la duchesse en les regardant tournoyer; il était bien plus de minuit et elle était entrée prendre ses comprimés. Heureuses, heureuses mouches — quelqu'un va rapidement vous écraser par pitié, vous envelopper dans du papier toilette et va vous faire disparaître dans les égouts. Et elle avait attendu en se regardant, les poignets sous un robinet d'eau froide qui donnait de l'eau tiède. Personne n'avait vu son visage tel qu'il apparaissait dans son miroir. C'était son visage de minuit, celui qu'elle imaginait surtout. Son véritable visage — celui dont la peau était tirée et maquillée — était le seul qu'elle montrait aux autres et au monde. Mais *celui-ci*, se dit-elle en l'observant dans le miroir, était le visage de Pénélope — qui attend.

Quant à son mari, elle doutait de son bon sens. Elle

l'avait toujours fait, bien sûr. Mais elle avait toujours été présente dans le passé. Elle l'avait abandonné une seule fois en période de crise lorsqu'elle s'était enfuie pour le Sud de la France au cours de l'automne 1936. Un mois ne s'était pas écoulé qu'il avait abdiqué. Maintenant, il fuyait et elle n'avait aucune idée de l'endroit où il allait. Elle savait seulement qu'elle devait l'empêcher de fuir. Alors elle attendait, effrayée, en se tenant toujours à l'écart. Elle mettait son gramophone, buvait du gin, écrivait quantité de lettres — qu'elle rangeait toutes dans un tiroir. Au début, elle adressait des lettres à son mari. « Où vas-tu... et pourquoi ? » Puis elle découvrit avec horreur qu'elle avait commencé à écrire à des gens qu'elle ne connaissait pas du tout. « Chère Greta Garbo... Pourquoi n'écrivez-vous pas ? » « Chère Deanna Durbin... S'il vous plaît. » Elle prit ses comprimés. Elle se regarda dans le miroir. Et pria.

Elle ne pouvait vraiment parler à personne de son mari et ce fut à cette époque qu'elle eut la première de ses attaques qui allaient se répéter dans les années à venir. Les signes extérieurs étaient à peine perceptibles : elle hésitait légèrement dans le choix de ses mots et avait un nerf paralysé sous l'œil gauche. Elle avait perdu à tout jamais ses souvenirs d'un havre paisible, des Blue Ridge Mountains de Virginie, de la douce voix de ses tantes qui disaient : « Rentre à la maison... », et de la musique de son premier bal : « Dites donc ! Elle a beaucoup de cavaliers Bessie Wallis... Une douzaine de prétendants au moins... » Tout avait disparu. Cette attaque ne donna même pas lieu à un diagnostic. On pensa simplement qu'elle se repliait sur elle-même.

La boîte contenant les fleurs avait atteint la cage

d'escalier : elle était portée par une femme très brune, une Espagnole, qui s'appelait Estrade. Celle-ci était *secretária temporaria* auprès de la duchesse et avait fait son entrée dans la maison deux semaines avant l'arrivée des Windsor par un chaud après-midi où le Dr Ricardo avait fort heureusement le dos tourné. Elle allait monter aux appartements des Windsor lorsqu'elle vit sa nouvelle maîtresse au bout du vestibule qui se dirigeait vers les terrasses. C'est le bruit de la glace dans le verre de lady Simpson qui attira l'attention de la *secretária*.
— *Duquesa...?*
— Oui.
— On a li-vré cela pour votre Al-tesse.
— Des fleurs?
— *Si, Duquesa*.

Ni la duchesse, ni Estrade n'avaient bougé. Chacune voyait l'autre qui se tenait au bout du long et frais vestibule. L'une tenait une boîte de fleurs, l'autre un verre de gin avec de la glace. L'une avait théoriquement le pouvoir de commander à l'autre, mais pendant un court moment ce ne fut pas évident. Voilà ce que la duchesse craignait chez Estrade : la menace qui résidait dans le silence précédant la réponse : les perspectives mortelles qu'exprimait son regard terne et noir. Estrade ressemblait à certains de ces chiens dressés pour tuer. Il se produisit une insolente rupture — un manquement à l'obéissance — avant qu'elle ne se décide à s'avancer vers sa maîtresse. La duchesse prit le taureau par les cornes.

— Vous êtes bien aimable d'avoir pris ce risque, Estrade. Merci. S'il y avait eu une bombe à l'intérieur, je suis sûre qu'elle aurait déjà explosé.

Elle vit qu'il y avait un petit mot. Le coin de l'enveloppe dépassait des feuilles de roses.

Elle prit une respiration. Elle fit tourner ses bagues. Elle devait faire montre de courage. *Noblesse oblige* — bon sang.

— On dirait qu'il y a un mot, dit-elle.

Et elle le tira vivement, comme quelqu'un qui arrache une mauvaise herbe.

Il ne se passa rien. Les fleurs n'explosèrent pas. La boîte ne s'enflamma pas. Ses mains étaient intactes. Elle rit.

Estrade ne rit pas. Pour quelques-uns peut-être, la survie ne prête pas à rire.

— Mettez-les dans un grand vase, dit la duchesse qui s'éventa avec l'enveloppe et ramassa son verre de gin. Elles ont de si jolies tiges, nous pourrions essayer de les mettre en valeur. Enlevez les roses, je ne veux pas les voir. (La duchesse de Windsor détestait les roses.)

Estrade s'en alla. Elle se dirigea vers l'escalier en faisant claquer ses talons et la duchesse l'entendit monter jusqu'au deuxième étage. « Peut-être y aura-t-il du poison sur les épines », pensa-t-elle.

Elle lut attentivement le petit mot. Une fois. Puis deux. Puis trois. La brutale simplicité de son texte n'en était que davantage accrue dans la mesure où le message avait été formulé par une personne dont les connaissances en anglais étaient rudimentaires et conventionnelles. C'était écrit dans un style dictionnaire ou Agence Cook tout à fait direct et guindé. *Danger, méfiez-vous de vos amis britanniques*, lut-elle. *Quelqu'un qui tient vos intérêts à cœur*. C'était tout.

Cascais se trouve à l'ouest de Lisbonne et au sud de la Costa de Roca. Le sable des plages a une couleur rougeâtre, magenta. Les rochers sont dangereux. Ce n'est vraiment pas l'endroit idéal où débarquer quand on vient du large. Pourtant, dans la nuit du 27 juillet, un petit canot pneumatique se dirigeait vers le rivage, bien décidé à atteindre sa destination. Le vent s'était levé, une tempête se préparait, le dinghy était surchargé et aucun de ses sept occupants ne connaissait la côte dont ils approchaient. Ils avaient de plus le courant contre eux.

Derrière eux se dessinait dans le crépuscule la forme d'un avion militaire, moteurs coupés, tous feux éteints. Il n'arborait aucun insigne. A la lumière du jour, vu d'en haut, il avait cette pâle couleur métallique d'une mer d'hiver. Son armement était invisible. Cet avion militaire et étranger qui croisait dans des eaux neutres défiait toutes les règles de la guerre. Le voyage avait été décidé soudainement et en grande hâte. Deux jours avant le départ, une telle expédition était tellement éloignée des préoccupations du moment qu'elle n'avait fourni que matière à cauchemars. En ce moment, des hommes tout juste capables de canoter sur l'Isis ramaient en direction de la côte contre le reflux de l'Atlantique. Des hommes dont les précédentes aventures se limitaient à de petits vols et à des séjours à Paris, et qui se dirigeaient vers un rendez-vous placé sous le signe du meurtre et de l'enlèvement.

La nuit tomba. La tempête se leva. Il se mit à pleuvoir.

L'invité de la soirée à la villa Cascais était l'Espagnol Miguel de Rivera, marquis de Estella : un héros phalangiste du front catalan, fils d'un ancien dictateur espagnol. C'était un vieil ami du duc et ils avaient souvent chassé ensemble à l'époque heureuse de leur célibat. Il était petit, brun, sec — « une boule de nerfs », comme disait la duchesse. Il avait un rire perçant dont les brefs éclats faisaient penser à ceux d'une poupée manipulée par un ventriloque. Il était par ailleurs gracieux et athlétique. C'était un bon boxeur et il avait été l'un des meilleurs cavaliers européens. On prétendait que sa bravoure sur le front catalan — front par lequel les franquistes firent tomber Madrid en mars 1939 — résultait de l'incendie de ses haras par des républicains affamés qui tuèrent et mangèrent les chevaux. De Estella, dit-on, perdit la raison pendant des jours et c'est alors qu'il réalisa tant d'audacieux exploits qu'il devint un personnage de légende. Beaucoup le croyaient invincible car on l'avait vu s'exposer au feu de l'ennemi sans qu'il fût blessé. La duchesse de Windsor le détestait vivement. Il s'efforçait, et ce pour son plus grand chagrin à elle, de conduire son mari sur les sentiers d'une mémoire dont elle était exclue. La plupart de ses souvenirs tournaient autour de « la mise à mort ».

Le duc avait un penchant pour le « glorieux passé » et notamment pour tout ce qui pouvait lui rappeler qu'il avait été heureux jadis. Les histoires de chasse faisaient resurgir ses sensations de grands espaces, de liberté, mais aussi son sens du commandement. De Estella et lui se rappelaient leurs victimes comme d'autres se rappellent les victimes d'un accident. Ils se souvenaient d'une manière frappante des regroupements pour la mise à mort. La configuration de chaque scène — certaines s'étaient déroulées il y avait plus de douze ans — était évoquée à partir d'éléments gravés, datés, classés ; un étalage précis de cerfs dix-cors, de sangliers aux soies raides, d'innombrables oiseaux exsangues alignés sur plusieurs rangs. Quand ils parlaient de toutes ces pattes et ces queues, des trophées de renards que l'on tenait au-dessus des chiens qui sautaient, la duchesse pensait à ce général espagnol qui cria : « Vive la mort ! » en tombant sur le champ de bataille. Le catalogue de De Estella contenait quantité d'images semblables. « Je me tenais là, disait-il au duc, et vous, vous étiez à gauche. Il y avait quelqu'un à côté de vous. Qui était-ce ? » Le duc ne s'en souvenait pas. Il essayait désespérément de retrouver son nom. Par contre, il pouvait se rappeler le nombre de participants, de cavaliers, de rabatteurs à pied, de chiens. Mais les visages de ses camarades étaient trop difficiles à saisir pour qu'il puisse les évoquer. Quantité d'entre eux avaient été salis par la déloyauté ; des actes de trahison et d'hostilité les avaient estompés et effacés. Ils ressemblaient à ces visages que l'on ne cesse de regarder sur les photographies, pensa la duchesse ; on se demande à qui appartient ce bras qui vous entoure la taille, à qui appartient cette main que vous tenez, à qui sont ces lèvres qui vous chuchotent à l'oreille leurs secrets.

Elle se sentait seule et menacée. De Estella semblait vraiment un oiseau de mauvais augure. N'était-il pas présent à la réception de Madrid. Connaissait-il les plans de von Ribbentrop — ou les avait-il entendus parler de *Pénélope* ? Au début du repas, elle tint sa main près de sa gorge. Elle cessa de parler et oublia de sourire. Elle eut du mal à avaler sa truite. Ce qui l'énervait le plus, c'était l'emprise qu'avait de Estella sur son mari. Leur amitié devait avoir de profondes racines et elle se demanda quelles sortes d'obligations en résultaient. Lors de ses nombreuses et tardives conversations au téléphone peut-être David avait-il parlé à de Estella. Si c'était le cas, ils pouvaient avoir imaginé un plan pour contrarier les dispositions prises par Churchill — un plan qui pourrait compromettre celui de von Ribbentrop. Oh, pourquoi lui avait-on interdit de parler à David de *Pénélope*? Si seulement elle pouvait l'avertir. Si seulement elle pouvait le prévenir qu'il fallait attendre von Ribbentrop. Mais elle savait qu'elle ne devait pas le faire. Si David avait des « secrets », il ne les garderait pas longtemps pour lui. C'est du moins ce qu'il semblait.

On mangea moins. On but davantage de madère. Le mélange fut fatal. La duchesse remarqua que leur hôte, le Dr Ricardo, était devenu silencieux comme elle. Et qu'il était aussi vigilant. Et nerveux.

Il y avait deux chemins pour monter des plages à la villa. L'un passait par la ville, l'autre par les rochers et une oliveraie. Après l'oliveraie venaient des prés d'herbe jaune et de pâquerettes où l'on avait laissé en liberté un bouc qui portait une cloche autour du cou. Ces prés couraient jusqu'au pied des murs de la villa, murs qui menaient sur la gauche au portail et sur la droite à une tour à la Martello.

Tandis que la tempête se levait, le bouc avait descendu dans l'obscurité la colline vers l'oliveraie sans doute pour se réfugier sous les arbres afin de se protéger du vent. Sa cloche avait un son triste, étouffé.

Le bruit de la cloche cessa brutalement et le bouc se mit à bêler. Une odeur qui l'effrayait s'élevait du sol. Il resta immobile un instant puis il commença à farfouiller dans les pâquerettes. Il découvrit, sans savoir bien sûr ce dont il s'agissait, le corps du chauffeur espagnol : on lui avait brisé le cou et son revolver avait disparu.

Des hommes progressaient dans l'oliveraie et, comme mus par un instinct, prirent à gauche en direction du portail de la villa. Le bouc s'éloigna aussi loin que possible du théâtre de ces événements. Le chevrier viendrait au matin. D'ici là, l'orage éclaterait, l'obscurité s'épaissirait et le bouc dormirait.

Au centre de la table trônait un petit vase en cuivre rempli de pivoines tardives. La duchesse était la seule femme présente. Elle portait sa couleur préférée, le bleu. Les hommes étaient naturellement vêtus de noir. La pièce était éclairée par de nombreux candélabres auxquels on avait ajouté, sans doute en l'honneur de la duchesse, des lampes équipées d'abat-jour couleur rubis : il régnait une atmosphère de théâtre, chaude, charmante et intime.

A neuf heures, ils firent une pause avant le dessert pour fumer. Le duc était un grand fumeur et il demandait à chaque repas que l'on fît ces pauses entre les plats. Il les appelait des « pauses cibiches », et il souriait alors comme un enfant qui dit des grossièretés devant des adultes. Son coude glissa du bord de la table. Il buvait de trop, fumait de trop, parlait de trop. La duchesse était calée au fond de sa chaise et elle le regardait telle une poupée chinoise : son visage impassible. Depuis qu'on avait servi la truite, la conversation n'avait cessé d'aborder puis de se détourner de zones dangereuses, comme une voiture conduite de nuit par un ivrogne.

— Wallis, ma chérie...
— Oui, chéri ?
— Raconte ce que t'as dit quand t'as entendu parler des Bermudes...
— Des Bermudes, chéri ?

— Des Bah'mas.
— Oui. Les Bahamas.

Le Dr Ricardo intervint. Il savait que le duc voulait parler des Bahamas et non des Bermudes. Il fit un signe du doigt au domestique, lequel fit signe au valet de pied de s'approcher avec le vin. Tous les verres furent de nouveau remplis.

Le duc se retourna vers de Estella et lui dit en criant :

— Ils vont nous mettre au rancart Wallis et moi dans cette putain d'île. Wins'on veut se débarrasser de nous. Vous vous rendez compte, j'vais être Gouve'neur d'une île de corail! Sable et sornettes... charmant! Mais la duchesse a dit... elle était si marrante... quand l'ordonnance est arrivée elle a dit... eh ben, dis-leur, Wallis. Écoutez ça!

Wallis jouait avec sa fourchette et elle regardait la nappe tandis qu'elle parlait :

— Son Altesse Royale surestime mes capacités intellectuelles, dit-elle à de Estella. Lorsque nous avons reçu l'ordonnance j'ai dit à David : Ce n'est pas une prime qu'on nous offre, c'est une déprime.

Le rire jaillit puis s'estompa.

— Sûr qu'on ira pas! dit le duc. On se battra contre Wins'on pour chaque pouce de terrain. Pas vrai chérie...

Il regarda sa femme derrière la brume rose des pivoines. La duchesse essaya de dissimuler l'inquiétude qu'elle ressentait en voyant son mari dévoiler aussi ouvertement son jeu. Les négociations concernant l'ordonnance des Bahamas étaient déjà suffisamment délicates et ce n'était vraiment pas la peine de répandre des rumeurs sur la rébellion d'un alcoolique dans le réseau des espions qui devaient entourer un homme comme de Estella. La rébellion d'un roi — qu'il fût alcoolique ou non — avait été la cause historique de toutes les décapitations qu'elle connaissait. En plus, le marquis n'avait pas encore posé une seule carte sur la table. Ce diable de petit homme pouvait même être un agent de Churchill qui misait sur l'ivresse de David pour évaluer l'ampleur de sa trahison.

L'hôtel était situé à mi-chemin de la colline. Le commandant Schellenberg, toujours soucieux du moindre détail, l'avait choisi pour cette raison; il s'était inscrit sous le nom de « Fritzi Schaemmel ». L'hôtel, qui n'était plus neuf, portait la marque du déclin. La banne était usée, les pierres ébréchées, le marbre fendillé. Les vitres n'avaient pas été faites depuis un mois; l'uniforme du portier était effiloché, étriqué, épinglé. Les tarifs étaient corrects et quelques judicieux clins d'œil auxquels vinrent s'ajouter de discrets pourboires firent croire à l'employé de la réception que les « vacances » de Schaemmel étaient en fait une sorte de *fiesta* — une semaine de jours indécents et de nuits polissonnes. Sa collection de magazines érotiques était soigneusement exposée aux regards indiscrets des femmes de chambre et des grooms. Ils souriaient en voyant qu'ils avaient affaire à un parfait amateur de vices, encore plus empressé et naïf que tous les autres qu'ils avaient roulés. Il se passa exactement ce qu'il avait prévu : on lui proposa un agréable choix de « sœurs » et de « cousines » grassouillettes qui l'aidèrent à dépenser son argent et gloussèrent durant leurs séances d'explorations sexuelles qui se terminaient toujours en termes d'une « indignation » feinte visant le fait que « le gentleman

ait pu penser qu'il puisse prendre de telles libertés »!
Lorsqu'il s'enfonça dans le gouffre de l'espionnage, Schellenberg avait donc réussi à faire passer Schaemmel pour un homme dépensant sans compter et d'une naïveté sexuelle infinie. Ce n'était qu'un inoffensif touriste allemand doublé d'un joyeux pigeon.

Le 27 juillet au matin, Schaemmel fit la connaissance de Maria da Gama. Il lui avait fallu plusieurs jours pour découvrir l'existence de cette jeune fille et ses liens avec le garde de la villa Cascais. Il avait fait quelques petites allusions à l'argent et aux plaisirs à venir — en attendant, est-ce qu'elle voulait participer cet après-midi à un jeu auquel « Oncle Fritzi » avait l'intention de se livrer avec les invités de la villa rose? Oh oui! Les fleurs avaient été ainsi livrées. Et l'histoire suivait son cours.

La nuit était tombée, et il regarda par la fenêtre tandis que l'orage rassemblait toutes ses forces pour frapper la ville. Mais la tempête ne le gênait pas. Elle devrait être son alliée. En fait, il n'aurait vraiment pas pu souhaiter de meilleures conditions pour réaliser son objectif. Il savait que les orages suscitent une atmosphère psychologique particulière et servent de parfait faire-valoir pour des opérations du type de celle qui allait se dérouler cette nuit à la villa Cascais.

Schellenberg était sorti quand il avait commencé à pleuvoir. Il avait observé les plages depuis les falaises tandis que les hommes se dirigeaient vers la côte dans leur dinghy; il les avait vus débarquer; il les avait comptés; il les avait regardés dégonfler puis enterrer leur embarcation avant de disparaître dans l'obscurité pour aller accomplir leur tâche. Il avait ensuite attendu suffisamment pour s'assurer que l'hydravion gagnait le large où, sans aucun doute, le bruit de la tempête couvrirait celui de son bruyant départ. S'il était agacé par le fait que les soldats soient arrivés à bon port, il était néanmoins satisfait d'avoir déjà sapé leur efficacité. Il retourna à la chaleur de sa chambre où il se mit en pyjama et attendit l'arrivée de Maria da Gama. Le retour de la fille, quelles que soient les nouvelles concernant l'accueil réservé aux fleurs, devait constituer le point culminant de cette soirée. Si cela s'était bien passé, alors tout irait bien. Les fleurs ; le petit mot ; l'hydravion ; les sept hommes escaladant en ce moment le sentier de la colline : tout cela devait précisément s'articuler. Et c'est seulement à ce moment que l'on pourrait ajouter les derniers éléments de façon que l'opération soit un succès total ; le marquis et ses autres agents à l'intérieur de la villa devraient prendre la suite pour conclure l'affaire.

La duchesse posa son bras sur la table. Ses manches étaient boutonnées au poignet. Elle sentait contre sa peau la carte qu'elle avait trouvée dans les fleurs. Elle l'avait gardée sur elle sans en parler à qui que ce soit — pas même à David, ce dont elle rendait grâce à Dieu maintenant quand elle vit à quel point il était ivre. *Danger, méfiez-vous de vos amis anglais*. Elle sentait les mots contre son pouls. Quels amis anglais ? se demanda-t-elle. Comme si nous avions encore des amis anglais...

On entendit la sonnerie de la porte.

Le son venait de loin, mais il semblait plus proche du fait que la cloche retentissait encore et encore et encore, presque comme un signal d'alarme.

Le Dr Ricardo fit un signe au domestique. Il avait dû se passer quelque chose. La maison était remplie de domestiques. Normalement, l'un d'entre eux aurait déjà dû répondre. Le serviteur quitta la pièce.

La duchesse de Windsor tournait le dos à la porte, position qu'elle n'appréciait guère. Alors que la sonnette continuait de résonner, elle regarda les autres visages autour de la table en espérant que quelqu'un parlerait. Nul le fit. Tout le monde restait de marbre, assis à sa place, tandis que la fumée de la cigarette du duc se déroulait vers la lumière des bougies au-dessus des pivoines.

A la sonnerie succédèrent des coups.

Les deux seuls domestiques qui restaient, des valets de pied, glissèrent dans la pénombre pour se diriger vers les cuisines.

La duchesse regarda le Dr Ricardo. Il se comportait d'une manière étrange. Il aurait dû se lever. Après tout, c'était sa maison; mais il ne broncha pas.

De Estella se conduisait également d'une façon singulière. Il tamponna sa lèvre avec sa serviette qu'il posa ensuite très soigneusement sur ses genoux. Mais il laissa ses mains sous la table.

Les coups cessèrent.

Un effrayant silence s'abattit.

Ils entendirent au loin d'abord des voix, ensuite des pas. On perçut des protestations, des plaintes, puis plus rien. Les bruits de pas suivirent rapidement. Ce n'était pas un pas de course mais quelque chose qui rappelait une allure militaire.

De Estella devint soudainement très nerveux, comme si les pas lui remémoraient certaines choses. Ses mains se trouvaient toujours sous la table, invisibles. Il regarda Ricardo et le docteur toussa.

Tout d'un coup, la duchesse sentit un courant d'air. On ouvrit en grand les portes de la salle à manger derrière elle.

Si je dois mourir, pensa-t-elle, *je devrais me lever.*

Mais avant qu'elle n'ait eu le temps de s'exécuter, une voix étranglée, très « britannique », s'éleva à l'entrée de la pièce.

— Ne faites aucun geste, s'il vous plaît, dit-elle.

La duchesse regarda le duc.

Il était blême. Ses mains étaient posées sur la table à côté de son assiette et sa tête était légèrement inclinée. Il était évident qu'il s'attendait à être tué.

Le Dr Ricardo avait fini par réaliser que sa maison avait été envahie. Il laissa son visage dans l'ombre tandis que son corps était penché vers la table. La duchesse voyait seulement la partie inférieure de sa tenue de soirée avec sa chemise blanche sur laquelle brillaient trois petits rubis.

Le marquis regardait fixement, quant à lui, l'entrée de la pièce, sa bouche entrouverte. Le ton ocre de sa peau avait pâli et terni. Il ne s'attendait pas à, ni n'avait souhaité, ce qui était en train de se passer. La duchesse, elle, avait deviné la nature de l'événement. Elle plissa les yeux.

Le marquis regarda la porte. Le duc. La porte.

Il entreprit de se lever.

La duchesse de Windsor comprit tout d'un coup pourquoi il était venu et pourquoi il gardait sa main dans la poche de sa veste. Tout s'éclaira dans son esprit et elle entrevit à la vitesse d'un éclair leurs terribles projets : Estrade, le sinistre chauffeur espagnol, la maladroite hospitalité du docteur, le convive faussement invité... Avant même que de Estella ne fût complètement levé, elle était debout et tirait brusquement sur la nappe. Enlèvement. Meurtre.

— Il a un revolver ! cria-t-elle tandis qu'elle faisait tomber par terre toutes les assiettes, les couteaux, la verrerie, les pivoines et les bougies.

La pièce fut immédiatement remplie de soldats britanniques. Du moins, c'est ce qu'il sembla car ils passèrent avec une étonnante rapidité entre le duc et le marquis pour arracher le revolver des mains de l'Espagnol. Ils n'étaient en fait que sept soldats, mais ils auraient pu tout aussi bien être cinquante tellement ils faisaient de bruit et tellement leurs ombres étaient gigantesques.

Lorsque le marquis fut désarmé et attaché et que le fracas des porcelaines, des verres et de l'argenterie eut cessé, on n'entendit plus pendant un instant que la respiration des gens et le grésillement des bougies qui coulaient dans le vin. La duchesse se rassit. Dehors, le vent soufflait contre les vitres et les murs. La vigne tremblait.

— Puis-je vous demander, dit le duc, qui vous êtes? Et d'où vous venez?

Un jeune homme blond fit un pas en avant et le salua promptement.

— Commandant B.M. Gerrard, lança-t-il au duc. (Le *G* de Gerrard sonnait aussi durement que dans *agression*.) Service du Renseignement militaire britannique, monsieur.

Le duc était sceptique.

— A la demande de qui intervenez-vous?

— Je n'ai pas le droit de vous le dire, monsieur.

Le duc faillit avoir une attaque.

— Pas le droit de le *dire*! Vous faites irruption ici, vous malmenez nos invités...! Et vous n'avez pas le droit de le dire!

— Si votre Altesse Royale m'y autorise...

— La seule chose que j'autoriserai, commandant Gerrard, c'est une explication.

— Oui, monsieur.

— Bon, alors ?
— Pas devant l'ennemi, monsieur. Je ne peux pas l'expliquer devant l'ennemi.
— Quel ennemi ?

La duchesse retint son souffle. Le Dr Ricardo s'assit. Gerrard se tenait au garde-à-vous, raide comme la justice.

— Eh bien, commandant ?

Gerrard se mordit la lèvre. La duchesse admirait sa fermeté. Il devait obéir à des ordres et peu lui importait ce qui arriverait, peu importait qui le tourmenterait pour essayer d'obtenir de lui qu'il désobéisse. La duchesse finit par prendre la parole en faveur du commandant.

— Tu pourrais peut-être passer à côté avec le commandant Gerrard, dit-elle en s'adressant au duc sur un ton d'une extrême froideur. Il est évident qu'il considère que l'un de nous est un ennemi.

— Merci m'dame, dit le commandant.

— Est-il vrai, commandant, que vous considérez que quelqu'un dans cette pièce est un ennemi ? demanda le duc.

— Quelqu'un. Oui, monsieur. Sauf madame la duchesse, naturellement.

— Vous voulez dire, je suppose, Son Altesse Royale.

Le commandant Gerrard laissa passer un court instant de silence avant de répondre :

— Oui, monsieur.

— Alors dites-le, commandant.

— Oui, monsieur. Sauf Son Altesse Royale, naturellement.

— Je vois, dit le duc. Dans ce cas, nous irons dans le bureau. (Il en prit la direction mais il s'arrêta pour embrasser du regard la scène.) Je préférerais, dit-il, ne pas laisser ma femme en présence de toutes ces armes.

— Bien, monsieur, dit le commandant. Il s'adressa alors à l'un des membres du groupe en uniforme :

— Dennison !

— Oui, commandant !

Dennison, trempé jusqu'aux os, sortit de la pénombre et salua. Quand il lança son bras, des gouttes d'eau partirent dans toutes les directions et ses chaussures clapotèrent.

Le commandant se tourna vers la duchesse et regarda par-dessus sa tête :

— Votre Altesse Royale, je vous présente le lieutenant Dennison. Votre Altesse Royale serait-elle assez aimable de lui permettre de... de... hum...

— De me faire réintégrer mes quartiers ? Bien sûr, commandant.

La duchesse, qui avait passé sa première année de mariage sur une base navale, connaissait la réplique par cœur. Elle s'était levée et l'avait récitée comme une parfaite actrice. Elle fit un incomparable numéro et attira sur son passage l'attention de tous les hommes présents dans la pièce.

Dennison salua le duc et emboîta le pas à la duchesse tandis que ses chaussures clapotaient toujours.

Ce n'est que lorsqu'elle se retrouva à mi-chemin des escaliers que la duchesse se souvint du petit mot dans sa manche.

— Mon Dieu, dit-elle à voix haute en s'arrêtant complètement.

— Il y a quelque chose qui ne va pas, m'dame ? demanda Dennison.

— Non, dit-elle, non. Un malaise, c'est tout. Mais ça va maintenant.

Elle continua de monter. Le lieutenant, revolver en main, se tint à trois pas derrière elle jusqu'en haut.

Qu'est-ce que j'ai fait? pensait la duchesse. *Qu'est-ce que j'ai fait? J'ai fait leur jeu. David et moi sommes séparés de tous les autres et nous nous retrouvons chacun avec un soldat anglais armé. Anglais. Anglais.*
Des amis anglais.

Une heure s'écoula. Puis deux. Minuit bientôt. Dans tous les vestibules et tous les couloirs toutes les portes étaient fermées.

Le commandant Gerrard, qui supervisait l'opération, se trouvait dans le bureau avec le duc. En haut, le lieutenant Dennison montait la garde près de la porte qui donnait sur le salon Windsor où s'était retirée la duchesse, sa secrétaire veillant à ses besoins.

Dehors, la tempête qui avait essayé sa force sur la maison et les arbres n'avait fait tomber que des branches mortes. Il n'y avait plus maintenant que des rafales de vent et une pluie intermittente. Dennison remarqua que la lune faisait de temps à autre une brève apparition. Il la voyait par la fenêtre au-delà de la cage d'escalier.

On avait conduit de Estella et le Dr Ricardo dans la bibliothèque. Le docteur fut autorisé, puisqu'il était l'hôte, à servir ses invités avec la carafe de whisky placée sur la table de lecture. Il était très abattu et n'arrêtait pas de s'excuser.

Les « prisonniers », comme on les appelait, étaient sous la surveillance du lieutenant Harold Asquith Mudde dont la voix n'avait cessé de geindre toute sa vie durant : « Je m'appelle Mud, et non pas *Muddy!*[1] » Personne n'arrivait à le dire correctement.

1. *Mud* signifie boue, *Muddy* boueux *(N.d.T.)*.

Il vivait, peut-être à cause de cela, dans un état de perpétuelle fureur refoulée et il aboyait sur tout le monde.

Le Dr Ricardo avait été très secoué par ce qui s'était passé. Il buvait quantité de whisky. Il n'arrêtait pas de parler au marquis en espagnol et ce dernier opinait à peine du chef, le regard perdu dans le vide. Il était évident que les pensées de De Estella étaient ailleurs, fort probablement en bas dans le bureau avec son ami le duc.

Dans le bureau, le duc de Windsor s'assura qu'il restait dans la pénombre. Il détestait percevoir une lumière vive lorsqu'il se trouvait seul avec un étranger. Le commandant Gerrard voyait seulement la forme de son crâne et les lumières qui scintillaient sur ses cheveux d'or. Il voyait également ses mains qui serraient puis relâchaient les accoudoirs du fauteuil dans lequel il était assis. Il y avait un verre et une carafe à proximité mais le duc résista à la tentation.

La réaction du duc au récit de Gerrard fut étrangement silencieuse ; c'est du moins ce que pensa le commandant dans la mesure où il révéla des éléments sensationnels : en ce moment par exemple le duc aurait pu être mort au lieu de se tenir là assis, sain et sauf, et relativement en sécurité. Il continuerait de l'être tant que Gerrard et ses hommes contrôleraient la villa Cascais.

Ils avaient fait échouer un plan qui visait à enlever le duc et la duchesse pour les amener ensuite comme prisonniers politiques en Espagne. Ce que le commandant Gerrard ne dit pas au duc de Windsor c'est que le Service du Renseignement militaire britannique avait été prévenu que la tentative devait avoir lieu cette nuit.

— Est-ce que Votre Altesse Royale est liée au marquis de Estella depuis longtemps ? demanda Gerrard.

— Depuis des années, répondit le duc. Je dois vous dire que je considère cette question comme étant extrêmement impertinente.

— Je vous demande pardon, monsieur. J'essayais seulement de vérifier...

— Vous êtes en train de suggérer, commandant, que l'un de mes plus chers, de mes plus proches, de mes plus *vieux* amis a tenté de m'enlever ainsi que ma femme.

— Non, monsieur. Je ne le suggère pas. Je l'affirme.

Le duc chercha à tâtons dans ses poches un briquet et des cigarettes.

Le commandant Gerrard s'avança, une allumette à la main.

— Foutez le camp ! dit le duc, en allumant sa cigarette avec une flamme haute comme celle d'un chalumeau.

Après avoir tiré deux ou trois bouffées d'une fumée revigorante, le duc fut disposé à poursuivre la conversation.

— Vous n'êtes pas sans savoir, dit-il, que je pourrais vous assigner devant les tribunaux pour être venu discutailler ici et accuser mon meilleur ami... Puis-je vous demander ce que pourrait bien faire un marquis espagnol d'un prince anglais ? Vous savez, ce n'est pas comme si ces putains d'Espagnols étaient en guerre.

Le commandant Gerrard fut très patient. Il savait son histoire. Il la raconta bien, sans l'enjoliver, sans faire montre de patriotisme ou d'émotion.

— Les Allemands vous recherchent depuis quelque

temps, monsieur — comme Votre Altesse Royale doit le savoir. L'idée était que le marquis de Estella profiterait de votre amitié...

— De notre relation.

— Oui, monsieur. Il devait profiter de sa relation avec Votre Altesse Royale pour la persuader de retourner en Espagne où vous-même et Son...

— ... Altesse Royale...

— ... deviez rejoindre le duc et la duchesse d'Avila dans leur pavillon de chasse de la Sierra de Gredos.

— Et vous appelez ça un *enlèvement*?

— Oui, monsieur. Parce que vous y auriez été en résidence surveillée.

— Je pense que vous voulez dire en « pavillon de chasse gardée », commandant.

Gerrard sourit.

— Oui, monsieur. Si l'on veut.

Le duc tapota des doigts pour montrer son impatience, puis il dit :

— Les salauds.

— Oui, monsieur.

— Et les Allemands? Vous avez dit que c'était un complot monté par des Allemands.

— On se serait arrangé pour remettre plus tard Votre Altesse Royale entre des mains allemandes.

— Et ensuite?

— Sans doute une rançon. Et peut-être un chantage.

Le duc de Windsor resta silencieux un instant, puis il déclara :

— Il est rassurant de savoir que l'on représente une certaine valeur.

Gerrard ne répondit pas.

Le duc fit alors remarquer :

— Vous, les types du Service du Renseignement militaire britannique, semblez sacrément au courant de tout ça. Est-ce que je peux savoir comment vous l'avez appris — et comment avez-vous pu arriver à temps?

— C'est délicat, monsieur. Il y a des détails que je ne connais même pas. Mais je pense qu'il est juste de dire à Votre Altesse Royale que nous avons appris la nouvelle du déplacement de De Estella il y a seulement deux jours. Nous n'avons eu que le temps de venir.

— Je vois. Et maintenant?

— Eh bien, monsieur... (Le commandant rougit.)

— Oui?

Le duc plissa les yeux — il ne voyait ainsi que l'ombre du soldat au visage rouge.

— Nous avons atteint notre premier objectif dans la mesure où nous avons fait échouer le marquis.

— Quel est votre second objectif?

— *Excalibur*.

— J'espère que cela ne signifie pas que vous me demandez de jeter mon épée comme un ridicule général romain.

— Non, monsieur. Pas vraiment, monsieur. Non. L'*Excalibur* est un navire. Vous et Son Altesse Royale devez monter à bord avant qu'il ne parte pour...

— L'Angleterre?

— Non, monsieur. Les Bahamas sont notre destination.

La seule réaction du duc à cela fut de le mettre au repos puis il tendit la main vers le calvados.

— Le salaud... dit-il.

— Je vous demande pardon, monsieur.

— Salaud de Winston! (Le duc se versa à boire — il

en mit autant sur la table que dans le verre.) Il vous envoie ici sous prétexte d'empêcher un enlèvement par les Allemands et vous êtes venus pour m'enlever vous-même !

— Il ne s'agit pas vraiment de vous enlever, Votre Altesse Royale. Nous devons simplement veiller à ce que vous rejoigniez le navire sain et sauf.

On frappa à la porte.

L'intrus était le lieutenant Dennison qui avait l'air plutôt pâle. Il salua le duc et se tourna vers le commandant. Le duc était occupé à se verser encore du calvados par-dessus l'accoudoir du fauteuil.

— Je vous demande pardon, commandant, mais je pense que vous devriez prendre connaissance de ceci. (Dennison remit au commandant Gerrard un petit carton blanc.) C'est la *secretária* qui me l'a donné...

— Estrade ? demanda le duc.

— Oui, monsieur. (Dennison se tourna vers Gerrard.) La *secretária* m'a dit que je devais le remettre à Son Altesse Royale.

— Alors pourquoi l'avez-vous donné au commandant Gerrard, nom d'une pipe !

Le duc se leva.

Gerrard lui répondit du tac au tac.

— La señora Estrade est suspecte, monsieur. Nous ne pouvons l'autoriser à communiquer librement avec Votre Altesse Royale.

Le duc fit un mouvement vers la porte.

— Où est-elle ? Où est Estrade ? demanda-t-il à Dennisson.

— Je l'ai laissée avec la duchesse, monsieur.

Le duc se retourna, livide. Il tremblait lorsqu'il cria au commandant Gerrard :

— Espèce de pauvre con ! Vous venez de me dire

qu'Estrade est suspecte et une minute après j'apprends qu'elle se trouve seule avec ma femme! Donnez-moi cette putain de carte!...

(Et il l'arracha des mains du commandant. Ce dernier était lui aussi devenu blanc comme un linge.) Qu'est-ce que ça dit? s'emporta le duc en mettant le carton sous la lampe la plus proche. A tous les coups c'est une demande de rançon!

Il lut. Il regarda le commandant Gerrard. Il le relut. Il resta sans voix. Il essaya de s'élancer. Mais il tomba.

La duchesse de Windsor se trouvait dans sa chambre. Elle était en combinaison.

Lorsqu'elle était revenue aux appartements royaux, elle avait décidé de changer de robe puisque la bleue avec les longues manches boutonnées avait été tachée de vin et de nourriture. De plus, elle était bien trop chaude. Elle avait donné sa robe à Estrade qui avait disparu avec dans le dressing-room; elle lui avait demandé de ramener une robe de soirée sans manches d'une couleur plus claire. Des couleurs plus claires convenaient mieux à ce genre de soirée étouffante.

Mais Estrade ne revint pas aussi rapidement qu'elle aurait dû. Elle restait traîner bien trop longtemps dans le dressing-room. La duchesse ne l'entendait pas et en allant voir ce qui se passait, elle découvrit qu'elle était seule dans les appartements et qu'elle était enfermée à clef.

Elle découvrit encore autre chose : une chose étrange qui lui fit courir un frisson le long de l'échine. On avait enlevé certains de ses vêtements des placards et des armoires pour les mettre dans des valises. Des chaussures, des robes, de la lingerie, des gants, des vêtements de nuit — tout ce dont une personne avait besoin pour un voyage — à l'exception de ses bijoux qui étaient enfermés en bas dans le coffre du docteur.

Elle se dirigea rapidement vers la porte qui donnait sur le couloir et frappa. Elle pensa : *si le lieutenant répond, je ne porte qu'une combinaison — mais tant pis. Voilà le véritable danger*. Elle frappa de nouveau.

— Lieutenant... Lieutenant... (Elle n'arrivait pas à se rappeler de son nom.) Lieutenant... S'il vous plaît... Hé?... Hé?

Mais nul ne répondit. Il ne devait pas être là. Alors qui, si ce n'était le lieutenant, avait fermé la porte? Et où était Estrade? Où était...?

Elle toucha instinctivement son poignet. Le petit mot n'était plus là.

Elle se précipita dans le dressing-room. Il y avait la robe bleue qu'elle avait portée pour le dîner, tachée. Elle fouilla dans chacune des marches. Où? Où? Où était le petit mot? Elle s'agenouilla et chercha sous les étagères, sur toutes les surfaces, à l'intérieur de tous les placards.

Disparue. Oh, mon Dieu! Elle leva ses bras contre son visage. Le carton. *Où était le carton?*

La duchesse de Windsor se retourna et resta à regarder les placards ouverts. Il y avait ses chaussures, des douzaines de paires, disposées dans des sacs comme des oiseaux morts cloués aux portes. Il y avait ses robes d'après-midi, ses robes de soirée, ses peignoirs, ses châles, ses tuniques, ses manteaux, ses capes. Bleu. Bleu. Tout était bleu. Et il y avait ses valises, bouclées.

Elle entendit que l'on ouvrait la porte de l'autre pièce et qu'on la refermait à clef.

La duchesse regarda dans la glace.

C'était Estrade, vêtue d'un imperméable et d'un béret.

— *Duquesa?*

La duchesse ne répondit pas.
— *Duquesa?*
La duchesse plaça ses deux mains sur sa poitrine, comme les mains d'un cadavre.
— *Duquesa?*
Estrade s'approcha de l'encadrement de la porte, toujours visible dans le miroir; leurs regards se croisèrent. La duchesse ne dit mot. Estrade avait une main dans sa poche. Elle l'en retira. Elle avait un revolver. Un Luger automatique.
La duchesse de Windsor se retourna pour se diriger, les mains toujours croisées, du dressing-room vers la chambre. Trois de ses coffrets à bijoux se trouvaient sur le lit. Elle s'assit à côté d'eux.
— Où allons-nous? demanda-t-elle sans regarder Estrade.
— En *España*, répondit Estrade.
— Sous la menace?
La duchesse regarda Estrade : elle était non seulement inquiète mais déconcertée.
— Mais naturellement, *Duquesa*.
Estrade sourit. Ses dents, remarqua la duchesse, étaient noires et cariées. La duchesse de Windsor se rendit dans la salle de bains et ingurgita une douzaine de comprimés. Mais il ne se passa rien. Ils ne furent d'aucun secours. Où, où, où était von Ribbentrop? Qu'est-ce qui avait mal tourné? Pour qui Estrade travaillait-elle?
Avant même qu'elle ne commençât à penser, sa fenêtre fut brisée. On lançait des pierres, on cassait des carreaux. Des domestiques et des soldats se précipitèrent vers les terrasses. On voyait une silhouette qui allait et venait en courant, mais elle disparut bientôt dans l'obscurité parmi les arbres. De longs

bras cuivrés de lumière jaillirent et se déversèrent sur les pelouses depuis les portes ouvertes. Estrade et la duchesse coururent toutes les deux aux fenêtres. L'un des domestiques du docteur se trouvait près de la balustrade en haut des marches. Il pointa son doigt en direction des arbres et cria : « *Vai ele! vai ele!* » Puis : « *O assassino!* »

La duchesse entendit Estrade murmurer « *bueno* » et la surprit en train de consulter sa montre.

— Ces événements ont un rapport avec vous, dit la duchesse en s'éloignant des fenêtres éclairées. N'est-ce pas? *Dites-le-moi.*

— Je ne vois pas ce que la *Duquesa* veut dire.

La duchesse pointa son doigt vers les fenêtres et cria à Estrade :

— Il dit qu'il y a un assassin!

— *Si, Duquesa.*

Dehors, on continuait de crier. « *Vai ele! Vai ele!* »; on entendit d'autres galopades... encore des bruits de verre brisé... et puis un coup de revolver.

La duchesse traversa précipitamment la pièce, se dirigea vers le bureau, attrapa la bouteille et lança du gin dans les yeux d'Estrade afin de l'aveugler.

Elle réussit son coup. Estrade lâcha le revolver et se frotta les yeux.

La duchesse se précipita sur le revolver, s'en empara et courut vers la porte. Elle était toujours en combinaison. Elle manipula fièvreusement la clef qu'Estrade avait laissée dans la serrure... et elle faillit presque sortir la porte de ses gonds. Une fois dans le couloir, elle se rua vers les escaliers.

— *Vai ele! Vai ele!*

Partout des voix s'élevaient.

C'est alors que les lumières s'éteignirent.

La duchesse décida de se diriger vers la salle à manger. Elle était sûre d'y trouver des bougies et c'était un lieu central. Elle était contente d'avoir le Luger d'Estrade. Elle se souvenait de son second mari, Ernest, qui lui disait :

— *Appuie bien sur la détente. Appuie bien sur la détente, Wallis. N'essaie jamais de la saisir avec tes doigts.*

Lorsqu'elle arriva dans la salle à manger, elle s'aperçut que la nappe et toutes les assiettes se trouvaient encore par terre ; elle dut marcher en faisant attention et finit par progresser en rampant sur les mains et les genoux afin de trouver le candélabre. Lorsqu'elle l'eut découvert, elle le posa soigneusement sur la table et l'alluma grâce à des allumettes qu'elle avait également trouvées par terre. Elle s'assit ensuite, un grand verre de porto ébréché à la main, dans l'attente des événements horribles qui ne manqueraient pas de survenir. Elle enroula la nappe autour de ses épaules, un peu à la façon d'une robe de cérémonie, et ainsi emmitouflée, elle entreprit de se soûler. Elle fuma même des cigarettes complètement trempées. Au diable tout ça. Dès que ceux qui se trouvaient dehors seraient prêts, ils viendraient la chercher. La lumière de la bougie leur indiquerait sa présence. En attendant, elle se mit à rédiger en pensée une nouvelle correspondance. Elle commençait ainsi : « *Chère Amelia Earhart... Je sais ce que vous ressentez.* »

Le duc avait très facilement faussé compagnie au commandant Gerrard lorsque les lumières s'étaient éteintes. Gerrard l'avait poussé contre le mur au moment où l'on avait lancé les premières pierres et dans la confusion qui s'ensuivit le duc s'était glissé sous la table. Quand Gerrard avait tenté de saisir dans l'obscurité le bras du duc de Windsor, il avait attrapé celui du lieutenant Dennison. Le duc, lui, était déjà à mi-chemin du vestibule.

Il pensa d'abord à Wallis et se dirigea vers les escaliers. Il la rata complètement dans le noir — ignorant qu'elle se dirigeait déjà à tâtons le long des murs vers la salle à manger.

Le duc entendit des mots et des chuchotements : « *Tenho medo... da escuridao... espalhar-se.* » Trois personnes — quatre peut-être — progressaient à l'aveuglette le long de la rampe opposée et lorsqu'elles passèrent, il s'arrêta en essayant de ne pas respirer. Leurs chuchotements déclinèrent peu à peu et elles s'éloignèrent. Il se retrouva soudain complètement seul.

Cependant, au lieu de monter, il fit une pause sur les marches. Au loin, dans les jardins, quelqu'un cria : « *Vai ele, vai ele !* » Mais le duc s'en fichait complètement. Il leva les yeux vers la voûte des ténèbres.

Un instant, sa vie fut complètement entre ses mains. Nul ne pouvait voir l'expression de son visage — il n'avait pas besoin d'agir, de jouer un rôle, de faire semblant. Sa carapace vola en éclats dans l'obscurité et il réalisa que depuis des mois il arborait un visage semblable à un vêtement. Un masque de laine sous lequel il commençait à suffoquer. Il eut la vision d'une multitude d'écheveaux et de mètres et de mètres de laine qui se déroulaient dans les escaliers à ses pieds, et il se surprit à rire : *Grâce à Dieu, ma mère m'a appris à tricoter !*

Il essuya ses larmes avec les articulations de ses doigts. Sois sérieux, pensa-t-il. Dehors, il y a un homme qui veut te tuer. Il renifla. Il avait désespérément besoin de se moucher. Sois sérieux, se dit-il encore ; il y a vraiment un homme dehors.

Quelques secondes plus tard, le duc de Windsor avait disparu.

Une série de coups de feu retentit peu après au deuxième étage. Le lieutenant Mudde apparut presque aussitôt dans la cage d'escalier. Il était couvert de sang, avait l'air hébété et tomba dans l'escalier, dévalant d'un coup les dix dernières marches qui menaient au vestibule.

La duchesse accourut de la salle à manger pour l'aider. Dennison sortit de l'obscurité en titubant, guidé par la lumière des bougies de la duchesse. Mudde n'était pas gravement blessé mais il délirait plus ou moins.

— En haut, en haut, répéta-t-il, montez.

Lorsqu'ils grimpèrent tous les deux les escaliers, il leur cria après, tel un homme accusé d'un crime qu'il n'a pas commis.

— C'est impossible ! C'est impossible ! Non, il n'a pas voulu faire ça.

Dennison dut retenir la duchesse, trop impatiente qu'elle était d'atteindre une quelconque destination. Mais elle se libéra de son emprise, se détourna vivement de lui et se précipita pour ouvrir les portes les unes après les autres jusqu'à ce qu'elle parvienne au bout du vestibule dont les portes donnaient sur la tour à la Martello. Et alors, tout d'un coup, elle eut peur — elle se reprit et recula.

Ce fut donc le lieutenant Dennison qui fut confronté le premier à la scène.

On voyait une table, des chaises et une tapisserie. Une demi-douzaine de miroirs et des cadres vides avec leur plaque de verre étaient alignés le long des murs.

Des bougies brûlaient. Six. Ou sept.

L'un des membres du commando, fusil au poing, se tenait près de la porte. Un autre était accroupi, désarmé. Il tenait ses mains sur le haut de la tête : on aurait dit un homme en train d'attendre la fin d'un bombardement. Il ne pouvait apparemment plus s'exprimer; pourtant, des sons sortaient de sa bouche et des larmes coulaient de ses yeux. La cause de tout cela reposait sur le sol près de lui.

Dennison arracha une bougie et s'avança. Le sol était couvert de verre brisé et il faillit tomber.

Le commando en faction près de la porte l'arrêta en lui posant une main sur le bras.

— Il vaudrait mieux que vous ne regardiez pas, lieutenant, dit-il. Ça vaudrait mieux, je pense. C'est un horrible carnage.

— Je m'en aperçois, rétorqua Dennison. *Merci*. Il est mort?

— Je crois que oui.

Le commandant Gerrard sortit alors de l'ombre : il remettait son pistolet automatique dans son étui. Dennison fut quelque peu surpris de le trouver là.

— Bon, lieutenant, dit le commandant, éloignez-vous. Je m'en occupe.

Dennison s'étant reculé, Gerrard s'avança et regarda le corps du duc de Windsor. Son visage était tourné de l'autre côté de la lumière. Il y avait des éclats de verre tout autour de lui. Gerrard s'accroupit, ne jetant qu'un coup d'œil au soldat agenouillé qui lui faisait face.

— Qu'on emmène cet homme.

Dennison n'avait jamais vu autant de sang.

Gerrard tourna très délicatement le visage avec ses doigts comme il l'aurait fait pour ne pas déranger un dormeur. Puis, sans dire un mot, il le repoussa pour ne plus le voir. Il finit par se lever.

La duchesse, qui pendant tout ce temps était restée silencieuse sur le pas de la porte, parla.

— S'il vous plaît, dit-elle en serrant encore plus fort la nappe autour de ses épaules, dites-moi.

Le commandant Gerrard prit une profonde inspiration et se tourna vers elle.

— Je vous conjure de ne pas regarder, Votre Altesse Royale. Je vous en prie, m'dame, dit-il. Il n'est pas mort mais vous ne devez pas le regarder.

On aida la duchesse à sortir de la pièce et on l'assit sur une chaise à l'extérieur, le dos contre le mur.

Dennison s'était agenouillé près du duc de Windsor.

— Bon sang, qui a fait ça? chuchota-t-il. Qui lui a tiré dessus?

— C'est moi, dit le commandant Gerrard.

L'aube n'était pas encore tout à fait levée, mais la pluie avait cessé et les étoiles avaient fini par apparaître. Estrade traversa l'oliveraie pour se rendre à la ville où elle avait un rendez-vous. Elle avait mis toutes ses affaires dans une seule valise. Son séjour portugais touchait presque à sa fin. Il ne lui restait qu'une chose à faire.

Voilà qui m'amène au dénouement de l'histoire de Maria da Gama. Après avoir livré ses fleurs, elle était retourné voir Frizti Schaemmel comme convenu. Schaemmel lui paya les escudos qu'il lui devait encore et l'invita à venir dans la petite chambre de l'hôtel minable pour manger du chocolat et boire du vin.

Tous les enfants portugais boivent du vin et tous les enfants aiment le chocolat. Le vin était de la région, mais le chocolat, qui était très bon, venait de Suisse. Ce devait être le dernier repas de Maria. Quand elle eut fini, Schellenberg-« Schaemmel » frappa la petite fille derrière l'oreille et, tandis qu'elle était inconsciente, il la bâillonna et la ligota sur une chaise.

Lorsque Estrade arriva au matin, il y avait suffisamment de lumière dans la chambre de Schellenberg pour qu'elle puisse voir l'enfant dans le coin ; la *voir* — et voir briller dans ses yeux le fugace espoir que tout irait bien maintenant puisqu'une femme était présente.

Mais Schellenberg dit simplement :
— Il faut tuer l'enfant.

Estrade se dirigea sans un mot vers Maria, s'arrêtant seulement pour enlever sa jupe afin d'avoir une plus grande liberté de mouvement.

La mort de Maria fut rendue d'autant plus difficile que l'enfant voulait tellement vivre. Elle lutta de toutes ses forces contre Estrade et lui donna plusieurs coups de pied dans l'estomac. Mais Estrade sentit à peine ses coups et transporta l'enfant à l'autre bout de la pièce pour la noyer dans le lavabo. Elle appuya fortement ses pouces derrière les oreilles de Maria.

Tout fut terminé en cinq minutes.

Estrade s'assit, alluma une cigarette et accepta un verre de schnaps.

Schellenberg dit alors :
— Je suppose que si vous venez seule, cela signifie que le marquis nous a libérés de nos hôtes royaux ?

Non. Estrade dut admettre que leur mission avait échoué.

Elle lui raconta que les Anglais étaient arrivés comme prévu mais que la duchesse n'avait parlé à personne du petit mot, d'où l'échec des plans du commandant Schellenberg. Le valet et le jardinier avaient pourtant bien joué leur rôle : ils avaient tiré des coups de revolver, lancé des pierres, brisé des carreaux et crié « *assassin!* ». On avait éteint les lumières juste au moment où il fallait. Mais... Estrade devait maintenant lui dire qu'elle s'était fait avoir par la *Duquesa*.

— Elle m'a aveuglée avec du gin, dit-elle, et j'ai perdu de précieux instants.

Elle était cependant à même de rapporter un événement extraordinaire.

Ah?

Estrade lui dit que le commandant Gerrard avait tiré sur le duc de Windsor.

Schellenberg demeura silencieux. Si le duc mourait, ils en seraient tous pour leurs frais. D'un autre côté...

Schellenberg s'assit.

Dix minutes plus tard, Estrade dut lui rappeler qu'il y avait un cadavre dans la pièce.

Le corps de Maria da Gama fut découvert le lendemain par sa sœur sur la plage, pris dans du varech. On supposa qu'elle s'était noyée. Les bleus qui avaient la forme de pouces derrière les oreilles avaient sans doute été faits par les rochers. On ne procéda à aucune enquête. Elle fut enterrée sur la colline, à proximité de la villa Cascais. On déposa dans le cimetière des roses, des lys, des delphiniums. *Flores para os mortos*.

L'enterrement de Maria eut lieu par hasard au moment même où la duchesse et sa suite rejoignaient précipitamment le navire. Les gens qui assistaient à la cérémonie, agenouillés dans l'herbe, levèrent la tête pour voir passer le cortège de voitures qui soulevait un nuage de poussière rouge — la Buick, la Mercedes, la Renault chargées de bagages que l'on avait pour la plupart arrimés sur les toits. Dans les voitures, le duc couvert de pansements et bourré de sédatifs, la duchesse, le commandant Gerrard et tous les autres baissaient la tête sous les vitres dans la crainte d'une embuscade.

Cela se passait dans l'après-midi du jeudi 1er août. Les Windsor se rendaient à Lisbonne. Le paquebot américain *Excalibur* quitta dans la soirée l'embouchure du Tage et longea la côte de l'Estoril. Le soleil n'était pas couché; il n'y avait pas encore d'étoiles; mais la mer était déjà sombre et sur le rivage, toutes les fenêtres exposées à l'ouest semblaient embrasées. Dans l'une des luxueuses cabines du navire, un gramophone jouait un disque :

> *... Though my world may go awry*
> *In my heart will ever lie*
> *Just the echo of a sigh,*
> *Goodbye...*

5

1940

> *Quittons les faits.*
> *Imaginons.*
>
> EZRA POUND

Le Centre d'Opération du capitaine Freyberg (Programme Elysium) était installé à côté de la suite de Mauberley, dans les pièces qu'occupa autrefois Greta Garbo. Freyberg y avait disposé ses classeurs, ses collections d'échantillons, son matériel photo et il avait accroché le drapeau américain au-dessus de son bureau. C'était un bureau métallique avec des tiroirs peu profonds et des serrures qui étaient toujours grippées ou coincées. Ces tiroirs contenaient essentiellement des vieux bonbons, des chewing-gums durs comme des cailloux, mais il y avait aussi des feuilles de papier ministre sur lesquelles étaient griffonnés des mots suivis de points d'exclamation. Il y avait aussi des machines à écrire (trois), des téléphones (pas encore branchés), un tableau noir mal fixé au mur et une carte d'Europe qui indiquait l'emplacement des camps de la mort. Le téléphone de campagne, qui ne portait pas à plus d'un kilomètre et demi, était posé sur le bureau de Freyberg afin qu'il puisse contrôler le système de communications plus important, mis en place en bas dans la ville. Le lit de camp de Freyberg se trouvait également dans cette pièce (le salon), la chambre ayant été affectée à un autre usage.

Dans la chambre — où brillaient de puissantes lampes blanches, comme s'il espérait cuisiner Al Capone —, Freyberg avait posé une bâche sur le plancher et il y avait le long du mur des pelletées de sable semblables à ces petites montagnes que font les enfants. Chacun des tas était numéroté « tas un », « tas deux », « tas trois », etc. Toutes ces cendres provenaient de la baignoire qui se trouvait à côté dans la suite de Mauberley. Du numéro « un » à « vingt-huit » les pelletées avaient été prélevées du haut vers le bas.

Lorsque Quinn pénétra dans la pièce cette nuit-là, Freyberg semblait jouer avec des morceaux découpés sur son bureau. Il y avait une autre personne dans la pièce : le dactylographe Dufault qui farfouillait, sans doute à la recherche de bouteilles dans lesquelles on pourrait mettre des échantillons de cendres.

— Alors, dit Freyberg, votre duchesse s'est enfuie.

— Vous savez aussi bien que moi que ce n'est pas vrai, répondit Quinn. Elle n'a fait que son devoir.

— Hum hum. Le devoir... c'est un si joli mot, vous ne trouvez pas, Quinn ? Il couvre presque tout.

— Presque. Mais je ne pense pas qu'il couvre ce que vous faites, capitaine.

L'employé cessa de farfouiller.

Freyberg lui lança un coup d'œil et les fouilles reprirent.

— Z'avez faim, Quinn ?

— Non merci, capitaine.

Quinn détestait les tablettes de chocolat. Ça cariait les dents et salissait la langue.

— Asseyez-vous, dit Freyberg.
— J'ai froid aux pieds, rétorqua Quinn. Si cela ne vous fait rien, capitaine, je préférerais rester debout.
— Asseyez-vous.

Quinn s'assit.

— Je veux que vous voyiez ma nouvelle collection, je viens juste de la finir. Et j'ai pensé que puisque vous êtes tellement « artiste », vous pourriez m'aider à en assembler les éléments.
— Ah oui?

Quinn inclina la tête pour voir les pièces découpées qui étaient étalées sur le bureau entre Freyberg et lui. Ce dernier les manipulait comme les pièces d'un puzzle. C'était des bouts de tissu. Chacun était de couleur différente et de forme triangulaire. Peut-être s'agissait-il d'insignes; d'insignes militaires peut-être. On bien était-ce un jeu que Freyberg avait inventé.

— Chacun de ces triangles, dit Freyberg, a été coupé dans un uniforme pénitentiaire à hauteur de la poitrine.
— Ah.
— Eh oui. Des uniformes de Dachau.

Quinn ne put s'empêcher de soupirer. Il en avait vraiment assez de Dachau — il en avait tellement assez de la puanteur qui envahissait son esprit, tellement assez d'en entendre le nom même qu'il avait envie de hurler. Et maintenant Freyberg faisait appel à ses connaissances artistiques pour qu'il puisse assembler ces morceaux de tissu pourris sur un mur.

— Bon, le rose devrait être disposé à côté du violet, dit-il, et le vert juste au-dessus du rouge et du jaune... bon... ça devrait aller avec le noir.

D'une certaine manière, il ne plaisantait pas. Il nommait simplement les combinaisons de couleurs qui seraient assorties. Mais d'un autre côté, il savait qu'il marchait sur du verre et il sentait que Freyberg pourrait le frapper malgré la présence du dactylographe Dufault dans la pièce.

Mais il ne se passa rien.

Pendant un instant, du moins.

Freyberg aligna les morceaux de tissu, se cala dans sa chaise tout en grignotant le bout de sa barre de chocolat. Lorsqu'il parla enfin, il ne s'adressa pas à Quinn, mais à l'espace qui les séparait et aux petites choses décolorées disposées devant lui.

— Le violet, c'est pour les objecteurs de conscience, dit-il. Le vert pour les droits communs. Le rose pour les homosexuels. Le noir pour les « antisociaux ». Le rouge pour les politiques. Le jaune pour les juifs. Et vous voyez... avec deux triangles jaunes, on fait l'étoile de David. Passionnant, hein ? Méthodique. Précis. Pas de gaspillage. Même un idiot peut s'en souvenir... les mémoriser. De toute façon, les idiots — les débiles mentaux — n'avaient pas droit aux couleurs. On n'avait pas le temps de les coudre entre leur arrivée et leur départ.

Quinn regardait les bouts de tissu et il voyait l'endroit où la couture avait été défaite ou coupée, fort probablement par Freyberg lui-même, marchant au milieu des victimes, s'arrêtant de temps à autre pour étoffer sa collection.

La gorge de Freyberg fit un bruit sec et, lorsque Quinn leva les yeux, il vit que le capitaine le regardait fixement ; il transpirait.

— Qu'est-ce que vous voulez que je fasse, capitaine Freyberg ? Que je choisisse une couleur et que je la porte ?

Il ne se passa rien. Rien. Simplement ce bruit sec dans la gorge de Freyberg.

Dufault cessa de farfouiller et ne fit même pas semblant de comprendre. Il pivota dans sa chaise pour observer la scène. Il vit Freyberg qui transpirait — la bouche fermée — et la superbe coupe de cheveux de Quinn avec sa nuque parfaitement dégagée au-dessus de son impeccable col de chemise.

Puis Freyberg dit :

— Je ne pense pas que votre couleur figure ici, lieutenant Quinn.

— Ah, de quelle couleur s'agit-il ?

— Je n'en suis pas tout à fait sûr. Quelle que soit votre couleur préférée, je devine celle qui vous convient. Peut-être le brun pour le connard, peut-être le violet pour le couillon. Faites votre choix.

Quinn ne daigna pas répondre. Il encaissa le coup mais il pensa : « Pourquoi le devrais-je ? Il aurait l'impression d'avoir gagné. »

— Vous au moins, vous avez de la chance, capitaine, dit-il. Il n'y a aucun problème pour choisir vos couleurs. Comme je l'ai déjà dit, le noir et le jaune vont très bien ensemble.

La langue de Freyberg mouilla sa lèvre supérieure puis disparut derrière ses dents.

— Je ne suis pas juif, dit-il.

— Ah.

Quinn ne put s'empêcher de sourire. Freyberg était tombé — il avait trébuché —, mais pas à l'endroit où Quinn s'y attendait. Il avait pensé que le bon capitaine aurait nié être un antisocial.

— De toute façon, capitaine, ajouta-t-il, vous pouvez toujours porter le triangle noir. Cela ne jurera pas avec votre uniforme.

— Je ne suis pas juif, répéta Freyberg en s'adressant au bureau et aux insignes.

— Vous croyez que c'est important ? demanda Quinn.

Berlin, août 1940

Walter Schellenberg était diplômé des plus grandes écoles et était titulaire d'un diplôme universitaire. Il était équilibré, cultivé, charmant. C'était aussi un tueur. Puisqu'il se trouvait être l'un des brillants jeunes hommes de Himmler, il était expert en fraude. Il n'utilisait jamais de travestissement physique. Il préférait se mettre dans la peau de ses personnages, exactement comme un acteur formé par Stanislavski. Il avait joué le personnage de Schaemmel entièrement de l'intérieur. Fritzi Schaemmel vivait. Les yeux et les oreilles étaient ceux de Schellenberg mais l'on voyait, entendait, touchait Schaemmel.

Schaemmel avait marché dans les rues anglaises ; il avait échangé des informations avec des agents britanniques qu'il avait rencontrés ; il avait fréquenté les cercles dirigeants des organisations de résistance hollandaises, françaises, danoises. Il avait couché avec des femmes, des hommes, des garçons, des filles, et il leur avait tous fait croire qu'il les aimait. Schaemmel était une facette du génie de Schellenberg — un génie qui allait le propulser jusqu'au sommet où le commandant Schellenberg deviendrait général de division : chef du Quatrième Bureau (Gestapo) de contre-espionnage du Bureau central de sécurité du Reich.

Le vendredi 2 août, Schellenberg et Estrade rentrèrent à Berlin où ils rencontrèrent le ministre allemand des Affaires étrangères, Joachim von Ribbentrop. C'est ce dernier qui avait demandé que cette réunion eût lieu. Schellenberg avait insisté pour qu'Estrade fût présente. Ils se retrouvèrent au troisième étage après le déjeuner. Von Ribbentrop vint vers eux. Il semblait tenir à ce que la rencontre prît place au quartier général de la Sécurité centrale sur la Prinz Albrechtstrasse. Von Ribbentrop avait l'air prévenant, mais Estrade pensait quant à elle que le ministre préférait que l'on ne voie pas Schellenberg à la Wilhelmstrasse si vite après son retour du Portugal. Peut-être la conspiration contre les Windsor recelait-elle plus de choses qu'il n'y paraissait.

Estrade se tint en retrait durant toute la première partie de l'entretien et écouta. C'était la première fois qu'elle rencontrait quelqu'un d'aussi important. Elle se trouvait dans la même pièce qu'un homme qui s'asseyait chaque jour dans la même pièce qu'Hitler. Elle fut discrètement consternée par ce qu'elle vit. Un homme qui portait des guêtres. Un homme qui avait une canne. Un homme qui transpirait. Un homme humain. Très intéressant.

Schellenberg et von Ribbentrop parlèrent en termes mesurés du complot de l'enlèvement des Windsor. Estrade, qui connaissait sa place, resta silencieuse. Elle était fascinée par ces deux hommes intelligents qu'elle observait en train d'achever un puzzle dont les pièces étaient invisibles à l'œil nu.

Les deux joueurs connaissaient les éléments les plus importants. Au cours de l'automne 1940 ou du printemps 1941, la Grande-Bretagne serait envahie. Ce serait une opération difficile mais pas impossible. De plus, il y avait un certain nombre de cartes qui, si on pouvait les jouer, pourraient permettre d'épargner un grand nombre de vies allemandes, d'énergies, et de réduire les pertes d'un matériel sophistiqué — il valait mieux préserver les énergies et le matériel en prévision de l'inévitable guerre contre la Russie.

L'une de ces cartes avait déjà été jouée, qui serait bientôt connue sous le nom de bataille d'Angleterre. Une autre de ces cartes consistait à soutenir des centaines d'agents allemands sur la scène politique américaine — moyennant d'importants fonds allemands — dont la tâche consisterait à empêcher la réélection du président Roosevelt et à fomenter une agitation sur le front du travail. Cette carte s'est révélée très payante. Henry Ford, qui avait la photo encadrée d'Hitler sur le mur au-dessus de son bureau, la jouait du côté du monde des affaires, refusant de tolérer les syndicats dans ses usines et paralysant ainsi la totalité d'une industrie. John L. Lewis, qui jouait sur le front du syndicalisme, avait réussi à faire fermer la plupart des mines de charbon américaines. Roosevelt reconnaissait qu'il avait des « problèmes » et que s'il devait perdre les élections la Grande-Bretagne perdrait l'un de ses meilleurs alliés.

La dernière carte devait être celle de l'enlèvement du duc et de la duchesse de Windsor.

La directive émanant du Führer, qui ordonnait que les Windsor soient détenus en Europe, avait été adressée à la fois aux Affaires étrangères et au Bureau central de sécurité. On devait penser alors que si l'on disait à deux hommes de faire le même travail l'un d'entre eux au moins réussirait.

Himmler avait pour sa part envoyé Walter Schellenberg. Et von Ribbentrop... eh bien, on ne le savait pas encore.

Le plan de Schellenberg était celui que le commandant Gerrard avait raconté au duc de Windsor ; le marquis de Estella persuaderait les Windsor de se rendre en Espagne où ils seraient les invités du duc et de la duchesse d'Avila dans leur pavillon situé dans les montagnes près de la frontière portugaise. Une fois entre les mains des Avila, ils seraient placés en résidence surveillée.

Mais Schellenberg avait également un plan de rechange.

Si le marquis de Estella n'arrivait pas à « persuader » les Windsor de passer en Espagne, ils y seraient contraints par Schellenberg lui-même avec l'aide d'Estrade et des autres domestiques de la villa qui avaient été achetés. Le rôle d'Avila resterait le même, qu'il reçoive les Windsor en tant qu'invités venus de leur plein gré ou contraints et forcés : dans tous les cas il devrait donner un tour de clef et la remettre à Schellenberg.

Tel était le complot qui avait été élaboré par l'Albrechtstrasse.

— Et celui de la Wilhelmstrasse...

Schellenberg sourit à von Ribbentrop; ce dernier regarda ses genoux et balaya les miettes qui, après le repas, étaient restées dans les plis de son pantalon.

— Maintenant que tout est fini et que nous avons tous les deux perdu, Votre Excellence peut sûrement me donner un aperçu de ce à quoi elle pensait...?

Von Ribbentrop avait rassemblé toutes les miettes et en avait fait une petite boule qu'il mit dans le cendrier sur le bureau de Schellenberg.

— Mon plan était le même que le vôtre, commandant. Point par point, pas à pas — exactement le même que le vôtre.

Schellenberg ne se départit pas de son sourire.

— Le même que le mien ? demanda-t-il.

— Exactement.
— Mais qui était l'agent de Votre Excellence ? Qui agissait pour le compte de Votre Excellence ?
Von Ribbentrop prit un grand plaisir à répondre.
— Vous, commandant.
— Moi.
— Oui.
Schellenberg souriait toujours.
— Bien, bien, dit-il. J'ai donc travaillé tout ce temps pour vous.
Von Ribbentrop ne dit mot. C'était à Schellenberg de tirer ses propres conclusions.
Von Ribbentrop espérait cependant que le commandant ne tirerait jamais une certaine conclusion — à savoir que le duc d'Avila ne devait pas enfermer les Windsor et remettre la clef à Schellenberg, mais qu'il devait en fait enfermer Schellenberg et remettre la clef à von Ribbentrop. Car le duc d'Avila était la pièce maîtresse de la branche espagnole du projet *Pénélope*.
Von Ribbentrop laissa donc croire au commandant Schellenberg qu'il avait travaillé « tout ce temps » pour l'Albrechtstrasse et pour la Wilhelmstrasse. Cela était vrai, même si nulle autre personne ne le savait à la Wilhelmstrasse.
Ils étaient maintenant tous les deux calés dans leur chaise et épuisaient ce qu'il leur restait de leurs sourires.
Une ordonnance vêtue de blanc fit alors son apparition qui portait une cafetière contenant un ersatz de café turc, de minuscules tasses et une pyramide de morceaux de sucre.
Von Ribbentrop se dirigea vers les fenêtres, regarda les arbres d'été et prit une telle position que son dos

empêchait un flot de lumière d'entrer dans la pièce. Cela n'aurait pas fait bon effet auprès de l'ordonnance si elle avait dû quitter le bureau en pensant que le ministre était en position de demandeur. En adoptant une allure rigide et autoritaire — sa canne pendant au bout de ses doigts gantés de gris —, Son Excellence incarnait l'image même d'un homme qui était venu faire sa loi. Schellenberg pouvait avoir l'air d'être tombé dans sa chaise sous le poids d'une accusation.

L'ordonnance se retira discrètement et après son départ, lorsque l'on eut entendu le déclic de la porte, Son Excellence constata la clarté du jour puis retourna occuper sa place de demandeur devant le bureau.

— On a entendu raconter des tas d'histoires, dit-il tandis qu'il posait soigneusement deux morceaux de sucre sur la soucoupe placée devant lui avant de commencer à enlever ses gants.

— On dit par exemple que Son Altesse Royale a quitté la villa non seulement sous escorte mais encore « sous le secret », comme disent les Anglais. Est-il vrai qu'il avait des bandages ?

Schellenberg plaça un morceau de sucre entre ses dents et aspira la forte essence de café à travers ses lèvres en un sifflement digne d'un Turc ou d'un Levantin.

Son Excellence, plus raffinée, trempa tout bonnement son sucre à la mode européenne, et il le laissa se désagréger lentement au-dessus de sa tasse tandis qu'il attendait une réponse à sa question. Son cœur se serra lorsqu'il l'entendit, mais cela n'empêcha pas le morceau de sucre de parvenir à sa bouche.

— Oui, dit Schellenberg, Son Altesse Royale avait des bandages. Mais qui n'en n'aurait pas eu ? Apparemment, on lui avait tiré dessus en plein visage.

— En plein visage ?
— Oui.
— Mais ça aurait dû le tuer.
— Oui. On aurait pu le penser. Mais ce n'est pas ce qui est arrivé.

Schellenberg avala une autre gorgée de café et cassa en deux un morceau de sucre avec ses dents.

— En plein visage... murmura von Ribbentrop comme si l'expression venait d'être inventée et qu'il essayait toutes les inflexions possibles. En plein visage. C'est extraordinaire. En plein visage...

Et il regarda Estrade. Estrade aspira entre les dents toute sa tasse de café et elle la finit en prenant une profonde inspiration. Von Ribbentrop pensait peut-être qu'on allait lui dire qu'Estrade avait appuyé sur la gâchette.

— Il a été blessé par un sujet britannique, dit Schellenberg.

Son Excellence avait le regard fixe.

— Une poignée de soldats britanniques, arrivés par la mer, se sont débrouillés non seulement pour enlever notre prince, mais aussi pour le blesser et le neutraliser physiquement.

— Vous sous-entendez donc, dit Son Excellence, que notre gibier a été capturé et chassé d'Europe par M. Churchill ?

L'idée d'un Winston Churchill complotant contre le duc de Windsor était trop inquiétante pour qu'on puisse l'imaginer.

— Peut-être, dit Schellenberg, mais comment peut-on en être vraiment sûr ? Nous ne pouvons nous en tenir qu'à ce que nous avons vu. Les commandos britanniques sont arrivés. Il y a eu un coup de feu puis on a entendu un bruit de verre brisé et, comme nous le savons, le duc et la duchesse ont été embarqués ensemble à bord d'un navire.

— Et le duc était couvert de bandages?

— Oui, Votre Excellence. Il était bandé des pieds à la tête, dit Estrade.

— Les mains aussi étaient bandées?

— Ah oui. Complètement. Et le visage aussi.

Estrade s'enfonça dans son siège. Schellenberg, tout en regardant le ministre, mordit très fort dans un autre morceau de sucre.

— Ces commandos britanniques, dit Son Excellence en époussetant le rebord du bureau sombre de Schellenberg avec ses gants gris perle, sont vraiment intervenus au bon moment.

Schellenberg acquiesça de la tête.

— Oui.

— Peut-on vous demander comment se fait-il que vous le saviez?

Schellenberg-Schaemmel haussa les épaules.

— Très bien, dit von Ribbentrop. Peut-on au moins vous demander pourquoi vous n'avez pas averti la Wilhelmstrasse de leur arrivée imminente?

Estrade jeta un coup d'œil à Schellenberg qui déclara :

— Nous n'avons pas osé prévenir l'informateur, Excellence. Et le moindre mouvement de nos agents y aurait certainement contribué.

Von Ribbentrop posa ses gants sur ses genoux.

— Vous voulez dire, je suppose, qu'il se trouve quelqu'un au Portugal qui connaissait nos plans et en a informé les Britanniques et...

— Il n'est pas nécessairement au Portugal, monsieur le ministre.

Il souriait maintenant de toutes ses dents.

Von Ribbentrop lissa ses gants qui, sur ses genoux, prirent la forme de mains.

— Vous affirmez donc que l'on doit se méfier de quelqu'un de la Wilhelmstrasse et que ce quelqu'un a informé les Britanniques de nos plans concernant l'enlèvement du duc et de la duchesse de Windsor.

Schellenberg ne répondit pas.

Von Ribbentrop haussa les épaules.

— Je vois.

Et il sourit lui aussi. La « guerre » entre les Affaires étrangères et la Sécurité centrale ne se terminerait donc jamais.

Von Ribbentrop avait également un masque à porter, encore qu'il ne fût pas aussi sophistiqué que celui de Schellenberg-Schaemmel. Pendant de nombreuses années, le séducteur international, le vendeur de champagne qui proposait ses magnums de fascisme mousseux à l'époque où il était ambassadeur en Grande-Bretagne dans les années 30 était apparu sous les traits d'un banal dilettante d'une arrogance séduisante mais inoffensive.

Von Ribbentrop dirigeait son propre service de renseignements, indépendamment de la Wilhelmstrasse et de la R.S.H.A. Schellenberg le savait, mais il ignorait au profit de qui ces renseignements étaient collectés.

Mais von Ribbentrop voulait maintenant connaître tous les détails possibles; il les voulait tellement qu'il transpirait dans l'attente de tout ce que Schellenberg pourrait lui dire. Estrade pensa qu'il suait l'angoisse.

Son Excellence dit alors :

— Bon, peu importe la façon dont cela a été rendu possible. Vous avez intercepté le message prévenant de l'arrivée des commandos britanniques et vous avez fait parvenir ce petit mot à Son Altesse Royale qui disait : « Méfiez-vous de vos amis britanniques... »

Le silence qui suivit ces paroles fut terrible car von Ribbentrop avait visé trop haut.

Schellenberg fut prompt à reprendre l'avantage.

— Votre Excellence semble connaître par cœur le contenu de mon message.

Par chance, von Ribbentrop put répliquer en se servant d'une riposte que l'on avait utilisée contre lui lorsque la balle était dans l'autre camp.

— Le texte de votre message, commandant Schellenberg, on le connaît par cœur d'ici jusqu'à Londres.

Schellenberg fut obligé de battre en retraite et von Ribbentrop devint tout à fait conscient que le commandant devait sans doute penser que l'un de ses agents à la villa Cascais avait agi pour le compte de plus d'une organisation.

Estrade bougea sur sa chaise.

Von Ribbentrop, qui avait dorénavant repris la main, décida de marquer d'autres points. Le ton de sa voix devint celui d'un homme qui en sait beaucoup plus qu'il ne veut bien le dire — et qui réfléchit à voix haute pour intimider son adversaire.

— Vous savez, dit-il, je suis encore intrigué et je me demande comment cela a pu se faire que Fritzi Schaemmel — installé dans cette sordide chambre de l'hôtel Barcanera — ait pu savoir l'heure précise du débarquement des commandos britanniques. Je me demande encore comment il a pu être mis au courant de leur arrivée ainsi que de leurs intentions. « *Méfiez-vous de vos amis britanniques... de la part de quelqu'un qui tient vos intérêts à cœur.* » C'est charmant. Quelle jolie tournure. Et quels distingués sentiments. Et envoyer un message aussi attentionné avec des fleurs. C'est vraiment touchant. Pourtant, rien n'a été fait pour empêcher le débarquement de ces *amis britanniques*. Il n'y avait que Herr Fritzi avec ses magazines érotiques, ses lunettes et ses projets personnels dans son sac à malices... Et avec son propre groupe armé dans la villa en train de conspirer et de comploter pour... pour quoi? S'approprier une rançon peut-être? Ou se livrer à un petit chantage? Ou à un partage?

Von Ribbentrop rabattit les doigts de l'un de ses gants, puis de l'autre, dessinant avec le tissu moelleux deux poings qu'il posa sur ses genoux.

— Et cet agent... (Von Ribbentrop haussa les épaules.)... cet informateur, il ne savait pas que les Anglais allaient arriver parce qu'on leur avait dit de venir? Ces commandos ne sont quand même pas venus *par hasard*. Certainement pas par hasard la nuit même où le marquis de Estella devait traverser la frontière espagnole avec les Windsor. Et s'il n'y avait eu ce contretemps, alors votre double, le commandant Schaemmel, pardonnez-moi, le commandant Schellenberg aurait accompagné les Windsor sous la menace d'une arme. Comme tout ça était bien réglé. Et comme tout cela reposait sur la connaissance parfaite de ce que nous étions en train de mijoter.

Von Ribbentrop regarda alors Estrade droit dans les yeux. Sa voix changea complètement. Durcie par le mépris. Il la montra du doigt.

— Qui est cette femme, Schellenberg? Dites-le-moi.

Estrade se tenait assise, les genoux serrés. Von Ribbentrop scruta ses yeux. Tout à fait inexpressifs. De tels yeux étaient un véritable don pour quelqu'un qui travaillait dans la clandestinité. On aurait dit qu'elle ignorait — apparemment — certains des secrets qu'elle détenait.

— Eh bien? demanda von Ribbentrop.

Schellenberg se leva de son siège, sortit de derrière le bureau et fit quelques pas vers le centre de la pièce. Pendant un long moment il refusa de parler; il allait et venait, les mains dans les poches de son pantalon un instant, puis il les ressortait comme s'il comptait les trésors de poussière que contenaient ses poches. Lorsqu'il parla enfin, il le fit si doucement que von Ribbentrop dut tourner la tête pour l'entendre.

— Je voudrais conclure un marché, Excellence, dit-il. Von Ribbentrop sentit immédiatement son dos se raidir. (Ce mot de *marché* était sans doute l'un des plus dangereux du vocabulaire courant.)

— Je voudrais conclure un marché très spécial et peut-être quelque peu insensé avec vous. Il est insensé parce que je devrais transmettre une information que je ne suis pas encore parvenu à analyser.

Von Ribbentrop regarda en direction d'Estrade. Elle avait les lèvres entrouvertes, comme si l'oxygène manquait soudain dans la pièce.

Schellenbereg poursuivit :

— Je vous en dirai davantage si vous acceptez de conclure le marché avec moi. D'accord?

Von Ribbentrop s'enfonça dans son siège. Il avait une main sur le pommeau de sa canne tandis que l'autre était posée à plat sur le bord du bureau où il avait étalé ses superbes gants.

Il réfléchit brièvement à la situation. Il avait besoin de plus d'informations concernant ce qui s'était passé dans la villa. Il avait désespérément besoin de savoir si Schellenberg pourrait lui parler de cet agent qui avait prévenu les Anglais. Il tenait ses propres renseignements sur les événements de la villa du domestique. Mais, malgré son utilité, il n'avait pu être présent partout lors de cette nuit d'orage. Il n'avait pas tout entendu.

Et puis, qu'est-ce que von Ribbentrop avait à perdre ? Schellenberg ne pourrait rien lui demander qui le mette dans une position plus inconfortable qu'elle ne l'était actuellement pour lui.

Il répondit alors oui.

Schellenberg se plaça directement devant lui.

— Durant plus de trois semaines, mon agent Estrade, comme vous le savez, j'en suis sûr, a joué le rôle de la secrétaire particulière de la duchesse de Windsor à la villa Cascais.

Von Ribbentrop pressa fortement le bas de son dos contre le dossier de la chaise avant de parler.

— Un *coup* extraordinaire. Je vous félicite. Mais oui, je le savais déjà.

Schellenberg dit alors :

— Pendant tout ce temps, Estrade a eu accès à la garde-robe, aux bagages et même au sac à main de la duchesse de Windsor.

Von Ribbentrop eut l'impression qu'il allait s'évanouir.

— J'aimerais vous montrer quelque chose, Excellence, dit Schellenberg qui passa derrière son bureau pour prendre une simple feuille de papier qu'il dissimula un bref instant avant de la passer au ministre.

— Je ne sais pas quoi faire de ça. (La voix traînante de Schaemmel sortait de la bouche de Schellenberg.) Et je pensais, je ne sais pourquoi, que vous pourriez m'éclairer. Voilà mon marché, Excellence. Je vous montre ça si vous me dites quelle en est la signification.

Von Ribbentrop avait le regard fixe.

— C'est mon amie Estrade qui l'a ramenée de la villa... dit Schaemmel. Elle y attache beaucoup d'importance et je me demandais peut-être si...

Lentement, très lentement, von Ribbentrop retourna la feuille de papier entre ses doigts et il la regarda tandis qu'elle lui explosait lentement, très lentement, au visage.

La duchesse avait écrit dessus, d'une main enfantine, un seul mot : PÉNÉLOPE.

Elle avait dessiné en dessous — très maladroitement, comme par distraction — l'image d'un aigle surmontant un globe terrestre. C'était l'insigne personnel de von Ribbentrop.

— Non, dit-il. Non. Ça ne me dit rien.

Lorsqu'il se retrouva dans la rue, von Ribbentrop se précipita pour trouver des toilettes. Il entra, s'assura qu'il était seul, pénétra dans l'une des cabines, verrouilla la porte, enleva son chapeau, se pencha au-dessus de la cuvette et vomit son déjeuner ainsi que son petit déjeuner.

Dans la demi-heure qui suivit, il vomit encore deux fois et prit deux comprimés contre l'angoisse. Assis là, avec son pantalon descendu jusqu'aux genoux, ses pieds placés bien en arrière de façon que l'on ne puisse reconnaître ses chaussures et ses guêtres, von Ribbentrop pensa à ce que Schellenberg pouvait savoir.

Si la cabale était révélée au grand jour, alors tout était perdu. Le pari qu'ils avaient fait sur l'avenir deviendrait caduc — et c'était impensable. Impensable.

Il fallait avertir Hess immédiatement. Puis tous les

autres. Mais pas encore les membres les plus importants de la cabale. Pas encore, et jamais, espérons-le. Ils avaient choisi von Ribbentrop pour organiser *Pénélope* et s'il avait gaffé, il serait exclu. Cependant, avant de pouvoir affronter Hess, il devait prendre un autre contact. Dangereux mais impératif. Il devait parler au général de division des forces aériennes, sir Alan Paisly, le seul homme qui pouvait lui dire comment les Britanniques avaient été informés du projet allemand d'enlèvement ; et cet homme devait aussi lui apprendre si, par hasard, on avait découvert en Angleterre le rôle joué par *Pénélope* dans ce complot.

Von Ribbentrop se retira dans le sanctuaire de son bureau personnel de l'Eden Hôtel pour téléphoner. Les lignes interurbaines passaient de l'Allemagne via le Luxembourg et la France en Suisse, puis de là elles passaient à Londres. La communication devait être codée.

Bien qu'il fût bref, leur entretien laissa bien trop clairement entendre qu'il y avait danger. Pour compliquer les choses, Paisley fut obligé d'être explicite, sans laisser planer la moindre ambiguïté.

— Winston est de l'autre côté du couloir, vous comprenez. Pourquoi est-ce que vous m'appelez ici, bon Dieu ? Soyez bref.

Von Ribbentrop demanda comment les Britanniques avaient été informés de l'enlèvement des Windsor et on lui répondit :

— Peux pas le dire en détail. Ne sais tout simplement pas, vous comprenez. Sauf qu'apparemment Buster en a eu vent à Madrid. Compris ?

— Oui. Madrid.

— Et c'est Buster qui a passé le message à Teddy à Lisbonne. Compris ?

— Oui. Lisbonne.
— Teddy a informé le MI-6 et c'est vraiment tout ce que je peux dire. Sauf....
— Oui ?
— Eh bien, il semble que si vous remontiez jusqu'à Buster à Madrid, sainte Thérèse dit que... compris ?
— Oui. Sainte Thérèse était le duc d'Avila.
— Sainte Thérèse dit que c'est une femme qui a tout raconté à Buster. C'est tout ce que je sais, vous voyez. Désolé.

Von Ribbentrop demanda alors s'il était bien exact que le duc et la duchesse de Windsor avaient été enlevés par les hommes du Service du Renseignement militaire britannique et dans quel état se trouvait le duc. Pourquoi lui avait-on tiré dessus ?

— *Tiré dessus*, vous dites ?
— Exact. Un de *vos* hommes lui a tiré dessus en plein visage.
— Non. Non. On ne lui a pas tiré dessus. Ce sombre idiot a traversé une glace. Il s'est terriblement coupé. Il a perdu beaucoup de sang, mais il est vivant. A traversé un miroir, l'imbécile.
— Mais on m'a dit qu'il y avait eu un coup de revolver.
— Oui, c'est vrai. Un de nos hommes. Il a eu très peur. Il a cru qu'il avait tué le duc.
— Ils ont été enlevés ? demanda von Ribbentrop.
— Si l'on veut. Disons qu'on les a *convaincus*.

Et la communication fut coupée.

A Berlin, Rudolf Hess qui était le lieutenant d'Hitler se conduisait mal.

Von Ribbentrop n'avait pas osé raconter plus que l'essentiel de ce qui s'était passé à la villa et de ce que devait savoir Schellenberg. Hess paniquait trop facilement : il fallait toujours faire attention de ne pas l'alarmer. C'était le genre d'homme qui sautait par la fenêtre si quelqu'un criait au feu dans le bâtiment d'à côté. Néanmoins, il devait être averti. Une trahison pouvait survenir à n'importe quel moment, et la seule façon d'y faire face, c'était d'y être préparé. On pouvait peut-être expliquer le mot *Pénélope* qui avait été griffonné sur ce papier « timbré » avec l'emblème personnel de von Ribbentrop : l'aigle et le globe. Mais seulement si tout le monde racontait la même histoire. Seulement si tout le monde prenait cela pour une plaisanterie. Mais de toute sa vie, jamais Hess n'avait fait la moindre plaisanterie, pas plus qu'il n'avait ri à la moindre d'entre elles.

Von Ribbentrop ne parlerait donc pas de cette feuille au lieutenant du Führer. Il devait malheureusement raconter tout le reste. Mais le mot, le mot. Il le hantait. A quoi avait pensé la duchesse lorsqu'elle l'avait écrit sur ce morceau de papier ?

L'ironie suprême ne serait-elle pas que l'on vienne frapper à sa porte au beau milieu de la nuit — comme von Ribbentrop l'avait si souvent imaginé — et que derrière elle se trouverait Walter Schellenberg, l'orgueil des hyènes de Himmler ? Avec un sourire grimaçant, sans doute. « Ah oui, dirait Schellenberg, ce *mot* qui vous inquiétait tellement, Excellence, j'en ai découvert le sens. » Et la hache tomberait.

Mais cela ne doit pas se produire. Ne devrait pas se produire. Pas si von Ribbentrop se reprenait et agissait de telle manière que tout le monde soit pris de vitesse. Il devait d'abord découvrir qui avait informé l'agent britannique à Madrid. Une femme.

Hess avait eu terriblement peur et il n'avait absolument pas bronché lorsqu'il avait appris que l'on avait fait sortir les Windsor d'Europe. Il s'était mis au garde-à-vous comme un homme recevant une sentence de mort. Il se trouvait dans le jardin lorsque von Ribbentrop était arrivé. Son fils, un enfant unique, jouait tranquillement et l'on pouvait entendre par les fenêtres ouvertes des éclats de rire.

Von Ribbentrop évita de mentionner les détails sanglants concernant les blessures du duc. Il s'obligea à s'asseoir. Il détourna les yeux lorsqu'il dit que Schellenberg était en train de fourrer son nez partout, mais que Hess ne devait pas s'en inquiéter. Ce dernier ne fut pas dupe cependant. Von Ribbentrop le lut dans ses yeux. Il sut immédiatement que Hess avait sombré dans le gouffre de la panique, exactement comme lui y avait sombré lorsqu'il avait appris la nouvelle. Ils avaient tous les deux tellement peur d'Hitler. Ils se souvenaient trop bien de la Nuit des Longs Couteaux. Schellenberg était bien trop ambitieux pour abandonner ses recherches s'il pouvait prouver qu'il y avait une conspiration.

Les vengeances d'Hitler étaient devenues plus redoutables que celles de Caligula. Ses ennemis étaient dorénavant étranglés avec des cordes à piano qui avaient l'avantage de séparer plus lentement leur tête de leur tronc. D'autres victimes étaient pendues, agonisant à des crochets de boucherie. Il y avait pourtant d'autres morts plus terribles encore....

— Qu'allons-nous faire ? demanda Hess.

— Sauter plus vite, dit von Ribbentrop qui regretta son analogie sitôt qu'il l'eut prononcée.

Hess prit son air de chien battu, ses sourcils dissimulant presque ses yeux.

— Sauter où ? demanda-t-il.

— Plus en avant, répondit von Ribbentrop. Plus en avant, plus vite, et d'une manière plus décisive. En restant le plus calme possible.

« Calme... » Ce mot ne signifiait rien pour Hess. Von Ribbentrop l'observa attentivement.

Hess regardait dans le jardin. Une voix d'enfant s'éleva puis se tut. Puis ce fut une voix de femme.

Si l'on avait choisi von Ribbentrop pour jouer un rôle important dans la cabale, ce n'était pas uniquement à cause de sa position privilégiée. Ou à cause de son nom — ou de son charme. Il avait été choisi, car il était expert en un domaine davantage considéré comme un art que comme un simple don. Bien sûr, les diplomates doivent céder à l'inspiration comme les artistes le font — ils doivent oser se laisser guider par elle de temps à autre. Mais von Ribbentrop accomplissait la majeure partie de son travail avec la même habileté qu'un artisan expérimenté qui doit se tenir éloigné de toute inspiration durant les neuf dixièmes de sa vie professionnelle. L'enjeu était parfois trop important pour qu'il puisse se permettre de rester calé dans un fauteuil et d'offrir une simple « représentation » de ses talents.

Le moment était pourtant venu d'agir ainsi devant Hess. La tâche de von Ribbentrop aurait été grandement facilitée si les membres les plus importants de *Pénélope* avaient pu être persuadés de minimiser le rôle de Hess. Mais ils avaient pris leur décision et von Ribbentrop devait s'y conformer. Il devait maintenant empêcher Hess de sombrer dans un désespoir paranoïaque.

Il y parvint en lui faisant reprendre confiance, en évoquant de plus vastes projets et les plus vastes activités de la cabale. Il parla des importants succès qu'elle avait remportés à l'étranger. Pour couronner le tout, il reparla de « succès » en se référant à la femme et à l'enfant qui se trouvaient dans le jardin.

Montrant du doigt par la fenêtre le fils de Hess qui riait ainsi que son épouse, il dit :

— Quel plus grand espoir y a-t-il pour tous nos projets que notre désir de succès dans tout ce que nous entreprenons au nom des générations futures ?

Hess fut très ému par ces paroles.

— Nous ne devons pas abandonner, dit Hess. Nous ne devons pas.

Hess se retourna. Ses mains tremblaient.

— Hitler doit être supprimé, ajouta-t-il. Il le faut. Et nous devons le faire...

— Nous le ferons.

— Quand ?

— Quand le moment sera venu. Quand tous nos hommes et nos femmes seront prêts.

— Vous avez l'air toujours tellement calme, dit Hess.

Von Ribbentrop sourit. S'il était calme, il l'ignorait.

Hess dit :

— Lorsque j'étais enfant, je demandais à ma mère : « Est-ce que le marteau va tomber ? Le marteau, ce pouvait être n'importe quoi, une maladie ou autre chose... et tout comme vous elle me répondait : "J'en doute." » Ce qui me redonnait vraiment confiance. Cela voulait dire qu'elle ne pourrait jamais me mentir.

— Je ne vous mentirai pas non plus, dit von Ribbentrop. Jamais.

Menteur.

— Je vous crois, ajouta Hess.

Mais ce n'était pas vrai.

Von Ribbentrop repartit dans sa Mercedes avec

chauffeur; il serrait sa canne entre ses genoux où il posa son feutre : il le regarda comme si c'était une tête tranchée. La sienne.

Une femme à Madrid. Ça le rendait fou. Le duc et la duchesse de Windsor s'éloignaient de lui à bord de l'*Excalibur*. Où ce navire les amènerait-il d'abord? se demanda-t-il. Aux Açores? Puis aux Bermudes? Il essaya de tracer une ligne imaginaire entre les côtes du Portugal et les Bahamas. Oui. Les Açores puis les Bermudes. C'était loin, si loin.

Excalibur, *août 1940*

A bord de l'*Excalibur*, le duc dépérissait. Il semblait avoir constamment besoin de quelqu'un ou de quelque chose pour l'aider à se tenir droit. Il recommença à marcher en appuyant le coude ou l'épaule contre les parois des coursives. Il contracta la phobie du vide et, si Wallis (ou quelqu'un d'autre) traversait le pont en direction du bastingage, il chuchotait : « Arrêtez! » Il se tenait assis, la bouche fermée, les mâchoires serrées, la gorge nouée, incapable même d'avaler sa valise. Ses yeux étaient tout le temps en mouvement, ils partaient dans toutes les directions tels deux poissons bleus pris au piège de sa tête qui allaient et venaient en direction des deux mêmes orifices pour regarder à travers le verre, l'air inquiets et méfiants, de crainte qu'une main, un hameçon ou une griffe ne s'introduise de force pour les arracher.

Il aimait s'asseoir dans un coin de son salon privé, les épaules contre la paroi métallique, et le ronronnement du navire que transmettait la coque semblait le réconforter. Si quelqu'un s'approchait trop près, il disait :

— *Ne m'interrompez pas...*

Seule Wallis était autorisée à franchir la barrière qu'il maintenant autour de lui : elle était placée à environ un bras de sa personne, distance calculée en fonction du principe qui veut qu'un serpent ne peut pas frapper au-delà de sa propre longueur.

Le « masque » de bandages qu'il gardait faisait également partie de cette barrière. Sir Alan Paisley avait dit vrai. Le duc était « passé à travers une glace » villa Cascais. De plus, il était tombé sur les morceaux de verre brisé. On fit venir d'urgence un médecin portugais à la villa dès que l'on eut appris ce qui s'était réellement passé dans la tour à la Martello. On lui donna une grosse somme d'argent — dont une partie fut fournie par l'hôte espagnol du duc — pour qu'il soigne les blessures et on lui remit encore plus d'argent pour qu'il garde le silence sur toute l'affaire.

Les blessures étaient plus ou moins superficielles, mais il fallut faire des points de suture. Elles avaient beaucoup saigné, ce qui est le cas des blessures au visage dans la mesure où les vaisseaux sanguins sont à fleur de peau. Le duc en garderait des cicatrices pour le restant de ses jours. La paume de ses mains, une partie du cou, la face antérieure de la cuisse gauche avaient été également entaillées, mais seule la cuisse dut être recousue. Le médecin avait prescrit un arsenal de pansements, de crèmes, de poudres cicatrisantes et avait dit :

— L'air de la mer fera le reste. Le sel est excellent pour les blessures. Mais Son Altesse Royale devra éviter le soleil.

Les soins devinrent moins douloureux au fil des jours et il n'avait plus pour pansements qu'une double épaisseur de gaze. Avant la fin du voyage, ils ne seraient plus nécessaires, excepté ceux à la cuisse et sur la paume des mains. On disait à tous les gens qui devaient entrer en contact avec le duc que ce dernier avait eu un accident d'automobile et que l'on ne devait pas en parler car, jusqu'à ce que les Windsor arrivent aux Bahamas, on ne devait évoquer ni le lieu où ils se trouvaient ni leur existence.

Ils occupaient l'une des deux suites du pont supérieur. Outre le salon, elle était composée de cabines de luxe distinctes, de salles de bains pour le duc et la duchesse, et il y avait aussi une cabine pour le commandant Gerrard. De l'autre côté de la coursive, l'ex-ambassadeur des États-Unis en France, Anthony Biddle, occupait avec son épouse une suite de taille identique mais pas aussi luxueuse : les chintz étaient fanés, les tapis usés. Les Windsor et les Biddle occupaient de fait toute la partie arrière du pont. Les Biddle avaient ramené deux palmiers en pot de leur hôtel de Lisbonne qui, ajoutés à un vélum, dissimulaient les Windsor aux regards des curieux lorsqu'ils osaient affronter la lumière du jour — et qui fournissaient « bien-être et confort » au grand chien danois arlequin des Biddle.

La duchesse écoutait son gramophone. Le commandant Gerrard faisait naître en elle des sentiments paranoïaques. Il ne leur autorisait aucun moment d'intimité sitôt qu'ils étaient sortis de la suite. Si la duchesse traversait la coursive ne serait-ce que pour emprunter un magazine, le commandant Gerrard se trouvait là qui l'observait depuis le seuil de la porte. Si elle désirait prendre l'air le soir, elle remarquait aussitôt le bout rougeoyant de sa cigarette dans l'obscurité. Elle était constamment surveillée. Bien sûr, elle comprenait que c'était son travail de garantir leur sécurité mais, d'un autre côté, qui pouvait les protéger de lui ? Ne les avait-on pas avertis : « *Méfiez-vous des amis britanniques* » ? Comment pouvait-elle être certaine que l'on n'avait pas poussé le duc dans le miroir ? Et Gerrard avait tiré un coup de revolver... Cela l'effrayait. Sur qui avait-il tiré ? Elle craignait aussi terriblement d'avoir perdu tout contact avec von Ribbentrop. Leur dernière entrevue remontait à un mois en Espagne. Depuis, plus un mot.

Le duc jouait pendant ce temps au docteur. Il tripotait sans cesse ses pansements et ses cicatrices. Il se mit aussi à lever le coude. Il buvait aussi bien du scotch que l'éternel madère. Au début, Wallis mit la boisson sur le compte de la peur et de la frustration. Il s'était produit tellement de choses inquiétantes. Qui ne se serait pas mis à boire un peu pour surmonter le choc ? De plus, il était confiné dans ce navire-prison. Elle commença à boire légèrement, des martinis le plus souvent. Mais elle n'arrivait pas à s'enivrer. Pas même à s'étourdir. D'autre part, le duc avait de plus en plus tendance à rester à fixer du regard le vide à travers la fumée de ses éternelles cigarettes et de ses cigares, un verre posé devant lui, telle une bouée dans le brouillard, dont il faisait vibrer les rebords avec l'ongle : tap-tap-tapotant — toujours à contretemps de la musique que la duchesse passait.

> *Frankie and Johnny were lovers*
> *Oh Lordy, how they could love!*
> *They swore to be true to each other,*
> *True as the stars above...*

Elle essaya un jour de le regarder droit dans les yeux. Mais ils étaient fuyants et hagards.

— David... ?
Rien.
— David, je t'en prie. Je ne peux plus supporter ça. Je ne peux plus continuer. Je suis épuisée. Perdue. Je ne sais plus où tu es. Ce n'est pas juste. Nous devons nous aider mutuellement à traverser cette épreuve. Alors, je t'en prie... Viens me rejoindre — ou laisse-moi aller vers toi que je puisse me cacher avec toi. Je t'en prie.
— Ne m'interromps pas.
— Bon sang! cria-t-elle en se dirigeant vers lui. (Elle se releva si brutalement que sa chaise se renversa.) Allez! Sors de là! Lève-toi! LÈVE-TOI! Tu ne te rappelles pas qui tu es!
— Qui j'étais, rétorqua-t-il.
— Oh non, dit-elle d'une voix très basse. Oh non, pas ça. Tu ne t'en tireras pas ainsi avec moi. Jamais. Je ne te laisserai pas faire. (Elle se tenait droit devant lui.) Tu es et tu seras toujours le roi.

Les poissons regagnèrent leur cachette. Les volets furent tirés. Il pleura.

Wallis s'exprima alors tout à fait calmement. Elle ne tremblait même pas.

— Pleure tant que tu veux, dit-elle. Ça ne changera rien. Tu ne comprends pas. Tu n'as jamais compris. *J'ai une tâche à accomplir.*

Elle le regarda, immobile; elle souhaitait l'immobiliser, lui aussi.

Elle se retourna, ramassa la chaise et la remit soigneusement, précisément, volontairement à la même place : comme s'il y avait des marques sur le sol pour l'y placer.

— Et au cas où tu l'aurais oublié, cette tâche consiste à te garder en vie. Toi, le roi, David. Toi, qui peux toujours être tout. Et qui le sera.

Elle se détourna de lui simplement pour ne pas voir les larmes. Elles l'effrayaient parce qu'elles la mettaient terriblement en colère.

— J'ai un avantage sur toi, David. Car je veux quelque chose que je n'ai jamais eu. Et c'est ça qui fait toute la différence.

— C'est vrai?
— *Oui.*
— Tu crois que je n'ai jamais désiré quelque chose que je ne pouvais avoir? Simplement parce que j'étais roi?

— Tu t'es bien débrouillé, dit-elle. Simplement parce que tu étais le roi.

— Vraiment?
— *Oui.*

Il se versa encore du whisky dans son verre et l'observa un instant avant de reprendre la parole.

— Je t'ai désirée, dit-il.
— Oui. Et tu m'as eue.

Il n'y avait rien à répondre à cela; alors elle se retourna et le regarda.

Il l'observait de la glace, enfin.

— C'est vrai? demanda-t-il.

Même cette remarque ne la blessa point. En fait, elle sourit.

— Bien, dit-elle. Très bien, David. Excellent. (Elle s'assura que son sourire était bien sur ses lèvres avant de parler.) Tu es en train d'apprendre.

Lorsque l'*Excalibur* arriva aux Açores, il fut interdit de descendre à quai. De toute façon, le duc n'en avait pas l'intention. Il se cachait dans sa cabine, assis dans son coin. Wallis sortit sur le pont et elle resta sous le vélum en compagnie d'Anthony et Margaret Briddle pour regarder les nouveaux passagers qui montaient à bord ainsi que les dockers qui chargeaient des caisses d'oranges et de vin.

— Regardez en bas, dit Margaret Briddle. Là-bas. Ce n'est pas quelqu'un que vous connaissez?

Wallis et Anthony Briddle regardèrent.

— En bas?

— Là-bas, à côté de ces énormes malles. Le jeune homme mince en costume d'alpaga.

Wallis regarda.

Le jeune homme surveillait le chargement de quatre caisses en bois; deux d'entre elles faisaient six mètres de long et l'une presque douze mètres.

— Qu'est-ce que vous croyez qu'elles contiennent?

— Je l'ignore. En tout cas, il tient à ce qu'on les manipule comme si c'était du verre.

— Et vous pensez que nous le connaissons?

— Je ne me souviens pas très bien... mais il me semble connu. Pas à vous?

— Peut-être une vedette de cinéma, dit Wallis.

— Ça se pourrait bien. Il est assez beau pour ça.

Anthony Briddle s'exclama soudainement :

— C'est un avion!

— Un *avion*? Dans les caisses?

Sa femme était sceptique.

— Oui. Vous voyez là?

— Ah oui... L'hélice.

Celle-ci n'était pas emballée et l'on aurait dit que le jeune homme allait l'apporter lui-même sur le bateau.

— Ce ne serait pas Lindbergh? demanda Margaret Briddle.

— Non, répondit Wallis. Je le connais très bien, il est beaucoup plus grand que ça.

— Tu l'as rencontré, Peggy, fit remarquer Anthony

Briddle. Comment as-tu pu penser qu'il s'agissait de Lindbergh ?

— Eh bien... à cause de l'avion.

Wallis rit.

Puis Anthony Briddle dit :

— Regardez, il y a le nom de l'avion sur la caisse qui monte.

Tous trois se penchèrent vers la caisse que l'on hissait.

On avait écrit dessus : *Icare*.

— *Icare*, dit Wallis. Quel nom vraiment étrange pour un avion. Ce n'est pas Icare qui est tombé ?

— Oui. Il avait volé trop près du soleil.

Wallis regarda le jeune homme mince.

— Il est très beau. Très beau. Je me demande qui c'est.

— Nous pouvons le demander au commissaire de bord.

— Oui. Et peut-être, fit Wallis en grimaçant, peut-être pourrons-nous l'inviter à notre table.

Personne ne put le convaincre de venir s'asseoir à une quelconque table. Il prenait tous ses repas dans sa chambre. La raison en était simple. Il était écrivain et il avait un livre à finir.

Il s'appelait Lorenzo de Broca.

Wallis avait essayé toutes les ruses possibles et imaginables pour sortir son mari des ténèbres où l'avaient plongé son accident et son exil ; toutes, sauf une.

Un après-midi, en plein milieu de l'Atlantique, il y eut une tempête et Wallis dit au duc :

— Viens te serrer contre moi. Nous nous tiendrons chaud.

Curieusement — cela venait peut-être de la boisson —, il se montra aussi doux qu'un enfant. Elle put même le prendre par la main.

Dehors, les vagues s'écrasaient contre la proue du navire, le ciel devint vert comme sous les tropiques et l'eau noircit. On entendait un mugissement et les plaques d'acier de la coque craquaient; on avait l'impression que l'*Excalibur* allait se scinder en longues bandes métalliques tordues avant de s'enfoncer dans les flots.

Wallis ôta sa robe, ses sous-vêtements, ses bas de soie foncés et elle ne garda que sa combinaison pour aller se glisser sous les draps et la couverture. Le duc, qui avait le pied marin, se tenait les jambes écartées et il la regardait, une cigarette dans une main, un verre de madère dans l'autre; le temps qu'elle se déshabille, il se « déshabilla » lui aussi. En fait, il enleva simplement ses bandages et les fit tomber dans un sac en papier brun, un de ces sacs comme on en jetait chaque soir dans le sillage du navire. Lorsque son épouse fut au lit, donc hors de vue, il monta après elle à l'image de quelqu'un qui grimpe dans un bateau de sauvetage et qui est terrifié à l'idée de se noyer alors qu'il prétend être calme.

Quand le duc eut rejoint sa place du côté de la paroi, ils restèrent un instant silencieux. Wallis fut la première à prendre la parole.

— Ça va? murmura-t-elle. (Il acquiesça.) Maintenant? chuchota-t-elle.

— Oui.

— Bon. (Et elle tendit le bras sur le côté pour rapprocher une photographie qui se trouvait près d'elle sur la table.) Maintenant, dit-elle en se tournant vers le duc, c'est à ton tour.

Le duc de Windsor, levant une épaule, tendit le bras par-dessus sa femme, saisit la photo et la disposa comme il convenait. Puis il se rallongea et soupira.
— Est-ce qu'elle regarde ? chuchota Wallis.
— Oui.
— Elle peut nous voir tous les deux ?
— Certainement.
— Bon, sourit Wallis. Alors, on y va ?
— Oui.
En quelque endroit qu'ils se trouvent, Wallis conservait toujours cette photographie à côté de son lit. Elle était posée sur un napperon de velours encadré de pourpre et montrait Sa Majesté la reine Mary, mère du duc de Windsor, qui portait le deuil. Qui plus est, elle ne pouvait détourner sa tête ni fermer les yeux tandis que son fils et sa belle-fille se livraient à leur rituel.

Le duc de Windsor s'endormit peu après leurs ébats sur le lit. Ivre de douleur et d'alcool, il se mit à rêver tandis qu'il transpirait abondamment, comme s'il était atteint d'une rare et mystérieuse maladie. La nuit tomba. L'orage éclata. Il plut... les lumières s'éteignirent...

... le duc entendit des chuchotements... « *tenho medo... da escuridao... espalhar-se...* ».

Trois personnes — quatre peut-être — progressaient à l'aveuglette le long de la rampe opposée et, tandis qu'ils passaient, le duc de Windsor s'arrêta. Les chuchotements déclinèrent peu à peu et ils s'éloignèrent.

Il était seul.

Le rêve et l'événement se confondaient, encore que dans le rêve l'obscurité régnait partout. Chaque fois qu'il rêvait, le songe était comme émoussé et le bas de l'escalier où il était assis demeurait invisible ou inimaginable. Peut-être que le bas de l'escalier n'existait pas. Peut-être n'était-ce là qu'une dénivellation dans l'espace. Quelquefois, dans le rêve, l'escalier s'inclinait soudainement et le duc devait s'accrocher à la rampe, résistant aux effets de la gravité et à l'étourdissement pour ne pas tomber. Il se tenait là, les yeux fermés, et cela semblait parfois durer des heures ; puis l'escalier reprenait sa position initiale et il pouvait enfin respirer.

L'événement n'avait pas semblé réel quand il s'était produit : maintenant, dans ses rêves, la chose paraissait très vraie.

Il était seul.

Wallis était perdue quelque part dans la maison. Des soldats venus de la mer lui avaient raconté que l'on projetait de l'enlever. On entendait maintenant des voix crier « assassino ! ». Cela ne se terminerait jamais.

Mais il se tenait seul dans l'obscurité et personne ne savait où il était. Nul ne pourrait le trouver et, s'il le voulait, il pourrait profiter du moment pour disparaître complètement.

Voilà qui leur apprendrait, pensa-t-il. Si je disparaissais, je leur enverrais une lettre de la lune pour leur dire : *Je suis ici ! Levez les yeux !*

Il rit.

Mais il mit tout de suite la main sur sa bouche de crainte qu'on ne l'entende. Ou le surprenne.

Si seulement je pouvais rire tout haut, pensa-t-il.

Faire n'importe quoi tout haut.

Péter tout haut.

M'exprimer tout haut.

Être moi.

Mais non. La chose n'était pas permise. Si vous transgressez la volonté du monde, on vous retire votre couronne. Et on vous la jette au visage. Ce serait bien fait pour eux si j'étais perdu pour toujours. Pour tous ces bourgeois assis là qui prétendent que je ne puis épouser la femme que j'aime. A moi le roi. Comment osent-ils ? Mais ils ont osé.

Que se passerait-il si je disparaissais ? Il n'y aurait plus personne pour me dire ce que je dois et ne dois pas faire. Personne pour me dire qui je suis et qui je ne suis pas. Je serais dans la lune et ils ne pourraient m'atteindre. Pas même Wallis...

C'est à ce moment qu'il décida d'aller se cacher dans son endroit secret.

Cet endroit secret était la tour à la Martello que le Dr Ricardo utilisait pour emmagasiner de vieilles malles, des boîtes, des meubles, des tableaux dont on ne voulait plus mais qui étaient cependant en trop bon état pour que l'on puisse les jeter. Le duc avait découvert la tour au début de leur séjour : il avait ouvert une porte et trouvé une vieille pièce qui sentait le moisi avec des poutres au plafond et des murs de pierre sales. Elle avait séduit son imagination tout de suite et il l'utilisait comme il avait utilisé le fort Belvedere du temps où il était roi : un endroit où il pouvait se retirer et mettre bas son masque. Il n'en avait même pas parlé à la duchesse.

C'était un lieu pour un garçon — aussi parfait que le fort Belvedere : une pièce où il pouvait se rendre pour y faire des choses interdites et rêver une fois la porte verrouillée. Un lieu pour boire cette autre bouteille de madère, pour fumer ces très gros cigares ; un lieu où il pouvait s'abstenir de regretter le passé comme on souhaitait qu'il le fasse. La joie qu'il ressentait au fort Belvedere venait des jardins et des murs. Ici, dans la tour à la Martello, sa joie découlait de ses propres rêves. Il la trouva, immédiatement, sans trop de difficultés : il se lança jusqu'au bout du couloir noir et tâtonna le long des murs jusqu'à ce que l'anneau de fer qui servait de poignée heurte son anneau nuptial. Il le tourna très doucement, de crainte qu'il ne grince et ne trahisse sa présence, souleva le pêne et s'introduisit par la petite porte qui lui faisait toujours penser qu'il jouait à *Alice dans le miroir*[1] tel qu'il l'avait fait avec ses frères et sœurs une centaine d'années auparavant à Sandringham, un millier d'années auparavant à Balmoral, un million d'années auparavant à Windsor.

Une fois à l'intérieur, quand la porte fut bien verrouillée derrière lui, il chercha un briquet dans ses poches, l'alluma avec son pouce et gravit les marches jusqu'à ce qu'il atteigne la table située au centre de la pièce. Il y avait dessus un candélabre dans lequel il avait disposé trois bougies neuves cet après-midi-là. Derrière lui, sur le mur, il y avait une applique avec deux autres bougies. Lorsqu'il les eut allumées toutes les cinq, il fit claquer son briquet en le refermant, le mit dans sa poche et se dirigea vers la malle où il rangeait sa provision de vin.

— Je leur montrerai, dit-il à voix plus ou moins haute. Ça devrait leur flanquer une bonne frousse. Débarquer ici avec leurs histoires d'enlèvement et de mutilations. Assassins. Et mon ami de Estella. Comment osent-ils?

Il se versa un grand verre de porto.

Assis à la table, en train de fumer — de rêver —, il

---

[1]. Allusion aux Aventures d'Alice, *Through a looking-glass* (A travers le miroir) de Lewis Carroll *(N.d.T.)*.

regarda, les paupières lourdes, à travers la flamme des bougies la pièce aux épais murs de pierre, les piles de cadres ouvragés, les tas de tableaux, les grands miroirs baroques appuyés contre des socles qui les soutenaient à peine. Une vieille tapisserie avait été suspendue, il y a longtemps, entre la table et la porte, sans doute pour empêcher les courants d'air d'éteindre les chandelles à une autre époque.

La tapisserie, usée jusqu'à la corde, représentait une carte de l'ancien monde avec des noms écrits en latin, des emblèmes qui n'avaient plus de sens dorénavant, de grands écussons d'or, des couronnes, des armoiries, des mers rongées par les mites, des continents ravagés par les vers et l'humidité.

Le duc de Windsor remarqua les représentations de son image que lui offraient les miroirs. Il y en avait trois — piégées dans la lumière et l'ombre — et chacune semblait brouillée avec les autres : cela avait sans doute à voir avec la façon dont chaque miroir était disposé et la façon dont chacun recevait puis reflétait la lumière des bougies.

Dans la glace la plus éloignée, il vit le prince de Galles, les magnifiques traits de son visage intacts, sans une ride. Dans le miroir du milieu, il se vit tel qu'il était précisément : un homme assis et qui regardait, du haut de ses quarante-six ans, les rides près de sa bouche et les poches sous ses yeux — on pouvait cependant voir encore les restes du magnifique jeune homme qu'il avait été. Dans le troisième miroir, les ombres portaient mal et il n'apercevait qu'un vieil homme voûté sans visage. Il se fit tout petit.

Il eut immédiatement la désagréable impression que ces images l'observaient, le regardaient ; il prit alors une large rasade dans son verre et il le posa doucement en face de lui avant d'oser lever les yeux à nouveau. Il vit à ce moment ses deux mains disjointes avec leurs ongles soignés, leurs singulières articulations, jaunies par le tabac, posées devant lui. Et il pensa à tout ce qu'elles avaient touché, à tout ce avec quoi elles avaient joué, à tout ce qu'elles avaient volontairement — ou involontairement — abandonné. Relâchant parfois leur proie intentionnellement et d'autres fois inconsciemment. *Tristes*, pensa-t-il. *J'ai des mains tristes*.

— Non, tu ne dois pas pleurer, dit le prince de Galles dans le miroir le plus éloigné. Il est interdit de pleurer.

— Il a raison, dit le roi-duc de Windsor au centre du triptyque. Si tu pleures, ils t'entendront. Nous serons alors tous foutus.

L'homme voûté — l'homme sans visage — ne dit mot.

Le duc regarda le prince de Galles.

— Je suis désolé, dit-il, je n'ai pas pleuré depuis mon enfance.

— Tu oublies, dit le prince de Galles. Comme tu oublies vite...

Le duc prit un verre de porto et dit :

— J'ai oublié quoi ?

— A quel point tu avais peur quand tu étais moi, dit le prince de Galles.

— Quand j'étais toi ? Mais je suis toi.

— Oh non, répondit le prince de Galles. Demande à n'importe qui. Il te dira que tu m'as laissé tomber depuis longtemps.

— Quand ? Pourquoi ?

— Je ne saurais dire précisément quand, mais je t'ai senti m'abandonner vers la fin de la guerre. Tu prenais vraiment du bon temps. Tu avais appris à ne plus te faire tout petit, à marcher sur tes deux jambes et toutes mes habitudes étaient devenues démodées. Mais pas mon visage. Ni mes décorations. Tu es intelligent. Comme tu as appris à profiter de ce que j'étais! Comme tu as appris — en mon nom — à obtenir ce que tu voulais! *Tout!*

— Mais j'ai travaillé pour toi, dit le duc. J'ai travaillé si dur pour toi.

— Oui, c'est vrai, dit le prince, et j'admets en avoir profité jusqu'à un certain point. J'ai gagné en stature, je suppose. La bonne société venait en courant : ça je le sais. Mais en vérité, c'est toi qui en tirais les avantages. Toi, tu t'amusais — et moi, je tombais en poussière.

— Tomber en poussière? Quelle horrible expression.

— Bien sûr que c'est une horrible expression. Mais c'est celle qui convient. Je tombais en poussière. Je me désagrégeais. Notre père te détestait. Mais c'est moi qui ai payé. C'est moi qui étais dévalué tandis que tu partais t'amuser au fort.

— Mais...

— Non. Ne m'interromps pas, dit le prince. Je te dis la vérité. Le fait est que c'est à ce moment-là que nous avons perdu le trône. Parce que tu as porté atteinte à ma crédibilité. Après ça, lorsque j'avais besoin de quelque chose, il m'était de plus en plus difficile sinon impossible de l'obtenir. Tu as dépensé tout ce que tu as hérité de moi. Tu l'as dépensé pour toi. Et lorsque le moment est arrivé de faire valoir mes droits — pas les tiens, mais les *miens* —, ils ont dit : « On ne peut plus vous faire confiance maintenant. » Imagine! Et notre père, allongé sur son lit de mort, qui disait : « *Ne laissez pas la couronne tomber aux mains de David...* » Alors que moi je suis venu au monde, j'ai été élevé et j'ai souffert pour cette couronne. Toi, tu as détruit toutes mes chances. Et lorsque *tu* as eu besoin de *moi* et que tu as dit : « *Je veux la couronne — et Wallis aussi* », je n'avais plus le choix. Je n'étais plus qu'un objet rangé dans un placard, accroché à un clou, et que l'on sortait pour toutes ces soirées où tu pensais qu'il serait amusant de jouer.

— Je suis désolé.

— Oui. Mais l'ennui, c'est que tu es désolé pour toi et non pour moi, ajouta le prince de Galles. Tu me détestais — et tu détestais être moi. Tu t'es éloigné de moi dès que tu l'as pu. Lorsque tu es parti, tu as disparu avec tout ce qui m'appartenait, y compris la couronne. Et tu as donné ça à Bertie. Comme s'il en voulait !

— Je sais qu'il ne la voulait pas du tout.

— Mais moi j'en voulais. Et — regarde ce que tu as fait. Quand je pense à tout ce que nous avions, dit le prince de Galles. Quand je pense à la façon dont ça s'est terminé...

— Nous avons Wallis, lança le duc avec une note d'espoir.

— Tu as Wallis, rétorqua le prince de Galles.

— Je suis désolé, répondit le duc.

— Tu l'as déjà dit, fit remarquer le prince de Galles.

— Mais je le suis.

— Prouve-le.

— Comment le pourrais-je ?

— Reprends la couronne.

— *Mais je ne veux pas de la couronne.*

Le duc se releva en chancelant et renversa le verre de porto tandis qu'il contournait le bout de la table pour aller vers le prince de Galles. Ce dernier semblait gigantesque, menaçant, et il se tenait devant lui avec ses traits laids, déformés.

— Tais-toi, dit le vieil homme dont on ne pouvait voir le visage. Tu vas nous faire prendre.

— Et toi, interrogea le duc de Windsor en se tournant vers le vieil homme, je ne sais même pas qui tu es.

— Tu le sauras, rétorqua le vieil homme. Tu le sauras.

Le duc de Windsor devint sarcastique, comme cela lui arrivait souvent quand il était soûl, et il dit :

— Qui es-tu donc ? *Le spectre du Noël à venir ?*

— Approche-toi, dit le très vieil homme. Je veux que tu me voies tel que je suis vraiment.

Le duc de Windsor redressa son verre et le remplit d'un porto couleur de prune. Puis il souleva le candélabre et s'approcha de la silhouette du miroir vêtue d'un suaire.

— Éloigne les bougies, dit le très vieil homme. Éloigne les bougies. Approche-toi.

Le duc de Windsor s'exécuta et posa le candélabre derrière lui sur la table. Puis il se rapprocha du très vieil homme.

Ce dernier portait un costume de soirée, semblable à celui du duc, mais plus sombre : il était aussi plus poussiéreux et ses revers n'avaient ni l'épaisseur ni le lustre de ceux du duc. C'était un costume qui semblait aussi vieux que la tapisserie de la pièce. La première impression du duc qui voulait que le très vieil homme n'ait pas de visage n'était pas tout à fait exacte car, maintenant qu'il le regardait de plus près, il voyait un nez, un front voilé d'une ombre et deux vagues trous noirs où devaient se trouver les yeux. Ces trous contenaient, tels des puits, les reflets aquatiques d'une lumière vacillante. Et tout autour de la tête du vieil homme luisait un feu de verre.

Le duc resta à observer le très vieil homme, et un instant après ils prirent tous deux une gorgée de porto qu'ils savourèrent avant de l'avaler.

— Bon, dit enfin le duc. Je suis là. Que veux-tu?
— Toi, répondit le très vieil homme. Toi. Parce que sans toi, je mourrais.
— Qu'est-ce que cela peut me faire que vous mourriez, alors que je ne sais même pas qui vous êtes, dit le duc de Windsor.
— Regarde bien, dit le très vieil homme. N'y a-t-il là rien que tu ne reconnaisses?

Le duc se pencha davantage, examinant tous les traits qu'il pouvait apercevoir, mais en vain.

— Non, dit-il. Rien.
— Alors approche les bougies et regarde encore, dit la silhouette du miroir. Tu comprendras alors ce que j'attends de toi. Approche-les et regarde de nouveau.

Le duc de Windsor se retourna, souleva le candélabre, le tint à bout de bras devant lui et fit face au très vieil homme.

Mais le très vieil homme s'était transformé.

Devant lui se tenait une image scintillante complètement différente de tout ce qu'il avait vu auparavant. C'était pourtant bien lui qu'il voyait. C'était lui-même, sans aucun doute, par-delà la lueur vacillante de la lumière des bougies — chaque flamme était couronnée de son propre halo, chaque halo de son propre reflet, tandis que l'ensemble des reflets entourait celui du duc qui flottait dans l'obscurité au-delà de la surface brillante de la glace...

— Éteins les lumières, dit le très vieil homme, et je te dirai qui je suis.

Mais le duc de Windsor était cloué au sol. Et le très vieil homme souriait parce qu'il savait ce que c'était que d'être transpercé par la lumière.

Le duc éteignit les bougies, l'une après l'autre.

Devant lui se tenait le très vieil homme sans visage, avec toujours ses vêtements usés, avec ses yeux semblables à des puits par une nuit sans étoiles.

— Tu m'as affirmé que tu me dirais qui tu es, lança le duc de Windsor. Tu m'as dit que tu me révélerais ton nom...

— Je suis... commença le très vieil homme dont la voix baissait.

— Oh, je t'en prie, ne disparais pas, tu m'as dit que tu me révélerais ton nom.

— Mon nom, poursuivit le très vieil homme, ... mon nom est gloire.

Mais sa voix était en train de mourir dans le miroir.

— *Vai ele!* cria une autre voix. *Vai ele! Vai ele!*

Le duc de Windsor était appuyé contre la table.

— *O assassino!*

Qui parlait? Où était-il maintenant?

Il sortit le briquet de sa poche, le manipula gauchement sans réussir à le faire fonctionner. Dehors, dans le vestibule, on entendait des cris et même le bruit de fenêtres brisées.

Il réussit enfin à allumer le briquet et il enflamma les bougies. Il entendit des soldats, qu'il reconnut au bruit de leurs bottes, courir derrière les portes.

— Au secours, dit-il d'abord très doucement. Au secours.

Puis il entendit le bruit de crosses de fusil en train de fracasser la porte.

— Au secours! dit-il. Au secours...

Il allait et venait d'un côté à l'autre, troublé qu'il était par tout ce bruit, par le vin et l'alcool qu'il avait bus, par toutes ces lumières et ces cris venus de toutes parts qui disaient *au secours, vai ele* et *o assassino*. Il lui sembla qu'il était entouré d'une douzaine de silhouettes qui vacillaient sous la lumière des bougies, lumière qui elle-même s'inclinait apparemment tandis qu'il passait ici et là.

Puis les portes furent ouvertes en grand et quelqu'un lui cria: « Ici! » Et la tapisserie explosa.

Le duc vit ensuite un homme — c'était le commandant Gerrard — qui agitait un fusil en l'air; et le commandant Gerrard vit le duc de Windsor qui était, semblait-il, entouré d'une douzaine de personnes. Le commandant, pensant que l'une de ces personnes devait être l'assassin, cria un seul mot: « Courez! » et il ouvrit le feu.

Le duc de Windsor leva les bras en l'air et cria:
— Où? Où? Où dois-je courir?

Et il vit d'autres hommes franchir la porte, gravir les marches, passer par la tapisserie — il se précipita alors vers eux en pensant qu'ils venaient le sauver et il courut...

Vers leur image. Et vers la sienne. Droit sur le miroir qui quelques instants auparavant avait révélé l'image de la gloire.

L'espace fut zébré par un millier de flammes brillantes, et il entendit le bruit d'une eau qui coulait et les pierres se mirent à ruisseler de sang.

Puis les ténèbres. Le silence. Et Wallis. Les bras tendus.

— Réveille-toi.
Où?
— Réveille-toi.
Où?
Il se réveilla.
L'*Excalibur* se souleva.

Le duc crut un instant qu'ils étaient en train de couler. Mais il vit sa mère qui le regardait, assise dans son cadre d'argent à côté du lit. Elle semblait si sereine et si calme qu'il n'y avait aucune chance que le bateau coule. Aucune.

Wallis dit :
— Tu faisais encore le même rêve.
— Oui.
Est-il fini?

Très loin, en bas, dans la vallée, une bête hurla. Un chien peut-être. Il n'y avait désormais plus de loups en Europe. Mais dans son pays à lui, pensa Quinn, ça aurait été un loup qui hurlait. Ou une meute de loups. Une meute hurlait et une autre lui répondait à distance. Pendant tous les étés de son enfance dans le Vermont, il les avait entendues hurler tout au long de la chaîne des Appalaches; et il avait pris l'habitude de calculer le temps qu'il faudrait à leur message pour aller du Canada à la Virginie-Occidentale. *Je suis ici*, hurlait une meute. *Êtes-vous là?* Leurs hurlements lui hérissaient les cheveux sur la nuque et même les petits poils sur le dos de ses mains. Mais ce chien, sous le Balkonberg, hurlait seul. Nul autre ne lui donnait la réplique.

Quinn traversa la pièce pour aller fermer les volets.

Mais on entendait encore le chien.

Quinn alluma ses bougies et posa sa lampe sur sa cantine près de son lit de camp ; l'écriture se mit à danser sur les murs, l'ombre de Quinn se projeta sur les mots, et il songea qu'à certains moments Mauberley n'avait dû vivre que de montrachet et de cognac et qu'il devait certainement être tellement ivre qu'il voyait à peine, et les mots avaient dû s'écouler comme par saccades de son esprit. Ils étaient sortis de la même façon que ce hurlement sortait maintenant de la gueule du chien en bas de la montagne.

Quinn enleva ses gants, alluma une cigarette et se versa un verre de vin. Il regarda sa montre : il était trois heures du matin.

Il se dit que ce pauvre vieux chien allait mourir, et il essaya de toutes ses forces de ne plus l'entendre. Si seulement quelqu'un dans la ville voulait bien le laisser entrer. Il y avait là des soldats cantonnés et des civils étaient revenus. Le chien faisait un bruit tellement effrayant. Mon Dieu, quel vacarme !

Quinn se demanda si Freyberg l'entendait. Ou bien dormait-il profondément de l'autre côté du vestibule ? Et s'il dormait profondément, le chien entrait-il dans ses rêves ? Si tel était le cas, se dit Quinn, le chien avait beaucoup plus de raisons d'avoir peur qu'il n'en avait en bas dans la vallée.

Les rêves.

Ils étaient tous habités par tant de violence, de sang ; tous souillés par ce merdier que la guerre avait provoqué dans la tête de chacun. Désormais, nul ne rêvait plus qu'il était en vie. Il se souvenait d'un seul rêve où, au début, il était vivant : un rêve dans lequel il était étendu, le visage pressé contre les seins nus d'une fille à peine nubile. Mais elle était morte et la beauté de sa poitrine se défit dès qu'ils commencèrent à se caresser; le rêve continua et Quinn découvrit qu'il était étendu tout habillé sur un lit de cadavres dont les bras s'enroulaient autour de son dos pour le retenir prisonnier.

Sur le mur, le rêveur reposait, enveloppé de pansements et terrifié, blotti sous ses couvertures : perdu en mer.

— *Tu faisais encore le même rêve?*
— Oui.
— *Est-il fini?*
— Non.

La gloire disparut ici : elle disparut aussi sûrement que les hurlements des chiens de la vallée s'étaient fondus en une seule et même plainte.

Quinn se retourna et regarda les murs vacillants; il secoua la tête. Il était tout à fait normal et merveilleux que Mauberley ait dû comparaître devant son roi dans un rêve. Les rois, dans Shakespeare, font la même chose. Ils se rencontrent toujours dans les rêves, sous l'apparence de spectres.

Il écouta le chien.

Il s'était tu maintenant... et devait être mort.

Quinn s'assit sur son lit de camp et but le reste de son vin. C'est ensuite que cela lui revint brutalement en mémoire : *le chien s'était tu maintenant*. Et il n'avait pensé qu'à une seule chose : *il devait être mort*. Il se demanda où était passée cette partie de son être qui présumait naguère que lorsqu'un chien se taisait, ce ne pouvait être que parce qu'une porte s'était ouverte et que l'animal était rentré dormir.

Quinn se leva alors, ferma toutes les portes et s'endormit sans souffler sa lampe.

Au matin, quand il se réveilla, il sortit immédiatement de son lit et se mit à lire, sans même reconnaître les mots tout d'abord, mais en les utilisant simplement pour anéantir les rêves qu'il avait faits.

Italie, août 1940

J'attendis des nouvelles d'Isabella durant tout le mois d'août, mais en vain. Naturellement, j'étais désorienté et malheureux à l'idée qu'elle n'avait pas voulu me faire suffisamment confiance pour me dire où elle allait. D'un autre côté, elle avait déjà disparu auparavant et les messages avaient été les mêmes : ses domestiques ne savaient pas où elle était ; ou bien, s'ils le savaient, on leur avait donné l'ordre de dire qu'on ne pouvait la joindre. Je fis ce que j'avais toujours fait. Je téléphonai. Je télégraphiai. J'écrivis. J'examinai l'éventualité d'un voyage à Venise. Je pris toutes mes dispositions pour partir. Je montai dans le train. J'en descendis. J'annulai toutes les dispositions que j'avais prises. J'attendis.

Durant tout ce temps, j'étais à Rapallo avec Ezra et Dorothy. Ezra imposait à Dorothy une situation infernale, mais elle n'en demeurait pas moins stoïque et silencieuse ; elle sortait son service à thé et jouait très bien le rôle de la femme qui fait confiance à son mari.

— N'est-il pas merveilleux qu'Ezra et Olga Rudge s'entendent si bien. Ils ont tant de choses à se dire. Ils ont tant d'intérêts communs. Et ce que j'aime surtout, c'est qu'Olga habite si près de chez nous : quand j'ai vraiment besoin d'Ezra, je n'ai qu'à envoyer le garçon en haut de la colline pour qu'il me le ramène.

Elle m'assurait ensuite, tout en m'offrant son thé à l'églantine ou à la camomille, qu'Olga Rudge était sa meilleure amie et que c'était « chouette, aussi, vous ne trouvez pas ? Tous les trois ensemble... ».

C'est avec Dorothy que je passai le plus clair de mon temps durant ces mois d'août et de septembre.

Nous apprîmes à cette époque la stupéfiante nouvelle de la mort de Trotski à Mexico. L'information s'étalait sur toutes les premières pages des journaux et, posées entre les tasses de thé à la camomille, on voyait les photos du grand homme dont le cadavre sanglant gisait sur une table.

Je fus à la fois fasciné et horrifié. Trotski avait beau avoir été un ennemi, j'estimais qu'il y avait quelque chose de scandaleux dans le fait de publier en première page la photo d'un homme — quel qu'il fût — en train de mourir. Telle était l'époque dans laquelle nous entrions. Certes, on voyait des photos de morts partout, mais la plupart d'entre eux étaient anonymes et ils ne parvenaient pas vraiment à nous émouvoir aussi brutalement que Trotski gisant sur sa table. Il avait l'air tellement impuissant, étendu là, et le monde entier prenait part à son supplice et au supplice de sa femme que l'on voyait à ses côtés. Elle semblait s'excuser que son mari saignât tellement. Et, bien qu'elle s'y employât, elle ne parvenait pas à dissimuler la tête ensanglantée face aux lumières pétrifiantes des éclairs de magnésium.

Les reportages ne valaient pas mieux. En Italie, naturellement, la mort de Trotski fut présentée sous un aspect victorieux. Comme si *Il Duce* en personne avait provoqué la mort du bolchevique. Ce n'était pas que l'assassin avait été recruté par Tio Benito, grand Dieu non! Seulement, sans sa grande sagesse, la maison du Communisme international n'aurait pas été aussi divisée. « Alors que c'est à l'unité et à l'union que nous devons nos victoires, disait-il, les communistes démantèlent leur propre révolution de l'intérieur. » L'assassin était un « ami fidèle »; quant à l'arme du crime, un piolet de montagne, elle avait été enfoncée en plein dans le crâne.

Les nouvelles continuèrent à affluer pendant plusieurs jours et on nous fit croire que Trotski avait survécu plus longtemps que dans la réalité. Ce n'était que pour faire durer cette sensation de triomphe. En vérité, il ne survécut que vingt-quatre heures. Néanmoins, durant toute une journée il avait gardé l'usage de la parole, il était resté conscient et s'était désespérément efforcé de dicter un manifeste qui ne vit jamais le jour. En tout cas, quel que fût l'individu qui avait eu l'intention de noter les paroles du mourant, quelqu'un se débrouilla pour brûler, par « erreur », le carnet sur lequel elles avaient été écrites. Sa femme resta près de lui jusqu'à la fin, y compris dans la salle d'opération (où des photographes furent admis); puis il eut, enfin, une dernière convulsion et il mourut.

Lorsque Ezra finit par descendre de la colline, il dit que c'était une mort logique : « Un coup de piolet pour quelqu'un qui était monté trop haut. » La formule lui plut tellement qu'il la nota tout de suite. Dorothy fit une chose dont je ne l'aurais jamais crue capable : elle découpa l'une des photographies et la glissa dans un livre à côté de son lit. Il s'agissait d'une photographie de Mme Trotski, le regard fixé sur l'objectif de l'appareil : elle entourait de ses bras la tête ensanglantée de son mari.

— La foi, c'est pour les femmes, dit Dorothy. Les hommes ne comprennent pas.

A la mi-septembre, n'ayant pas encore reçu de

nouvelles d'Isabella, je jouai la seule carte qui me restait et je pris le train pour Stresa, sur les bords du lac Majeur. Je n'étais jamais allé à la résidence d'été des Loverso, et je savais seulement qu'elle avait servi de théâtre au meurtre du mari et des enfants d'Isabella en 1924.

A ma connaissance, elle n'y était jamais retournée, mais je pensais que c'était pour ça qu'elle avait eu d'autant plus de raisons d'aller s'y cacher. Car elle devait « se cacher » : il ne pouvait y avoir d'autre explication à une aussi longue absence et à un aussi long silence. J'étais sûr que c'était Mussolini qu'elle fuyait et qu'elle avait toujours fui : c'était lui qui avait tué son mari. Je me rendis donc au dernier endroit où je pensais pouvoir la débusquer ; je ne trouvai qu'une villa vide avec un portail cadenassé, un aigle brisé perché sur une vasque de pierre ébréchée surmontant l'un des piliers, tandis que sur l'autre il y avait une grande couronne de pierre qui encerclait une autre vasque... La couronne cependant était intacte et même ses plus petites fleurs n'avaient pas souffert des intempéries.

— Avez-vous vu la Baronessa ? demandai-je au gardien.

— Non.

— Est-elle attendue ? Est-ce qu'elle a fait savoir où elle se trouvait ?

— Non.

— Puis-je voir le parc ?

— Non.

Je marchai jusqu'à la clôture à claire-voie qui séparait les jardins du lac et, les jambes dans l'eau jusqu'au mollet, je m'arrêtai pour regarder à travers les barreaux ; j'aperçus la cour où le meurtre avait eu lieu. Je fus assez déconcerté par ce que je vis. Parce que c'était si ordinaire. Là se trouvait le tombeau du chagrin d'Isabella, la source de toute sa passion : ce n'était qu'une cour dallée de pierres, recouverte d'un treillage portant une vigne abandonnée qui avait poussé en tous sens et qui laissait pendre des myriades de grappes pourrissantes, oubliées. La lumière qui l'éclairait ne laissait deviner aucune trace de fantômes ou de défi. Ce n'était qu'une terrasse banale et minable, ombragée et humide, avec une fenêtre cassée et une porte condamnée. Je sus alors — mais comment? — qu'Isabella ne s'y cachait pas, mais qu'elle s'était enfuie. Qu'elle nous avait tous fuis. Je ne savais pas pourquoi.

En octobre, je fus convoqué à Rome. En fait, une Mercedes vint me chercher.

La convocation émanait du cousin d'Isabella, le ministre des Affaires étrangères d'Italie, le comte Galeazo Ciano :

Ce n'était cependant pas une convocation aussi importante qu'il aurait pu sembler. Je ne serais pas seul, tête à tête, avec Ciano ; je ne serais que l'un des cinq cents hôtes étrangers invités à une grande réception au palais de Venise, organisée dans le but d'« entretenir de bonnes relations avec tous les résidents étrangers de cette ville, la ville mère du monde civilisé ».

Le voyage dans la sombre nuit d'octobre fut illuminé par les orages tandis que la pluie crépitait sur le pare-brise. Le tonnerre, les éclairs et le vent ne cessèrent de nous poursuivre après Viareggio, et je pensai à la tempête au cours de laquelle Shelley avait péri noyé. Je me demandai également si le chauffeur ne voulait pas tuer un autre poète — à savoir moi —, car il prenait des risques insensés sur la route et il semblait chevaucher une cavale plutôt que conduire une Mercedes. Comme il était allemand, je me dis que c'était peut-être une walkyrie mâle, et, quand je lui demandai pourquoi il roulait aussi vite, il me répondit qu'il avait reçu l'ordre de m'amener à Rome dans les plus brefs délais.

C'était le chauffeur le plus irritable que j'avais eu depuis des années, et je finis par lui faire admettre qu'il détestait l'Italie et qu'il aurait préféré être partout ailleurs plutôt qu'ici. Il était de Bad Godesberg et le Rhin lui manquait; il employa, pour décrire le monde extérieur à son pays natal, une formule que je n'ai jamais pu oublier. Il déclara que tous les autres lieux dans le monde étaient « *ein anderland, nicht mein* ». Après cela, je lui pardonnai sa conduite tempétueuse et je m'installai à mon aise pour dormir. « Un autre pays, mais pas le mien », voilà où je vivais depuis que j'avais quitté l'Amérique.

Le matin suivant, je présentai mes lettres de créances au palais de Venise, monumentale et affreuse construction érigée à la gloire de Mussolini qui abritait ses propres bureaux ainsi que ceux de plusieurs de ses ministres; je ne fus finalement introduit qu'après avoir franchi les barrages de trois secrétaires différents (chacun étant d'un rang supérieur au précédent) qui vérifièrent mon passeport en consultant une liste dactylographiée d'invités. Je fus ensuite propulsé en direction d'un lointain brouhaha qui provenait d'un endroit situé au-dessus de ma tête. Des kilomètres de corridor s'ouvraient devant moi et des milliers de marches larges d'un kilomètre.

La réception battait déjà son plein. Quand j'entrai, on me remit trois roses rouges, symbole de l'Axe tripartite, et je m'aperçus que les centaines d'invités avaient tous été pareillement décorés. J'essayai de me fondre dans la foule, mais sans succès. Il y avait partout des têtes que je reconnaissais dans la mêlée, au nombre desquelles celle de Julia Franklin. On la trouvait partout, semblait-il, en compagnie de n'importe qui, toujours prête à passer l'ennemi par le travers de sa plume. Je brandis mes roses vers elle. Elle brandit sa fourchette vers moi.

Nous déjeunâmes à la nouvelle mode impériale, c'est-à-dire que nous mangeâmes debout. La « salle », si on peut l'appeler ainsi, était de la taille d'un stade et elle était manifestement remplie de tout ce que Rome pouvait compter de résidents étrangers de quelque importance. Soit de passage, comme moi, ou bien qui y séjournaient de façon plus ou moins permanente, comme les groupes d'ambassadeurs avec tous leurs conseillers et leurs attachés. Il y avait également d'autres personnes : des journalistes, quelques vedettes de cinéma, des athlètes, des chanteurs d'opéra, des fascistes étrangers détachés dans les ambassades et même un prix Nobel récent. Notre conversation venait tout juste de trouver son rythme quand...

— Herr Mauberley...

C'était von Ribbentrop.

— Vous n'avez rien mangé.

— Non, effectivement, Votre Excellence. Mais...

Je me tournai vers mon prix Nobel, m'attendant à ce qu'il proteste, mais je fus assez effrayé de le voir se retirer de son propre chef.

Von Ribbentrop m'entraîna à travers la foule et me

conduisit dans une alcôve remplie de petites chaises, aux pieds et aux dossiers filiformes, tels des sièges d'enfant ou d'ange : dorées. Nous étions là, éclairés par la lumière de fenêtres qui faisaient au moins six mètres de haut et qui donnaient sur les jardins, les fontaines, les soldats, les arbres; j'avais un verre de vin dans une main, des *fettucini alle vongole* dans l'autre : il m'était impossible de poser mon verre ou mon assiette en quelque endroit que ce fût et, d'un autre côté, je n'avais pas la moindre envie d'absorber leur contenu. Les piles de petites chaises n'auraient quant à elles pas supporté le poids d'un cure-dents, encore moins celui d'un repas. Je me tenais là, l'air penaud, tandis qu'il penchait sa tête vers moi et qu'il me parlait sans me laisser saisir son regard.

— Je suis désolé de vous avoir arraché à votre intéressante conversation, mais nous avons très peu de temps pour discuter et j'ai une nouvelle à vous communiquer. C'est d'ailleurs pour cette raison que je vous ai demandé de venir.

Mon visage s'éclaira dans l'espoir d'apprendre une nouvelle concernant Wallis. Après tout, von Ribbentrop lui avait promis une couronne qui se faisait toujours attendre.

— Une nouvelle? Elle est bonne? demandai-je.

— Non, répondit-il. Elle n'est pas bonne, Herr Mauberley. Elle n'est pas réjouissante. Mais triste.

Je l'observai.

Je n'aurais jamais cru von Ribbentrop capable de prononcer ce mot : *triste*.

Ses yeux continuèrent d'éviter les miens, d'éviter toute chose, sauf son énorme main et son verre de vin.

— Il vous faut savoir, et vous devez savoir, dit-il très lentement, qu'Isabella Loverso est morte.

J'aurais préféré qu'il ne m'apprenne pas cette nouvelle dans un tel lieu.

J'étais figé. Je ne pouvais faire le moindre geste. La lumière était si vive qu'elle éblouissait le regard et les petites chaises finement assemblées paraissaient terriblement fragiles. Je pensai : *Si je pousse un soupir, elles vont tomber par terre.* Et la salle, derrière moi, émit un rugissement qui sonna comme une approbation. J'essayai d'obliger von Ribbentrop à me regarder dans les yeux, mais il s'y refusa encore.

— Pourquoi ? finis-je par demander.

Il considéra la salle grouillante. Il prit même le temps, avant de me répondre, de sourire à quelqu'un.

J'attendais.

Pourquoi ?

— Elle nous a trahis, dit-il en regardant les fenêtres.

Et toutes les fenêtres chatoyaient.

Ce n'était pas possible. Je lui demandai une preuve.

— La preuve, c'est qu'elle est morte, dit-il.

Et j'attendis.

— Pourquoi... dit-il... Je dirai pour commencer qu'elle a transmis des secrets allemands aux Britanniques.

— Pour commencer ?... dis-je.

— Vous devriez baisser la voix, Herr Mauberley, dit von Ribbentrop. Vous devriez baisser la voix. Et sourire.

— *Sourire ?*

— Oui. Souriez maintenant.

Il regardait au loin quelqu'un de bien précis. Qui ? Je jetai un coup d'œil et vis que c'était Julia Franklin.

Je souris.

— La baronessa Loverso, continua von Ribbentrop, comme vous avez pu vous en rendre compte, n'a pas cessé depuis des années de flirter avec la trahison à l'égard du fascisme.

Je ne pouvais nier. Je me souvins de Luis Quintana.

— Ça s'est produit, en fait, au mois de juillet dernier alors que vous vous trouviez tous les deux en Espagne.

— Mais vous l'avez vue vous-même, à ce moment-là, dis-je. Elle était à votre table. Elle a parlé avec vous. Je vous ai observé. Il n'y avait pas trahison, alors. Comment pouvez-vous dire cela, Excellence?

— Elle s'est assise à côté d'autres personnes aussi, vous savez. Elle s'asseyait à côté d'eux. Elle leur parlait et, que vous vous en soyez aperçu ou non, il y *avait* alors trahison.

— Qui trahissait-elle et pourquoi?

— Comme je vous l'ai dit, elle trahissait le fascisme. Et aussi...

— Oui?

— Elle nous trahissait, *nous*.

Je ne répondis pas. C'était parfaitement irréel.

— Ne passait-elle pas du temps, beaucoup de temps, avec le marquis de Estella? demanda von Ribbentrop.

— C'est exact. Vous voulez dire qu'elle lui parlait de nous, de *Pénélope*?

— Non.

— S'il vous plaît, Votre Excellence. Ce jeu, cet endroit sont étouffants. Dites-moi ce qu'elle a fait.

— C'est donc que vous ne savez pas pourquoi elle avait noué cette liaison avec de Estella.

— Non, Votre Excellence, je vous l'ai déjà dit.

— Le marquis de Estella était impliqué dans un complot qui avait pour objectif d'enlever vos amis, le duc et la duchesse de Windsor.

Je n'avais encore jamais entendu parler de cette histoire.

Von Ribbentrop continua.

— Le marquis, *qui avait bu un verre de trop*, comme disent les Anglais, et croyant qu'il parlait à une amie éprouvée, a été assez négligent pour faire quelques allusions discrètes au complot en présence d'Isabella Loverso. Elle a déployé pour lui le filet de ses charmes et elle l'a attrapé. Il lui a tout raconté.

— Je ne comprends pas, dis-je.

Et c'était vrai. Von Ribbentrop me parla du projet d'enlèvement du duc et de Wallis. Il me dit qu'Isabella Loverso avait informé les Anglais pendant qu'elle et moi étions à Madrid, trois mois seulement auparavant. Elle avait ensuite disparu.

— Elle n'a donc pas disparu, dis-je. Elle a été enlevée.

— Oui.

— Par qui?

Je m'attendais à ce qu'il dise : par Mussolini. Mais il répondit :

— Par Schellenberg.

— Mon Dieu!

— Mais *pourquoi*? dis-je. Pourquoi nous a-t-elle trahis?

Je savais qu'elle était indécise mais...

— Je n'ai qu'une théorie, dit von Ribbentrop. Mais je suis certain qu'elle est juste.

— A savoir?

— A savoir qu'elle avait désespéré de nous tous. De nos amis nazis, de nos amis italiens et... oui, même de nous. Et pour nous faire échec, pour nous arrêter, elle a remis les Windsor aux mains des Anglais. Elle a empêché qu'ils soient retenus en Europe par Hitler.

Mais elle savait aussi que l'étape suivante fondamentale de notre plan prévoyait d'utiliser les Windsor comme des fantoches.

— Vous m'avez dit que c'était Schellenberg qui l'avait enlevée.
— Oui.
— Et elle est morte.
— Oui. Morte.
— Mais pourquoi n'avez-vous rien fait pour la sauver? demandai-je. Elle était *à vous*. C'était un de vos agents. Vous auriez sûrement pu intervenir.
— Vous le pensez vraiment, Herr Mauberley?
— Oui.

Je vis son regard se glacer. Von Ribbentrop se tourna vers les fenêtres pour se réchauffer.

— Laissez-moi vous dire une chose et ne m'interrompez pas. Dans les deux jours à venir, dit-il, trois au plus, Isabella Loverso aurait tout raconté à Schellenberg. Boum. Tout aurait été fini. Et même sans tenir compte de cela, Herr Mauberley, vous devez comprendre qu'Isabella Loverso était prête à mourir et je pense que vous devez le savoir.

Je fixais des yeux le ciel derrière la fenêtre. Brillant, limpide, aveuglant.

— Vous ne devez jamais perdre de vue ce que nous voulons, dit von Ribbentrop, et de même vous ne devez jamais oublier que certains d'entre nous doivent tomber avant que notre objectif soit atteint.

Il étendit la main pour toucher les petites chaises comme si elles allaient lui répondre par un air de musique. Il était ainsi : il donnait toujours l'impression de pouvoir tirer un soupir d'une pierre. Ses doigts semblaient autant de baguettes magiques.

— Tous les jours, dit-il, j'ai à me déplacer dans

vingt mondes, Herr Mauberley. Vingt mondes différents ou plus, parce que je suis le ministre des Affaires étrangères de l'Allemagne. Il faut que j'y entre... et que j'en ressorte vivant : vingt fois par jour. Mais on sait au moins que j'ai tout le Reich derrière moi. Cependant, quand il est question de *nous*, Herr Mauberley, de *Pénélope*, je n'ai plus que *moi*. Et je dois y entrer et en ressortir vivant : *tout seul*. Comme vous. Exactement comme Isabella Loverso. Sauf...

— Vous ne m'avez pas raconté comment ça s'est passé, dis-je.

Il haussa les épaules.

— Dites-moi seulement comment elle est morte, demandai-je enfin. Je ne veux pas parler des détails... mais simplement savoir *comment*.

Il me regarda.

— Vous n'allez pas aimer ma réponse, Herr Mauberley, sauf sur un point.
— Lequel?
— Elle est morte très vite. D'un coup de revolver.
— Oh.
— Et quant à la réponse que je ne vais pas aimer, quelle est-elle?
— C'est l'un d'entre nous qui l'a tuée.

Je clignai des yeux. L'un d'entre nous.

— Qui? demandai-je.
— Moi, dit-il. C'est moi.

Je finis par retrouver suffisamment de voix pour lui demander pourquoi il l'avait fait.

— J'étais le seul en qui elle avait confiance, et elle savait que j'étais venu pour la délivrer.

Ce qu'il avait fait, naturellement.

Je ne voulais plus qu'une seule chose : lui tourner le dos et partir.

Mais où aller? J'avais perdu pour toujours toute impression de sécurité.

Je regardai les pâtes et le vin que je tenais dans mes mains, le dos de von Ribbentrop, la lumière du soleil et les fenêtres. Cinq personnes, qui arboraient toutes trois roses rouges, évoluaient près de nous et cela n'avait aucune importance. Même s'il y en avait eu un million, les petites chaises, tels des squelettes dorés, n'en n'auraient pas moins été empilées autour de nous. Comme des cages vides qui attendaient d'être habitées.

6

4 JUILLET 1941

> *Le fascisme ne peut survivre que par ses*
> *[excès.*
> *Ses excès sont sa propre logique.*
>
> Lauro de Bosis

Nassau transpirait sous le soleil.

Les nuages de pluie du petit matin s'étaient réfugiés vers le lointain horizon, en route vers le grand large. Une journée magnifique pour ceux qui n'avaient pas à se déplacer. Pourtant, durant tout l'après-midi, du moins jusqu'à trois heures, un flot dense d'hommes et de femmes se dirigea vers la résidence du gouverneur. Elle devait être ce jour-là le théâtre d'un drame horrible qui entra dans l'histoire sous le nom de *Kermesse du Spitfire* et que le *Time Magazine* appela *La fête incendiaire de Wallis Windsor*.

Durant les mois qui s'étaient écoulés entre leur arrivée aux Bahamas et les événements dont nous allons parler, le duc et la duchesse de Windsor avaient été les hôtes de sir Harry et lady Oakes, les citoyens les plus importants des Iles.

Ce n'est pas parce qu'il n'existait pas de résidence officielle que les Windsor allèrent s'installer chez des étrangers. En vérité, la résidence du gouverneur avait été dûment modernisée et repeinte, à grands frais, pour recevoir un duc de sang royal et sa femme. Mais la duchesse n'avait pas aimé la décoration et avait catégoriquement refusé d'aller vivre dans « toutes ces pièces rose-rouge » et de poser les pieds sur ces tapis moisis aux couleurs équivoques. Il y avait de l'humidité partout, sauf dans les robinets. Lorsqu'on les ouvrait, ils crachotaient tous quelques gouttes d'eau rouillée et se mettaient à cogner et à gémir. La maison était minée par les termites et infestée de bestioles rampantes. Quant aux appartements royaux, ils semblaient avoir été conçus par quelqu'un qui ne voyait le monde qu'à la lumière des éclairages au néon et qui, pour trouver une idée nouvelle, avait fait le tour des rayons du Prisunic local. La duchesse fut, en conséquence, obligée d'entreprendre elle-même la redécoration de toute la résidence et, en attendant la fin des travaux, de s'arranger pour habiter momentanément chez les Oakes.

C'était exactement le genre de travail qui convenait à la duchesse. Toute l'ambition énergique qu'elle mettait au service du plan de von Ribbentrop se trouva heureusement sublimée par la possibilité qu'elle avait de démontrer ses talents et son génie pour ce qui était d'influencer le goût des gens. La maison fut transformée comme par magie et, quand il fut question de choisir une date pour offrir à tous l'occasion de l'admirer, c'est elle-même qui choisit le 4 juillet. C'était sa Déclaration d'Indépendance personnelle, sa façon de rompre avec la société provinciale dont elle était destinée à devenir la *doyenne*. *Doyenne* était un terme qu'elle détestait. Les *doyennes* n'étaient que de simples ambassadrices, pas des reines.

C'est ainsi qu'arriva le jour où le duc et elle allaient se montrer sur les pelouses et où son chef-d'œuvre à elle allait être inauguré. Et avec lui ses nouvelles tapisseries françaises, ses tuiles espagnoles, ses nuances de bleu inconnues dans ces îles arriérées, sans parler de son festin importé, soustrait aux cuisines du Waldorf à New York et apporté par avion la nuit précédente. On avait fait venir, conservés dans la neige carbonique, des cailles pour tout le monde (cinq cents invités), de la laitue de Boston aux truffes, du champagne rosé, des massepains, des sorbets à la framboise en forme d'aigles et de couronnes, des médaillons de chocolat frappés de l'écusson ducal et de grandes vasques de verre remplies de bonbons à la menthe et de dollars en chocolat pour les enfants. Elle en avait l'eau à la bouche rien que d'y penser : c'est le devoir d'une hôtesse parfaite que de pouvoir, à son propre buffet, jouer l'invitée parfaite.

Le communiqué de presse disait, en des termes très soigneusement choisis, que le duc et la duchesse de Windsor, « *ayant décidé d'ouvrir leur demeure aux notabilités de la société des Bahamas, veulent profiter de cette occasion pour attirer l'attention sur la situation critique que connaît la mère patrie de cette colonie. C'est pourquoi des dons seront collectés pour l'achat d'un avion de chasse Spitfire, qui sera offert au nom du peuple de ces îles au peuple des îles Britanniques. Dieu sauve le roi.*
Nassau, New Providence, 4 juillet 1941 ».

Les lacets de la route du gouverneur qui conduisait à la résidence, au sommet du mont Fitzwilliam, étaient encombrés de voitures et de groupes de gens épars. Les échos d'une musique swing parvenaient jusqu'aux bosquets de casuarinas et se mêlaient aux jacasseries des nouveaux arrivants qui, essoufflés, franchissaient les portes en piétinant l'asphalte fondant. Il régnait presque une atmosphère de Carnaval, mais les hommes de la garde personnelle du duc de Windsor, qui portaient le kilt des Cameron Highlanders et se tenaient au garde-à-vous dans leurs tuniques écarlates tout au long de l'allée, donnaient une note de sobre grandeur à toute la scène.

Sur les pelouses, cinq grandes tentes à rayures étaient disposées en fer à cheval. Face à l'extrémité ouverte se tenait la résidence en forme de L, rideaux et volets clos pour faire obstacle à la chaleur, couronnée par son promenoir qui donnait sur la baie de Nassau, Hog Island et au nord sur l'Atlantique. La baie était pleine de yachts américains et de bateaux de plaisance, tous bleu et blanc ; leurs drapeaux et leurs pavillons flottaient au vent et se reflétaient dans la mer vert pâle. Les quais, les docks et les jetées qui desservaient ces navires et ces embarcations étaient pratiquement déserts. Tout le monde était monté en ville et se pressait contre la clôture métallique pour voir arriver les Cinq Cents. Des policiers, impeccablement vêtus de blanc, maintenaient la foule en deçà des portes et empêchaient les gens de monter trop haut sur la palissade afin d'éviter qu'un enfant ne se tue ou que quelqu'un ne se fasse éborgner par les piques pointues qui en décoraient le sommet. Ils étaient là aussi pour empêcher les gens d'escalader la statue de Christophe Colomb qui tournait le dos à la foule et dont les épaules constituaient un remarquable perchoir pour les petits garçons et les oiseaux. Colomb avait le regard fixé sur la mer vers l'endroit — invisible — qu'il avait quitté il y a si longtemps. « *Mais qu'ai-je donc fait* semblait-il dire, *pour mériter pareille fin? Pour finir coulé dans du bronze, en ce lieu parmi tant d'autres. Nulle part. Et tous ces gens à mes pieds que je ne puis même pas voir.* »

Les gens commencèrent à arriver à midi. Le duc et la duchesse de Windsor ne devaient pas faire leur apparition avant trois heures. Mais en attendant, des jeux et des loteries permettaient aux invités de gaspiller leur argent. « Tout est pour la bonne cause! Tout est pour la bonne cause! » criaient des bonimenteurs célèbres du cinéma, au nombre desquels la jeune miss Lana Turner. Tout est pour la bonne cause! Il y avait aussi un café français, un cinéma d'actualités et une baraque de voyante où l'on apercevait Elsa Maxwell, habillée en gitane, assise derrière une boule de cristal. Mais la principale attraction demeurait quand même les Windsor. Tout le monde voulait voir la duchesse, tout le monde voulait toucher le duc, tout le monde voulait embrasser et palper les bagues de la duchesse et regarder les yeux bleus du duc.

— *Cinq cents chats et un roi*, dit Adela Rogers St. Johns.

Vers deux heures, une fourgonnette que presque tout le monde reconnut dans la foule tenta de faire une percée pour atteindre l'allée. Elle était conduite par un certain Nelson Kelly, connu sous le nom de « Petit Nell », parce qu'il mesurait moins d'un mètre cinquante. Nelson voulait voir le duc immédiatement, car il avait une histoire à lui vendre. *Immédiatement*, vu la cohue des gens et des voitures, c'était tout à fait impossible.

Petit Nell fit retentir son klaxon, mais en vain.

— Au nom du ciel, criait-il par les fenêtre, laissez-moi passer.

Ses paroles pompeuses et pressantes n'eurent pour effet que de provoquer les rires.

— On ne passe pas, Petit Nell, lui cria-t-on. On ne passe pas, et c'est valable pour tout le monde.

— Mais je dois arriver en haut de la colline, hurla-t-il.

— Alors vas-y à pied.

Ils étaient tous si mesquins, si vindicatifs, si riches. Ils avaient tout leur temps et aucun d'entre eux ne transpirait dans son costume bleu et blanc. Mais Petit Nell devait gagner sa vie et la seule façon d'y arriver, c'était de vendre son histoire. Son métier consistait à fouiller partout et à dénicher des histoires qu'il vendait toujours au plus offrant ; parfois, il lui arrivait de les placer deux fois, mais ça pouvait aussi ne pas marcher du tout. Petit Nell proposait le plus souvent ses services aux journaux; il pouvait également traiter avec des maris, des épouses, des amants, des patrons, des hommes de loi, et même avec le chef de la police. Il n'y avait rien qu'il ne sût sur les gens et rien qu'il n'eût vendu. L'ennemi, c'est que les gens le savaient et qu'au lieu d'avoir peur ils se moquaient de lui. Nell leur disait toujours :

— Attendez un peu. Vous verrez. Un de ces jours, je trouverai une sacrée histoire qui vous fera trembler, et alors je la vendrai au *Time Magazine*, criait-il. Au *New York Times*, au *Globe* de Boston. Vous verrez...!

Les noms semblaient des talismans, et Nell se plaisait à les répéter un peu comme un avare brasse son argent dans sa cassette.

Nelson Kelly essaya de faire marche arrière, mais depuis son arrivée trois Rolls-Royce, deux Mercedes et une Bentley le talonnaient déjà. Pourtant, Petit Nell répugnait à abandonner sa voiture. S'il la laissait, on pourrait la pousser sur le côté et la renverser. Il y avait trop de farceurs malintentionnés dans la foule, de ces beaux gosses qui ne savent rien faire de mieux pour étaler leur talent que de créer du désordre... et Petit Nell avait déjà eu à souffrir d'eux. Il se demandait parfois si ces méchantes farces n'étaient pas la seule et unique préoccupation de ces gens. Mon Dieu! Qu'est-ce qu'ils ne lui avaient pas fait! Une fois, Nell avait retrouvé sa Ford remplie de chiens hurlants; une autre fois, ils l'avaient bourrée d'une montagne de rouleaux de papier hygiénique, de boîtes de crayons avec en prime un taille-crayon. La pire de toutes ces farces, ce fut lorsque quelqu'un fixa un périscope sur le toit de sa Ford et la précipita dans la baie. Mais enfin... une voiture n'était jamais qu'une voiture, et l'affaire que Kelly avait à traiter avec le duc, ou avec l'un de ses collaborateurs, était infiniment plus importante que cela. Il allait tenter sa chance.

Il bloqua son klaxon d'une main tandis qu'il conduisait de l'autre.

— Dégagez! Dégagez! Dégagez! Laissez-moi passer, cria-t-il, tout en se dirigeant vers le bord de l'allée.

Les femmes en robe longue, portant des chapeaux Gainsborough et marchant sous des ombrelles, les hommes en blazer, avec pantalons blancs et panama, les débutantes qui tenaient leurs robes d'après-midi pour les préserver de la poussière et portaient des chaussures argentées, les enfants qui jouaient à cache-cache entre les palmiers royaux qui bordaient l'allée et les policiers arborant le casque colonial blanc, tous déguerpissaient devant sa guimbarde à quatre roues.

— Dégagez, dégagez, dégagez, hurlait Petit Nell dont la voix couvrait le bruit de son klaxon. Des hommes âgés, l'air effrayé, levèrent leur canne, la cognèrent sur les ailes agressives de la voiture et frappèrent les portes. Des femmes poussèrent des cris. Un homme grimpa sur le toit de la voiture, rampa jusqu'au pare-brise et brandit son poing devant la tête de Petit Nell.

— Vermine, cria-t-il. Vous êtes un vrai crétin. Bon Dieu, est-ce que vous vous rendez-compte de ce que vous faites ?

Mais Petit Nell n'accorda pas le moindre intérêt à ce qu'on lui disait. Au contraire, il accéléra : l'homme glissa et tomba par terre.

Il finit par trouver une place pour garer sa camionnette, après avoir gravi une bonne partie de la colline et roulé un bon bout de chemin sur l'herbe. Il transpirait abondamment, bien qu'il eût déjà enlevé sa veste. Il n'était guère présentable, mais il avait toujours son histoire à vendre et il devait trouver quelqu'un qui s'y intéresse. Petit Nell remonta les vitres de sa voiture et sortit dans la chaleur étouffante. Il ferma toutes les portes, se brûlant les mains au contact des poignées. Lorsqu'il remit sa veste, il tâta sa poche intérieure pour s'assurer que l'enveloppe et son message explosif étaient toujours là. Oui.

Petit Nell partit en titubant d'un côté. Pendant un instant, il fut perdu et dut avoir recours à la pesanteur pour savoir quelle direction prendre. Ce n'était plus la cohue, mais un flot lent et silencieux de nageurs qui s'efforçaient de vaincre la vague de chaleur pour venir reprendre leur souffle sur la colline.

Malgré la canicule, Petit Nell ne cessait de s'agiter.

— Écartez-vous, grommelait-il, laissez-moi passer...

Et la horde s'ouvrait devant lui, stupéfaite que quelqu'un dût tant se presser. Mais en constatant qu'il ne s'agissait que de Petit Nell, la foule restait calme. « Il se conduit toujours comme si c'était la fin du monde », disait-on de lui. « Il se conduit toujours comme si... » Assurément, peu importait la façon dont Nell se conduisait. Ce n'était qu'un marchand de ragots, « rien qu'un chacal » ! Mais cette fois-ci la horde se trompait. Car le monde allait vers sa fin et le message, dans la poche de Petit Nell, enfermé dans son enveloppe, le lui aurait appris.

A l'intérieur de la résidence, la duchesse de Windsor contemplait son miroir. Elle était toute vêtue de blanc. C'est elle qui avait eu l'idée de cette couleur. Tous les « officiels » devaient être habillés en blanc de la tête aux pieds. Le duc mettrait son uniforme blanc de la marine ; elle porterait sa robe blanche de Schiaparelli ; la tante Bessie Merryman de Baltimore aurait une robe d'après-midi et une veste blanches. Quant à Marsden-Fawcett, leur aide de camp, qui ne pouvait abandonner son uniforme kaki, elle lui avait demandé de le décolorer à l'eau de Javel et il était maintenant d'un beau beige clair qui de loin semblait « blanc ».

La duchesse demeurait complètement immobile, elle n'entrouvrait même pas ses lèvres pour respirer. De l'autre côté du vestibule, dans ses appartements remis à neuf, le duc buvait du vin et fumait des cigarettes ; il avait une grande serviette bleue autour du cou. Son visage portait encore une multitude de cicatrices et il devait passer deux heures à la table de maquillage toutes les fois qu'il devait apparaître en public. Il demeurait néanmoins très patient pendant que la duchesse accomplissait son œuvre ; après le départ de l'artiste, il devait toujours attendre une heure de plus pour que son masque sèche, et il fixait du regard la place vide laissée par la duchesse.

Marsden-Fawcett s'avança jusqu'à la porte de la duchesse de Windsor et parla à la camériste. La duchesse ne put entendre qu'un chuchotement bégayé ; rien d'important, rien qu'elle ne pût deviner ; l'imminence de l'événement ; la préparation du « *maintenant* ». Elle l'entendit s'éloigner, elle entendit la porte se fermer, elle entendit sa camériste dire : « Madame ? » Elle fit un signe de la main. Elle savait, elle se leva. Il fallait maintenant boutonner le dos de sa magnifique robe. Elle s'observa pendant qu'on la corsetait et qu'on l'enfermait.

Gentil Marsden-Fawcett, pensa-t-elle. Marsden-F-F-F, comme elle l'appelait. Un grand garçon ; un enfant agréable, bègue, ardent, avec des yeux énormes tels ceux d'un lapin. Le commandant Gerrard était, quant à lui, sévère et cérémonieux. Farouche. Il était en ce moment sur les pelouses pour veiller à la sécurité... Gerrard, qui avait tiré sur le duc de Windsor, qui les avait « arrêtés » sur ordre de Churchill et qui les avait emmenés sur cette île redoutable. Le commandant Gerrard avait réquisitionné un coin de l'une des tentes, celle des films d'actualités, où l'on voyait la défaite de la France, la bataille d'Angleterre, les bombardements de Londres et de Coventry ; ces films étaient destinés à soulever un enthousiasme frénétique qui devait permettre de couvrir la souscription pour l'achat du Spitfire. La duchesse de Windsor détestait ces films. Elle estimait qu'ils étaient vulgaires et elle avait autorisé le commandant Gerrard à s'installer dans ce coin, dans l'espoir peut-être que les bombes tomberaient de lui.

Le boutonnage était maintenant achevé. La duchesse était parfaitement moulée dans sa Schiaparelli blanche et devait, pour se regarder, se protéger les yeux.

— Je dois voir le duc, dit Petit Nell à l'homme qui lui barrait le passage.
— Allez-vous-en, répondit un personnage qui semblait un géant aux yeux de Nell. Nous ne voulons pas des gens de votre espèce ici. Il fit des mouvements de main comme s'il voulait chasser un moustique.
— Mais j'ai une nouvelle très importante à vendre.
— Vous dites tous ça, vous autres, dit l'homme dont la fonction consistait à ouvrir et à fermer les portes.

Il portait une livrée impeccable avec une culotte de satin et des souliers à boucle. Petit Nell était planté sur l'allée de coquillages et le valet en livrée se tenait à l'abri des rayons du soleil.

— Mais j'ai une nouvelle vitale, dit Petit Nell. C'est la nouvelle la plus importante de la journée. Et le duc, ou l'un des responsables, doit en prendre connaissance immédiatement. Autrement...
— Autrement quoi ? (Le géant, qui était de nature irritable, comme c'est généralement le cas d'un homme dont la fonction consiste à ouvrir et à fermer les portes, ne se souciait guère des menaces.) Autrement quoi, puis-je vous le demander ?
— Autrement, vous serez mis à la porte. Renvoyé. Chassé. Quand ils apprendront que vous avez empêché cette nouvelle de parvenir aux oreilles de Son Altesse Royale, le duc de Windsor, ou de l'un des responsables...
— *Je* suis responsable de cette porte, dit le géant. *Je* suis responsable de vous et *je* vous dis que vous n'entrerez pas. *Allez !*

Petit Nell était au bord des larmes.

— Écoutez, dit-il en plongeant la main dans sa poche.

Mais le portier l'arrêta net.

— Si c'est pour me donner la pièce, dit-il, vous devriez savoir que je n'ai jamais accepté pendant toute ma carrière de me faire graisser la patte...

C'est alors qu'un jeune lieutenant au visage agréable et qui portait un uniforme décoloré apparut derrière le géant. Qu'est-ce qui se... p... p?... demanda-t-il.

— Pas grand-chose, dit le portier. Il y a ce nain, c'est tout.

— Oh, mais c'est Nelson Kelly, dit Marsden-Fawcett, qui avait déjà eu affaire au petit homme. Vous choisissez toujours les moments les plus fâcheux pour proposer vos s... s... s... Ne pourriez-vous pas revenir une autre fois?

— S'il vous plaît, lieutenant, dit Petit Nell, j'ai vraiment une nouvelle de la plus haute importance à vendre au duc...

— Non, dit Marsden-Fawcett qui n'avait pas encore daigné franchir l'écran de la porte. Je cra... cra... crains que vous n'ayez pas de chance. Pas la moindre chance. Leurs Altesses Royales sont enfermées et il n'est pas possible de les approcher. Et rien ni personne ne doit les déranger.

— Mais...

— Non, dit Marsden-Fawcett.

— Non, dit le géant qui barrait la porte.

— Vous le regretterez, dit Petit Nell. Oui, vous le regretterez. Attendez et vous allez voir...

Et il s'en alla en frappant du pied. Ils étaient exactement comme les autres, se dit-il dans sa rage. Ils ne s'intéressent qu'à eux-mêmes : arrogants, hautains, égoïstes. Parfait : il les ferait payer. Il ne divulguerait pas le contenu de ce qu'il avait dans la poche. A aucun prix. Non, pas même pour de l'argent comptant. Il resterait à l'écart et se contenterait d'observer les redoutables conséquences de leur folie. Mais, naturellement, comment pourrait-on attendre de quelqu'un comme Marsden-Fawcett qu'il sache quelque chose de la folie, puisqu'il n'était même pas capable d'en prononcer le mot ?

La duchesse, assise maintenant dans le salon où les officiels commençaient à se rassembler, éprouvait vraiment le sentiment d'être entourée de pendules et d'horloges. Tout, lui semblait-il, faisait tic tac. Elle regarda, de l'autre côté de la pièce, vers sa tante, Bessie Merryman, la seule parente qui lui restât au monde, et elle pensa : *Dieu merci, je ne deviendrai jamais comme ça.* Elle s'en voulut aussitôt de cette pensée. C'était à Bessie que la duchesse devait sa célébrité. Elle était la sœur de sa mère et son défenseur le plus loyal et le plus sûr; toujours fidèle en temps de crise, et cela depuis toujours. Des hauts et des bas, des hauts et des bas : leurs vies n'avaient été qu'une suite de hauts et de bas, comme une danse sauvage et dangereuse où les danseurs dansent périlleusement, comme une polka dansée dans l'obscurité. Elle remarqua que la tante Bessie tapotait le plancher du bout des pieds... battant la mesure.

La duchesse cligna des yeux.

Ma mère est morte, pensa-t-elle, d'un cancer de l'œil. D'un tic... J'ai tellement peur de l'obscurité. Et si je ferme encore les yeux, le plancher risque de disparaître.

Elle regarda fixement devant elle.

La tante Bessie Merryman frappait le sol en cadence dans la pénombre de ces jupons. Toutes les horloges faisaient tic tac. Le temps, c'est la nuit, le temps, c'est la lumière. Il faut danser ou bien tomber.

Mais la duchesse de Windsor, parfaitement impassible, pensa : *ou alors il faut arrêter toutes les pendules*.

Dehors, sur les pelouses, attendant comme tout le monde l'apparition des Windsor, Petit Nell griffonnait sur ses carnets.

Partout où il allait, partout où il s'installait, dans les rues, dans les bars, dans les toilettes publiques, Nell prenait des notes. Il écoutait avec un stéthoscope et observait à la loupe. Il relevait les graffiti. D'après lui, on pouvait résumer l'époque où l'on vivait en déchiffrant ses murs. La vérité, qui aime à se dissimuler, avait trouvé la cachette idéale. Ce n'était qu'un autre commérage au milieu du fouillis de noms et de plaisanteries salaces sur les cloisons d'un W.-C.

Petit Nell ne ratait jamais une occasion. Ses yeux étaient comme deux disques de bois sur un abaque : clic-clic : ils remuaient si vite qu'on aurait dit qu'il avait des baguettes chinoises fixées dans le cerveau. Il observait, il écoutait et il attendait. Il était très pauvre. Le fait est qu'il n'y avait guère de marché pour des roublardises de farceurs et les rêveries assez plates de prostituées à mi-temps. Néanmoins, il recueillait tout ce qu'il pouvait et vendait tout ; il attendait le moment où les géants commenceraient à s'agiter.

En attendant, il s'émerveillait des conversations qu'il surprenait et de ce qu'il découvrait sur les murs. Les histoires s'enchaînaient, mais les mains qui les écrivaient demeuraient invisibles. Qui étaient ces fantômes dont on ne pourrait jamais vérifier les sources, qui ne pourraient être identifiés que par leurs écrits et qui écrivaient toujours la nuit, comme Dieu. Le seul ennui, se dit-il en pensant à l'éternelle pénombre qui régnait sur le monde des latrines et les rangées de pieds qui apparaissaient sous les portes des toilettes, c'est que si je tombe sur Dieu, je le reconnaîtrai seulement à Ses chaussures.

Tout à fait à l'ouest de Nassau se trouve l'île d'Andros; elle est suffisamment éloignée pour qu'on ne puisse pas la voir à l'horizon. En fait, il n'existe à Nassau aucun point d'observation d'où l'on puisse observer un site situé complètement à l'ouest, aussi proche soit-il, dans la mesure où la ville y fait obstacle. Mais ce que l'on ne pouvait apercevoir, on pouvait l'entendre : une tempête lointaine, un bateau qui approchait (à condition qu'il fasse hurler toutes ses sirènes et retentir toutes ses cloches) ou le Clipper de la Pan American en provenance de Miami.

Le duc de Windsor, dans son dressing-room, perçut un vague bruit, mais il n'aurait su dire s'il était réel ou non.

— Henny, demanda-t-il à son valet qui s'appelait Albert Henderson, y a-t-il quelque chose là-bas?
— Où, Monsieur?
— Là-bas.

Et le duc pointa son doigt comme un poignard en direction du bruit en décrivant une sorte de cercle.

— Non, Monsieur, dit Henny.
— Mais attendez... murmura le duc. En êtes-vous absolument sûr?

Henderson regarda. Le duc, debout au centre de la

pièce, était comme cloué au sol. On ne distinguait rien.

— Je suis désolé, Monsieur, mais je ne vois rien.

— Ai-je dit qu'il y avait quelque chose à voir ? dit le duc. Je vous ai posé la question suivante : *y a-t-il quelque chose là-bas ?* Est-ce que vous *entendez* quelque chose ?

Henderson fut grandement soulagé.

— Non, Monsieur, dit-il allégrement. Je n'entends rien, sauf bien sûr les gens dehors et la musique.

— Non, dit le duc. Pas les gens ni la musique. Mais comme une sorte de bourdonnement...

Henderson retint son souffle et se demanda ce qu'il devait dire.

— Votre Altesse veut peut-être parler du bruit des mouches... ou des abeilles, sans doute ? demanda-t-il en attendant de reprendre son souffle. Ou peut-être du bruit des oiseaux ? Il y a des oiseaux qui bourdonnent, vous savez.

— Vous croyez que je suis fou, naturellement, dit le duc. Mais je ne le suis pas. Je vous le dis, Henny : il y a quelque chose *là-bas*.

Et il pointa le doigt vers l'ouest. Et, bien que son valet maintînt qu'on n'entendait rien, le duc de Windsor avait raison. Il y avait en effet quelque chose là-bas, qui étendait son ombre sur l'île d'Andros et qui émettait « une sorte de bourdonnement », en se dirigeant plein est vers la ville de Nassau.

Petit Nell fit une incursion sur la pelouse.

Sa tête ne dépassant pas la poitrine de la plupart des femmes, Petit Nell se promena dans une sorte de magasin paradisiaque où les plus belles marchandises étaient en vitrine. Les robes étaient tellement décolletées... à cause de la chaleur, bien sûr... et aussi parce que c'était une garden-party. Oui. Ces débutantes étaient beaucoup trop bien élevées pour oser se montrer en faisant un étalage stupide ou décadent de... oh, bonté divine, de *chair*.

Petit Nell s'empara d'une coupe de champagne rosé qu'il lampa d'un seul coup pour étancher la soudaine soif provoquée par toute cette chaleur et la cohue de tous ces corps. Voilà. Il posa son verre vide sur un plateau qui passait et en prit un autre.

Il s'essuya le menton et partit dans une autre direction. Dans l'une des tentes, il aperçut des zébrures et un arbre à orchidées. C'était l'hommage de la duchesse de Windsor à l'*El Morocco*, l'une des oasis les plus raffinées de New York, qui était comme un deuxième foyer pour beaucoup de ses riches invités américains de ce jour-là. A l'intérieur, il découvrit un étang tropical avec des palmiers et, pataugeant dans l'eau, des flamants. Tout était rose, noir et blanc : on aurait dit des figurines de cire vivantes ; pas tout à fait réelles, mais presque. La lumière était faible et les flamants devaient tous être très fatigués — ou bien leurs mécanismes arrivaient en bout de course — car ils marchaient très lentement, comme dans un rêve. Au bar, par contre, les boissons étaient très réelles ; l'orchestre l'était aussi, de même la blonde qui se leva pour chanter. Et, à l'intérieur, tous les gens qui levaient leurs verres.

> *... Without your love,*
> *It's a honky-tonk parade,*
> *Without your love*
> *It's a melody played*
> *In a penny arcade...*

Petit Nell, poursuivant sa promenade, passa devant un théâtre de Guignol et devant un grand panneau présentant les diverses armoiries du duc de Windsor ornées de lys, de marguerites, d'iris et de roses.

> ... *It's a Barnum and Bailey World*
> *Just as phoney as it can be*
> *But it wouldn't be make believe,*
> *If you believe in me.*

C'est alors que Petit Nell aperçut soudain la pancarte.

    LANA TURNER : BAISERS À VENDRE !

Il resta cloué sur place. *Doux Jésus, cher Jésus... Des seins. Mon Dieu, bénis ton serviteur. Accorde-moi de les embrasser une fois et je livrerai tous mes secrets gratuitement. Si seulement je pouvais les toucher...* Il serra si fort sa coupe de champagne qu'il faillit la briser. Mais non, c'était impossible. Une telle chose ne lui arriverait jamais. Petit Nell recula de quelques pas et contempla miss Turner à travers la brume de ses rêves. Il existe sans doute de par le monde tant de choses si réelles, si terriblement réelles, que nous n'osons ni les dévoiler ni les toucher parce que, même si elles sont adorables, voluptueuses, enivrantes, leur réalité nous écraserait. Existait-il un homme qui soit capable de tenir dans ses mains cette masse de chair, à supposer qu'elle soit réelle ? Ne valait-il pas mieux, dans l'intérêt de la santé mentale du public, réserver cette chair à des revues ou à des films et laisser l'imagination la soupeser : *les paumes en l'air !* Des tétons couleur de fraise plongés dans du champagne rosé et dévorés tout crus en rêve. Pourquoi de tels rêves étaient-ils livrés en pâture à la sueur et à la brutalité de mains bien réelles tachées d'encre qui tripotaient maladroitement des bourgeons tout aussi réels? Petit Nell ne le saurait jamais. C'était, hélas, l'affaire de Tyrone Power et de Jimmy Stewart, les amants-acteurs de cinéma, partenaires de Lana Turner. On prétend, pensa-t-il, qu'elle n'a que seize ans. Seize. Quinze. Quatorze. Bon Dieu! Si j'avais une âme à vendre.

Nell se détourna et mit la main dans sa poche intérieure. Un seul baiser, pensa-t-il en tâtant l'enveloppe. Mais non. Ils avaient déjà refusé. Et de plus... il se retourna pour regarder encore une fois son rêve, qui dispensait des baisers contre argent comptant... elle est innocente. Elle ne comprendrait jamais. Il décida alors immédiatement que, si l'horrible événement annoncé dans sa poche se produisait, il sauverait Lana Turner. Tous les autres pouvaient aller rôtir en enfer.

Le duc descendit finalement l'escalier et passa devant les magistrats alignés à côté des membres du Conseil exécutif. Ce n'était qu'une simple — et terrible — formalité. Tous s'inclinaient légèrement et faisaient une discrète révérence, et le duc, de son côté, montrait avec brio qu'il était capable de converser comme n'importe quel être humain. Dans le passé, ç'avait été son plus grand talent; maintenant, il pouvait difficilement regarder ces gens dans les yeux ou entendre leurs noms sans les ressentir comme autant de coups de canon, qui tiraient leurs accusations contre lui. Ils pensent tous que je les ai laissés tomber, se dit-il, et je ne sais même pas qui ils sont... Marsden-

Fawcett dut le guider pour la cérémonie des poignées de main.

Il y avait le président du tribunal du Banc du roi, sir William Wilmott, qui plissait ses lèvres et suçait ses gencives ; à le voir et à l'entendre, on avait toujours l'impression qu'il essayait de déloger quelque chose de coincé entre ses dents. Il y avait le lieutenant-colonel Frederick Wanklyn, commandant général des Forces volontaires de défense. Et il y avait Noel Bingham (« Machin-chose »)-Ross, dont la grand-mère, Lally Bingham-Ross, avait compté parmi les maîtresses d'Edouard VII, le grand-père du duc de Windsor. Mais le duc, pendant tout le temps qu'ils se tinrent là, avait l'esprit tout à fait ailleurs : il avait les yeux fixés sur les portes donnant sur l'extérieur et sur la foule qui s'agitait au-delà sous le soleil brûlant. Et s'il les entendit vaguement parler des derniers matchs de polo à Clifford Park et de la saison des courses au Hobby Horse Hall, il n'en continuait pas moins de percevoir le bourdonnement, qui ne cessait de s'amplifier. Finalement, il coupa court à leurs salutations officielles et leur dit :

— Est-ce que vous entendez ce bruit ?

— Non, répondirent-ils tous.

Il s'excusa et s'en alla, toujours suivi de Marsden-Fawcett. Quand la duchesse en se retournant vit son mari entrer dans le salon, elle fut effrayée. Ses traits tirés exprimaient le désarroi et la douleur ; elle pensa qu'il devait être malade.

— Débarrassez-moi de Marsden-F-F-F, dit-elle à la tante Bessie, en la pressant d'aller rejoindre l'aide de camp à l'autre extrémité de la pièce.

— Que se passe-t-il, David ? demanda-t-elle, quelque peu irritée par le temps qu'il lui fallut pour l'attirer dans un coin.

Il sentait le vin et elle se dit : *s'il est soûlé aujourd'hui, je le tue.*
— Qu'y a-t-il?
— Il va se passer quelque chose, dit-il avec une bizarre lueur d'angoisse dans le regard. Il va se passer quelque chose de terrible, poupée. Crois-tu que nous pouvons l'empêcher?
— Qu'y a-t-il? Tu n'es pas bien? Quelque chose de « terrible », que veux-tu dire? Un malaise cardiaque?
— Non. As-tu du coton?
— Non, évidemment! *Du coton?*
— Mes oreilles... dit-il en regardant tout autour de la pièce. Un Kleenex ferait l'affaire. Je pourrai en faire des boules et me les mettre dans les...
— David, l'interrompit la duchesse sur un ton très tranchant. Tout va bien. Et il ne va rien arriver de « terrible ». Rien. Dans quelques instants, toi et moi, nous allons sortir... dehors (il la fixait d'un œil méfiant) pour montrer à ces gens qui nous sommes. C'est tout. Nous leur montrerons tout simplement qui nous sommes. Et je ne te demande qu'une seule chose...
— Oui, poupée.
— Je n'ai que toi ici. Et tu n'as que moi ici. C'est donc nous contre eux. Tu comprends?
— Oui, poupée. *Nous contre eux.*
Elle le regarda et comprit qu'il ne mesurait pas l'importance de ce qu'ils étaient sur le point de faire. Mais, par la suite, il put mesurer l'importance du fait d'être en vie et cela suffit à l'abattre pendant les jours qui suivirent.
— Voici Marsden-Fawcett qui vient, dit-elle, pour t'emmener. Je te rejoindrai dans un moment. Dis-lui de tirer ta veste dans le dos. Elle remonte...

Marsden-Fawcett arriva, accompagné de la tante Bessie Merryman. Marsden-Fawcett emmena le duc ; la duchesse pinça ses lèvres et ferma à demi les yeux. Elle alla jusqu'au miroir le plus proche. Tante Bessie voulut la suivre, mais la duchesse l'arrêta.

— J'ai besoin d'un instant, dit-elle, si vous n'y voyez pas d'inconvénient. S'il vous plaît.

La tante Bessie Merryman comprit. Elle était convaincue, et c'était une chose dont elle avait persuadé Wallis Warfield, que dans un monde survolté, si l'on voulait retrouver le calme, il fallait se replier sur soi dans les moments de tension. Le moyen qu'avait choisi la duchesse de Windsor pour s'apaiser consistait à veiller méticuleusement à son apparence. Chaque fois que les tensions devenaient insupportables, comme c'était le cas en ce moment, elle allait toujours se regarder dans un miroir.

Elle remit en place la moindre mèche de cheveux. Chaque cheveu était un nerf, et ils devaient tous intégrer ce moule de sérénité qu'elle voulait incarner lorsqu'elle franchirait les portes pour aller sur les pelouses : *nous contre eux*. Quand elle fut prête, elle resta un certain temps à contempler son mari dans la glace, loin, très loin dans cet autre monde où toutes les choses sont inversées. Son image l'alarma plus encore que cet homme qu'elle avait porté à bout de bras. L'image de l'homme dans le miroir n'avait plus aucun poids ; aucun poids, et il était tout en blanc : le blanc de l'uniforme, le blanc de son visage poudré ; le blanc de l'auréole de lumière qui se réfractait. Il avait l'air d'un pantin qu'on a oublié de remonter.

Mais les pendules ne s'étaient pas arrêtées.

Dans la glace, il était neuf heures. A neuf heures, tout ça serait terminé. Si seulement elle pouvait rester là et ignorer l'heure qui allait sonner.

Trois heures — le moment était venu.

Dehors, les Cinq Cents avaient commencé à se rassembler autour de la résidence vers trois heures moins dix. La police avait fermé l'accès supérieur de l'allée en la condamnant, Dieu sait pourquoi, avec une ambulance. Un murmure d'excitation émanait de la foule, presque aussi visible que les ondes de chaleur qui chatoyaient au-dessus des têtes. Et la chanteuse continuait de chanter dans *El Morocco* :

> *Jeepers creepers!*
> *Where'd ya get those peepers?*
> *Jeepers creepers!*
> *Where'd ya get those eyes?*

Un avion s'approchait, qui venait de derrière le port. On aurait dit le bourdonnement d'une abeille qui couvrait peu à peu la musique et les conversations.

Petit Nell était retourné à trois reprises, une coupe de champagne rosé à la main, dans les parages du stand des Baisers où Lana Turner était encore enfermée, telle une vache célèbre dans un enclos. Elle faisait des affaires formidables. Petit Nell était nerveux. Trois heures, c'était l'heure fixée, et il n'avait toujours pas vendu le message qu'il avait dans sa poche.

Au-dessus de leurs têtes, l'avion effectuait des cercles de plus en plus petits, tout en prenant de l'altitude. Il voulait probablement avoir une vue d'ensemble et peut-être même prendre une photographie de toute la kermesse pour *Life Magazine*. Nell vit un homme brandir sa canne en direction de l'avion. Tout le monde regarda l'appareil. Il était en train de se redresser.

Entre-temps, les portes de la résidence du gouverneur s'ouvrirent et le duc de Windsor entendit le bruit de l'avion.

— Voilà, dit-il, tout content, à sa femme et à Marsden-Fawcett. Voilà le bourdonnement que j'entendais.

La duchesse dut reconnaître que le bruit était vraiment très fort. Mais elle était ravie. Cela voulait dire qu'il y avait un aspect de moins concernant l'état de santé de son mari dont elle avait à se préoccuper. Une hallucination de moins. Une crise de paranoïa de moins. « *Maintenant*, dit-elle, nous pouvons y aller. »

Elle le pressa du coude pour l'encourager. Et ils sortirent.

Tous — tous les Cinq Cents — s'avancèrent involontairement sur le gazon. Le duc et la duchesse de Windsor apparaissaient enfin. Blancs. Minuscules. Souriants.

Ils saluèrent de la main, et il s'ensuivit un bruit semblable à celui qu'aurait fait une ruche d'abeilles renversée. Le groupe des officiels fut englouti par un raz de marée de dos humains, de bras tendus, et il disparut tout entier à la vue de gens comme Petit Nell et Lana Turner.

Quelqu'un cria soudainement :

— Oh ! regardez ! Regardez le ciel !

L'avion tournait paresseusement et s'était retourné sur le dos. De sa queue sortait une mince traînée de gaz : bleue puis rouge ensuite.

— Rouge, cria quelqu'un. Regardez ! Rouge ! Rouge !

On oublia complètement le duc et la duchesse : ils se tenaient au milieu de la pelouse, entourés par une foule dense dont tous les membres levaient la tête vers le ciel. La traînée de gaz rouge dessina une boucle qui prit bientôt une forme qui ne pouvait être le fruit du hasard.

— M, cria quelqu'un... M! Regardez! Il a fait un M.

C'était bien cela... un M. Le nuage d'encre dessina ensuite clairement un E. En bas, la foule se mit à se balancer et à osciller en un lent mouvement circulaire et hypnotique tandis que les lettres continuaient de s'inscrire dans le ciel.

M.
E.
N.
Men.

Cela provoqua un grand éclat de rire qui monta dans le ciel jusqu'aux lettres. « Men. »

Puis, tandis que les lettres continuaient à se dessiner, formant d'autres mots, ou ce qui semblait être d'autres mots, la foule se mit à chanter.

— M! chantèrent-ils tous.
— E!
— N! chantèrent-ils tous.
— E!
— M! crièrent-ils tous en frappant des mains comme des enfants à une soirée d'anniversaire. « M! E! N! E! M!... MENEM. »

Tous levaient les yeux vers le ciel. Petit Nell se laissa tomber sur l'herbe et ses mains se mirent à trembler. La sueur lui dégoulinait sur les yeux au point de le rendre presque aveugle; il était tellement angoissé qu'il se tordait les pieds.

— Qu'est-ce que ça veut dire? demanda un vieillard. Menem?

— Attendez, dit un autre homme. Je crois qu'il n'a pas fini.

— Non, dit tout bas Petit Nell. Il n'a pas fini.

Et l'avion continuait d'écrire son message codé dans le ciel. M.E.N.E.M.E... écrivit-il. Ce n'était même pas de l'anglais.

— Peut-être, dit le vieillard, que si le N devait être en réalité un autre M, alors ça voudrait dire : Moi! Moi! Moi!

— Non, dit Petit Nell, qui avait même cessé de regarder le ciel. Ce n'est pas ça.

Et c'est alors que quelque chose tomba de l'avion. Un objet étrange, de forme oblongue, telle une larme, mais qui était en aluminium.

— Oh, dit quelqu'un. Oh, c'est une bombe!

Le commandant Bunny Gerrard, brandissant son revolver, sauta sur une table devant le café parisien. Il avait eu l'intention de viser l'appareil et de tuer le pilote s'il passait à portée de son arme. Mais maintenant, tandis que cet objet, qui pouvait être une bombe, tombait, le commandant Gerrard avait décidé d'ajuster son tir et de faire feu sur l'objet avant qu'il ne touche le sol. S'il s'était agi d'une bombe, il l'aurait fait exploser en l'air et aurait sauvé cinq cents vies. Mais ce n'était pas une bombe.

C'était le réservoir de secours de l'avion.

Une torche étincelante descendait du ciel, une grande langue de flammes orange qui explosa à mi-chemin et se répandit partout. On sentit l'odeur de l'essence.

Tous les gens se jetèrent à terre, comme s'ils répondaient brusquement à l'appel d'un muezzin. Hommes, femmes, enfants : tous se prosternèrent. Mais ce n'était pas pour prier. C'était pour se protéger.

Marsden-Fawcett, agenouillé près du duc et de la duchesse, essaya de parler au nom de tous les autres :
« F... F... F... »
Le feu.
C'est alors qu'il prit.
Le mot se propagea dans la foule, telle une flamme. Le feu. Le feu.
Tout le monde se leva pour courir. Les gens se précipitèrent d'un bord. Puis vers l'autre bord. Puis vers un autre. Soudain, ils comprirent. Ils étaient pris au piège. Il n'y avait aucune issue par où s'échapper. Ils étaient bloqués de tous les côtés par les tentes, par la résidence, par l'ambulance en haut de l'allée et par les voitures qui bouchaient les moindres trous entre les arbres. Plus de cinq cents personnes étaient complètement encerclées, sans espoir aucun de pouvoir s'échapper.
Le commandant Gerrard donna trois coups de sifflet.
Tous les Cameron Highlanders qui se tenaient au garde-à-vous sur les pentes de la colline rappliquèrent comme autant de chiens écarlates à l'appel de leur nom. Certains grimpèrent même sur le toit des voitures, leurs fusils levés, leurs baïonnettes scintillant sous le soleil.
Tout le monde retomba à terre.
Des bouts de papier verts et brillants tombaient maintenant de l'avion. Une avalanche verte et brillante qui tournoyait sur elle-même en chutant tandis que les gens tombaient. L'avion continuait d'écrire...
M.E.N.E.M.E.N.E.T.E.K...
Les gens qui se relevaient trébuchaient sur les corps de ceux qui ne pouvaient se mettre debout. Tout d'un coup, le duc et la duchesse de Windsor, blancs comme

des statues, apparurent au centre de la pelouse. La duchesse tenait relevé le bord de sa robe Schiaparelli. Le duc, bouche bée, regardait fixement le cercle des gens affalés autour de lui. Les tentes s'arrachèrent l'une après l'autre tels des volcans multicolores, et cela provoqua un énorme appel d'air rugissant qui entraîna dans l'atmosphère les restes de toile ainsi que les papiers verts et brillants semblables à des drapeaux enflammés.

De plus en plus de gens se levaient. Le feu se répandait autour d'eux, par-dessus les pierres, les coquillages, à travers l'herbe. Un second mouvement convulsif fit se précipiter la foule, toujours compacte, vers les enclos de toile où quelques instants auparavant on allait s'abriter du soleil. Il n'y avait plus maintenant qu'un mur de flammes et des rangées de torches humaines qui essayaient d'échapper à l'holocauste alors qu'elles s'asphyxiaient dans les vagues de feu et de fumée.

Les papiers verts et brillants tourbillonnaient et la duchesse de Windsor, qui tenait ses jupes, semblait les recueillir. MORT AUX FASCISTES DU MONDE ENTIER! proclamaient les papiers verts et brillants. Mais ni la duchesse ni personne d'autre ne les entendaient.

Les gens se dirigeaient maintenant vers le mur de voitures; sur le toit de l'ambulance, une sirène hurlait. Une femme avait fait passer ses enfants par les fenêtres : elle était affalée sur le siège avant et actionnait la manivelle de la sirène comme si elle remontait un gramophone. Elle ne cessait de crier à ses enfants :

— Taisez-vous! Taisez-vous! Taisez-vous!

Mais ses enfants étaient morts — parce qu'elle les avait étouffés.

La foule paniqua. Elle n'avait pas d'autre choix.

Des hommes battaient des femmes avec leurs cannes. Des femmes tapaient sur des hommes à grands coups d'ombrelle. On repoussait des enfants avec des chaises de jardin, tandis que d'autres étaient jetés en l'air comme des paquets, richesses jetées par-dessus le bord d'un navire en train de sombrer.

Dans la tente réservée au cinéma se trouvaient entre soixante-quinze et cent personnes qui regardaient la bataille d'Angleterre et la défaite de la France. Une voix neutre de la Movietone commentait calmement cet enfer, et les spectateurs étaient entraînés au milieu des hordes de réfugiés qui obstruaient les routes sur l'écran, tandis que les bombardiers piquaient sur eux et les obligeaient à se jeter dans les fossés, entre les rangées de chaises. C'étaient de véritables flammes qui léchaient leurs cheveux et leurs vêtements. Des cris très réels se mêlèrent aux sifflements des bombes et, de même que les flammes s'élevaient sur Londres, de même elles s'élevaient jusqu'au ciel sur les pelouses de Nassau. Soudain, l'image d'une escadrille de Spitfire apparut sur l'écran, qui fonçait vers la caméra. Au moment où elle décolla, la tente explosa.

La duchesse de Windsor vit une femme en flammes qui se tenait devant elle comme une image dans un miroir. Elle ne cessait de répéter : « Je suis morte. Je suis morte », cependant qu'elle se couvrait le visage de ses bras comme si elle avait honte. Elle articulait parfaitement les mots, et les énonçait sans la moindre trace d'angoisse ou de souffrance : elle disait simplement *je suis morte*. La duchesse de Windsor tomba à genoux et s'éloigna en rampant dans l'herbe brûlante. Autour d'elle, tout n'était que chaos, chaleur et terreur. Et il y avait un vent terrible provoqué par le feu lui-même. Au loin, très loin, du moins lui sembla-t-il, elle aperçut son mari, l'air hébété, qui commençait à avancer vers les tentes incendiées; il tendait les mains vers les flammes, comme si elles incarnaient le salut.

Ce spectacle la fit se relever immédiatement et elle partit en courant, galvanisée par cette image, boitant sans savoir pourquoi. Elle avait perdu un de ses escarpins. Cependant, elle ne se rendait absolument pas compte que le « sol » sous ses pieds n'était que chair et elle continuait simplement à courir, entêtée, sur un champ de corps humains, vers son mari.

— Non! Non! Arrête! criait-elle tout haut ou dans sa tête. Arrête!

Mais elle n'entendit que le vent s'engouffrer dans les tunnels de feu.

Progressant comme un personnage de verre dans une fournaise, la duchesse tournait, tournait, tournait, vaguement consciente des bras et des bâtons qui frappaient tout autour d'elle : des cannes, des badines, des piquets arrachés du sol, des ombrelles pointues, des pieds de chaise, des pieds de table, tout ce qui pouvait servir à frapper et à donner des coups... et ce fut ainsi qu'elle découvrit pourquoi il lui manquait une chaussure. Elle l'avait à la main et se servait du talon pour taper sur quiconque se mettait en travers de son chemin.

Quand elle finit par rejoindre le duc, elle n'eut pas la moindre idée de l'endroit où ils se trouvaient. Il semblait qu'il n'y eût qu'elle et lui dans un désert de violence. La duchesse lui passa un bras autour des épaules et l'attira près d'elle. L'uniforme de la marine se consumait par endroits, mais il n'était pas en feu. Pendant un moment, la duchesse n'essaya même pas de bouger : elle resta immobile tandis que le flot des gens s'écoulait autour d'eux comme un fleuve. Puis, très lentement, elle se mit à pousser doucement le duc de Windsor en arrière, et tous deux avancèrent à contre-courant.

Ce fut la plus longue promenade que la duchesse eût jamais faite. Trente mètres pour atteindre l'allée... et continuer, continuer, continuer. Elle tenait dans ses bras son époux hébété, muet mais vivant. Durant des jours, des semaines, la duchesse de Windsor eut mal aux jambes et aux cuisses d'avoir dû faire tant d'efforts, et dans ses rêves elle continuait d'entraîner son mari à travers la piste de danse sur les pelouses — elle entendait la rengaine d'une chanson folle qui parlait de lune de papier et de mer de carton, et une mélodie jouée dans une galerie en feu.

Quant à Petit Nell, il avait essayé du fait de sa petite taille de ramper et de se cacher sous le comptoir du stand des Baisers. Il fallait sauver Lana Turner et il tenta de la soulever du mieux qu'il put en plaçant les paumes sous ses seins. Mais elle tomba et fut emportée par trois grands hommes en veste de velours bleu avec un insigne d'argent. Et des souliers à boucle. Petit Nell fut abandonné, seul; il ne pouvait plus bouger. Un des hommes, un géant, lui avait marché sur le cou et l'avait brisé.

La dernière chose que vit Petit Nell avant de mourir, ce fut les lettres écrites dans le ciel : *mene mene tekel upharsin*; le gribouillis final, le dernier graffiti... *tu es pesé dans la balance... et tu ne fais pas le poids*.

Dieu chaussait du quarante-quatre.

Quand le feu mourut, il ne resta plus que les carcasses tordues des grandes tentes, qui se profilaient dans la fumée du clair de lune comme des navires naufragés avec tous leurs cordages qui pendaient sur la mer noircie de l'herbe. Soldats et pompiers, médecins et infirmières, policiers et survivants hébétés erraient sur le théâtre du drame pour identifier, pour essayer d'identifier les victimes. Cinquante morts en tout, au nombre desquels le commandant Gerrard et le lieutenant Marsden-Fawcett. Gerrard avait la main refermée sur son revolver. Quant à Marsden-Fawcett, on le découvrit, tel un enfant, avec les doigts dans la bouche, comme s'il avait désespérément chercher à en arracher le « feu ».

La tante Bessie Merryman perdit tous ses cheveux et dut porter une perruque pour le restant de ses jours. Elle évita de plus en plus la compagnie de sa nièce.

— Le feu, dit-elle, est la seule chose qui m'effraie vraiment et c'est la seule chose que je ne saurais supporter en enfer.

La duchesse de Windsor la laissa se retirer. Le feu, avait-elle supposé, était ce qui les attendait tous, mais pas en enfer. Et seuls ceux qui pouvaient le supporter étaient autorisés à rester dans son entourage.

Au fin fond de la résidence, les lumières commencèrent à s'éteindre : on aurait dit qu'il y avait une sorte de désir d'obscurité.

Peu après minuit, l'une des infirmières, toute vêtue de blanc, se pencha au-dessus du Petit Nell pour voir s'il était mort et, constatant qu'il l'était, elle lui ferma les yeux puis chercha dans les poches de sa veste un indice qui permettrait de l'identifier. Elle trouva seulement une grande enveloppe brune qu'elle ouvrit dans l'espoir d'y apprendre son nom. Il y avait à l'intérieur, soigneusement pliée, une feuille de papier d'un vert brillant identique aux papiers qui étaient tombés de l'avion durant l'après-midi ainsi qu'une feuille blanche. On y avait écrit à la main ce simple message : *Pour votre information : vendredi 4 juillet 1941, à 15 heures.* Et sur le papier vert, un message plus simple, en gros caractères noirs : MORT AUX FASCISTES DU MONDE ENTIER.

Le feu avait fait cinquante-cinq victimes ; trois jours plus tard la mer en rendit une cinquante-sixième : le corps de Lorenzo de Broca, le jeune poète italien dont les paroles avaient tellement gêné Hugh Selwyn Mauberley le jour où ils s'étaient rencontrés sur l'escalier du Grand Elysium Hotel, à Unterbalkonberg, en 1939.

Peut-être de Broca avait-il eu depuis le début l'intention de mourir dans son avion, ou peut-être n'était-ce que la conséquence de sa naïveté et de son goût du panache. Il y a une chose qu'on ne saura jamais : avait-il emporté un bidon d'essence de réserve pour pouvoir revenir en Floride, d'où il avait décollé, ou avait-il eu l'intention de mettre le feu ? Quoi qu'il en soit, de Broca n'alla pas très loin en mer avant de s'écraser. L'avion que la duchesse de Windsor avait contemplé aux Açores, pendant qu'on l'embarquait à bord de l'*Excalibur*, avait rejoint les autres carcasses des engins et des bateaux de guerre au fond de l'eau ; les courants capricieux avaient rejeté le corps du jeune pilote noyé — qui se faisait appeler Icare — sur un récif de corail, près d'une colonie d'oiseaux dont il aurait envié les ailes, mais dont le bec et les griffes n'eurent aucun respect pour la mythologie, sinon pour s'en nourrir.

Le feu, relut Quinn, est la seule chose qui m'effraie

vraiment et c'est la seule chose que je ne saurais supporter en enfer.

Il se retourna très rapidement et sortit pour aller dans la pièce où le gramophone était installé sur la table et où la brillante demi-lune noire du disque de Schubert s'appuyait contre la pile des autres disques. *Sonate pour piano en si bémol ma...*, lut-il. C'était son *memento mori* : ce que voulait Freyberg, se rappelat-il, c'est que tous subissent la pire des morts qu'il puisse imaginer.

Très bien.

C'est ce qui s'était passé.

Quinn fourra son paquet de Philip Morris dans la poche de son blouson Eisenhower, boutonna sa capote, attrapa la couverture de son lit de camp et l'enroula autour de ses épaules.

Dehors, dans le couloir, il régnait comme une odeur de formaldéhyde qui provenait, Quinn s'en rendit compte, de la pièce qu'il appelait désormais la crypte de Mauberley. Freyberg se tenait sur le seuil de la porte, et il bouchait la vue.

Quinn avait espéré ne pas rencontrer le capitaine Freyberg à ce moment-là. Son équilibre était fragile. Il ne voulait pas que le monde brûlant des murs se mêle au monde caustique des couloirs du Grand Elysium Hotel. Il avait le sentiment épouvantable que, si Freyberg lisait l'histoire de la kermesse du Spitfire, il pourrait en augmenter le nombre des victimes. Mais peut-être était-il injuste. Peut-être n'était-ce ainsi que parce que dans le même temps où il voyait le dos de Freyberg il sentait l'accablante odeur d'acide.

— Où allez-vous ? demanda Freyberg.

— Dehors, dit Quinn.
— Dehors, dit Freyberg. Mais il y a un sacré blizzard.
— Oui.

Freyberg sourit en regardant la façon dont le lieutenant Quinn s'était attifé.

— Vous vous êtes mis sur votre trente et un, à ce que je vois.
— Eh bien oui, dit Quinn tout en serrant davantage sa couverture autour de ses épaules. Puis-je sortir, maintenant, capitaine ?

Freyberg se détourna et dit :
— Non.

C'était un « non » très arbitraire et Quinn le savait bien. Simplement, comme il était évident qu'il voulait s'éloigner des murs, Freyberg voulait l'en empêcher. Pas de meilleure raison. Simplement la haine.

— Venez dans mon bureau, dit le capitaine. Il faut que je vous montre quelque chose.

Quinn recula.

Le capitaine Freyberg dit quelque chose dans la crypte — il dit à l'un des soldats une phrase que Quinn ne put entendre clairement ; il ne saisit distinctement que deux mots : « bouteille » et « cerveau ». Les vêtements de Freyberg dégageaient une très forte odeur de formaldéhyde, tandis qu'ils allaient faire un tour au centre des opérations dans la suite de Garbo.

— Vous avez l'air très déprimé, dit Freyberg.
— Oui, capitaine.

Ils pénétrèrent dans la pièce où Dufault tapait à la machine ; Freyberg contourna son bureau et s'installa dans un fauteuil.

— Vous ne me demandez pas ce que je fais avec du formaldéhyde ? demanda-t-il.

399

Sans lever les yeux, il farfouilla dans un désordre de carnets et de papiers, ouvrit et ferma des tiroirs.

— Non, capitaine.

Quinn pouvait déjà deviner. *Bouteille, cerveau* et *formaldéhyde* ne pouvaient signifier qu'une seule chose. Et pourquoi Freyberg croyait-il qu'il devait la dire, l'énoncer, l'épeler? C'était comme une maladie chez lui. Isabella Loverso avait dit que l'ambition était une maladie; l'agressivité en était une aussi chez le capitaine Freyberg : et avec elle sa volonté farouche de vous mettre de force le nez dans la boue et les oreilles au milieu des hurlements.

Dieu merci, le capitaine trouva ce qu'il cherchait et le nom qui terrifiait tellement Quinn ne fut jamais prononcé.

— Regardez ceci, dit Freyberg qui tendit à Quinn un papier d'allure officielle par-dessus le désordre du bureau.

Quinn, qui portait toujours ses mitaines et ses gants, dut les enlever pour prendre la feuille.

— Qu'est-ce que c'est? demanda-t-il.

— Lisez, dit Freyberg en se renversant dans son fauteuil, les mains derrière la tête. J'ai estimé que vous deviez être le premier à le savoir. Je ne l'ai même pas encore classé.

Quinn ouvrit la double page pliée. C'était un communiqué officiel du OSS-G-2. Freyberg l'observait et le bruit de la machine à écrire de Dufault enfonça les mots dans la tête de Quinn comme un marteau enfonce des clous.

Ezra Pound avait été arrêté à Rapallo. Sur la colline, au-dessus de la ville, à Sant'Ambrogio, dans la maison d'Olga Rudge.

On avait promis une récompense : RECHERCHÉ

POUR TRAHISON. CINQ CENT MILLE LIRES. MORT OU VIVANT.

Mais personne n'avait obtenu de récompense. Pound s'était livré lui-même aux mains de ses poursuivants et les Américains l'avaient mis en cage à Pise.

— On dirait que la rafle a enfin commencé, dit Freyberg.
— Oui capitaine.

Quinn referma la double page et la rendit à son propriétaire.

— Puis-je disposer, capitaine ?
— Si vous voulez, dit Freyberg.
— Merci, capitaine.

Quinn remit ses mitaines et salua.

Puis il pivota sur lui-même et franchit la porte avant que le capitaine ait pu trouver une quelconque raison pour le rappeler.

En descendant dans le vestibule, Quinn faillit être renversé par une grande plaque métallique que deux hommes taillés comme des bûcherons s'efforçaient de transporter en haut de l'escalier.

— Bon Dieu, qu'est-ce que c'est que ça ? demanda-t-il.

Les bûcherons, trop heureux d'avoir l'occasion de poser leur fardeau, l'appuyèrent contre la rampe de fer sur le palier et retirèrent les sacs de toile qui la recouvraient.

— Le capitaine Freyberg veut qu'on la mette dans sa chambre, au-dessus de son bureau, dit l'un des bûcherons.

— Mais bon Dieu, qu'est-ce que c'est que ça ? répéta Quinn, en penchant la tête de côté pour pouvoir déchiffrer l'inscription.

— Faut pas me demander, dit le bûcheron qui pouvait parler, tandis que son compagnon, complètement à bout de souffle, s'asseyait sur les marches, la tête rejetée en arrière. Tout ce que je sais, c'est que ça surmontait le portail d'un camp de prisonniers... et que ça fait partie de la collection de Freyberg...

Quinn ne répondit même pas. Il savait déjà ce que c'était et d'où ça venait. Dachau. ARBEIT MACHT FREI, pouvait-on lire.

Il ferma les yeux et se détourna.

— Qu'est-ce que ça veut dire ? demanda le bûcheron.

— Ça veut dire que *le travail rend libre*, répondit Quinn.

Il descendit l'escalier avec sa couverture, ses mitaines, se couvrit les oreilles avec son écharpe, s'avança dans le vestibule, dépassa le salon de cristal d'Annie Oakley, descendit les six grandes marches de marbre qui menaient aux grandes portes vitrées ornées de motifs en fer forgé, doubla l'enseigne où l'on pouvait lire *Elysium* pour s'avancer dans la neige, tourna à gauche, traversa la cour, prit la direction des montagnes à travers le blizzard, suivit des sentiers de chèvres et de moutons, à la recherche d'un lieu où enterrer les fantômes des cinquante-cinq morts qui gisaient sur les pelouses de la résidence du gouverneur, de celui qui avait été dévoré par les oiseaux, de celui qui croupissait dans sa cage à Pise, de celui dont la main se tournait vers un passé qu'il ne pouvait empêcher, de cet homme dont le crayon d'argent avait brûlé les murs... et à chaque pas qu'il faisait, Quinn essayait de se maudire pour avoir commis l'erreur de croire qu'ils avaient été des êtres humains. Et pour avoir commis l'erreur d'avoir retenu leurs noms.

7

1941

> *C'est sous le toit qui s'affaisse*
> *Que le styliste s'est réfugié,*
> *Sans gloire ni salaire...*
>
> EZRA POUND

Mauberley travaillait dans un coin à graver l'histoire de la kermesse du Spitfire.

Dehors, Herr Kachelmayer prenait le soleil à côté de sa femme. Tous les gosses jouaient dans la neige. Seul Hugo ne se trouvait pas dans la cour.

Avril touchait à sa fin. Les edelweiss perçaient la neige sur les pentes en contrebas de l'hôtel et des chants d'oiseaux montaient de la vallée, portés par le vent ascendant. On voyait parfois un aigle.

Frau Kachelmayer, la première, vit la femme et elle poussa du coude son mari.

— Regarde.

La femme avait la tête recouverte d'un fichu de laine, portait un manteau de moleskine et une paire de chaussures militaires. En fait, elle avait presque la dégaine d'une femme-soldat, à ceci près qu'elle boitait et qu'elle n'avait pas d'uniforme.

Herr Kachelmayer dit à sa femme de le laisser faire,

de ne pas intervenir et de ne faire montre d'aucun intérêt. A voir cette femme dans ces brodequins et ce manteau de moleskine, il se dit qu'elle pouvait être dangereuse. Probablement une déserteuse affamée appartenant à l'une de ces équipes d'ouvriers qui déblayaient les routes dans les vallées. Une gitane, peut-être, évadée d'un camp de concentration; ou bien, pourquoi pas, une espionne. Le fait qu'elle n'ait aucun bagage ne présageait rien de bon.

Il l'aborda pourtant en faisant valoir son charme habituel et son sens débordant de l'hospitalité. Ça ne pourrait pas nuire que de montrer à quel point il était inoffensif.

Hugo observait la scène depuis le salon Cristal et il compta sur ses doigts les particularités de la femme : *manteau de moleskine, teint foncé, visage hideux* — et quand il la vit enlever son fichu —, *cheveux courts*, « comme ceux d'un homme ».

Il grimpa l'escalier quatre à quatre et se précipita dans la suite d'Isabella.

L'avion de De Broca venait tout juste de commencer à dessiner dans le ciel ses lettres magiques lorsque *die weisse Ratte* entra, complètement hors d'haleine, et dit en suffoquant :

— Vite, vite! Elle est arrivée.

Mauberley était tellement absorbé par son travail qu'il ne comprit pas le moindre mot de ce que voulait dire Hugo.

— Des cheveux courts, dit le garçon en haletant. Qu'est-ce que je dois faire?

Estrade.

Enfin. Et l'histoire sur les murs qui n'était pas achevée.

Mauberley regarda Hugo.

Une lueur très étrange brillait dans les yeux de Hugo. Une sorte de sourire flottant qui ne parvenait pas jusqu'à ses lèvres. Ces dernières étaient pincées et blêmes.

— A-t-elle prononcé mon nom? demanda Mauberley.

Hugo n'attendit qu'une seconde avant de répondre :

— Oui. Bien sûr.

Mauberley plongea la main dans la doublure de son pardessus et en retira le revolver nickelé inutilisable.

— Dis-moi, as-tu des balles pour ça?
— Non.
— Mon Dieu! s'exclama Mauberley. Comment vais-je l'arrêter?
— Je peux peut-être y arriver, dit Hugo.
— Alors vas-y!
— Bon, dit Hugo. Ce sera dangereux. Et s'il faut que je la tue?
— Non, tu ne dois pas faire ça, dit Mauberley.

Ce n'était pas qu'il ne souhaitait pas la mort d'Estrade, mais il ne voulait pas demander à un enfant de tuer. Pas même à Hugo qui, il le savait, aurait tué exactement en dix secondes, si on l'avait bien payé.

— Tu ne peux pas juste te débarrasser d'elle? Lui dire de s'en aller? Dis-lui que j'étais ici, et que je suis parti pour Innsbruck...

Hugo attendit encore.

Le salaud, se dit Mauberley. Et c'est ma vie qui est en jeu.

— Très bien, dit-il.

Il retira de la doublure de son veston une grosse liasse de billets de banque dont il remit la moitié à Hugo.

— Fais-la partir.

Hugo prit l'argent et le soupesa d'un geste expert, faisant rouler la liasse au creux de sa main sans même la regarder.

Mais il attendit encore.

Mauberley pouvait entendre très clairement la voix de Herr Kachelmayer, dans l'entrée, en dessous. Mais Hugo ne bougeait pas.

Mauberley dit, en montrant l'autre moitié du paquet :

— Je te donnerai le reste... à ton retour quand tu pourras me prouver qu'elle est partie.

Hugo s'en alla.

Mauberley éleva une barricade devant sa porte après le départ de la *weisse Ratte*, et il se mit à genoux pour adresser une prière à sainte Thérèse, ce qu'il n'avait pas fait depuis son séjour en Espagne avec Isabella.

— Chère madame — sainte Thérèse —, dit-il, je ne demande pas la mort de cette femme, je demande seulement à vivre. Vivre encore un peu. S'il vous plaît!...

Il resta agenouillé plus d'une demi-heure.

Die weisse Ratte revint enfin. Il gratta à la porte et dit son nom ; Mauberley le laissa entrer centimètre par centimètre.

La première chose qui passa par l'entrebâillement de la porte fut le fichu d'Estrade que Mauberley reconnut pour l'avoir vu dans le train. Suivit une paire de chaussures : d'abord une, puis une autre, qui furent jetées par terre.

Mauberley poussa de côté sa barricade et Hugo franchit la porte.

— Ce fichu, dit Mauberley, ces chaussures. C'est à croire que tu l'as tuée.

Hugo secoua la tête. Il avait le visage tuméfié, les mains en sang et le devant de sa veste était déchiré. Mais il semblait très content de lui.

Il jura à Mauberley que la femme n'était pas morte. Mais il ajouta :

— Elle ne vaut guère mieux — maintenant elle ne risque plus de vous faire du mal.

Il tendit alors la main et Mauberley lui remit le reste de l'argent.

Kachelmayer en personne vint lui rendre visite ce soir-là.

Il était évident que son fils et lui avaient trouvé en Estrade un filon d'or qu'ils voulaient exploiter jusqu'à la dernière pépite.

— Vous avez très peur de cette femme, n'est-ce pas ?

— C'est vrai... Où est-elle ?

Kachelmayer parcourut du regard les écrits sur les murs de la pièce et, au lieu de répondre, dit :

— J'imagine que tout cela l'intéresserait beaucoup...

— Oui.

Kachelmayer rejeta brusquement sa tête de côté, et sourit délibérément.

— Cent marks par jour. Pour sa nourriture et pour qu'elle ne vous importune pas.

— Sa nourriture ? demanda Mauberley.

— Oui, naturellement, dit Kachelmayer. Vous avez bien dit à Hugo que vous ne vouliez pas qu'elle meure.

— J'ai dit aussi que je voulais en être débarrassé.

— Mais vous l'êtes, Herr Mauberley. Vous l'êtes. C'est tout simplement que...

Herr Kachelmayer haussa les épaules.

— C'est la guerre, dit-il. J'ai une femme et quatre enfants...

— *Cinq*, dit Mauberley.

— Oui, oui. Cinq. Alors cent marks par jour, et vous ne la reverrez plus jamais.

— Qu'est-ce qui me le prouve? demanda Mauberley. Vous ne l'avez pas tuée et peut-être êtes-vous en train de me piquer de l'argent pour rien?

— Vous voulez la voir?

— Non, dit Mauberley après un instant de réflexion.

Herr Kachelmayer empocha son argent. Comme l'avait fait Hugo. Tous les jours.

Mais ils tinrent parole, et Mauberley ne revit jamais Estrade.

Il brisa pourtant une bouteille vide et il garda constamment sur lui des tessons de verre. Pour se protéger d'Estrade. Des autres aussi. L'un d'eux avait dû récupérer le rasoir d'Estrade.

Rudecki était allé chasser, fouiller, fureter.

Dans les caves, il entendit des petits coups semblables au bruit qu'aurait fait une corde frappant un mât sous l'effet du vent, un bruit régulier, qui s'arrêtait tout à coup puis qui recommençait. Clac, clac, clac.

Dehors, derrière les cuisines, dans un petit chemin de pierre sombre et humide, il découvrit une rangée de coffres, tous fermés par d'épaisses planchettes; il supposa qu'ils avaient dû servir à entreposer les légumes et autres produits qui, pour la bonne marche de l'hôtel, devaient rester au frais sans être réfrigérés.

Clac, clac, clac.

C'était bizarre, mais Rudecki, qui s'était souvent battu de nuit, n'éprouvait aucun malaise dans l'obscurité. Il s'engagea donc dans le passage.

Il ne faisait pas complètement noir. Un rai de lumière luisait derrière lui.

Il régnait une odeur d'humidité semblable à celle de vieilles latrines.

Clac.

Clac. Clac.

C'était peut-être des rats. Mais il n'y avait plus rien à manger ici pour des rats. A moins qu'ils ne mangent du bois.

Clac, clac.

Rudecki s'avança jusqu'au milieu de la rangée des coffres.

Rien. Rien. Rien.

Rien.

Tout à coup, une main sortit qui agrippa sa chaussure à hauteur de la cheville.

Il voulut crier. Il pensa même l'avoir fait. Mais il avait seulement frissonné.

Puis la main le relâcha.

Rudecki recula, s'écarta, et il s'accroupit pour regarder la main sur les pierres.

C'était une main de femme, noire de crasse et dégoûtante. Le poignet était pâle et l'on voyait ses veines bleues ainsi que son bras qui, replié derrière les planches, était vêtu d'une manche déchirée.

— Qui est là? demanda Rudecki. Est-ce que vous êtes vivante...?

La réponse fut un geste : la main se retira.

— Qui vous a mis là-dedans ? dit-il. Qu'est-ce que vous faites là ?

— Le gros homme et le garçon, dit Estrade d'une voix faible. Le garçon blond et son père.

Que voulait-elle dire ?

Puis il comprit : les corps qu'ils avaient trouvés.

— *Bitte*..., murmura la femme, *Wasser. Bitte*...

— Bien sûr, dit-il. Attendez. Je reviens.

Rudecki se précipita dans le passage pour retrouver la clarté de la cuisine. Il pensait déjà à quelque chose. Cette femme était sa... Ne rien dire aux autres, en tout cas pas encore. Ça semblait indispensable. Après tout, c'était lui qui l'avait découverte. Pourquoi devrait-il la partager si c'était pour se la faire piquer ?

Il prit un bol d'argent qu'il alla remplir à ras bord sous le robinet.

Il allait lui donner à boire.

Il lui trouverait de quoi manger et la nourrirait.

Il lui apporterait des chiffons — une serviette — et la nettoierait.

Il la baiserait.

Bon Dieu !

L'eau débordait du bol.

Rudecki ferma le robinet et courut comme un dératé jusqu'au passage.

— Attends, dit-il, attends... répéta-t-il comme s'il parlait à un chien. Attends ! Je m'occupe de ça. Et ensuite tout ira bien pour toi. Ça ira très bien. Attends...

Il posa le bol d'argent hors de portée de ses mains, sur les pierres, et entreprit de forcer le cadenas qui la maintenait prisonnière.

Annie buvait un verre dans son bar, seul : seul, sauf dans ses pensées.

Ce serait bien si une nouvelle tête arrivait... Il en avait assez d'Ingrid Bergman. Assez de la voir toujours bouder dans son coin. Elle ne faisait que rester assise et attendre. Et elle voulait toujours la même vieille chanson. Les reines de l'écran. Parfois elles pouvaient réellement vous foutre le cafard. Il y en avait, naturellement, qui vous remontaient le moral. Il sourit.

Rita Hayworth? Ida Lupino?
Lana Turner.
— Ah... Lana Turner dans *Ziegfield Girl*.
Elle était ivre. C'était parfait.
Quelque part Tony Martin chantait *You stepped out of a dream*.
Lana Turner — Ziegfield Girl — était ivre et elle descendait un escalier. Celui-là, là-bas. Dans le vestibule.

You stepped out of a dream,
You are too wonderful to be what you seem...

Annie Oakley, comme toujours quand il tenait son bar, astiquait son fusil. Ses petits flacons d'huile, ses chiffons et ses brosses étaient disposés près de lui et il remit en place les dernières pièces en faisant un bruit sec.

A côté, dans le vestibule, Lana Turner traînait sa cape de vison sur les marches, et ondulait des hanches en suivant parfaitement la musique.

Could there be eyes like yours,
Could there be lips like yours...

Annie observait, les yeux baissés. Les cheveux

411

dorés ; les lèvres boudeuses ; la main mal assurée sur la rampe...

> *You stepped out of a cloud*
> *I want to take you away...*

Annie se frotta le bas-ventre contre le bar.
Il ferma les yeux.
Puis les rouvrit.
Quelqu'un courait. Quelqu'un appelait.
— Au secours ! Au secours ! Mon Dieu ! Mon Dieu ! A moi ! Au secours !
Annie sauta par-dessus le bar d'un bond.
Lana Turner se cramponnait à la rampe. Elle avait atteint la dernière marche. Mais un personnage réel s'écroula dans le vestibule. Un personnage réel. Un homme. Avec la main sur son entrejambe — et son entrejambe était tout ensanglanté — la moitié de son pantalon était arrachée — et ses mains s'agitaient frénétiquement. Il saignait. Saignait et criait :
— Mon Dieu ! Au secours ! Mon Dieu !
Quelqu'un d'autre courait. Quelqu'un d'autre.
Une femme.
D'autres couraient aussi : Freyberg encore en train de manger un bonbon et Quinn qui cherchait à s'arracher à la duchesse de Windsor sur ses murs.
Lana Turner planait dans l'air.
Annie aperçut tous ces gens qui se trouvaient sur les marches de l'escalier, ou qui arrivaient en bas ou qui étaient à mi-chemin. Il n'aurait su dire. Il vit Rudecki, oui, c'était lui, qui saignait, qui criait, qui se tenait l'entrejambe et s'écroulait...
Et la femme. Elle courait. Comme si elle n'arrivait pas à trouver son chemin, ou comme si elle était aveugle et qu'elle ignorait où se trouvaient les objets.

Elle tenait à la main un quelque chose qui luisait comme un éclair argenté.

— Tue-la, hurla Rudecki. Tue cette salope ! Elle m'a coupé les couilles ! Tue-la.

Annie s'arrêta pile.

Tous ses muscles, tous ses nerfs obéirent.

C'était son métier.

Il prit le Browning à répétition, balaya rapidement et précisément la course de la femme et tira.

Elle tomba. Dans son manteau de moleskine.

Son rasoir s'échappa, tournant comme une hélice sur le sol, et traversa toute la pièce pour aller terminer sa course aux pieds de Lana Turner.

Allemagne, mai 1941

Le samedi 10 mai 1941, à 5 h 45 du matin exactement, un Messerschmitt 110 décolla d'Augsbourg en Allemagne et mit le cap sur les îles Britanniques.

Le pilote de l'appareil était Rudolf Hess, dauphin du Reichsführer. Il se rendait à la propriété du duc de Hamilton, près de Glasgow. Le voyage, à en croire les apparences, avait été décidé précipitamment. Hess n'avait pas emporté une valise. Ses poches contenaient divers flacons de médicaments ainsi que des photographies de sa femme et de son fils. Il portait une montre en or à un poignet, et à l'autre un compas d'or. Il avait aussi sur lui une photographie de lui-même avec son nom écrit en bas, comme s'il craignait d'oublier son identité avant d'arriver.

A minuit, Hitler convoqua von Ribbentrop au Berghof et lui demanda des explications sur l'étrange

« défection » de Hess. Le ministre se croisa les bras et dit qu'il n'y comprenait rien. Ce voyage, dit-il au Führer, est tout autant un choc pour « moi que pour vous ». Dans le salon où se déroulait cette scène, il y avait deux autres hommes, Leitgen et Pintsch ; c'étaient des aides de camp de Hess, qui avaient dû malheureusement annoncer au Führer que son lieutenant avait pris l'air. Hitler, fou furieux, hurla aux deux hommes :

— Comment avez-vous pu laisser faire ça ? L'Angleterre va dire qu'on m'a poignardé dans le dos ! Mes alliés vont m'abandonner ! Ils vont dire qu'on ne peut plus me faire confiance ! Pensez à tous les secrets que Hess a emportés avec lui ! Crétins ! Crétins ! Crétins ! L'avoir laissé filer... Crétins !

Puis, tandis que von Ribbentrop, perché sur un canapé volé (un Louis XIV, dérobé à Versailles), observait la scène, Hitler dégrada Leitgen et Pintsch, en leur arrachant des deux mains les galons qu'ils portaient aux cols et aux manches. Il hurla un ordre vers l'antichambre, la garde surgit et emmena les deux malheureux vers leur destin : la prison et la corde de piano.

Après leur départ, Hitler se regarda dans la glace et lissa ses cheveux.

— Désastre ! Désastre ! grommela-t-il.

Il semblait presque avoir oublié la présence de von Ribbentrop. Puis il se tourna vers lui et dit :

— Pourquoi a-t-il fait ça ? *Pourquoi ?*

Von Ribbentrop languissait sur le canapé, les jambes croisées ; il examinait ses ongles comme pour afficher sa nonchalance.

— Pas de quoi se tracasser, dit-il. Selon toute vraisemblance, Hess est fou et il ne sortira de cette affaire qu'une histoire de fou.

Hitler grogna.

Von Ribbentrop alla pêcher sur le revers de son veston un long cheveu gris qu'il laissa tomber par terre.

Hitler demanda :

— Comment pouvez-vous être aussi calme ?

Von Ribbentrop sourit :

— Mon cher et vieil ami, répondit-il, il y a bien longtemps que j'ai appris qu'il ne faut jamais paniquer face à la folie.

Les deux hommes se regardèrent les yeux dans les yeux. Par les « moments » qui courent, ceux-là ont dû compter parmi les plus étranges de l'histoire de la guerre. Peut-être même de toute l'histoire. Car la panique regardait fixement la folie incarnée — qui souriait.

Hess fut découvert, avec une cheville cassée, errant dans un champ de maïs. McLean, le fermier écossais qui le découvrit, fut vraiment surpris de rencontrer un gentleman blessé qui traînait les suspentes d'un parachute et qui lui demanda la route de Paisley. Le célèbre visage ne suscita aucune réaction chez McLean qui ne lisait jamais les journaux. Quant à Hess, il ne cessait de répéter :

— Conduisez-moi à Paisley. Je dois voir Paisley immédiatement.

Il voulait parler, bien sûr, de sir Alan Paisley. Mais le fermier, lui, crut qu'il parlait de la ville.

Le policier de service cette nuit-là à Paisley eut un choc en apercevant derrière son bureau un homme en qui il reconnut immédiatement le lieutenant d'Adolf Hitler ; il avait l'air furieux et il demanda pourquoi on l'avait emmené dans un commissariat de police.

— L'est tombé, dit le paysan. D'en haut.

On ne parla pas du tout du Messerschmitt, car personne ne l'avait entendu s'écraser au loin, dans les brumes de l'estuaire.

Hess ne cessait de frapper des doigts sur le bureau, répétant et répétant qu'il devait voir Paisley. Il se récitait sa litanie : *même si tu dois passer pour un fou... continue jusqu'à l'arrivée de sir Alan. C'est le seul qui comprendra ton message...* Les mots étaient rivés à son esprit.

Mais sir Alan Paisley ne venait pas.

Hess commença alors à laisser entendre qu'il n'allait pas très bien. Dans un premier temps, il durcit légèrement ses traits et se frotta les joues avec le revers de la main.

— Ça vous démange? demanda le policier.

Hess fit un bruit de chat, se traîna jusqu'au banc le plus proche, s'y blottit et se mit à ronronner.

Le policier le calma, le mit dans une cellule et appela un médecin par téléphone. Il n'avait encore jamais vu de fou, et pour la première fois aussi il se trouvait en face d'un nazi.

Tout en continuant à miauler dans son coin, Hess, lieutenant du Reichsführer, regardait par-dessous ses sourcils broussailleux. Il avait mal aux hanches. Sa cheville le faisait souffrir et était enflée. Il y avait manifestement une faille dans le déroulement des opérations. Et, avant qu'il ne puisse envisager de la combler, elle se prolongea sur le sol de sa cellule jusque dans son esprit. Que se passera-t-il si Paisley ne vient pas? se demanda-t-il. Que se passera-t-il et qu'est-ce que je deviendrai?

Le lendemain matin, à l'hôtel Eden, un téléphone faillit être arraché de son support.

A l'autre bout du fil, sir Alan Paisley avait du mal à cacher son incrédulité :
— C'est vous qui l'avez envoyé ici? Est-il véritablement venu sur vos ordres?
— Bien sûr que non, répondit von Ribbentrop.
Il y eut un silence.
— Croyez-vous que ce sont *eux* qui l'ont envoyé?
— Non.
Paisley attendit, mais von Ribbentrop avait procédé à des vérifications, aussi était-il inutile de continuer dans cette voie.
— Mais alors, qu'est-ce que je dois faire? demanda Paisley. Il est à ma porte. Il a déjà mentionné mon nom. Dieu sait ce qu'il est capable de dire ensuite!
— Alors, il faut le faire taire. Voilà!
— Je ne peux quand même pas lui arracher la langue.
— C'est vrai, dit von Ribbentrop, mais vous pouvez lui faire perdre la tête.

Angleterre, 1941

Peu après la fin de la Première Guerre mondiale, l'armée britannique acheta une propriété appelée Latchmere House, et située près du village de Ham, dans le Surrey. On voulait ainsi offrir un asile aux gens le plus gravement frappés par ce qu'on appelait à cette époque la « commotion cérébrale ». Avec le temps, les psychiatres firent prévaloir qu'il fallait abandonner la notion de « commotion cérébrale » pour appeler les choses par leur nom : les malades, à Latchmere House (tous des officiers), étaient atteints de « folie incurable ».

Lorsque éclata la Deuxième Guerre mondiale, Latchmere House fut officiellement baptisée hôpital psychiatrique : son directeur était un certain commandant Olivor, du Service de santé militaire. Dès 1940, le commandant Olivor reçut la visite d'un agent du MI-5 qui lui déclara qu'un asile psychiatrique militaire pouvait constituer l'endroit rêvé où séquestrer les agents ennemis dont on voulait briser la volonté.

C'est ainsi que le célèbre agent nazi, Rudolf Hess, fut transféré, au cours de l'été 1941, à Latchmere House pour y subir un « traitement ». Ce dernier semblait profondément convaincu, depuis le 19 mai environ, qu'il n'était plus un être humain mais un chat sans queue.

Hess fut remis entre les mains du commandant Olivor par le capitaine (médecin) R.S. « Bingo » Baggot, un agent du MI-5. On avait donné à Baggot tous les documents certifiant sa pratique de psychiatre traitant (alors qu'il n'était que médecin généraliste) pour qu'il puisse demeurer auprès de son malade sans susciter de méfiance au sein du personnel. On ne dissimula jamais l'identité de Rudolf Hess : on dissimula seulement la nature du « traitement ».

Ham était un composé de décor idyllique, de thébaïde, de charme villageois et de murs sinistres. Il y avait une cour entièrement clôturée où les plus récalcitrants des espions allemands étaient logés dans des baraquements minables placés sous la surveillance de gardiens impitoyables et de chiens de garde. Quelquefois (mais c'était rare), le crépitement d'un peloton d'exécution retentissait dans les bois, qui annonçait qu'un autre agent du Reich avait refusé de trahir le serment du secret. Pour les pensionnaires de Latchmere House, cela signifiait que la guerre continuait, et, pour les gens de la ville, cela signifiait qu'on avait sacrifié un autre cochon ou un mouton pour la table des « pensionnaires ». Cette partie de l'institution était placée sous la responsabilité d'un gros pataud de colonial ayant garde de colonel et connu sous le nom de Stephens « Œil d'Acier ». Il était originaire de Rhodésie, le pays du prêtre Jean et des diamants, et portait un monocle.

Stephens et Baggot emmenaient souvent Hess, le soir, faire une promenade sous les arbres. Des chiens les accompagnaient parfois, ce qui rendait Hess extrêmement nerveux. Mais Stephens avait une badine et, tant que Hess restait à côté de lui, les chiens ne l'importunaient guère. Baggot avait dans sa poche une petite balle de caoutchouc et, quand les chiens ne les accompagnaient pas, il jetait la balle : Hess courait la chercher et la rapportait à Baggot en la tenant dans sa bouche. Ils incitaient Hess à aller fureter dans les garennes à lapin et les taupinières dans l'espoir qu'il essaierait de tuer leurs occupants, mais Hess semblait n'avoir pour cela ni goût ni talent.

— Vous comprenez, naturellement, disait Stephens « Œil d'Acier » — qui, en tant que colonial, en savait beaucoup plus que Baggot sur les animaux —, que c'est le seul et unique chat végétarien que j'aie jamais rencontré !

— Hum !

— Veut pas manger de viande, pas de poisson, pas d'œufs crus, pas d'insectes, pas d'oiseaux, pas de souris, enfin rien de ce que mange un chat.

— C'est très étrange, dit Baggot. Il croyait vraiment que Hess simulait le comportement du chat, parce qu'« un vrai chat se défendrait avec ses griffes ou grimperait dans un arbre s'il était poursuivi ou menacé par des chiens. Un vrai chat ne courrait pas derrière son maître ».

— Exactement, dit Stephens. Peut-être bien que vous avez pigé le bonhomme.

On décida de mettre Hess à l'épreuve.

— Nous allons lui donner des aliments que les chats aiment bien, dit Stephens, et on verra comment il réagira....

Le premier point du plan qu'arrêtèrent ensemble Baggot et Stephens concernait les têtes de poisson.

Tous les vendredis, on servait du poisson aux malades et aux prisonniers et, tous les vendredis soir, les restes (surtout les têtes et les arêtes) étaient jetés dans l'incinérateur. Désormais, sur l'insistance de Baggot et avec l'aide de Stephens, les têtes de poisson furent entassées dans une brouette puis emportées jusqu'au baraquement où nichait Hess avec son gardien personnel, et déchargées devant ses fenêtres.

— Une telle odeur pour un chat, ce doit être un vrai régal, dit Stephens, qui s'enveloppa le nez de son mouchoir avant de s'en aller.

Les chats de la ville passèrent entre les arbres et firent un véritable festin; ils miaulèrent toute la nuit pour en redemander. Mais Hess, incommodé par la puanteur, vomit à plusieurs reprises. Au matin, le commandant Olivor dut venir le soigner.

D'autres trucs furent essayés : on lâcha des chattes en chaleur dans les locaux; on lâcha des souris dans la chambre; on y introduisit des oiseaux, mais rien n'y fit. Stephens et Baggot finirent par conclure, selon les termes du premier : « C'est tout simplement un homme ordinaire comme vous et moi : indiscutablement un être humain et pas du tout un chat. »

Il n'y avait plus rien à faire.

Ou du moins c'est ce qu'il semblait.

En septembre 1914, Hess hérita d'un nouveau surveillant, un homme qui se présenta sous le nom de Hart.

Hart entra dans l'équipe de surveillants de Latchmere en produisant des certificats irréprochables. D'après ceux-ci, il avait occupé un poste d'infirmier psychiatrique pendant plus de cinq ans, à la prison de Llangho, institution qui accueillait jusqu'à en déborder la crème des cas pathologiques de Grande-Bretagne au nombre desquels « Le tueur fou de Tyne » et « Grendel de Botsford. »

Hart les avait tous matés. C'est du moins ce qu'on disait.

En l'espace d'un mois, Hart réussit à faire manger à son patient non seulement de la viande, mais de la viande crue. Hess fut aussi emmené chez l'équarrisseur (à l'intérieur de l'asile) pour assister au démembrement des cadavres d'animaux ; il accomplissait sa promenade quotidienne autour de l'incinérateur et, là, on lui ordonnait de rester un certain temps dans les gaz et la fumée qui étaient censés lui réchauffer le sang. Pour finir, on l'emmena, au bout d'une chaîne (dont le « collier » était fixé à son poignet gauche), vers un enclos situé dans les bois, pour qu'il assiste à ce qu'on lui dit être l'égorgement d'un cochon. Mais le cochon poussa un cri humain avant de mourir et ce cri sonna d'une manière familière à l'oreille de Hess, sans qu'il sache très bien pourquoi. Ce cri, c'était « Hitler », mais Hess n'arrivait pas à se rappeler comment il pourrait traduire le sens de ce cri dans ses mots à lui. Il lui sembla alors qu'il pouvait tout aussi bien en traduire le sens par un geste : il tendit le bras en l'air, puis la main, et sourit.

Hess baissa ensuite la main et en abattit le tranchant, comme s'il s'agissait d'un couteau, sur le cou de Hart.

Hart fut projeté à terre, mais il se releva en souriant.

Hess frappa de nouveau Hart au cou, mais cette fois-ci Hart lui dit :

— Non! Pas avec le plat de la main. Il faut vous servir de vos griffes.

Trois jours plus tard, Hart entra dans une cabine téléphonique située près du *Boots*[1] de l'endroit et appela Londres.

— Oui? Ici Paisley.
— Je suis le surveillant.
— Oui. Et alors?
— C'est fini. Mission accomplie.
— Bien, dit Paisley. Parfait.

En sortant de la cabine, Hart contempla la rue. L'automne était proche. Le vent se leva.

Il traversa la route.

Il avait bien aimé accomplir cette tâche auprès de Hess, bien qu'il eût préféré quelque chose de plus excitant et de moins facile. Hess avait déjà fait la moitié du chemin quand Hart avait commencé à s'occuper de lui. Il n'avait eu qu'à le pousser pour qu'il passe de l'autre côté de la ligne.

Il avait fait son travail avec une efficacité brutale. Hess était devenu inoffensif. Le mot *Pénélope* ne franchirait plus jamais ses lèvres. Pas de façon cohérente, en tout cas. Plus rien de cohérent ne sortirait désormais de sa bouche.

1. Chaîne de pharmacies anglaises *(N.d.T.)*.

Hart le savait. Il remonta complètement la rue et, quand il tourna au coin, il redevint lui-même :
Harry Reinhardt.

Le lendemain même, Hess attaqua le commandant Olivor dans son bureau. Le visage, le cou et les mains d'Olivor étaient ensanglantés.

Tandis que les gardes se précipitaient, Hess alla s'accroupir contre le mur. Des sons totalement inhumains sortaient de sa gorge. Quand Baggot arriva sur place, il comprit en regardant la scène que son malade, qu'il se fût réveillé fou ou non ce matin, l'était désormais irrémédiablement.

Une semaine plus tard, Hess attrapa sa première souris, lui brisa le cou avec les dents et la dévora pendant qu'elle était encore chaude. Au cours des deux années suivantes, il tenta par deux fois de se suicider et, à l'automne 1943, il n'était plus en mesure de se souvenir d'un seul détail humain de sa vie passée. Il était devenu complètement amnésique et il allait le rester jusqu'à la fin de ses jours.

A l'hôtel Eden, von Ribbentrop parcourait le discours que Paisley lui avait signalé. Herbert Morrison, le ministre britannique de l'Intérieur, avait déclaré devant la Chambre des communes :

— Peu importe désormais quelle sorte d'animal se trouve être Hess ; l'essentiel, c'est qu'il soit aujourd'hui en cage.

Von Ribbentrop sourit et posa son journal.
Terminé.

Nauly : novembre 1942

J'étais installé dans le verger de Diana. J'observais

les oiseaux. L'arrivée d'une auto m'irrita passablement, car elle était si bruyante qu'elle fit s'envoler le seul pivert vert que j'aie jamais vu.

J'observai avec mes jumelles, tout en me disant que ce devait être un quelconque casse-pieds de fonctionnaire local qui venait nous informer des dernières recommandations à suivre pendant les raids aériens dont le nombre allait croissant. Pauvre Diana, pensais-je. Ils étaient venus lui annoncer qu'un autre de ses champs avait été ravagé par la chute d'un bombardier ou bien qu'ils avaient besoin d'un autre de ses domestiques pour la surveillance de nuit ou la défense passive ou Dieu sait quoi. L'effectif du personnel avait sérieusement fondu : il ne restait que les plus vieilles bonnes, les plus jeunes jardiniers et les garçons d'écurie.

Au début, il n'y avait que cette petite voiture sur la route. Son conducteur, pour le moment, ne sortait pas et les reflets de la vitre ne permettaient pas de voir à l'intérieur. Mais je vis, grâce à mes jumelles, qu'un garçon nommé Roger venait de derrière le manoir; il portait un râteau. Il se dirigea vers le conducteur de la voiture et ils eurent une brève conversation. Puis Roger s'éloigna pour aller chercher Diana, du moins c'est ce que je supposai.

Mais ce ne fut pas Diana qui revint. Ce fut Niven, le valet. Que se passait-il ?

La porte du conducteur de la voiture s'ouvrit.

Harry Reinhardt.

Je me rendis compte que je m'étais levé car ma tête cogna la branche d'un abricotier. Cet incident clownesque fut malencontreux parce que, le temps que je retrouve mon sang-froid et la vision, des moments manifestement précieux s'écoulèrent, durant lesquels un message fut transmis oralement à Niven. Lorsque je parvins, après diverses tentatives, à retrouver leurs silhouettes dans mes jumelles, Niven hochait vigoureusement la tête et parlait rapidement; Reinhardt mit la main dans sa poche et en sortit des papiers : des feuilles de papier à lettres, des enveloppes, ou des billets de cinq livres, impossible de savoir, qu'il tendit à Niven.

Reinhardt remonta en voiture et démarra. Je suivis la voiture aussi longtemps que possible.

Niven traversa le verger, marchant dans l'herbe haute tout droit vers moi.

Je connaissais ce garçon. Niven était né à *Nauly*. Il m'avait toujours plu et j'aimais bien l'entendre siffloter dans les écuries. Quand il m'apercevait, il ne manquait jamais de me faire un signe de la main.

Et le voici qui venait m'apporter un message de Harry Reinhardt.

— Alors, lui dis-je, que se passe-t-il, Niven?

Je m'attendais vraiment à ce qu'il me tende une enveloppe ou une feuille de papier.

— Je dois vous dire que vendredi au Savoy...
— Qu'est-ce que tu dis?
— Voilà! Vous devez aller vendredi prochain en ville. Une chambre a été réservée à votre nom au Savoy et vous n'aurez qu'à attendre qu'on vous téléphone. Monsieur Reinhardt a dit que vous comprendriez, si je vous disais que ça a un lien avec... votre premier livre.

Invisible foule.

C'était astucieux de la part de Reinhardt d'y avoir pensé. Une description que j'aurais pu inventer pour décrire la cabale *Pénélope*.

— Niven?

— Oui, monsieur?

Je m'efforçai à sourire.

— Est-ce que tu aimes M. Reinhardt?

Niven s'enfonça les mains dans les poches.

— Vous savez, je le connais depuis si longtemps, dit-il, que je ne me suis jamais demandé si je l'aimais ou pas...

Mon cœur faillit s'arrêter.

— Depuis combien de temps le connais-tu?

— Depuis l'âge de douze ans, je crois. Je peux m'en aller, monsieur? C'est que j'ai un veau qui vient tout juste de naître...

— Mais oui, va. Et merci.

Tandis qu'il s'éloignait, la seule idée qui me vint à l'esprit, c'est que depuis mon arrivée à *Nauly*, après la mort d'Isabella, pour une raison ou pour une autre, Harry Reinhardt m'avait suivi à la trace par l'intermédiaire de Niven.

Pendant tout mon séjour à *Nauly*, j'avais songé à tout ce que je n'avais pas fait. Je n'avais pas sauvé Isabella. Je n'avais sauvé personne. Je n'avais pas tendu la main à Diana. Je n'avais tendu la main à personne. Je n'écrivais pas. Je ne pensais pas. Je ne lisais pas. Je ne me parlais plus à moi-même, sauf lorsque j'écrivais dans mon journal. J'étais un zéro. Rien. Depuis 1941, date où mon pays (qui n'était alors que mon pays en titre) entra officiellement en guerre, je n'avais même jamais su à quelle nation j'appartenais. J'étais comme un homme perdu dans l'alcool pour qui le monde n'est qu'un lieu où l'on se réveille par malheur et dont on se détourne, les oreilles bouchées, les yeux fermés. Je n'étais utile — c'est le moins qu'on puisse dire — à personne. Inutile même, selon toute apparence, au sein de la cabale *Pénélope*, où je ne semblais avoir existé que parce qu'on me rappelait que Harry Reinhardt me surveillait et ne me laisserait pas « filer ». On m'avait même convoqué à Londres — et Londres était « réel ». Mais le Mauberley qui s'y rendrait ne se prenait pas du tout pour quelqu'un de réel. Il n'était qu'un homme installé dans un verger qui observait les oiseaux.

Très tard, cette nuit-là, je sortis dans l'obscurité, le col relevé, et je pensai : je pourrais entrer dans la mare de Neddy, comme le poète chinois fou d'Ezra, embrasser la lune et mourir. Je pourrais mettre une pierre dans ma poche, comme Virginia Woolf, dit-on, l'a fait, une pierre assez grosse pour me faire couler. Je pourrais aussi monter au premier étage, poser ma tête sur l'oreiller du vieux lord Wyndham et exhaler tout simplement mon dernier soupir. Une mort vraiment simple — juste cesser de respirer. Quelle perte cela causerait-il? J'avais accompli le meilleur de mon œuvre. Peut-être toute mon œuvre. Et perdu ma voix. Ma foi.

Mon Dieu, pensai-je, les étoiles sont obscures, froides et lointaines. Elles ne brûlent plus d'aucun feu.

Et si je le faisais, est-ce que ça aurait une importance!

Eh bien, oui! Ça en aurait une si je me noyais seulement. Car, de cette façon, je ne ferais que glisser mon corps entre deux couvertures d'eau. Sortir de scène sans un bruit. Alors que je m'étais toujours fait cette promesse : avant la mort, les hauteurs.

Et avant les hauteurs, la certitude de grimper, ne serait-ce que pour sortir de ce trou.

Vendredi? Le Savoy? Ça ressemblait à un épouvantable rendez-vous avec une pute. Si seulement j'en avais le courage, j'emporterais un revolver. Isabella, mon œuvre et moi, pensai-je. Je suis redevable à quelqu'un de quantité de morts.

Le 8 décembre tombait un mardi. Il y avait exactement six ans, jour pour jour, que Neddy avait eu son accident.

J'allai avec Diana au cimetière en fin d'après-midi ; elle y porta un bouquet de roses d'hiver, les roses les plus tardives que j'aie jamais vues à *Nauly*.

Je me tenais en arrière, aussi loin que possible. Au-dessus de nos têtes, il y avait une mer d'avions. Des bombardiers allemands. En plein jour. On en était arrivé là.

Diana déposa les roses sur la tombe de Ned. Quelques instants plus tard, elle en retira quelques-unes qu'elle mit sur la tombe de son fils Charles-Auguste. Puis elle recula, regarda attentivement, comme quelqu'un devant un tableau difficile, les yeux presque fermés, la tête penchée.

Je pensai à tous les rires que nous avions partagés — à nos discussions, au plaisir que nous prenions à communiquer intellectuellement. Je songeai à Ned quand il avait dit : « Nous ne dépasserons jamais ce moment terrible si des gens comme vous se soumettent. » Je fus soudainement heureux, face à sa mort, d'être encore vivant et de m'être retenu de glisser sous la surface de la mare qu'il aimait tant. Une telle mort aurait été une véritable profanation.

Diana se pencha sur la tombe de son fils et redisposa les roses à côté de sa tombe, puis elle s'éloigna rapidement en levant les yeux pour regarder les avions qui bourdonnaient.

— Je suis presque contente, dit-elle, que Charles soit mort. Ça lui évite de mourir aujourd'hui...

Et nous partîmes.

Je n'avais jamais vu Diana avec un air aussi sinistre. On aurait dit que l'on venait de dégoupiller une grenade dans sa poche.

Je dis à Diana que je devais me rendre à Londres pour y rencontrer mon éditeur américain; il se trouvait alors en Angleterre en tant que capitaine de l'armée des États-Unis. Ce rendez-vous n'était naturellement que pure invention, mais j'aurais bien aimé qu'il fût réel. Il aurait été agréable de s'asseoir devant son bureau, avec un manuscrit entre nous et tous ces signes dans la marge qui indiquent en somme : *travail en cours*. Mais ce n'était pas ce qui devait se passer. Le seul travail en cours était perfide, sale et n'avait rien à voir avec la méticuleuse réflexion d'antan.

Je pris le train. Comme promis, j'avais une chambre réservée au Savoy, au nom de Mr H.S. Mauberley. Le réceptionniste ne savait pas du tout qui j'étais. Les temps changent.

De toute la soirée et toute la nuit, je n'entendis pas le téléphone. Seulement des bombes.

C'est le samedi matin très tôt que je reçus l'appel, juste au moment où sonnait la fin de l'alerte.

Paisley, d'une voix exaspérante et nasillarde, m'informa qu'il était en bas, à la réception. Pouvait-il monter?

— Êtes-vous seul? lui demandai-je.

— Vous me prenez pour un fou? Bien sûr que je suis seul!

Paisley était en uniforme. Un uniforme bleu surchargé de décorations et de galons. Je le détestai immédiatement. Il était arrogant, vif, et semblait ne tenir aucun compte de mon passé. Pour Alan Paisley, je n'étais qu'un courrier de plus. Un simple messager.

Il me dit à peu près ceci :

— ... nous avons des amis communs aux Bahamas. Elle est tout à fait d'accord et toute disposée à coopérer. Quant à lui, très franchement, c'est un sacré froussard et, d'après ce qu'on m'a dit, il sombre de plus en plus dans la boisson et on ne peut rien lui demander. Il n'est même plus capable de prendre une décision. Maintenant, je vous l'accorde, cette affaire de la kermesse a dû être pénible. Mais un homme, un vrai... dit Paisley en chassant un grain de poussière de sa poitrine encombrée de décorations, saurait surmonter une expérience malheureuse et ne pas se laisser abattre. Après tout, regardez-nous. Nous sommes sous les bombes toutes les nuits et sommes quasi encerclés par le feu. Nous traversons un enfer de flammes du matin au soir. Est-ce que nous courons ? Jamais !

Je commençai à réaliser que Paisley allait me faire une conférence de deux ou trois heures sur le courage si je ne l'interrompais pas. Aussi le coupai-je brutalement. Pourquoi étais-je ici ?

— ... vous êtes un de ses amis, dit-il. Quelqu'un en qui elle a confiance, je crois. Quelqu'un qui peut l'aider à s'occuper de son mari. Il faut absolument qu'il se mette de notre côté. Et vite. Toute la structure de ce que nous sommes en train de mettre sur pied dépend de sa présence en Europe au milieu de l'été.

— Et alors ?

— Et alors... nous vous envoyons là-bas pour faciliter l'opération. Pour apporter à la femme l'aide qu'elle demande, et pour transmettre toutes les informations utiles à leur retour.

— Leur retour.

— ... mais naturellement. Ils doivent revenir et être prêts à reprendre leur place. La note qu'on vous remettra juste avant votre départ vous expliquera l'affaire. Vous devez par-dessus tout susciter un sentiment d'urgence. Et, s'il le faut, trouver les moyens nécessaires pour le forcer à revenir. Quant à elle, bien sûr, elle vous aidera.

— Et si je refuse de partir ?

— ... vous plaisantez, cher ami.

— Non, dis-je, je ne plaisante pas.

La tension artérielle de Paisley augmenta dangereusement.

— Écoutez-moi bien, dit-il, vous avez fait un sacré bout de chemin et vous arrivez à la fin, Manderley...

— Mauberley, dis-je.

— D'accord. D'accord, comme vous voudrez. (Le nom n'avait tout simplement aucune importance.) Si vous n'acceptez pas... (et il eut au moins, à ce moment, la décence d'être gêné par ce qu'il avait à me dire)... votre amie Diana Allenby en pâtirait. Et je suis, monsieur, au regret de vous le dire si brutalement, mais elle connaîtrait le même sort que son mari. Et vous ne voulez pas que ça arrive, n'est-ce pas ?

Ned Allenby avait été assassiné.

Je pris un train le lundi pour redescendre dans le Sud.

Diana était installée dans le petit salon. Elle fumait. Il n'était que trois heures de l'après-midi, mais on y voyait à peine. C'était une vraie journée d'hiver, froide. Je m'aperçus bientôt qu'elle était ivre. Elle ne l'était pas d'une manière choquante : elle semblait simplement perdue dans l'alcool comme une personne égarée dans le brouillard. Le monde environnant prend d'autres formes qu'à la lumière du soleil, et c'est manifestement ainsi qu'elle me vit, car elle s'adressa à moi comme si j'étais une ombre ou un fantôme. Mais un fantôme qui lui était familier et qu'elle attendait.

— Asseyez-vous, dit-elle.

Je venais d'ôter mon pardessus. Je tremblais, j'étais mouillé, et je me sentais déjà ébranlé. Je me trouvais en face de la veuve d'un ami assassiné, et je représentais la seule garantie — mais sans qu'elle le sût — qu'elle ne serait pas assassinée, elle aussi.

— Qu'y a-t-il? demandai-je.

Diana tendit le bras dans la pénombre et prit un carnet — qui m'appartenait — sur une table où elle avait aussi posé une carafe de whisky et le vieux coffret à cigarettes en verre qui avait été naguère celui de Neddy et qui maintenant était le sien. Des Abdullahs.

— J'allais m'excuser, dit-elle, d'avoir violé votre intimité. Mais je ne parviens même pas à formuler cette excuse, Hugh.

Elle ouvrit le carnet et le regarda.

— Je me trouvais dans votre chambre. Je suis désolée, mais c'est ma maison. Vous êtes sous mon toit. J'étais donc dans votre chambre. Je ne sais pas pourquoi. Je crois que c'était pour regarder par la fenêtre. Je voulais observer la vue que vous aviez sur le jardin de Ned — je pense beaucoup à lui, ces jours-ci, et je me suis mise à farfouiller par-ci par-là. Je veux dire que *c'est* ma maison et je n'étais pas entrée dans cette pièce depuis votre arrivée. Et ça fait des mois que...

— *Diana, dites-moi.*

Elle se mordit la lèvre.

Il lui fallut un certain temps pour se maîtriser. Elle avala une gorgée de whisky, jeta son mégot, alluma une autre cigarette, se versa encore à boire sans rien me proposer, puis elle dit :

— Vous...

J'attendais.

Elle ferma le carnet, le posa sur ses genoux, puis le jeta délibérément par terre.

Nous le regardâmes tous les deux. Nous ne fîmes ni l'un ni l'autre le moindre mouvement pour le ramasser. Je compris en le regardant que Diana devait l'avoir lu d'un bout à l'autre et qu'elle en avait tiré une horrible conclusion. La vérité.

— Tout ce que Ned disait de vous, dit-elle, est vrai. Vous trahissez vos amis. Vous avez renié votre intégrité. Il y a bien longtemps que vous avez trahi votre pays. Aujourd'hui vous avez trahi le nôtre, le mien et celui de Ned. Vous avez rejoint nos ennemis et vous avez retourné vos poignards contre nous tous...

— Diana...

— Un mot de plus et je vous brûle la cervelle, dit-elle.

J'attendis. Dieu...

Le brouillard s'épaississait. Les horloges tictaquaient. Diana ajouta :

— L'autre nuit, Hugh, vous avez écrit sur le suicide.

— Oui.

Elle me regarda.

— Et vous êtes encore vivant, dit-elle.

Berlin, 1942

Il y avait un raid aérien.

Malgré l'heure tardive, von Ribbentrop travaillait à l'hôtel Eden. Quand arrivaient les avions, la seule chose à faire était de concentrer son attention sur quelque chose d'autre. Durant les bombardements aériens — à Londres comme à Berlin —, nombre de gens faisaient l'amour, écrivaient des livres, jouaient de grosses sommes d'argent ou se mettaient à rédiger leurs journaux intimes. Seuls les enfants dormaient et, pour que tout se passe bien, les mères leur donnaient les nouveaux comprimés d'aspirine révolutionnaires à fort dosage d'I.G. Farben (un demi-comprimé dans du lait écrémé chaud). Ils faisaient miracle.

Von Ribbentrop travaillait seul. Il y avait déjà quatre heures qu'il était à sa table lorsque débuta le raid aérien. A dix heures exactement. Ses notes étaient éparpillées autour de lui sous la lumière ambrée d'une simple lampe. On avait tiré les rideaux de mousseline et les lourdes tentures; tant que les avions survolèrent les faubourgs, le bruit ne fut pas trop incommodant. Mais lorsque les canons de la Wannsee se mirent à tirer, l'hôtel fut secoué et les lumières commencèrent à vaciller.

A dix heures quinze, il réalisa qu'il se trouvait bien seul. S'emparant du téléphone, il appela la réception en bas. L'employé de service au standard se montra très froid et sec. On n'avait jamais vu de choses pareilles à l'hôtel Eden avant la guerre. A cette époque, la clientèle était exclusivement composée de respectables gentlemen accompagnés de nièces et de dames avec leurs neveux. La réception ne se mouillait jamais dans des affaires plus clandestines que celle consistant à monter une bouteille de vin à minuit. Aujourd'hui, Herr Minister von Ribbentrop avait transformé l'hôtel en un véritable bordel.

La femme de Son Excellence (qui s'appelait Lisl) ne pouvait être contactée immédiatement à cause du raid. La réception la joindrait dès que possible. Von Ribbentrop était satisfait : il allait se remettre au travail.

A onze heures, on frappa à la porte. Distrait, von Ribbentrop ne prit même pas la peine d'enfiler son veston. Il se leva, son stylo à la main, et traîna les pieds sur le tapis.. Il portait une vieille paire de pantoufles de feutre dont les talons étaient avachis.

Il ouvrit la porte sans regarder vraiment qui était là.

— Entre, entre, dit-il.

Il était déjà à mi-chemin de son bureau quand il s'aperçut que personne ne l'avait suivi. Il avait même commencé à déboutonner sa braguette.

— Lisl... ?

Von Ribbentrop jeta un œil par-dessus la monture de ses lunettes.

Quelqu'un se tenait debout dans le couloir obscur. Un homme.

— Alors, dit von Ribbentrop, qui est-ce ?

Il porta involontairement les mains à son bas-ventre.

L'homme était en uniforme, et il avait posé sa capote sur ses épaules à la façon prussienne. Il portait également un képi et, d'après sa silhouette, il semblait être un personnage de très haut rang.

— Qui que vous soyez, vous faites un courant d'air, dit von Ribbentrop. J'aimerais que vous fermiez la porte.

Il retourna à son bureau d'où il put voir la personne, éclairée par-derrière ; elle était encore dans le couloir. Il s'assit.

— Je suis venu accorder votre piano.

La voix donna à von Ribbentrop des frissons qu'il ressentit jusque dans ses entrailles.

Schellenberg.

Von Ribbentrop essaya de rire.

— Entrez.

Il se leva. Il se rassit. Après tout, c'était lui qui avait le grade le plus élevé, se rappela-t-il (malgré sa peur). Sa braguette était restée ouverte.

Schellenberg entra puis referma la porte derrière lui. Il resta là où il se trouvait, ses bottes rivées sur le parquet.

— Par exemple, par exemple! dit von Ribbentrop. Vous! général de division.

— Oui.

— Que puis-je vous offrir?

— Un peu de vin, si possible.

— Certainement.

Von Ribbentrop s'occupa lui-même de la bouteille et des verres. Il aurait souhaité avoir remis son veston et ses chaussures. Il se sentait un peu sans défense en manches de chemise et en pantoufles. Avec un courant d'air entre les jambes.

Schellenberg se débarrassa de son manteau et de son képi, puis il se décida à traverser le tapis jusqu'à un somptueux fauteuil qui se trouvait dans le faisceau de la lampe. Il portait un uniforme neuf et brillant. L'étoffe n'en était pas encore froissée.

— Très impressionnant, dit von Ribbentrop. (L'uniforme craquait comme du carton.) Même si je n'ai jamais aimé le noir. Son uniforme, qu'il avait lui-même dessiné, était presque gris perle.

Ils burent.

— Pourquoi m'avez-vous raconté que vous êtes venu accorder mon piano?

Von Ribbentrop se coula dans son fauteuil, derrière son bureau, et tendit la main pour prendre son étui à cigarettes en argent.

Schellenberg sourit puis posa son verre sur le bord du bureau.

— Ce n'était qu'une façon de parler, dit-il. Toutes les fois qu'il y a un bombardement, je pense à une tension. Et toutes les fois que je pense à une tension, je pense à une corde tendue, ajouta-t-il en faisant un geste des deux mains. Et chaque fois que je pense à une corde tendue, je pense à un piano.

Von Ribbentrop avala sa salive. Il regarda fixement Schellenberg.

— Vraiment? dit-il.

— Oui, dit Schellenberg. Mon père était fabricant de pianos. On peut dire que c'est lui qui a inventé la corde de piano.

Von Ribbentrop sourit tristement.

— Tous nos tableaux étaient accrochés avec des cordes de piano. (Schellenberg les suspendait en l'air tandis qu'il parlait.) Tous nos miroirs, même les plus grands dans les vestibules, avec leurs encadrements de marbre. Il n'y a rien de plus solide sur toute la planète qu'une corde de piano. A votre santé. *Prosit.*

Ils burent.

Von Ribbentrop jeta un coup d'œil à son pantalon. Sa braguette était toujours ouverte. Il la referma très prudemment bouton après bouton.

— C'est ainsi que j'ai tout appris sur les pianos en grandissant, dit Schellenberg. Et ce que je dis est vrai. Je suis tout à fait capable d'accorder un piano.

Von Ribbentrop rétorqua, les yeux fixés sur son pantalon :

— Mais je n'ai pas de piano, Walter.

— Je le sais.

Il s'ensuivit un silence déplaisant que von Ribbentrop se sentit obligé de rompre.

— Je n'aime pas les jeux, dit-il, et surtout pas celui qui consiste à jouer *au chat et à la souris*, Walter.

Il regarda le chef de l'espionnage, mais celui-ci jouait avec sa lèvre.

— Dites-moi simplement pourquoi vous êtes ici, dit von Ribbentrop en serrant son verre avant d'avaler son vin.

Schellenberg délaissa sa lèvre inférieure et se passa le doigt sur l'autre, tel un homme qui viendrait juste de couper sa moustache.

— Ah, moi! dit-il. Oui, pourquoi suis-je ici... Peut-être tout simplement pour comparer ce que je sais avec ce que vous savez, Excellence, à propos d'une ou deux affaires.

— Parfait. Allez-y.

Schellenberg termina son verre et le reposa au même endroit, très exactement au centre d'une tache de vin circulaire.

— Vous avez eu des nouvelles de notre vieil ami Hess, je suppose. Devenu complètement fou.

— Oui.

— J'ai trouvé que le rôle joué par Paisley était intéressant.

Von Ribbentrop ferma sa bouche et serra les dents. Comment Schellenberg avait-il pu savoir? Ses conversations avec Paisley avaient été tout le temps codées. Comment Schellenberg pouvait-il savoir? Il avait peut-être décrypté le code et capté le message. Ou alors — mais c'était impensable — Paisley s'était mis à jouer double jeu.

— Et puis, il y a toute cette nouvelle histoire à propos du duc de Windsor...

— Une nouvelle histoire ?
— Oui.
— A savoir ?
— Eh bien, je ne sais pas. Mais je peux vous dire au moins ceci : cette affaire d'enlèvement, au cours de laquelle nous avons tenté de le faire passer en Espagne, a été abandonnée il y a presque deux ans...
— Dix-sept mois.
— Oui, dit Schellenberg en se croisant les jambes. Dix-sept mois. (Sa voix traîna l'espace d'une seconde, puis revint frapper comme une pierre.) A la suite de leur fuite, vous le savez, toutes les informations et les instructions parvenant à mes services concernant Son Altesse Royale ont été classées, par ordre du Führer, sous la mention : *désormais inutilisables*.

Il sourit. Il soupira. Von Ribbentrop l'avait observé avec une attention tellement soutenue que la cendre de sa cigarette avait grandi d'un bon centimètre et menaçait de tomber dans son vin.

— Et bien que le Führer m'ait donné l'ordre de rappeler les chiens... les chiens ne sont pas tous rentrés à la niche. *Je me trompe ?*

La cendre se détacha de la cigarette.

Elle fit même un bruit, celui de quelque chose qui se noie.

Von Ribbentrop couvrit le verre de sa main, comme s'il pouvait le réduire au silence.

Schellenberg sourit, il arborait son sourire Schaemmel : son *alter ego* rayonnant sous la lumière.

Des bombes tombaient à un kilomètre de là.

Von Ribbentrop se leva et alla jusqu'aux fenêtres où il tira les rideaux pour le black-out.

— Vous parliez de chiens, dit-il.

Schellenberg tendit son verre.

— Ah bon?
— Oui.
Von Ribbentrop, l'air très blanc et très vieux, prit la bouteille de vin et remplit le verre de son visiteur.
— Merci.
Schellenberg but une gorgée, puis tendit son verre à bout de bras dans la lumière, tout en le regardant fixement.
— Je suis venu, dit-il si doucement que von Ribbentrop dut se pencher en avant pour l'entendre, pour vous avertir, Excellence, que dorénavant, partout où vos chiens iront, ils seront suivis par les miens.
— Vous ne cessez de parler de chiens, comme si...
— Ne m'interrompez pas, dit Schellenberg; Schaemmel ajouta aussitôt avec un sourire : Excellence.
Von Ribbentrop s'assit.
— Je reconnais ne savoir pas très bien ce que vous manigancez, dit Schellenberg. Mais j'ai mon idée là-dessus. Nous avons conclu un marché naguère, au sujet d'un bout de papier. Vous feriez bien de penser à remplir vos engagements avant d'aller trop loin. Vous reconnaîtrez, j'en suis certain, qu'il ne me faudra pas longtemps pour vous rattraper. En attendant, je suis tout à fait disposé à écouter toutes les propositions que vous me pourriez faire. Écouter n'a jamais fait de mal à personne. Je peux toujours rejeter vos conditions si elles ne me plaisent pas. Quant à vous, Excellence, vous pouvez toujours prendre le risque de rejeter les miennes. N'est-ce pas?
Von Ribbentrop ne répondit pas. Il était en train de se replier sur lui-même : il était quelque peu ébranlé et étonné par l'insolence de cet homme; il était furieux aussi et il avait très peur.

Schellenberg vida son verre de vin et se leva. Il était suffisamment élégant dans son uniforme pour être, à ce seul titre, intimidant. Il était aussi dans une forme physique quasi animale, puisqu'il travaillait tellement sur le terrain. Von Ribbentrop, à côté de lui, se sentait comme un vieux torchon à vaisselle usé. Depuis le départ de Hess, huit mois auparavant, il avait dû porter seul, ou presque, tout le fardeau de la branche allemande de la cabale, et il s'en ressentait.

Schellenberg reprit son manteau, son képi; il fit quelques pas dans la pièce. Une bombe explosa dans le lac avec un grand sifflement, et les fenêtres de la pièce furent éclaboussées d'embruns.

— Je vais m'en aller, dit Schellenberg qui fit disparaître Schaemmel en mettant sa capote. Mais je tiens à vous dire ceci : nous pouvons très bien faire ensemble ce que vous essayez de faire tout seul. Tant de complots se trament. Nous vivons dans un monde d'intrigues, n'est-ce pas! Il faut être très vigilant pour ne pas tomber dans les filets qui se referment définitivement sur quelqu'un d'autre.

Von Ribbentrop fit une tentative peu convaincante pour s'approcher de lui avant son départ, mais il n'avait pas franchi le quart de la distance que la porte s'était refermée. Tandis qu'il se tenait planté au milieu du tapis, une pantoufle à un pied, l'autre étant égarée, les derniers mots de Schellenberg sonnèrent à ses oreilles :

— Tout à gagner ou tout à perdre. Compris ? Bonne nuit.

Deux jours plus tard, von Ribbentrop reçut à son bureau de la Wilhelmstrasse une enveloppe qui ne contenait qu'une corde de piano en forme de boucle.

Désormais, le temps était un bourreau.

8

1943

L'île corail, le sable fauve
Surgirent dans la porcelaine rêverie...

Ezra Pound

Nassau est orientée au nord et est protégée de la mer par une basse et mince bande de terre appelée Hog Island. Les plages de cette île sont superbes; ce sont de longues étendues ondulées de sable de pur corail. Lorsque j'arrivai en juin 1943, il n'y avait pour toute construction que quelques clubs très fermés et deux ou trois enceintes privées entourant les vulgaires maisons des *nouveaux riches* dont j'ai depuis oublié les noms. Les gens ne venaient à l'île que pour prendre des bains de soleil en journée et pour danser le soir venu. La végétation naturelle était clairsemée — essentiellement des broussailles — mais les propriétaires de club et les millionnaires avaient planté des bouquets d'arbres exotiques dont les hautes branches offraient plus d'ombre que d'intimité. Pour jouir d'une certaine solitude, il fallait donc absolument élever des murs et ceux-ci, bâtis en stuc, portaient sur leurs arêtes des rangées de bouts de verre, cela afin de décourager les voleurs et les

« voyeurs ». Je n'aimais pas beaucoup Hog Island, aussi je m'y aventurais rarement. En effet, je ne parvenais pas à dissocier dans mon esprit cette île de ma peur des requins. On ne pouvait y accéder de Nassau que par bateau, et le jour même de mon arrivée, quelqu'un tomba — ou fut poussé en guise de plaisanterie — par-dessus bord; il fut dévoré par un requin sous les yeux de cinquante ou soixante personnes qui regardèrent la scène sans broncher.

Le port de Nassau s'élargit de l'autre côté de la ville, offrant ainsi un mouillage aux yachts privés et aux vedettes. Il y a aussi de la place pour que les bateaux de plaisance, tel le *Munargo* qui effectue une liaison hebdomadaire vers New York, puissent manœuvrer librement dans le port au milieu d'une nuée de bateaux de pêche et de cargos déchargeant leurs cargaisons de poissons et de crabes. Beaucoup de cargos viennent de Cuba et d'Amérique du Sud, leurs cales remplies de tabac, de café et de rhum. D'autres viennent des ports du Golfe et apportent du pétrole ou de l'essence. De Boston, de New York et de Charleston proviennent des marchandises plus raffinées : du scotch, des toiles de fil, des cigarettes Philip Morris et des cœurs d'artichaut en boîtes. A l'époque où je m'y trouvais, la Pan Am Clipper Service avait encore un vol quotidien en provenance de Miami et l'hydravion amerrissait dans la baie puis se faufilait comme un taxi entre les bateaux pour aller jeter l'ancre au pied de Mount Royal Road.

Du matin au soir, on entendait des cris d'oiseaux, des cloches, des clameurs et des sifflements de vapeur qui se mêlaient aux appels des marchands sur la place du Marché et aux chants des femmes noires qui attachaient et empaquetaient des éponges sous les portiques en bois des quais. La nuit s'élevait une autre musique : ce pouvait être du calypso qui montait des bars et des cafés du front de mer et qu'on entendait jusqu'à Hog Island, ou bien ce pouvait être un swing sophistiqué que lançaient vers la ville les clubs de Porcupine et de Paradise Beach.

Maintenant que l'Amérique était entrée en guerre, il n'y avait plus autant de touristes qu'auparavant dans Bay Street. La population de l'île s'était pourtant dramatiquement accrue du fait de l'afflux des réfugiés et des femmes d'aviateurs. Les aviateurs étaient cantonnés ailleurs dans les Bahamas avec les Forces aériennes de bombardement de la R.A.F. Pendant les week-ends, les aviateurs venaient à Nassau et les rues se remplissaient de bleu — et comme c'était la couleur préférée de Wallis, elle observait à la jumelle des heures durant, à travers les lattes de ses persiennes, le défilé bleu des beaux jeunes hommes, véritable rivière de têtes dorées.

C'est là que je débarquai le 3 juin 1943, au cours de la saison des tempêtes et des ouragans. Je devais avertir la duchesse de Windsor d'un départ imminent pour l'Europe, encore que la date n'en fût pas fixée. Sa force de caractère et sa célèbre patience face au destin avaient fini par s'émousser ; je la trouvai vraiment très « vieille » et très abattue. Elle cédait très vite à ses humeurs ; elle disait du mal de presque tout le monde et se faisait autant d'ennemis que Ford fabriquait de voitures : *un par minute*. La série de ses vacheries avait commencé par celle qui demeura sans doute la plus célèbre. Quand on lui avait demandé, après lui avoir présenté la société des Bahamas, ce qu'elle pensait *de la crème de la crème* de Nassau, la duchesse de Windsor avait répondu : « Comment répondre à une pareille question, je crois bien n'avoir rencontré que *le lait du lait*. »

445

On se vengeait en nature, sinon en paroles; puisque personne n'osait employer à voix haute le même langage qu'elle. Un jour, pendant une revue de la garde d'honneur, la duchesse fut placée au niveau du sol, cependant qu'on aidait le duc à monter sur une estrade si haut perchée qu'elle cachait presque sa femme : on ne vit en cette circonstance que le chapeau de celle-ci. Son extravagance faisait aussi l'objet de jugements amers, bien que je susse pertinemment que si elle repoussait ses mets préférés et que si elle changeait si souvent de vêtements — quatre fois par jour — c'était tout simplement parce qu'elle ne pouvait supporter l'humidité du climat, et que les bains et douches de la résidence du gouverneur étaient les pires que j'aie jamais vus dans une bâtisse de cette taille. Ce ne pouvait être qu'un cauchemar permanent pour quelqu'un d'aussi scrupuleux que la duchesse sur le chapitre de la propreté personnelle, de la présentation et des apparences. Par exemple, à chaque fois qu'elle se passait un coup de brosse dans les cheveux, il en tombait tellement qu'elle dut faire venir quelqu'un de New York pour la traiter une fois par mois, afin de ne pas devenir complètement chauve. Quant au duc...

Et puis il y avait aussi le souci qu'elle se faisait pour le duc. C'était si profond qu'elle n'en parlait même pas à ses amis les plus proches, disons plutôt à ses relations, puisqu'elle n'avait pas d'amis. Du fait de sa réserve, qui contrastait avec son redoutable empressement à déballer tout ce qu'elle pensait en d'autres circonstances, le bruit courut que le duc et la duchesse allaient se séparer. Il répondait de moins en moins aux invitations et Wallis — même en cherchant dans son dictionnaire des mensonges — ne parvenait pas à trouver une seule explication qui ne s'approchât dangereusement de ce qu'elle pensait être la vérité. Il ne se contrôlait déjà plus nerveusement, et maintenant, elle en était convaincue, il était en train de perdre la tête. Le seul fait de ne pouvoir en parler à personne soumettait Wallis à une tension insupportable.

Henny Henderson, le valet du duc, était né avec les nerfs détraqués. Il tremblait toujours à l'idée que quelque chose ou quelqu'un de nouveau puisse pénétrer dans le monde qu'il connaissait et où il se sentait en sécurité. Cela faisait de lui un parfait serviteur, puisque l'ordre, la précision et la routine étaient les seuls moyens qui lui permettaient de s'assurer que la vie suivait son cours. Il adorait le duc de Windsor et ce dernier l'adorait en retour. Henny ne pouvait faire aucune sottise et on lui avait donc confié le soin de maquiller les cicatrices que le duc ne pouvait voir lui-même. Il avait fallu aussi quelqu'un pour passer et enlever au duc tout ce nouvel attirail, bizarre et stupéfiant, de vêtements-prothèses qu'il s'était mis à porter : des bas pour lui comprimer les veines, des gaines pour lui maintenir le dos et autres accessoires...

Ces « accessoires » arrivaient toujours dans des colis provenant de l'étranger, de Hamilton (Ontario), d'Echo Valley (Nevada), ou de Hollywood (Californie).

Le jour où cet incident éclata, le duc était dans son dressing-room et se préparait à une apparition en public, ce qu'il redoutait énormément. Henderson entra dans un état de grande agitation, car il revenait tout juste du Pan Am Clipper. On avait certifié au duc qu'il y avait à bord un colis qu'il attendait depuis longtemps.

Ce colis était maintenant sous les yeux du personnage royal ; il était attaché au poignet de Henny Henderson par une mince et douloureuse ficelle.

— Vous m'avez l'air diablement éreinté, dit le duc.
— C'est que j'ai *couru*, dit vivement Henderson.
— Faut pas courir, dit le duc. Pas bon pour le cœur.
— Mais, monsieur, vous avez insisté...
— Surtout pas quand il fait une chaleur aussi horrible. *Quand le thermomètre grimpe, ne bouge pas*, voilà ma devise.

Le duc fit tourbillonner le contenu d'un grand verre de cristal et but une petite gorgée, en prenant le plus grand soin de ne pas laisser sur le bord du verre la moindre trace de rouge à lèvres.

— M'autorisez-vous à m'asseoir, monsieur? demanda Henderson tout pâle.
— Naturellement, dit Son Altesse Royale. Asseyez-vous, ajouta-t-il en désignant du regard un canapé.

Le duc, qui par-dessus ses sous-vêtements portait une robe de chambre en soie bleue, alla jusqu'au bureau, s'empara de sa bouteille de whisky et remplit deux verres : un pour lui, un pour son domestique. Il alluma une cigarette et se servit de sa main comme d'un éventail pour chasser la fumée. Il avait l'air très beau : Henderson avait déjà effectué son travail de maquillage.

— Bon, bon, dit-il comme un enfant qui prononce les premiers mots d'un jeu sérieux et compliqué. Qu'est-ce que vous m'avez apporté cette fois?
— Cette boîte, dit Henderson qui entreprit de détacher la ficelle de son poignet.
— Donnez-moi ça.

Mais la ficelle ne voulait pas se défaire.

— Donnez-moi ça, allez.

Henderson finit par casser la ficelle, le duc posa son whisky, tendit les bras et saisit la boîte à deux mains.

— Ne regardez pas, dit-il. Vous devez fermer les yeux.

— Je n'aime pas ça, dit Henny Henderson en n'entrant qu'à moitié dans le jeu. Je n'aime pas du tout ça. J'ai horreur des surprises, Monsieur.

Il entendit des bruits de papier froissé, de ficelles coupées avec des ciseaux puis quelque chose tomba par terre.

— Maladroit, maladroit que je suis, dit le duc, qui ajouta : Bon Dieu ! (Henderson entendit le duc se mettre à quatre pattes sur le tapis.) Fermez les yeux, je n'ai pas besoin de vous.

— S'il vous plaît, Monsieur, je vous en supplie, dit Henderson. Ne me donnez rien de mouillé dans les mains, ni rien de vivant, je vous en supplie.

Le duc de Windsor éclata de rire.

— Ça y est, dit-il. Maintenant vous pouvez regarder.

Henderson ouvrit les yeux, d'abord un œil, puis l'autre.

Le duc de Windsor se tenait là, devant lui, avec sa robe de chambre bleue et ses chaussettes noires ; un sourire lui fendait le visage qui dévoilait ses dents jaunes. Au creux de son bras, il portait ce qui était manifestement la tête d'une poupée grandeur nature qui laissait couler sur le tapis un filet de salive en sciure de bois, tandis que le duc, la main tendue, caressait la blanche chevelure ondoyante qui recouvrait la tête.

— C'est une surprise, dit le duc, comme si Henny Henderson avait besoin qu'on le lui dise, une surprise pour Son Altesse Royale. Et vous devrez garder le secret.

Henderson se leva sans dire un mot.

La tête avait été fabriquée avec une certaine habileté ; elle était faite ou plutôt tendue de chevreau blanc. Quant aux cheveux qui devaient avoir été d'authentiques cheveux humains, ils étaient ondulés d'une façon très caractéristique. Ce visage était plus que vaguement familier au domestique et par conséquent plus que vaguement troublant.

— Je leur avais pourtant bien dit de ne pas lui faire des yeux, dit le duc. C'est vraiment très décevant. Mais je vois qu'ils ont seulement été peints, alors peut-être s'en iront-ils après un bon lavage...

Henderson ouvrit la bouche puis la referma. Le duc était uniquement préoccupé par la tête ; il se détourna comme pour la mettre devant le miroir : c'est alors qu'il vit que le visage était endommagé. Il sembla tout d'abord très fâché, puis il introduisit un doigt dans la bouche baveuse pour arrêter l'hémorragie de sciure de bois et murmura :

— Qui parle trop fait se battre des montagnes. Il vit que Henderson l'observait.

— Ça s'applique à vous aussi, dit-il.

— Oui, Monsieur.

— Pas un mot, pas un seul.

— Certainement, Monsieur.

Le duc reposa avec précaution la tête dans sa boîte et reprit son verre de whisky.

— Suis-je en droit de penser, dit-il, que Son Altesse Royale détient ce qu'on appelle, je crois, un mannequin ?

— Oui, Monsieur.

— C'est d'un usage très courant, vous le savez ?

— Vraiment, je ne saurais dire, Votre Altesse. Mais je peux demander à la couturière...

— C'est cela, faites. J'aimerais m'en servir pendant quelque temps. Voyez ce qu'on peut faire.

— Oui, Monsieur.

— Sans éveiller, bien entendu, le moindre soupçon.

— Oui, Monsieur.

Des soupçons ?

Henderson s'en alla complètement déconcerté. Sans aucune envie de rire. Le duc se retira dans la salle de bains, remplit un plein lavabo d'eau chaude savonneuse dans lequel il plongea son gant de toilette dont il se servit pour frotter les yeux peints sur la tête de chevreau blanc jusqu'à ce qu'ils aient disparu. Ensuite, il obtura la bouche avec un morceau de sparadrap.

Quant à moi, j'avais été placé, pour ainsi dire, dans l'une des demeures les plus éminentes de Nassau, *Westbourne*, la résidence de sir Harry et lady Oakes. C'était là que Wallis et le duc avaient séjourné en attendant l'achèvement des travaux de rénovation de la résidence du gouverneur. Mais *Westbourne* était une maison vraiment affreuse et même bien plus que ça. C'était une construction disgracieuse, baroque et sans formes définies. Il y avait des escaliers qui grimpaient le long des murs extérieurs, des porches fermés qui étaient toujours humides, des terrasses qui étaient toujours sèches et des vérandas, en haut et en bas, qui entouraient toute la maison. Je me souviens que l'on était constamment sous le regard des autres, que l'on était toujours dérangé par un domestique ou par l'un des fils de Oakes qui venaient juste de rentrer de leur pensionnat. L'un de ces fils en particulier était extrêmement précoce. Il se permettait de traverser à n'importe quel moment votre chambre à coucher, de passer d'une pièce à l'autre sans se soucier le moins du monde de ce que vous étiez en train de faire, de votre tenue, ou de l'heure du jour ou de la nuit. Mais après tout, il était « chez lui » et Oakes, qui aimait et protégeait démesurément ses enfants, ne supportait pas que l'on critique, fût-ce gentiment, leur comportement.

— S'il veut se rendre dans une autre pièce et que le plus commode est de passer par votre chambre, il vaut mieux le laisser passer.

Il n'y avait en effet pas plus simple.

Les Oakes, sir Harry et sa douce femme, formaient un couple bizarre mais attachant ; c'étaient deux personnes très différentes mais parfaitement assorties. Ils s'étaient rencontrés lors d'une croisière autour du monde en 1922. A cette époque, Oakes était un millionnaire canadien qui avait investi dans une mine d'or récemment découverte ; elle, était une ravissante Australienne dont le père travaillait pour le gouvernement à Sidney. Eunice MacIntyre était sténo dans une banque, et ce fut là qu'elle se rapprocha le plus, avant sa rencontre avec Harry Oakes, du million de dollars. Elle était deux fois plus jeune que lui et le « dominait » — suivant la formule — même de sir Harry — de plus de sept centimètres. Elle avait la classe, il avait l'argent. On a raconté leur histoire de cent façons différentes. Le plus souvent, on l'appelait *Cendrillon* ; parfois on la baptisait *Chercheuse d'or*. Mais l'histoire de Harry Oakes et de Eunice MacIntyre était en fait beaucoup plus simple : ils étaient tombés amoureux l'un de l'autre. Ils se marièrent en 1923 et devinrent au fil des ans les parents de cinq enfants extraordinairement beaux — des enfants d'une beauté troublante, inquiétante un peu même. Eunice préférait ne pas les montrer. Harry leur interdisait certaines fréquentations. Cela n'allait naturellement pas sans problème. Les enfants qui grandissent veulent vivre leur vie.

Oakes lui-même, bien que citoyen canadien, était américain de naissance — il avait vu le jour dans l'État du Maine. (La duchesse l'appelait « le Baronnet Bourré du Bord de Bar ».) Sa richesse était faite d'or, mais pas une seule de ses pépites ne lui venait d'un héritage. Oakes avait foré le monde entier, du Klondike au Congo, du fin fond de l'Australie au plateau du Saint-Laurent. C'était un self-made-man dans tous les sens du terme, et il avait fouillé le globe avec sa pioche et sa pelle pendant quinze ans avant de réussir son coup fumant à Kirkland Lake, dans l'Ontario, en 1912. Les mines de Lakeshore devinrent par la suite le deuxième champ aurifère du monde. Oakes devint millionnaire deux cents fois et plus. Mais il semblait avoir décidé de se faire autant d'ennemis qu'il avait de dollars.

Il se comportait d'une manière épouvantable. Sa grossièreté et sa mesquinerie étaient légendaires.

Il était aussi très ambitieux. Il avait décidé qu'au Canada sa fortune lui valait bien un siège au Sénat. Mais ses ennemis l'empêchèrent d'y entrer. Impossible de traiter. Il eut beau payer n'importe quoi ou n'importe qui, il n'obtint pas le moindre résultat. Les sièges de la grande Chambre pourpre n'étaient pas à vendre. Du moins, ils n'étaient pas achetables par Harry Oakes.

Furieux, il partit en Angleterre où sa fortune lui valut de la considération. Il réussit à y acheter un titre de baronnet en faisant des dons très importants à l'hôpital Saint-Georges. Quand il revint au Canada, devenu sir Harry Oakes, Bart., il jeta dans la corbeille son titre avec ses millions : « Et si je posais maintenant ma candidature au poste de Gouverneur général ? » Son idée fut saluée par des éclats de rire, et Harry Oakes décida que c'en était assez. Puisque le Canada l'avait dédaigné, le Canada s'en repentirait.

Il payait déjà près de quatre millions de dollars d'impôts, chaque année. Et s'il mourait ? Les droits de succession à eux seuls prendraient la moitié de son énorme fortune. Tout cela pour un pays qui ne voulait même pas le laisser siéger au Sénat. Il disposait de toute cette puissance — et il ne pouvait rien déplacer, sauf lui. Et avec lui — son or.

Il se lança dans de multiples opérations tout à fait conformes aux traditions du monde des affaires : création de diverses sociétés, transferts de ses avoirs à l'étranger sur des comptes bancaires anonymes, distribution de ses bénéfices à un certain nombre de sociétés créées spécialement à cet effet. Il demeurait pourtant une victime, une victime surimposée.

En 1934, il rencontra un homme sur la *côte d'avarice* de la Floride : il s'appelait Harold Christie et s'intéressait beaucoup aux Établissements des Détroits.

— Il y a des îles là-bas, murmura-t-il à l'oreille de Oakes. Un climat paradisiaque... pratiquement pas d'impôts... et pas de droits de succession...

— Et ces îles, demanda Oakes, on peut les acheter?

— Oui.

Et c'est ainsi que Harold Christie, sur la promesse qu'il n'y avait pas de droits de succession, vendit à Harry Oakes dans le même temps un endroit agréable où mourir et, en toute innocence, sa mort.

La nature des relations entre le duc de Windsor et sir Harry Oakes n'était pas très claire. Ils auraient dû, compte tenu des circonstances, être ennemis : l'un était cultivé, distingué et respectable, l'autre était grossier, méprisant et mesquin. Mais ils étaient devenus, pour un temps, les meilleurs des amis et, dans une certaine mesure, des complices.

Quand ils se rencontraient, ils parlaient beaucoup d'affaires concernant des problèmes de concessions.

Oakes voulait plus de concessions qu'il ne le disait. Son grand rêve était de construire des casinos blancs au milieu de jardins fleuris et de parcs d'attractions. Ce serait une garantie pour le tourisme de l'après-guerre. L'économie des Bahamas serait sauvée. Il donnerait son nom à un certain nombre de grands hôtels. Tout cela serait fait par charité, par générosité et pour la postérité. Le duc pourrait même donner son nom à un hôtel.

Le rôle du duc dans l'affaire devait être historique. Il changerait les règles du jeu. Ou plutôt, il se débrouillerait pour les faire changer. Il tempêterait par-ci et serait tout miel par-là, et à la longue, comme il était de sang royal, il imposerait sa tactique.

Oakes savait qu'il lui faudrait donner pas mal d'argent par-ci par-là. Il savait que le duc de Windsor était dépensier. Il savait que la duchesse tant en matière de table qu'en matière de décoration domestique et de vêtements avait des goûts qui ne pouvaient être contrariés. Il savait aussi que le gouvernement britannique n'était pas disposé — à supposer qu'il en eût les moyens — à envoyer de grosses sommes d'argent dans tous les coins du monde où le duc et la duchesse pouvaient avoir envie de faire des dépenses. C'est ainsi que, pour obtenir des concessions, Harry Oakes en faisait. En un mot, il y mettait le prix.

Mais ma mission ne concernait pas Oakes. Il n'était que l'hôte choisi par Wallis qui avait estimé qu'il constituerait pour moi la meilleure des couvertures.

Mes premières rencontres avec Wallis furent formelles et indécises. Ni elle ni moi ne savions comment jouer la partie. Il nous était impossible de quitter les autres gens pendant un laps de temps raisonnable, mais cela n'était pas dû qu'à notre nervosité. Si nous nous étions retrouvés seuls, nous n'aurions pas plus osé fermer la porte que brandir une arme.

Mais il y avait des choses que nous devions nous dire et des choses que nous devions savoir; nous devions donc trouver un moyen pratique pour converser sans éveiller le moindre soupçon. Au cours d'un après-midi de la seconde semaine de juin, je reçus un appel téléphonique. Au bout du fil, « le secrétaire de Sa Grâce » — un certain M. Howard — me demanda d'avoir l'obligeance de venir à la réception organisée par la duchesse, au Porcupine Club, à Hog Island, dans la soirée, à dix heures.

Cela signifiait que j'aurais à traverser la mer et donc à braver les requins en pleine nuit. Sir Harry me dit qu'il me laisserait partir dans sa vedette, ce qu'il fit, non sans m'avoir longuement rappelé que j'étais son invité et que je ne devais pas me mêler à « tous les jeunots. Ils n'ont aucune moralité : une bande de blancs-becs et de gogos ». Son regard passa de droite à gauche puis revint se poser sur moi :

— J'ai un beau-fils là-bas, avec tous ses amis. Je ne veux pas que vous l'approchiez. Compris ?

— Oui... (Je faillis ajouter : *Monsieur*.)

Le beau-fils en question était le comte Alfred de Marigny qui avait épousé la fille aînée de Oakes, Nancy.

— J'ai expédié Nancy à Boston. Pour y subir une petite opération. C'était la seule façon de l'éloigner de lui. Il n'est pas question de mentionner son nom. Compris ?

— Oui.

— Je ne veux pas qu'on parle d'elle, dit Oakes. Je ne veux même pas qu'un seul d'entre eux prononce son nom.

Je n'entendis pourtant pratiquement que lui, mais pas

au Porcupine Club. C'est le chauffeur de sir Harry qui le prononça : il me descendit jusqu'au quai et après que nous eûmes changé de moyen de locomotion, il me conduisit au milieu des requins vers la jetée de l'île. Toute sa conversation — qui n'était en fait qu'un monologue — ne traitait que de nouvelles concernant miss Nancy. Elle avait quitté son mari, Alfred de Marigny, et elle voulait divorcer. Telle était, à l'époque, la maladie dont elle souffrait. La petite « opération » dont avait parlé sir Harry était une séparation. Je ne connaissais que trop bien tout cela, et je pensai à Wallis, à Paris, en 1936, qui démentait la moindre rumeur, alors qu'elle mettait en mouvement toute la mécanique. Néanmoins, l'histoire de miss Nancy et de son comte me permit au moins de comprendre, dans une certaine mesure, le mauvais caractère et le comportement de sir Harry Oakes.

Au Porcupine Club, il y avait, outre Wallis, une vingtaine de personnes. Wallis, rayonnante, étincelante, était vêtue d'une robe argentée. Je l'avais rarement vue jouer son rôle avec une telle perfection. Bonté divine, elle était resplendissante.

— Venez, Maubie, dit-elle. Dansons.

Je ne pouvais, bien sûr, pas refuser, et pourtant j'appréhendais l'idée même de danser avec elle. Il y avait des années que je n'avais pas songé à la danse et il me semblait injuste qu'après un aussi long temps, je dusse pour la première fois danser en public avec la duchesse de Windsor. J'avais manifestement perdu l'habitude de la célébrité. Lorsqu'une centaine de visages se tournèrent vers nous, je me fis tout petit. Et quand Wallis me dit : « Maintenant nous pouvons *tchatcher*... », je devins rouge comme une betterave. Je crus que la tchatche était une danse et je me demandai comment elle se dansait.

457

Wallis rejeta la tête en arrière et rit bruyamment. Tous les yeux dans la salle étaient encore fixés sur nous, et ils le restèrent jusqu'à ce que nous soyons rassis.

— Je veux dire, dit-elle, que nous pouvons parler en dansant. Si la musique est assez forte, personne n'entendra ce que nous disons.

Elle me dit alors de mettre mon bras autour de sa taille et de prendre sa main. Dès que j'eus fait ce qu'elle me demandait, elle redressa son bras et le mien et dit :

— Vous vous rappelez la Marche du Château que Dmitri nous a apprise ?

Je m'en souvenais.

Tous les gens dans la salle en eurent, sur le coup, le souffle coupé : aucun d'entre eux n'avait dansé cette Marche depuis 1917. Et certains ne l'avaient jamais vu exécuter. Nous tournâmes et nous tournâmes tout autour de la salle. Wallis me regardait en souriant et moi je la regardais, le visage décomposé.

— Souriez, souriez, dit-elle entre ses dents. Un petit effort, Maubie. *Jouez*.

Lentement, alors que je comprenais ce qu'elle était en train de faire, je me détendis et commençai même à m'amuser.

Moi aussi, je me mis à sourire.

Tous les gens nous observaient, comme hypnotisés, parce que nous nous tenions très droits et que nous tenions nos bras tendus contre nos cuisses, puis sur le côté, enfin levés pour faire le salut. Et nous tournions, nous tournions, nous tournions.

— Vous allez partir en sous-marin, dis-je.
— Et comment saurons-nous qu'il sera là ?
— Un bateau viendra.
— Un bateau ?
— Un bateau argenté ou blanc.

— Un bateau?
— Pas un grand. Il restera au large. Quelqu'un du bateau prendra contact avec moi.

Nous tournions.

— Et que devrai-je dire au duc?
— Dites-lui seulement : la nouvelle est arrivée, nous rentrons.

Nous tournions.

— Mais il a peur. Ils nous ont dit : *mort aux fascistes partout*.
— Alors dites-lui que là où nous allons il n'y a aucun danger.

Nous tournions.

— Ce bateau... est-ce que ça sera des Allemands? Il est comment?
— C'est von Ribbentrop qui envoie le sous-marin. Pour le bateau, je ne sais pas ce qu'il a prévu.
— C'est pour quand?

Nous tournions.

— Je ne saurais dire, mais bientôt. Et quand je vous dirai : *c'est maintenant*, alors nous devrons partir dans l'heure. C'est tout ce que je sais.
— Mais comment me préparer? Comment faire mes bagages? Qu'est-ce que je pourrais prendre? Mes *affaires*? Dès que j'ouvrirai une valise, on devinera que je m'en vais.

Nous tournions.

— Inventez une histoire. Racontez que vous partez pour New York. Une mission diplomatique. Naturellement la nouvelle ne doit pas être diffusée par radio.

Nous tournions.

— Je crois que sur un sous-marin, on ne me laissera pas emporter grand-chose. Ce n'est pas un paquebot.
— Non.

— Mais tant pis.
Nous tournions.
— Si ça en arrive là, dit-elle, nous n'aurons besoin que de nous-mêmes.
Nous tournions.
— Et de mon coffret à bijoux, naturellement.
Nous tournions.
— Et de mon nécessaire à maquillage.
Nous tournions.
— Et s'il ne veut pas venir, dit-elle. Il est si peureux. Vous n'avez pas idée!
— Dites-lui que s'il ne vient pas, il risque d'avoir encore plus peur, m'entendis-je dire. J'ai peur, ajoutai-je. Dites-lui cela, si ça peut servir.
— Vous les hommes alors! dit Wallis. N'est-ce pas bizarre? Moi, je n'ai pas peur du tout.
La danse était terminée. Il y eut même quelques applaudissements dans « l'assemblée ».

Au printemps 1943, la guerre avait pris de telles proportions qu'il était impossible de savoir qui était en train de gagner et qui était en train de perdre. Des deux côtés, on semblait souffrir en même temps des affres de la victoire et de la défaite. Une seule chose ne faisait pas de doute : Pour *Pénélope*, la guerre évoluait trop rapidement. Les événements s'abattaient comme un brouillard sur les acteurs. Nous ne vivions pas une guerre où nous pouvions nous permettre de perdre des régiments dans une forêt ou un convoi militaire dans un col de montagne. Nous n'avions pas de troupes. Nous n'avions pas d'armée. Nous n'avions que nous; et chaque individu comptait.

Nous étions vraiment en train de jouer une sorte de

partie d'échecs : un jeu noble et courtois, où la précipitation ne trouble jamais les coups. On n'y déplace aucune pièce sans avoir mûrement réfléchi. Les mains n'esquissent aucun geste au-dessus de l'échiquier. C'est l'esprit seul qui les imagine. Les yeux ne disent rien, mais pourtant ils voient tout. Quand vient le moment, la main se déplace avec assurance, et sans hésiter, prend la pièce puis la pose d'un geste décisif à la place fatale. Les pièces servent et meurent en fonction de leur utilité, et tout ce qui survient doit être inévitable.

Nous avions déjà perdu Hess. Bedeaux aussi, que les Français avaient arrêté à Alger, fin 1942. Il fut accusé d'avoir trahi la France et l'Amérique, mais personne ne savait où il était détenu. La rumeur prétendit à un moment qu'il avait été incarcéré en Afrique. A Alger. Il aurait été par la suite détenu en France et traduit devant un tribunal de la résistance. D'après d'autres rumeurs, il se trouverait en Floride où il chercherait à négocier et à marchander pour sauver sa peau.

A Rome, le cousin d'Isabella, le comte Ciano, prophète de malheur, disait que si on ne le laissait pas éliminer Mussolini *tout de suite*, les Alliés, forts de leurs victoires en Afrique, ne tarderaient pas à arriver. On ne pourrait alors plus mettre un membre de la cabale — lui-même peut-être — à la place du *Duce*. Tous les profits et tous les avantages résultant d'années de pouvoir fasciste seraient écrasés sous le talon de la démocratie.

La cabale était toujours à deux doigts du succès. Mais il fallait réussir un grand coup et le meilleur consisterait à récupérer le duc et la duchesse de Windsor. Rien désormais ne devait être permis qui puisse empêcher leur retour en Europe. *Poste spéciale*.

Dans ma chambre de *Westbourne*, je ne parvenais pas à trouver le sommeil la nuit, enfin c'est du moins ce que je croyais. Les geckos se mêlaient à mes rêves et je les observais grimper le long des murs, traverser le plafond en rampant — ce n'était que des ombres au-delà de la moustiquaire — et chaque fois que l'un d'eux parvenait au centre, j'attendais en comptant les secondes qu'il se décroche et tombe. Les plus chanceux ne pouvaient tomber que dans la moustiquaire, ou bien ils étaient si jeunes et si petits qu'ils ne pesaient pas assez lourd pour se faire mal ou pour mourir. Chaque matin, après mon unique heure de sommeil, je poussais les cadavres de ces bestioles avec le bout de ma chaussure dans une boîte ; je la descendais à l'office et la remettais à Mavis Boodle, la seule domestique de la maison de sir Harry, qui, semblait-il, n'avait pas peur de s'apitoyer sur les morts. Mavis Boodle soulevait le couvercle de la boîte, regardait à l'intérieur et disait qu'ils avaient de belles couleurs et que la vie était une preuve, n'est-ce pas ? Je crois qu'elle allait ensuite les brûler dehors dans l'incinérateur à pétrole. Je la voyais, debout dans le soleil du matin, tenant un journal plié sur la tête pour se protéger des mouches.

Wallis avait, dès 1941, organisé tous les jeudis une soirée consacrée au poker, à laquelle participaient régulièrement Harry Oakes, un homme du nom de Gillie Laidlaw, et, une fois dans le mois, Elsa Maxwell, qui « descendait » de sa suite new-yorkaise du Waldorf. On avait fini par la surnommer « la lingère du Waldorf », parce qu'il y avait toujours parmi ses multiples bagages les six à huit colis contenant la luxueuse lingerie française de Wallis et à l'occasion les chemises de soirée du duc. Quand elle repartait pour New York, miss Maxwell rapportait le même nombre de colis soigneusement bourrés de la lingerie salie le mois précédent. Pendant les chaleurs, le nombre de colis doublait, parce que Wallis, incapable de supporter la sensation de transpiration, changeait de sous-vêtements trois ou quatre fois par jour. Jamais miss Maxwell ne se plaignait de son rôle de coursier, peut-être parce qu'elle pouvait en tirer, quand sa bourse était à sec, certain profit en louant les pièces de cette illustre lingerie. La devise de son entreprise était inspirée des paroles d'une chanson célèbre : *Dansez ! Dansez avec la combinaison qui a dansé avec la chemise portée par le prince de Galles.*

La partie de poker se déroulait dans l'une des salles privées dont l'accès était interdit au public. Les seuls domestiques dont la présence était tolérée lors de ces parties étaient le très fidèle Henderson et le très fidèle Mr. Howard, le secrétaire particulier de Wallis. Henderson et Mr. Howard s'adressaient à peine la parole. On racontait que leur rivalité tenait au fait que si Henderson avait accès aux appartements de la duchesse de Windsor, Mr. Howard avait l'interdiction de franchir le seuil de ceux du duc. Henderson empêchait toute intrusion et une fois, dit-on, il alla jusqu'à dire : « Il y a de ces choses que nous autres, hommes, ne voulons pas laisser voir à l'autre sexe... » Et Mr. Howard s'enfuit et il resta livide durant toute une semaine.

La table était disposée dans un coin sous une paire de lampadaires, mais la chaleur dispensée par les ampoules était chassée par une batterie ronronnante de ventilateurs électriques, dont les pales (blanches) tournoyant doucement donnaient l'impression qu'un petit public très choisi suivait un match de tennis se déroulant au ralenti. Ces appareils étaient tous alignés (il y en avait de six à huit selon l'humidité) au sommet d'une desserte.

Cette desserte, installée près des joueurs, était toujours garnie d'un arsenal de bouteilles, de verres et de seaux à glace. Pendant toute la soirée, Mr. Howard et Henderson servaient des plateaux de sandwiches, apportaient des comprimés contre les maux de tête et, quand la situation le réclamait, des sels. Gillie Laidlaw, dont je ne fis jamais la connaissance, supportait très mal de perdre. Pour une perte de cinq cents dollars, il se passait la main sur le front; une perte de huit cents dollars l'obligeait à défaire le col de sa chemise et à se garnir la poitrine de serviettes. Après mille dollars de perte, c'était l'affolement, il ne savait plus où il en était et devenait incapable d'additionner ou de multiplier; au-delà de quinze cents, il se mettait les doigts dans les oreilles pour arrêter les bourdonnements. A deux mille, il s'évanouissait. Elsa Maxwell disait que Gillie Laidlaw devrait apprendre la différence entre passer la main tout simplement et passer l'arme à gauche. Je pense que ce devait être une sorte d'agent de change qui s'était retiré des affaires en 1929.

La nuit de poker du 17 juin fut l'une des nuits les plus chaudes de cette saison. C'est du moins ce que tout le monde disait et je le crus. Mavis Boodle, en quittant la maison ce soir-là pour rentrer en ville — aucun des domestiques de sir Harry ne passait la nuit dans la maison — dut s'arrêter à mi-chemin de l'allée pour détacher la ceinture qui lui collait la robe au corps. Je l'observais, après avoir pris un bain, du haut de la véranda supérieure. Sa robe se gonfla sous l'effet de la douce et chaude brise qui montait de la mer; Mavis Boodle faisait voile vers le large comme une femme drapée dans une tente. Mais la brise tomba bientôt et un calme terrifiant s'abattit. J'avais beau m'éponger avec toutes les serviettes possibles, je ne parvenais pas à me sécher.

J'ai déjà parlé du fils précoce de Harry Oakes. Son prénom — qu'on lui avait donné en souvenir, je crois, de l'origine australienne de sa mère — était Sydney. On n'appelait jamais Sydney « Syd ». C'eût été considéré comme inconvenant et vulgaire. C'était un beau garçon, mais un peu dérangé. Je crois qu'il avait alors quinze ou seize ans, et qu'il était mûr, très mûr.

Sydney et Alfred de Marigny avaient été amis depuis le mariage de Marigny et de Nancy. Le garçon venait parfois chez eux et il resta avec Marigny, même après le départ de Nancy pour Boston. Il ne s'agissait peut-être que d'une passion juvénile pour un héros, une fixation d'adolescent sur un homme plus âgé. Marigny était un personnage plein de fougue, une sorte d'Errol Flynn. C'était un champion de yachting, il avait parcouru le monde entier ou presque et il veillait tard la nuit — il passait toujours de la musique sur son gramophone et des dames venaient du Porcupine Club ou du Emerald Beach Club pour boire un verre. Comment un adolescent de quinze ou seize ans aurait-il pu résister ? Surtout si son père lui interdisait de descendre en ville tout seul, de conduire une voiture et de fréquenter une fille.

Peu après huit heures, j'entendis des tiroirs s'ouvrir et se fermer bruyamment puis des portes claquer dans la chambre de Sydney. Habitué désormais à ses manières, je m'attendais vraiment à le voir faire irruption à tout moment dans ma chambre pour gagner la véranda de l'autre côté. Je m'appuyai contre le mur et j'attendis, en chemise, en caleçon et chaussettes, avec mon nouveau pantalon blanc sur le bras.

Cependant ce ne fut pas Sydney qui entra, mais sir Harry Oakes en personne, dans un état que je peux qualifier comme étant de « circonstance ». Si la chaleur précède l'orage, c'est l'ouragan qui fit son entrée. Oakes était trempé des pieds à la tête et je crus qu'il avait pris une douche tout habillé. Mais cela n'était dû qu'à la transpiration. Il avait le visage congestionné par la fureur et j'eus réellement peur pour sa vie. Il était tellement furieux qu'il arrivait à peine à respirer et qu'il devait avaler une goulée d'air entre chaque phrase de son discours. Dans ses mains, ses deux mains, il y avait des bouts de papier, froissés et déchirés, et qui assurément ne tarderaient pas à s'enflammer.

— Ça... ça... ça, dit-il d'une voix rauque... qu'il crève ce pervers, cet inverti de Marigny! Habillez-vous... habillez-vous! Venez avec moi pour... ah..., dit-il en levant les bras au-dessus de la tête pour retrouver son souffle..., pour sauver mon fils!

— Mais c'est la soirée du *poker*, dis-je. Nous allons être en retard.

— *En retard?* Qu'est-ce que ça peut faire? souffla-t-il. La duchesse peut attendre.

— Qu'est-ce qui ne va pas? demandai-je.

— Il est parti. PARTI. Et ma femme a trouvé cette lettre... dit-il en l'agitant devant lui, comme pour en vérifier l'existence.

— Sydney est *parti?*

— Oui. Et cette lettre... cette lettre est *horrible*. HORRIBLE...

Oakes éclata en larmes.

— Juste ciel! S'il vous plaît... dis-je... asseyez-vous...

— Impossible, dit-il. Nous devons le retrouver. Vite. Avant que ce Freddy...

Harry Oakes se retourna et rentra dans la porte en essayant de quitter la pièce.

— Venez, dit-il, aveuglé par ses larmes. Venez!

Il avança en trébuchant dans la véranda, tout en faisant avec les morceaux de la lettre des boulettes de papier qu'il fourrait dans ses poches.

— Dépêchez-vous, hurla-t-il.

J'enfilai mon pantalon, attrapai ma cravate et ma veste et fis le plus vite possible.

— Qu'est-ce qu'il se passe? Qu'y a-t-il?

Je le suivis dans la voiture.

— Ce perverti de Freddy m'a volé ma fille! Et maintenant il me vole mon *fils*.

La voiture bondit.

Harry Oakes conduisait, toujours en pleurant. D'après ce que je crus comprendre entre les douzaines de morts terribles auxquelles nous n'échappâmes que de justesse, les braillements du klaxon et les hurlements des roues, Alfred de Marigny avait écrit à Sydney une lettre, pleine de « remarques horribles, dégoûtantes... » Manifestement, il ne savait plus du tout ce qu'il disait. Toutes ces remarques *dégoûtantes* concernaient Oakes lui-même et avaient manifestement suffi à convaincre le jeune Sydney de s'enfuir de chez lui pour s'en aller vivre avec « ce... Freddy ». Lady Oakes avait trouvé la lettre dans la poche de Sydney et s'était évanouie en la lisant.

— Lisez-la! Vous vous évanouirez aussi, rugit Oakes.

Mais il me fut complètement impossible de déchiffrer ce qui était écrit sur les bouts de papier déchirés et trempés que Oakes sortit de sa poche.

Nous arrivâmes enfin à la demeure de Marigny, un bungalow très modeste, avec un perron de bois extérieur et une marquise qui semblait avoir été volée à une maison de Rampart Street à La Nouvelle-Orléans. Toutes les lumières brillaient et de la musique — également volée à La Nouvelle-Orléans — sortait à flots par toutes les fenêtres. Alfred de Marigny aimait visiblement sa musique tapageuse et ses lumières rouge vif.

— Je vais aller le chercher, annonça Oakes. Vous, restez ici et gardez la voiture.

Mis à part la musique de Marigny, la rue était relativement calme. Tout d'un coup la musique s'arrêta : des bruits de coups et des cris s'échappèrent par les fenêtres — puis retombèrent en bas sur la pelouse, comme deux hommes en train de lutter. Je ne parvins à entendre que deux voix : les miaulements de sir Harry et, je le suppose, les protestations relativement dignes de Marigny. Il dut bien dire : *Mais non, c'est faux !* une bonne vingtaine de fois en l'espace de trois ou quatre minutes.

La porte de la maison s'ouvrit enfin et je vis Sydney se précipiter — ou être précipité — par son père au bas des marches. Alfred de Marigny, très grand et mince, n'était qu'une silhouette sur le seuil.

— Ne l'écoute pas, Sydney, cria-t-il. Ne le laisse pas raconter des mensonges.

Sydney, livide et en larmes, fut poussé à l'arrière de la voiture ; Oakes brandit le poing en direction de la maison et de tous ses occupants :

— Putains ! Pervers ! Salauds ! hurla-t-il ! Violeurs d'enfants ! Monstres de Sodome et Gomorrhe ! Vous avez bousillé mes enfants. Je vous bousillerai !

En s'installant sur le siège du conducteur, il me lança :

— Verrouillez les portes !

Le voyage de retour fut encore plus effrayant que l'aller, bien que nous ne roulâmes pas aussi vite et que Harry Oakes eût enfin, cette fois, les yeux grands ouverts. Le seul à pleurer maintenant, c'était Sydney, mais ses larmes n'étaient plus celles d'un enfant : il pleurait comme un jeune animal fou qu'on aurait écorché vif.

Après que nous eûmes roulé un peu, je me rendis compte, non sans quelque appréhension, que nous ne nous dirigions pas vers *Westbourne*, mais vers la résidence du gouverneur.

Les joueurs, au nombre desquels Elsa Maxwell, s'étaient rassemblés dans la salle de poker. Ils se demandaient pourquoi sir Harry Oakes, qui n'était jamais en retard, se faisait attendre depuis plus d'une demi-heure.

— Je suppose, dit Elsa — qui s'exprimait ainsi dans l'espoir que la duchesse donnerait une quelconque explication, permettant de deviner la *vraie* raison pour laquelle le duc ne venait pas jouer avec eux —, que Son Altesse Royale ne veut pas interrompre ses activités, quelles qu'elles soient, et qu'elle n'a pas envie de faire un tour ou deux — au moins en attendant que sir Harry arrive...

Wallis fit du bruit en agitant la glace dans son verre et affirma qu'elle n'avait pas bien compris.

C'est alors qu'on entendit dehors une voiture freiner brutalement sur les graviers de l'allée.

— Harry, murmura Elsa — dans la fumée de cigarette qui perlait entre ses lèvres —, s'est tout simplement rappelé que c'était jeudi.

La porte de la voiture claqua en se refermant et le vestibule s'emplit de bruits, comme si une troupe entière s'y déployait.

On entendit au loin un des aides de camp informer sir Harry que les autres étaient arrivés et l'attendaient.

La duchesse disposa ses cartes en éventail et les mit de côté.

Dans le vestibule, la voix de sir Harry s'élevait par intermittence.

Tout le monde s'attendait à le voir faire irruption dans la pièce, mais il ne vint pas.

Un aide de camp se présenta à la porte.

— Je vous prie de m'excuser, dit-il, mais sir Harry Oakes est arrivé.

— Nous l'avions compris, dit Elsa.

Quant à moi, on m'avait abandonné dans l'allée, et je ne savais ni où aller ni quoi faire. La conduite de sir Harry avait depuis longtemps dépassé toutes les bornes.

Sydney était recroquevillé sur le siège arrière, et regardait fixement son père avec un visage haineux très inquiétant.

Oakes était allé jusqu'au portique, avait repoussé l'agent de police et avait frappé contre les portes.

Wallis quitta la table de poker et sortit de la pièce pour se rendre dans le vestibule. Dehors, il y avait des éclairs et des coups de tonnerre, et il pleuvait à pleins seaux.

Le vestibule était vide. Mais où était passé sir Harry Oakes ?

Wallis s'arrêta et tira sur le lobe de son oreille pour écouter les bruits de la maison. Au loin, dans les étages, exactement comme elle l'avait craint, elle entendit la voix du duc et les inévitables obscénités de Harry Oakes. Wallis relâcha le lobe de son oreille.

Elle commença, résolument, rapidement mais silencieusement, à gravir les marches vers le palier. Sur la rampe sa main était moite ; elle s'arrêta pour l'essuyer sur sa jupe puis elle enleva ses bracelets bruyants qu'elle laissa tomber à l'intérieur de son corsage avant de poursuivre sa progression.

L'aide de camp pénétra dans le vestibule au-dessous d'elle, vigilant, mais silencieux ; extrêmement discret. Wallis se retourna et, sans dire un mot, elle indiqua du doigt les appartements privés du duc. Le jeune homme hocha la tête. Wallis hocha la tête en retour et lui fit signe, en levant la main, de ne pas la suivre.

Wallis, sans donner le moindre signe de sa présence, s'introduisit dans un minuscule renfoncement qui servait de vestibule entre les appartements royaux et le reste de la maison. Elle avait de la chance : la porte était restée entrebâillée.

Par l'étroite ouverture qui projetait au beau milieu de son visage une sorte de brillante cicatrice verticale, Wallis pouvait voir très nettement le duc qui était assis et Harry Oakes qui traversait son champ de vision. Oakes portait sa chemise de soirée, une cravate et un pantalon qu'il mettait habituellement avec sa veste de marin, un pantalon de flanelle beige clair taché de boue et complètement trempé. A chacun de ses pas, de l'eau giclait de ses chaussures ; ses cheveux lui collaient à la tête, souvenir de sa course sous l'orage imprévu et sur le bout de son nez ruisselaient des gouttes d'eau dégoulinant de son front.

Wallis regarda son mari. Il était assis devant sa coiffeuse, habillé d'un kilt et d'un cardigan. Il frissonnait encore. Elle remarqua l'écharpe de laine qu'il avait autour du cou et son visage qui exprimait l'épuisement ; le visage d'un homme habité par la peur et l'impuissance. Et avec cette *chose* il faisait...

Où qu'elle se trouvât.

Était-elle dans la pièce ? Harry Oakes allait-il la voir ? Et s'il la voyait... alors mon Dieu !

Wallis examina la pièce du mieux qu'elle le put par l'entrebâillement de la porte et elle fut, tout d'abord, très soulagée de ne rien apercevoir qui pût trahir le duc. Mais elle vit la chose : elle était dans un obscur recoin. Et sur le lit — juste ciel ! — une longue robe noire. Elle retint sa respiration et mit sa main devant la bouche. *Oh, je vous en supplie, sir Harry, s'il vous plaît, restez en colère. Surtout ne vous maîtrisez pas. Ne regardez pas autour de vous. Surtout pas!*

Mais ses prières étaient bien inutiles. Sir Harry était au bord de l'apoplexie. Il parlait d'une affaire qui concernait l'un des fils et ce « pervers de Marigny »...

— Je modifierai mon testament, naturellement, disait-il. Lui et Nancy n'auront rien de moi. Pas un sou. Je ne puis rien faire de plus à cet égard. Elle est mariée avec... et voilà tout. Mais *désormais*... (La rage rendait Oakes incohérent.) Quand je suis allé là-bas, cette nuit, il y avait des *dames*! (Il prononça le mot « dames » d'un ton tellement dégoûté qu'il faillit s'étouffer.) Des *dames*... et mon fils! Mon fils était là et... oh... oh... oh...! On voyait des nichons partout avec des hommes en train de les peloter : ils se pelotaient devant mon fils et l'une de ces femmes le touchait, *lui*. Mon fils. Elle le caressait. Elle lui avait mis la main! Je vous le dis, duc, si vous ne vous magniez pas la rondelle et si vous ne faites pas quelque chose... n'importe quoi. *Faites* quelque chose. Enfin quoi, il doit y avoir des milliers de moyens! Vous pouvez demander au tribunal de prendre un arrêté. Vous pouvez les faire expulser : qu'on expulse ces salauds. Vous le pouvez... vous le pouvez... Ces pervers!

Oakes finit par s'effondrer sur le bord d'une chaise ; il se prit la tête à deux mains et pleura.

Le duc de Windsor cligna des yeux.

— Vous savez, je ne suis pas le gouvernement, dit-il. Je veux dire que je ne suis pas la Chambre des députés et que je n'ai aucun pouvoir législatif. Nous nous en sommes rendu compte quand nous avons voulu changer la législation sur les jeux, Harry.

— Mais vous pouvez adresser des requêtes. *Vous pouvez adresser des requêtes.* (Oakes se leva puis se rassit.) Je veux dire que ce n'est qu'un enfant. Il doit y avoir une loi pour empêcher cela, quand il s'agit d'un enfant.

Oakes se leva de nouveau et se planta au milieu de la pièce.

Le duc l'observait dans la glace. Wallis l'observait par l'entrebâillement de la porte. Oakes se trouvait pris entre eux deux. Pendant une minute, il fut incapable de faire le moindre geste. Quand il retrouva la parole, il s'exprima d'une voix fatiguée et affaiblie par ses élans de fureur et d'indignation.

— Je ne peux pas croire, dit-il, que je suis là devant vous et que vous m'expliquiez que vous ne pouvez rien faire. Alors que mon fils est exposé à... quand mon fils... quand... Je ne peux pas croire que vous ne puissiez rien faire.

Le duc se contenta d'attendre, les yeux baissés; il déplaça ses chevalières et ses boutons de manchettes sur le plateau de la coiffeuse.

— Bannissez ces salauds. Exilez-les... murmura Oakes.

Le duc de Windsor sourit.

— Harry, dit-il, c'est moi qui suis en exil. C'est moi qui ai été banni...

Et *moi aussi*, chuchota Wallis.

— Vous ne comprenez pas? dit le duc. Je ne suis qu'un personnage décoratif. Je n'ai pas le moindre pouvoir.

Oakes serra les poings.

— Vous êtes le prince de Galles, hurla-t-il d'une voix rauque. Vous êtes quand même le prince de Galles, nom d'une pipe.

Le duc ne répondit pas, mais tourna le dos au miroir qui renvoyait l'image de Oakes.

— Mon fils... ma fille... dans cet *endroit*! Ce putain d'endroit dont vous êtes le gouverneur! Je vais vous dire quelque chose : si vous ne nous débarrassez pas de ces ordures, alors c'est *moi* qui les foutrai dehors. Vous pouvez me croire! Et j'enverrai mes enfants loin d'ici et ils ne reviendront jamais. Jamais. Et j'en parlerai aux journaux, aussi. Je le *ferai*! Je raconterai toute l'affaire et on *m'écoutera*! Et vous n'aimerez pas ça, Prince. Vous n'aimerez pas ce que j'ai... ce que *j'aurai* à dire... sur cet endroit... cet endroit dont vous êtes le gouverneur... cet endroit où je ne peux pas obtenir l'autorisation d'ouvrir un casino, dit Oakes en tremblant de rage, mais où mon fils de quinze ans peut se faire baiser par une bande de putains que vous préférez ignorer! Ah, vous avez foutrement raison, vous n'avez pas l'ombre d'un pouvoir! Vous n'êtes qu'une potiche, qu'un guignol impuissant!

Wallis pâlit.

Mais le duc ne broncha pas.

Oakes traversa la pièce et s'approcha si près de la cachette de Wallis que celle-ci pouvait sentir l'humidité de ses vêtements et la chaleur de sa colère.

— Autre chose, dit-il, je vous coupe tout crédit. Je veux mon argent. *Tout*. Rendez-le-moi.

Pour la seule année passée, ça devait faire cinquante mille dollars.

Oakes ouvrit la porte toute grande, enfermant ainsi la duchesse dans une prison dont elle ne pouvait s'échapper. Elle ne pouvait rien voir, mais elle pouvait sentir la force de ses mains qui poussaient, poussaient, poussaient la porte, comme s'il savait qu'elle était là et qu'il voulait l'écraser.

— Vous n'êtes qu'un homme comme les autres, Votre Altesse Royale, dit Oakes, avec un surprenant soupçon de gentillesse dans la voix. Et personne ne devrait avoir ce que vous possédez sans l'avoir mérité. Toute ma vie, j'ai lutté pour obtenir ce que j'ai, et c'est contre des gens comme vous que j'ai dû me battre. Mais aujourd'hui, c'est vous qui me devez quelque chose. Vous êtes mon *débiteur*. Et je crois que ça résume bien la situation. Bonsoir, dit-il après un court instant de silence.

Il s'en alla. Aucune pression ne s'exerçait plus sur la porte. Wallis reprit son souffle.

Elle entendit Oakes s'éloigner et descendre l'escalier. Elle regarda David par l'entrebâillement de la porte.

Il était installé devant son miroir : blond, parfaitement immobile, avec un lainage sur le dos. Depuis l'obscurité, sur la droite, la « chose » l'observait. Il la regardait avec attention, contemplait son visage livide de chevreau, sa bouche brisée et les morceaux de sparadrap collés sur ses lèvres. Et sa couronne de cheveux ondulés. Et, sur le lit, la robe.

Wallis ferma les yeux. *Vous n'êtes qu'un homme comme les autres*. Les paroles de Oakes éclatèrent dans sa tête. Et puis elle ouvrit les yeux et pensa : *mais qu'est-ce qu'un homme comme les autres* ?

En bas, dans le vestibule, où l'aide de camp nerveux avait fini par me faire entrer, j'assistai au départ de sir Harry et je l'entendis partir en voiture avec Sydney. Le vestibule, malgré ses chandeliers, son carrelage et sa modeste grandeur, ressemblait à une salle d'attente d'hôpital.

J'étais trempé et je voulais retarder le moment d'entrer dans le salon où l'on jouait au poker. L'aide de camp, qui ne m'avait vu qu'une fois ou deux auparavant et qui ne me connaissait pas encore très bien, montait la garde à côté de l'entrée du portique, le regard fixé sur l'horizon, comme s'il avait pour mission d'empêcher la tempête d'entrer. Je m'assis dans un fauteuil à dossier haut et une petite mare d'eau dégoulina à mes pieds. Le silence s'était installé depuis le départ de Oakes, et on n'entendait plus que le tonnerre.

Wallis descendit les marches comme une actrice dans un film. Elle se servait des escaliers avec une parfaite maîtrise et jouait une majestueuse scène de deuil. La « star » était morte à l'étage supérieur, et la veuve arrivait, s'avançant vers le futur, tandis que la musique s'amplifiait à chacun de ses pas savamment étudiés. Nous l'observâmes, l'aide de camp et moi : lui au garde-à-vous, et moi planté au milieu de ma petite mare.

Wallis s'arrêta en bas de l'escalier.

— Mister Selwyn Mauberley, annonça l'aide de camp.

— Oui, dit la duchesse. Nous nous connaissons.

Elle vint vers moi, me tendit une main et je m'inclinai pour lui baiser le bout des doigts. Mais je ne trouvai aucun doigt à baiser.

Elle avait refermé son poing et il était tellement crispé que je dus l'aider pour la forcer à l'ouvrir.

— Merci, dit-elle.

Je vis que le maquillage de son visage était craquelé.

Elle m'entraîna, et tandis que nous marchions, tous les deux comme dans un rêve, sur la mer glacée des carreaux, il me vint une idée : *si le bateau n'arrive pas, nous ferons ainsi tout le chemin jusqu'en Europe, sa main posée sur mon bras.*

Les voisins de sir Harry Oakes s'inquiétaient à présent.

Il avait expédié au loin ses enfants, puis sa femme. Il avait ensuite congédié plus de la moitié de ses domestiques — mais Mavis Boodle était toujours là. Les gens apprirent peu après qu'il vivait « tout seul » à *Westbourne* et ne répondait plus au téléphone. Le soir, après le départ de Mavis, c'est moi qui devais répondre ; quelquefois je l'entendais décrocher un autre appareil : clic... et sa respiration. Contrairement à Wallis, il en était encore au stade de l'apprentissage pour ce qui était de l'espionnage.

Il commença à déambuler avec des bottes d'ouvrier et un vieux treillis. Il cessa complètement d'être un gentleman, rôle dans lequel il n'avait d'ailleurs jamais été très bon. Maintenant, il était même sale. Il ne se lavait jamais et avait toujours les cheveux en bataille.

Il arracha les fleurs de son jardin. Il en fit un grand tas auquel il mit le feu. Il sortit un jour avec une hache et abattit tous les arbustes qui poussaient des deux côtés de son allée. Il fit rouler sa voiture sur les pelouses et défonça tout le gazon.

Quelques années auparavant, quand il était arrivé et qu'il avait entrepris d'acheter tous les terrains qu'avait à vendre Harold Christie, Oakes avait commencé par planter un millier d'arbres. Des arbres à feuillage persistant, surtout des sapins, des pins et autres espèces qui poussent sur des sols sablonneux et peu profonds. Ils avaient fait son orgueil et sa joie, ces arbres ; et tout le monde avait dit : « Quelqu'un qui plante tant d'arbres là où il n'y en avait pas avant ne peut pas être complètement mauvais. » Ça avait été le premier signe positif qui indiquait que Harry Oakes était civilisé. Aujourd'hui, il était allé aux Ponts et Chaussées et en était revenu au volant d'un tracteur attelé d'une remorque. Quand il déchargea sa remorque, ce fut pour en faire descendre par une rampe un bulldozer jaune et sale.

— Qu'est-ce qu'il veut faire avec son engin ? demanda Mavis.
— Peut-être qu'il va construire lui-même son grand hôtel et son casino, répondit l'un des domestiques.

Mais ce n'était pas le cas. Pendant des jours, il sortit tôt le matin, à une heure où le soleil était encore trop bas dans le ciel pour être insupportable, et il déracina ses arbres, les milliers d'arbres qu'il avait plantés, entretenus, cultivés au cours des dix dernières années. Il les déracina tous, sans exception.

Désormais, personne ne l'approchait de gaieté de cœur. Je devins de plus en plus inquiet. J'avais peur. Après tout, il avait juré de se venger, et maintenant qu'il n'y avait plus d'arbres, il ne pouvait plus s'en prendre qu'à des êtres humains. Oakes était dangereux et imprévisible. Installé sur son bulldozer, quand il faisait grincer ses vitesses et aboyer son klaxon, il ressemblait à un vieil éléphant solitaire devenu fou furieux qui écrase tout sur son passage.

Personne cependant ne l'approchait suffisamment pour voir son visage poussiéreux strié par les larmes, et si je pus les voir, c'est à la jumelle. Il pleurait sans arrêt durant son travail, et la nuit, quand il croyait que je dormais, il gémissait.

Cela dura pendant deux longues semaines ; puis ce fut le silence.

C'est alors que ses voisins commencèrent à verrouiller leurs portes. Et que je commençai à verrouiller la mienne.

Elsa Maxwell, qui ressemblait à un crapaud, n'était pas réputée pour son tact. Il n'y avait rien qu'elle n'aurait dit ou fait, si l'humeur l'en prenait. C'est elle qui découvrit le pot aux roses sur la reine Mary au cours d'une incursion effectuée dans le territoire interdit des appartements royaux.

C'était un jeudi, le 1er juillet. Elsa était venue passer la semaine pour profiter du pont du 4 juillet. En début de soirée, elle quitta la table de poker pour partir à la recherche des toilettes. Mais cette semaine-là, le hasard voulut que la partie de la résidence ouverte au public soit en cours de réfection et que la seule toilette en service soit occupée quand le besoin y fit accourir Elsa. Mais le besoin d'Elsa l'emporta vite sur sa peur : elle monta l'escalier et tourna à gauche.

« Par la suite », comme aurait dit Hemingway, elle retraversa le couloir et s'apprêtait à redescendre l'escalier quand son attention fut attirée par une porte ouverte : derrière cette porte, elle aperçut une femme dans une longue robe noire. Elsa se précipita alors sans la moindre retenue. Elle pénétra dans les appartements privés du duc, dépassant le petit renfoncement d'où Wallis avait observé Harry Oakes deux semaines plus tôt. La porte était ouverte : Elsa était là ; elle entra. Quoi de plus naturel ?

Elle s'annonça en déclenchant l'une de ses impressionnantes crises de toux. Elsa était légèrement asthmatique. Elle avait une excuse toute prête, comme si elle avait eu un as dans sa manche. Mais elle ne s'attendait pas à un pareil spectacle et ses excuses tombèrent à plat. Tout comme elle.

— Votre Majesté, dit-elle en relevant sa jupe pour faire une révérence.

La reine se tenait tout près de la porte ouverte qui donnait sur la chambre du duc de Windsor. Elle portait des vêtements noirs ainsi que l'un de ses célèbres chapeaux.

479

Elsa se redressa, mobilisa toutes les ressources de son ingéniosité et se préparait à raconter que la duchesse l'avait envoyée pour demander au duc s'il ne voulait pas descendre et venir jouer aux cartes... quand la porte se referma en lui claquant au nez tandis que la lumière autour d'elle faiblissait.

— Comme c'est étrange, dit-elle dans le vide. La pièce soudainement déserte dans laquelle elle se trouvait maintenant s'emplit d'un sinistre silence. Les portes se fermaient si rarement devant Elsa... et quand elles se fermaient, on lui faisait toujours quelque observation ou quelque remarque avant de les lui claquer au nez. Mais c'était différent... C'était la reine... et...

Elsa battit vite en retraite.

Redescendue dans la salle de poker, Elsa Maxwell prit la duchesse à part et lui murmura avec insistance :
— Dieu du ciel, pourquoi ne m'avez-vous rien dit ?
— Vous dire quoi ?
— Votre secret. Votre secret.

Les yeux d'Elsa dansaient sur le visage de Wallis, pour essayer de surprendre le moindre effet que produiraient ses propres paroles.

— Votre secret. Vous savez... ajouta Elsa en faisant un geste furtif en direction des étages supérieurs de la maison.

— Non, dit Wallis, je ne vois pas. De quoi parlez-vous ?

Elsa nous regarda fixement : nous étions assis, innocents, et nous regardions nos cartes tout en essayant de surprendre sa conversation avec la duchesse.

— Wallis chérie, je vous en prie, dit Elsa. Ne soyez pas timide. Je sais.

Wallis éprouva un pressant besoin de s'asseoir, mais il

n'y avait aucun siège à proximité. Son esprit à la dérive lui dit qu'Elsa ne pouvait avoir découvert qu'une seule chose, puisqu'il n'existait qu'un seul secret susceptible de provoquer autant d'excitation : c'était *Pénélope*. Mais comment ? Par quels moyens ?

Elsa, constatant qu'elle gagnait du terrain sur la duchesse, continua. Une lueur brilla dans ses yeux qui indiqua qu'elle avait compris ; elle ajouta :

— Oh !... Je sais tout maintenant.

Puis elle dit et fit les deux choses qui pouvaient le plus terrifier Wallis. Elle fit un clin d'œil, fit la révérence et murmura :

— Votre *Majesté*...

Wallis — dont on pouvait compter les évanouissements qu'elle avait eus au cours de sa vie sur les doigts d'une seule main — faillit en tomber raide sur-le-champ. Elsa savait. Et s'il en était ainsi, on venait alors d'ouvrir les entrailles mêmes du commérage qui allaient vomir sur le monde cette histoire insensée.

— Mais comment avez-vous découvert... ? dit-elle enfin résignée, mais reprenant déjà le contrôle de la situation et se demandant comment réduire Elsa Maxwell au silence.

— Eh bien, je l'ai *vue*, dit Elsa avec une simplicité triomphante.

— Vous l'avez *vue, elle* ? demanda Wallis qui ne comprenait pas très bien.

— Mais naturellement. En haut. A l'instant même. Dans la chambre de Son Altesse Royale.

— Dans sa chambre ?

— Oui. La reine. La reine. La reine... dit Elsa en nous regardant et en baissant la voix jusqu'à atteindre le *basso-profundo molto sotto voce*. Mary, dit-elle dans un soupir. Elle sourit. Et là, on peut vraiment parler de

« majesté ». Cette façon de se tenir. Le port. Le maintien. La dignité. La robe. Le chapeau...

— La robe, le chapeau, répéta Wallis, qui ressentit immédiatement un grand soulagement. Oh, vous voulez dire la reine *Mary*.

Elsa lança à Wallis un regard dédaigneux. Comme si on pouvait se moquer d'elle.

— Oui, Wallis. J'ai bien dit la reine Mary.

Wallis prit Elsa par le bras et la poussa dans un coin.

— Vous devinez ce qui pourrait arriver si quelqu'un apprenait la chose. C'est la sécurité même de la reine qui en dépend.

— Chérie, dit Elsa, croyez-vous vraiment que j'en soufflerais un mot ?

— Oui, dit Wallis, je le crois. Et vous ne devez pas le faire. Sinon, je vous ferai arrêter.

Elsa la regarda fixement.

— Oui, je le ferai, ajouta Wallis. C'est important à ce point-là !

Elsa soupira.

— Eh bien, dit-elle, ça explique au moins beaucoup de choses. Je veux dire... toutes ces malles de linge à laver depuis huit semaines et plus. Et tout ce bizarre assortiment de sous-vêtements. Les culottes, les gaines, les cache-corset... J'ai cru que c'était pour vous, dit-elle en réprimant un fou rire.

Elles se mirent à rire toutes les deux.

L'alerte était passée.

— Ma chère, dit Wallis, le jour où *je* porterai un corset, *vous* n'en porterez plus.

Il était vraiment très plaisant d'avoir le dernier mot avec Elsa Maxwell.

Tard cette nuit-là, le duc de Windsor se tenait assis au bord de son lit, la tête de sa mère posée sur ses genoux.

Il avait enlevé la toque noire avec son aigrette mauve faite de plumes savamment arrangées et les longs colliers de perles qui incarnaient l'image de marque de la reine Mary; le duc avait l'air abattu et défait.

Il contemplait le mannequin emprunté à la couturière de sa femme et la magnifique robe du soir dont il était paré.

Ça ne collait pas.

La tête et le corps n'allaient pas ensemble. Tout ce qu'avait pu dire Elsa à Wallis sur la « dignité », le « port », et le « maintien » ne pourrait jamais égaler la dignité, le port et le maintien de sa mère. Ce n'est pas qu'il cherchât à diminuer Wallis. Mais la tête et le corps n'allaient pas ensemble : il n'y avait rien d'autre à ajouter.

Et maintenant?

Qu'en était-il de ce manteau royal qu'il avait tellement voulu pour sa femme, au point qu'il avait presque perdu la raison pour l'obtenir? Disparu. Il n'avait pu, malgré tous ses efforts et tout son charme, obtenir le strict minimum : à savoir le droit pour elle d'être appelée *Son Altesse Royale* — sans parler du titre de *Reine*. Il fallait qu'il y arrive. Et à cet instant, assis au bord de son lit, tandis que minuit approchait en ce jour de juillet 1943, il y arriva en tenant la tête de sa mère sur les genoux et en voyant la silhouette de sa femme dessinée sur le mur. Le duc de Windsor comprit qu'il était condamné à vivre caché dans l'ombre de sa femme : une ombre qui irait en s'agrandissant jusqu'à dissimuler presque la sienne : exactement comme l'avait fait celle de sa mère le jour où elle l'avait obligé à nourrir les oiseaux et l'avait laissé sortir seul de la pièce sans l'aide d'aucune lumière.

Bon.

Il restait encore une chose.
Le miroir.
Il s'installa devant. Et attendit. Des heures.

Lorsqu'il lui devint impossible de supporter davantage l'immobilité, il prit la tête de sa mère et la mit à côté de la sienne et regarda. Lentement, très lentement, il arracha le morceau de sparadrap qui lui fermait la bouche et observa la sciure de bois s'écouler dans l'obscurité.

Au matin, il sortit seul et trouva un endroit où brûler la tête, jusqu'à ce qu'il n'en reste plus trace.

Mavis Boodle avait grandi en se demandant pourquoi le paradis où elle vivait était encombré de tant et tant de ruines. Les plages de son enfance étaient jonchées des débris d'ouragans et de civilisations lointaines. Des carcasses de bateaux et de chevaux traversaient ses rêves, son unique souvenir de la guerre hispano-américaine. Un convoi de transports de troupes avait été précipité dans les détroits par un typhon et deux des bateaux avaient sombré avec leur cargaison de chevaux. Les requins avaient achevé la tâche, mais les restes de leur festin avaient été rejetés sur les récifs et sur les lagons par la mer démontée. Mavis n'avait que de vagues souvenirs sur les causes de ce naufrage, car les ouragans avaient ponctué sa vie de façon régulière. Les carcasses des bateaux, et les squelettes des chevaux, envahis par des multitudes de petits crabes affamés avaient toujours hanté sa mémoire. Ces souvenirs et les images blanchies de ses parents morts étaient autant de pierres sur lesquelles elle s'appuyait, observant la vie en se protégeant les yeux avec la main, scrutant l'avenir pour y découvrir un revenant, n'importe lequel, un bateau ou un cheval; son père ou sa mère, nourris d'espoir. N'importe quoi lui aurait fait plaisir, qui serait revenu vivant ou qui aurait donné des signes de la vie.

Souvent, à l'époque où Harry Oakes abattait ses arbres, Mavis Boodle terminait une partie de son travail, puis incapable de supporter plus longtemps le spectacle d'une pareille destruction, elle allait s'installer aussi près que possible des bas-fonds. Moi, avec mes jumelles, je la voyais de dos, assise sous le parasol qui la protégeait du soleil. Je me souviens qu'une fois elle revint avec le visage renfrogné parce que ses arbres préférés venaient tout juste d'être les dernières victimes du massacre insensé perpétré par Harry Oakes.

— J'ai compté les oiseaux, dit-elle, et je me demandais d'où ils venaient quand ils tombaient si soudainement du ciel. Où iront-ils se poser, monsieur Mauberley, maintenant que tous les arbres de sir Harry ont disparu? Et puis, dit-elle en se renfrognant encore davantage si bien que ses épaules semblèrent affectées par son humeur, j'ai remarqué qu'ils ne pleurent jamais leurs morts, les oiseaux. Ils les mangent.

Elle observa au-delà des fenêtres le tapage de Harry Oakes abattant ses arbres.

— Il y a quelque part une leçon à retenir chez les oiseaux.

Le 3 juillet, un samedi, Mavis revint tout heureuse du rivage.

— Il y a un bateau là-bas. Un gros, un grand bateau argenté au loin. Il faut que vous y alliez avec vos jumelles, monsieur Mauberley, pour voir. On dirait que ce bateau sort d'un conte de fées.

Quand je le vis, ce soir-là, dans le soleil, je ne pus

485

m'empêcher de penser au *Nahlin* que j'avais aperçu sept ans auparavant presque jour pour jour. C'était en effet une sorte de bateau fantôme, un bateau miroir, une apparition, mouillé de l'autre côté du récif ; le dernier objet qu'éclairait le soleil mourant avant de disparaître derrière l'île. Je savais naturellement qu'il était venu pour le duc et pour Wallis et je priai qu'il soit aussi venu pour moi, comme cela avait été le cas lors de sa première incarnation ; moi et dix mille autres, ersatz du monde entier qui dévalions en courant cette colline à Dubrovnik. Mais aujourd'hui, il n'y avait plus personne : personne pour porter des gens sur leurs épaules, personne pour crier : *Vive l'amour ! et Mort à l'obscurantisme !* Personne pour allumer des torches et crier dans les rues *Eduardo* ! Personne ne portait la lune ou ne l'accrochait dans le ciel. Il n'y avait rien aujourd'hui, sauf le tremblement d'une lame étincelante de lumière qui palpita, tomba et se noya dans la mer. Et la nuit cacha le bateau et nous recouvrit tous.

Oakes était installé dans sa cuisine et mangeait des « rations », lesquelles comprenaient du pain suri qu'il avait fabriqué lui-même. Il n'arrêta pas de pleurer durant tout son repas.

Je n'ai jamais rencontré un être humain aussi constamment affligé. Il faisait toujours ou trop chaud ou trop froid. « Si seulement il pleuvait ; si seulement le soleil se montrait. Je ne peux pas supporter tous ces gens ; mais où sont partis tous ces gens ? » Du lever au coucher du soleil, il débitait sa tirade de soupirs et de gémissements. Ses préoccupations n'étaient pas purement égoïstes et il se préoccupait autant du malheur des autres que du sien.

— Les nègres ici sont terriblement malheureux, me

dit-il une fois. Ce sont les nègres les plus misérables que j'aie jamais vus hors de l'Afrique. Il faut faire quelque chose à ce sujet, vous savez... Surtout les enfants. Que peuvent-ils attendre ? Rien, rien, rien. Et ça, vous savez, c'est capital dans la vie... attendre quelque chose...

Il me rappelait mon père quand il parlait ainsi. Le visage de Oakes, comme celui de Ezra, semblait toujours crispé sous le poids d'une interrogation — celle-ci cependant demeurait un mystère. En était-ce vraiment un ? J'en viens à penser qu'il y avait toujours dans la tête de Oakes une voix à laquelle il prêtait attention et qui réduisait au silence des voix plus raisonnables — et tout cela se traduisait finalement en plaintes et gémissements.

— Vous avez déjà couché avec la duchesse ? me demanda-t-il, cependant que du beurre lui coulait sur le menton.

— Bien sûr que non, dis-je.

J'étais tendu et irritable ; j'avais vu le bateau et je savais ce que ça voulait dire. J'attendais que le messager prenne contact avec moi, mais j'ignorais comment il s'y prendrait.

— C'est amusant, la façon dont il a renoncé à posséder le monde pour l'avoir, elle, dit Oakes. Et qu'est-ce qu'elle lui en a fait voir ! Je ne comprends pas, dit-il en rotant. Vous croyez qu'elle l'a sucé jusqu'à la moelle, ou quoi ?

— Je ne vois pas ce que vous voulez dire, répondis-je.

— Il a l'air d'un homme qui doit passer toute sa journée à chercher ce qu'il pourrait imaginer pour arriver à bander. Il a les couilles à sec, et je crois que c'est sa faute à elle.

— Cela ne vous regarde pas, sir Harry.

— Oh, que si ! Ça me regarde et ça doit me regarder,

surtout quand un homme qui est censé être notre chef ne peut plus baiser parce que sa femme lui a cassé les couilles. Il est tombé bien bas et c'est sa faute à elle.

— Vous faites erreur.

— A qui la faute alors? demanda Oakes. Il y a certainement *quelque chose* qui l'a rendu impuissant et qui l'a effrayé.

Le téléphone sonna.

Oakes ne fit pas un mouvement. Comme si la sonnerie du téléphone n'avait pas retenti.

Nouveau bruit de sonnerie que Oakes ne voulut pas plus entendre que l'autre.

— Quelqu'un doit faire quelque chose, dit-il... pour défendre les valeurs, la décence, la loi...

Je me levai. Le téléphone était de l'autre côté de la pièce dans le bureau de la gouvernante, un petit cagibi vitré avec des étagères, un bureau et une chaise.

— ... quelqu'un doit lui rappeler qui il est et le forcer à se relever...

J'entrai dans la petite pièce et décrochai l'appareil sur le mur.

— ... il faut que quelqu'un...

— Oui?

Pendant quelques instants, je n'entendis que le silence, mais un silence qui n'était pourtant ni blanc ni vide. C'était le silence de quelqu'un qui attend pour s'assurer que la voix qu'il entend est bien celle qu'il veut entendre.

— Ici, la résidence de sir Oakes, dis-je. H.S. Mauberley à l'appareil. Allô.

— Vous attendiez un message, dit enfin la voix, à l'autre bout de la ligne. Le mot de passe, s'il vous plaît?

Oakes était complètement plongé dans ses pensées.

— Vous tissez? dis-je.

— Oui, répondit la voix, mais toutes les nuits, je défais mon ouvrage.

La voix venait d'un lieu situé à des milliers de kilomètres.

— Et que dois-je faire? demandai-je.

— Vous avez rendez-vous avec le messager dans une heure à Rawson Square.

— Mais il est presque onze heures.

— Vous devez être à Rawson Square dans une heure, ajouta la voix avant de raccrocher.

En reposant le combiné je réalisai qu'on ne m'avait pas dit comment je reconnaîtrais le messager. Mais je pensais ensuite : *bien sûr, c'est lui qui me reconnaîtra.*

— Vous sortez? demanda Oakes.

— Un petit tour, dis-je. Faire une petite promenade. Ne vous inquiétez pas. Je serai absent un certain temps.

— Je vois, dit Oakes.

Je l'observai avec un regard inquiet.

— Vous allez en ville pour ramasser l'une de ces putains de Rawson Square.

Je clignai des yeux.

— Alors, je vous préviens, dit-il. Pas question que vous en rameniez une ici. Je ne veux plus voir d'autres putains sous mon toit.

L'air était saturé du parfum des bougainvillées. Tout au long du quai du Prince George, il y avait de la musique. Une autre musique, comme toujours, celle du Porcupine Club traversait la baie et venait jusqu'à nous.

Il faisait chaud, mais ce n'était pas désagréable. Beaucoup de gens étaient sortis prendre l'air et quelques-uns s'étaient installés dans l'ovale du parc, sur des bancs au milieu des fleurs.

Je portais un pantalon de flanelle blanche et j'étais

coiffé d'un panama, mais dans Bay Street, à Nassau, cet appareil vestimentaire ne donnait guère une image de marque. Parmi les hommes qui n'étaient pas en uniforme il y en avait un sur deux qui portait un pantalon de flanelle blanche, mais ce soir-là le mien était le seul pantalon de flanelle blanche de Venise.

Comme j'avais pris un taxi, j'arrivai en avance. Je fis le tour de l'ovale, en prenant tout mon temps et en m'arrêtant sous chaque réverbère pour être repéré. Ma présence ne suscita aucune réaction. Je ne vis personne, soit de ma connaissance, soit qui puisse être un candidat possible. Personne ne me dit « bonjour », ce que je trouvai assez inamical. Et triste. Je m'étais toujours demandé quel effet ça ferait d'être entre deux âges et de n'être plus désirable. Maintenant, je savais; bien que naturellement je pourrais sans doute me rendre « désirable » si je savais me transformer en prédateur.

Où étaient toutes les putains dont avait parlé sir Harry ? Je ne voyais rien qui ressemblât à une putain. Il n'y avait que des aviateurs vautrés par groupes de deux ou trois sur des bancs, ainsi que des couples très jeunes ou très vieux.

Je remontai ensuite Bay Street et traversai le parc en direction du square. Les putains étaient là. Mais il n'y en avait pas énormément. Je m'assis le plus près possible de la rue, j'avais peur de pénétrer trop avant dans le square de crainte que mes intentions soient mal interprétées. J'observais : de temps en temps, l'un des aviateurs abandonnait ses amis et rassemblait son courage, pour traverser, comme je l'avais fait, Bay Street et entrer dans le square. Mais eux avaient manifestement envie de s'enfoncer plus loin que moi dans l'obscurité.

L'heure fixée approchait. Hugh Selwyn Mauberley, poète, romancier, critique, polémiste, lauréat de prix au nombre desquels le Pulitzer et le Concordia, assis au milieu des putains, alluma une cigarette.

Devrais-je écrire qu'il était assis au milieu *d'autres* putains. Je ne sais. Je sais que je l'ai pensé ensuite, tandis que j'étais installé tout habillé de blanc sur mon banc. Cela me fit sourire. Malgré ma nervosité, parce que j'étais là, dans l'obscurité, ou presque, au milieu de tous ces étrangers, dont l'un peut-être me cherchait, m'observait, m'évaluait... et malgré mon appréhension de ce que le messager pourrait me dire et de ce qu'il pourrait me demander... malgré la peur que m'inspiraient Harry Oakes et le duc et — oui — Wallis aussi... malgré toutes les années que j'aurais encore peut-être à vivre face à moi-même, méprisé comme je l'étais par des gens que j'admirais, et dédaigné comme je l'étais par tous mes pairs, ou presque... je souriais. Je souriais parce que j'étais vivant. Il me restait encore cela. Je pouvais encore respirer le parfum des bougainvillées, fumer une cigarette, sentir la fraîche étoffe blanche de mon pantalon le long de mes jambes... et je pouvais observer les aviateurs encore dans tout l'éclat d'une jeunesse dont ils ne soupçonnaient pas la brièveté. Je les regardais traverser la rue, s'enfoncer dans l'obscurité et je pouvais sentir leur peur, leur peur merveilleuse et sensuelle tandis qu'ils allaient à la recherche d'un lit. Il me restait encore cela. Il me restait encore cela.

Puis il arriva.

C'était lui.

— C'est trop éclairé ici, dit-il. Levez-vous et allez plus loin derrière, je vous rejoindrai.

Mais comment me lever et comment aller plus loin derrière ? Comment pourrais-je aller quelque part ? Je pouvais à peine faire un geste. Je m'attendais à n'importe qui sauf à lui. J'avais cru qu'il était heureusement sorti de ma vie.

Allez plus loin. C'est trop éclairé ici...

Nous nous assîmes sur un banc et je vis ses chaussures, ses mains, ses genoux. Ses chaussures en crocodile, comme toujours, étaient d'un jaune-vert pisseux, ses genoux, trapus et durs, étaient encore ceux d'un athlète, mais il avait refermé ses poings et les veines saillaient tellement sur le dos de ses mains que je pouvais en apercevoir les pulsations.

Je ne vis vraiment son visage que lorsqu'il frotta une allumette; il la fit brûler si longtemps que je compris que c'était pour me donner la possibilité de le regarder. Il était toujours d'une beauté infernale, et pourtant je ne voyais pas ses yeux. Ils faisaient face à la lumière, mais ils étaient dissimulés par son éclat.

Quand l'allumette s'éteignit, tout devint très sombre.

— Qui êtes-vous, Harry? demandai-je. Dites-moi, bon Dieu, qui vous êtes.

Harry Reinhardt émit un son qui, en ce moment très particulier, pouvait passer pour un rire.

— Non, non, dis-je. S'il vous plaît, répétai-je, je veux savoir.

— Je suis le messager, dit-il. Et cela me terrifia parce que je compris sur-le-champ ce que le message signifiait vraiment. C'était le même message qu'il avait transmis à Ned.

Au-dessus de nous, dans le square, évoluait une demi-douzaine d'engoulevents, ou probablement plus, et pendant tout le temps que nous restâmes assis, ils plongèrent sur nous l'un après l'autre. Lorsqu'ils arrivaient au terme de leur plongeon, ils poussaient immanquablement des cris étranges, bas et rauques, qui peuvent être très effrayants quand on ne sait pas de quoi il s'agit, et qui demeurent obsédants quand on le sait. Ils agissent ainsi uniquement par goût du risque. Simplement pour le danger. Pour le seul plaisir d'impressionner. Chaque oiseau prend son vol un peu plus haut que le précédent et se laisse tomber un peu plus près du sol. Seuls les mâles, naturellement, se livrent à ce jeu, tandis que les femelles perchées sur les fils téléphoniques observent. A la fin du spectacle, ils s'accouplent parfois.

— Il n'y a qu'une chose que je ne parviens pas à comprendre, dis-je, c'est pourquoi ils font ça dans le noir?

Harry Reinhardt me dit qu'il ne faisait pas vraiment aussi noir que ça. Il m'expliqua que le degré d'obscurité dépendait du temps qu'on y avait passé.

Je pensai : *non! Ça dépend de qui on est.* Avant de quitter le banc, il me dit que nous devions nous retrouver lundi à deux heures. Il avait besoin du dimanche pour s'adapter à l'endroit, pour marcher dans les rues, voir la ville, mesurer les distances entre les maisons où nous vivions respectivement et le lieu du dernier rendez-vous. Non, il ne me fit pas l'honneur de me préciser quel serait le lieu de ce dernier rendez-vous.

Comme il s'apprêtait à partir, je l'appelai par son nom : « Harry? ». Je voulais qu'il se retourne et me regarde dans la lumière. Mais il ne se retourna pas et ne s'arrêta pas. Une fois qu'il m'eut quitté, nous étions redevenus des étrangers. Tout ce que je vis de lui, c'étaient des épaules et une paire de fesses qui s'éloignaient. Je restai sur mon bac pendant une demi-heure, incapable de faire le moindre geste.

J'éprouvai un besoin puissant de me cacher, de ne pas parler et de ne pas entendre prononcer mon nom. Je répugnai même à prendre un taxi, par peur d'avoir à dire à un étranger où j'habitais. C'est ainsi que je revins à pied « chez moi », à *Westbourne*, en empruntant le plus possible de rues résidentielles, sachant que j'avais davantage de chances d'y rencontrer moins de promeneurs. Mais je ne pus résister à l'envie de passer devant la maison du gouverneur pour voir combien de fenêtres étaient éclairées. Aucune.

Le dimanche matin, 4 juillet, je me dis à juste titre que Wallis et le duc iraient assister à la cérémonie du Souvenir consacrée aux victimes de la *Kermesse incendiaire*. C'est pourquoi je téléphonai le plus tôt que je crus pouvoir oser le faire, à huit heures du matin je sortis la duchesse de son lit.

— *Tchatche*, dis-je.
— Bonjour, dit-elle.
— J'ai pensé que je devais vous appeler pour vous dire que le messager était arrivé.

Wallis toussa.

— Vous allez bien ? demandai-je.
— Oh oui, c'est ma toux du matin, rien de plus. Pourriez-vous me répéter le message, s'il vous plaît ?
— J'ai dit que le messager était arrivé.
— Et quelles nouvelles apporte-t-il ?
— Est-ce que je peux vous voir demain ? demandai-je.
— Venez dîner. Pour les cocktails, c'est à sept heures.
— Quant aux nouvelles, je vous en ferai part à ce moment-là.
— Mais pouvez-vous me dire au moins ceci : *Est-ce que nous partons ?*
— Évidemment, dis-je.

Wallis raccrocha la première, et c'est pourquoi je pus entendre un second « clic ».

Harry Oakes avait écouté notre conversation.

Le lundi, à deux heures de l'après-midi, j'étais assis dans Rawson Square sur le banc en bois que nous avions déjà utilisé. Je dois rendre cette justice à Harry Reinhardt : il était ponctuel. A deux heures précises, comme s'il tombait du ciel, il vint s'asseoir à l'autre bout du banc.

Je ne saurais dire combien de temps nous y restâmes, pour mettre au point les détails de l'opération. Le *S.S Munargo* devait lever l'ancre pour New York dans la matinée du neuf. Officiellement, le duc et la duchesse partaient en voyage secret pour les raisons diplomatiques. Nous expliquerions que pour échapper aux torpilles d'un éventuel sous-marin allemand embusqué, les Windsor devaient monter à bord du *Munargo*, sous le couvert de l'obscurité, dans la nuit du huit.

L'opération semblait très astucieusement conçue. Les autorités qui auraient pu empêcher les Windsor de s'enfuir des Bahamas seraient en fait dupées au point qu'elles les aideraient en leur donnant une escorte militaire jusqu'au quai et en mettant une vedette à leur disposition pour les emmener jusqu'au *Munargo* ; à bord, toute communication avec quiconque serait interdite pour empêcher l'ennemi de repérer le signal. Le départ serait, en fait, tenu complètement secret, c'est du moins ce qu'on devait dire aux autorités, jusqu'à ce que les Windsor soient arrivés sains et saufs à New York.

— Qu'est-ce qui va se passer vraiment ? demandai-je.
— On leur fera faire un petit tour en mer, bien sûr.
— Un tour... ?
— Ils n'iront pas loin... Le grand problème, c'est de les faire monter à bord du yacht, et de faire partir le yacht, on fera le reste.

— Le reste ?
— Les transférer à bord du sous-marin.
— J'espère que vous avez bien compris ce que je vous ai dit au sujet du duc. Il ne va vraiment pas bien, vous savez.
— On n'y peut rien.
— Non, dis-je. J'essayai seulement de vous prévenir. Après tout, nous devons être prêts à faire face à toutes les situations. On ne peut pas se permettre des imprévus.

Je lui parlai alors des chiens des Windsor.
— Des chiens ? dit Harry Reinhardt.
— Oui, répondis-je, il y en a six et les Windsor ne se déplacent jamais sans eux.
— Si c'est comme ça, dit Reinhardt, nous les emmènerons et une fois en mer, nous les noierons.

Depuis la *Kermesse incendiaire*, Wallis avait été incapable de faire du 4 juillet autre chose qu'une sinistre veillée funèbre. Mais elle avait pris une belle revanche en créant « Le glorieux 5 juillet ».

On comprendra que je fusse extrêmement nerveux en cette journée particulière, sachant que Wallis et le duc devaient quitter les Bahamas quatre jours plus tard pour n'y jamais revenir.

La salle à manger de mes souvenirs était bleue. Je ne me rappelle pas très bien qui était là, mais je sais qu'Elsa était présente, ainsi que les Windsor, naturellement, et moi. Ce que je vois, c'est peut-être une frise de dix ou douze visages, tous comme suspendus au-dessus de leurs assiettes. Je vois aussi les couteaux d'argent, le reflet d'une bougie dans un verre, et tous les hommes habillés en blanc, avec leur chemise, leur smoking, leur nœud papillon noir autour du cou, et les femmes dans leur robe du soir toute bleue — j'ignore pourquoi les femmes portaient toutes une robe bleue, mais c'était comme ça, c'est tout ; ou peut-être n'est-ce ainsi que dans ma mémoire — toutes leurs coiffures gonflées par la chaleur des bougies et flottant sur leurs épaules — chacun de ces visages était un ovale où apparaissaient les détails appropriés : deux yeux, une bouche, un nez ; toutes avaient le visage très tiré et leurs oreilles ornées de lourds bijoux. Je me souviens très précisément des oreilles, et des bruits que faisaient ces dix ou douze personnes en mangeant, car il n'y avait d'autre bruit que celui des couteaux, le cliquetis des bracelets de Wallis sur la nappe et le claquement du briquet du duc de Windsor. Il ne faisait, semblait-il, que fumer et je crois qu'il ne mangeait pratiquement pas.

On servit du vin pendant tout le repas et le maître d'hôtel tendait un bras armé d'une bouteille entre les épaules des convives, et toutes les trois minutes environ, quand il servait à boire, on entendait comme le bruit d'un homme en train de se noyer.

Un parfum de jasmin flottait dans la pièce.

Au milieu de tout ce blanc et de tout ce bleu, firent brusquement irruption, sans avoir été annoncées ni invitées, les silhouettes noires de Harold Christie, le propriétaire foncier, et de sir Harry Oakes. S'ils étaient venus, expliquèrent-ils, c'est parce qu'ils pensaient qu'on avait fait erreur. Ils avaient toujours été invités auparavant pour « Le glorieux 5 juillet ».

Wallis leva les yeux vers moi. Puis elle regarda le duc. Celui-ci somnolait au loin, derrière les coupes de jasmin et les bougies sous leurs verres de lampe. Les poches et les rides de ses yeux avaient été effacées et le bleu de ses yeux était dangereusement triste. On avait envie de pleurer en regardant ces yeux, et de se dire : *pauvre garçon, qu'est-ce que je pourrais bien faire pour lui*? Sa main plongeait pour nourrir la troupe des petits chiens qui entouraient sa chaise. Il avait bon cœur, mais l'esprit étroit.

Christie et sir Harry Oakes étaient à présent assis, coincés chacun entre deux dames, et je sais que Oakes se trouvait à côté d'Elsa Maxwell. Les chaises qu'on leur avait données étaient, par la force des choses, petites; les couverts d'argent qu'on leur apporta ne leur servirent que pour l'entrée et pour la compote — qui ne vint que plus tard — de mangues et de melons au kirsch. Ils n'eurent droit qu'à une très brève visite du maître d'hôtel qui leur versa tout juste assez de vin pour mouiller leurs verres...

Ce fut ensuite un cauchemar jusqu'à la fin du repas. Je ne sais pas ce que Christie savait précisément. Mais il devait savoir que son ami avait des atouts en poche et qu'il allait les sortir un par un pour obtenir l'effet désiré. J'eus néanmoins l'impression qu'il était tout aussi perplexe et en fin de compte aussi effrayé que nous autres en observant et en écoutant Oakes, tandis que celui-ci sortait ses cartes et marquait ses points.

— Comment allez-vous, Harry? demanda le duc. Désolé d'avoir commencé sans vous.

Et il alluma sa dix-huitième ou sa dix-neuvième cigarette.

— D'après ce que j'ai entendu dire, dit sir Harry, Votre Altesse Royale a l'intention de s'en aller sans nous tous. Mais Sa Grâce, naturellement, partira avec vous...

Wallis passa la main. Je passai. Le duc passa.

Elsa fut intriguée.

— Des excursions en perspective? dit-elle à Wallis comme pour briller.

Wallis lui fit comprendre du regard que c'était là un sujet tabou.

— *Des excursions*, voilà un mot intéressant, miss Maxwell, dit sir Harry. Le fait est qu'il y a des excursions qui sont des promenades et qu'il y en a d'autres qui sont l'occasion de chutes.

Il se mit à rire. Le rire le plus déplaisant que j'eusse jamais entendu.

— Quand les chevaux trébuchent... dit le duc. Ça m'a valu pas mal de chutes...

— Oui, dit Oakes. Je m'en souviens d'une en particulier. J'étais là, ajouta-t-il en parcourant du regard toute l'assistance. J'ai vu le roi d'Angleterre sur le cul.

L'assistance se figea.

Ce fut Elsa qui se décida à rompre le silence.

— Mieux vaut tomber sur son cul que dans la merde, dit-elle.

Et tous les regards, y compris ceux d'Elsa, se portèrent sur le duc.

— Oui, dit le duc. Ha... ha...

Je n'avais encore jamais jusqu'alors entendu quelqu'un dire *ha... ha*. Je me mis à rire. Wallis aussi. Et tout le monde rit. La glace, pour un moment, avait fondu.

Mais après le dégel, Oakes reprit l'offensive.

— Est-ce que vous avez remarqué le grand yacht argenté qui mouille au large depuis deux jours ?

Certains ne l'avaient pas remarqué — d'autres oui. C'était à peu près moitié-moitié.

— Il ne viendra pas au port, m'a-t-on dit. Il se tiendra hors des eaux territoriales et ne s'approchera pas. Il reste seulement au mouillage. Parfois pendant toute la nuit ; je l'aperçois le matin. D'autres fois...

Wallis l'interrompit.

— C'est certainement encore un de ces millionnaires cubains. Ils restent au large et prennent les meilleurs poissons et puis ils s'en vont aux Keys pour continuer leur pêche. Enfin, c'est ce qu'on m'a dit, ajouta-t-elle précipitamment. Ils ne peuvent obtenir nulle part les autorisations de débarquer, vous savez. Je veux dire qu'ils ne viennent jamais faire d'achats et dépenser leurs millions... ils se contentent de rester au large et...

— Et d'attendre, dit sir Harry.

Wallis était tombée dans le panneau, et elle le comprit. Elle devint toute rouge.

— Moi aussi, j'attendrais, poursuivit sir Harry, si je savais le genre de poisson que j'allais pouvoir pêcher. Tout le monde sait que nous avons ici un magnifique poisson. Unique, dit-il (puis il prit un petit morceau de nourriture et continua à parler tout en mastiquant, la bouche ouverte). Mais, c'est que la pêche de nuit est dangereuse. On ne sait jamais ce qu'on va trouver au bout de sa ligne. Des requins, des raies piquantes, des sous...

— Qu'est-ce que c'est qu'un sou? demanda quelqu'un. Je n'en avais jamais entendu parler.

C'était naturel. Il y a bien des poissons qu'on appelle « chats », « marteaux » ou « lunes ». Pourquoi n'y aurait-il pas des poissons qui s'appelleraient des « sous »? Cette fois, Harry Oakes ne rit pas. Il regarda tout autour de la table pour s'adresser à la personne, quelle qu'elle fût, qui venait de parler.

— Madame, ou peut-être, monsieur, dit-il, si vous n'avez jamais entendu parler de *sous*, alors peut-être aussi n'avez-vous jamais entendu parler de Hitler. Ou de la guerre.

Wallis posa sa fourchette et appela le maître d'hôtel.

— Débarrassez, dit-elle. Je l'entendis ajouter : Demandez à Mr Howard de descendre.

— Bien, Madame.

Je commençai à paniquer pour de bon. Tout ce que Oakes avait dit prouvait qu'il n'avait pas seulement écouté mes conversations téléphoniques, mais qu'il m'avait aussi suivi à Rawson Square jusqu'à Harry.

Le maître d'hôtel fit débarrasser la table pour servir la compote et il alla lui-même chercher Mr Howard.

— Je suis sûre que personne ne veut parler de la guerre, dit Wallis. Changeons de sujet et passons à autre chose de plus... familier.

— Vous ne sauriez trouver de sujet plus familier pour vous que celui-là, Votre Altesse, dit Oakes.

Subitement, toute la colère qu'il avait jusqu'alors contenue explosa. Il se leva, tapa du poing sur la table : tous les petits chiens coururent se cacher dans un coin.

— Le *S.S. Munargo*, et les bateaux argentés et les sous-marins allemands...

— Je pensais qu'il finirait par parler du *seau et des rois*... me murmura Elsa à l'oreille en se mettant à glousser.

Elle s'amusait vraiment beaucoup.

— Vous ne pouvez, dit Oakes, trouver un sujet qui vous soit plus proche. Et vous le savez foutrement bien, hurla-t-il en crachant, le doigt pointé vers Wallis.

Wallis ne cilla même pas.

— Oh, je crois que nous le pouvons, dit-elle.

Mr Howard entra et se pencha vers la duchesse. Bla-bla-bla...

— Certainement, Madame.

Mr Howard quitta la pièce.

On servit la compote.

— Par exemple, dit Wallis, vous pourriez nous parler de Sydney, sir Harry.

Harry Oakes resta bouche bée.

— *Allez*, dit Wallis dans un sourire. C'est une histoire si mystérieuse.
— Sydney ? dit Oakes.

Il semblait vraiment perdu et déconcerté. Il lança un regard à Harold Christie. Puis à moi. Et puis, de nouveau, à Wallis.

— Pourquoi parler de lui ?

Mais dans ses yeux, je lus la peur. Wallis avait atteint le point sensible — et dangereux — dans son cœur : ses enfants. Je pouvais même deviner la prière qui montait de ses lèvres : *s'il vous plaît, ne la laissez pas dire...*

C'est pourtant ce qu'elle fit. Se penchant vers Elsa en la regardant, elle dit :

— Sydney Oakes a eu une aventure avec...
— *Freddy*, dit Elsa.

Harry Oakes se rassit.

Nous étions saufs, pour le moment.

A la fin du repas, Wallis me dit : « Venez. » Je découvris alors ce qu'elle avait comploté avec Mr Howard.

Nous traversâmes le vestibule pour entrer dans la Chambre du Conseil. Sur la table, il y avait un coffret de cuir brillant. Mr Howard, revolver au poing, montait la garde. Wallis lui fit signe de sortir, ce qu'il fit non sans lui avoir remis un trousseau de clefs.

Wallis me fit approcher et ouvrit le coffret. A l'intérieur, sur un coussin de velours, reposaient un collier avec un pendant, des boucles d'oreilles et des broches taillées dans la plus merveilleuse émeraude que j'aie jamais vue.

— C'est la reine Alexandra qui les a légués au duc. Aujourd'hui ils sont à moi, bien que la reine actuelle demande que les bijoux lui soient rendus.

Elle me regarda et rabattit le couvercle du coffret d'un geste vif.

— Je vais vous envoyer Harry Oakes, ici. Et si, après votre entrevue, quand je reviendrai, ces émeraudes ont disparu, c'est qu'elles auront bien rempli leur office.

Très vite, comme si elle avait peur de changer d'avis, elle courut ouvrir les doubles portes.

— Maubie ?...
— Oui, Madame ?
— Sauvez-nous. Si vous le pouvez.

J'acquiesçai d'un signe de tête.

Wallis quitta la pièce et je revins pour contempler les émeraudes. Maintenant, pensai-je, en soulevant le couvercle, je joue les d'Artagnan. Et l'honneur de la reine de France dépend de ma finesse.

Quand Oakes entra, j'eus du mal à l'imaginer dans le rôle de la perverse milady de Winter, mais il avait bien la tête de quelqu'un dont les machinations pouvaient ruiner une maison royale. Par ailleurs, je croyais le connaître assez pour penser qu'il n'était pas achetable. Lors de cette entrevue, je garderai ces bijoux en réserve. Si je devais m'en servir, je ne le ferai qu'en dernier ressort.

Je pris une bouteille de porto sur le buffet et lui en proposai un verre.

— Non, merci !

Bon, ça n'allait pas être facile.

— On m'a demandé de vous parler, dis-je.

— C'est ce que j'ai compris, répliqua-t-il. Mais je ne suis pas obligé d'écouter.

— Non. Je pense cependant qu'il serait très sage... enfin je pense que vous le regretteriez si vous ne le faisiez pas.

— Oh ! Le *regretter* ! Cela ressemble à une menace, monsieur Mauberley !

— C'en est une, dis-je, mais elle n'est vraiment pas terrifiante.

J'eus une inspiration. Je savais exactement quoi dire — et comment me servir des émeraudes.

— Écoutez-moi, sir Harry, dis-je. Vous avez mis dans le mille, mais de la façon la plus malencontreuse. C'est vrai, le duc et la duchesse sont sur le point de partir...

— Ah, rugit-il, ah vraiment !

Et il se mit à esquisser une sorte de pas de danse.

— Je vous en supplie, dis-je, restez calme et écoutez-moi jusqu'au bout. Vous n'avez pas la moindre idée des risques que vous faites courir avec cette affaire. Vous êtes peut-être tout simplement en train de danser sur la tombe de quelqu'un.

Cela eut pour effet de le dégriser, du moins pour un instant.

— Très bien, dit-il. Parlez.

— Le duc, dis-je, est malade.

— Ça, vous avez foutrement raison, dit Oakes. Foutu corniaud impuissant !

— Je veux dire qu'il est *physiquement* malade, insistai-je, et qu'il doit subir une opération ; sa vie en dépend.

Oakes pâlit.

— Sa vie est en danger ?

— Oui, dis-je, et c'est très urgent.

Je laissai le temps à mes paroles de produire leur effet sur sir Harry.

Au moment où je compris qu'il était disposé à me croire, je traversai la pièce, me plantai devant le coffret de cuir, et tristement, le cœur lourd, je l'ouvris.

Oakes regarda fixement.

— Il y a un chirurgien de Boston qui peut le sauver, dis-je, mais c'est très risqué. Le duc n'est pas en état de prendre l'avion, et il doit donc partir par bateau. Il n'est évidemment pas question d'annoncer qu'il va quitter l'île par bateau, sinon les Allemands auraient vite fait d'envoyer un de leurs sous-marins pour le torpiller. Il faut donc que tout se passe à la faveur de la nuit. Sauf si... d'une façon ou d'une autre (mais je ne dis pas laquelle pour le punir de m'avoir compris), ... sauf si *vous*, entre tous, vous éventez le plan et, pour une raison quelconque, l'interprétez de travers...

— Oh, mon Dieu, dit Oakes en regardant les émeraudes, qu'ai-je fait ?

— Ce que vous avez fait, dis-je, ne peut être défait que si vous promettez de ne plus jamais en parler. Notre meilleur et notre unique allié, c'est le silence.

Oakes s'assit. Et je me mis à jouer avec les émeraudes.

— Ces pierres, dis-je, ont été données par la duchesse pour payer le chirurgien, mais si vous acceptez les broches en règlement de ce qui vous est dû...

Évidemment, je bluffais avec la plus grande insolence, mais ça marcha. Je vis Oakes faire une grimace que je ne connaissais que trop bien et qui préludait aux larmes.

— Je ne veux pas un sou, dit-il. Je n'accepterai pas le moindre centime. Je considère que cette dette est effacée. On ne saurait mettre en balance un peu d'argent et la vie d'une personne ! Mon Dieu, dit-il dans un ruissellement de larmes, qu'ai-je fait ? Qu'ai-je fait ?

Quand le flot de larmes fut tari, qu'il se fut mouché le nez et qu'il eut rangé son mouchoir, il ajouta :

— Je dois reconnaître *qu'elle*, je ne l'ai jamais vraiment aimée. Mais le duc, si. Je l'aimais beaucoup. Et je savais qu'il y avait quelque chose qui n'allait pas. Il se comportait... En vérité, il était un peu bizarre. Écoutez, dit-il ensuite (puis il se leva et traversa la pièce en direction des portes), ne la laissez pas vendre ces émeraudes. Je paierai. Si ça peut vraiment aider le duc, peu importe... Vous avez dit Boston ? ajouta-t-il sur le seuil de la porte.

— C'est exact.
— Une opération ?
— Oui.
— Le transporter là-bas, secrètement... sans que personne soit au courant...
— Exactement.
— Je n'en soufflerai mot.
— Parfait.

Oakes franchit la porte et se retourna.

— Boston est un bon endroit où se cacher, dit-il. C'est à Boston que j'ai expédié ma fille Nancy quand j'ai dû la séparer de ce pervers de Freddy.
— Oui.

Mon cœur se serra.

— Boston est une ville sûre, dit-il.
— C'est pourquoi nous l'avons choisie, dis-je presque incapable de respirer.
— Naturellement.

Il s'en alla. Il me fallut une bonne minute pour me remettre. Je finis par pousser un énorme soupir de soulagement et me retournai pour rabattre le couvercle du coffret sur les émeraudes. *Terminé*, pensai-je. *Il n'y a plus maintenant aucun obstacle sur notre route*. C'est à ce moment précis que Oakes revint, et je crois bien que je savais qu'il devait revenir.

— Salaud ! dit-il. Vous êtes un salaud et un menteur !

Je sentis mes épaules s'affaisser.

— Ce corniaud impuissant n'est pas plus malade aujourd'hui que ne l'était ma fille Nancy...

La partie était terminée. Lorsque j'avais parlé, une chose m'avait tracassé : je savais que j'avais déjà entendu l'histoire que je racontais : *maladie... opération... Boston*.

Et s'il y avait quelqu'un qui savait qu'une pareille histoire était un mensonge, ce ne pouvait être que Harry Oakes.

Les invités s'en allèrent vers minuit. J'étais le seul à rester ; le duc dormait, après avoir pris des pilules et s'être retiré dans son appartement.

— Alors, dit Wallis, quand nous nous retrouvâmes cloîtrés dans le secret de sa chambre à coucher, qu'allons-nous faire ?

Je lui dis que je ne savais pas. Et c'était vrai. J'étais engourdi. J'avais la tête vide.

— Pensez-vous, dit Wallis, qu'il peut réellement nous faire du mal ? Nous empêcher de partir ?

— Oui, dis-je sans même réfléchir une seconde. Oui, je crois qu'il le peut.

Wallis s'assit sur son lit. Elle avait l'air si désespéré que je crus que nous étions revenus en Chine et certainement dans le sud de la France. Je la vis arracher les fils du couvre-lit ; elle abîma ses ongles ; elle voulait à toute force se maîtriser et elle finit par y arriver. Quand elle parla, sa voix était aussi calme que si nous étions en train de dîner et de boire du vin.

— Il ne me reste qu'une seule chance, dit-elle. Une seule, répéta-t-elle avec un sourire. Nous nous appuyons l'un sur l'autre, vous et moi... depuis maintenant près de vingt ans...

Je rougis. Je n'avais jamais pensé qu'elle s'appuyait sur moi, mais plutôt que c'était moi qui m'appuyais sur elle. Wallis était forte et j'étais faible. Nous étions ainsi faits.

— Toujours, depuis l'époque où j'étais Mme Winfield Spencer... oui? Dans le hall du vieil hôtel Impérial à Shanghai...

Wallis se leva et alla jusqu'aux fenêtres : elle regarda à travers les lames des jalousies la pelouse d'où Harry Oakes, debout sous la pluie, avait hurlé ses obscénités l'autre jour et où deux ans plus tôt cinquante-cinq personnes avaient péri dans un incendie cauchemardesque.

— Tous les gens s'éloignent, dit-elle, tous les gens s'éloignent et disparaissent avant que je n'aie pu les connaître, Maubie. Ce sont des paroles qui sonnent bien cruellement, dit-elle en riant. Mais ce n'est pas du tout mon intention. Mon père, dit-elle en s'éloignant à nouveau, est mort quand je n'étais encore qu'une enfant, un bébé. Et puis, ce fut le tour de ma mère. Ils sont morts avant que je ne puisse... les rattraper. Partis avant que je puisse les rattraper. C'est ça que je veux dire. Et Win, il était si fin et si beau ; vraiment, il était vraiment magnifique. Quel homme adorable c'était, rayonnant et brillant dans son uniforme, tout blanc et beau — et triste. (Elle soupira.) Il est mort avant que je ne puisse le rattraper ; disparu dans une bouteille... la Chine... la mort. Oh, et aussi... Dmitri Karaskavin... je n'ai pas besoin de vous le rappeler, n'est-ce pas, à vous qui l'aimiez aussi. Qui aurait jamais pu *le* rattraper réellement? Puis Ernest... *marchant*. Oh! Il voulait tellement être soldat. C'est dingue! Je parle de moi. Il fallait être dingue pour l'épouser. Je crois que de tous mes hommes, c'est lui que j'ai le moins aimé, à supposer que je l'aie aimé. Mais je ne l'ai jamais connu — je n'ai jamais pu le connaître lui non plus. C'était un tel *gentleman*. Ennuyeux comme la pluie. *Insaisissable* comme la pluie. Est-ce que je me fais comprendre?

— Parfaitement, dis-je. Il n'y a rien de plus insaisissable que la pluie. On ne sait d'où elle vient, ni où elle va, mais entre-temps elle s'écoule et emporte tout sur son passage. L'eau de la pluie est aussi insaisissable que les flammes de l'enfer.

Wallis rit. Puis elle redevint grave.

— Maintenant, j'ai perdu David. Oh... mon Dieu... Maubie. Hugh. Cher ami. Je ne peux pas vous raconter où il est parti. Il m'a laissée si loin derrière lui, je ne sais pas où je suis. Mais je sais où je voudrais être. Je l'ai toujours su. Toujours. Et ce bateau, ce bateau qui est arrivé. Cette promesse... c'est ma dernière chance. *Moi*, vous voyez, je peux la saisir... dit-elle en montrant du regard l'appartement de son mari.

Elle arrangea sa coiffure et lissa sa robe.

— Naturellement, dit-elle, je suis la plus forte. Je dois obtenir de lui qu'il me suive. N'est-ce pas? *Il* doit *me* suivre. Et cela je ne l'avais jamais, jamais, jamais compris auparavant. David doit me saisir. Et nous devons l'aider...

Nous. Nous. Nous. Je détournai les yeux.

— Non, Hugh, ne détournez pas les yeux. C'est votre dernière chance, tout autant que la mienne.

Elle me fixa du regard. Je la regardai.

— Aidez-moi, dit-elle.

— Je ne sais comment, dis-je.

Wallis se détourna, mais à moitié seulement.

— M'aimez-vous?

— Oui, dis-je, sans faire le moindre geste.

— Hugh?

Je ne pouvais soutenir son regard. J'avais peur.

— On répétera toujours, dit-elle, jusqu'à la fin des temps que le duc a renoncé à son trône pour moi. Mais vous et moi, nous sommes les seuls à savoir que c'est moi qui ai renoncé à mon trône pour lui.

C'était vrai.
— Et je veux le récupérer.

Il me fut naturellement impossible de dormir cette nuit-là et ma chambre se remplit de tous les fantômes que je pus invoquer. Toutes les morts que j'avais vues se jouèrent devant mes yeux. Je pensai à Béatrice dans *Beaucoup de bruit*[1] : « M'aimez-vous ? » « Oui. » « Tuez Claudio »... Je pensai aussi à Lucrèce Borgia, à Agrippine, à Messaline, tandis que les geckos grimpaient le long des murs et traversaient le plafond en quête d'une mouche à tuer.

Tandis que je veillais, je savais que Oakes était en bas dans la grande salle, je savais qu'il était éveillé, lui aussi, et qu'il ne dormirait pas. L'air était étouffant — pas la moindre brise — et la nuit était pleine de cris d'oiseaux, du tic-tac des pendules, des chants d'un millier de grenouilles et d'insectes, du grignotement des souris, du soudain aboiement d'un chien qui pouvait sentir l'odeur de la peur dans ma chambre et qui en savait la signification. Je me levai, écartai la moustiquaire, bravant les cadavres qui jonchaient le sol et la soudaine irruption des moustiques autour de ma tête et dans mes oreilles, trottai jusqu'à la porte sur ma gauche, la verrouillai puis je fis le tour des volets, les baissai l'un après l'autre et les fermai tous de l'intérieur.

Au matin, entièrement vêtu de blanc, mes sous-vêtements étant même devenus aussi blancs que le sel, je descendis la boîte de cadavres en me demandant comment elle pouvait peser si peu dans mes mains ; je la tendis par-dessus la table à Mavis Boodle, et je remar-

---

1. Il s'agit ici de la pièce de Shakespeare, *Beaucoup de bruit pour rien (N.d.T.)*.

quai inévitablement la multitude d'oranges qu'elle avait assassinée et dont elle pressait le jus dans un verre pour me maintenir en vie.

A neuf heures, je quittai la maison et descendis en ville pour y trouver un téléphone public — certain qu'en quelque endroit que j'aille Harry Oakes serait à l'écoute.

Je composai le numéro de téléphone que Harry Reinhardt m'avait fait apprendre par cœur, et j'entendis, j'attendis très longtemps avant d'obtenir une réponse.

— Il faut que je vous voie, dis-je.

Et je raccrochai.

Je retrouvai Harry Reinhardt en fin d'après-midi, ce 6 juillet, dans Rawson Square.

— J'ai besoin de votre aide, dis-je.

— Mais je l'ai toujours su, Mr Mauberley, dit Reinhardt.

Oui. Et je suppose qu'il le savait depuis qu'il avait vu mes yeux.

— Que puis-je faire pour vous?

Me tournant vers lui, j'essayai de toutes mes forces de le regarder bien en face et de ne pas faiblir. Je songeai à mon père, marchant sur le toit de l'hôtel Arlington. *Celui qui va au-devant de sa mort a une raison...* je regardai la bouche de Harry, ses lèvres et son regard d'alligator... *et celui qui saute vers elle a un but.*

Je fis le saut.

— C'est pour un meurtre, dis-je.

Un léger sourire affecta le coin de ses lèvres.

— Parfait, dit-il. Dites-moi seulement où, quand et qui...

C'était fait. Ma déchéance était complète. J'avais touché le fond.

C'était mardi.

Deux jours à passer. D'après le plan, les Windsor devaient partir dans l'obscurité de la nuit du jeudi, aussi tard que possible. Mais tout pouvait être subitement remis en question. Il fallait s'occuper de Harry Oakes, et on venait de nous annoncer que l'heure du départ du *S.S. Munargo* avait été modifiée.

Oakes était un problème qui désormais ne dépendait absolument plus de moi. C'était l'affaire de Reinhardt, et je bus pour me soûler afin d'oublier tout ça. J'essayai, mais en vain. J'avais déjà constaté que c'était presque toujours ainsi. Quand on a le plus besoin de rester sobre, deux verres suffisent à vous faire rouler sous la table. Mais quand on a vraiment besoin de se soûler, quatre litres ne parviennent même pas à perturber votre élocution et encore moins à vous mettre K.O.

Le *Munargo* devait partir le jeudi matin, avant l'aube, au lieu du vendredi. Il nous fallait donc, pour nous en tenir à notre stratagème, emmener les Windsor le mercredi.

Mr Howard et une certaine demoiselle Comfort devaient jouer les figurants à bord du bateau et resteraient enfermés dans leurs cabines jusqu'à l'arrivée à New York. Ils n'avaient pas la moindre idée de la raison pour laquelle on leur avait demandé ce service, mais leur fidélité était telle qu'ils considéraient tout cela comme une « farce »; on avait fait croire au pauvre petit Mr Howard — avec sa blême vanité — qu'il avait finalement reconquis tout son prestige aux yeux de « Henny » Henderson. Ce dernier, paralysé par la peur, devait rester complètement à l'écart de toute cette histoire.

C'est ainsi que dans la nuit du 7 juillet 1943, le duc et la duchesse de Windsor, six petits chiens, un amoncellement de bagages, Mr Howard, Mlle Comfort et une escorte militaire montèrent ou furent poussés dans une demi-douzaine de voitures; ils quittèrent la maison du gouverneur au début d'un orage qui à trois heures du matin allait se transformer en ouragan.

Mr Howard portait l'uniforme de général de division du duc de Windsor et Mlle Comfort un ensemble gris foncé et un manteau appartenant à la duchesse, ainsi que l'un des chapeaux les plus seyants de Wallis, avec une voilette assortie. Quant aux Windsor, il fallut presque porter le duc tant son état était déplorable; Wallis, qui souffrait de ne pas pouvoir hurler son triomphe, faisait de son mieux pour arborer un petit sourire triste à l'idée d'avoir à s'en aller pour aussi longtemps...

Lorsque, dans la haie formée de ceux qui s'étaient rassemblés pour leur dire au revoir, elle vint vers moi, elle me permit de lever sa main et de la baiser, mais, tout d'un coup, elle m'embrassa sur la joue. Et elle murmura :

— *Nous avons gagné.*

Ils partirent en voiture sous la pluie.

Reinhardt et moi devions les rejoindre sur le yacht argenté, mais par des chemins différents. Néanmoins, il est vrai qu'à ce moment-là j'embrassai et je vis la dernière femme que j'avais aimée — comme un chien aime sa maîtresse — au cours des vingt dernières années. Wallis, duchesse de Windsor, ne serait plus jamais cette femme.

Durant les premières heures de la soirée, les étoiles avaient brillé dans un ciel sans nuages. Maintenant, le vent rugissait et les premières nappes de pluie s'abattaient sur les pelouses de *Westbourne*, les transformant en mares brillantes dans lesquelles allaient plonger les phares du Staff Car que Wallis m'avait affecté, comme des doigts à la recherche d'un objet perdu. Je vis qu'il y avait une autre voiture — mais je ne l'identifiai pas — parquée dans l'allée.

Reinhardt m'avait dit que ce serait notre point de rendez-vous : de là, nous partirions ensemble pour aller rejoindre les autres à bord du yacht. Je présumai, par conséquent, que cette voiture était la sienne. Arrivé près des grilles de l'entrée, je descendis de mon véhicule et courus jusqu'à la maison.

Lorsque j'y pénétrai, j'eus d'abord une impression de silence, puis une impression de vide autour de moi; un vide généralement habité par la présence tourmentée et paranoïaque de Oakes.

— Reinhardt? dis-je sans élever la voix, Reinhardt?
Pas de réponse.

J'avais encore plus peur que je ne saurais le dire.

Il y avait tant d'images terrifiantes dans ma mémoire. La mort que j'avais réclamée était restée si floue que je ne parvenais pas à la rendre réelle. Je ne parvenais pas à imaginer qu'elle ait pu se produire dans un endroit qui m'était devenu aussi familier que cette maison. C'est dans « l'obscurité » que Harry Oakes trouverait la mort, et non pas ici avec toutes ces lumières et le désordre qu'il avait laissé dans la cuisine, les traces de boue sur le carreau de Mavis Boodle, les bottes militaires expédiées d'un coup de pied à côté du porte-parapluie. Il devait certainement se trouver quelque part dans la nuit, ou peut-être dans la mer, mais pas ici.

— Reinhardt?

J'allai jusqu'au pied de l'escalier.

Je savais que je devais le monter. Cela faisait partie du cauchemar.

Je remarquai en gravissant les marches qu'il y avait des traces sur le mur, des taches sur le tapis, un mandrin cassé, de la boue — ou autre chose — sur la rampe. Oakes au mieux de sa forme dans le rôle du blaireau hargneux rentrant dans sa tanière hivernale. Le « quelque chose » sur la rampe était de toute évidence de la confiture, et les traces avaient été laissées par ses coudes pleins de cambouis qui provenaient de son irascible partenaire, le gros bulldozer jaune stationné sur la pelouse.

Parvenu en haut de l'escalier, j'allai dans la chambre d'hôte sur ma droite, d'où je vis qu'il y avait de la lumière dans la chambre de sir Harry.

Je poussai la porte entrouverte.

Je ne remarquai tout d'abord que la disposition de la pièce. A ma gauche, une fenêtre garnie de rideaux — fermée à cause de l'orage — et une porte donnant sur la véranda ruisselante de pluie. A ma droite, il y avait un lit et plus loin un paravent chinois peint, grand ouvert, qui dissimulait à ma vue le reste de la pièce.

Je n'étais entré qu'une seule fois auparavant dans la chambre de sir Harry, mais j'étais certain qu'elle contenait deux lits — et pourtant je n'en voyais qu'un.

Harry Reinhardt était assis, le dos appuyé contre le montant du lit. A côté de lui, sa veste de cuir. Ses vêtements étaient trempés et tachés, ses cheveux plaqués sur sa tête. Exactement comme lorsque je l'avais rencontré pour la première fois à l'enterrement d'Edward Allenby. La pluie, toujours elle. Il leva ses mains pour me les montrer et je vis qu'elles étaient couvertes de sang.

Je regardai fixement.

— Tout le monde est bien parti? demanda-t-il.

Je fis signe que oui.

Je l'observai. C'est tout. Je l'observai seulement. Je voulais voir ce que ses yeux pourraient faire.

Il m'observaient. Lui, il souriait.

— Où est Harry Oakes? demandai-je.

Reinhardt ne répondit pas.

— Harry, dis-je, où est-il?

— On s'est occupé de tout.

Il posa ses mains, paumes en l'air, sur ses genoux et se poussa le long du lit jusqu'à ce qu'il y ait assez de place pour que je puisse m'y asseoir.

— Asseyez-vous, dit-il.

J'obéis.

Pendant quelques instants, il étudia ses mains, tout en pliant ses doigts et en les étirant. Puis les mains reposèrent, immobiles et rouges.

— Je me suis toujours demandé, dit-il, pourquoi les animaux se lèchent mutuellement leurs blessures...

Il y eut un silence.

— C'est peut-être, dit-il, parce qu'ils aiment le goût du sang.

— Qu'est-ce que vous dites?...

Je fermai les yeux. J'étais terrorisé.

Il leva alors une main et pressa mon visage contre sa paume couverte de sang.

— C'est bien, dit-il. Léchez-la, nettoyez-la.

Et il appuya encore sa paume, si fort cette fois qu'il me força à ouvrir les lèvres; je me mis à lécher parce que je n'avais pas le choix.

Je ne saurais dire avec certitude comment je m'endormis, mais je suppose que j'y fus contraint par la pression qu'exerça Harry Reinhardt sur les artères de mon cou. Combien de temps restai-je là étendu, inconscient ou endormi...? Assez longtemps en tout cas pour laisser à Harry Reinhardt le temps de s'enfuir. A mon réveil, je ne vis tout d'abord rien d'anormal. J'aperçus le paravent chinois et je me souvins l'avoir trouvé charmant, avec sa cour impériale, remplie de mandarins et de courtisans, avec ses vérandas... beaucoup plus vastes que celles de *Westbourne*... Et c'est alors que je sus où j'étais.

Mais l'air...

C'était extrêmement étrange.

Il y avait des plumes partout. Des plumes blanches, douces, comme des flocons de neige, qui tournoyaient gracieusement et impitoyablement dans le champ d'un ventilateur électrique qui bourdonnait de l'autre côté de la pièce. La pièce était très mal éclairée, mais il y avait suffisamment de lumière pour que je puisse m'apercevoir que je n'étais pas seul.

Le paravent avait été déplacé d'environ deux mètres par rapport à l'endroit où il était installé quand j'avais pénétré dans la chambre. Cela me prouva que ma mémoire ne m'avait pas trahi dans la mesure où il y avait deux lits dans cette chambre. En fait, durant tout le temps où j'étais resté sur le lit auprès de Harry Reinhardt, le paravent avait dissimulé l'autre lit; maintenant, il ne le cachait plus.

Il m'est très difficile de raconter le reste, et c'est, je pense, parce que j'ai vraiment tout essayé pour le chasser de mon esprit. Mais en vain.

Bien qu'il n'y eût aucun feu, ça sentait le brûlé. Il y avait aussi une odeur de pétrole. Ou de quelque chose de très approchant. Je ne saurais vraiment dire.

Sur le lit à côté duquel j'étais étendu gisait le corps de Harry Oakes. Il était vêtu d'un pyjama à rayures et reposait sur le dos. Il avait un bras pris sous le corps et l'autre jeté entre les jambes dans ce geste que font si souvent les garçons au cours de leur sommeil, envahis qu'ils sont par la peur ancestrale que Lilith ne vienne dans la nuit avec ses ciseaux...

Oakes avait été violemment frappé sur tout le visage et la tête, mais ses traits étaient encore parfaitement reconnaissables. Seul le sang les voilait — et les plumes qui voletaient en l'air, échappées d'un oreiller éventré. Certaines plumes étaient collées sur des traînées de bave et de sang, et d'autres tremblotaient — au-dessus du corps, comme des papillons craignant de se poser sur un endroit trop marqué par la mort.

Quand je m'aperçus que j'étais seul au milieu de toute cette horreur, je me levai. Je compris ce que Reinhardt avait en tête. Ce meurtre que je lui avais commandé devait être complètement mien, et quand les autorités se présenteraient, ça serait à moi de payer. Alors, bien sûr, je m'enfuis à toutes jambes.

Dans la nuit du 7 juillet 1943, à l'hôtel Eden, à Berlin, l'accordeur de piano revint pour achever le travail qu'il avait commencé.

— C'est trop tard, maintenant, dit von Ribbentrop. Ils sont déjà en route. Tout a été mis en mouvement.

— J'ai peur que vous ne fassiez erreur, dit Schellenberg. J'ai annulé toute l'opération.

— Annulé? Comment cela?

— Votre sous-marin ne fera jamais surface.

— Mais...

— Il ne fera pas surface, Excellence, et par conséquent, il ne prendra pas à son bord vos colis.

Von Ribbentrop s'effondra dans son fauteuil.

— Vous ne comprenez pas, dit-il, il faut que ça se fasse.

— Non, dit Schellenberg, nous avons maintenant d'autres plans.

Von Ribbentrop le regarda fixement.

— *Nous ?* dit-il.

— Oui. Nous, dit Schellenberg en souriant tandis qu'il s'asseyait. *Nous.*

Au bout d'un moment, von Ribbentrop retrouva l'usage de la parole :

— Mais vous n'êtes pas des nôtres.

— Maintenant, si.

— Vous ne savez pas avec quoi vous jouez. Vous ne pouvez pas... ou alors vous ne le feriez pas.

— Écoutez, dit Schellenberg, vous devriez être reconnaissant. La guerre change tout. La face des choses s'en trouve modifiée. Vos amis, les Windsor, nous feraient en fait plus de mal que de bien. Et ce qu'ils peuvent faire de mieux pour le moment, c'est de rester en réserve dans notre manche.

— Mais vous ne comprenez pas...

— *Vous* ne comprenez pas, Excellence. Je suis en train de vous dire que vous avez perdu le contrôle de l'opération.

Von Ribbentrop sentit ses entrailles se relâcher.

— Comme je vous l'ai dit, vous devriez être reconnaissant. Vous avez traité cette affaire, seul, pendant très longtemps. Et maintenant on vient vous aider. C'est tout.

— Il y a les autres, dit von Ribbentrop. Vous ne savez pas avec quoi vous jouez.

— Quels autres ? Paisley ? Ciano ? Vous finirez par comprendre. L'ordre de vos priorités a été changé, Excellence. Je vous prie de me croire. Vous finirez par comprendre.

Von Ribbentrop se leva. Il avait peur que ses intestins ne le trahissent complètement. Debout, il lui restait une chance de les contrôler.

— Et moi? dit-il. Que vais-je devenir?

Schellenberg haussa les épaules d'une manière affable et se fendit d'un sourire amical :

— Nous estimons que rien ne presse à ce sujet, dit-il.

Nous? Von Ribbentrop regarda ses pieds. Ainsi donc, Schellenberg avait atteint l'échelon supérieur. Von Ribbentrop vit ses pieds comme s'il flottait dans l'espace... ils étaient si loin, si loin.

— Par ailleurs, dit Schellenberg, nous ignorons encore comment tout cela se terminera. Je crois que nous devons attendre pour savoir ce qui va se passer, et entre-temps...

Von Ribbentrop leva les yeux. Mais il n'y avait plus d'hameçon. Il n'y avait plus de corde de piano désormais.

Schellenberg se rassit.

— Nous nous reposons.

— Nous nous reposerons?

— Pour le moment, oui, dit Schellenberg en baissant les yeux. Asseyez-vous, Excellence.

Von Ribbentrop commença à s'enfoncer dans la nuit. Mais il pensa : la mort n'est pas la mort tant qu'on ne vous a pas mis en terre. Tout ce qui est sur la terre est en vie. J'ai encore quelques chances. Aussi longtemps que je peux voir la terre...

Ses lèvres remuèrent. Mais elles n'émirent aucun son.

Et il pensa : quand on meurt ainsi : quand ils vous coupent la tête, est-ce qu'elle continue à vivre? Est-elle capable de penser? Ne fût-ce qu'un instant? Et s'il restait quelque chose à dire? Oui, s'il y avait quelque chose à raconter : un avertissement à donner? Et plus de voix. Plus de voix.

De la main, il se caressa la cuisse jusqu'au genou. Il sentait chacun de ses doigts. Il sentait le tissu de son pantalon. Et la peau sous le tissu. Les nerfs. Les chairs. Les tendons. Les muscles. Les os.

La moelle.

Tout était encore là.

Genou.

Jarret.

Cheville.

Pied.

Chaussettes.

Chaussures.

Plancher.

Dans cette nuit de tempête, ils partirent à la dérive. Une vedette les avait remorqués, mais tout d'un coup il y avait eu une grosse vague, et lorsqu'elle fut passée, la vedette s'était éloignée. Pas par accident, naturellement. L'amarre avait été coupée. La dernière chose que Wallis avait vue, c'était un homme qui brandissait un couteau.

Et le yacht ne vint jamais. Quant au sous-marin, bien sûr, ça n'avait probablement été qu'un mythe depuis le début.

Seulement un mythe ou un rêve.

Mon Dieu.

Lorsque le soleil se leva, ils étaient assis dans le canot, leurs bagages entassés autour d'eux.

La duchesse de Windsor se tenait à l'arrière, les bras tendus pour garder l'équilibre; devant elle, le duc avait le buste tourné.

La tempête avait commencé dans la nuit et maintenant la mer était calme, bien que la houle fût épouvantable et que l'Ile apparût et disparût au rythme des mouvements de l'embarcation.

Ils dérivaient. Ils attendaient. Ils écoutaient. Avec six petits chiens couchés à leurs pieds. Wallis, se protégeant les yeux, scrutait l'horizon. Rien... sauf l'Ile.

Wallis soupira.

C'était fini. Elle regarda le duc et sa bouche se tordit en une grimace. Ils étaient là, maintenant, tous les deux, exactement à l'image de ce qu'ils seraient pour toujours. Elle tourna les yeux d'un côté puis de l'autre pour compter ses bagages. Vingt-six.

Elle avait la nuque raide. Elle était tranquillement juchée sur le bord du siège. Sa coiffure, ramenée vers le haut et en arrière, était stricte mais élégante. Elle était recouverte d'une voilette bleue qui lui tombait jusqu'au menton. Sa bouche était très rouge; ses yeux, toujours bleus, s'étaient assombris face à une luminosité si intense. Son visage s'était figé et il devait le rester éternellement, même sous la voilette désormais.

Si seulement David voulait bien parler. Mais son esprit était dans l'eau, cherchant à effacer toute trace du passé — et du futur, aussi, pensa-t-elle — s'il pouvait y parvenir.

Il s'accrochait aux plats-bords, désespérément, comme si le bateau était la seule réalité qui restât.

— David? dit-elle.

Il ferma les yeux.

— David, dit-elle, lâche.

Elle tendit les mains au-dessus de ses genoux et des siens puis lui détacha un à un les doigts.

— Lâche, dit-elle, lâche.

Voilà. Il se détendit. Il regarda même Wallis.

C'est jeudi, pensa-t-elle.

Les jeux de cartes.

Ils restèrent deux ans de plus sur l'Ile. Tous les soirs, le duc allait se promener avec Wallis et les six petits chiens. Les frontières de leur empire — nouvellement fixées — étaient celles de leurs pelouses. Le duc prit l'habitude de porter des chapeaux à grands bords blancs afin de ne pas voir le ciel ou de ne pas laisser le ciel le voir. Quand il s'asseyait, Wallis lui tenant la main, il regardait fixement les roses de son jardin et il imaginait qu'il leur coupait la tête. C'est bon pour elles, disait-il. Et ça leur est très utile. Il s'approchait parfois de l'endroit où il gardait le souvenir d'avoir été roi, mais il essayait toujours de s'en détourner et de l'éviter. Il prenait aussi grand soin de ne pas s'approcher trop près des fenêtres, des portes vitrées et des miroirs. Pendant tout le reste de sa vie, il demeura fidèle à Wallis. Pendant tout le reste de sa vie, c'est dans son ombre qu'il trouva le réconfort. Pendant tout le reste de sa vie, il plaignit tous ceux autour de lui qui ne sauraient jamais ce que c'était que d'avoir renoncé à tout par amour.

Et parfois, le soir, on pouvait voir leurs deux silhouettes au sommet de la colline, sur le banc de pierre qui leur était réservé. Et quand la brise faisait vibrer le bord de son chapeau, on pouvait deviner les images d'un empire qui palpitait et mourait dans ses yeux.

Tous les soirs, à neuf heures, Wallis se levait, prenait le duc par la main et disait :

— David, c'est l'heure, maintenant. Rentrons.

Ils partaient alors retrouver les consolations de l'obscurité et les bienfaits du sommeil — avec tous les petits chiens en laisse derrière eux, qui reniflaient leurs pieds.

Avril, 1945

Mauberley était debout sur son fauteuil.

Il faisait maintenant si sombre, qu'avec tous les volets fermés et toutes les pendules arrêtées, il n'aurait su dire quelle heure il était.

Hugo lui avait dit auparavant (il ne savait plus très bien quand) que les armées progressaient sur les flancs de la vallée : l'une venait du sud, l'autre du nord, et tous les Allemands qui essayaient de ne pas ressembler à des soldats, qui ne voulaient pas avoir l'air d'une armée (car on massacrait les armées), étaient pris entre les deux et tournaient en rond comme des mouches sur le point de mourir. Et les Russes arrivaient de l'est.

Heureusement, il y avait la Suisse, d'où ne pouvaient venir que des espions, seuls ou en couples peut-être, mais pas sous la forme d'un corps d'armée. Les armées d'espions, ça n'existe pas.

Mauberley y voyait à peine. Ses paupières étaient alourdies par la poussière de plâtre et le manque de sommeil. Ses doigts, devenus exsangues, depuis qu'il avait dû lever la main au-dessus de la tête pour écrire, pouvaient difficilement tenir plus longtemps le crayon. Parfois, il s'en servait comme d'un couteau et gravait les lettres dans le mur. A d'autres moments, il lui fallait se servir de ses deux mains pour le tenir, puis il devait s'arrêter de nouveau et, tandis que les mots tourbillonnaient dans sa tête il essayait de les retenir jusqu'à ce que ses mains puissent les transcrire.

Maintenant, il arrivait à la fin.

Avait-il raconté toute la vérité ? Avait-il tout dit ?

Il contempla attentivement tous les murs. Pas mal. Il avait rempli quatre pièces. Les pièces d'Isabella ! Et même si ses mots n'étaient pas des aigles, ses aigles à elle étaient là. Il y avait si longtemps qu'il les y avait mis, semblait-il. Toute sa vie, Isabella avait cru avant tout à la valeur de l'intellect. Et elle avait investi toute sa foi sur la circulation des idées et de l'écrit. Son mari était mort pour la cause de l'écrit et ses enfants étaient morts à cause de l'écrit. C'était là un des aspects les plus émouvants qu'il connaissait chez Isabella Loverso. Et pourtant, malgré toutes ces morts dans sa famille, parmi ses amis et malgré sa terreur, elle était toujours déterminée à sauver autant de mots que possible et à les brandir contre le glaive.

Mauberley descendit de sa chaise. Ce serait maintenant le moment idéal pour écouter de la musique du temps qu'il finisse. Les « derniers mots » de Schubert conviendraient tout à fait. C'était, après tout, la contrée de Schubert — non seulement le lieu mais la fin de toute chose.

Mauberley, un candélabre à la main, traversa les pièces en traînant les pieds, et finit par entrer dans le salon. Tous les rebords des fenêtres, malgré les volets, étaient couverts de neige.

Il plaça le disque de la sonate sur le Victrola, remonta le mécanisme et abaissa le bras pesant avec sa précieuse aiguille — la dernière — sur le premier sillon. Il alluma une autre cigarette *Kavalier* et fit passer le goût de carton qu'il avait dans la bouche en avalant une bonne rasade de cognac. De l'autre côté de la pièce, il lut :
Dans mon souvenir, Wallis est assise comme lorsque je l'ai vue la première fois dans le hall du vieil hôtel Impérial à Shanghai...

Il leva la bouteille.
Prosit.
Fini.
Il se vit dans le miroir. Ce n'était pas un spectacle

réjouissant. Eh, oui. Il redressa le plan de son veston qui tenait par des épingles et alla même jusqu'à prendre les deux bouts de son foulard pour les glisser soigneusement contre sa poitrine. Le bout de ses doigts étant douloureux, presque gourds à force d'avoir tenu le crayon d'argent dans le froid et c'est avec ses jointures qu'il ôta la poussière de plâtre, la cendre de cigarette et les petits éclats de verre — tous ces faux diamants qui provenaient des fenêtres brisées qu'il n'avait pas réparées.

Pendant ce temps, la musique parfaite, jouée avec les mains parfaites d'Alfred Cortot, exprimait ses rythmes parfaits et produisait un effet parfait — les derniers mots de Schubert — l'achèvement.

La récapitulation. Oui, Mauberley devait dire une dernière chose.

Songe à la mer, commença-t-il à écrire, et il continua jusqu'à ce que la musique s'arrêtât.

Bon Dieu!

Il sauta de sa chaise, et, tenant toujours le crayon à la main, il alla jusqu'au Victrola, releva le bras et retourna le disque.

Dernier mouvement : *Allegro ma non troppo*.

Il remonta le mécanisme de l'appareil en conséquence : d'une manière vive mais pas trop rapide. Il sourit. C'était une excellente nouvelle de savoir la fin en vue et avec une bonne nuit de sommeil et...

Mais qui était-ce ?

Il alla jusqu'à la porte.

— Hugo ?

Pas de réponse.

Mauberley regarda de nouveau dans la pièce. Les bougies du candélabre coulaient. Il le remit à sa place et avant de l'éteindre, il prit une nouvelle bougie qu'il alluma avec les autres. Puis, il ferma la porte derrière lui

— toujours son souci de sécurité — il s'éloigna en direction du vestibule pour rejoindre sa chambre.

— Hugo ?

Toujours pas de réponse. Il devait avoir entendu le cliquetis des chandeliers entraînés par le vent dans leurs danses nocturnes.

Il était fatigué. Il dormirait.

— Hugo ?

Rien. Quand il atteignit sa porte, il se retourna pour jeter un dernier regard dans le couloir : il vit que la porte de Garbo, la porte d'Isabella et toutes les autres étaient fermées ; toutes les lumières étaient éteintes.

— Bonne nuit, dit-il à haute voix.

Et les chandeliers s'entrechoquèrent. Des courants d'air venus de quelque part. Peu importe. Le lit.

Au matin, Hugo apporterait peut-être un œuf. Et peut-être le vent serait-il tombé et le soleil brillerait-il. On ne sait jamais. L'homme ne sait jamais.

Ce serait un tel plaisir, songea-t-il, que de s'asseoir au soleil pour manger un œuf. Tout simplement s'asseoir là. Tout simplement être là.

Mauberley tourna au coin et pénétra dans sa chambre.

— Hugo ?

Il y avait quelqu'un.

— Est-ce vous, Kachelmayer ?...

Non.

C'était Harry Reinhardt.

C'était, naturellement, dans l'ordre des choses.

Si Mauberley lutta, il le fit essentiellement pour ne pas être abattu comme une bête. La mort, elle, était la bienvenue. Mais il ne voulait pas être abattu comme une bête. S'il vous plaît. Il tendit ses mains. Il offrit même le crayon d'argent. N'importe quoi, mais ne pas mourir comme ça. Si seulement on pouvait acheter un bourreau, à la façon des rois de jadis : *Fais vite. Fais vite.*

Mais les choses ne se passèrent pas ainsi.

Le pire, c'est que dans les derniers moments de sa lutte, alors qu'il avait les deux bras cassés et les doigts paralysés, Harry le retourna suffisamment longtemps pour qu'il puisse voir la silhouette de Hugo, *die weisse Ratte*, qui se tenait là et l'observait passivement.

Au moment où le pic à glace lui entra dans l'œil, la dernière pensée de Mauberley fut celle-ci : le cerveau lui-même ne peut éprouver aucune souffrance.

Et ne peut pas saigner. Il peut seulement mourir. La mort est le repos éternel.

Reinhardt demanda en dernier lieu au garçon de l'aider à brûler les carnets. Tous les journaux, les papiers et les lettres de Mauberley furent déversés dans la baignoire, arrosés de pétrole et enflammés. Pour Harry, ce fut un spectacle merveilleux. C'était l'anéantissement complet de l'homme que Schellenberg lui avait donné pour mission de tuer — de l'homme et de tous ses écrits.

Lorsque le feu fut éteint, le garçon tendit la main pour recevoir son salaire.

— Dès que nous serons en bas, dit Harry.
— Mais vous m'aviez promis, dit Hugo.
— Oui. Et je tiens mes promesses, dit Harry.

Et ils sortirent dans le couloir.

Hugo descendit en premier l'escalier. Il se demandait s'il devait ou non parler à cet homme des écrits sur les murs. Lorsqu'ils arrivèrent sur le palier, Hugo se tourna pour lui en parler.

— Il y a... dit-il.

Mais ce fut tout.

Son cadavre fut retrouvé à l'endroit où Harry Reinhardt l'abattit. Les autres aussi : le père grognon, la mère terrorisée ; les enfants agités et braillards.

C'était fini.

Au-delà des volets, dehors, le vent charriait depuis la montagne le dernier grand blizzard de l'hiver. Tous les volets claquèrent, la neige s'infiltra dans les pièces, toutes les bougies coulèrent, puis s'éteignirent et ruisselèrent sur les corps dans la cour et le gramophone se tut.

La lumière ambiante était grise. L'air s'emplit d'un bruit cristallin et du souffle d'une avalanche qui engloutit Harry Reinhardt.

Quinn acheva sa lecture à l'aube.

Il traversa la pièce pour aller ouvrir les fenêtres et les volets.

Tout était calme dehors et l'on sentait l'odeur de la neige fraîche et de la chaude verdure de la vallée, bien loin en dessous. Deux mondes que l'horreur avait quittés.

Quinn revint au milieu de la pièce et sortit pour rejoindre le vestibule, dans l'espoir d'y trouver du café ou du thé et un biscuit. Mais Freyberg l'arrêta à la porte du salon de Garbo.

Freyberg était ivre.

— Entrez, dit-il, je n'ai pas fermé l'œil de la nuit.

— Moi non plus, dit Quinn, et je descendais justement pour prendre un petit déjeuner.

— J'ai plein de petits déjeuners, dit Freyberg. Venez.

Avant même d'entrer, Quinn perçut depuis le couloir l'odeur du vin ; à l'intérieur de la pièce, son odeur était aussi épaisse qu'un brouillard.

— J'ai travaillé, dit Freyberg, et je voudrais vous montrer ceci...

C'était le genre d'homme que la boisson rendait cérémonieux. Ses gestes se faisaient plus amples et devenaient presque gracieux. Les mots sortaient de sa bouche à la queue leu leu, chacun étant très clairement articulé avant qu'un autre soit prononcé : pas de bredouillage, une diction parfaite. Seule la syntaxe était déficiente.

Le « petit déjeuner » était composé d'un indéfinissable vin rouge servi dans des gobelets à café, et d'une barre de chocolat en guise de plat de résistance.

Ce que Freyberg avait à montrer au lieutenant Quinn, c'était un jeu d'albums dont les couvertures — dessinées pour l'amusement des enfants — montraient de manière incongrue des agneaux, des veaux et des canetons dans des basses-cours, Mickey dansant avec Minnie Mouse, tout un ensemble de jouets mécaniques reluisants et une poupée souriante avec un ruban dans les cheveux.

A l'intérieur : Dachau.

— Pourquoi me montrez-vous cela ? dit Quinn. J'y étais.

Il était très fatigué et très en colère.

— Je le sais que vous y étiez, dit Freyberg. Mais est-ce que vous vous souvenez ?

— Oui, je m'en souviens. Foutre oui, capitaine ! Et je ne veux pas revoir ces choses. Elles sont imprimées dans ma mémoire. Je n'ai nul besoin de ces sacrées photographies.

— Tout le monde a besoin de photographies, Quinn. Vous voyez celle-ci, ici ?...

Quinn essaya de ne pas regarder, mais Freyberg lui mit de force la photo sous le nez.

On y voyait un homme en flammes. Il était encore vivant.

— Des expériences, dit Freyberg. Hein? Ça vous rappelle quelque chose?
— Oui, capitaine, ça me rappelle quelque chose.
Freyberg tourna les pages.
— Et ça, regardez!
Quinn jeta un coup d'œil.
On voyait un homme dans une chambre de compression, qui hurlait.
— D'autres expériences. Oui?
— Oui, je le sais, capitaine.
Freyberg prit l'album sur la couverture duquel dansaient Mickey et Minnie. Il le feuilleta.
— Là, dit-il. Vous voyez ça? Regardez.
C'était une photo de Quinn. Il se tenait debout à côté de la porte ouverte d'un four et on voyait à l'intérieur du four vingt ou trente cadavres, pas encore brûlés.
— Oui, je le sais, capitaine. Vous voyez bien que je suis là, sur la photo?
— Oui. Mais est-ce que vous vous souvenez de cela?
— Oui.
— Et ceci?...
L'album avec la poupée.
Des enfants. Tous les enfants.
— Oui.
— Et ceci?
Des veaux et des canetons; des agneaux.
A l'intérieur : des êtres vivants — affamés.
— Vous voyez ça? Vous voyez ça? Vous voyez ça?
— OUI, lui hurla Quinn. Oui, bon Dieu, allez vous faire foutre!
— Oui, murmura-t-il.
Freyberg repoussa les albums sur son bureau et fit tomber par terre son gobelet de vin.
Le liquide fit en s'écoulant le bruit d'un reste de pluie qui tombe d'une gouttière après l'orage.

Quinn finit par se lever.

Il passa derrière le bureau, prit son gobelet à café et le mit soigneusement en lieu sûr.

Freyberg commençait à s'affaisser. Quinn regarda le haut de sa tête : elle était exactement semblable à celle d'un jeune garçon ; un enfant.

Quinn tendit la main et la posa sur le dossier de la chaise de Freyberg : il la laissa tomber sur le côté. Seul le bout de son petit doigt en effleura le bord.

Freyberg ne bougea pas un muscle.

Alors Quinn s'en alla.

Plus tard, Quinn alla regarder Mauberley, uniquement pour s'assurer qu'il y avait assez de neige pour le recouvrir. La pièce était un véritable réfrigérateur.

Quinn ne voyait de Mauberley que sa nuque et le bout d'une de ses écharpes. Il voulait quelque chose, n'importe quoi : il tira l'écharpe et la pressa contre sa poitrine. Il la passa autour de son cou. Puis il quitta la pièce et ferma la porte.

Cette nuit-là, étendu sur son lit de camp il contempla les étoiles de Mauberley. Il ne pensait qu'à une chose : *elles sont là. Et elles ne s'en iront pas. Comme les autres étoiles*.

Freyberg et Quinn étaient en train de préparer tous les deux leurs rapports lorsque la nouvelle arriva.

Ils devaient quitter l'hôtel. *Immédiatement*.

Quinn ne comprit pas. Mais Freyberg comprit, lui. Il était fou furieux.

— C'est toujours la même sempiternelle histoire, dit-il. C'est toujours cette même putain d'histoire qui recommence.

On avait envoyé de Munich un colonel pour procéder à l'évacuation. Manifestement, l'attitude du capitaine Freyberg à l'égard des nazis donnait des inquiétudes.

— Nous partons, dit Freyberg à Quinn, pour la seule raison que les Russes ont occupé Vienne.

— Et alors?

— Alors, maintenant, nous avons un *nouvel* ennemi, lieutenant. Vous comprenez? Les nazis sont chassés, mais les Cocos sont dans la place.

Freyberg jeta son stylo de l'autre côté de la pièce, et Quinn se demanda s'il fallait le ramasser. Mais il n'en fit rien.

— Qu'est-ce qu'on va faire pour les murs? demanda-t-il.

— Les barbouiller, je suppose. Je ne sais pas. Les faire sauter. Est-ce que ça importe?

— Bien sûr. Tous les gens...

— Précisément, lieutenant. *Tous les gens.* Tous jusqu'au dernier d'entre eux s'en tireront sains et saufs. Naturellement, ce n'est pas ça qui vous tracassera. Sacré bon Dieu! Foutrement sains et saufs!

— Je ne le crois pas, capitaine... Le seul fait que Mauberley en ait parlé signifie qu'ils ne s'en tireront pas.

Freyberg regarda Quinn, étonné.

— Vous savez, dit-il, je crois bien que vous êtes vraiment l'homme le plus stupide que j'aie jamais rencontré. Vous pensez réellement que ces gens dont on parle sur les murs ne seront pas pardonnés?

— Non, capitaine. Je crois que pas *un seul* ne sera pardonné.

— Connerie, lieutenant. *Connerie.* Et vous savez pourquoi? Parce que malgré tout ce que vous avez vu et lu, vous, oui, vous, je le vois dans votre regard, vous avez déjà détourné les yeux pour vous intéresser à autre chose : trouver un autre lieu pour attribuer la responsabilité de l'enfer que nous avons tous vécu ces cinq dernières années. C'est écrit partout chez vous : Mauberley lui-même a déjà obtenu son pardon.

Freyberg tremblait.

Quinn ne trouvait rien à dire.

Mais Freyberg poursuivit :

— Venez voir ici une minute.

Quinn s'approcha.

Soudain, Freyberg lui lança un méchant coup de poing au creux de l'estomac.

Quinn s'écroula sur les genoux.

Freyberg le regarda sans manifester la moindre émotion.

— Qu'est-ce que vous faites par terre ? dit-il.

Quinn dut lutter pour retrouver son souffle, mais il dit :

— Vous m'avez frappé.

— Non. Ce n'est pas moi, dit Freyberg. C'était le vent.

Et il s'éloigna.

Quinn fut le dernier à quitter le Grand Elysium Hotel.

Il préférait ne pas partir en voiture et demanda l'autorisation de suivre les autres à pied. Il avait envie, expliqua-t-il, de marcher dans la montagne. Le colonel envoyé par Munich ne formula aucune objection : tout ce qui l'intéressait, c'était Freyberg.

Le cadavre de Mauberley voyagea seul dans une petite camionnette qui suivait l'ambulance transportant les caisses de la Collection Dachau du Capitaine Freyberg. Quant au capitaine Freyberg lui-même, il s'installa, très droit, dans la jeep du colonel ; il semblait sourd à tout ce qu'on lui disait. Quinn ne put s'empêcher de penser que le capitaine avait tout l'air d'un prisonnier. Il y avait en tout sept véhicules, des « Deuces » à six roues et l'unique véhicule blindé qui les accompagnait partout.

Quinn sortit et se planta sur les marches pour assister à leur départ. Il jeta un très bref coup d'œil au soldat Annie Oakley, qui était assis à l'arrière d'un des « Deuces ». Il remarqua qu'Annie cligna des yeux en passant devant le portique : un dernier regard, puis adieu. Un regard mort, impossible à analyser. A cela près, pensa Quinn, que le dernier coup de feu de la guerre du soldat Oakley avait été tiré dans le hall du Grand Elysium Hotel.

Le corps de Mauberley partit en direction des eaux émeraude de l'Ötzalsee. En contemplant le paysage qu'il découvrait du parapet, Quinn aperçut la vallée de l'Adige et les brumes naissantes de ce printemps 1945. Cela le rendit très triste et il aurait voulu ignorer tout ce que ce paysage avait signifié pour Hugh Selwyn Mauberley.

L'hôtel était vide.

Tout comme Annie Oakley, Quinn fut obligé de lui jeter un dernier regard.

Comme le capitaine Freyberg, il emporterait sa propre collection. Autour de son cou, il portait l'écharpe qu'il avait enlevée à Mauberley et dans ses bagages les deux moitiés poussiéreuses de la sonate de Schubert interprétée par Alfred Cortot.

Avec le temps, ces histoires connurent leur épilogue. Hess et von Ribbentrop furent reconnus coupables de crimes de guerre au procès de Nuremberg en 1946 ; Hess fut condamné à la réclusion perpétuelle et von Ribbentrop à mort. Hess, dit-on, a des moments d'incontestable lucidité : il affirme que si on le laissait parler avec Alan Paisley, beaucoup de choses seraient éclaircies. Mais Alan Paisley mourut en 1954, et Hess refuse, semble-t-il, de le croire. Von Ribbentrop se débattit pendant vingt minutes au bout de sa corde, mais ses bourreaux restèrent sourds aux bruits qu'il fit. On a dit qu'il avait bien mérité sa mort.

Le comte Galeazo Ciano passa devant un peloton d'exécution à Vérone en 1944.

Charles E. Bedeaux fut assassiné dans sa cellule à Key Biscayne, en Floride, en février 1944, alors que le duc et la duchesse de Windsor résidaient encore dans les Établissements des Détroits, à Nassau. Son assassin ne fut jamais trouvé ni identifié, mais l'on pense que ce dut être un homme qui travailla pendant très peu de temps à l'infirmerie de la prison, puisque Bedeaux fut tué par une surdose de médicaments et que l'homme en question disparut peu de temps après. Ce crime demeure inexpliqué, tout comme celui de sir Harry Oakes. Alfred de Marigny fut accusé de l'avoir perpétré, puis traduit en jugement, mais il fut acquitté à l'automne de 1943, et son dossier fut classé par la suite. Malgré les requêtes des parties intéressées, le duc de Windsor, agissant en tant que gouverneur des Iles, déclara qu'aucune autre enquête et qu'aucune autre recherche sur l'affaire ne seraient tolérées.

Ezra Pound fut accusé de trahison et renvoyé de sa prison italienne aux États-Unis où il ne fut pas jugé en état de comparaître. Il fut interné dans un hôpital psychiatrique. On finit par abandonner l'accusation et en 1958, il partit à nouveau en exil. Il mourut en Italie en 1972.

Walter Schellenberg fut lui aussi jugé au procès de

Nuremberg ; reconnu coupable il fut condamné à la réclusion perpétuelle.

Trois ans plus tard, il était libre.

Avant de quitter le Grand Elysium Hotel pour descendre dans la vallée, Quinn remonta une dernière fois l'escalier pour relire l'épilogue de Mauberley.

Songe à la mer, lut-il.

Imagine que quelque chose émerge durant un après-midi d'été — se montre et disparaisse avant que l'on ait pu l'identifier.

Sur le rivage, les gens sont confortablement installés sous leurs parasols et somnolent. La moitié d'entre eux dort. Parmi l'autre moitié, ils ne sont peut-être que deux ou trois à avoir vu la chose. Mais aucun d'eux ne la montre du doigt, aucun ne crie. Aucun d'eux n'ose le faire. Après tout, on peut se tromper.

A la fin de l'après-midi, c'est tout juste si l'on peut se rappeler la forme de la chose. Nul n'est en mesure d'affirmer catégoriquement qu'elle était comme ci ou comme ça. Nul ne peut jurer de sa taille. On finit par récuser ce qu'on a vu et cela finit par devenir une apparition incertaine, imaginaire peut-être : terrifiante mais irréelle.

Ainsi, tout ce qui s'élève vers la lumière est condamné à sombrer dans le non-dit : une silhouette qui traverse lentement un rêve. Au réveil, nous ne nous souvenons que de la présence terrifiante, tandis qu'une ombre immobile et couchée murmure dans la pénombre : je suis là et j'attends.

Et Quinn mit la date : *mai 1945.*

REMERCIEMENTS

Je tiens à remercier ici pour leur aide et leur conseil professionnel, les personnes suivantes : Nancy Colbert, Stanley Colbert, William Hutt, Juliet Mannock, Diana Marler, Charles Taylor, Dr R.E. Turner, Dorothy Warren et comme toujours, William Whitehead.

Je tiens également à remercier le Canada Council pour l'aide inestimable sous forme d'une subvention reçue pendant l'élaboration de cette œuvre.

T.F.

Les vers de W.H. Auden, p. 219, sont extraits de « A la mémoire de W.B. Yeats », W.H. Auden, *Poésies choisies*, Gallimard, 1976, trad. Jean Lambert.

Les vers de T.S. Eliot, p. 68, sont extraits de *La Cocktail party*, Le Seuil, 1952, trad. Henri Fluchère.

Les vers d'Ezra Pound, p. 13, 79 et 403, sont extraits de *Poèmes*, Gallimard, 1985, trad. Ghislain Sartoris.

Les vers d'Ezra Pound, p. 89 et 443, sont extraits de *Poèmes*, Gallimard, 1985, trad. Michèle Pinson. Ils sont extraits de *Hugh Selwyn Mauberley* (Vie et relations). Les quatre premières citations sont extraites de *E.P. Ode pour l'élection de son sépulcre*, sections II, III, Envoi (191) et X ; la dernière de *Mauberley* : « Cet âge exigeait ».

Le vers d'Ezra Pound, p. 301, est tiré des *Poèmes de Lustra* : « Périgord », II. *Poèmes*, Gallimard, 1985, trad. Ghislain.

Le vers d'Ezra Pound, p. 59, est extrait des *Cantos*, Flammarion, 1986, trad. Denis Roche.

Les phrases de la p. 365 sont extraites de *Story of my death* de Lauro de Bosis, poète italien, chercheur et fondateur de *Alleanza Nazionale*, mort le 3 octobre 1931 après un vol au-dessus de Rome au cours duquel il lança des tracts antifascistes. *Story of my death* fut publié après sa mort, le 10 octobre 1931. La phrase de Thornton Wilder, p. 7, est extraite des *Ides de mars*, Gallimard, 1951.

Les extraits des chansons suivantes ont été publiés avec l'autorisation des éditeurs.

Page 27, « Vienna, My City of Dreams » (Wien, du Stadt meiner Träume). Paroles anglaises : Kim Gannon. Paroles et musiques allemandes : Dr Rudolf Sieczyski. © 1914 (renouvelé) Adolf Robitschek. © 1940 (renouvelé) Warner Bros. Inc.

Page 137, « A Fine Romance », de Dorothy Fields et Jerome Kern. © 1936 T.B. Harms Company, renouvelé.

Pages 260 et 300, « I'll See You Again », Paroles et musique de Noël Coward, © 1929 (renouvelé) Chappell & Co Ltd.

Pages 381 et 382, « It's Only a Paper Moon », Arlen/Rose/Harburg. © 1933 (renouvelé) Harms Inc.

Page 387, « Jeepers Creepers », de Harry Warner. © 1938 (renouvelé) Witmark Music.

Pages 411 et 412, « You Stepped Out of My Dream », de Gus Kahn et Nacio Herb Brown. © 1940 (renouvelé) by Metro-Goldwyn-Mayer. Inc.

Si vous désirez être régulièrement tenu au courant de nos publications, merci de bien vouloir remplir ce questionnaire et nous le retourner :

**Éditions 10/18
c/o 10 Mailing
35, rue du Sergent Bauchat
75012 Paris**

NOM : ....

PRENOM : ....

ADRESSE : ....

....

CODE POSTAL : ....

VILLE : ....

PAYS : ....

AGE : ....

PROFESSION : ....

TITRE de l'ouvrage dans lequel est insérée cette page :

Le grand Elysium Hôtel, n° 2309

IMPRIMÉ EN FRANCE PAR BRODARD ET TAUPIN
19051W - La Flèche (Sarthe)
N° d'édition : 2191
Dépôt légal : septembre 1992
Nouveau tirage : juin 1999